WURDACK

Science Fiction

www.wurdackverlag.de

ISBN 978-3-938065-72-3

Cover: Przemysław Rubaj

Karsten Kruschel

GALDÄA

DER UNGESCHLAGENE KRIEG

Deutsche Erstausgabe

1.

Jana Hakon • Karitative Kommunikation

Wochenlang hatte sie stillgehalten und so getan, als sei alles in bester Ordnung, aber heute würde sie es endlich tun, und wie auch immer das alles ausgehen mochte, in dieses Zimmer würde sie nie wieder zurückkehren, zumindestens nicht lebend. Was für ein Unsinn, dachte sie, wenn alles schiefgeht und ich diese Nacht nicht überlebe, werden die wohl kaum so dämlich sein, meine Leiche in dieses Zimmer zu bringen.

Die Gelegenheit zur Flucht war da. Die Tür war nicht verschlossen. Sie war es seit Wochen nicht mehr. Heute jedoch wäre der Weg dahinter frei, abgesehen von den elektronischen Wächtern in den Wänden und Decken. Heute wären alle auf dieser Feier; und niemand würde auf die Bilder der Überwachungsaugen achten. Jana entspannte unter dem kalten weißen Tuch ihren nackten Körper und ließ Kraft in ihre Beine und Arme fließen. Das war eine ihrer täglichen Übungen, seitdem sie herausbekommen hatte, wie sie die Substanzen neutralisieren konnte, die man ihr in das Essen und in die Getränke mischte. Zwar hatten die Leute im Institut keine Ahnung davon, wer und was diese Frau war, aber sie gingen auf Nummer Sicher. Das war nicht sicher genug. Das chemische Zeug in der Nahrung hatte Jana betäubt und geschwächt, jedoch nicht so sehr, dass sie nicht in ihren wacheren Augenblicken an dem Problem hätte arbeiten können. Allerdings hatte sie nicht die geringste Ahnung, wie lange sie dafür gebraucht hatte. Sie flüsterte sich lautlos ihren Namen zu. Sie war Ja'ana K'jonasoidt Hakon T'Arastoydt. Sie hieß nicht Jana Hakon. Dieser Name stand auf ihrem Krankenblatt und an ihrer Zimmertür, er hatte nichts mit ihr zu tun. Ihr Blut war sauber, obwohl sie brav alles aß und trank, was man ihr vorsetzte.

Jana Hakon war eine Hülse, die sie abstreifen konnte, eine zeitweise nützliche Identität, die sie aber nicht zurückließ wie die beleidigenden chemischen Substanzen, die sie nach jeder Mahlzeit auspinkelte. Jana Hakon konnte noch nützlich sein. Ja'ana glitt aus dem Bett und tanzte in einer einzigen gleitenden Bewegung durchs

Zimmer. Unterwäsche, Hose, Bluse und Mokassins fanden wie von selbst den Platz, an den sie gehörten. Es war vollkommen dunkel, und trotzdem war sie perfekt angekleidet, als sie an der Tür anlangte, und immer noch in demselben Tanzschritt schlüpfte sie hindurch. Die Tür war wieder geschlossen, ehe ein Augenzwinkern vorbei war. Der Tanz trug ihren Leib wie schwerelos den Gang hinunter. Eine Hand bediente den Öffnungsmechanismus, ein schlanker Körper schwang sich zum Fenster hinaus.

Es war der dritte Stock, aus dem sie sprang, das hatte Ja'ana gewusst. Sie hatte ebenso um den kleinen Abhang gewusst, der unter dem Fenster lag. Deswegen hatte sie sich vor Monaten entschlossen, genau dieses Fenster bei ihrer Flucht zu benutzen. Jana Hakon hätte sich beide Beine gebrochen, wäre schwer verletzt liegen geblieben. Ja'ana dagegen kam unten an wie eine gespannte Feder. Die Energie des Aufpralls verwandelte sie in einen gleitenden Schwung, der sie in das Dunkel zwischen den Pflanzen trug, die vor dem Institutsgebäude wuchsen. Armselige, beschnittene Dinger, die nicht viel zu tun hatten mit den wilden ausgreifenden Ungeheuern, die sie in ihrer Heimat waren. Wo auch immer die sein mochte; Ja'ana spürte, dass diese Büsche nur ein klägliches Echo von dem waren, was sie hätten sein können. Etwa auf dieselbe Weise, in der Jana nur ein schwaches und unvollkommenes Echo von Ja'ana K'jonasoidt Hakon T'Arastoydt war.

Der oben im finsteren Zimmer begonnene Tanzschritt endete zwischen den Büschen, wo es fast genauso finster war. Ja'ana erstarrte im Schatten der Pflanzen, lauschte auf verdächtige Geräusche und hörte den fröhlichen Lärm der Party. Auf dem Dach des Instituts perlten die munteren Orgelklänge einer seltsamen Musik, und Menschen redeten durcheinander, lachten und schwatzten. Dort oben trank man, scherzte und dachte nicht daran, die Überwachungsmaschinen des Gebäudes zu beachten. Jana dachte einen kurzen Augenblick an den Mann, der ihr so sehr geholfen hatte, die Chemie in ihrem Blut zu besiegen. Dabei war der selbst erst dabeigewesen, sich aus den Klauen einer der fürchterlichsten Drogen zu befreien, die es gab. Er hatte Ycorgan genommen, und meistens gab es auf diesem Weg kein Zurück. Hin und wieder hatte er da oben mit den anderen gefeiert.

Ja'ana wusste genau, dass die unbestechlichen elektronischen Wächter ihren Sprung aus dem Fenster bemerkt hatten. Es war lebenden Wesen nicht gegeben, die kalte Perfektion eines Chips zu überlisten. Nicht einmal ihr war das gegeben. Der Impuls eines Apparates war das eine, und die Reaktion eines Menschen war etwas anderes. Die da oben würden kaum auf blinkende Lämpchen reagieren. Und da Menschen bequem waren, würde Zeit vergehen, bis die automatischen Vorrichtungen auf andere Weise Alarm schlugen. Ja'ana hatte keine Ahnung, nach wie viel Sekunden das geschah. Das war ein unvermeidbarer Schwachpunkt ihres Fluchtplans. Sie musste fort sein, ehe ein menschliches Wesen ihr Fehlen bemerkte. Und sie wusste nicht, wie viel Zeit ihr blieb.

Deswegen gestattete sie sich keine Sekunde der Ruhe zwischen den beruhigenden Schatten der Grünanlage. Die gleitenden und lautlosen Tanzschritte trugen sie immer dort durch das Dunkel der nächtlichen Rabatten, wo es am dunkelsten war. Das Lachen und die Musik vom Dach wurden lauter statt leiser, und ihre Ohren fingen das Geräusch auf, als würde es Ja'ana durch die Büsche verfolgen. Das kommt daher, dass sich der Winkel zwischen mir und den Leuten auf dem Dach verändert, dachte Ja'ana, es ist völlig normal, dass die Musik deutlicher zu hören ist. Da ist nichts, das mich verfolgt, sagte sich Ja'ana, und dennoch spürte sie, dass ihr Körper weitere Alarmstoffe in den Blutkreislauf schickte. Genug Adrenalin, um im Dunkeln zu leuchten, hatte ihre Ausbilderin gesagt, und damit eher in Gefahr, bemerkt zu werden. Zwar kannte Ja'ana die Techniken, um mit einem solchen Überschuss von Kraft und Aufgeregtheit fertig zu werden, aber sie hatte jetzt keine Zeit dafür. Sie musste sich beeilen, und die Schöpfer wussten, dass sie vielleicht nur Minuten hatte, ehe man ihr Fehlen bemerkte.

Die Grünanlage war durchquert, und nun lag der Vorplatz des Hauptgebäudes vor ihr. Normalerweise war der um diese Zeit vollkommen leer. Heute, da die Veranstaltung oben auf dem Dach die Angestellten und ihre Familien hergelockt hatte, war er mit wild durcheinander stehenden Wagen verstopft. Die Fahrzeuge standen dicht an dicht und waren so bunt, dass es in den Augen wehtat. Die Strahler, die den Parkplatz in gleißende Helligkeit tauchten, brachten schrille Farben zur Geltung. Und merkwürdige Formen. Wegen der strengen Geschwindigkeitsbeschränkungen gab es für die Designer hier keinen Zwang zu stromlinienförmigen Zugeständnissen – jeder Wagen sah anders aus. Flunderflache Gefährte standen neben riesigen Siebenpersonenreisewagen, ausladende und funktionslose Kotflügel wölbten sich, manche Autos bestanden auf den ersten Blick nur aus Glas. Ja'ana war froh, dass sie die Gelegenheit zur Flucht mitten in der Nacht ergriffen hatte; so musste sie das grelle Licht nicht ertragen, das tagsüber ihre empfindlichen Augen quälte. Ein Grund zur Sorge weniger. Der Anblick der quietschbunten Fahrzeuge im Licht der Strahler allerdings war genauso schlimm wie Sonnenlicht.

Ja'ana wandte den Blick von dem Durcheinander ab und analysierte den Platz. Da war nur eine einzige Kamera. Ein rechnergesteuertes Auge, das den Platz systematisch musterte. Lautlose Servomotoren sorgten dafür, dass kein Winkel unbeobachtet blieb. Sehr gut. Ja'ana überschlug die Bewegungsgeschwindigkeit des Auges, die Größe des Platzes, den Rhythmus der Überwachung, die Höhe der Wagen auf ihrem Weg, ihr Ziel auf der anderen Seite, den kürzesten Weg über die Fahrzeuge hinweg.

Sie schleuderte ihren Leib in genau dem Augenblick aus den schützenden Schatten, als die Kamera in die andere Richtung zu schwenken begann. In graziösen Tanzschritten lief Ja'ana zum ersten Wagen. Ein Fuß auf die flache silberne Motorhaube, der andere auf die Windschutzscheibe, ein Schritt auf ein krachgelbes Dach, ein Sprung hinüber zum schwarzen Überrollbügel, zwei Schritte über andere buntlackierte Teile, und zwischen einen bulligen Geländewagen und den angeberischen Heckflügeln einer überlangen Limousine duckte sich Ja'ana in eine tröstliche Pfütze aus Schatten. Das Auge strich wieder über diesen Teil des Parkplatzes.

Vier- oder fünfmal startete sie aus Tümpeln der Finsternis heraus über die gewölbten, flachen und zerklüfteten Flächen der geparkten Fahrzeuge, und sie erreichte keuchend und zitternd die andere Seite des Parkplatzes. Da war ein Sonnendach nicht geschlossen gewesen, und sie hätte sich fast ein Bein gebrochen. Ein Wagen mit besonders viel Glas und durchscheinenden Plastwerkstoffen hatte unter ihrem Fuß knisternd Tausende von feinen Rissen bekommen, und die hauchdünne Persenning eines Kabrios hatte nachgegeben wie eine Gummihaut, dass Ja'ana beinahe den Sprung zum nächsten Wagen nicht geschafft hätte.

Sie war dennoch heil auf der anderen Seite des Platzes angekommen. Sie schlüpfte durch den Zaun, der hier vorn lediglich aus einer

Hecke bestand, und befand sich endlich außerhalb des Institutsgeländes. Endlich. Seit Monaten hatte sie sich gewünscht, verschwinden zu können. Ja'ana holte den Gürtel ihres Bademantels aus der Tasche und legte ihn sich um die Stirn wie ein Schweißband. Sollte man sie doch für eine Joggerin halten, von denen gab es überall genug. Sie setzte sich in einen verhaltenen Trab und ließ die Lichter des Instituts hinter sich. Es waren immer noch keine Alarmsignale zu hören. Sie bog ab und befand sich auf der Straße zur Stadt. Ja'ana ließ all die angesammelte Kraft in ihrem Körper von der Kette. Wen sollte es wundern, wenn er nachts eine Frau sah, die sich mittels eines Wahnsinnstempos beim Laufen umzubringen versuchte. Ja'ana fegte wie ein Irrwisch durch die schlafenden Straßen. Längst hatte sie ihre Wahrnehmung auf die wirklich wichtigen Dinge beschränkt: Navigation, um die Linie zu halten, genug Atmung, um ausreichend Sauerstoff in die Lungen zu bekommen, und die Kontrolle über den Energiehaushalt ihrer Muskeln. Es würde nicht lange dauern, und sie würde sich eine Pause gönnen müssen.

Als es dann soweit war, reagierte sie mit Überraschung. So schnell? Diese verflixten Typen im Institut mussten sie länger von ihrem Training abgehalten haben, als sie gedacht hatte; der Anfang ihrer Zeit an diesem Ort war in einem Nebel aus Schmerzen und Drogen verborgen. Ja'ana reduzierte das Tempo und fiel in einen gemütlichen Schlenderschritt. Innerhalb der nächsten sechs Stunden würde sie einen gewaltigen Hunger stillen müssen. Ihre Flucht hatte eine Menge Kalorien verbraucht. Zwar konnte Ja'ana einige Reserven mobilisieren, Fett umwandeln in Brennstoff für Muskeln und Kreislauf. Den Verlust an Wasser und Mineralien musste sie jedoch ausgleichen, mal abgesehen davon, dass sie das Knurren ihres Magens nicht ewig unterdrücken konnte.

Sie näherte sich dem Stadtzentrum und bog gemächlichen Schrittes in eine Parklandschaft ab, die voller bunter Lichter und leiser Musik war. Hinter ihr, in der Richtung des Instituts, erhob sich der Alarmruf einer Sirene. Komisch, dachte Ja'ana, das klingt, als wäre ihnen etwas furchtbar Wichtiges abhanden gekommen. Etwas Bedeutendes. Sie lächelte, und während sie weiterschlenderte, vertiefte sich ihr Lächeln. Die Sirene nämlich war verstummt. Das jaulende Geräusch hörte plötzlich auf wie abgeschnitten. Ganz so, als habe sich jemand überlegt, wie dumm es aussähe, lautes Geschrei um den Verlust eines Gegenstandes zu machen, den es offiziell nie gegeben hatte. Der Gegenstand wischte sich das Grinsen aus dem Gesicht und beschloss, sich zusammenzureißen. Nicht auffallen war die Devise.

Niemand konnte es der jungen Frau ansehen, die zwischen den Tischen der feiernden Leute hindurchging – im Verlauf von einem Dutzend Schritten verwandelte sie sich zurück, aus Ja'ana K'jonasoidt Hakon T'Arastoydt wurde wieder Jana Hakon.

Minuten später saß sie an einem Tisch, ein perlendes Getränk vor sich, und sie beobachtete die Straße am anderen Ende des Parks. Zwar redete, lachte und scherzte sie mit den beiden jungen Männern am Tisch; die bemerkten aber dabei gar nicht, dass die Frau sich auf etwas ganz anderes konzentrierte.

Der Größere der beiden hatte eine dunkle, fast blaue Haut, und seine Augen stachen grün und unangenehm aus seinem schmalen Gesicht. Der Kleinere war kompakt gebaut, rothaarig und sommersprossig, seine Augen waren von einem strahlenden Blau, wie es Jana nie zuvor gesehen hatte. Beide trugen kurze Hosen aus einem seidenähnlichen Material und weite bunte Hemden. Ihre Haare waren kurz geschnitten; Jana hatte sich die typischen Studenten der Universitätswelt völlig anders vorgestellt. Diese Jungs hier waren der aktuellen Mode hoffnungslos hinterher. Und sie machten sich kaum Probleme damit, ihre wirklichen Gedanken hinter all dem Geschwätz zu verstecken. Die vier männlichen Augen strichen an der Figur der Frau hinauf und hinab. Sie registrierte zwar die Erregung der beiden Herren, aber sie verschwendete keinen Gedanken daran, was in diesen Köpfen unter den stoppelkurzen Haaren vorgehen mochte. Und anderswo. Sie sah, dass einer der beiden die Erektion in seiner enganliegenden Hose kaum verbergen konnte. Es war nicht wichtig. Wichtig war etwas ganz anderes.

Jedes Fahrzeug, das die Allee in Richtung des Instituts hinunterschnurrte, musterte Jana aufmerksam; insbesondere die ungewöhnlich flotten, die es auf Penta V eigentlich gar nicht gab. Das strenge Geschwindigkeitslimit galt für alle und jeden auf dieser Welt. Wer es durchbrach, war nicht nur jemand, der sich nicht an die Regeln hielt. Die hiesigen Fahrzeuge waren nicht imstande, zu schnell zu fahren. Wer also das Geschwindigkeitslimit durchbrach, war nicht von dieser Welt. Janas Gefängniswärter waren ebenfalls nicht von dieser Welt. Sie gehörten zu etwas Größerem, Finsterem.

Die beiden Männer an ihrem Tisch stellten sich als Mikko und Ari vor. Sie konnten die verdächtigen Fahrzeuge auf der Straße nicht sehen. Sie achteten nicht auf ihre Umgebung, waren vom Anblick dieser Frau völlig hingerissen. Sie sprachen für Studenten einen merkwürdigen Slang. Ihre Sätze waren voller Ausdrücke, die Jana nichts sagten. Zwar konnte sie die meisten der unbekannten Vokabeln in etwa einordnen – sehr spezialisierte Gebiete moderner Technologie –, die Bedeutung dieser Worte jedoch entzog sich ihr. Vielleicht steckten Mikko und Ari gemeinsam tief in irgendeinem technischen Studiengang. So tief, dass ihnen all das Kauderwelsch in Fleisch und Blut übergegangen war.

Nachdem das zweite Fahrzeug mit überhöhter Geschwindigkeit, ein schweres gepanzertes Auto, in Richtung des Institutes vorbeigerast war, stand Jana auf, leerte ihr Glas mit einem langen durstigen Schluck und verabschiedete sich dann von den beiden Jungs, die überrascht verstummten und ihr lange nachblickten. Wahrscheinlich hatten die beiden ehrlich geglaubt, sie hätten die hübsche junge Frau beeindruckt. Und ebenso wahrscheinlich waren sie verblüfft, dass jemand das tückische Gebräu derart unbeteiligt hinunterschütten konnte. Diese Art Drink reichte für gewöhnlich für eine lange Zeit, wenn man den Abend nicht voreilig beenden wollte.

Jana musste sich tatsächlich, während sie fort ging, darauf konzentrieren, den Alkoholgehalt des Drinks und seine Drogen zu neutralisieren. Es überraschte sie nicht, dass die psychotropen Beimengungen des Getränks sich mit denselben Techniken beseitigen ließen wie die Chemikalien des Instituts. Menschen waren manchmal furchtbar phantasielos. Und sorglos. Den außerordentlich hohen Zuckergehalt des Drinks allerdings konnte Jana sich zunutze machen. Die Folgen einer solchen Kombination aus Zucker, Drogen und Alkohol auf einen Menschen wollte sie sich lieber nicht vorstellen.

Dass Mikko und Ari sich leise berieten und ihr dann hinterherschlichen, bemerkte Jana nicht. Andere Menschen waren im Moment nicht von Bedeutung. Doch, einer. Der Name, der ihr die ganze Zeit über nicht aus dem Sinn ging. Markus Hataka. Der einzige, der ihr jetzt helfen konnte. Den sie anrufen musste.

Jana hatte während des Gesprächs mit den zwei Studenten genug Einzelheiten über die Geographie dieser Stadt herausgefunden, um ihr Ziel ansteuern zu können. Zwar hatte sie nur einen Namen, es gab jedoch genügend Terminals, die bereitwillig Auskunft erteilten. Sie war hier auf Penta V, der Universitätswelt, und alles wurde sorgsam gepflegt, was irgendwie mit Kommunikation zu tun hatte. Wer einen Namen wusste, der bekam einen Anschluss und eine Adresse. Auch wenn es wiederholte Anfragen kostete, die physische Anschrift herauszufinden, weil nahezu hundert Prozent der Kommunikation dieser Welt über Datennetze und Rechnersysteme funktionierten. Und weil es kein Geld auf der Universitätswelt gab, würde sie problemlos an jeden Ort dieses Planeten reisen können.

In einer Kommunikationszelle konsultierte sie K'jonasoidt und fischte den Namen und eine Nummer aus dem riesigen Gedächtnis dieser unheimlichen Person, die sie doch selbst war. Der Effekt trat immer dann auf, wenn sie sich selbst auf das Format der Jana Hakon reduziert hatte – alle Aspekte von Ja'ana K'jonasoidt Hakon T'Arastoydt standen ihr zur Verfügung, wenn sie benötigt wurden, und es war jedesmal, als frage sie einen völlig fremden Menschen um Rat. Eine Bibliothek, die voller überraschender Kenntnisse und Fähigkeiten steckte, aber eine, in der Jana offenbar ihr ganzes Leben verbracht hatte.

Sie starrte eine Weile auf die Schrift, die in der Anzeige leuchtete, ohne zu begreifen, was das bedeuten mochte. Kredit? Wieso Kredit? Sie hatte keinen Kredit. Sie brauchte keinen. Dies war Penta V, die Universitätswelt. Der Planet des ewigen Sommers. Hier gab es kein Geld, hier hatte es noch nie Geld gegeben. Alle reichen Welten der raumfahrenden Menschheit zahlten für Penta V. Und das waren viele. Sogar die Goldene Bruderschaft entrichtete ihren Beitrag. Und Penta V war der Hort des Wissens, das Zentrum aller Forschung und für die meisten bewohnten Welten so etwas wie das Paradies.

Und dieser Apparat verlangte Kredit. Kredit im Paradies? Was hatte das zu bedeuten? Jana durchforstete die riesigen Datenbanken K'jonasoidts und fand nichts. Ein unerklärbares Rätsel. Sie mochte keine unerklärbaren Rätsel.

Probeweise berührte sie das Sensorfeld der Kommunikationszelle. Sie konnte spüren, wie mächtige Datenströme in die Elektronik des

Apparates stürzten; das Ding versuchte, sie zu identifizieren. Das konnte nicht gutgehen.

»Identifikation inkorrekt«, sagte eine billige mechanische Stimme. Jana zuckte zusammen. Die Putzmaschinen im Institut hatten besser geklungen, wenn sie die von Medikamenten halb betäubten Patienten darum baten, aus dem Weg zu gehen.

»Kredit«, verlangte die kratzige Stimme. Und weil Jana nicht wusste, was sie tun sollte, tippte sie nochmals auf das Sensorfeld. Diesmal reagierte die Maschine sofort.

»Karitative Kommunikation hier nicht möglich«, sagte sie, und die Tür der Zelle öffnete sich. »Bitte wenden Sie sich an eine dafür vorgesehene Kommunikationseinheit. Die nächstgelegene befindet sich etwa zehn Meter westlich von hier.«

Das war ein glatter Rauswurf. Die Bereitschaftslichter gingen aus, die Sensorfläche wurde stumpf. Wer keinen Kredit hatte, dem stand dieser Apparat nicht zur Verfügung. Jana fing an, an allem zu zweifeln, was ihre Datenbanken ihr über die Universitätswelt mitzuteilen wussten. Und wenn sie all dem aufgesogenen Wissen nicht trauen konnte – konnte sie sich dann selbst trauen?

Sie trat aus der dunkel gewordenen Zelle hinaus und sah sich um. Da war keine andere Zelle in zehn Metern Entfernung. Da war eine menschenleere Straße mitten in einer Sommernacht auf der Welt des ewigen Sommers. Die Bäume standen still, wie Wächter. Über den Bäumen war nicht ein einziger Stern zu sehen, nur die Finsternis eines bewölkten nächtlichen Himmels. Wolken auf Penta V? Jana spürte, dass etwas nicht stimmte. Sie öffnete ihre Augen weit und versuchte, den Himmel mit ihren Blicken zu durchdringen. Irgendetwas hätte sie sehen müssen, und wenn es die Schemen der Wolken waren. Sie konnte nichts sehen.

Die Zelle hinter ihr summte kurz und erstrahlte wieder im Licht all ihrer Installationen. Ein funkelnder Tempel des Gesprächs; aber eben nur gegen Kredit. Verrückt. Im Licht der wiederbelebten Maschine erblickten Janas voll geöffnete Augen einen Kasten, der an einen schmucklosen Mast geschraubt war. Kein Bereitschaftslämpchen beleidigte den hochtourig laufenden Gesichtssinn der Galdani, keine Illumination, kein Willkommen auf einer hochauflösenden Bildwand. Nur eine Fläche zerkratzten Glases, darüber eine Kameralinse, und einige Knöpfe, auf die man drücken konnte. Karitative

Kommunikation, dachte Jana, ich verstehe das nicht; es wird irgendwie alles einen Sinn haben.

Sie entschloss sich, es nun doch damit zu versuchen, und drehte sich um.

Jana blickte direkt in die unglaublich strahlenden und überirdisch blauen Augen Mikkos; und von irgendwoher kamen die langen Arme Aris und packten sie bei den Schultern. Ehe sie reagieren konnte, presste der große Mann ihr die Hände hinter dem Rücken zusammen. Sie blickte hinunter, auf diese sehnigen Arme, die sie zuschnürten wie ein Paket. Diese Haut war nicht negroid, erkannte sie, die blauschwarze Farbe war kein Erbteil. Dieser Mann hatte sich die Epidermis künstlich gefärbt. Leute, die viel im freien Weltraum unter unzureichenden Sicherheitsbedingungen arbeiten mussten, taten so etwas, um die Strahlen von ihrem Körper besser fernzuhalten, als die billigen Raumanzüge es vermochten. Oder Leute, die es schick fanden, wie ein Underdog aus den Raumdocks auszusehen. Dieses Pigment enthielt eine Menge von gebundenen Metallen, deswegen sah die Haut so blauschwarz und dunkel aus. Zu den Modenarren gehörte Ari offensichtlich nicht. Seine Muskeln waren nicht im Schönheitsstudio gezüchtet, seine Finger umschlossen Janas Handgelenke wie Schraubzwingen.

»Das sind wir nicht gewohnt«, sagte Mikko, »das sind wir gar nicht gewohnt, dass so eine Schlampe vornehm tut, unsere teuer bezahlten Drinks hinunterschüttet und geht, als wäre sie damit keinerlei Verpflichtung eingegangen.«

»Das ist so«, wisperte Ari ihr direkt ins Ohr und strich mit seinen Zähnen über ihr Ohrläppchen. Ob die Zähne auch blauschwarz waren? Sein Atem roch nach Pfefferminze und Medizin.

Mikkos sommersprossiges Gesicht war ganz nah vor Jana, es füllte ihr ganzes Gesichtsfeld aus. Sein Rausch schwebte um seinen Kopf. Die winzigen Explosionen in seinem Hirn glitzerten in seinen Augen. Mikko grinste.

»Ich denke, das wird uns allen eine Menge Spaß bringen«, sagte er, und seine Hände machten irgendetwas mit seinem Gürtel. Seine kurze, enganliegende Hose klaffte plötzlich weit auseinander, und der seidig glänzende Stoff wich zurück. Rund um seinen stämmigen Schwanz wuchs dasselbe rote lockige Haar wie auf seinem Kopf, stellte Jana fest. Das Glied war aufgerichtet und unbeschnitten.

Mikko lachte und griff nach ihrer Kleidung. Ari packte ihre Handgelenke fester. Erst kurz darauf drang die Erkenntnis zu Jana durch, was das alles sollte. Dieser Mensch würde gleich versuchen, einen erzwungenen Geschlechtsverkehr mit ihr zu haben. Oh, ihr Schöpfer. Sie beschloss, sich über das Bizarre dieses Vorhabens erst später zu wundern, und übergab die Kontrolle an T'Arastoydt. Kraft und prickelnde Energie durchströmte ihren Körper; für den Bruchteil einer Sekunde erwog sie die Möglichkeit, dem Manne seinen Willen zu lassen und ihn mitten im Akt zu überwältigen. Ein Blick in die unglaublich strahlenden und überirdisch blauen Augen Mikkos überzeugte sie vom Gegenteil. Hinter diesen Augen war ein solcher Druck, ein kurz vor der Explosion stehender Kessel voller Dampf. Dieser Mensch war nicht nur von irgendwelchen Drogen in diesen Zustand versetzt worden.

T'Arastoydt verlagerte ihr Gewicht auf die fest zupackenden Arme Aris und schmetterte Mikko den Fuß mit aller Kraft in den Schritt. Sie spürte, wie seine Hoden zwischen seinem Körper und ihren Knochen gequetscht wurden, und während seine strahlend blauen Augen sich trübten, ehe ein Schmerzensschrei von seinen Lippen kam, rissen sich ihre Hände aus dem eisernen Griff Aris los.

Dem schwarzen Riesen musste es wie Zauberei erscheinen, dass die zierliche Frau, die er eben fest in seinem Griff hatte, plötzlich berstend vor Energie ihm gegenüberstand, während sich sein Freund wimmernd am Boden wälzte. Er holte mit einer knochigen Faust aus, wild entschlossen, Mikko Genugtuung zu verschaffen, da traf ihn die flache Hand T'Arastoydts mit voller Kraft auf den Solarplexus. Genau auf die richtige Stelle. Der Atem entwich seinen Lungen, und für Sekundenbruchteile, die ihm ewig erscheinen mochten, weigerte sich sein Brustkasten, Luft zu holen. Panik trat in seine Augen. Drei oder vier schwere Treffer landete T'Arastoydt an seinem Kinn, ehe der große Mann wieder atmen konnte. Er war kein ernsthafter Gegner mehr, weil die Schläge auf ihn herabprasselten, ohne eine Zehntelsekunde Pause. Sein Kopf wurde hin- und hergeworfen. Die Beine gaben unter ihm nach, und er sah die wütende Furie von einer Frau von unten her an. Sie war unbegreiflich und bedrohlich, und durch seine inzwischen von Blut getrübten Augen sah er sie wie ein Denkmal, das mit Bronzefäusten auf ihn einschlug. Er presste einen winselnden Ton aus seiner Kehle und gab den Widerstand auf.

T'Arastoydt erledigte den Mann mit einem rücksichtslosen Hieb an die Schläfe. Ari blieb regungslos. Er würde eine ganze Weile so liegenbleiben, das war sicher.

T'Arastoydt wandte sich Mikko zu. Sie musterte kurz den Mann, der keine Chance gehabt hatte, in den kurzen und einseitigen Kampf einzugreifen. Er hielt beide Hände um sein bloßes Geschlecht und wimmerte leise. T'Arastoydt holte mit dem Fuß aus und schickte den Rothaarigen mit einem gezielten, harten Tritt ans Kinn in die Bewusstlosigkeit.

Keine Gefahr mehr. Sie kontrollierte, ob das alles wirklich unbeobachtet geblieben war. Die Straße war so leer wie vor zwei Minuten, der Himmel einfarbig finster wie schon den ganzen Abend. Merkwürdiges Wetter. Sie warf einen Blick auf die beiden reglosen Körper. Zu Hause würde man so was wie die als Gefahr einstufen und Gegenmaßnahmen ergreifen. T'Arastoydt erwog sachlich, ob es angeraten war, die beiden Typen entsprechend zu behandeln. Sie waren kaum mehr als Tiere. Ein viel zu geringer Anteil ihres Großhirns war an der Steuerung ihrer Handlungen beteiligt, abgesehen von dem Risiko, das Leute mit derartig unkontrolliertem Drogenkonsum darstellten. Es gab kaum eine gefährlichere Kombination als Hormone und psychotrope Chemikalien für solche Soziopathen. Es wäre eine gute Tat, flüsterte das Konzil der Schwestern, die beiden von jenem Organ zu befreien, das sie so plagte. Andererseits könnte es zu viel Aufsehen erregen, gab T'Arastoydt ebenfalls zu bedenken, wenn sie die beiden kurzerhand kastrierte. Es war kaum anzunehmen, dass man hier so etwas gewohnt war.

T'Arastoydt verschwand und ließ eine keuchende, atemlose Jana zurück, die mit aufgerissenen Augen auf die beiden bewusstlosen Männer starrte. Die immer noch viel zu weit geöffneten Augen brannten ihr das Bild ein, ehe sie die Empfindlichkeit korrigierte. Mikko lag mit weit gespreizten Beinen da, die Hose offen, und sein Penis wirkte plötzlich überhaupt nicht mehr bedrohlich. Eher bemitleidenswert. Ari lag zusammengerollt daneben, als ob er schliefe. In seinem Gesicht zeichneten sich bereits die Blutergüsse ab, die ihn für mindestens zwei oder drei Wochen entstellen würden. Vor allem um seine Augen herum begann es, böse anzuschwellen.

Jana wandte sich ab. In ihren Gedanken leuchtete deutlich T'Arastoydts Handlungsanweisung, die männlichen Angreifer von allen weiteren Aktionen dieser Art auf Dauer abzubringen. Es wäre nicht besonders kompliziert. Sie verdrängte die exakte Abfolge von Handgriffen aus ihrem Gedächtnis und schritt auf den unscheinbaren Apparat zu, der offenbar dem diente, was man in dieser verrückt gewordenen Welt karitative Kommunikation nannte. Und es wurde einem wirklich nicht leicht gemacht, an diesem rätselhaften Vorgang teilzunehmen. Da wurde man schon einmal von komplett ausgerasteten Typen überfallen, denen die Hormone den Verstand überschwemmt hatten. Einen Verstand, der ohnehin mit Rausch und Delirium vernebelt war. Unfassbar.

Am Rande ihrer Gedanken tauchte die Erinnerung daran auf, dass es andere Möglichkeiten gegeben hätte, mit den beiden fertig zu werden, subtilere Möglichkeiten. Jana war sich allerdings nicht sicher, ob sie in ihrem derzeitigen Zustand in der Lage gewesen wäre, die nötige Kontrolle und Beherrschung aufzubringen. Also hakte sie diese Idee als momentan nicht praktikabel ab.

Als Jana direkt vor dem Gerät stand, piepste es, und es leuchtete ein stumpfes Sensorfeld auf. Mit teurer Sprachausgabe war hier nicht zu rechnen. »Karitative Kommunikation«, stand da, »bitte Adresse und/oder Code der gewünschten Verbindung angeben.«

Sie nannte den Namen, denn etwas anderes stand ihr nicht zur Verfügung.

»Markus Hataka, bitte«, sagte sie.

Die Maschine blieb unverändert, und wenn nicht Jana hätte spüren können, dass in den elektronischen Eingeweiden dieses Dinges etwas passierte, wäre sie ungeduldig geworden. Da gab es keine »Bitte warten«-Ansage, kein blinkendes Lämpchen, das auf einen heftig arbeitenden Rechner hinwies. Nichts. Nur die überscharfen Sinne T'Arastoydts, die wie ein schwaches Echo am Rand ihrer Wahrnehmung lagen und die eine enorme Aktivität in dem Kasten fühlten.

»Bitte spezifizieren«, krächzte nun endlich eine Stimme aus dem verborgenen Lautsprecher; eine andere Maschine hatte sich zugeschaltet. Auf der Oberfläche leuchtete eine Liste. Siebzehn Personen namens Marcus Hattakka, Markus Hataka, Marcus Hattaka oder Markus Hatakka. Hinter den Namen und irgendwelchen komplizierten Zahlen-Buchstaben-Symbol-Kombinationen standen Beruf- und Altersangaben. Es war nur einer dabei, der stolz behauptete,

Musiker zu sein. Das Alter kam Jana zu hoch vor. Nun, ihre Erinnerung konnte trügen. Noch immer wusste sie nicht, wie lange diese Typen im Institut sie im Koma gehalten hatten. So oder so, die Zahl da konnte stimmen, wenn Jana die bestürzende Rate bedachte, in der sich diese Leute entwickelten. Kinder von kaum achtzehn Jahren pflegte man ins Berufsleben zu stoßen, erinnerte sie sich. Auf Galdäa begann man erst mit fünfundzwanzig, sich allmählich für einen Lebensweg zu entscheiden. Sehr viel später fing man an, ernsthaft an seinem Beruf zu arbeiten; in diesem Alter hatte mancher Irdische bereits fünf oder zehn Jahre Broterwerb hinter sich. Wie alt mochten wohl die beiden sein, die wenige Meter entfernt blutiggeschlagen und bewusstlos auf dem harten Boden lagen?

Das spielt keine Rolle, ermahnte sich Jana selbst. Sie waren alt genug gewesen, die Kontrolle über sich selbst an ihre Schwänze zu übergeben. Das musste genügen.

Sie tippte auf der Liste, nachdem sie sich den Inhalt eingeprägt hatte, die Zeile an. Die Schriftzeichen erloschen.

»Verbindung nicht möglich«, teilte die kratzige Stimme barsch mit. »Karitative Kommunikation an diesem Terminal für Sie in den nächsten vierundzwanzig Stunden nicht möglich.« Auch die restlichen Lämpchen der Maschine gingen aus.

Und das war es dann. Der Apparat war nicht wieder zum Leben zu erwecken. Er weigerte sich, auf Jana zu reagieren. Sie war als unerwünscht registriert worden. Sie fand das merkwürdig.

Ein Geräusch störte sie.

Mikko stöhnte gepresst und drehte sich herum. Er würde in den nächsten Minuten aufwachen, wenn Jana ihn nicht ein weiteres Mal in den Schlaf schicken würde.

Nein, dachte Jana, ich schlage keinen halb Bewusstlosen. Ehe sie darüber nachgedacht hatte, befand sie sich bereits auf dem Weg die dunkle leere Straße hinunter. Automatisch verfiel sie zurück in ihren Trott. Genug für heute. Es würgte sie bei der Erinnerung an das Geräusch von Fleisch, das auf Fleisch schlug. Die Schritte wollten ihr weh tun; sie ließ es nicht zu. Es musste auf dieser Welt weitere solche Geräte geben, und vielleicht hatte man sich die Mühe erspart, alle miteinander zu vernetzen. Vielleicht hatte Jana an einem zweiten Apparat eine zweite Chance auf karitative Kommunikation, wenn der nichts wusste von ihrem ersten Versuch.

Sie fand tatsächlich ein paar Nebenstraßen weiter ein schäbiges Gerät derselben Art. Und es funktionierte wirklich. Jana schloss die Augen, nachdem die Aufforderung und die Liste erschienen waren. Sie dankte den Schöpfern – die waren hier vermutlich zuständig, selbst wenn sie noch bei weitem nicht so geplagt und verzweifelt war, wie die Schöpfer es gewesen waren. Jana las bedächtig und deutlich die Zeile mit dem richtig geschriebenen Namen vor. Das Gerät antwortete mit einem leisen Piepsen. Jana zuckte zusammen. Der Code war akzeptiert; aber dieses billige Geräusch! Verwendete man auf der Universitätswelt Technik, die seit Jahrzehnten hoffnungslos veraltet war? War das möglich? Und was war mit dem sternenlosen Himmel über ihr? In welchen Alptraum gehörte der?

Als der Apparat antwortete, mit derselben kratzigen Stimme wie der andere, erstarrte Jana für Sekunden.

»Interplanetare Gespräche sind mit der karitativen Kommunikation nicht möglich.« Es knackte und zwitscherte kurz. Irgendwelche elektronischen Nachrichten gingen hin und her. »Der Versuch wird dem genannten Teilnehmer mitgeteilt. Hinterlassen Sie ihren Namen als Stimmdatei. Der Teilnehmer kann an dieses Terminal zurückrufen. Sprechen Sie jetzt.«

»Jana Hakon« sagte jemand, der einen Meter neben und einen Schritt hinter ihr stand. Sie blickte sich um; da war niemand. Sie selbst musste das gesagt haben. Die billige Stimme fand irgendwo ein Echo. Wie war das gewesen? Interplanetare Gespräche. Unterhaltungen von einer Welt zur anderen. Nachrichten zwischen den Sternen. Botschaften, die überlichtschnell transportiert werden mussten. Kompliziert. Teuer.

Plötzlich rastete etwas in ihrem Kopf ein. Eine Mauer fiel um und gab den Blick frei. Jana erkannte ihren Irrtum und korrigierte ihre Weltsicht. Es war alles in Ordnung. Diese Welt war in Ordnung. Es war alles normal. Es lag an ihr, an Ja'ana K'jonasoidt Hakon T'Arastoydt. Mit diesem Planeten war alles in Ordnung. Mit ihr selbst war etwas nicht in Ordnung gewesen.

Sie war auf dem falschen Planeten. Diese Jungen vorhin waren keine Modegecken gewesen, die aussehen wollten wie schmutzige Dockarbeiter aus einer minderwertigen Werft. Und Studenten mit Sicherheit nicht. Das waren schmutzige Dockarbeiter aus einer minderwertigen Werft gewesen. Einer der vielen Werften, die es auf Penta

IV gab und die so merkwürdige Namen trugen wie STRAHLENDHELLE EINTRACHT oder KIND DES GLÜCKS. Und dies war nicht die Universitätswelt. Es gab hier keinen Himmel, an dem Sterne hätten stehen können. Sie befand sich in einer der Kuppeln von Penta IV. Sie befand sich in einer künstlichen Umwelt, die den Luxus von Penta V, so gut es eben ging, nachzuahmen suchte.

Das löste nicht nur alle Rätsel, die sich angesammelt hatten. Das brachte sie den Schöpfern wieder nah, denen jede Tat neue Unbill gebracht hatte. Die Werkwelt, nicht die Universitätswelt: Das ließ Janas Pläne, nach Hause zurückzukehren, wie ein Kartenhaus in sich zusammenfallen. Sie konnte sich nicht von Markus Hataka in ein Fahrzeug setzen lassen, das sie zurückbrachte. Es gab keinen Weg zurück nach Galdäa. Keinen raschen. Keinen einfachen. Sie war auf Penta IV. Hier war das Leben brutal und geldgesteuert. Nicht durch den kostspieligen Luxus gedämpft, den der andere Planet besaß. Wenn sie sich richtig entsann – und das tat sie immer –, war die Universitätswelt zwar in demselben System, umkreiste dieselbe Sonne, die Entfernung zwischen den beiden Planeten war jedoch enorm. Die Umlaufbahn, die laut dem Rocheschen Gesetz eine Welt dazwischen beherbergen sollte, war mit Schutt gefüllt. Und der Verkehr zwischen den beiden recht unterschiedlichen Planeten war stark reglementiert. Niemand hatte ein Interesse, die teuer bezahlte Idylle von Penta V mit hässlichen Bildern aus anderen, härteren Wirklichkeiten zu behelligen. Was Ari und Mikko vorhin versucht hatten, war normales Verhalten gewesen – normal im Rahmen dieser Welt, dieser Gegend, dieser Uhrzeit, dieser Straße. Vielleicht hatte Jana selbst, ohne es zu wissen, irgendwelche Signale ausgesandt. Gleichwohl spürte sie erst jetzt ein leichtes Bedauern, dass sie T'Arastoydt nicht hatte gewähren lassen. Es kam ihr so logisch vor angesichts einer so verdrehten Welt.

Ich sitze hübsch in der Patsche, dachte Jana. Ich sitze ganz allein auf Penta IV fest, und ich kenne niemanden, habe kein Geld, keinen Ausweis und keine Identität. Ich bin völlig falsch; genauso gut könnte ich auf einem der sieben Planeten von Utragenorius gestrandet sein. Ich könnte ins Institut zurückkehren. Bei dem Gedanken daran, was die mit ihr anstellen würden, lief ein leichter Krampf durch ihre Muskeln. Das nicht. Nur das nicht. All die Drogen. Und die Experimente.

Jana wich in die Grünanlage zurück, die auf der anderen Straßenseite lag, denn ein Fahrzeug näherte sich. Aus dem Schatten der Bäume heraus musterte Jana das Ding, das gemächlich vorbeischnurrte. Es sah völlig unscheinbar aus, ganz genau so wie auf den Bildern von der Universitätswelt. Auf den ersten Blick gab es keinen Unterschied. Nur waren in den Türen Schlösser montiert, und an den Flanken der Karosserie zeugten etliche Schrammen von einem langen Leben der Maschine. Man konnte das Ding mit einem Fahrzeug der Universitätswelt verwechseln, wenn man nur flüchtig hinsah. Jana hatte seit ihrer Flucht aus dem Institut nur flüchtig hingesehen. Sie hatte vieles nicht richtig beachtet; wenn sie jetzt darüber nachdachte und die minutiösen Erinnerungen K'jonasoidts durchmusterte, dann konnte sie kaum verstehen, wie ihr die Werbetafeln von Die Hervorragenden Bilanzen oder Glanz des Fortschritts hatten entgehen können. Beides waren Namen von besonders berühmten Werften, die praktisch immer qualifizierte Arbeitskräfte suchten. Im Vorüberlaufen hatte Jana Hakon nicht darauf geachtet. K'jonasoidt allerdings hatte es getan.

Galdäa war weiter weg, als sie gedacht hatte. Von hier aus sah die Heimat nahezu unerreichbar aus. Es würde lange dauern, ehe sie wieder vor das Konzil der Schwestern treten konnte, und noch viel länger, ehe sie wieder den Schwarzen Turm besteigen würde.

Die Drogen forderten ihren Tribut, und Jana suchte sich in der Finsternis zwischen den Pflanzen eine ungestörte Stelle, um all die Chemikalien auszupinkeln, die ihre Nieren aus dem Blut gewaschen hatten. Sie spürte, dass ihre Kräfte zur Neige gingen. Normale Menschen wären bereits zusammengebrochen.

Sie musste zurück, dieses seltsame Terminal unter Beobachtung halten. Vielleicht würde sich Hataka bald melden. Wenn die Schöpfer weiter mit ihr waren.

Aus ihrer Deckung heraus bemerkte sie Bewegung. Was, wenn jetzt Hataka anrief? Sie konnte kaum aus dem Gebüsch auftauchen und schnurstracks zu einem klingelnden Telefon gehen. Vor allem vor den Augen dieser beiden nicht.

Mikko und Ari taumelten vorbei, beide schwer gezeichnet, stumm und schnaufend, die Kleidung unordentlich. Mikko hatte seine Hose offen gelassen. Ari stützte seinen Freund. Seine Augen waren von prächtigen Blutergüssen nahezu verschlossen, und er hielt sich sehr aufrecht. Vielleicht, dachte Jana, habe ich ihm ja ein paar Rippen gebrochen. Hoffentlich haben die beiden ihre Versicherungsbeiträge pünktlich bezahlt. Sonst denkt kein Medlabor und erst recht kein Arzt daran, den beiden gratis etwas zu geben, und sei es ein Kühlakku. Auf der Werkwelt dürfte das so oder ähnlich laufen.

Sie sah dem merkwürdigen Paar hinterher. Ihr fiel ein, dass diese beiden ihre einzigen Bekannten auf diesem Planeten waren, einmal abgesehen vom Personal im Institut, das sie nie wiedersehen wollte. Es kommt kaum in die engere Wahl, einen von euch um Hilfe zu bitten, dachte sie. Diese beiden Jungs sollten Jana Hakon möglichst nicht mehr zu Gesicht bekommen. Sie könnten sauer reagieren. Der schnelle Weg, sich Freunde zu machen und Erfolg im Leben zu haben. Man bricht den Leuten ein paar Rippen und tritt sie in die Eier.

Als die Straße wieder verlassen dalag, kam sie aus dem Gebüsch heraus und setzte sich auf den Boden, ihren Blick auf den Apparat gerichtet.

Es würde klingeln oder piepsen, was auch immer. Sie würde warten, bis es hell wurde. Nein. Bis jemand das Licht in dieser Kuppel einschaltete. Sie wartete.

2.
Michael Sanderstorm • 1

Die große kühle Halle der Universität lag still und leer. In den Säulengängen aus nachgeahmtem Marmor hallten eilige Schritte nur zögernd wider, als wäre der ruhige Ort ungehalten über jede Art von Hast.

Ein junger Mann war die Stufen hinaufgestiegen, die in den schattigen Campus führten, durchquerte nun die Halle, immer wieder auf die Uhr schauend. Er achtete nicht auf die ausgewogene Atmosphäre des Ortes und die im Fußboden eingelassenen Inschriften, die dem Gebäude den Anschein hohen Alters und langer Tradition geben sollten, die es nicht besaß.

Vor einer hölzern aussehenden Tür machte der junge Mann halt und suchte seinen heftig gehenden Atem zu beruhigen. Er hatte rote Flecken auf den Wangen, die sein Gesicht ungesund aussehen ließen. Kurzgeschnittenes Haar, helle graue Augen, der Versuch eines Schnurrbartes. Entgegen der augenblicklich grassierenden Mode trug er keine Brille, nicht mal eine mit Fensterglas drin. Die Blässe seiner Haut stammte ganz offensichtlich nicht von einem Mittel zur Aufhellung, wie es in gewissen Kreisen als schick galt. Das sah definitiv nach Krankheit aus.

Für einige Sekunden erschlaffte die magere Gestalt, dann riss sich der junge Mann zusammen und richtete sich auf. Die Hand auf einer wirbligen Verzierung im künstlichen Marmor, ein Summen. Kurzes Warten. Eine Stimme von irgendwo.

»Bitte?«

»Ein Nachzügler zur Themenplanung«, sagte der junge Mann und hatte Mühe, seine Stimme unter Kontrolle zu bekommen. »Student Michael Sanderstorm, Gruppe siebzehn.«

Einige Sekunden lang blieb es still. Der junge Mann hielt die Luft an und sah misstrauisch auf die Uhr. Dann blickte er über die Schulter zurück in die Halle, in der letzte Woche eine Dominomeisterschaft stattgefunden hatte. Hunderttausende alberner Dominosteine waren in monatelanger Arbeit vieler Helfer hochkant hingestellt worden. Ein einziger umgestoßener Stein hatte eine Kettenreaktion ausgelöst, an deren Ende – nach zehn oder fünfzehn Minuten – es eine begeisterte Menschenmenge und hunderttausende umgefallener Dominosteine gegeben hatte. Es existierten seltsame Methoden, seine Zeit zu verbringen.

Die Tür, vor der Michael Sanderstorm wartete, schwang lautlos auf. Ein überraschend geräumiges Zimmer empfing ihn, in dem sich auf einem schier endlosen rosa Teppich Sitzecke und Terminal-Arbeitsplatz verloren. Andere Möbel gab es nicht. Am riesigen Fenster in der Rückwand stand ein hutzliger vertrockneter Mann und sah hinaus. Er hatte die pastellgelbe Gardine um seine Schultern gelegt, als wäre es kalt und er wolle sich an dem hauchdünnen Stoff wärmen.

»Es ist seltsam«, sagte der vierte Stellvertreter des Prorektors, »dass in jedem Jahr zum zweiten Nachzüglertermin noch Studenten kommen. Und nicht mal da kommen alle. Nicht alle. Wundere mich ja bei den Karnesen über gar nichts mehr, die sind nun mal nicht die Zuverlässigkeit selbst, aber sonst. Wirklich.«

»Sie müssen entschuldigen«, sagte Michael gegen die gelbe Gardine.

»Und einer von den dreien hat seinen Exmatrikulationsantrag geschickt. Über die Datenverbindung. Kommt nicht mal von Karna. Frechheit. Weiß genau, dass wir nur persönlichste Vorstelligkeit akzeptieren.«

Der kleine Mann stockte und lauschte seinem Satz hinterher; es fiel ihm nicht auf, was da falsch gewesen war.

Sprachverlust, dachte Michael, sollte sich entkalken lassen.

Von der Gardine verhüllt, redete der Alte vor sich hin. »Und einer kommt zwei Minuten, genau zwei Minuten vor Ablauf der Frist. Der andere kommt gar nicht. Was stellen die sich vor. Wir sind doch kein Wurststand, verständlichkeitshalber.«

»Wenn ich Ihnen erklären darf …«

»Erst warten wir. Zwei Minuten. Kommt im absolut letzten äußersten Augenblick, womöglich.«

Michael stand unbehaglich. Der vertrocknete alte Mann lüpfte die Gardine und betrachtete seine Uhr, die über dem Schreibtisch leuchtende Zahlen in die Luft schrieb. Dass auf diesen Posten immer jene verdienstvollen Persönlichkeiten saßen, die nicht ohne Amt auskamen.

Nicht viel taten, sich wichtig fanden. Und den Bogen heraushatten, wie sie dem, was sie taten, den Anstrich höherer Bedeutung verleihen konnten. Nur einen Posten ausfüllten. Ohne jemals wirklich etwas zu tun. Und andererseits, dachte Michael, andererseits geschieht den Leuten, die wirklich leben und tatsächlich etwas machen wollen, immer wieder Schreckliches. Natürlich dachte er an seinen Bruder, der vor Jahresfrist verschwunden war, irgendwo im Weltall. Und natürlich tat der Gedanke weh. Man hatte Tasso inzwischen für tot erklärt. Michael würde das nie akzeptieren. Tasso lebte, und irgendwann würde er es beweisen können. Michael wusste, dass diese Überzeugung fiktiv war. Eine Selbsttäuschung. Eine verhinderte Trauerarbeit. Die Seelenheinis hatten es ihm tausendmal auseinandergesetzt. Na und?

Vom Terminal kam leises Piepsen, die Zeit war herum. Die in die Luft gemalten Zahlen erstarrten zur vollen Stunde und lösten sich auf.

Der Alte drehte sich um und streifte den Saum der Gardine von den Schultern. Seine Augen musterten Michael kurz. »Hab die Zeit einprogrammiert. Falls ich was vergessen sollte. Kommt vor. Wie heißen Sie?«

Michael wiederholte sehr gewissenhaft seinen Namen. Tippen auf der Tastatur. Warten auf Daten aus dem Netz. Die wässrigen Augen des Alten musterten den Studenten, als wäre der junge Mann ein ekliges Tier. Schmal, blass, ungesund, ein Bild des Jammers.

»Weiß wirklich nicht«, sagte der Alte, »was die Leute heutzutage daran finden, auch noch das letzte Gift einzuwerfen. Macht euch alle kaputt, alle miteinander.«

»Ich habe nicht ...«, begann Michael. Der Mann beachtete ihn überhaupt nicht.

»Neulich einen rausgeworfen, der bis zum Ycorgan heruntergekommen war. Drei Jahre in fünf Minuten, meinte der Typ. Völlig neben der Rolle.«

Michael verzichtete auf eine Antwort. Der Alte richtete seine bröcklige Aufmerksamkeit wieder auf den Rechner, sein Blick huschte über Zeilen auf der Anzeige. Neues Tippen. Der Drucker brummte.

»Diesen einen letzten Zuspätkommer werden wir rauswerfen müssen«, sagte der kleine Mann und zog einige Blatt Papier aus der Maschine.

»Das ist die Liste übriggebliebener Themen für die Abschlussarbeit. Sind die besten Sachen, der Rest vom Rest, harhar.« Der Mann stieß ein meckerndes kurzes Gelächter aus, das staubig und kraftlos klang. »Alles alte Hüte. Interessant wie Weißes Rauschen Typ eins.«

Er hielt den schmalen Stapel Blätter vor sich wie eine Trophäe und zitierte die Überschriften der verbliebenen Themen, die Arbeiten, die niemand hatte schreiben wollen.

»Erstens. Die Phänomene der Isolation vom Hauptstrom der kulturellen Entwicklung auf Engambosch und ihre Auswirkungen auf die Sprachentwicklung.«

Dramatisch knisternd senkte sich das Blatt, ein verschlafener Blick unter müden Lidern hervor traf auf Michael Sanderstorm. Ein leises Kopfschütteln, in das Michael beinah eingefallen wäre. Wer dachte sich solche Themen aus? Leute, die so seltsam dachten, wie die Engambosch redeten? Der vergilbte Mann deklarierte sein nächstes Thema, das ebenfalls keiner wollte.

»Die Spätfolgen und Lehren aus dem galdäischen Krieg, unter Berücksichtigung einheimischer Quellen.«

Mit zitternder Hand wurde dieses Blatt Papier genauso beiseite gelegt, wen interessierte schon ein alter, winziger und unverzüglich vergessener Krieg. Der wer weiß wievielte Stellvertreter erhob das dritte seiner angestaubten Blätter wie eine Waffe.

»Ökonomische Abhängigkeitsverhältnisse zwischen den Werften von Penta IV, dargestellt mit freundlicher Unterstützung von STRAHLENDHELLE EINTRACHT und KIND DES GLÜCKS. Was für ein Jammer.«

Der Alte wackelte mit dem Kopf, als hätte er Furcht, sein Schädel könnte bei allzu heftigen Bewegungen vom Rumpf getrennt werden, und reichte Michael mit leise zitternder Hand das Blatt.

»Selbst schuld. Wer zuerst kommt. Und wir hatten dieses Jahr so schöne Möglichkeiten. Wirklich schön. Und attraktiv.«

Der alte Mann seufzte theatralisch.

»Ist natürlich alles weg. Bis auf diesen Kram da. Das da. Das würde ich nicht freiwillig machen. Nie. Wenn man mich fragen würde.«

Er lächelte Michael überraschend an und sah richtig treuherzig aus.

»Ich mache Reklame, wie? Musst dich abfinden damit. Beschau es dir mit Humor. Etwas anderes bleibt dir nicht übrig, bei diesen Vorschlägen.«

Michael überflog die Texte auf den drei beinahe leeren Blättern, zog einen Schreiber hervor und markierte eines der drei Themen, ehe er das Blatt signierte und zurückgab.

»Ich bin krank gewesen«, sagte er. »Gestern haben mich die Ärzte entlassen – auf eigene Gefahr. Deswegen komme ich spät.«

Das vertrocknete Männlein blieb unbewegt.

»Da kann ja jeder ...«, verstand Michael, dann wandte sich das Männlein wieder dem Rechner zu und gab allerlei Daten ein. Michael nickte weise. Schließlich musste die Verwaltung ja wissen, welches arme Schwein an welchem trüben Tag welches sterbenslangweilige Thema abbekommen hatte, und irgendwo im Rechnernetz der Universität gab es sicherlich einen dunklen, spinnwebenverhangenen Ort, an dem solche Informationen einen langen sinnlosen Tod starben. Kaum waren die Eingaben in den Tiefen der Datenwelt verschwunden, angelte der Vierte Stellvertreter eine mäßig gefüllte Mappe aus einem Regal und überreichte sie mit einer Geste, als enthielte die Mappe eine Schatzkarte mit dem Weg zum heiligen Gral.

»Gratuliere, das Thema wollte seit fünf Jahren keiner. Hat sich einer gefunden ...«

Michael wandte sich um und wollte grußlos gehen – er würde mit diesem Mann nie wieder zu tun haben. Was sollte es also. Beinah hätte er über die obere Kante der Akte gepustet, um zu sehen, ob sich Staub darauf abgelagert hatte.

»Moment«, rief der Alte, »ich hab noch was sagen wollen.«

»Ja?« Verdammte Höflichkeit, schimpfte Michael. Sein Rücken fing an zu schmerzen.

»Der Quatsch mit den Verrückten von Engambosch liegt, wenn ich richtig nachdenke, ein Jahr länger oder so hier herum. Wollte ich der Vollständigkeit halber erwähnen. Vermutlich will sich niemand den langen Weg nach Engambosch antun.«

Michael nickte langsam; was ging ihn das an, seit wie vielen Jahrhunderten die Uni bereits auf diesen völlig bedeutungslosen Aufgaben hockte und auf einen Dummen wartete, der sich damit befassen würde. Er wandte sich zum Gehen.

»Ach ja«, der Alte hob einen Finger, »viel Glück und gutes Gelingen wünsche ich!«

Seine Stimme klang wie das Rascheln von Papier. Michael schüttelte nur den Kopf und ging. Viel Glück! Und gutes Gelingen! Das war so lächerlich. Er grinste.

Bereits zu diesem Zeitpunkt waren gewisse Informationen in den Speichern der Universitäts-Rechner angelangt. Und nicht nur dort. Während der junge Mann behutsam, um seinen Rücken zu schonen, die Stufen auf den menschenleeren Campus hinunterging und versuchte, nicht an seinen Bruder zu denken, waren eine Menge verschlüsselter Nachrichten unterwegs. Einige davon nahmen ihren Weg zwischen den Sternen, andere hier unten, und wieder andere sorgten lediglich dafür, dass in einem bestimmten Rechnerprogramm ein leeres Bit mit dem Wert Null durch ein volles mit dem Wert Eins ersetzt wurde.

Michael Sanderstorm klemmte die Mappe unter dem Arm fester, als ein Windstoß versuchte, ihm die wenigen Blätter zu entreißen.

»Na, was hast du Feines bekommen für deine Abschlussarbeit?«, fragte später Nikki spöttisch.

Michael reichte ihr wortlos die Mappe des Vierten Stellvertreters und setzte sich mit leisem Stöhnen. Er achtete darauf, sich nicht in die Mulde zu setzen, die der angestammte Platz von Nikkis Vater war. Der Mann pflegte von hier aus die riesenhafte Kommunikationskonsole zu benutzen, ein angeberisches Ding, das jetzt ausgeschaltet und still dahindämmerte. Jede Bewegung tat Michaels Knochen weh, und er zischte leise.

Das schmerzerfüllte Geräusch war völlig fehl am Platz in dieser Umgebung. Die geschwungenen schneeweißen Möbel, das makellose Leder und die blitzenden Glastische betrachteten ihn vorwurfsvoll. Diese Inneneinrichtung machte ihm ein schlechtes Gewissen. Er streckte den Rücken durch, legte den Unterarm in die Nierengegend. Endlich ließ das Stechen nach. Der Schmerz sickerte in die Narben und verteilte sich dort, um jeden Augenblick wieder hervorkommen zu können. Unter dem Gewicht seines gepeinigten Körpers knirschte leise das weiße Leder. Michael schaute auf das riesige abstrakte Gemälde, für das Nikkis Vater Unsummen bezahlt hatte. Wenn man lange genug auf die ineinander verfließenden Farben starrte, konnte man früher oder später alles sehen, was man sich wünschte.

Nikki blätterte in den Papieren. Ihr Gesicht wurde immer länger. Sie schüttelte den Kopf.

»Um Himmels willen, hatten die nix Besseres?«

Michael bewegte verneinend den Kopf, er wollte dieses unheimliche und furchteinflößende Knirschen nicht wieder durch seine Gliedmaßen fahren hören.

»Hatten sie nicht – es war der zweite Nachzüglertermin«, sagte er. »Da sind die wirklich spannenden Themen längst weg. Die beiden anderen offenen Aufgaben waren noch schlimmer. Eine drehte sich um die Hinterwäldler auf Engambosch, und ich hätte hinfliegen müssen. Nach Engambosch, stell dir das vor; da hätte ich mich ja gleich einfrieren lassen können. Und das andere war irgendwas über die Grobiane auf der Werkwelt. Expeditionen auf irgendwelche Werften sind für mich wohl kaum das richtige.«

Nikki schaute ihn zweifelnd an.

Michael zuckte mit den Schultern. Sein Rücken protestierte und schickte Klingen aus, die emsig auf und ab marschierten. »Nachzügler-Geschichten eben. Wer zu spät kommt, den bestraft der Bürokrat. Wer zu früh kommt, dem passiert dasselbe. Und auch diesen Termin hätte ich beinah verpasst.«

»Wie das – du bist doch pünktlich los?«

Nikki funkelte Michael an, und der blickte kläglich zurück. Seine Freundin wirkte manchmal bedrohlich, vor allem hier, in einer Umgebung, die förmlich in die Welt hinausbrüllte, dass der Inhaber dieses trauten Heims jemand Bedeutendes sein musste.

»Mir ist was Komisches passiert«, erklärte Michael. »Ich sitze in der Ringbahn, die Uni-Station kommt, und ich kann nicht aufstehen. Genau das, was der Arzt vorausgesagt hat. Wie ein Klappmesser mit gebrochener Feder. Es ging einfach nicht. Ich bin fünf oder sechs Stationen gefahren und dann zurück.«

Nikki sah ihm forschend in die Augen, als zweifelte sie an seinen Worten; belüge mich, sagte dieser Blick, und ich reiße dir das Herz heraus.

»Du musst wieder hingehen«, sagte sie sehr bestimmt.

»Wo muss ich wieder hingehen?«

»Tu doch nicht so! In die Universitätsklinik natürlich. Du kannst nicht als halber Mensch herumlaufen.«

Michael schüttelte vorsichtig den Kopf; diese Bewegung nahm ihm sein lädierter Rücken nicht übel. Er atmete freier und wagte es, Nikki offen zu widersprechen.

»Ich hab das Verlängerungsangebot dankend abgelehnt, das weißt du sehr gut«, entgegnete er.

Und eine zweite Möglichkeit, den Studienplatz verlängern zu lassen, wurde niemandem geboten; nicht von einer der drei führenden Universitäten auf Penta V, nicht einem völlig unbedeutenden Studenten, aber das sagte er nicht. Nikki wusste das ebenso gut wie er.

»Und es war falsch, sag ich!«

Nikki klappte wütend den Ordner zu.

»Darum muss ich zum Termin meine Arbeit abliefern«, stellte Michael fest, und er bemühte sich, den Punkt hinter diesem Satz sorgfältig mit auszusprechen. Manchmal wünschte er sich die Gabe, die andere Leute hatten: in Großbuchstaben reden zu können. Oder wenigstens mit so viel Nachdruck, dass weitere Widerrede ausgeschlossen war. Tasso hatte so etwas manchmal fertiggebracht, und Michael hatte seinen Bruder dafür immer wieder bewundert.

»Arbeit abliefern? Auf Kosten der Gesundheit?«, fragte Nikki.

»Arbeit dürfte besser sein als Nichtstun und Sichbehandelnlassen.«

»Michael, du machst dich kaputt.«

»Was mich kaputtmacht, ist dieses untätige Rumsitzen«, widersprach er. »Nichts zustande zu bringen, ist wie eine Lähmung. Wie eine richtige Lähmung. Nicht die Knochen – hier oben drin hakt es aus.«

»Hm – ich merk das schon ganz deutlich.«

»Nicht so spitz, ja?«

»Du meinst, dieses vollkommen reizlose Thema bringt dir eine gute Abschlussarbeit ein? Denkst du das wirklich?« Nikkis Stimme kletterte in die Höhe, während sie das sagte.

Michael grinste seine Freundin an. »Du hast es leider nicht kapiert«, sagte er und breitete in einer absichtlich theatralischen Geste seine Arme aus, ohne auf das Zerren und Ziehen in seinen Muskeln zu achten. »Ich will keine Supernote oder dass das Ding sofort gedruckt wird und ich im Netz der Welten als Sensation herauskomme:

Der Chronist der bedeutendsten Titanaufgrabung unseres Jahrhunderts! Der Retter der vergessenen Seelen von Engambosch spricht heute Abend in einer Direktübertragung zu unseren Zuschauern! Oder: Sagen Sie, Herr Sanderstorm, wie ist es Ihnen gelungen, solche beeindruckenden Aufnahmen von den Qualen der Monteure auf der Werft Knochenbrei und Seelenqual zu machen? Und wie zum Teufel haben Sie die unausrottbaren Legenden der bemannten Raumfahrt enträtselt, angefangen von den gigantischen goldenen Chimären bis hin zu den Geheimnissen der vagabundierenden Müllkippen?«

Michael schüttelte den Kopf und spürte, wie es irgendwo in seinen Knorpeln im Hals leise knirschte.

»Das ist doch alles Quatsch. So etwas interessiert mich nicht.«

»Was willst du dann?«, fauchte Nikki. »Leise treten?« Sie wedelte mit dem Ordner in der Luft herum.

»Wenn du so willst – ja. Ein Thema ohne großes Interesse.« Michael schlug den Takt seiner Worte mit der flachen Hand auf den teuren Bezug des schneeweißen Sofas. Das Ding war tatsächlich mit Leder bespannt, echtem Leder, mit der Haut toter Tiere. »Alle Dokumente leicht erreichbar, keine streitenden Parteien, keine Konkurrenz. Keine schwierigen Verhandlungen mit irgendwelchen Einheimischen, die am Ende so heikel und so labil wie Karnesen sind. Keine Konflikte mit abergläubischen Leuten, für die nach der Sieben gleich die Neun kommt. Material sammeln, ordnen, in einen Überblick bringen und schließlich geruhsam Sätze umkrempeln, bis es ein hübscher, langweiliger, hinreichender Text ist. Mehr nicht.«

»Der dir das Testat einbringt. Genügend.«

»Genau.« Michael lehnte sich zurück und dachte, sie hätte es endlich verstanden. Er wagte es, sich in den teuren Kissen zu entspannen. Merkwürdiges Gefühl, nicht unangenehm. Irgendwo in seinem Rücken rieb ein Wirbelfortsatz auf einer wunden Sehne entlang. Fast konnte Michael das Knirschen hören. Je länger er in diesem riesenhaften halbrunden Sofa saß, desto deutlicher hatte er den Eindruck, das Möbelstück starre ihn vorwurfsvoll an.

»Das Testat gerade so. Bestenfalls mit einer Drei«, sagte Nikki. »Oder einer Vier. Knapp bestanden.«

»Auch das. Völlig egal.«

»Du bist ja nicht zu retten!« Nikki sprang auf und begann, das monströse Sofa zu umkreisen, als würde sie einen archaischen Stammestanz aufführen. »Und mit diesem Thema. Ausgerechnet das. Meine Güte, es ist Jahre her, dass die Halbwilden dort gedacht haben, sie könnten gegen die Menschheit Krieg führen. Weißt du, wen das heute interessiert?«

»Niemanden, nehme ich an.«

Michael sah gelassen zu, wie sich Nikki auf ihrem Weg immer um das blendendweiße Sofa herum ereiferte.

»Wenn du das weißt, warum ...«

»Verstehst du mich nicht? Ich will unter die Lebenden zurückkehren nach anderthalb Jahren Stilliegen, Stillsitzen, Stillhalten, wieder was tun, und für den Anfang was Bedeutungsloses, Harmloses, Ruhiges, etwas, das ich bewältigen kann, ohne mir die zusammengeflickten Stellen aufzureißen oder an alte Wunden zu rühren. Und jetzt lass mich in Frieden!«

Nikki zielte mit der Akte auf ihn wie mit einer Waffe. »Hast du die Mappe durchgesehen?«

»Wann denn? Du hast sie doch die ganze Zeit.« Michael lächelte; sein Charme zeigte heute keinerlei Wirkung. Irgendeinen Grund musste es geben, dass seine liebe Nikki fuchsteufelswild war.

»Darf ich mal zitieren?«, fragte sie, und es war der Frage deutlich anzuhören, dass sie auf jeden Fall zitieren würde, selbst wenn die Heerscharen der Hölle etwas dagegen hätten. Michael dachte nicht einmal daran, sich zu widersetzen.

»Hm«, brummte er nur.

«Vor Aufnahme der Arbeit ist der Absolvent verpflichtet,« las Nikki mit triumphierender Stimme vor, »sich mit Vertretern der Galdäa über seinen Arbeitsplan zu verständigen. Vor Abschluss des Einreichungsverfahrens – schönes Wort, das, – ist der Text in beiderseitigem Einverständnis gegenzuzeichnen. Hast du das verstanden? Weißt du, was das bedeutet?«

»Soll das heißen, die haben ein Mitspracherecht?« Das war allerdings für so relativ unbedeutende Belegarbeiten ungewöhnlich. Es verlängerte den ohnehin nicht kurzen Dienstweg. Und lange Dienstwege erhöhten die Kosten.

»Sieht mir ganz so aus.« Nikki starrte mit zornig zusammengezogenen Augenbrauen in die Mappe, als würden die dort geschriebenen Worte sie persönlich beleidigen. Sie sieht zum Fressen aus, wenn sie so aufgebracht ist, dachte Michael, selbst wenn das eins der abgenutztesten Komplimente der Weltgeschichte ist.

»Vielleicht«, sagte Nikki, »hat die Gegenseite sogar ein Vetorecht gegen unliebsame Passagen. Das kommt nicht klar heraus.«

»Seltsam. Steht da, ob ich hinfliegen soll oder so?«

»Nein. Eine Adresse. Konsulat Galdäa. Eine hiesige Adresse.«

Nikki starrte ihren Freund an, als wundere sie sich, was da plötzlich auf das weiße Ledersofa geraten war. Michael schüttelte den Kopf. Nie zuvor hatte er gehört, dass man offizielle Beziehungen zu dem einstigen Feind unterhielt.

3.

Markus Hataka • Wenn der Mensch fünf zählt der Mensch ist fünf / Zählt der Teufel die Sechs der Teufel ist Sechs / Dann ist Gott die Sieben Gott die Sieben

Vielleicht war es keine schlechte Idee, zu den Gitarren zurückzukehren. Selbst so ein Ding in die Hand nehmen und spielen, nicht nur diese uralten Aufnahmen hören und die alle paar Dutzend Jahre auftauchenden Epigonen. Vielleicht war etwas dran, dass man mit allen Rechnern und synthetisierenden Klangerzeugern des Universums den speziellen Klang der Wut und der Trauer nicht nachahmen konnte, den jemand hervorbrachte, der voller Verzweiflung auf sechs Saiten einschlug.

»Ist irgendwas nicht in Ordnung?«, fragte die alte Eveline, die zu ihrer Haustür vorbeischlurfte. Markus zuckte zusammen und begriff, dass er seit Minuten vor seiner eigenen Tür stand und gedankenverloren auf sein Namensschild starrte. Er musste einen seltsamen Anblick geboten haben.

»Es ist nichts«, sagte er hastig zu Eveline. Die nickte nur und setzte unbeirrt ihren Weg fort. Sie hatte gelegentlich behauptet, in ihrem Alter dürfe man nicht ohne triftige Gründe stehenbleiben, um nicht plötzlich zu Staub zu zerfallen. Markus kannte die alte Dame als emsig dahinschlurfende Gestalt. Er mochte sie, weil sie ihn hin und wieder fragte, wie die Musik hieß, die er hörte. Über die Lautstärke hatte sie sich nie beschwert. Manchmal kaufte sie sich sogar den einen oder anderen Titel, den sie zuerst durch die Wand zwischen ihren Appartements hatte dröhnen hören. Neulich hatte Markus deutlich »Are You Experienced?« von Evelines Seite herüber hören können. Vielleicht, dachte er, ist es mein Lebenswerk, eine einzelne alte Dame mit der Liebe zu antiken Musikstücken zu infizieren.

Er entriegelte die Tür mit einem kräftigen Handabdruck und ging in sein Haus. Das Schöne an diesen Reihenhäusern in den Bergen, ganz am Rand von Bahia de Janeiro, war ihre Variabilität. Man konnte praktisch alles innerhalb der Mauern ändern und umstellen, Wände, Zimmer, Treppe. Markus hatte die alte Einrichtung hinausgeworfen. Oben am Ende einer winzigen Galerie, auf die eine steile Treppe führte, klebte ein Schlafzimmer. Das war alles. Der restliche Raum war angefüllt mit den verschiedensten Musikinstrumenten, einer ganzen Batterie von Rechnern, Kabeln, Mikrofonen, Effektgeräten. Auf langen Regalen an der Wand aufgereiht thronte die Verstärkersammlung. Verschiedene Lautsprecher bedrohten mit klaffenden Mäulern den freien Raum in der Mitte.

Markus legte das Gerät, das er mitgebracht hatte, vorsichtig auf einen Stuhl und betrachtete es wie ein Kunstwerk. Vielleicht war es das. Eine Spezialbrille, Teil einer Installation für virtuelle Musikinstrumente. Orgel spielen in der Luft, auf einer vorgegaukelten Tastatur, deren Tasten heute aus Elfenbein und morgen aus geschnitztem Oniskus-Holz sein konnten, inklusive sprühender Funken. Rechnergestütztes Spielzeug. Dieses Virtuell-Zeug konnte sich nicht durchsetzen. Es hatte keine Chance gegen die Direktverdrahtung des menschlichen Gehirns, wie sie nur die Leute bekamen, die ihre Seele dem Flottenkommando überschrieben. Doch alle paar Jahrzehnte versuchte wieder einmal jemand, mit virtuellem Kram Geschäfte zu machen. Diese Brille hier hatte ein atemberaubendes Design. Es machte Spaß, sie anzusehen. Hübsche Vorstellung, jemandem das Ding auf die Nase zu drücken; aber es machte keinerlei Appetit darauf, einzustöpseln und hindurchzublicken. Vielleicht war deshalb der virtuelle Kram gerade wieder einmal out.

»Musik«, sagte Markus, und nach einer Sekunde, in der der Zufallsgenerator aus den vielen Zehntausenden gespeicherter Stücke eines herauspickte, erfüllte ein schwirrender Klang das Zimmer. Achtundvierzig kunstvoll verstimmte Saxophone tanzten einen schleppenden atonalen Reigen um einen einzigen Akkord herum, ohne ihn je zu erreichen. Das war Bokodionow, eine der vielen komplett experimentellen Suiten. Markus spürte, wie sich ihm die Nackenhaare aufstellten. Das wollte er sich jetzt nicht anhören. Das nicht, nichts Verkopftes, und kein endloses Geblubber wie die Musik von Utragenorius, die angeblich so überaus beruhigend sein sollte.

»Stopp. Präferenz«, befahl Markus, »und Zufall.«

Unter seinen als bevorzugt gespeicherten Stücken eines auszulosen, ging natürlich viel flinker. »There was a guy«, sang Markus aus voller Kehle mit, »an underwater guy who controlled the sea, got killed by ten millions pounds of sludge.« Markus sang viel lauter, als es an dieser Stelle nötig war. Die Streicher sägten sich durch ihre wenigen Töne, und die komplizierte Lautsprecheranlage ließ die Akkorde von «This Monkey Gone To Heaven« in atemberaubender Lautstärke durch die Luft marschieren. Markus schaltete die Anrufmaschine ein. Stumm bewegten die armen, hilflosen, stimmlosen und vergeblichen Gesprächssuchenden dieses Tages die Lippen. Es war kein Wort zu verstehen, nur das hinreißende Schrammeln dieser entfesselten Gitarre. Markus konnte sich zu jedem Gesicht denken, was es sagte. Das übliche Zeug. Es war kaum notwendig, sich nachher die Nachrichten anzuhören, aufgezeichnet war sowieso alles.

»The creature in the sky got sucked in a hole«, dröhnte es aus den Lautsprechern – Markus und die Töpfe im Küchenschrank vibrierten mit – »now there‘s a hole in the sky, and the ground‘s not cold, everything is gonna burn.« Es gab wirklich nichts Aufregendes im Speicher der Anrufmaschine. Schade eigentlich.

Markus probierte aus, an welcher Stelle in seinen Regalen die obskure Brille am besten aussah. Das Design von dem Ding war so grell, dass es überall die Objekte in seiner Umgebung optisch erschlug. Vielleicht sollte er es irgendjemandem andrehen, der keine Ahnung davon hatte, dass Virtuell-Brillen seit mehreren hundert Jahren unmodern waren und es immer bleiben würden. Solche Naivlinge würde man allerdings höchstens auf Engambosch finden können.

Auf der Anzeige der Anrufmaschine wechselten sich Gesichter ab, die nur zu bekannt waren. Sie bewegten ihre Lippen; kein einziges ihrer Worte drang durch. »Then God is seven, God is seven, God is seven«, brüllten die Lautsprecher. Markus hielt inne und starrte überrascht auf ein Gesicht, das er beinah vergessen hatte. Tief in seinem Inneren spürte er, wie eine Saite sich spannte. Das konnte nicht wahr sein. God is seven. Diese Frau rief ihn an. Das war eine Nachricht aus der Vergangenheit. Und Markus dachte nicht oft und nicht gern an dieses Kapitel seines Lebens. God is seven. Es passte so gut, dass es wehtat. Sie hatte ihm damals geraten, unbedingt bei dem zu bleiben, wovon er träumte. Und er hatte es getan. Er hatte weiter verbissen seine Musik gemacht. Er hatte nicht eines Tages alles kurz und klein geschlagen, wie man es den Riesen von Karna nachsagte. Und der Traum war wie durch den Wink einer Fee verwirklicht worden. Markus war hier, wenige Kilometer entfernt von dem berühmten sonnenlichtübergossenen Strand von Bahia de Janeiro auf Penta V, und in seinem Haus wartete eine ausgeklügelte Technik darauf, seine Melodien in ihre unersättlichen Speicher zu saugen. Eine Fee hatte mit den Fingern geschnipst, und Markus hatte kaum etwas tun müssen. Die strammen Leiber von Erfolg und Wohlstand waren von allein unter seine Bettdecke geschlüpft.

Was tat es, dass die Quelle der Melodien verstopft war, verschüttet; dass seit Wochen, Monaten, Jahren sich lediglich Zeug auf den Tonspuren sammelte, das der pure Müll war, wohlklingende Gebilde, die reibungslos ins Ohr gingen. Musikalisch war dieses Zeug so tot, dass es stank. Glatt, gefällig, süßlich, so nebenbei zu konsumieren wie ein Bonbon. Grauenhaft. Markus konnte es gar nicht so schnell löschen, wie er neuen Abfall dieser Art einspielte. Und es hatte einmal eine Zeit gegeben, da er so viele Ideen hatte, dass ihm die Sender und die Agenturen die Bude einliefen.

Das war gewesen, als er frisch hierhergekommen war, und all seine Ideen waren in diese Veröffentlichung geflossen. Der Chip, das Fingerschnippen der Fee, hieß «Kutembea Pt. 2«, zweiundsiebzig Minuten Musik, und er verkaufte sich so gut, dass Markus danach alle Zeit der Welt hatte, ein weiteres Meisterwerk einzuspielen. Das Problem war, dass man ihm jeden Mist abgekauft hätte, nach diesem Erfolg, und er wollte nicht, dass man bonbonfarben klingenden Mist kaufte, weil ein Etikett mit seinem Namen darauf klebte. Die segnende Handbewegung der geflügelten durchscheinenden Fee war es, was «Kutembea Pt. 2« zu solch einem Erfolg gemacht hatte. Markus wollte nichts verkaufen, was nicht über diese rätselhafte Magie verfügte. Keine Bonbons. Und nun sprach jeden Tag dieser Mensch von der Agentur auf seine Anrufmaschine, teilte die neuesten Verkaufszahlen mit und fragte jeden Tag mit derselben Demut, wann man mit der Fertigstellung des neuen Werkes rechnen könne. Ein Wunder, dass der Typ nicht auf seinem eigenen Sabber ins Straucheln kam.

Markus starrte auf die Anzeige. Sie war längst erloschen. Die Saite in ihm begann zu vibriren. Die Lautsprecher intonierten inzwischen die bleischweren Akkorde von «Palace Of The Brine«, und Markus hatte wie immer bei solchen Nummern das Gefühl, jemand ziehe ihm den Stecker aus dem Hintern.

Er musste unbedingt diese Nachricht abrufen. Markus stoppte die Musik und suchte das Gesicht im Speicher seiner Anrufmaschine.

Das war nicht leicht; er spielte eine belanglose Datei nach der anderen ab, ehe er sich erinnerte, dass das Gesicht merkwürdig starr gewirkt hatte. Ein Standbild. Das war es gewesen, ein billiges, speicherplatzsparendes Standbild. Er suchte nach der kleinsten Datei im Speicher. Da war es.

Das Gesicht. Ihr Gesicht, das in seinem Innern sofort so etwas wie in Echo auslöste.

Markus betrachtete diese fremde Frau, mit der er nur einige Wochen in seinem bewegten Leben zu tun gehabt hatte. Sie sah genauso aus wie damals. Keinen Tag älter. Abgehetzt wirkten ihre Gesichtszüge, als hätte man sie beim Joggen angehalten, um ein Bild von ihr zu machen. Ja. Ein Bild. Gute Idee.

Markus ließ sich einen Ausdruck machen, ein altmodisches Stück Papier zum Zusammenfalten und In-die-Hemdtasche-stecken. Vielleicht waren es ja die Melodien, die er damals von ihr gelernt hatte, die das Fingerschnippen der Fee hinten in seinem Kopf ausgelöst hatten.

Mit dem Bild war eine Klangdatei verknüpft. Zu hören gab es nur die flache und ausdruckslose Stimme einer billigen Maschine, übermittelt in geringer Qualität, um Speicherplatz und Kosten zu sparen.

«Karitative Kommunikation«, sagte die Stimme, «karitative Kommunikation einer mittellosen Person auf Penta IV für Markus Hataka, Musiker, derzeit lokalisiert auf Penta V unter der angegebenen Adresse. Die Person gibt ihren Namen mit Jana Hakon an. Sie können sie unter dem Rückrufcode erreichen. Er ist am Ende dieser Übermittlung beigefügt. Hinweis der Exekutive Penta IV: Sollte sich der Empfänger durch karitative Kommunikation belästigt fühlen, kann er seine Adresse für dergleichen Übermittlungen sperren lassen. Rechtliche Schritte gegen karitative Kommunikation können sich niemals gegen die Exekutive Penta IV richten, sondern immer nur gegen den Urheber der karitativen Kommunikation. Das Ausfindigmachen des Urhebers ist in der Regel kostenpflichtig.« Es folgte das digitale Gezwitscher einer kodierten Nummer.

Typisch Penta IV, dachte Markus, typisch Werkwelt, alles kostet Geld, und die Rückrufnummer ist kodiert, damit man nicht den geringsten Anhaltspunkt hat, woher der Anruf kommt. Verfolgungswahn. Nun ja, wenn man es recht bedenkt, war Paranoia auf der Werkwelt eine von mehreren grenzwertigen Volkssportarten. Allein die monströsen Strategien der Geheimhaltung auf den Werften waren ein Beweis dafür. Ob die Werft nun Positives Ergebnis hieß oder mit dem Namen Glück und Erfolg geschmückt war, ihre Agenten lieferten sich einen permanenten stillen Kleinkrieg um Daten und Köpfe. Manche der Werften sollten Elitetruppen unterhalten, die im Bedarfsfall beim Konkurrenten einbrachen oder Leute verschwinden ließen. Ehemalige Auswahl-Leute, ausgemusterte Killermenschen, die ihre Haut samt den Implantaten darunter zu Markte trugen.

Und Jana lief dort herum und rief ihn an. Als etwas, das im Sprachgebrauch von Penta IV eine mittellose Person genannt wurde. Das bedeutete, dass man ihr niemals gestattet hatte, dieses scheußliche sogenannte Institut zu verlassen. Markus grinste. Jana hatte den Idioten gezeigt, wo die Harke hing, und war abgehauen. Hatte ihr Bett sicherlich gemacht und glattgestrichen hinterlassen, wie es ihre Art war, und war spurlos verschwunden. Wie ein Traum. Herrlich. Einfach wunderbar. Er musste ihr helfen. Die Fee könnte ein zweites Mal mit den Fingern schnippen. Und selbst ohne die dreimal verfluchte Fee: Niemand konnte das verdienen, was man den Leuten in diesem Institut antat. Und diese gespannte Saite ihn ihm trieb Hataka an, etwas zu tun.

Während er nachdachte, war das digitale Gezwitscher auf dem Weg in die Tiefen des Kommunikationsnetzes. Markus hatte es mit reichlich Kredit versehen, weil er die Praktiken von Penta IV kannte. Da gab es Gebühren für die Nutzung der interplanetaren Verbindung, was völliger Unsinn war, da diese Verbindung ohnehin immer existierte, denn das Netz machte keine Millisekunde lang Pause. Da gab es Gebühren für das Einrichten eines planetaren Datenzugangs, glatt gelogen, und ebenso erlogene Gebühren für bereits aufgelaufene Verbindungskosten. Damit war die karitative Kommunikation gemeint. Markus bezahlte in diesem Moment irgendwelche Rechnungen für die Nachricht Janas. Seine Einverständniserklärung dafür war bereits in dem digitalen Gezwitscher enthalten gewesen. Sehr praktisch. Er sah grinsend zu, wie der pekuniäre Zähler seines Rückrufs in Richtung Null ratterte. Wahrscheinlich hatten die Typen auf Penta IV einen elektronischen Agenten, der sie darüber auf dem Laufenden hielt, wie viel Finanzmittel das kleine dumme Rückrufprogramm geladen hatte. Kurz ehe das Geld komplett für allerlei obskure Kosten draufgegangen war, leuchtete die Anzeige auf. Niemand würde schließlich eine Übertragung unterbrechen, für deren Zustandekommen er soviel Geld bezahlt hatte. Da würde man doch sofort neuen Kredit zur Verfügung stellen. Markus tat es.

Dann schaute er stirnrunzelnd hin. Da war nichts. Da war niemand zu sehen, berichtigte er sich. Da war eine nächtliche Straße, die leer und wenig erhellt dalag, und auf der anderen Straßenseite war eine dieser Grünanlagen, die den Leuten in den Kuppeln von Penta IV weismachen sollten, sie könnten sich genauso fühlen und benehmen wie auf der Universitätswelt. Das funktionierte nur, wenn man niemals auf Penta V selbst gewesen war. Was auf die meisten Bewohner von Penta IV zutraf. Solche Leute würde man nicht einmal in den Orbit der Universitätswelt lassen, geschweige denn landen. Man grenzte sich ab. Man schloss die Leute aus, die die Weltenkreuzer mit ihren eigenen Händen bauten. Und deswegen konnte dieses vermickerte Gemüse dort einen gewissen Eindruck machen.

Auf ihn nicht. Er starrte auf diese armseligen, gräulichen Pflanzen wie auf Gespenster aus der Vergangenheit. »Jana«, sagte er, »Jana Hakon, bist du da irgendwo?«

Die Sträucher blieben unverändert so elend, wie sie waren; eine leise Antwort kam aus ihnen.

»Ich bin hier«, sagte eine Stimme, und Markus sah, wie sich die schlanke junge Frau aus der Grünanlage herauswand. Sie berührte dabei kein einziges Blatt. Das ging natürlich überhaupt nicht, aber Jana ließ es so aussehen. Hataka spürte im Bauch, wie die Spannung der unsichtbaren Saite einen tiefen, drängenden Ton auszusenden begann, weil er Jana erblickte.

»Bitte benutze weder meinen noch deinen Namen«, sagte sie, »und auch sonst keine Signalworte, die gewissen Personen helfen könnten, unser Gespräch aus dem Netz zu fischen.«

»Ich bin so froh, dich zu sehen«, sagte er.

»Das mag sein« entgegnete sie trocken. »Ich muss hier weg. Man sucht mich bereits. Und früher oder später werden sie meinen Namen in den Protokollen der karitativen Kommunikation finden. Du bist der einzige, den ich um Hilfe bitten kann.«

Herzlich wie immer, dachte Markus. In seinem Rückgrat summte es. »Wo genau bist du?« fragte er.

»Diese Kuppel heißt Menedek«, sagte Jana, »und ich kenne mich hier so gut wie gar nicht aus. Bis vor wenigen Stunden war ich der Meinung, nur eine oder zwei Stunden von dir entfernt zu sein.«

Markus starrte sprachlos in Janas ungerührtes, so vertrautes Gesicht. Stimmt. Seine Gedanken sprangen zurück, und Dinge rasteten wieder in seinem Gedächtnis ein, die er erfolgreich vergessen geglaubt hatte. Über die Frage, auf welchem Planeten man sich befand, hatten sie, Jana und er, nie gesprochen. Sie hatte der Umgebung wegen gedacht, auf Penta V zu sein, und für ihn war der unaussprechliche Luxus des Instituts ein zu überwältigendes Geschenk gewesen, um darüber zu reden. Als gescheiterter und mittelloser Musiker hatte man auf der Werkwelt keine große Auswahl. Und man hatte überhaupt keine Wahl, wenn einen die Ärzte so kurz vor der heißen Ofenklappe aufgehalten hatten, hinter der die ewige Verdammnis des Ycorgan-Rausches lauerte – das nicht enden wollende Brennen in einer Hölle, die für alle Welt Sekunden währte, für den Junkie jedoch Jahre und Jahrzehnte dauern konnte. Jana hatte ihm diese Hölle erspart; dafür brummte und zerrte etwas in seinem Leib und in seinem Geist.

»Du bist verdammt weit weg«, sagte Markus. Seine Augen fixierten Janas Gesicht und tasteten sie ab. Den mühsam aus einem bösen Ycorgan-Trip geholten, völlig abgebrannten Musiker hatten die Behörden von Penta IV damals als Hilfsarbeiter in die Kliniken von Menedek geschickt. Und für jemanden, der eben aus einem mehrere Monate langen Alptraum gekommen war, hatte Jana wie ein Engel gewirkt. Ein Gast aus anderen Sphären. Überirdisch. Gott. Oder Teufel. Zauberin, die geheimnisvolle Hände aufzulegen wusste.

»Ich brauche deine Hilfe«, sagte Jana, »ich muss hier weg. Und zwar dringend. Ich bin aus irgendeinem Grund wichtig für diese Leute. Seit einiger Zeit fahren eine Menge Fahrzeuge mit Leuten darin herum, die nicht wie Ausflügler aussehen. Vermutlich suchen sie nach einer ausgebrochenen Patientin, gefährlich und unberechenbar.«

»Hast du irgendjemandem etwas getan?«, fragte Markus.

»Natürlich nicht. Wofür hältst du mich?« Janas Augen blickten völlig unschuldig.

»Ich meinte, dass die dich vielleicht nicht ganz freiwillig hinausgelassen haben. Dass du vielleicht jemanden, nun ja, überzeugt hast. Du weißt schon.«

Jana dachte kurz und ernsthaft nach. Dann schüttelte sie den Kopf. »Dort, wo ich war«, sagte sie, »geht es allen gut. Sie haben meinen Ausflug erst bemerkt, als ich weit weg war. Und danach habe ich niemandem etwas getan.« Sie stockte und erinnerte sich an Mikkos Kronjuwelen und Aris Gesicht. »Zumindest nichts Schlimmes.«

Markus grinste. Er wollte es nicht genau wissen; allerdings kannte er Janas Fähigkeiten ein wenig.

»Ich nenne dir den Namen einer fiktiven Person«, sagte er, »und eine Zahlenkombination. Beides nur ein einziges Mal. Bitte merke dir die Daten genau. Ich richte ein Konto auf diesen Namen ein und sperre es mit der Nummer, die ich dir gebe. Du kannst über das Geld verfügen. Die Sache hat nur einen Haken.«

»Welchen?«

»Du musst so bald wie möglich aus Menedek verschwinden. Und wenn es irgend geht, rufe kein Geld ab, solange du in Menedek bist. Die überwachen sicherlich alles, was sie überwachen können. Der Geldverkehr gehört dazu.«

Jana machte ein ungläubiges Gesicht; sie hatte immer Schwierigkeiten gehabt, das merkwürdige Konzept von Geld zu begreifen, zumal, wenn das Geld bloß in Form von elektronisch gespeicherten Impulsen existierte.

»Wie soll ich hier wegkommen ohne Geld?«, fragte sie.

Markus starrte besorgt auf die Anzeige. Jana war so stark und klug, aber wenn es um die komplizierteren Aspekte des Lebens ging, war sie so unverständig, als sei sie die Angehörige einer außermenschlichen Spezies. Nun ja, vielleicht traf das zu. Das war so ähnlich wie mit den Karnesen, die so riesig und stark und unerschütterlich wirkten und doch im Innern so leicht aus den Fassung zu bringen waren, dass sie vom Flottenkommando als unzuverlässig eingestuft worden waren.

»Und wenn du dort fortgehst«, sagte er, »dann nicht in die bedeutenden Kuppelstädte. Sie werden denken, dass du von Koldulas, Menedek, No. 13 oder Bivaly abhauen willst. Das sind die mit Abstand größten Orte auf Penta IV, und genau deswegen werden die am besten überwacht. Dort ist die Gefahr für dich am größten. Geh in eine bescheidene, belanglose Kuppel, irgendein Drecksnest. Von da aus kannst du das Geld holen und unter der neuen Identität in irgendein Raumfahrzeug steigen.«

Markus lächelte Jana zu, deren unbewegtes Gesicht wie aufgemalt wirkte. Sagte er all das tatsächlich? War das real? Spürte er, wie das in ihm surrte, was Jana ihm gegeben hatte? Wollte er wirklich seine Vergangenheit wieder aus der Truhe herausholen, in der sie friedlich vergessen gewesen war?

»Wer auch immer hinter dir her sein mag«, sagte er, »sie können nicht alle Orte zugleich überwachen. Niemand kann das. Wenn du hübsch unauffällig bleibst, dürfte nicht viel schiefgehen.«

Jana stellte Fragen, die Markus nicht beantwortete. Dieses Gespräch dauerte viel zu lange. Viel zu gefährlich. Er nannte ihr den Namen und die Nummer, und dann unterbrach er die Verbindung.

Es tat weh wie ein gebrochenes Handgelenk, ein scharfer Trennungsschmerz, ein Knacken, das ihm Tränen in die Augen trieb.

Markus sah sich um und bemerkte zum ersten Mal, dass sein Haus ein ungastlicher Ort war, voller Technik und Tasten und staubiger Musikinstrumente. Der einzige Schmuck war eine akustische Gitarre mit einem durchbrochenen Schnitzwerk über dem Schallloch, und diese Gitarre hing an der Wand. Er hatte das Ding bei einer Versandfirma gekauft, die echt antike Nachbildungen alter Instrumente beschaffte, laut ihrer Werbung. Wenn er richtig darüber nachdachte, war diese Gitarre der einzige Gegenstand, der aus seiner Vergangenheit übriggeblieben war. Es hatte sich so ergeben. Nach seiner Rettung vor dem Ycorgan und der Rückkehr nach Penta V hatte sich ein Freund gemeldet und ihm die Gitarre zurückgegeben. Angeblich hatte Markus ihm das Ding irgendwann einmal geliehen, in der guten alten Zeit, als die Welt in Ordnung und Zeit messbar gewesen war. Markus konnte sich kaum daran erinnern. Mit diesem Freund konnte er nur unverfängliches Zeug reden, Unsinn eigentlich, weil er kaum seinen Namen wusste. Er konnte sich nicht an das Gesicht erinnern, von anderen Einzelheiten ganz zu schweigen. Was für ein Freund war es gewesen – jemand, mit dem man hin und wieder einmal schwatzte? Jemand, bei dem man sich ausheulte, wenn es nötig war? Jemand, mit dem man ins Bett ging? Keine Ahnung. Jemand, dem man mal eine Gitarre geliehen hatte.

Das Ycorgan und all das andere Zeug hatten die Erinnerungen durchlöchert. Deswegen genauer nachzufragen, hatte sich Markus nicht getraut, und den Namen des Freundes hatte er wieder vergessen.

Namen. Markus Hataka gab sich einen Ruck und transferierte eine Menge Geld auf ein Konto. Er ließ die Musikanlage aus ihrer Wartestellung zurückkehren. »There was a guy, an underwater guy who controlled the sea, got killed by ten millions pounds of sludge.« Diesmal sang Markus nicht mit, er hörte, was selten vorkam, auf den Text. Nein, sagte er sich, ich bin kein underwater guy. Das habe ich hinter mir. Und hoffentlich kippt niemand irgendetwas auf mich herunter. Etwas, das zu mächtig sein könnte.

Der Rechner würde es feststellen, wenn Jana sich das Geld geholt hatte. So lange konnte Markus nur warten. Warten lag ihm gar nicht. Was blieb ihm anderes übrig; er stöpselte die verrückte Brille in seinen Rechner und stellte fest, was er schon gewusst hatte. Auf einer virtuellen Orgel konnte man spielen. Sogar mit dem Aussehen des Instruments konnte man spielen. Man konnte Tasten aus Marmor benutzen oder welche aus den fein ziselierten Knochen der Engambosch-Katzen, und es machte nicht den geringsten Spaß. Es war eben nicht echt, nichts Ganzes. Es war eben mehr am Bedienen eines Keyboards als nur die richtige Taste im richtigen Augenblick mit der richtigen Geschwindigkeit zu drücken. Es hat seinen Grund, dass sich dieses Zeug nie durchsetzt, dachte Markus, schaltete aus und deponierte das virtuelle Ding zwischen seinen anderen Trophäen.

Dann schloss er eine seiner Gitarren an eine Kaskade von Verstärkern an und versuchte, das Riff von »Planet Of Sound« deutlich rotziger und viel lauter hinzubekommen als das Original. Das Signal von der Tür wurde immer dringlicher, er öffnete und sah in das lächelnde Gesicht von Eveline, die ihn mit zittriger Stimme bat, doch bitte ein wenig leiser zu sein.

»Oh«, sagte Markus und spürte, wie er errötete, »natürlich. Ich habe mich wohl etwas vergessen.«

»Ich bin demnächst hunderteinundfünfzig«, sagte Eveline, »und halte eine Menge aus. Außerdem kenne ich die Aufnahme. Sie, junger Mann, kriegen es leider nicht besser hin. Nur lauter.«

Sie lächelte ihn lieb an und schlurfte zu ihrer Tür zurück, die wie immer offenstand. Was sollte hier passieren. Markus sah ihr verblüfft nach. Natürlich hatte sie recht. Er schloss die Tür und drehte den Verstärkern den Saft ab. Wenn Mensch ist Fünf, erinnerte er sich an die kryptische Textzeile, dann ist der Teufel die Sechs, und Gott ist Sieben, Gott ist Sieben, und Jana Hakon ebenfalls. Sie war ebenfalls Sieben. Danach kam Acht, die verdammte, unglücksbringende Zahl, die manche Leute vermieden wie die Pest, die Zahl des verfluchten Oktogons, die Zahl einer Zeit, an die sich niemand mehr wirklich erinnerte.

Markus erinnerte sich an vieles aus seinen drogenzerrissenen Jahren nicht; an das Institut und an Penta IV erinnerte er sich mit schmerzhafter Klarheit. Das Vibrieren der gespannten Saite.

Eveline war eben gegangen, einen vorsichtigen Schritt nach dem anderen, und er wusste genau, wie faltig ihr Gesicht war. Ein gnadenlos scharfes Foto davon war in seinem Gedächtnis. Genau dieselbe Schärfe hatte seine Erinnerung an Jana und an das Institut. Denn das war danach gewesen.

Er war weg von all den Drogen, die das Ycorgan in seinem maschenreichen Schleppnetz hatte. Das ganze Zeug, das einem helfen sollte, es in den unter der Zeitverzerrung verbrachten Monaten so schön wie möglich zu haben – es hatte sich tief in seiner Körperchemie eingenistet. Und die verschiedenen Substanzen hatten miteinander reagiert und die seltsamsten Wirkungen zustande gebracht. Und je länger man dabei blieb und je länger man es probierte, desto schlimmer wurden die schlechten Trips. Jeder, der mit Ycorgan anfing, wusste das, und es war ebenso allgemein bekannt, dass jeder, der auf dieses Zeug abfuhr, irgendwann einmal in einem allerletzten allerschlimmsten Trip ausbrannte, ein nahezu gesunder Körper mit einem nahezu zerstörten Gehirn. Es gehörte auf Penta IV zur Therapie, jemandem auf Entzug diejenigen zu zeigen, die es nicht bis dahin geschafft hatten. Auch in dieser Hinsicht war die Werkwelt rabiater als andere besiedelte Planeten.

Markus hatte sie gesehen, die Opfer der Zeit, gedankenentleerte Köpfe, aus denen die Augen mit einem grauenhaften Ausdruck völliger Geistlosigkeit blickten. Ein paar Grundfunktionen hielt der Körper aufrecht, atmen, verdauen, scheißen, schwitzen, Blut durch die Adern treiben. Selbst diese Prozesse gerieten in den Sog des Nichts, das brüllend durch die leeren Hallen eines ausgelöschten Geistes tobte. Alles steigerte sich ins Übermaß. Der Blutdruck stieg, die Atemzüge wurden tiefer, und die Leiber der Süchtigen begannen, gigantische Mengen von Luft einzusaugen und auszustoßen, pumpende Fleischklumpen, heftig arbeitende Brustkästen, dick und violett hervortretende Venen an Schläfen und verkrampften Armen. Die Leute hechelten sich zu Tode, und es waren ja strenggenommen keine Leute mehr, lediglich Hüllen, deren Bewohner sich selbst mit chemischen Lusterzeugern hinwegbefördert hatten, wohin auch immer. Sterbliche Hüllen, die manchmal monatelang nach Luft schnappten, ehe eine gnädige Lungenentzündung oder platzende Herzgefäße ihnen weitere sinnlose Arbeit ersparte.

Markus hatte sich damals gefragt, warum man die armseligen seelenlosen Körper nicht barmherziger sterben ließ, ohne diese Quälerei, und er hatte diese Frage Jana gestellt, die eine Antwort gab, die ihn tief verblüffte.

»Zwei Gründe sind denkbar«, hatte sie in ihrer sachlichen Art gesagt, »und beide beruhen auf Beobachtung, nicht auf Wissen.«

Markus hatte sie fragend angesehen, und sie hatte erklärt, was sie meinte.

»Ärzte haben einen Eid abgelegt, immer und überall Menschenleben zu erhalten. Es ist eine Frage der Definition, ob die Ycorgan-Opfer dazuzuzählen sind. Leben sie? Sind sie nach wie vor Menschen? Und diese Patienten dienen immer noch einem verständlichen Zweck. Sie werden als abschreckendes Beispiel benutzt. Wer nach dem Anblick der lebenden Toten das Zeug benutzt, tut es im vollen Bewusstsein der Tatsache, dass sein Körper bald in so einem Bett liegen und sich mühsam zu Tode keuchen muss. Und«, schloss Jana trocken, »wer das wirklich will, der soll es halt hinter sich bringen.«

Markus hatte Jana entsetzt angesehen, und sie hatte ruhig zurückgeblickt. Für sie war es selbstverständlich, dass man die Kontrolle über sich hatte, und wer sie auf diese Art aus der Hand gab, musste gute Gründe dafür haben. Gott ist sieben, dachte Markus, ein unbarmherziger, weiblicher, schöner Gott, der sachlich seinen Haken macht hinter ein Leben. War halt nichts. Eins, zwei, drei und vier sind derzeit offen. Acht ist besetzt, das ist finstere bösartige Vernichtung, acht ist jenseits. Will ich eigentlich wissen, was dieser Text wirklich bedeutet? Es reicht völlig aus, dass er mich an Jana erinnert, an diesem ersten Tag, damals in dem verdammten Institut. Und sie haben die nach Luft und immer mehr Luft ringenden Patienten wirklich gepflegt, erinnerte sich Markus; da waren blendendweiße Tücher gewesen, die man auf die weit aufgerissenen Münder legte, ganz vorsichtig. Die Tücher waren steril und angefeuchtet. Damit die Bronchien und Lungen nicht austrockneten. Und Medikamente wurden nicht gespritzt, sondern auf diese Tücher geträufelt; tiefer als diese nur allzu sterblichen Hüllen konnte niemand inhalieren. Und die Räume, in denen diese kläglichen Reste ehemals menschlicher Wesen hechelten, waren klimatisiert, die Luft feuchtigkeitsgesättigt und warm, der Sauerstoffgehalt war leicht herabgesetzt, um Hyperventilation zu vermeiden. Als ob es darauf noch angekommen wäre, dachte Markus.

Es zog frisch herein durch das riesige geöffnete Fenster, und Markus klimperte gedankenlos auf einem billigen elektrischen Klavier herum. Er wälzte Erinnerungen an Jana damals im Institut, und er dachte an die ominösen Schöpfer, die eine wichtige Rolle in der Gedankenwelt der Galdäer spielten. Keine Götter, und wenn doch, dann nicht so wie die üblichen Gottheiten. Zwar allmächtig, aber geplagt, unglücklich, verzweifelt. Bedrückt von einer Wesenheit, die viel mächtiger war als sie selbst. Begnadet und verdammt.

Erst Stunden später bemerkte Markus, dass er aus dem Schlussmotiv von »Kutembea Pt. 2« etwas entwickelt hatte, das finster und mitreißend werden könnte. Ihm wurde ganz kalt. Wenn er ein paar wahnsinnige Gitarristen fand, die bereit waren, so einen Kram einzuspielen. So eine brutale Melodie, die schier zerbarst vor Energie und Spannung. Keine Ahnung, ob diese Idee überhaupt jemals Käufer finden könnte. Das ist egal, dachte Markus, und es war, als stünde jemand hinter ihm und denke Gedanken an seiner Stelle, das ist vollkommen egal, das ist es. Der Rhythmus von heißen Lungen, die sich zu Tode keuchen, der Rhythmus von Herzen, die nahe am Zerspringen schlagen. Das kalte Gewicht der Finsternis, wie es über die Herzen der Menschen tanzt und springt. Das Klirren von berstenden Gefäßen, das mahlende Geräusch einer verzerrten Gitarre, siebenfach übereinandergemischt. Der Wahnsinn torkelt durch leere Räume, seine eigenen Schritte widerhallend an den Wänden, und immerzu wiederholen sich ein und dieselben acht leeren Zimmer; natürlich müssen es ausgerechnet acht sein.

Eine schwielige Hand packte seinen Nacken und schob ihn zu seinen Instrumenten und Rechnern hinüber. Eine leidenschaftslose, unbarmherzige Melodie, Verzweiflung und Sehnsucht, süß und scharf, unwiderstehlich, wenn jemand sie spielt, der am Rand eines glassplittergespickten Abgrunds steht. Fünf mit dem Schwung des Wahnsinns, mit schwerer Hand gespielte Celli. Die kleine geflügelte durchscheinende Fee hatte offenbar in der letzten Zeit schwer schuften müssen, dass ihr solche Pranken gewachsen waren; sie war wieder da.

Markus vergaß die Welt um sich herum, und er konnte nur hoffen, dass diese Fee nicht auf den Gedanken kam, mit den Fingern zu schnippen, so mitten in seinem Kopf, wie sie war. Eine solche Menge Magie würde ihn einfach zerreißen, dachte er.

4.

Michael Sanderstorm • 2

Das galdäische Konsulat bestand aus einer Etage in einem alten Büroturm in der Südvorstadt. Man hatte vor Jahren angefangen, die hässlichen Klötze nach und nach abzureißen – so war dieser Block zu einer herrlichen Aussicht über das Uni-Gelände gekommen. Die Löcher waren zu sehen, wo einmal zwei Reihen Wolkenkratzer nah beieinander gestanden hatten. Die Büroburgen wurden nicht mehr benötigt, seit das Verwaltungszentrum auf einen anderen Planeten verlegt und Penta V zum wissenschaftlichen Zentrum des Sektors erklärt worden war. Die meisten der verbliebenen Hochhäuser standen leer. Stumme, in der grellen Sonne schmerzhaft weiße Riesen. Manche waren in schwindelnder Höhe durch vielgeschossige Brücken miteinander verbunden, ehemals Freibäder, Parks und luftige Landschaften. Zu bestimmten Zeiten, wenn das Licht des Zentralgestirns in einem ungünstigen Winkel hereinkam, warfen die Spiegelglasfenster aller Etagen irritierende Reflexe in irgendeinen Campus. Man musste nicht unbedingt Drogen einwerfen, um von dem Anblick schwindlig zu werden.

Michael schaute vom achtunddreißigsten Stockwerk, in das ihn der Lift gebracht hatte, auf die Stadt herunter. Ihm war inzwischen klar, wieso niemand vom Konsulat wusste. Das Leben auf Penta V spielte sich längst nicht mehr hier ab. In den leeren Hüllen der vielgeschossigen Bauten hätte man sonst was verstecken können, ohne dass es jemandem aufgefallen wäre. Abends gingen zwar Lichter hinter den Fassaden an, aber die steuerte ein Zufallsgenerator. In einigen der Häuser waren tatsächlich vereinzelt Firmen und Verwaltungen untergebracht; es handelte sich dabei nicht um Publikumsmagneten. Die Archive der Fischereiverwaltung hatte Michael auf der Tafel im Foyer gesehen, einen Verlag für wissenschaftliche Arbeiten über die vor-oktogonische Literatur Serafims, und eine Firma mit einem langen, komplizierten Namen, die sich im Auftrag irgendeiner Familienstiftung damit beschäftigte, den Stammbaum dieser Familie bis zum Urschleim zurückzuverfolgen. Seltsam, wofür manche Leute ihr Geld ausgaben.

Eine Hinweistafel mit der Aufschrift »Galdäisches Konsulat« gab es nicht, und eine achtunddreißigste Etage existierte überhaupt nicht, wenn man den Knöpfen im Aufzug glauben mochte. Es gab keine achte, keine achtzehnte und keine achtundzwanzigste Etage. Ein weiterer Fall von Aberglauben. Niemand würde sich auf den Platz stellen und die Fensterreihen zählen, und niemand würde sich jemals ins achtunddreißigsten Stockwerk verirren. Man musste wie Michael Sanderstorm einen Hinweis darauf bekommen haben, dass der Lift mit akustischer Steuerung ausgestattet war, dass das Ding nur dann hier hielt, wenn man sein Ziel nannte. Und angemeldet war.

Das alles war ein wenig seltsam. Michael weigerte sich, darüber nachzudenken. Die Aussicht von hier oben war atemberaubend; all die vielgestaltigen Gebäude der Universität, die praktisch mehr oder weniger mit der Stadt identisch war. Dazwischen Parks mit mächtigen alten Bäumen. Einige markante Punkte erkannte Michael wieder, etwa den Obelisken der Entdecker, weit weg und unverwechselbar. Dahinter erhoben sich die Berge, gesprenkelt und gefleckt von den Bauten und Parks der nächsten Stadt, die wiederum mehr oder weniger eine andere Universität war. Nicht umsonst war Penta V die Universitätswelt. In ein paar Dutzend Jahren würde jeder Punkt des Festlandes der einen oder der anderen Uni gehören, abgesehen vielleicht von Bahia de Janeiro.

Ein Summton lenkte Michaels Aufmerksamkeit auf die Projektionsfläche, die in die Wand eingelassen war. Er sollte sich ausweisen, tat es und gab sein Anliegen an. Die Tür öffnete sich und ließ ihn in eine Kabine ein, in der das neugierige Gitter einer Retina-Maschine funkelte. Michael runzelte die Stirn; Identitätstests anhand der Netzhautmuster waren altmodisch und aufwendig, wenn auch sicher. Man konnte so etwas nur mit unglaublichem technischen Aufwand fälschen. Er stellte sich auf die Markierung, starrte in das Gitter und glaubte zu spüren, wie die Retina-Maschine das Innere seiner Augen abtastete.

Bisschen reichlich, diese Sicherheitsvorkehrungen, dachte er, aber sie werden ihre Gründe haben. Angst vor unberechenbaren Karnesen, zum Beispiel, oder es gibt immer noch Leute, die den galdäischen Krieg nicht vergessen haben. Leute, die aus unerfindlichen Gründen heute noch sauer sind auf Galdäa. Was mögen das für Typen sein?

Eine freundliche Stimme aus irgendeinem Chip bat ihn einzutreten. Der Raum, in den er kam, war riesengroß – die längere Seite war identisch mit der Schmalseite des Hochhauses. Er sah aus wie ein leergeräumtes Museum und lag im Dämmer, obwohl gleich zwei Wände komplett aus Glas waren, dunkel getöntem Glas. Es wäre Platz gewesen für zweihundert Stühle, um Vorträge zu halten. Stattdessen standen ein Dutzend leerer Vitrinen herum, wie man sie für Ausstellungen verwendet, und ein beeindruckender Schreibtisch prangte peinlich aufgeräumt in der Mitte.

Von der Sonnenempfindlichkeit der Galdäer hatte etwas in dem Lexikon gestanden, in dem sich Michael flüchtig orientiert hatte, deswegen überraschte ihn das Aussehen der Galdani nicht, die lautlos aus einer in der Holztäfelung verborgenen Tür auftauchte. Sie hatte blasse, wie durchsichtige Haut, riesige Augen, auf den Wangen schimmernde Äderchen, winzige Ohren, kaum sichtbar unter ihren langen, glatten, dunklen Haaren. Insgesamt fremdartig, jedoch nicht hässlich. Hilflos, fand Michael. Und diese Leute sollten Krieg angefangen haben? Ohne Michael anzusehen, schritt die Galdani auf den leeren Schreibtisch zu, setzte sich mit grazilen Bewegungen, wies ihrem Besucher einen Stuhl zu und stellte ein Schildchen mit ihrem Namen auf den Tisch. Sie hob den Kopf und sah Michael zum ersten Mal ins Gesicht. Die Augen dieser Dame waren wie dunkle Teiche, sehr romantisch, und ein bisschen unheimlich, als könnten sie mit Blicken den Willen ihres Gegenübers aussaugen und ihm stattdessen ihren eigenen aufzwingen.

Sie zeigte auf den Namen. Dann sprach sie ihn aus.

Michael musterte das geprägte Schildchen, das einsam und verloren auf der blankgeputzten Fläche des Schreibtisches stand. Tara S'Khanayilhkdha Vuvlel T'Arastoydt, las er ungläubig und wunderte sich, wie die Galdani es fertigbrachte, aus dieser Sammlung von Buchstaben einen melodisch klingenden Namen zu machen.

»Entschuldigen Sie bitte«, sagte er, »wie soll ich Sie anreden, ich meine, das da kann ich nicht aussprechen, tut mir leid ...«

»Tara«, sagte sie, und Michael lauschte dem Wort hinterher, da waren Zischlaute drin und anderes, was bei seiner Aussprache des Wortes fehlen würde.

»Ich könnte mein Leben lang üben«, sagte Michael, »ohne die richtige Aussprache Ihres Namens zu erlernen. Leider betrifft das die kurze Fassung genauso.«

Vielleicht bildete er es sich ein; die Galdani hatte ihn kurz angeschaut, und er hatte einen Ausdruck der Überraschung in ihrem unbewegten Gesicht zu erkennen geglaubt. Er war sich nicht sicher, denn der Blick der fremdartigen Dame war bereits wieder fest auf die Maserung im Holz der Schreibtischplatte fixiert.

»Kein Problem«, sagte sie, »nur Tara.«

»Also, Tara, Sie wissen, weshalb ich gekommen bin?«

Die Galdani nickte. Es wirkte wie eine Geste, die sie mühsam erlernt hatte.

»Ja, ich weiß«, sagte sie. »Sie wollen eine Geschichte des Krieges schreiben, den man bei Ihnen den Galdäischen nennt. Ein Bestandteil Ihres Studiums. Wir sind dazu angehalten worden, Sie dabei zu unterstützen, soweit es möglich ist.«

»Zuerst ein paar einfache Fragen. Welchen Zwecken dient dieses Konsulat?«

»Das Konsulat. In der Hauptsache Abwicklung der Reparationen. Entschädigungen. Man hat uns eine Rechnung präsentiert nach unserer, äh, nach Beendigung der Kampfhandlungen.«

Die Stimme der Galdani ließ nicht erkennen, ob sie eine Meinung hatte zu den Entschädigungen oder, was das betraf, zu den sogenannten Kampfhandlungen damals.

»Ist denn Galdäa ein vereinter Planet, so dass es jemanden gibt, der diese Zahlungen organisieren kann?«

»Nein. Wir sind beauftragt worden abzuwickeln. Sie würden sagen – einer der auf Galdäa existierenden Staaten.« Sie überlegte. »Oder eine der auf Galdäa existierenden Sekten. Dieses Wort trifft ungefähr genauso weit daneben wie das andere.«

»Dann ist dieser Staat oder diese Sekte die gegenwärtig dominierende?«

Tara hörte auf, das gewienerte Holz der Schreibtischplatte zu fixieren, hob den Kopf und sah Michael direkt ins Gesicht.

»Das hat sich so ergeben«, sagte sie; er spürte irgendeinen Unterton in ihrer Stimme, wie wenn sie mehr sagen wollte als das, was nur allein ihre Worte ausdrücken konnten.

»Wenn ich Wünsche nach weiteren Informationen direkt von Galdäa habe, müsste ich mich an welches Land wenden?«

»Arastoydt. Ein Land erst seit Ende des Krieges. Ursprünglich ist Arastoydt ... schwer in Ihrer Sprache ... religiös und biologisch und gesellschaftlich eigenständige Gruppe.«

»Eine Rasse?«

Tara, die die Augen wieder niedergeschlagen hatte, zuckte zusammen und blickte suchend auf ihrem leeren Schreibtisch umher.

»Hat das Bedeutung für Ihr Thema?«

»Nein – eigentlich nicht.«

»Dann übergebe ich Ihnen die Dokumentationen, wie es für diesen Fall vorgesehen ist. Handelt sich ausschließlich um Material aus Archiv Flottenkommando. Einstweilen ist es uns untersagt, Ihnen eigenes zu überlassen.«

»Wer untersagt Ihnen das?«

»Unsere Befugnisse sind in Konsulatsordnung genau festgelegt.«

Tara stand plötzlich neben dem Schreibtisch, ohne dass Michael mitbekommen hatte, wie sie aufgestanden war. Ihm war ein bisschen schwindlig; was war das hier? Zaubertricks wie in irgendeinem billigen Varieté? Hatte er es mit einer verhinderten Illusionistin zu tun? Kein Mensch im bewohnten Kosmos konnte sich mit einer derartigen Geschwindigkeit und Geschicklichkeit bewegen. Hier ist etwas faul, dachte Michael, aber was? Sie wird kaum einer von diesen Junkies sein, die sich den Körper mit Botenstoffen überschwemmen und heftig zuckend, beschleunigt und früh sterblich durchs Leben schlottern.

»Welche anderen Aufgaben hat Ihr Konsulat?«

»Verfasser der Geschichte des Krieges unterstützen«, antwortete die Galdani. Sie legte anmutig, aber nicht überirdisch schnell den Weg zur holzgetäfelten Wand zurück.

»Weiter nichts?«

»So ist es.«

»In welcher Form wird entschädigt?«

Tara nahm ein Köfferchen auf, das an der Wand lehnte; Michael hätte schwören können, dass dieses Ding eben nicht dagewesen war. Er hatte vor wenigen Sekunden hinübergeschaut. Die Konsulin trug das Gepäckstück zu ihrem Schreibtisch, als enthalte es einen höchst gefährlichen Stoff, der bei der geringsten Erschütterung alles ringsum in Schutt und Asche legen würde.

»Galdäa liefert Rohstoffe; und alles zur Unterhaltung gewisser Produktionsanlagen auf Galdäa, über die wir nichts wissen, nur dass sie unterhalten werden müssen.«

»Ich hoffe, das steht auch in den Unterlagen drin.«

Sie setzte sich, legte den Koffer behutsam auf den Tisch und schaute Michael verwundert an. Ihre Augen wurden dabei womöglich noch größer, als sie von Natur aus waren. Michael staunte, wie groß diese Augen waren. Sie erinnerten ihn an gewisse nachtaktive Tiere. An Wesen, die nicht von dieser Welt waren. Der Blick dieser Dame wirkte wie eine derzeit nicht benutzte Waffe.

»Sie fragen Dinge, die mit dem Auftrag nichts zu tun haben«, sagte Tara.

»Da mögen Sie recht haben. Entschuldigen Sie bitte. Wo sind die Materialien?«

Diese Frage war natürlich kompletter Blödsinn, denn das Zeug lag ja schließlich auf dem Tisch. Tara zeigte keinerlei Verwunderung und schob Michael den Handkoffer zu, ohne darauf Rücksicht zu nehmen, dass die edle Platte des Tisches zerkratzt werden könnte. Offenbar polierten die Konsulatsangestellten den ganzen Tag lang unaufhörlich die wenigen Möbel, weil sie ja sonst nichts zu tun hatten.

Michael warf einen Blick auf das unscheinbare Gepäckstück und wunderte sich über die Ziffernschlösser. Ziffernschlösser! Mechanisch, teuer, Handarbeit, elektronisch nicht zu bezwingen; man musste sehr Wichtiges zu verschließen haben oder sehr paranoid sein, um so etwas zu verwenden.

Er sagte nichts dazu. Er stand auf, weil seine Gastgeberin sich erhoben hatte. An der Tür blieb er stehen und sah sich um. Da fiel ihm auf, was ihn die ganze Zeit über gestört hatte. Er sah Tara, die inmitten des Zimmers einsam wartete, dass er ging. Dieser Raum war leer. Völlig leer. Kein einziges Bild an der Wand. Nichts an einheimischem Kunsthandwerk. Nicht einmal in den Vitrinen. Nur die Wände, die Fenster, eine Tür, die getäfelten Wände mit ihren geheimen Ausgängen, der Tisch, Stühle. Alles menschlich, gewöhnlich und absolut unexotisch. Nichts Galdäisches. Die Vitrinen wirkten plötzlich anklagend. Als hätte jemand eine Ausstellung überfallen und sie komplett ausgeraubt, ohne das kleinste Stück zurückzulassen.

Michael drehte sich um, musterte die Tür, durch die er gekommen war. Da war doch ein Bild, ein einsames, quadratisches, dunkles Bild. Es zeigte einen finsteren, rabenschwarz in einen fröhlichen Himmel aufragenden Turm. Das Gebäude wirkte fremdartig und gewalttätig, als wolle es die Sonne aufspießen. Michael kannte niemanden, der solche Bauten errichtete. Er trat einen Schritt auf das Bild zu und entdeckte einen winzigen Fliegendreck vor dem Turm. Bei näherem Hinsehen entpuppte sich der Schmutz als ein Landetransporter, wie ihn voluminöse Raumfahrzeuge und Weltenkreuzer mitführten. Ein kurzer Schwindel huschte durch Michaels Gesichtsfeld, die Proportionen wurden zurechtgerückt. Das Raumschiff wirkte unbedeutend und staubkorngroß. Konnten die Galdäer solch titanische Bauwerke hochziehen?

Michael schaute zurück zur Botschafterin.

»Der Schwarze Turm«, sagte sie. »Eine Art von Heiligtum.« Sie wollte dazu nichts weiter sagen, zu diesem einzigen armseligen Bild, das eine Verbindung zu ihrer Heimat war, schwach und kümmerlich. Tara wirkte in der deprimierenden Dekoration des gewaltigen leeren Zimmers verloren und durchsichtig. Michael sah sie erschrocken an.

Die Äderchen auf ihren Wangen traten leicht hervor.

»Werden Sie versuchen, Wahrheit zu schreiben?«, fragte sie leise und mit einem so starken Akzent, dass Michael kaum verstand, was sie meinte.

»Natürlich«, sagte er und wusste nicht, was er sich da auflud.

»Dann schreiben Sie, dass alles anders war. Es könnte Galdäa helfen zu verstehen, was geschehen ist.«

Der Student nickte. Dann griff er nach der Tür und ging hindurch.

»Die Schöpfer mögen mit Ihnen sein«, sagte die Konsulin.

»Ist das ein Segenswunsch?«, fragte Michael.

»Ja«, antwortete Tara. »Allerdings ebenso gut ein Fluch.«

Michael schloss ganz vorsichtig die Tür, schritt durch den Sicherheitsraum und stand minutenlang draußen vor dem Panorama der Uni-Stadt im hellen Sonnenlicht. Dieser Satz ging ihm nicht aus dem Kopf. Wieso sollte seine Arbeit den Galdäern helfen? Etwas zu verstehen? Was mit ihnen geschehen ist ...? Genau betrachtet, könnte der Satz besagen, dass kein Galdan und keine Galdani die

Vorgänge von damals begriff. Besaßen diese Leute keine Vorstellung von Angriff und Verteidigung, hatten sie nie Krieg geführt? Natürlich hatten sie das, laut Lexikon. Er musste an die Augen Taras denken. Und er konnte nicht so ganz verstehen, wieso der Segen mit den Schöpfern zugleich ein Fluch sein konnte.

Der Lift hielt und war leer. Natürlich. Michael spürte Schmerzen im Rücken, als die Türen sich vor dem schönen Blick über die Stadt schlossen und es mit leisem Ruck abwärts ging. Eine Es-geht-mir-gut-Pille wäre jetzt angenehm gewesen, aber Michael hatte sich fest vorgenommen, seinem Körper nicht mehr chemisch auf die Sprünge zu helfen. Genug war genug. Tasso hatte nie etwas davon gehalten, irgendein Problem mit irgendeiner Pille zu lösen. Der war Pilot gewesen, ein Gesundheitsfanatiker. So jemanden könnte ich gut brauchen, dachte Michael Sanderstorm. Gewaltsam beendete er diesen Gedankengang. Er führte zu gar nichts.

Michael schaute über das Panorama, das langsam versank. Wie mochte wohl die Aussicht vom Schwarzen Turm sein – gegen den wirkte selbst der höchste Wolkenkratzer Pentas nicht bedeutender als ein Pickel. Und wie konnte eine zurückgebliebene Welt wie Galdäa zu einem solchen Gebäude gekommen sein? Michael mochte solche Rätsel nicht, sie kribbelten auf seiner Kopfhaut und juckten an unzugänglichen Stellen.

Er dachte daran, dass die Galdani nicht die geringsten Anstalten gemacht hatte, ihm zur Begrüßung oder zum Abschied die Hand zu geben. Vielleicht war so etwas auf Galdäa nicht üblich. Vielleicht ekelte Tara sich vor jenem Volk, das ihre Heimatwelt so im Vorübergehen besiegt hatte.

5.

Jana Hakon • Veruca Salt

Typisch Markus Hataka, dachte Jana. Sie hatte den Namen schließlich identifiziert, den Markus ihr und ihrem Konto gegeben hatte. Natürlich hatte es mit Musik zu tun. Veruca Salt war der Name einer Band; passenderweise einer mit gleich zwei gitarrespielenden Frontfrauen. Sinn für Humor nennt man das wohl, dachte sie, und sie beschloss, Grübeleien über Humor und Heiterkeit so lange zu verbannen, bis sie außer Gefahr war.

Ihre Umgebung war nicht dazu angetan, tiefschürfenden Grübeleien über lustige Dinge Vorschub zu leisten. Mit Hilfe eines ebenso raschen wie unverfrorenen Diebstahls in einem überfüllten Straßencafé war Jana zu Geld gekommen, und bis auf klägliche Reste hatte sie alles davon verbraucht. Viermal war sie umgestiegen, von einer Tunnelbahn in eine andere, und es war ihr nur logisch vorgekommen, dass die Tunnel ebenso wie die Transportmittel immer schäbiger geworden waren. Sie hatte Hatakas Rat befolgt und sich in eine der unbedeutenderen Kuppelstädte abgesetzt. Sie war zwar in der Hauptlinie der nummerierten Städte, deren bekannteste und berüchtigtste die Nummer 13 war, aber hier war sie in Nummer 42. Und Nummer 42 war wirklich das Letzte.

Hier wäre selbst der phantasievollste Fremde niemals auf die Idee gekommen, sich auf der Oberfläche der Universitätswelt zu befinden. Hier feierten alle Argumente gegen Kuppelstädte ein Stelldichein, die die Kritiker dieser Idee je vorgebracht hatten. Vom grindigen Material der Kuppel troff Kondenswasser herab. Im Boden klafften hier und da Risse, die mit wenig Begeisterung geflickt worden waren. Die selbsttragend gemeinte Konstruktion der Kuppel musste seit langer Zeit von hässlichen Stützen gehalten werden. Es war längst heller Tag; aber durch die vom Dreck der Jahrzehnte blinde Kuppel drang kaum Licht herein. Die zahlreichen Flicken und Reparaturstellen von Nummer 42 machten aus dem grellen Licht der Sonne eine Art matte Imitation von Sternenhimmel.

Die Kuppel wölbte sich über einer Szenerie wie aus der Sonntagsrede eines notorischen Ökoschwätzers. Die konstruierte Umwelt war längst zusammengebrochen. Wo Grünanlagen und Palmen das Auge erfreuen und Sauerstoff produzieren sollten, blähten sich die missfarbenen Hügel entarteter Algen. Aus dem blasenschlagenden Matsch ragten stumm und anklagend die Stämme der Bäume, die den Kampf gegen eine unnatürliche Umgebung längst aufgegeben hatten.

Es war typisch, dass die Menschen unmögliche Bauwerke bewohnten, die nur mit immensem Aufwand in Betrieb zu halten waren. Es erinnerte sie an die Schöpfer: große Werke, ohne Gnade zum Scheitern verurteilt. Es erinnerte sie an kluge Traktate irdischer Wissenschaftler, die glasklar bewiesen, dass es unmöglich war, so etwas wie den Schwarzen Turm zu bauen, und dass er kaum einen Tag lang überdauern könne. Irgendwelche statischen Gesetze, die Schwerkraft und ähnlich bedeutungslose Dinge. Nebensächliche Wissenschaften. Schließlich stand der Schwarze Turm, seitdem sich Galdäer erinnern konnten.

Jana schaute sich um. Dieses Ding hier war weit entfernt von der finsteren Glorie des Turms; und es hatte seine beste Zeit hinter sich. Oder, was sie für viel wahrscheinlicher hielt, Nummer 42 hatte nie eine beste Zeit gehabt und war wirtschaftlich längst nicht mehr in der Lage, sich wirksame und dringend nötige Wartungsarbeiten zu leisten. Jana hatte keine Ahnung, wann und warum sie diese Artikel über die Kuppeln gelesen hatte. Aus irgendeinem Grund hatte sie damals beschlossen, die Texte in ihre Datenbank zu übernehmen. Da warteten sie natürlich, und jetzt war all die Information wieder so gegenwärtig, als habe jemand eine grelle Lampe eingeschaltet.

Die trügerische Schönheit von Koldulas, Menedek, Nummer 13 oder Bivaly war erkauft, mit viel Geld künstlich aufrechterhalten. Kein Zustand auf Dauer, dachte Jana, die Kosten der Instandhaltung sind auf Dauer gesehen immer größer als alles, was im Innern der Kuppel an Werten erarbeitet werden könnte.

Geld. Geld war ein gutes Stichwort. Sie blieb stehen und drehte sich, um herauszufinden, in welcher Richtung am schnellsten ein Terminal zu finden sein mochte. Sie fühlte sich ein wenig zittrig, sie hatte kaum Nahrung zu sich genommen in den letzten sechsunddreißig Stunden. Wenigstens hatte ihr armes Gehirn Schlaf tanken können, während sie den halben Planeten umrundete. Die klappernden Abteile der Tunnelbahnen waren zwar alles andere als bequem, aber Jana konnte überall schlafen. Sie gab sich selbst den Befehl dazu.

Der Haltepunkt der Tunnelbahn mochte früher einmal ein richtiger Bahnhof gewesen sein, Dienstleistungen eingeschlossen. Heute waren sogar die Scheiben der Fahrpläne blind vor Staub. Alle Läden waren geschlossen, das Glas der Schaufenster vor Jahren durch billiges Blech ersetzt, auf dem der Rost blühte.

Jana fing den argwöhnischen Blick eines Typen auf, der müßig auf dem Bahnsteig stand und vor Langeweile ein halb verblasstes Plakat studierte. Der Kerl war groß und kräftig gebaut. Er trug einen dunklen Overall aus derbem Stoff. Es musste sich dabei um eine Art Uniform handeln, denn allerlei technische Dinge waren an Schlaufen und in Taschen verstaut. Um den Hals hatte er ein leuchtendblaues Tuch geschlungen. Jana tat so, als habe sie den Menschen nicht bemerkt, wandte sich ab und ging die Straße hinunter. In dieselbe Richtung, die von den wenigen Passagieren der Tunnelbahn eingeschlagen worden war. Das erschien ihr am unauffälligsten.

In ihrem Gedächtnis rief sie das Bild des Mannes auf. Irgendetwas war ihr daran seltsam vorgekommen. Ein Missklang. Das fotografische Erinnerungsvermögen von K'jonasoidt kam ihr bei der Untersuchung zugute. Und wie sich zeigte, waren allein die Figur und die Haltung auffällig. Der Overall des Mannes war gut ausgefüllt gewesen. Nicht an Hintern und Hüften, sondern an Schultern, Oberarmen und Oberschenkeln. Sein Besitzer war also offensichtlich jemand, der regelmäßig trainierte. Das schien ungewöhnlich für so eine angegammelte Stadt. Andererseits, jeder durfte soviel Sport treiben, wie er nur wollte. Was störte sie nur so? Die aufrechte Haltung dieses durchtrainierten Körpers, die lässige Eleganz seiner wenigen Bewegungen?

Jana analysierte erfolglos ihr Unbehagen und ging weiter. Die Stadt funktionierte in ihrem Zentrum besser, die Spuren des Verfalls waren hier weniger deutlich. Da gab es ein Terminal, schwer gepanzert und mit Überwachungsanlagen gespickt. Sie konnte endlich Hatakas Geld abheben. Kurz flackerte der Gedanke daran auf, was geschehen würde, wenn die Maschine Name und Code nicht akzeptierte.

»Veruca Salt«, sagte Jana und tippte, nachdem die Tastatur aus dem Innern der Bankmaschine herausgestülpt worden war, die Nummer ein. Einige Sekunden lang kommunizierte das Gerät über irgendwelche Kanäle mit einer Vielzahl anderer Geräte, ehe eine Schrift um Auskunft darüber bat, ob Veruca Salt die Summe als Kreditchip, Transferscheck oder in bar wünsche.

»Bar«, sagte Veruca Salt und holte Luft. Sie hatte gar nicht bemerkt, dass sie den Atem angehalten hatte, während das Netzwerk der miteinander verbundenen Rechner darüber nachdachte, ob man ihr Geld geben dürfe. Der Automat erkundigte sich ungläubig, ob Veruca Salt wirklich die ganze verfügbare Summe abheben wolle, und öffnete dann sein Ausgabefach.

Die Höhe der Barschaft war überraschend. Wenn Jana das Verhältnis zwischen dieser Summe und dem Durchschnittseinkommen auf Penta IV richtig einschätzte, dann hielt sie ein Vermögen in der Hand. Sie war vermutlich in diesem Augenblick die mit Abstand reichste Person in Nummer 42. So reich, als wäre sie eine der Besitzerinnen von STRAHLENDHELLE EINTRACHT oder GLANZ DES FORTSCHRITTS oder einer anderen der Weltenkreuzer-Werften. Veruca Salt sollte sich einen Leibwächter besorgen. Sicherheitshalber. Vielleicht den Mann vom Bahnhof? Kräftig genug hatte er gewirkt.

Sie verstaute das Geld in ihrer Kleidung und verließ das Bankterminal. Sechzig Meter entfernt erblickte sie die Zwillingsschwester des Typen vom Bahnhof. Der Habitus der Frau war derselbe, der derbe Overall, der durchtrainierte Körper, eine überdurchschnittliche Körpergröße, die metallenen Teile in allerlei Taschen und Schlaufen, das leuchtendblaue Halstuch. Der unauffällig wachsame Blick. Nicht umsonst nannte man so etwas Körpersprache. Genauso gut hätten die beiden laut herausbrüllen können, dass sie zusammengehörten.

Jana spürte Adrenalin durch ihre Blutgefäße laufen und T'Arastoydt sich regen, bereit zum Handeln. Leibwächter? Wie hatte sie nur so blind sein können? Keine Leibwächter. Diese Overalls gehörten zu einer Art von Uniform, und die Körper in ihnen waren irgendeine Truppe, militärisch durchtrainiert. In den Taschen steckten sicherlich nicht nur Funkgeräte und Sensoren, sondern auch Waffen.

Ohne einen zweiten Blick zu der Frau hinüberzuwerfen, ging Jana weiter in Richtung Innenstadt. Jetzt wusste sie, was sie gestört hatte am Bahnhof. Der Typ in dem Overall hatte zu entspannt dagestanden. So lässig wartete jemand, der jahrelange Ausbildung genossen hatte. Jemand, dessen geübte Muskeln jeden Angriff sofort parieren konnten. Jana grub in den Erinnerungen K'jonasoidts und wurde postwendend fündig. Sie kannte diese Leute. Es gab nur wenige Menschen, die es körperlich mit einer voll funktionsfähigen Galdani, zumal einer Arastoydt, aufnehmen konnten.

Und diese Typen gehörten dazu. Leute, die irgendwann einmal unter dem direkten Kommando des Flottenkommandos gestanden hatten. Eine Elitetruppe, die es offiziell gar nicht gab, intern aber nur die Auswahl genannt wurde. Wer in die Auswahl kam, genoss eine einzigartige Ausbildung. Und wer einmal in der Auswahl gewesen war, war für den Rest seines Lebens gezeichnet. Diese lässige, raubtierhafte Eleganz legte niemand wieder ab. Den Auswahl-Leuten wurde das Skelett optimiert, bis ein Maximum an Leistung zu erzielen war. Jeder Muskel wurde bis an die Grenze des Machbaren – und ein Stück darüber hinaus – verbessert; und den Körper versah man mit allerlei Einpflanzungen, die Menschen zu Kampfmaschinen machen konnten. Jana wusste nicht viel über die Auswahl; sie hatte gesehen, dass Auswahl-Leute Widerstand leisteten, bis sie buchstäblich tot umfielen, ausgebrannt von den Drogen, die sie sich selbst in die Blutbahn geschossen hatten.

Die Auswahl hier in Nummer 42? Was, zum Teufel, hatte das zu bedeuten? Hatte es mit ihr zu tun? Janas Gedanken rasten und durchforsteten die Daten von K'jonasoidt, ob es irgendwo eine Erklärung gab. Dass T'Arastoydt sich zum Kampf bereit machte, erleichterte Jana nicht gerade die Konzentration.

In der Innenstadt von Nummer 42 gab es wenigstens Reste von dem, was man im Zentrum einer zivilisierten Stadt vorzufinden hoffte. Geschäfte, Kneipen, Bars, Hotels, eine schäbige Einkaufsstraße. Alles nahezu menschenleer.

Veruca Salt schlenderte ein paar Häuserblocks an den Schaufenstern entlang, ohne die Auslagen zu beachten, und betrat dann eine Lokalität, die sich noch nicht mal selbst als Restaurant bezeichnete. Es war mehr ein Raum, in dem gekaufte Speisen verzehrt werden konnten. T'Arastoydt meldete einen hohen Energiebedarf an, als Jana den langen gläsernen Tresen erblickte. Das Ding war mit Liebe und Sorgfalt blankgeputzt, ganz im Gegensatz zum Ambiente von

Nummer 42. Unter dem funkelnden Glas war eine Vielfalt an Nahrungsmitteln ausgestellt, die Jana hier nicht erwartet hätte. Sie nahm sich ein Tablett und lud auf, worauf sie Appetit hatte. Drei halbe gegrillte Hähnchen, gebackene Kartoffeln und Bohnen auf der irdischen Seite des Tabletts. Auf der anderen Seite reihten sich Dinge, die sie nur vom Hörensagen kannte. Die winzigen Steaks waren von Engambosch und stammten von einem Tier, dessen Name so unaussprechlich war wie seine Beine zahlreich. Die geringelten Keime stellten irgendeine Spezialität von Marassantija dar, und dazu legte Jana einige grellfarbene Früchte, die von Oniskus kamen. Den Rand belegte sie mit knusprigen ovalen Stücken eines schmackhaften Fleischs, das aus den Schwingenmuskeln irgendeines außerirdischen Insektes stammte.

Der junge Mann an der Kasse trug einen blütenweißen hochgeschlossenen Kittel und war im Gesicht ebenso bleich. Schwer zu sagen, mit welcher Chemikalie er sein Gehirn auf Touren zu bringen versuchte. Was immer es war, es bekam ihm schlecht. Er starrte auf das überladene Tablett. Dann sah er zu Jana hoch und blickte sich suchend im Laden um.

»Erwarten Sie noch jemanden?«, fragte er.

»Nein. Das ist alles für mich«, sagte Jana. Vielleicht war es der Bärenhunger T'Arastoydts, der da redete.

Das blasse Bürschchen schüttelte unmerklich den Kopf. »Wie Sie meinen, Madame«, murmelte er und errechnete einen Betrag, den Jana unverschämt hoch fand. Ich bin hier in einem Delikatessengeschäft, dachte sie und trug ihr Tablett zu einem der freien Tische. Alles nur vom Feinsten, und wer täglich kommt, möchte sich ruinieren.

Sie setzte sich und musterte die Leute, die am Tresen etwas aussuchten. Man wählte mit Bedacht, und selten lagen mehr als zwei oder drei Teile auf den Tabletts, die dem bleichen Knaben hingestellt wurden. Der eine oder andere scheele Blick ging in die Richtung, wo Veruca Salt vor einem monströsen Fresspaket saß.

Sei's drum, dachte T'Arastoydt und schlug die Zähne in eine Hähnchenkeule. Schmackhaft. Protein. Jede Menge davon. Zu wenig tierisches Fett. Sie goss braune, schwere Sauce über das Fleisch. Das Restaurant blendete sie vollkommen aus. Da war Nahrung, und der Körper verlangte so heftig danach, dass alle Sorgen und Bedenken in den Hintergrund rückten. K'jonasoidt hakte im Hintergrund die Bedürfnisse ab, die so dringend waren. Die süßen Früchte deckten ihren Bedarf an Kohlehydraten. Der Vorrat von Vitaminen und Mineralien wurde aufgestockt. Das Insektenfilet steckte voller hochwertiger Aminosäuren und Kreatin; außerdem enthielt es reichlich Magnesium. Sehr gut. In Magen und Darm breitete sich die wohlige Wärme hektischer Betriebsamkeit aus. Zwei Hähnchen, etliche Früchte und siebzehn engambische Steaks später spürte T'Arastoydt Durst.

Eine Hand stellte ein Glas Wasser auf den Tisch.

Jana Hakon schaute auf. Elegant und lässig setzte sich eine hochgewachsene, gutproportionierte Frau auf den freien Platz direkt gegenüber; sie trug einen dunklen Overall aus derbem Stoff. Allerlei technische Dinge waren an Schlaufen und in Taschen verstaut. Um den Hals hatte sie ein leuchtendblaues Tuch geschlungen.

»Ich darf doch«, stellte die Frau fest und lächelte Jana an, die völlig konsterniert mit vollem Mund dasaß und versuchte, die panisch kreischende T'Arastoydt in ihrem Innern unter Kontrolle zu bekommen. Bleibe arglos, bleibe nur du selbst, sagte sie sich, und du bist Veruca Salt.

Die Auswahl-Soldatin saß nur da, kraftvoll und locker, und ließ sich betrachten. Veruca Salt begann träge, wieder zu kauen. Zwar war der Körper der bewaffneten Frau so gefährlich wie eine ruhende Kobra, aber es war nicht der einer jungen Frau. Ihre kurzgeschnittenen Haare waren von einem dunklen Stahlgrau, aus den Winkeln ihrer leicht mandelförmigen Augen entsprangen Dutzende feiner Fältchen, und um ihre Lippen herum wirkte die Haut zerknittert. Vom rechten Ohr fehlte ein Stück, was merkwürdig war, weil sich solche Defekte unkompliziert beseitigen ließen. Die Augen der Dame waren dunkel und sehr auf der Hut. Sie behielt soviel von ihrer Umgebung im Blick wie nur möglich, und da sie schräg saß, hatte sie die Wand im Rücken. K'jonasoidt versuchte, die Ausrüstungsgegenstände zu klassifizieren, die dieses erstaunliche Weibsbild am Leib trug, aber sie konnte nicht viel mehr feststellen, als dass alles von einem einheitlichen, eleganten Design war. Da hatte sich jemand viel Mühe gemacht. Nichts erinnerte an die kantigen Standardgeräte des Flottenkommandos. Alles war gerundet, wie gewachsen, eher an Muscheln und wellengeglättete Wurzeln erinnernd denn an technische Vorrichtungen. Sehr interessant.

»Ich darf mich vielleicht vorstellen«, sagte die Fremde mit einer leisen, weichen Stimme, in der ein sanftes Schnurren mitklang, als käme sie von einem beschädigten Kehlkopf. »Bonnie Wayss ist mein Name.«

»Ich heiße Veruca Salt«, sagte Ja'ana K'jonasoidt Hakon T'Arastoydt; dies hier war zu gefährlich und zu wichtig, um es in der Maske von Jana Hakon bewältigen zu können. Sie nahm einen weiteren, großen Bissen.

Bonnie Wayss lächelte. »Sie werden vielleicht nicht überrascht sein, wenn ich Ihnen sage, dass ich das nicht für Ihren richtigen Namen halte. Ich bleibe natürlich bei Veruca Salt.«

Alarmiert blickte Ja'ana K'jonasoidt Hakon T'Arastoydt ihr Gegenüber an und versuchte zu verbergen, welche Sorgen ihr die Auswahl-Dame machte. Es war nicht nur der seltsame Klang der Stimme, die Dame selbst war irgendwie bedrohlich.

»Ihr habt uns tüchtig eingeheizt«, sagte die Frau. »Ich war damals auf Galdäa, und es ist nichts, auf das ich sonderlich stolz sein könnte.« Sie blickte die kauende Jana an. »Wissen Sie, wenn man einmal jemanden von euch gesehen hat, erkennt man euch überall wieder. Ihr seid immer ein bisschen blass, nie richtig weiß, im Gesicht eine durchsichtige Haut. Ihr habt wunderschöne große Augen und auf den Wangen Äderchen, die ein wenig durchschimmern. Wenn ich unter Ihren Haaren nachschauen würde, fände ich für menschliche Verhältnisse winzige Ohren, stimmt's?« Bonnie Wayss schüttelte den Kopf, ohne Jana und den Raum aus den Augen zu lassen. Diese Fähigkeit war ihr offensichtlich in Fleisch und Blut übergegangen. »Eines muss ich euch lassen«, sagte sie, das Schnurren in ihrer Stimme verstärkte sich, »ihr seid als Gegner verflixt zäh gewesen. Übrigens können Sie Bonnie zu mir sagen, wenn Sie mögen.«

»Sie müssen mich mit jemandem verwechseln«, sagte Ja'ana K'jonasoidt Hakon T'Arastoydt.

Bonnie grinste. Ihr Lächeln hatte einen leichten Beigeschmack von Gefahr, ebenso wie ihre Stimme jenes leicht irritierende Summgeräusch enthielt. Eine kätzische Frau, und diese Sorte Katze war nicht als Schoßtier geeignet.

»Natürlich, Veruca Salt«, sagte Bonnie heiter. »Ich verwechsle Sie. Sicher. In diesem verdammten Krieg haben wir uns ebenfalls gegenseitig andauernd verwechselt. Sogar uns selbst konnten wir nicht trauen. Aber das haben wir erst später bemerkt.«

»Eine, sagen wir, interessante Sicht der Dinge«, entgegnete Veruca Salt vorsichtig.

»Nicht wahr?« Bonnie nickte und nahm sich eine der merkwürdig geformten Früchte. »Das kommt von Oniskus«, sagte sie, »da war ich bisher niemals und da werde ich niemals hinkommen. Meinesgleichen wird nicht auf solche Welten gelassen.«

Sie schlug ihr Gebiss in das Obst, als müsse sie einem Angriff der Frucht zuvorkommen. Ihre Zähne waren viel zu weiß und viel zu ebenmäßig.

»Noch so ein verräterischer Punkt«, sagte sie kauend, und ihre Stimme klang irgendwie falsch dabei. »Solche Portionen wie die da kann nur ein Karnese verdrücken. Oder eine Galdani, die ihre Fähigkeiten ausgeschöpft hat und Energiespeicher auffüllen muss. Und für einen Karnesen sind Sie nicht nur viel zu klein und zu zierlich, sondern auch zu zielstrebig. Zu überlegt. Zu kopfgesteuert. Zu wenig Bauch-Mensch.« Kauend grinste Bonnie Wayss ihr Gegenüber an und genoss offenbar die Situation.

»Wenn Sie auf Galdäa waren, damals, meine ich«, sagte Ja'ana K'jonasoidt Hakon T'Arastoydt, »dann müssen Sie viel älter sein, als Sie sich geben.«

»Das ist völlig richtig«, sagte Bonnie und tupfte sich Saft von den Lippen, »in diesem Job ist es nicht sonderlich brauchbar, so alt auszusehen, wie man wirklich ist.«

»Sie sind nicht mehr in der Auswahl?«

Die Soldatin grinste, ihre Augen blieben kalt und wachsam. »Längst nicht mehr. Schon seit Galdäa. Und ob Sie es glauben oder nicht, Veruca Salt: Sie sind die erste Galdani, die mir seitdem über den Weg läuft.« Bonnie zuckte mit den Schultern. »Es spielt keine Rolle, dass Galdäa meine Karriere in der Auswahl beendet hat.«

Ja'ana K'jonasoidt Hakon T'Arastoydt schaute die Grauhaarige stumm an. Sie verstand nicht im Geringsten, was das alles sollte. Mit allem hatte sie in einem grindigen Loch wie Nummer 42 gerechnet, nur nicht mit einer Veteranin des galdäischen Krieges.

»Als die Armorica über euren Planeten herfiel«, sagte die Kriegerin, »sind eine Menge hässlicher Dinge passiert. Das haben Kriege so an sich. Ich habe ein paar Sachen gesehen, die sogar mir zu viel waren. Und ich habe Dinge erfahren, die so haarsträubend waren, dass ich sie selber kaum glauben konnte.«

Eine kurze Pause. Die Frau schaute starr in Janas Gesicht. Ein beunruhigender Blick, auf dessen Grund gut der Wahnsinn lauern mochte.

»Und hinterher habe ich mit den falschen Leuten über die falschen Tatsachen geredet und bin hier gelandet.« Die Stimme von Bonnie Wayss hatte eine beunruhigende Gleichmäßigkeit. Das Geräusch einer erregten Klapperschlange mochte ebenso gleichmäßig sein.

»Die haben mir meine Pilotenlizenz aberkannt, das Offizierspatent wegen unehrenhaften Verhaltens weggenommen und alle Pensionsansprüche annulliert. Es war so, als hätte mich derselbe Fluch getroffen, der eure legendären Schöpfer traf. Um sicherzugehen, hängte man mir zusätzlich Kameradendiebstahl und Geheimnisverrat an. Mein Gesicht ging als das eines Ungeheuers durch alle Nachrichtenkanäle von Atibon Legba, bis ich schon in dem Moment Lokalverbot bekam, in dem ich den Schuppen nur betrat. Sollte es wirklich gebrannte Kinder geben, bin ich eine verkohlte Greisin.«

Bonnie war bei alldem unheimlich ruhig geblieben. Nur das ungesunde Schnurren auf dem Grund ihrer Stimme war immer deutlicher geworden. Sie lächelte und lehnte sich zurück.

»Das ist lange her, und es regt mich immer noch auf. Und zu viel Aufregung beeinträchtigt meine Steuerung.«

Sie tippte mit dem Zeigefinger an ihre Kehle. Ja'ana K'jonasoidt Hakon T'Arastoydt dachte daran, dass es die erste Geste war, die Bonnie mit ihren langen Händen machte. Als der Finger auf die Kehle traf, klang das merkwürdig.

»Das ist ein Sprachprozessor da drin«, sagte Bonnie. »Ich bin damals böse zusammengeschlagen worden, und die Typen wurden natürlich nie ermittelt. Die hatten mich umbringen sollen. Das Auswahltraining hat mich gerettet. Andere Leute, jemand ohne Training und Schulung, wäre einfach gestorben.« Sie lächelte, und diesmal war es ein eindeutig raubtierhaftes Lächeln. »Das sind die Paradoxa, die ich so liebe«, sagte sie, »das Auswahltraining rettet mir in einer Situation das Leben, in die ich ohne die verdammte Auswahl nie gekommen wäre.«

»Und was hat das alles mit mir zu tun?«, wollte Ja'ana K'jonasoidt Hakon T'Arastoydt wissen. Die Erwähnung der galdäischen Schöpfer machte ihr Sorgen, auf die sie jetzt nicht achten konnte.

»Nichts, Veruca Salt«, sagte Bonnie, »und diesen Namen nimmt Ihnen niemand ab. Ich meine, niemand, der Sie als Galdani erkennt. Keine Seele auf Galdäa hat so einen Namen. Und, ja, es hat eine Menge mit Ihnen zu tun.«

Ja'ana K'jonasoidt Hakon T'Arastoydt starrte in die Augen von Bonnie Wayss, in denen ein unheimlicher, kalter Glanz aufgetaucht war. Dieses Wesen war unglaublich. Bonnie war Giftschlange und Raubkatze und Wolf. Jana Hakon fasste Vertrauen zu ihr. Jeder Versuch, die Krallen ihres Verstandes in den Geist dieser Frau zu versenken, würde zum Scheitern verurteilt sein, das spürte sie.

»Mein Leben hat auf Galdäa einen Haken geschlagen«, sagte die alte Frau, deren künstlich jung erhaltener Körper wie eine gespannte Sprungfeder am Tisch saß. »Seitdem warte ich auf eine Gelegenheit. Eine Chance. Ich will denen das nicht durchgehen lassen.«

»Was mit Ihnen passiert ist?«

»Was mit euch passiert ist.«

Ja'ana K'jonasoidt Hakon T'Arastoydt entschied, mehrgleisig an dem Problem zu arbeiten; Jana sah Bonnie stumm an. Bonnie nickte.

»Und, natürlich, auch. Das, was mit mir passiert ist. Nichts davon soll denen durchgehen. Sie haben recht.«

»Ich bin ... ratlos«, gab Jana zu. »Dass ich ausgerechnet hier ausgerechnet jemandem wie Ihnen über den Weg laufe, erscheint mir merkwürdig. Und dass ich jemandem gegenübersitze, den ich nie im Leben gesehen habe, hebt meine Stimmung nicht unbedingt.«

Bonnie zuckte die Schultern. »Wenn es Sie beruhigt, Veruca Salt: Dass ein ganz besonders wichtiges Untersuchungsobjekt aus dem Photek-Institut auf Penta IV geflohen ist, spricht sich in bestimmten Kreisen blitzartig herum. Der Aufruhr, den die verdammten Photek-Leute gemacht haben, war nicht zu übersehen. Vor allem war der Aufwand nicht zu überhören, den sie dann betrieben haben, um zu vertuschen, dass es überhaupt irgendeinen Aufruhr gegeben hat. Selten hat man jemanden so beredt schweigen hören. Photek ist ein rotes Tuch für uns, müssen Sie wissen. Ich habe einen beträchtlichen Teil meiner Leute darauf angesetzt, jemanden wie Sie ausfindig zu machen ...«

»Ihre Leute?«

»Ich leite die Sicherheitsabteilung in einem der dominierenden Konzerne auf der Werkwelt. Der ganze Scheißplanet lebt schließlich davon, Weltenkreuzer zu bauen, und dieses Geschäft teilen sich, grob gesagt, fünf große Firmengruppen. Die lieben einander nicht, und alle haben überall bei jedem der anderen ihre Leute sitzen. Industriespionage, Diebstähle im Rechnernetz, Abwerbung, gezielte Falschinformationen und so weiter. Was man sich nur denken kann. Ich bin in diesem Geschäft das Beste, was es gibt.«

Bonnie winkte mit den Augen zu ihren Leuten hinüber, und auf dem Grund ihrer Stimme hörte man ein mechanisches Schnurren. Sie unternahm einen vergeblichen Versuch, vertraulich zu flüstern.

»Das sage ich ohne jede Übertreibung. Meine Truppe stammt komplett aus der Auswahl. Und wenn ich auf dieser Welt jemanden finden will, dann finde ich diesen Jemand auch. Ganz egal, wie geschickt er vorgeht, ganz egal, wo er hingeht. Erst recht, wenn er so leicht zu beschreiben ist – ein bisschen blass, durchsichtige Haut im Gesicht, winzige Ohren, schöne große Augen und auf den Wangen Äderchen, die ein wenig durchschimmern.«

Irgendetwas veränderte sich. Bonnie Wayss entspannte sich und schlug sogar die Beine übereinander, während sie weitersprach. Jana sah sich um; es war niemand mehr im Restaurant, dessen Körpersprache unter einer dünnen Oberfläche von Beiläufigkeit nicht wachsam und kraftvoll gewesen wäre. Der magenkrank wirkende junge Mann an der Kasse war nicht aus der Auswahl und fiele im Ernstfall kaum ins Gewicht. Gegen einen Auswahl-Mann bedeutete dieser Knabe nicht viel mehr als eine Fliege an der Wand. Ganz so hilflos war eine Galdani nicht; aber das hätte im Fall eines Falles nicht viel zu sagen. T'Arastoydt konnte mit ein oder zwei Menschen mühelos fertig werden, nicht mit vielen zugleich, und mit Auswahl-Leuten schon gar nicht.

»Ich habe Ihre Spur aufgenommen, als Sie mit irgendjemandem außerhalb dieses Planeten Kontakt aufnahmen. Und nachdem klar war, dass Sie so klug waren, ein verrottetes Kaff wie dieses hier aufzusuchen, habe ich hier auf Sie gewartet. Sie sind für mich eine Möglichkeit, das eine oder andere Gespenst zu bannen.«

»Wie soll ich das anstellen? Meinen Sie, es hilft, wenn Sie mir Ihr Herz ausschütten?«

Bonnie lachte. Ihre Stimme klang befremdlich, ihr Lachen war kalt wie flüssiger Stickstoff. Das Implantat mochte ihre Stimme geschickt nachahmen, für Heiterkeitsausbrüche war es nicht geeignet.

»Sicherlich nicht. Sie haben eine Absicht verfolgt mit Ihrer Flucht aus dem Photek-Institut. Und es ist mir daran gelegen, Sie wissen zu lassen, dass ich mit dem Photek-Institut nicht das Geringste am Hut habe. Im Gegenteil. Was denen schadet, ist mir willkommen. Denn es schadet denen, die ich hasse. Und wenn es Ihnen gelingt, nach Galdäa zurückzugelangen, haben Sie viel über das Photek-Institut zu erzählen. Da bin ich sicher.«

Jana nickte.

»Diese Erzählung«, setzte Bonnie hinzu. »würde ich gern um einige Details bereichern. Nicht sehr schöne Details. Den ganzen galdäischen Krieg müsste man in den Geschichtsbüchern umkrempeln, alle Kapitel neu fassen. Das da«, sie wies auf die niederdrückende Aussicht vor den Scheiben des Restaurants, »ist ebenso wenig die wahre Werkwelt, wie das Galdäa in den offiziellen Aufzeichnungen etwas mit dem wahren Galdäa zu tun hat.«

»Ich habe die offiziellen Aufzeichnungen nicht gelesen«, sagte Veruca Salt.

»Ich glaube Ihnen kein Wort«, entgegnete Bonnie gelassen, »aber das spielt keine Rolle. Wie kann ich Ihnen helfen?«

Jana sah der Soldatin in die Augen. In den tieferen Schichten ihrer Gedanken jagte K'jonasoidt irgendwelchen Informationen hinterher, die hilfreich sein könnten. T'Arastoydt berechnete unbeirrt die Chancen eines Kampfes und einer Flucht, die mickrig blieben. Ja'ana plädierte dafür, doch dieser Frau zu glauben. Jana atmete tief durch.

»Ich gäbe eine Menge«, sagte Bonnie Wayss, die ihre künstliche Stimme wieder unter Kontrolle gebracht hatte, »wenn ich Ihre Gedanken belauschen könnte. Alle, meine ich. Den mehrstimmigen Gesang, den die verschiedenen Aspekte Ihres Ichs miteinander austauschen. Wir sind dazu nicht in der Lage. Zu simpel. Wir sind arm, wenn es um das Denken geht, nicht wahr? Und es ist uns Menschen nicht gegeben, die inneren Prozesse einer Galdani zu verstehen.« Sie musterte Veruca Salt mit einem ausgesprochen merkwürdigen Ausdruck in ihren Augen.

»Dennoch wurde es versucht«, stellte Jana fest, »und es ist gründlich misslungen.«

»Das kann ich mir vorstellen.«

»Es war äußerst unangenehm.«

»Das Photek-Institut?«

»Natürlich.«

»Wie weit sind die Typen gegangen?«

»Das wollen Sie in Wahrheit nicht wissen«, sagte Jana, »und die Einzelheiten schon gar nicht.«

Bonnie stieß die Luft aus, die sie angehalten hatte, und lehnte sich zurück. Das Implantat in ihrer Kehle erzeugte ein ganz leises Pfeifen, kaum wahrnehmbar. »Wahrscheinlich«, sagte sie zögernd, »haben Sie recht.«

Ja'ana K'jonasoidt Hakon T'Arastoydt spürte, wie ihr innerer Streit plötzlich endete. Sie fasste den Beschluss, Bonnie Wayss sei zu vertrauen. Vertrauen in die falschen Personen oder zum falschen Zeitpunkt muss teuer bezahlt werden, konnte sich T'Arastoydt nicht verkneifen zu bemerken. Die Sache wurde umso interessanter, da K'jonasoidt in diesem Augenblick wenigstens eines der Rätsel lösen half: In den endlosen Datenbänken ihres Geistes hatte sie entdeckt, warum ihr das organische, fließende Design von Bonnies Waffen vage bekannt vorgekommen war. Es handelte sich um verbotenes Zeug, um Schmuggelgut von Utragenorius. Die Dunkelwelten zählten nicht zu den Busenfreunden des Flottenkommandos. Es war ein offenes Geheimnis, dass man auf A. L. eine Heidenangst vor den unheimlichen Welten von Utragenorius hatte. Jana hatte die Dunkelweltmenschen schon immer interessant gefunden.

»Darf ich Ihnen helfen?«, fragte Bonnie, und in ihren Augen glitzerte jener Fanatismus, der Menschen dazu bringt, sich in Gefahren zu bringen, die kein vernünftiges Wesen einzugehen bereit ist. Leute, die durch dieses Funkeln in die Welt schauen, sehen eine völlig andere Realität. Ich werde jemandem vertrauen, dachte Jana, der nach den Maßstäben meiner Heimat mindestens verrückt ist, wenn nicht mehr. Weiß ich genug, um diese Wahnsinnige hier von Ari und Mikko zu unterscheiden? Und gibt es einen Unterschied? Aber Jana hatte keine Wahl mehr. Ja'ana K'jonasoidt Hakon T'Arastoydt hatte ihren Entschluss gefasst.

»Sie könnten mir helfen«, sagte sie. Bonnies Augen glitzerten lebhafter. »Ich muss irgendwie von diesem Planeten herunter. Ich muss nach Penta V und dort jemanden treffen, der mich nach Hause bringen kann.«

Die Soldatin holte tief Luft.

»Erst von Galdäa aus« setzte Jana hastig hinzu, »kann ich versuchen, die neuen Informationen zu verwerten. Es gibt keinen anderen Punkt, von dem aus ich das könnte. Atibon Legba ist dafür denkbar ungeeignet.«

»Da haben Sie recht«, sagte Bonnie, »und es wird schwierig werden, Sie aus Nummer 42 fortzuschaffen, ganz zu schweigen davon, diese Welt zu verlassen. Und ein Transfer nach Penta V ist wiederum ein Kapitel für sich. Aber eins nach dem anderen. Lassen wir die Probleme uns nicht im Rudel überraschen.«

Sie gab ein gemeines, glucksendes Lachen von sich, das wohl Belustigung ausdrücken sollte. Jana fühlte sich von dem Geräusch unangenehm berührt, als würde jemand mit geschärftem Stahl auf feinem Porzellan herumkratzen. Irgendwann würde sie der Soldatin sagen müssen, dass es furchtbar klang, wenn der Stimmprozessor zu Heiterkeitsausbrüchen genötigt wurde. Vielleicht war der gänsehauterzeugende Klang ja Absicht. Jana rief sich ins Gedächtnis, dass sie es hier mit jemandem zu tun hatte, der strenggenommen nicht mehr komplett zurechnungsfähig war.

Bonnie gab den scheinbar tief in ihr frugales Essen vertieften Leuten im Restaurant ein kaum sichtbares Zeichen. Einer nach dem anderen stand auf und verließ das Lokal, und irgendwann ging auch Jana, mit Bonnie in ein belangloses Gespräch vertieft. Es drehte sich um Kuppelkonstruktionen und die alten Überwachungssysteme, die vielleicht noch funktionierten, und die sehr viel älteren Rechner, die sie steuerten und leicht angezapft werden konnten. Jana fragte, ob Bonnie jemals selbst auf einer der utragenorianischen Welten gewesen war. Sie bekam auf diese Frage selbstverständlich keine Antwort.

Erst später, als sie weit weg war von Nummer 42, erfuhr Jana, dass Bonnie zu diesem Zeitpunkt das marode Augensystem der Kuppel längst lahmgelegt hatte.

6.

Michael Sanderstorm • 3

»Ich verstehe nicht, wieso du dir Gedanken machst«, sagte Nikki. »Es interessiert doch niemanden, was auf einem unbedeutenden Planeten damals geschehen ist. Du sollst die Geschichte dieses Krieges schreiben, das ist alles. Und der sogenannte Krieg?«

Sie lachte höhnisch.

»Der sogenannte Krieg besteht aus einem verlorengegangenen Schiff und dem Eingreifen der Armorica. Ein paar Eingeborene, die einen Überraschungserfolg hatten, und ein Weltenkreuzer, der sie zusammengeschossen hat. Das ist alles. Für keine der beiden Seiten ist das Ganze sonderlich erinnernswert. Rühmlich schon gar nicht.«

Nikki war wütend. Sie hatte nach Tagen des Schweigens einen völlig verstörten und zerfahrenen Michael vorgefunden, der mit entzündeten Augen vor dem Terminal saß und röhrchenweise Schmerztabletten aß. Tassos Vorbild kümmerte ihn nicht mehr, seit die Schmerzen wirklich böse geworden waren. Auf der Suche nach weiteren Informationen hatte er alle zweiunddreißig Bände der »Weltgeschichte sämtlicher Planeten« durchgearbeitet. Eine Unzahl von Anfragen hatte er in die Rechnernetze verschiedener Universitäten, Dienststellen und Institute geschickt. Sein Rechner sammelte alles, was es in Bezug auf Galdäa gab; von Tag zu Tag stapelten sich mehr Dateien. Viel mehr, als ein einzelner Mensch jemals hätte lesen können, selbst in einem zweihundertjährigen Leben.

Ein übelwollender Magier hatte einen Fluch auf das Thema gelegt, dachte Michael, als stünde das Vorhaben unter dem unheilschwangeren Zeichen der Acht. Von Tag zu Tag gab es mehr Informationen über Galdäa. Aber nirgends fand sich der geringste Hinweis auf ein Tefelburger Protokoll. Die Unterlagen in der Mappe des Vierten Stellvertreters waren uninteressant – sie handelten vom Einsatz der Armorica. Keine erhebende Lektüre, altertümlich auf Papier gedruckt. Jede einzelne Seite trug in der Ecke mehrere Geheimhaltungsstempel. Wahrscheinlich waren diese Blätter etwas wirklich Seltenes: Originale. Unterlagen, die es nirgends, in keinem Datenspeicher der Welt, ein zweites Mal gab. So selten sie sein mochten, sie halfen Michael nicht weiter. Und die Nummernschlösser des Köfferchens blieben, was sie waren: verschlossen.

»Du verstehst nicht, worum es geht«, sagte Michael; er kam nicht zu Wort.

»Ich verstehe, dass du dich zugrunde richtest! Ich höre dich noch, was Ruhiges, nichts Anstrengendes, eine einfache Abschlussarbeit hinlegen. In aller Geruhsamkeit ordnen und dann Sätze umkrempeln. Dass ich nicht lache!«

»Dann lach doch.«

»Wieso interessiert dich das plötzlich so sehr?«

»Schwer zu sagen.« Michael war froh, jemanden zu haben, dem er irgendwas erzählen konnte. Wobei er sich bei Nikki allerdings keine übertriebenen Hoffnungen machte, dass sie wirklich zuhören würde. »Sieh mal«, er zeigte auf die Wand, an der ein großes buntes Schema angeheftet war, »dort habe ich alles, was ich weiß, in ein System gebracht. Der Zeitraum ist begrenzt vom Jahr 11, gerechnet nach der Entdeckung Galdäas, und dem Jahr 25.«

»Das ist ja wirklich interessant«, sagte Nikki, und ihre Stimme troff von Falschheit.

Michael achtete nicht darauf. Er wusste, wann seine Freundin nur so tat, als wäre sie nicht interessiert. Er redete weiter und konnte sich sicher sein, dass sie zuhörte. »Ich hatte anfangs wenige Informationen über die Jahre 11 und 12, eine einzige Nachricht aus dem Jahre 17 und dann eine ganze Mappe voll über das Jahr 25. Daraus kann ich nichts machen. Sämtliche Verbindungen fehlen. Und völlig rätselhaft ist, dass meine Suchanfragen in den verschiedensten Datenbanken immer neue Treffer liefern. Zwar nichts, was Licht in dieses Dunkel bringen könnte ... Allein, die Menge der gesammelten Information ist erstaunlich. Woher kommt das alles? Wieso hat niemand diese Berge von Messungen je ausgewertet? Das ist kein uninteressantes Thema. Es ist sogar höchst interessant.«

»Dann müsstest du es zurückgeben«, sagte Nikki barsch, »so ein Thema wolltest du nicht, wenn ich mich recht erinnere. Dann forsche doch lieber den blöden Redensarten auf Engambosch hinterher oder den Zahlungsschwierigkeiten von Kind Des Glücks. Das ist stressfrei und gefahrlos, das kannst du erledigen, ohne dich kaputt zu machen.«

»Nun habe ich einmal dieses Thema übernommen. Und ich glaube nicht, dass ich es tauschen kann. Ich kenne den zuständigen Beamten in der Universität. Das ist ein Bürokrat, wie er im Buche steht. Der lässt nicht mit sich reden.« Er lauschte hinüber ins Nachbarzimmer, in dem ein Rechner eine kurze Melodie spielte.

Nikki beachtete diese neue Marotte nicht. »Willst du das überhaupt, wenn du ehrlich bist?«, fragte sie.

»Das Thema tauschen? Nein.«

»Warum nicht? Ich verstehe nichts mehr!«

»Ich weiß es selbst nicht«, gestand Michael. »Ich habe nur so eine Ahnung, dass da eine Sache geschehen ist, die nicht hätte geschehen dürfen. Etwas ist dort schiefgegangen, furchtbar schief. Und ich möchte wissen, was. Es scheint mir nicht richtig, was damals auf Galdäa geschehen ist. Und ich habe das Gefühl, dass irgendetwas immer noch schiefgeht. Dass das gar nicht aufgehört hat.«

Natürlich war sich Michael im Klaren darüber, dass er einen Ersatz suchte. Auch Tassos Verschwinden dort irgendwo im tiefen Weltraum war nicht richtig. Stimmte nicht. Dass man seinen Bruder schließlich für tot erklärt hatte, änderte nichts an dieser Tatsache. An seiner tiefen Überzeugung, dass Tasso lebte. Irgendwo. Dass der Totenschein eine juristische Fiktion darstellte. Es gab keine Möglichkeit, daran etwas zu ändern. So warf er sich auf eine andere hoffnungslose Geschichte. Eine ganz simple, psychologisch erklärbare Ersatzhandlung. Er wusste das alles.

Nikki studierte das Schema, das zum größten Teil aus Platz für weitere Eintragungen bestand. »Also ich kann nichts Geheimnisvolles entdecken«, meinte sie. »Unsere Leute sind diesen Galdäern zwischen die Stühle geraten, und in dem Krieg zwischen den ulkigen Ministaaten haben die unsere Technik übernommen. Na gut, eine beachtliche Leistung für eine primitive Kultur, nichts Furchtbares.«

»Ich habe eine Projektion mit offenen Fragen, die ich klären muss. Pass auf.« Michael ließ die Scheiben des Zimmers sich verdunkeln und schaltete die Projektion ein. Das Schema bedeckte sich mit einer wimmelnden Unzahl von Kästchen, in denen Fragen standen.

Nikki ging nahe heran und las die eine oder andere laut vor. »War die Feier auf der Insel Konstral mit den Staaten Galdäas abgestimmt? Warum sind die Wetterdaten der Messstationen auf Galdäa in den drei Jahren nach dem Krieg Woche für Woche umfangreicher und detaillierter geworden? Worin bestanden die ‚geringeren Verständigungsschwierigkeiten' bei der ominösen Zeremonie auf der Insel Konstral?«

»Vielleicht war die Feier der Auslöser des Krieges, was weiß ich«, sagte Michael halblaut vor sich hin.

Nikki schüttelte den Kopf und hangelte sich weiter von Kästchen zu Kästchen. »Brachen die Kämpfe zwischen Lugg und Tsanama trotz Konstral aus oder wegen Konstral? Welche Gründe hat der plötzliche Gesinnungswandel der Republik Assant? Was haben die schier endlosen Texte in unverständlichen galdäischen Sprachen zu bedeuten, die sich in den Archiven des Flottenkommandos auf Atibon Legba befinden? Warum tragen alle diese Texte ein wenige Tage altes Datum und nicht das ihrer Entstehungszeit? Gab es in Lugg immer Hinrichtungen, oder wurden diese eigens für die Menschen inszeniert? Worin bestand die Rolle der Vereinigten Ganorischen Fürstentümer bei den Ereignissen des Jahres zwölf?«

Nikki wurde leiser, während sie las, und bewegte schließlich nur die Lippen. Sie ließ Fragen aus, um schneller ans Ende des Schemas zu gelangen.

Ab wann wurden die Galdäa-Terminals der einzelnen Staaten abgeschaltet? Wie weitreichend waren die Zugriffsmöglichkeiten über die Terminals? Gibt es einen Nachweis für die Kommunikation zwischen den galdäischen Staaten und Atibon Legba? Wie hoch war der Datentransfer zur Zeit der Krise? Welchen Auftrag hatte die Caldera XI? Wie konnte ein relativ rückständiger Planet in nur zehn Jahren eine eigene Raumflotte aufbauen? Wonach war bestimmt worden, welcher Staat die Hegemonie übernehmen soll? Ist jemals untersucht worden, ob die Legenden der Einheimischen von den geplagten Schöpfern irgendeinen realen Hintergrund haben? Warum wird Aras-Toit bzw. Arastoydt als Staat bezeichnet, obwohl er offenkundig kein Staat in unserem Sinne war? Was und wo ist das Tefelburger Protokoll?

»Und jede dieser Fragen«, sagte Michael und löschte die Projektion, »zieht bei ihrer Beantwortung einen Rattenschwanz von weiteren Fragen hinter sich her. Ich habe für einige so etwas wie Weiterungsverzweigungen aufgestellt. Mir überlegt, wie die Beantwortungsmöglichkeiten und daraus folgende Fragen sich unterscheiden. Ich habe tagelang am Rechner gesessen.«

»Was du davon nur hast!«

Michael spitzte die Ohren; nebenan pfiff der Rechner wieder eine kleine verträumte Melodie vor sich hin. »Etwas Seltsames, Nikki, hatte ich davon.«

»Und was soll das bitte sein?«

»Mehr als die Hälfte aller dieser Fragen müssen von uns beantwortet werden. Nicht von den Galdäern. Von uns.«

»Das ist allerdings merkwürdig.« Nikkis Stimme troff von kaum verhohlenem Spott. Sie konnte all das nicht recht ernstnehmen.

»Dazu kommt, dass ich diesen verdammten Koffer nicht aufbekomme. Ich habe die Kombination nicht.«

»Aufbrechen?«, schlug Nikki gleichmütig vor.

»Zu gefährlich«, sagte Michael. »Wenn er dagegen gesichert ist und der Inhalt verbrennt? Eine dieser selbstvernichtenden Maschinen? Du weißt doch, dass heutzutage jeder Idiot seine Aktentasche so absichern darf.«

»Hm. Warte mal. Das müsste eine Zahlenreihe sein, oder?«

»Ja, sechs Ziffern.«

Nikki wühlte in der Mappe mit den ARMORICA-Berichten. Auf der Innenseite des Deckels fand sie, was sie suchte. »Wusste ich doch, dass ich irgendwo eine Ziffernreihe gesehen hatte!«

Und es war wirklich die Kombination, die das Schloss des Handkoffers öffnete. Michael meinte sofort, er müsse eine neue Frage in sein Schema projizieren. Warum war der Koffer so umständlich gesichert? Nur jemand von der Universität konnte den Koffer öffnen. Anders ausgedrückt: nur jemand, der dieses halb vergammelte Belegarbeitsthema bearbeitete. Sollten die Galdäer selbst nicht wissen, was er enthielt?

»Willst du nicht nachsehen, was drin ist?«, fragte Nikki. Sie sah Michael mit einem Seitenblick an, den man eher bei einer besorgten Schwester auf einer Station für unheilbar Verwirrte vermutet hätte. Natürlich bemerkte Michael nichts davon.

»Nicht jetzt«, sagte er. »Ich soll doch aufhören. Das wolltest du doch. Deswegen bist du gekommen.«

»Stimmt. Ich wollte, dass du aufhörst – mit dieser verflixten Galdäa. Ich glaube ... ich glaube, du kannst es nicht.«

»Ja. Das denke ich auch. Aber ich fühle mich nicht gut. Bissel überanstrengt.«

Nikki atmete auf. »Ich hatte die Hoffnung aufgegeben, dich zur Vernunft zu bringen.«

»Ich war immer ein vernünftiger Mensch. Das weißt du«, sagte Michael bitter. »Von einer Ausnahme abgesehen.« Er dachte an Tasso, und an seine Reaktion, an diesen Irrsinnsflug, an den Unfall.

»Fang nicht damit an jetzt. Bitte. Du machst dich selbst fertig und kaputt.«

Michaels Augen waren groß geworden und zeigten jenen Ausdruck der Starre, den Nikki nur zu gut kannte. So, genau so hatte er sie damals angesehen, als die Vermisstenmeldung kam. Diese lapidare Mitteilung war das letzte gewesen, was Michael von seinem Bruder Tasso gehört hatte. Dann hatte er sich in einen Schweber gesetzt und die Sicherungen gelöst. Hatte so ziemlich alles gemacht, wovon die Bedienungsanleitung dringend abriet. Bis zum Aufprall.

Nikki hatte anderthalb Jahre lang verfolgt, wie die Ärzte ihn wieder zusammenflickten – nicht nur seinen Körper. Recht trauen konnte sie dem Frieden nicht.

»Ist schon gut«, sagte Michael und sah sie nicht an. Beide schwiegen für einige Zeit, und sie sprachen erst wieder, als sich der Rechner im Nachbarzimmer melodiös in Erinnerung brachte. Nikki wollte wissen, was zum Teufel dieses nervige Gedudel bedeuten sollte. Michael grinste sie unglücklich an und zeigte ihr, was nebenan vorging.

Auf der Bildwand seines Rechners stapelten sich die Dateien. Jede einzelne hatte mit diesem verdammten Planeten zu tun, und kaum eine würde je geöffnet werden. Der Rechner spielte immer eine Melodie, wenn die Gesamtzahl der registrierten Galdäa-Dateien eine Schnapszahl war. Gestern hatte das Ding ein paar Stunden von einem Signal zum anderen gebraucht, jetzt nur Minuten. Nikki starrte erschrocken auf den Zähler, der emsig rannte. Die letzten Ziffern waren nicht zu erkennen, weil sie ineinander verschwammen. Eben hatte die Anzeige von sieben zu acht Stellen gewechselt. Und die Acht war eine verfluchte Zahl, eine unheilbringende.

7.

Jana Hakon • Theta im Orbit

»Es geht wieder los. An die Arbeit«, sagte Kaddok. Man murrte, man schurrte mit den Füßen, man zog Gesichter, aber was verlangt wurde, geschah. Veruca Salt stülpte den Helm über, spürte die Verschlüsse einrasten. Ein Gefühl von Sicherheit. Jetzt war sie seit einigen Tagen auf dieser Orbitalwerft, und sie schätzte sich glücklich, von der Oberfläche des Planeten weggekommen zu sein. Ohne Bonnie wäre ihr das nicht gelungen. Ohne Bonnie würde sie endlos von einer heruntergekommenen Kuppelstadt in die nächste flüchten. Ohne Bonnie hätte man sie vielleicht längst gefangen und scheußliche Dinge mit ihr gemacht. Die Kontrollen in ihrem Visier leuchteten auf, die links oben flackerte wieder. Die bekannte Krankheit. Der Wackelkontakt, den niemand finden konnte. Ansonsten alles in Ordnung. Soweit man es beurteilen konnte. Sie drehte sich zur Seite und kontrollierte die Sicherheitsvorrichtungen bei ihrem Nachbarn. Dann drehte sie sich herum, um ihre eigenen nachsehen zu lassen.

Ein völlig überflüssiges Ritual, dachte sie, eher zur Beruhigung der Leute gedacht als wirklich für die Arbeitssicherheit. Es gab kaum etwas, das diese Firma weniger kümmerte als die Unversehrtheit ihrer Angestellten. Leute waren ersetzbar. Fast alle Leute waren das. Nun gut, Bonnie Wayss hatte sie mit ihrer künstlichen Stimme gewarnt. Es würde kein Zuckerschlecken sein, hatte sie gesagt. Es würde hart sein.

Leicht übertrieben war das schon, Bonnie, dachte Jana, während man geduldig wartete, dass die Schleuse entlüftet wurde, so wild war es nun wirklich nicht. Nicht für sie. Die anderen hier hatten eine harte Zeit hinter sich, das mochte stimmen; Veruca Salt nicht. Jana konnte ihre Muskeln nach Bedarf benutzen, und wenn die Ermüdungsgrenze überschritten war, schaltete sie die Schmerzreize aus. Wohlgezielte Korrekturen im Stoffwechsel und galdäische Kontrolle vermochten die verzwickten Prozesse zu entschärfen, die bei jedem Menschen unweigerlich zum schlimmsten Muskelkater des Lebens geführt hätten. Wenn es nötig war, befahl Jana ihrem Körper, nachts genau jene Muskeln wachsen zu lassen, die sich als zu schwach erwiesen hatten, und die gereizten Sehnen zu verstärken. Wenn es nötig war, vereinigte Jana für wenige Sekunden alle ihre Kräfte in eine einzige Richtung, wurde zu einer zielbewussten Maschine aus Knochen, Sehnen und Fleisch. Wenn es nötig war, programmierte Jana ihre Hände, so exakt und zügig zu arbeiten wie eine Maschine. Diese Tricks gingen den anderen ab. Sie hatten getuschelt und die Köpfe geschüttelt, nachdem die Neue, Veruca Salt, am Ende des ersten Arbeitstages scheinbar frisch und ausgeruht aus ihrem Raumanzug gestiegen war und nur pro forma erschöpft stöhnte, nachdem sie die erstaunten Blicke der anderen registriert hatte. Dabei hatte Jana wohl bemerkt, dass man ihr eine seltsam hohe Zahl von extrem kraftaufwendigen Arbeiten übertragen hatte. Eine Art Ritual, die Neuen erst einmal nach allen Regeln der Kunst fertigzumachen. Jana hatte an den ersten Tagen ihres Lebens auf der Werft fressen müssen wie zwei Karnesen, und sie hatte eine Menge von gehaltvollen Nahrungsmitteln mit in ihre winzige Kabine genommen. Fehlender Schlaf war besser zu kaschieren als mangelnde Kraft. Sie war stündlich wach geworden und hatte gegessen. Kalorien für den hochgeschraubten Stoffwechsel und Protein für innere Reparaturen waren die Allheilmittel, um die Testquälereien der Alteingesessenen zu überstehen.

Dabei war es offensichtlich völlig egal, woher der Neue kam. Jana hatte bemerkt, wie dasselbe neuangekommenen Karnesen passierte, die unter der ungewohnten Hitze litten. Es geschah mit einer oniskäischen Doppelehe. Es geschah Leuten von Atibon Legba ebenso wie solchen von Dortue, Cedar oder ausgewanderten Serafimern. Die wenigen und meistens verloren wirkenden Leute von Engambosch mussten sich zusätzlich ganzer Wogen aus Spott über ihre seltsame Redeweise erwehren. Da musste man durch, und wer das mit Hilfe von irgendwelchen Drogen versuchte, fiel unweigerlich auf die Nase. Man konnte seine Arbeit nicht ordentlich machen, wenn man zugedröhnt war, wovon auch immer. Das lernte früher oder später jeder. Unter den Kreuzerleuten gab es Abkömmlinge aller Menschenwelten, ausgenommen natürlich von Galdäa. Und selbstverständlich gab es keine Goldenen.

Vor kurzem hatte Veruca Salt zum ersten Mal die madenartigen Nackten auf der Werft gesehen, umschwärmt von Sicherheitskräften und eilig eskortiert in jene tieferen Regionen der Raumstation, in die man Kreuzerleute niemals hineinlassen würde. Das war einigermaßen merkwürdig, schied doch die Goldene Bruderschaft als Kaufinteressent für die Produkte von DIE NEUE WOHLFAHRT aus. Die Goldenen verwendeten keine Weltenkreuzer. Dafür waren sie viel zu paranoid. Sie trauten nur den Schiffen, die sie selbst gebaut hatten. Seltsame Fahrzeuge, in denen alle wichtigen Systeme nicht nur doppelt vorhanden waren, sondern vielfach. Veruca Salt hatte bislang keine solchen Schiffe gesehen; K'jonasoidt verfügte in ihren Speichern über entsprechende Abbildungen. Das normale, gefechtsbereite Raumschiff der Bruderschaft war die Doppelwespe – zwei schlanke Rümpfe, die nebeneinander lagen und mittels vielfacher Verbindungen Kontakt zueinander hielten. Die Goldenen konnten auf diese Weise praktisch immer auf ein zweites Fahrzeug zurückgreifen. Natürlich war eine solche Bauweise der Metall gewordene Beweis für eine solide Paranoia. Besonders wichtige Mitglieder der Bruderschaft reisten mit Tripel- oder Quadrowespen. Kein Goldener hätte sich je einem Weltenkreuzer anvertraut. Was also wollten die Goldenen auf DIE NEUE WOHLFAHRT? Jana verfolgte ständig die Nachrichten. Sogar in ihrem Display, das in die Visierscheibe des Raumanzugs eingelassen war, blieb immer ein Fenster für die Neuigkeiten der verschiedenen Kanäle reserviert. Deswegen bekam sie mit, was mit dem Institut passierte. Sie sah die Sondersendungen, die schrecklichen Bilder. Sie hörte die komplett erlogenen Geschichten von den gefährlichen Patienten, die sich gegen ihre Wohltäter, Ärzte und Pfleger gewandt und einige von ihnen umgebracht hatten. Sie sah die leblosen Körper der Leute. In den starren Augen des Pflegers, der für sie zuständig gewesen war, stand selbst im Tod das blanke Entsetzen. Glücklicherweise war lediglich eine einzige Patientin bei dem Aufruhr umgekommen, logen die Nachrichtensprecher, und Jana blickte in ihr eigenes, schlecht retuschiertes Gesicht. Das Opfer ihrer Krankheit. Wie bedauernswert. Ein Mensch im hochgeschlossenen blauen Zweireiher gab ein Interview, in dem er von langwierigen Therapie-Sitzungen berichtete, die er mit der Verstorbenen gehabt hatte. Von ihren allmählichen Fortschritten und tiefsitzenden seelischen Problemen. Von der Tragik ihres unglücklichen Todes. Jana hatte diesen Menschen nie zuvor gesehen. Das Lügenspiel in den Sendungen war dreist und wirkungsvoll und überzeugend. Es war außerdem teuer. Warum all das geschah, blieb ein Rätsel.

Das Ende der Patientin angeblich unbekannter Herkunft war aufwändig inszeniert, musste Jana erkennen. Wer auch immer hinter alldem stecken mochte: Es waren Leute mit Verbindungen und viel Geld. Und sie waren verteufelt gründlich. Bonnie konnte unten auf dem Planeten verfolgen, wie man systematisch alle Schlupfwinkel abgraste, in denen sich eine geflüchtete Person verbergen konnte. Und weil Bonnie gelegentlich ihre alte Spielernatur aufblitzen lassen musste, legte sie die oder andere schwache falsche Spur. Sie schmuggelte beispielsweise ein verwischtes Bild von Jana in den Überwachungsfilm einer Bankfiliale am Rand von Koldulas. Die ausgezeichnete Hardware ihres Brötchengebers hatte mit solchen Fälschungen keine Mühe. Stunden später überschwemmten Alarme den betreffenden Stadtteil von Koldulas, und Bombendrohungen gingen ein. Alles wurde abgesperrt und genauestens durchsucht.

Eine andere falsche Spur, die Bonnie auslegte, ließ die ganze Drogenszene von Bivaly hochgehen. Dabei war nur der alte Name von Veruca Salt in der Kundenliste eines Ycorgan-Händlers aufgetaucht. Einer dieser schmierigen Typen, die das Gift an jene weitergaben, die sich unbedingt aus dem Lauf der Dinge hinausschießen wollten. Man konnte gut davon leben, und es war natürlich alles andere als legal. Als man den Spitzbuben hopsnahm, überprüfte man die Namen seiner Abnehmer. Danach fegte eine Durchsuchungswelle nach der anderen durch Bivaly und dezimierte die Halbwelt der Kuppelstadt. Für eine Weile gab es in dieser Kuppel niemanden mehr, der irgendeine Droge zu verkaufen oder zu kaufen wagte.

Ja'ana beobachtete das mit angehaltenem Atem – diese Leute wussten gar nicht, wonach sie in Wirklichkeit suchen sollten, aber sie suchten mit äußerster Gründlichkeit. Jemand zog an Fäden, die selbst für Bonnie zu fein gesponnen schienen. Zwar war Veruca Salt auf Die Neue Wohlfahrt sicher, von Dauer konnte diese Sicherheit jedoch nicht sein. Irgendwann mussten die Informationen über ihre Existenz den Suchprogrammen auffallen; ein statistischer Eintrag hier, ein verwischtes Bild dort. Wer die Querverbindungen herstellte, würde ihren Weg verfolgen können. Glücklicherweise waren diese Informationen begraben in gigantischen Datenbergen. Es war viel Zeit und eine Menge Rechenzeit nötig, um das alles auseinanderzusortieren, und das Rechnernetz wurde in letzter Zeit immer träger.

In diesen Tagen, da Veruca Salt in die Rituale der Kreuzerleute eingeführt wurde, wusste Bonnie noch nicht, wie sie die Galdani nach Penta V bringen sollte. Kreuzerleute nannte man jene Trupps, die direkt am Bau der Weltenkreuzer beteiligt waren, und dass Veruca Salt sofort diesen Elitearbeitern zugeteilt worden war, lag nicht nur an den hervorragenden Zeugnissen, die Bonnie gefälscht hatte. Auf Zeugnisse gab man hier nicht viel. Man verließ sich auf eingehende Tests, und dabei hatte Veruca Salt überzeugt. Ihr Wissen war auf dem neuesten Stand der Technik, und ihre Aufnahmefähigkeit war enorm.

Beides war völlig normal. Ja'ana K'jonasoidt Hakon T'Arastoydt hatte gelernt während des Fluges von Nummer 42 hoch zur Orbitalwerft Die Neue Wohlfahrt. Gelernt, wie es die Leute auf Galdäa gewohnt waren. Man konzentrierte sich voll und ganz auf den Stoff und las dann alles, was nötig war, schaute Grafiken an, memorierte Pläne. Alles musste nur ein einziges Mal gelesen, angesehen und studiert werden. Es gab hochentwickelte Psychopharmaka, die Ähnliches normalen Menschen ermöglichten; sie waren extrem teuer, hatten hässliche Nebenwirkungen und ein wenig dauerhaftes Ergebnis. Veruca Salt hatte so etwas nicht nötig. All das Wissen wanderte auf direktem Wege in ihre Datenbanken, wo es augenblicklich zur Verfügung stand. Da wurden Verbindungen geknüpft und Querverweise angelegt, und unablässig strömte neues Faktenwissen herein. Als Ja'ana K'jonasoidt Hakon T'Arastoydt aufhörte, sich durch die Datenmassen der Weltenkreuzer-Technologie zu wühlen, hätte sie jeden menschlichen Ingenieur und Konstrukteur an die Wand reden können. Und gleichsam mit roten Sternen versehen, schlummerten Widersprüche und Ungereimtheiten in ihrer Datenbank – Dinge, die vielleicht übersehen worden waren. Konflikte, die man ausräumen sollte. In Janas Daten waren diese Defekte wie juckende Stellen, die sich immer wieder von selbst in Erinnerung brachten. Das Auftauchen von Angehörigen der Goldenen Bruderschaft gehörte dazu.

Sie dachte an die feisten rosafarbenen Leiber der Goldenen, die sie zwischen den Leibwächtern gesehen hatte, nur kurz. Unbegreifliche Besucher. Es gab nichts, was solche Leute auf einer Werft wie Die Neue Wohlfahrt zu erledigen hatten.

Die Schwerkraft verringerte sich und verschwand. Kaddok brachte sich wieder in Erinnerung, nachdem die Kontrollen aller seiner Leute im grünen Bereich waren. Das dauerte lang, und er hütete sich, bei solchen Sicherheitsritualen irgendwelchen Zeitdruck zu machen. Zwar war Kaddok ein Karnese und als solcher reichlich einschüchternd, dennoch vermied er strikt den Eindruck, er treibe seine Kreuzerleute über Gebühr an. Es waren viel zu viele Unfälle passiert auf den Baustellen im Nichts; allzu viel Druck auf Werftleute war von Übel. Zu leicht konnte jemand auf die Idee kommen, seiner Leistungsfähigkeit mit Mittelchen auf die Sprünge zu helfen. Die meisten dieser Mittelchen waren verboten, aus guten Gründen. Man redete nicht gern darüber, aber bei besoffenen Gesprächen in den Werft-Spelunken hatte Veruca Salt mehr mitbekommen, als ihr lieb sein konnte. Aufgeputschte Kreuzerleute zum Beispiel, denen das Gehirn aus der Nase tropfte. Das Gedächtnis der Galdani war zu gut, um absichtlich vergessen zu können. Ihr Wissen um diese Dinge war zu gut, als dass sie sich nicht hätte ausmalen können, was mit all den Andeutungen gemeint war. Ihre Phantasie war zu ausgeprägt, als dass sie nicht den einen oder anderen Alptraum gehabt hätte. Sie wusste, dass gewisse Substanzen auf den Werften täglich zum Einsatz kamen. Und sie wusste, dass seltsame Kulte und schierer Aberglaube nichts Ungewöhnliches waren. Erst vor einigen Tagen hatte sie miterlebt, wie jemand allen Ernstes behauptete, die viele Kilometer umfassenden goldenen Raumschiffe aus den übelsten Geschichten der Raumbars gäbe es wirklich. Er kenne jemanden, der eines gesehen habe. Unglaublich.

»Los geht's«, sagte Kaddok, und seine Stimme schepperte im Lautsprecher. Irgendwie klangen Karnesen immer zu laut, ganz egal, ob sie direkt neben einem standen oder über Funk kommunizierten. Die breite Luke glitt auf, und die Kreuzerleute schwangen sich hinaus. Jeder kannte seine Aufgabe und sein Ziel. Wie Samen, die sich aus einer geplatzten Hülse verstreuen, schwärmten die Leute in den Raumanzügen aus. Sie sahen alle gleich aus. Größenunterschiede spielten keine Rolle. Die Hautfarbe war im All ohne Bedeutung. Die meisten trugen sowieso nicht ihren natürlichen Teint, sondern hatten sich die Epidermis gefärbt. Wer im freien Weltraum unter unzureichenden Sicherheitsbedingungen arbeitete, musste jene Strahlen vom Körperinneren fernhalten, die die billigen Raumanzüge durchdrangen, als wären sie aus Papier. Jana war zusammengezuckt, als sie die erste blauschwarze Haut zu Gesicht bekommen hatte. Sie hatte kein Bedürfnis, Mikko und Ari wiederzubegegnen. Aber es war ein völlig Fremder gewesen.

Die dahintreibenden Arbeiter boten ein täuschend friedliches Bild vor dem Hintergrund der stillen Sterne. Manche von ihnen flimmerten und bewegten sich; das waren keine Sterne, sondern Positionsleuchten und die Feuer von Schweißarbeiten. Weit weg zogen kunterbunte Blüten dahin, spreizten sonderbare Formen von ihren Körpern ab. Das waren die Raumfahrzeuge von Die Neue Wohlfahrt, über und über bestückt mit Sensoren und Maschinen. Solche skurrilen Orchideen erledigten viele Arbeiten, die ohne menschliche Gegenwart nicht möglich waren. Die meisten sahen tatsächlich aus wie Blumen, die ein Windstoß halb zerrissen hatte. Hinter den farbigen Gebilden lauerten voluminöse, unbestimmbare Schatten. Kalt, stumm und finster trieben hier die gigantischen Skelette mehrerer Weltenkreuzer im All, in verschiedenen Stadien der Fertigstellung. Bunt und winzig glommen weit entfernt die Lichter einiger anderer Werften. Die ebenso verschwenderisch wie überflüssig erleuchtete Strahlendhelle Eintracht beispielsweise und weniger bunt, im aggressiven Licht der Schweißbrenner flimmernd, die Positives Ergebnis, von der alles sprach, weil sie vor kurzem einen Riesenauftrag an Bord gezogen hatte. Beide wirkten wie Spielzeug, und mancher von Kaddoks Leuten verrenkte sich den Hals, um diese seltsamen Sternbilder zu betrachten.

Niemand außer Jana versuchte, einen Blick zurück auf Die Neue Wohlfahrt zu werfen. Die Werft war ein unbeleuchteter Zylinder, nach außen hin völlig ohne Fenster. Für so was hatte Die Neue Wohlfahrt keine Verwendung. Glücklicherweise konnte Jana Hakon die Empfindlichkeit ihrer Augen in einem gewissen Umfang willentlich verändern, und so konnte sie selbst im All den düsteren Leib der Werft ausmachen, eine riesige zerschrundete Masse. Es waren nicht nur Meteoritentreffer, die Narben in dieses Artefakt geschlagen hatten. Im Panzer von Die Neue Wohlfahrt gab es Spuren von direktem Beschuss mit schweren Waffen, und eine Stelle sah verdächtig nach einem Rammstoß aus. Als ob ein Raumfahrzeug an der Wandung der Werft zerschellt wäre.

Augenblicke wie dieser waren das Einzige, was Jana an ihrer neuen, bloß geborgten Existenz als Veruca Salt wirklich störte. In den freien Raum zu gehen, schnitt sie von allen Verbindungen ab, die ihr wirkliches Ich hatte. Es gab hier nur eine einzige Person, die wusste, dass sie nicht tatsächlich jemand namens Veruca Salt war. Nur eine, die darum wusste, dass selbst Jana Hakon unmöglich ihr wahrer Name sein konnte. Weil auf Galdäa so kurze Namen einer Beleidigung gleichkamen: Wie konnte jemand vollständig sein, dessen Aspekte keine eigenen Namen hatten? Sie war Ja'ana K'jonasoidt Hakon T'Arastoydt, und niemand ahnte etwas davon. Nur Markus wusste und Bonnie Wayss vermutete, dass Jana Hakon nur eine Hülse war, in der sie selbst, Ja'ana K'jonasoidt Hakon T'Arastoydt, wie eine Nuss in ihrer Schale steckte.

Wer mit seinem Raumanzug und ein paar Steuerdüsen ins freie All ging, konnte nicht mehr mit dem großen Netz kommunizieren, das die raumfahrende Menschheit zwischen den Sternen gesponnen hatte.

Bonnie hatte bei ihrem Gespräch gesagt: »Sie werden dich natürlich aufspüren. Es ist nicht so einfach, wie zwei und zwei zusammenzuzählen, aber irgendwann finden sie heraus, wo du bist; das steht außer Frage. Wir hinterlassen eine breite Spur aus Informationen, egal was wir tun, und es ist eine Frage von Zeit und Rechnerkapazität, wann jemand die richtige Fährte gefunden hat. Die Quadratwurzel aus 784. Irgendwann kommt selbst der blödeste Uniformierte auf die Lösung. Ich muss es schließlich wissen, denn ich bin einer von ihnen.«

Bonnie hatte freudlos gegrinst, eine Grimasse der Vergeblichkeit, während K'jonasoidt sofort die Achtundzwanzig ausgerechnet hatte.

»Ich gebe dir Bescheid, wenn sie deine Spur haben. Dann kommt der Anruf: Sagen wir, ich nenne diese Zahl. Ein prima Kennwort. Selbst wenn Fischerprogramme im Netz sind: Danach suchen sie bestimmt nicht.«

Es war nicht so sehr die Arbeit selbst, die hier Körper bis aufs Äußerste forderte und jeden zweiten, der es versuchte, wieder vertrieb. Es waren die enormen Kräfte, die von den Düsen ausgingen. Kräfte, die es einem einzelnen Menschen ermöglichten, mit den Teilen der künftigen Weltenkreuzer zu hantieren. Die waren zwar schwerelos, ließen sich aber wegen ihrer Masse nur schwer bewegen. Kräfte also, die einem Untrainierten leicht den Arm brechen konnten. Im besten Falle.

Jana kannte die Erklärungen, warum man auf die archaische Technologie zurückgriff, lebendige Menschen ins All zu schicken: die Empfindlichkeit der entstehenden Riesenraumschiffe, die Enge des Raums in der Nähe der Orbitalwerft, die Vielzahl von Objekten, die jeder künstlichen Vorrichtung überlegene menschliche Fähigkeit zur Improvisation. Überzeugend klang das alles nicht. Vermutlich hielt man aus alter Tradition daran fest, die Weltenkreuzer wachsen zu lassen, wie es die Vorväter getan hatten. Lebewesen, nicht einfach nur Maschinen.

Hier waren es sechs Schiffe, die von Die Neue Wohlfahrt aufgezogen wurden. Dass fünf davon bislang nicht verkauft waren, erklärte das mäßige Tempo der Arbeiten. Der Wettbewerb der Werften war hart; die Personaldecke knapp. Veruca Salt schoss in halsbrecherischem Tempo in die Finsternis, einige Dutzend Meter hinter Kaddoks massiger Gestalt. Im Helmvisier tanzten die Linien der Kursanzeige durch ihr Blickfeld, um nach wenigen Minuten von den aufflammenden Lampen des embryonalen Weltenkreuzers überstrahlt zu werden, der den eintreffenden Arbeitern das Licht einschaltete. Es war vollkommen unnötig, die Baustelle immer auszuleuchten. Die Maschinen, die den Löwenanteil der Arbeit erledigten, brauchten kein Licht dafür. Sie orientierten sich mit nanosekundenkurzen Laserimpulsen, und jede einzelne Maschine, die in dem riesenhaften Skelett umherwimmelte, wusste bis auf den Bruchteil eines Millimeters, wo sie und die anderen Maschinen und jedes einzelne Teil des neuen Schiffs sich befanden. Wenn immer alles nach Vorschrift liefe, wäre die Baustelle für Jahre menschenleer. Man würde die Maschinen zusammen mit den Teilen im All aussetzen und später einen fertigen Weltenkreuzer an dieser Stelle vorfinden. Aber es lief eben nicht nach Vorschrift. Das tat es nie.

»Du bist heute zum ersten Mal bei einer Theta-Mission«, sagte Kaddok mit seiner donnernden Stimme.

»Ja«, sagte Veruca Salt. »Ist irgendetwas Besonderes daran?«

Kaddok schnaubte kurz in sein Helmmikrofon. Es klang tierisch und geringschätzig. Das Licht von der Baustelle ließ die Silhouette des Mannes erglänzen; von hier aus gesehen wirkte er normal gebaut. Vielleicht ein bisschen breit. Jana wusste, dass der Kerl zweieinhalb Meter groß und knapp sechs Zentner schwer war. Der an klirrende Kälte gewöhnte Körper eines Karnesen war immer bestrebt, Fett anzusetzen – selbst wenn er es sich unter den Bedingungen einer für Normalmenschen eingerichteten Umgebung gar nicht leisten konnte.

»Ich habe von Theta-Missionen munkeln gehört«, gab Veruca Salt zu. »Was genau damit gemeint ist, habe ich nicht herausbekommen.«

Die Konturen von Kaddoks Raumanzug waren so scharf sichtbar, dass er wie aus Stein gehauen wirkte. Jana Hakon hatte die Sensibilität ihrer Augen reduziert; mehr als einige Sekunden konnte sie soviel ungefilterte Helligkeit nicht ertragen. Die Flammen aus den Düsen, die Kaddok in genau dem richtigen Augenblick zündete, wirkten undeutlich und harmlos. Aber das waren sie nicht. Jana hatte Bilder von den Resten der Leute gesehen, die einander beim Hantieren mit diesem Transportmittel zu nahe gekommen waren.

Die Navigation auf der Innenseite ihres Visiers signalisierte ihr, dass es Zeit zum Bremsen war. Jana mobilisierte sofort Ja'ana K'jonasoidt Hakon T'Arastoydt und befolgte die Anweisungen. Das war die einzige Möglichkeit für sie, die brutalen Stöße der Steuerdüsen abzufangen.

Veruca Salt und Kaddok kamen, wie es geplant gewesen war, gleichzeitig herunter. Etwa hundert Meter voneinander entfernt, setzten sie die stahlbewehrten Füße auf eine öde metallische Ebene. Die schwache Hilfsschwerkraft kehrte das Universum um; das neue Oben und Unten hatte nichts zu tun mit dem, was vor wenigen Sekunden Oben und Unten gewesen war. Allein diese Momente der Umstellung konnten einen aus der Mannschaft werfen. Niemand bei den Kreuzerleuten konnte einen Kollegen dulden, der dauernd in seinen Helm kotzte. Ja'ana K'jonasoidt Hakon T'Arastoydt hatte natürlich keinerlei Schwierigkeiten mit den Reaktionen ihres Nervensystems.

Sie stand auf einer ebenen Fläche, über der sich ein gewaltiges und unüberschaubares Gitterwerk erhob, das unvollständige Skelett eines Weltenkreuzers. Wie Fraßlöcher wirkten die mächtigen Leerstellen, in die später Segmente eingefügt werden sollten, im Auftrag auf anderen Werften nach den eigenen Plänen gebaut oder komplett zugekauft. Jana wusste, dass die scheinbar so solide Metallplatte unter ihren Füßen nur wenige Zentimeter stark war und sich von der anderen Seite derselbe Anblick bieten würde. Der Gedanke ließ sie kalt.

Ja'ana K'jonasoidt Hakon T'Arastoydt wartete jede Sekunde auf einen Anruf, der die Zahl achtundzwanzig enthielt. Hier jedoch konnte sie keine Anrufe entgegennehmen; dieses Wissen zitterte unablässig in einem Winkel ihres Bewusstseins.

Der Platz, an dem Jana und Kaddok zu arbeiten hatten, war eine Art Schachtel, die von den Maschinen provisorisch errichtet worden war. Drinnen gab es eine dünne Atmosphäre aus schal schmeckender Luft. Kaddok und Jana behielten ihre Anzüge an. Die Arbeit selbst war stupide. Längliche Geräte waren in vorbereitete Schächte zu stecken, wo sie an ihre Positionen tief im Innern der rippenartigen Konstruktion glitten, die ihr Rückgrat direkt unter der Schachtel an die Metallfläche drückte. Akupunkturnadeln für die Wirbelsäule eines Walfisches, dachte Jana, ehe sie sich daran erinnerte, dass Wale keine Fische sind.

Sie konnte nicht begreifen, warum man diese Arbeit nicht von Maschinen erledigen ließ wie den Löwenanteil der Arbeit an den Weltenkreuzern. Nach einer Weile fragte sie Kaddok danach.

»Manches muss von Menschen getan werden«, brummte der Karnese. Seine Stimme füllte den Raum mühelos aus.

Jana blickte sich um und musterte den völlig schmucklosen Raum. »Sogar ich«, sagte sie, »könnte mit ein bisschen Mühe einen Apparat zusammenschrauben, der in der Lage ist, Dinger in Löcher zu stecken.«

Kaddok grunzte zustimmend. Er schob wieder eine der Stangen in ihre Hülse, ganz vorsichtig. In seinen mächtigen Pranken sah das Ding aus wie ein Strohhalm. Ein Wunder, dass es nicht zerbrach. Jana dachte alarmiert an mögliche Gründe dafür, dass dieses enorme Trumm von einem Mann mit den Strohhalmen umging wie mit dem Staatsschatz. Oder wie mit einem gefährlichen Tier. Einem äußerst gefährlichen Tier. Sie trat unwillkürlich einen Schritt zurück. Vielleicht hantierten sie hier mit Dingen, die viel bedrohlicher waren als nur irgendeine Schöpfung der Natur.

»Was, zum Teufel, tun wir eigentlich?«, fragte Veruca Salt, und ihre Stimme konnte Besorgnis nicht verbergen.

Der Karnese blickte nicht von seiner Arbeit auf, er betrachtete seine Hände, während er antwortete. »Wir platzieren Sprengladungen«, sagte Kaddok. »Jedes einzelne dieser Dinger hat genug Sprengkraft, um uns beide und die ganze Hütte in einzelne Atome zu zerreißen.«

Jana trat einen weiteren Schritt zurück. Völlig sinnlos, wenn das Material wirklich so explosiv war, wie Kaddok behauptete. Leider gab es nicht den geringsten Grund für ihn, sie in diesem Punkt zu belügen.

»Warum?«, fragte sie.

Kaddoks Tatze schloss sich zärtlich um die nächste Stange Sprengstoff. »Es gibt Zwangslagen«, sagte er, »in denen kann man einen Weltenkreuzer nicht mehr halten. Man muss das Ding dann in seine Bestandteile zerlegen.«

Er sah entschuldigend zu Veruca Salt hinüber, die langsam nickte. Sie hatte davon gehört. Die Segmente voneinander trennen, den großen Plan in kleine Stücke teilen. Manche von den Segmenten konnten wie plumpe Raumfahrzeuge selbstständig agieren. Kein Wunder, schließlich waren sie vor ihrem Einbau genau das gewesen: selbstständige Raumfahrzeuge. Einige Details in den Bauplänen, die in ihren Datenbanken schlummerten, wurden plötzlich klar; Widersprüche lösten sich auf. Natürlich musste man bei der Konstruktion eines Weltenkreuzers daran denken, alles schnell und effektiv wieder zu zerlegen. Es mochte Situationen geben, in denen es für einzelne, kleinere Fragmente bessere Chancen gab als für das ganze Riesenraumschiff. Situationen, in denen sich der Weltenkreuzer teilte. In Bestandteile, mit denen sich hinterher noch etwas anfangen ließ. Keine simple Selbstvernichtung. Dafür müsste man bloß die Fusionsöfen übersteuern, und der Weltenkreuzer würde in einer thermonuklearen Sonne vergehen.

Jana starrte die Bomben an. Das war Macht; für eine halbe Sekunde fühlte sie sich, als stünde sie auf dem Schwarzen Turm, nur Zentimeter vom Abgrund entfernt.

Ja'ana K'jonasoidt Hakon T'Arastoydt meldete sich und erinnerte an die phantastischen Möglichkeiten einer solchen Technologie, die sorgsam und methodisch die Mittel zu ihrer eigenen Vernichtung installierte. Was wäre geschehen, wenn wir damals die Armorica dazu hätten bringen können, sich selbst in viele kleine schwache Segmente zu zerlegen? Der Code allein, abgesandt von der Oberfläche Galdäas, hätte ausgereicht, um den Krieg zu gewinnen. Nur der Code. Eine simple Abfolge aus Nullen und Einsen. Es war wie eine grelle Lampe, die in einem vorher düsteren Winkel ihres Geistes angeschaltet wurde: Wer solche Codes hatte, der hielt das Leben von Zehntausenden in der Hand. Wer solche Codes besaß, konnte im Grunde genommen nicht mehr ruhig schlafen. Wer solche Codes hatte, konnte mit Planeten politisches Pingpong spielen. So viel Macht war unanständig. Und wer es auf DIE NEUE WOHLFAHRT wollte, der konnte darüber entscheiden, wem diese Macht in die Hände gegeben wurde, neben den Käufern natürlich. Die Werft wusste auch, wo die Bomben eingebaut worden waren. Und die Werft legte den Code fest. Ja'ana erinnerte sich an die Schöpfer und zuckte zusammen, weil diese Geschichte so ähnlich klang, eine unfassbare Macht, die den Keim ihres Verderbens in sich trug.

Jana sah mit angehaltenem Atem zu, wie der ungeschlachte Mann wiederum eine tödliche Ladung auf den Weg zu ihrem Bestimmungsort schickte. Die gewaltigen Muskeln seiner Schultern zeichneten sich sogar durch das Material des Raumanzugs ab. Jana sah das und dachte daran, wieder Luft zu holen. Ein warmes, angenehmes Gefühl sickerte ihren Rücken hinab und knäulte sich im Schritt zusammen. Ihre Phantasie spielte ihr Bilder vor, wie er wohl ohne den Raumanzug aussehen mochte, ausgestattet für eine übermenschliche Gravitation. Die Kraft, die in diesem Kerl steckte, wartete direkt darauf, losgelassen zu werden. Eine gespannte Feder. Es war T'Arastoydt, in ihr zuständig für den körperlichen Teil ihrer Existenz, die es ausprobieren wollte, all diese Kraft zwischen ihren Schenkeln zu spüren. Ja'ana, der Sitz ihrer Gefühle, spürte einen Gleichklang zwischen ihr und diesem Karnesen, und beides zusammen konnte leicht dazu führen, dass sie über Kaddok herfiel wie eine Nymphomanin. Es hatte unbestreitbar etwas Erotisches, die Gefahr und der Mann, der ungerührt mit den tödlichen Ladungen umging, der sie streichelte wie eine Geliebte. Der Raum knisterte in einer greifbaren sexuellen Spannung ...

Jana rief sich zur Ordnung. Sie wusste, was passiert war. Ja'ana T'Arastoydt hatte beinahe die Kontrolle übernommen. Für einige Sekunden war sie heiß gewesen wie eine rollige Katze. Ja'ana K'jonasoidt Hakon T'Arastoydt hatte jedoch im Moment andere

Präferenzen. Die feuchte Wärme in ihrem Geschlecht verlor an Bedeutung und begann zu erkalten. Kaddok hatte davon natürlich nichts mitbekommen. Er arbeitete so sorgsam und systematisch weiter wie bisher.

Veruca Salt zuckte die Schultern und tat ihre Arbeit. Die Drogen im Institut hatten neben einigen ihrer Fähigkeiten offenbar auch ihre Triebe unterdrückt. Jetzt meldete sich zurück, was so lange nicht benutzt worden war. Jana war es nicht gewohnt, von solchen Empfindungen derart überrascht zu werden. Die Idee an sich war ja nicht schlecht, dachte sie, so eine Menge Mann auf einmal kriegt man bestimmt nicht oft zwischen die Finger. Ich sollte mehr über die sexuellen Gewohnheiten der Karnesen herausbekommen. In einem dunkleren Winkel ihrer Gedanken wunderte sich Ja'ana, dass die Erlebnisse im Photek-Institut ihr so weit entfernt und bedeutungslos vorkamen. Hatte sie etwa die künstliche Befruchtung vergessen, die man an ihr vorgenommen hatte, das keimende unerwünschte Leben in ihrem Bauch, den Hass, den sie empfunden hatte, die Willensanstrengung, um das wachsende Ding in ihren Körper zu töten und abzustoßen? Eine Galdani bekam ihr Kind, wenn sie es wollte, und nur sie selbst. Die unsägliche Primitivität dieser Laborvergewaltigung hatte Ja'ana am meisten entsetzt. Und jetzt war das eine blasse Erinnerung. Blass genug, um sich Gedanken um die Möglichkeit zu machen, diesen karnesischen Mann zu bumsen, der sicherlich nichts weniger im Kopf hatte als Sex, wenn er mit so brisantem Gerät hantierte.

Sie war behutsamer jetzt und versuchte abzuschätzen, wie viel explosive Energie in jeder Ladung verborgen war. Wenn sie sich die Pläne des Weltenkreuzers ins Gedächtnis rief, musste die Zerstörungskraft dieser Dinger enorm sein.

»Wir sind auf einer Theta-Mission«, sagte Kaddok plötzlich.

Veruca Salt war nur kurz irritiert, weil er den Faden eines vor Minuten unterbrochenen Gesprächs wiederaufnahm. Mitten im Anflug hatten sie ein paar Worte über das Thema gewechselt. Über Theta-Missionen sprachen die Kreuzerleute äußerst ungern. Jana hatte nur ein paar Andeutungen aufgeschnappt. Direkte Nachfragen waren auf so wenig Gegenliebe gestoßen, dass sie es sofort hatte bleibenlassen. Das Thema war offensichtlich äußerst heikel in den Räumen von Die Neue Wohlfahrt. In den Dateien, die sie studiert hatte, war es allerdings mit keinem Wort erwähnt worden.

Jana antwortete nicht. Direkte Fragen halfen bei Kaddok nicht viel, im Gegenteil. Er war eher der Schweiger, der plötzlich mit völlig überraschenden Sachen herauskam. Man konnte kaum einmal genau sagen, wie so einer reagieren würde. Am besten betrachtete man ihn als Bombe, die genau dann hochging, wenn es niemand erwartete.

Ein unpassender Vergleich in diesem Augenblick und an diesem Ort, dachte Jana. Oder einer, der viel zu gut passt. Sie ertappte sich dabei, wie ihr Blick wieder an den matt schimmernden Stäben voller Tod und Vernichtung entlangglitt. Das bisschen Menschenkenntnis, das sie aus Literatur und ihrer drogenumnebelten Zeit im Institut bezog, nützte angesichts des enormen Fleischberges, der neben ihr auf dem Boden saß, nicht viel. Der Mann war Karnese. Aufgewachsen unter einer viel höheren Schwerkraft als normale Leute und gezeugt von Menschen, deren Vorfahren sich mit genetischen Tricks an eine ganz andere Welt hatten anpassen wollen. Kaddok hatte seine Kindheit und Jugend in einer Umgebung zugebracht, in der fünf Grad unter Null als ungewöhnlich warm galten. Sein erster Schritt in ein Raumfahrzeug des Flottenkommandos hatte ihn einem Hitzschlag nahegebracht. Nur ein Dunkelweltmensch, direkt von Utragenorius eingetroffen, hatte einen größeren Kulturschock zu verarbeiten. Aber die waren ja niemals alleine unterwegs. Karnesen dagegen schon. Wer weiß, was all die halb verstandene Wissenschaft in den Köpfen dieses Volkes angerichtet hatte. Jana hatte nicht die geringste Ahnung, auf welche Weise Kaddok dachte. Das machte ihr Angst, erkannte sie. Sie wollte keine Angst haben.

»Es gibt Dinge, vor denen man Angst hat«, sagte Kaddok, »und manche Dinge, die wir hier tun, machen uns eine Menge davon.«

Veruca Salt sah zu ihm, versuchte, in seinem Gesicht zu lesen; der Karnese arbeitete weiter. Er blickte nicht zu ihr hinüber. Und es wies nichts darauf hin, dass er plötzlich gelernt haben könnte, Gedanken zu lesen.

»Zum Beispiel diese Ladungen«, sprach Kaddok weiter. »Sie dienen einem deutlichen Zweck. Sie sind nicht böse. Keine terroristischen Anschläge, keine heimtückischen Mordversuche. Sie dienen nur dazu, im äußersten Notfall eingesetzt zu werden und eine titanisch große Maschine in viele kleine Maschinen zu teilen. Die dann vielleicht eine größere Chance haben, das Ganze zu überstehen.«

Jana sagte nichts. Sie war überrascht. Veruca Salt musste über alle Maßen erstaunt sein, ließ die Hände sinken und arbeitete nicht weiter. Kaddok tat ungerührt so, als habe er den Blick seiner Partnerin nicht bemerkt. Machismo, konstatierte Jana.

»Die Leute wissen zuviel«, sagte Kaddok und hörte seinerseits auf, den Leib des ungeborenen Weltenkreuzers mit Vernichtung zu füttern. »Und sie haben Phantasie«, sprach der Karnese weiter. »Sie malen sich aus, was geschieht, wenn irgendwann einmal irgendeines dieser Babys aktiviert wird. Das ist nicht gut. Es gibt Beispiele. Das ist alles schon vorgekommen. Und manchmal verbinden sich die Informationen und die Phantasie zu einem üblen Gebräu. Es gibt die wildesten Spekulationen. Etwa, wenn man Leute von der Goldenen Bruderschaft auf der Werft herumführt, und alles zerreißt sich wochenlang das Maul darüber.«

Kaddok warf einen hilfesuchenden Blick zu Veruca Salt. Hast du es jetzt verstanden, sagte er, und begreifst du es jetzt oder muss ich weiterreden. Jana reagierte nicht. Sollte er weiterreden.

Die Stimme des Karnesen war raumfüllend, selbst wenn er sich bemühte, leise zu sprechen. »Die überhitzte Phantasie ist das eine. Die Wirklichkeit ist anders. Es sind Unfälle vorgekommen«, sagte er, »hin und wieder ist jemand unvorsichtig oder hastig oder leichtsinnig, was auf dasselbe hinausläuft.« Seine Hände arbeiteten weiter. Sie führten ein Eigenleben und hatten nichts zu tun mit dem, was die tiefe Stimme sagte. »Hin und wieder geht so eine Ladung los, obwohl sie nach allem, was man darüber weiß, niemals hätte detonieren können. Die Mutmaßungen über die Gründe sind unnütz. Es bleibt nicht genug Beweismaterial übrig, um irgendwelche Theorien zu stützen. Um genau zu sein: Es bleibt überhaupt kein Beweismaterial übrig.«

Jana versuchte, sich eine Explosion vorzustellen, die sie beide und die blecherne Schachtel, in der sie saßen, spurlos vernichten würde. Es gelang ihr nicht. Die Zahlen waren unfassbar. Sie konnte abschätzen, wie hoch die Sprengkraft war, die in den Stäben steckte. Ihre Phantasie reichte jedoch nicht aus, sich eine solche Explosion auszumalen. Sie wünschte, ihre Augen auf so etwas scharfstellen zu können, auf die Zukunft oder eine mögliche Zukunft. Aber das war selbst den schärfsten Augen Galdäas unmöglich.

»Das setzt die fiesen Rädchen in den Hinterköpfen in Bewegung«, murmelte Kaddok, »die Rädchen von Angst und Wahnsinn. Die Kreuzerleute mögen keine verzwickten Symphonien hören und keine dickleibigen alten Bücher lesen ... trotzdem sind sie weder dumm noch phantasielos, im Gegensatz zu dem, was die Schöngeister auf Penta-der-Uni-Welt glauben wollen. Auch wenn es unter meinen Leuten viele gibt, die sich keinesfalls als achter an einen Tisch setzen würden, selbst zu ihren besten Freunden. Meine Leute sind nicht dumm. Sie kennen die Baupläne. Und sie wissen, was passiert, wenn irgendwann einmal diese Babys hier gezündet werden.«

Endlich ließ Kaddok seine Pranken von den tödlichen Stäben und legte die Hände sorgsam in den Schoß wie zwei schlafende Haustiere. Er blickte Veruca Salt direkt ins Gesicht, und seine Stimme wurde schneller. Was er jetzt sagte, war alles andere als ein spontaner Einfall.

»Meine Leute stellen sich vor, wie das ist, wenn diese ganz spezielle Arbeit gebraucht wird. Benutzt. Was geschieht, wenn diese Dinger zur Detonation gebracht werden müssen. Was geschieht, wenn Wände schwanken und sich biegen, wenn hochfestes, armdickes Panzermaterial sich wellt und von einer plötzlich einsetzenden Kraft wie Stroh zerknüllt wird; wenn unsere Installationen Menschen und Möbel zerquetschen. Hart arbeitende Kreuzerleute denken daran, wie alle Lichter ausgehen. Und wie stählerne Träger aus dem einen Segment in ein anderes rasen, zwei Meter breit und einen halben Meter hoch, geplant und dringend notwendig und absolut tödlich. Sie malen es sich aus, wie solche Dinger menschliche Körper durchschlagen, als wären es Papierblätter, und Leute an kalten grauen Stahl nageln. Die Rädchen im Kopf arbeiten und arbeiten, wenn meine Leute längst in der Freizeit sind, in irgendeiner der lausigen Kuppeln da unten oder auf der Werft. Sie denken daran, so wie andere Leute an den Fluch der Acht denken mögen. Viele versuchen, das Uhrwerk anzuhalten, mit Pillen oder Spritzen. Manchmal beruhigt sich jemand zu Tode. Wer normal weiterlebt, weiter arbeitet, in dessen Kopf drehen sich die Rädchen weiter und weiter. Und früher oder später dreht sich eines der Rädchen eine Umdrehung zu weit.«

Kaddoks Stimme brach und versagte; Jana starrte den Riesen verblüfft an. Er wirkte hilflos. Das passte überhaupt nicht zu dem Bild, das sie sich von dem knallharten Vorarbeiter gemacht hatte.

»Theta-Missionen gibt es offiziell überhaupt nicht«, sagte er. »Die Geschäftsleitung von Die Neue Wohlfahrt zieht sofort jeden aus dem Verkehr, der es wagt, diesen Begriff in den Mund zu nehmen. Unter uns wissen wir, was es damit auf sich hat. Jeder, der solche Arbeit wie diese hier getan hat, muss mit dem Gedanken leben lernen, dass er für Tod und Verstümmelung und Leid verantwortlich ist. Und der eine oder andere kommt nicht damit klar.«

»Die Rädchen kommen aus dem Tritt«, sagte Veruca Salt leise.

»Genauso ist es.«

»Und wie genau sieht das aus, wenn so ein Rädchen aus seinem Takt gerät? Ein Fehler, von dem nur ein Lichtblitz übrig bleibt und überhaupt kein Beweismaterial?«

»Vielleicht«, sagte der Karnese unglücklich, »vielleicht manchmal. Hin und wieder allerdings passiert Schlimmeres. Dann tickt nicht nur ein Rädchen falsch, dann fliegt das komplette Werk in Fetzen.«

Jana sagte nichts. Sie hatte keine Ahnung, was sie hätte entgegnen sollen. Für sie – Veruca Salt – klang das alles nach purem Irrsinn, etwa so, wie wenn die Goldenen anfingen, sich ins Weltenkreuzergeschäft zu drängen. Für Ja'ana K'jonasoidt Hakon T'Arastoydt und ihre Erinnerungen an die Gefechte mit der Armorica klang es nach Feuer und Wut und Stahl.

»Beim letzten Mal – nur als Beispiel – ist jemand mit einem starken Schweißgerät durch die Baustelle geflogen und hat auf alles gefeuert, was sich bewegte. Hinterher bewegte sich nichts mehr – unsere Schweißgeräte haben eine Menge Energie. Ein anderer Typ hat mit scharfen Messern so lange um sich geschlagen und geschnitten, bis man ihn über den Haufen schoss. Da waren einundzwanzig Leute gestorben. Ein dritter hat versucht, die Abgase startender Schiffe in die Belüftung zu leiten. Viel hat nicht gefehlt, dann hätte mehrere tausend Grad heißer Wind die Leute im Schlaf überrascht.«

Jetzt verstand Jana endlich. Sie hatte darüber gelesen, dass Menschen oft nicht in der Lage waren, ihre Konflikte mit sich selbst auszutragen. Dass sie gern den idiotischen Fehler begingen, allen Müll in ihrer Seele zu begraben, bis die nichts anderes mehr war als ein Abfallhaufen. Es war für eine Galdani kaum vorstellbar: Es sollte wirklich Menschen geben, die unter diesem Druck eingingen oder sich selbst zum Tode beförderten, und selten kam es zu einer absolut irrwitzigen Reaktion, die lediglich zum Ziel hatte, sich selbst und möglichst viel von der Welt drum herum zu zerstören. Manchmal begann so jemand, sich Chemikalien ins Gehirn zu schießen, im vollen Bewusstsein der Tatsache, dass er über kurz oder lang an dem Zeug sterben würde. Jana verdrängte augenblicklich den Gedanken an Markus und das Ycorgan.

»Wie oft geschieht so etwas?«, fragte sie.

»Etwa einmal im Jahr, wenn man alle Werften berücksichtigt«, antwortete Kaddok, »hin und wieder eben. Das letzte Mal ist über dreißig Monate her.«

Veruca Salt nickte und begann, langsam, ganz langsam, ihre Arbeit zu beenden. Sie war dabei sehr umsichtig und behutsam. In ihrem Kopf rotierten Bilder vom Krieg um Galdäa und eine exakte Zeichnung davon, wie sich der übermächtige Körper des Weltenkreuzers ARMORICA in seine Bestandteile zerlegte und sie alle miteinander ein wehrloses Opfer der schweren Jäger wurden, die einer nach dem anderen von der Oberfläche Galdäas starteten. Keine Breitseiten aus hochgespannter Energie, die galdäische Raumschiffe in Moleküle zerstäubten. Keine monströsen Salven, die aus dem Orbit herabschossen und die planetaren Flotten, die stumm am Boden standen, in Schutt und Asche legten. Ihre Augen zeigten ihr enorm detaillierte Gemälde, auf denen sich der bedrohliche Weltenkreuzer in einen Haufen Wracks verwandelte und kläglich unterging.

Jana dachte an die Nachrichten, die sie heute Abend in ihrem völlig schmucklosen Quartier in sich hineinsaugen würde, die Neuigkeiten aus dem Institut, die Sondersendungen mit den schrecklichen Bildern. Sie selbst war die gefährliche Patientin, die sich angeblich gegen ihre Ärzte und Pfleger gewandt und einige von ihnen umgebracht hatte. Das war ein anderes Uhrwerk, viele Rädchen, von denen einige außerhalb ihrer Fassung liefen. In den starren Augen des Pflegers, der für sie persönlich zuständig gewesen war, noch im Tod blankes Entsetzen. Ihr eigenes, schlecht retuschiertes Gesicht. Das Opfer ihrer Krankheit. Wie bedauernswert. Das Lügenspiel in den Sendungen.

»Ich verstehe«, sagte sie. »Ihr habt Angst. Angst vor dem nächsten Mal. Und dass es bald geschieht.«

Der riesige Karnese nickte und schaute auf seine Hände hinunter. Mit diesen Fäusten konnte er ohne weiteres einen Bären aus den Reservaten von Engambosch erwürgen; sie halfen ihm nichts gegen die Angst, die in ihm festsaß und die ihn bewogen hatte, diese Anfängerin zu einer Theta-Mission mitzunehmen. Vielleicht war es ja nur eine einzige solche Mission, die das lockere Rädchen im Kopf irgendeines altgedienten Arbeiters davon trennte, die kritische Umdrehungsgeschwindigkeit zu erreichen. Da war es allemal besser, einen Neuling mitzunehmen. Erst recht einen, der so phantastische Testergebnisse erreicht hatte. Da konnte wenig schiefgehen.

Es sei denn, dachte Kaddok, das Rädchen am Rande des Untergangs sei dabei, sich in seinem eigenen Kopf seiner letzten todbringenden Umdrehung entgegenzudrehen. Es gab wenig, vor dem er sich fürchtete. Dazu gehörte das Geräusch, mit dem jenes Rädchen sein eigenes Räderwerk zum Zerplatzen bringen würde.

Veruca Salt betrachtete den starken Mann, und sie spürte Mitleid.

8.

Michael Sanderstorm • 4

Die kühle große Halle der Universität schwirrte vom Widerhall vieler Schritte und halblauter Gespräche. Wohin man sah, standen Gruppen junger Leute, gingen Menschen hin und her, schritten Männer mit dicken Kollegmappen emsig einem Ziel zu. Es war deutlich mehr Betrieb heute als gewöhnlich. Es kam nicht alle Tage vor, dass sich die Technik der Uni selbstständig machte. In den Rechnernetzwerken waren grinsende Teufelchen am Werk, die Datenleitungen verstopften und jedes verfügbare Byte Speicherplatz mit rätselhaften Dateien vollstopften.

Michael Sanderstorm war vom Campus her die Stufen zur Halle emporgestiegen und musste stehen bleiben. Er war gemächlich und bedächtig gegangen; es hatte nichts genützt. Auf seinem Rücken drehte jemand genüsslich mehrere spitze Gegenstände in offenen Wunden herum.

Um ihn quirlte eine Gruppe von Kindern, die die Uni besichtigten. Michael folgte ihnen, auf diese Art hatte er einen Grund, so zu schleichen. Die stechenden Schmerzen in seinem Leib waren wabernder Hitze gewichen, und allmählich beruhigte sich sein Herzschlag wieder. Er ging so langsam, dass er die pseudo-alten Inschriften lesen konnte, die in den Boden eingelassen waren.

Dann stand Michael abermals vor jener Tür mit der nachempfundenen Maserung. Er sah auf seine Uhr und legte die Hand auf diesen Wirbel im Marmor. Er musste ein wenig warten, ehe die Stimme von irgendwo ihn fragte, was er wolle. Er wollte zum Vierten Stellvertreter oder zu jemand anderem aus dem Prorektorat, und nach einigen Sekunden tat sich die Tür auf in den bekannten, viel zu riesigen Raum mit seiner sparsamen Möblierung.

Der kleine vertrocknete Mann saß am Pult des Terminals und sah mit blassen Augen das Durcheinander im Netz an. Über die Bildwand huschten die seit Tagen sattsam bekannten Fehlermeldungen. Datenleitungen waren überlastet, die Speicher dauernd voll. Die Automatik hatte bei den entsprechenden Stellen um Hilfe gebeten und bis jetzt keine Antwort erhalten.

»Mein Name ist Michael Sanderstorm«, sagte Michael, die Rückenschmerzen verwünschend, »Gruppe siebzehn.«

Ohne den Studenten anzusehen, gab der Alte die Angaben ein und betrachtete seine Bildwand. Dort tat sich nicht viel Neues; erst nach einigen Sekunden fand die neue Information ihren Weg zwischen all dem irrlichternden Zeug, und in Zeitlupe bequemten sich die Daten von Michael Sanderstorm ins Blickfeld. Der Vierte Stellvertreter wartete, bis seine Anzeige sich gemächlich mit Buchstaben gefüllt hatte, und nickte langsam.

»Hast dein Thema«, sagte er. »Gefällt dir wohl nicht. Würde mir auch nicht gefallen. Ist aber bisschen spät, um ...«

»Das Thema ist gut, sehr gut sogar. Die Sache ist die: Ich komme mit den vorhandenen Materialien nicht aus. Ich benötige mehr Fakten.«

»Reicht nicht? Hab ich vergessen, diese Mappe zu ...«

»Die Mappe habe ich bekommen, und den Koffer. Das ist nicht genug.«

Der Vierte Stellvertreter löste seine Augen von der Bildwand und heftete seinen wässrigen Blick auf Michael; der hatte das Gefühl, der alte Herr blicke nicht ihn an, sondern einen verwaschenen Punkt auf der Wand hinter ihm.

»Koffer? Wieso denn Koffer?«

»Im Lauf der Arbeit haben sich zahlreiche neue Aspekte ergeben, die von hier aus nicht zu klären sind.«

»Aspekte, so ... Siehst übrigens schlecht aus, krank, möchte man meinen ...«

Michael fühlte sich mau; der Streit mit Nikki gestern Abend hatte nicht zu seinem Wohlbefinden beigetragen. Er hatte angenommen, dass sie begreifen könnte, was ihn an das Thema fesselte; das war ein Irrtum gewesen. Und wenn er ehrlich zu sich selbst war, verstand er ja auch nicht ganz, warum es plötzlich wichtig geworden war, Licht in eine so alte und so bedeutungslose Angelegenheit zu bringen. Sein Körper nahm ihm den Stress immer noch übel, die Wunden schmerzten höllisch. Die Medizin konnte einen heutzutage völlig schmerzfrei heilen, indem sie den beschädigten Leib in einen Tank legte und das Bewusstsein des Patienten für Wochen oder Monate ausknipste. Dazu war Michael nicht bereit.

»Deswegen brauche ich eine Reise ins Untersuchungsgebiet«, erklärte er dem Vierten Stellvertreter, »eben wegen der zahlreichen neuen Aspekte muss ich weitere Nachforschungen anstellen – vorerst auf Atibon Legba.«

»Verstehe ich nicht, hier war nie ein Koffer ...« Der Bürokrat blickte suchend um sich. Vielleicht geisterten im Bewusstsein des alten Mannes alle Gegenstände herum, die jemals in dieses Zimmer gelangt und längst hinausgetragen worden waren. Im Lauf der Jahrzehnte kam da bestimmt einiges zusammen.

»Atibon Legba«, erinnerte Michael.

»Ja, Atibon Legba – schon bessere Gegenden gesehen. Wie war das mit dem Koffer?«

»Gar nicht.«

»Bitte?«

Der Blick des vertrockneten Alten war unablässig zwischen der Bildwand und Michaels Gesicht hin und her gewandert. Jetzt beobachtete er, wie der Student seine Gesichtsfarbe von blass zu kalkweiß wechselte und wankte.

»Ob ich mich hier hersetzen kann, bitte? Mir ist nicht ganz, ich meine, es ging mir in letzter Zeit nicht besonders ...«

Michael ließ sich auf einen Stuhl fallen. Ein böse zerrender Stoß ging durch das Gitterwerk verheilender Narben auf seinem Rücken. Der Stuhl war geflochtene Handarbeit aus Bahia de Janeiro, ganz aus Rohr und Bast und anderen Naturprodukten. Das Ding ächzte, als wollte es auseinanderbrechen.

»Hm, natürlich, also Atibon, ja, und wohin da, genauer?«, fragte der Vierte Stellvertreter. Dass sein Gegenüber jetzt kläglich dasaß, stimmte ihn freundlicher.

»Wenn es eine Terminal-Buchhaltung gibt ..., ich will die Akten der letzten fünfundzwanzig Jahre, möglichst mit den Nachweisen aller Abforderungen, Haushaltsbilanzen, die Dokumentationen zu einzelnen Planeten, die Adressen lebender Zeugen der Ereignisse von siebzehnhundertsiebzehn, Termine für Interviews ...«

»Junger Mann, wie war der Name – Sanderstorm, ja –, Sie sind sich sicher, dass Sie richtig sind, ja? Bin kein Reisebüro, müssen Sie wissen.«

»Ich benötige das dringend für meine Abschlussarbeit.«

»Tatsächlich.«

»Jawohl. Weil auf Atibon Legba die Leitstelle für alle Angelegenheiten der Galdäa war. Und ist. Und weil ... Aber das dürfte doch reichen!«

Michael beugte sich vor. Der Stuhl protestierte knarrend und knisternd gegen derartige Zumutungen. Michael biss die Zähne zusammen. Das Innere seines Rückens protestierte ebenfalls. Wüsste er es nicht besser, hätte er geschworen, dass sich einige der Narben geöffnet hatten und hellrotes Blut sein Hemd tränkte.

»Siebzehnhundertsiebzehn nach Landau also, das ist – Moment – einundzwanzig Jahre her.«

»Ich kann rechnen.«

»Heißt soviel wie, die zu befragenden Personen sind mindestens vierzig Jahre alt. Überlegen Sie sich das mal. Wenn in verantwortlichen Positionen damals, dementsprechend älter. Sechzig. Achtzig. Hundert.«

»Zweihundert.«

»Bitte? Ja ... Atibon Legba. Mal sehen.«

»Das wäre schön.«

Michael Sanderstorm sah dem Bürokraten zu, wie der mit seinem heruntergebremsten Rechner kämpfte. Beinahe fühlte er sich diesem geriatrischen Kobold verwandt. Dem saßen lediglich die Jahre im Genick. Ihn selbst bedrückten die Monate in den Händen der Ärzte, all die Heilbehandlungen, ganz zu schweigen von der Sehnsucht nach Tasso, die ihn immer wieder unversehens aus dem Hinterhalt überfiel wie ein wildes Tier, das sich verflixt gut zu verstecken wusste.

»Schaue mal nach, ist ja gut, nur nicht aufregen«, murmelte der Stellvertreter. »Gibt da Kontingente, die wir ausschöpfen ... Oder nicht. Der Rechner hier ist allerdings heute ein bisschen, nun ja, will sagen, es dauert.«

Still und flach atmend sah Michael zu, wie der Vierte Stellvertreter dem Rechner beim Arbeiten zusah. Dabei fiel ihm eine der Fragen ein, die ihm seit gestern Abend immer wieder im Kopf herumging.

»Den Koffer habe ich doch gar nicht von Ihnen. Den habe ich im galdäischen Konsulat bekommen. Wieso eigentlich?«

»Wohl alle Rechner der Universität sind heute indisponiert. Kollege sagte heute früh, soll sich keiner wundern, wenn ...«

»Irgendwie habe ich das Gefühl, kein Mensch hört mir zu.«

»So einen Defekt hatten wir in unserem System bisher nicht, vielleicht einer der Kollegen von der Forschung ... Tun seltsame Dinge, mitunter. Oder nicht. Das mit Ihrem Koffer tut mir leid.«

»Wenn ich mir das Elend da in Ihrem Rechner so anschaue, habe ich das Gefühl, ich kenne diesen Kram irgendwoher. Das kann doch wohl kaum sein.«

»Das ist ... Ja. Da haben wir es. Hab ich mir gedacht. Na, das tut mir aber ... Atibon Legba, und in diesem Semester.«

»Sagen Sie bloß, es geht nicht!«

Michael legte soviel Nachdruck in seine Stimme, wie es ging, ohne wirklich zu schreien. Zum Schreien war er nicht in der Lage.

»Wie gesagt, also, tut mir leid. Nichts möglich. In Bezug auf Atibon Legba Kontingent ausgeschöpft. Ratzeputz weg. Fliegen Sie doch stattdessen ...«

»Ich will nach Atibon und nicht sonst irgendwohin!«

»Hätten da einige überzählige Mittel, was Oniskus betrifft. Leute sollen anstrengend sein, und interessant.«

»Im Namen der Päpste, es geht um A. L. und um nichts anderes.«

»Komisch. Gibt Orte, zu denen wollen die Leute nicht. Echt erstaunlich, wie viel Geld für Karna bestimmt und übriggeblieben ist. Will kein Mensch hin. Zu hohe Schwerkraft, habe ich mir sagen lassen. Oder zu kalt. Oder beides.. Oder nach Engambosch. Soll sehr schön sein. Die Einheimischen reden bisschen seltsam daher, ansonsten ganz nett. Will aber keiner hin. Zum Flottenkommando. Da wollen sie hin. Alle. Rudelweise »

»Atibon Legba!«

»Überaus energisch. Wirklich. Eben halbtot. Und schwupp, schreit er rum ... Gibt eben, scheint es, Wunder genug. Als sich träumen lässt, Horatio. Hamlet. Oder Shakespeare. Oder so.«

Michael stieß sich von dem knarzenden Stuhl ab und tat zwei steifbeinige Schritte bis direkt vor den Schreibtisch des Vierten Stellverteters.

»Sie sagen, es gibt keine Möglichkeit für mich, mit dem Uni-Auftrag nach A. L. zu kommen?«

»Keine.«

Entschlossen schnappte sich Michael ein veraltetes Kom, das auf dem Tisch lag. Das Bereitschaftslämpchen des Gerätes glomm ruhig, und es bot den Vorteil, von irgendwelchen Rechnernetzen unabhängig zu sein. Das allgemeine Chaos im System dieser Universität würde eine Komverbindung nicht betreffen, wusste Michael. Er begann, eine lange Nummer einzutippen.

»Da werde ich mich mit Professor Legrand in Verbindung setzen müssen. Er hatte mir Unterstützung zugesagt, falls ich – nur im Falle dass – seine Hilfe benötigen würde.«

»Professor Legrand, hä?«

Der Vierte Stellvertreter beobachtete mit einem Gesichtsausdruck ungläubiger Faszination, wie jemand sein antikes Kom in Betrieb setzte. Vermutlich lag das Ding seit Jahrzehnten auf seinem Platz, ohne jemals anderes erlebt zu haben als Staubwischen und die Aufladestation.

»Kann ich das Kom hier benutzen? Danke.«

»Sind Sie sicher, dass ...«

»Ich möchte bitte Professor Legrand sprechen, sagen Sie ihm, es ist Sanderstorm, in der bewussten Angelegenheit. Ja. Ich warte. Natürlich.«

Michael Sanderstorm stand still, das Kom ans Ohr gedrückt. Die fleckigen Hände des alten Mannes hasteten plötzlich auf der Tastatur des Rechners herum. Zwischen den immer und immer wieder abspulenden Gespenster-Dateien taten sich neue Datensätze auf.

»Junger Mann, lassen Sie das mal. Mir ist da was ... eingefallen.«

»Es hat sich erledigt. Richten Sie bitte Grüße aus und sagen ihm, es geht alles, wie er gesagt hat. Ja. Vielen Dank.«

Ziffer für Ziffer löschte Michael die Nummer aus dem Kom und legte es auf seinen Platz zurück. Es wäre nicht sonderlich hilfreich, fände der Vierte Stellvertreter heraus, dass Sanderstorm anstelle einer Rufnummer viermal hintereinander sein eigenes Geburtsdatum eingegeben hatte.

»Was ist Ihnen eingefallen?«, fragte er.

»Habe da eine andere Möglichkeit. Ausnahmsweise. Anderes Konto. Geht nicht weg von ...«

»Wie Sie das abbuchen, ist mir völlig schnuppe.«

Michael erwog, auf den lauten Stuhl zurückzukehren. Es würde bedeuten, wieder aufstehen zu müssen. Nein, er blieb besser stehen. Lieber ein bisschen herabschauen auf den Vierten Stellvertreter.

»Wünschte nur, der Rechner ... Stört mitunter sehr, eine solche Störung. Deswegen heißt es wohl Störung.«

»Steckt das verdammte Ding wieder fest? Versuchen Sie doch mal eine andere Leitung.«

»Überall dasselbe, verstopft, zu, keine Kapazitäten ... Ah ja, da sind wir doch endlich.«

»Und alles sieht gleich aus. Als wären unsere Daten zu Netzgeistern geworden. Alles sieht so ähnlich aus wie meine Galdäa-Dateien. Wie kann das angehen?«

»Also ... da ... da ist die Ausweisnummer ... Identität ... Befugnis ... ja. Keine Ungeduld bitte. Ist sehr unpassend, mitunter.«

»Ich sollte mit Nikki reden; die hat vielleicht eine Erklärung dafür, wie unsere sich selbst vermehrenden Dokumente in das Rechnersystem der Universität gelangen konnten.«

»So, da haben Sie's. Gehen Sie mit diesem Papier in die Buchhaltung. Adresse steht drauf. Da liegen Chips bereit, und Reisedokumente. Kriegen alles Weitere dort. Wenn die Rechner halbwegs funktionieren.«

»Danke vielmals«, sagte Michael, als er schon auf dem Weg nach draußen war.

Der Vierte Stellvertreter stieß ein freudloses, trockenes Gelächter aus und rief ihm hinterher: »Ich lach mich gleich tot, junger Mann!«

»Oh, ich habe es wirklich so gemeint«, sagte der Student ernst und ohne sich umzudrehen, ehe sich die Tür hinter ihm schloss.

Auf dem kühlen Wandelgang der großen Halle, als die Anspannung weg war, lehnte sich Michael an den falschen Marmor und lachte. Er würde nach Atibon Legba fliegen. Dann dachte er an die unzähligen Galdäa-Spuren überall, an Mebibytes von Texten, Gibibytes an Klängen und Tebibytes an Aufzeichnungen bewegter Bilder. Er versuchte sich vorzustellen, wie sich all diese Daten immer wieder selbst kopierten, immer wieder, und alle Rechner mit Beschlag belegten. Er stellte sich vor, wie diese elektronische Pest von Chip zu Chip sprang. Sein Lachen wurde schrill und hysterisch, seine

Lungen taten ihm weh. Er konnte nicht aufhören, ein angstvolles, quälendes Gelächter folterte seine Knochen. In seiner Phantasie wurden all die Galdäadaten, die aus dem Rechner in seiner Wohnung entkommen waren, zu gefräßigen kleinen Monstren. Er hatte die Augen geschlossen, weil seine Rippen brannten. Die kleinen Ungeheuer, stellte er sich vor, hüpften von Rechner zu Rechner, hinaus aus der Uni, hinein in das Netz der nächsten Uni, und so weiter, bis ganz Penta V überzogen war mit unverständlichem Kram, und irgendwann würden sie den Sprung schaffen in das weltenweite Netz zwischen den Sternen. Er würde – immer noch lachend – auf A. L. ankommen und alles überschwemmt finden mit denselben elektronischen Plagen. Die komplette raumfahrende Menschheit, hilflos eingewickelt in endlose Schlangen von Zeichenketten in Galdäisch. Zum Schreien komisch. Leute starrten ihn verdutzt an. Jemand fragte etwas, eine besorgte Hand griff nach ihm. Ich kann nicht mehr, dachte Michael, doch ehe er umfiel, wurde ihm schwarz vor Augen.

9.

Michael Sanderstorm • 5

Liebe Nikki!

Ich bin gestern kurz zusammengeklappt, aber wieder in Ordnung. Kleine Kreislaufschwäche, ganz so, wie es der liebe Onkel Doktor angedroht hatte. Es ist einerseits peinlich, mitten auf dem Uni-Campus den sterbenden Schwan zu geben, andererseits praktisch: Man bekommt sofort erstklassige medizinische Hilfe.

Wir können uns heute und in den nächsten Tagen leider nicht sehen – ich musste dringend nach Atibon Legba, der bewussten Angelegenheit wegen. Der Koffer hat es zur Gewissheit werden lassen; du weißt, was ich meine. Und verlass dich nicht allzu sehr auf die Unterstützung durch Rechner oder das Netz. Es hat sich als infektiös erwiesen.

Wahrscheinlich wird mir das alles kein Mensch glauben. Ich glaube es ja selbst kaum.

Mach Dir keine Sorgen.

Michael

10.

Galdäischer Krieg. Kurzfassung mit Anmerkungen

Der Planet Galdäa war als bewohnte Welt seit zwölf Jahren bekannt, als die Auseinandersetzungen zwischen den Menschen und den überraschend menschenähnlichen Eingeborenen begannen [1]. Es bestanden auf der Welt sieben große und eine Vielzahl kleinerer Staaten und staatenähnlicher Gebilde, deren Charakter nicht in jedem Fall vollständig geklärt werden konnte. Der Großteil der Staaten, die bedeutendsten sieben, hatte mit Vertretern Atibon Legbas Verträge geschlossen, gegenseitige Zusammenarbeit und Hilfe betreffend. Eine Insel im Nördlichen Meer [2] war gegen Leistung von Sachhilfen durch das Flottenkommando angemietet worden und diente als Basis.

Zu Beginn des Jahres 11 wurde diese Insel auf den Namen Konstral getauft, zum Andenken an den menschlichen Entdecker des Planeten [3]. Bei dieser Feierlichkeit waren die Staatsoberhäupter fast aller galdäischen Staaten anwesend. Sie gestaltete sich trotz gerin-

---

1) Erstaunlicherweise wird das Thema der Abstammung der Galdäer offiziell nirgendwo untersucht. Zwar ist der Körperbau der Galdäer im Großen und Ganzen mit dem des Homo sapiens identisch, aber im genetischen Code zeigen sich deutliche Unterschiede. Eine Paarung zwischen Homo sapiens und Galdanthropus bleibt (ohne zusätzliche Eingriffe) steril; dennoch gibt es genügend Übereinstimmung, um die Theorie einer zufälligen Parallelentwicklung absurd erscheinen zu lassen.

2) Leider hatten es die Verantwortlichen versäumt, die Besitzverhältnisse des Eilands eindeutig zu klären. Hinweise der wenigen Völkerkundler wurden in den Wind geschlagen; die staatliche Zugehörigkeit der Insel war nämlich eine andere als die religiöse, einmal ganz abgesehen von der kultischen Bedeutung des Ortes.

3) Konstral selbst war nur zufällig auf den Planeten gestoßen. Seine Freude über die Entdeckung hielt sich in Grenzen, denn er befand sich auf der Flucht vor der Auswahl, wegen verschiedener Vergehen auf Atibon Legba. Wahrscheinlich hätte er die Flucht ergriffen und die sensationelle Entdeckung einer menschenähnlichen intelligenten Spezies totgeschwiegen, wäre er nicht innerhalb des Systems von einem Jäger der Auswahl abgefangen worden.

gerer Verständigungsschwierigkeiten zu einem überzeugenden Beispiel menschlich-galdäischer Freundschaft und Zusammenarbeit. Anzeichen für irgendwelche Feindseligkeiten, wie sie wenig später ausbrechen sollten, gab es nicht.

Das Augenmerk der Besatzung von Konstral, die über die automatische Relaisstation Galdan I (4) mit der Zentrale in Atibon Legba verbunden war, lag vor allem auf der Verhinderung sich anbahnender Konflikte zwischen den Staaten Galdäas. Diese Konflikte stellten eine ständige Gefahr für die Zusammenarbeit dar. Die Gründe lagen in den großen Diskrepanzen im Entwicklungsstand und in der Struktur der einzelnen Staaten. Zur Vorgehensweise vgl. das Tefelburger Protokoll.

Am 1.4.11 begann ein Krieg zwischen den benachbarten Staaten Lugg und Tsanama. Auf dem Territorium des letzteren lag auch Konstral, das massiv angegriffen wurde (5). Die Besatzung war gezwungen, von der Insel zu fliehen, und wandte sich an ein zu diesem Zeitpunkt neutrales Land, die Republik Assant. Unter grobem Bruch aller Vereinbarungen wurden die Menschen in der Hauptstadt dieses Landes Opfer einer völlig überraschenden Aktion, die von der Regierung Assants mit hoher Wahrscheinlichkeit unterstützt worden war (die Menschen blieben verschwunden). Das war umso unverständlicher, als Assant bis dahin als treuester und bester Verbündeter gegolten hatte (6).

Katastrophale Auswirkungen hatte dieser Umschwung insofern, als es eine Menge assantischer Wissenschaftler und Techniker gab, die mit der auf Konstral installierten Technik bestens vertraut waren. Laut dem Tefelburger Protokoll (s. d.) war vorgesehen, das

---

4) In Wirklichkeit handelte es sich bei der angeblichen Relaisstation um eine notdürftig entschärfte Kampfstation, deren ehrwürdiges Alter angeblich bis in jene Zeiten zurückreicht, in denen die Menschheit gegen die Maschinenfestungen mobil machte. Diese merkwürdige Art der Altlastenentsorgung erwies sich als fatal: Die Waffentechnik an Bord war für eine so wissbegierige Spezies wie die Galdäer sicherlich äußerst reizvoll. Siehe Anmerkung 7.

5) Siehe Anmerkung 2.

6) Abgesehen von dem dramatischen Fehlurteil, das die Insel betraf; die Inbesitznahme Konstrals veränderte die Einstellung der Republik Assant zu den Menschen völlig und grundlegend.

offensichtlich fortschrittlichste Staatengebilde der Galdäa, eben die Republik Assant, zur dominierenden Macht zu machen und so der gesellschaftlichen Entwicklung des Planeten einen entscheidenden Impuls zu geben. Die automatischen Hilfsschiffe der GALDAN I landeten in Assant, wo sie keine Menschen mehr vorfanden, und fielen der Republik in die Hände (7).

Außerhalb der Hauptstadt überlebten einige Menschen und flohen über das Nördliche Meer, wie aus einigen zufällig aufgefangenen Funksprüchen und in langlebigen Speichern geparkten Notizen hervorgeht. Auf dieser eher ungeordneten Flucht wurde die kleine Gruppe getrennt, sodass bis heute nur unsichere Nachrichten über den Verbleib von etwa vierhundert Menschen zu erhalten sind (8). Als sicher kann gelten, dass in Lugg zeremonielle Hinrichtungen stattfanden (9). Keine sicheren Informationen, sondern nur Gerüchte liegen vor über Lynchjustiz gegen Menschen im Königreich Kondh (10) und gewisse ungeklärte Vorgänge in den Vereinigten Ganorischen Fürstentümern (11).

---

7) Hier wird verschwiegen, welche Tatsache diesen Zwischenfall so bedeutsam machte: Mit den Hilfsschiffen der Raumstation fiel den rebellischen Assantern natürlich die komplette Station in die Hände. Das war weniger ein Haufen Metall als vielmehr ein intensiver und höchst anschaulicher Anschauungsunterricht in irdischer Waffentechnologie.

8) Rätselhafterweise wurde niemals eine offizielle Suche nach den Überlebenden der Konstral-Affäre gestartet. Die Bedingungen dazu waren spätestens nach der Niederschlagung der galdäischen Rebellion gegeben; dennoch setzte niemand von Atibon Legba die neuen einheimischen Machthaber unter Druck. Man tat und tut so, als sei der Tod all dieser Leute eine bewiesene Tatsache. Stillschweigend wurden ihre Namen in den Schrein der Heroen von A. L. eingetragen.

9) Man mag einwenden, dass in Lugg Hinrichtungen immer feierlich begangen werden, weil es dort als ehrenvoll betrachtet wird, seinen Feind auf möglichst komplizierte Art ins Jenseits zu befördern. Zu den angesehensten Kunstformen Luggs zählt die Exekution. Insofern könnte es sein, dass die Meldungen nichts zu besagen haben; die auffällige Häufung von besonders einfallsreichen künstlerischen Morden in dieser Zeit lässt allerdings nur eine begrenzte Zahl von Erklärungen zu.

10) Die Rede war davon, dass Fremdlinge aus einer finsteren Welt vom einfachen Volk erschlagen wurden; die Überbleibsel wurden den Lehnsherren überbracht. Was damit geschah, weiß niemand.

Ganoris spielt eine unverständlich bedeutende Rolle. Die Geschichte Galdäas in den folgenden Jahren ist größtenteils unklar (12). Ob die beiden an den Ausschreitungen gegen Menschen und Einrichtungen des Flottenkommandos bisher unbeteiligten Staaten, Aras-Toit und die Klöstergemeinschaft von Kanohook, in die Auseinandersetzungen einbezogen waren, blieb unbekannt. Es scheint ein rascher Konzentrationsprozess eingesetzt zu haben, sodass im Jahre 17, als eine Beobachtungssonde der Erdregierung die Galdäa anflog, keiner der kleineren Staaten mehr existierte (13). Bekanntlich wurde diese Sonde im Anflug vernichtet – der zweite offen feindselige Akt gegen die raumfahrende Menschheit.

Zu diesem Zeitpunkt bestanden die Terminalverbindungen von Aras-Toit und Kanohook weiter, da diese Staaten vermutlich nicht in die feindseligen Handlungen eingegriffen hatten (14). Erst im Jahre 24, als es zur Katastrophe des Raumschiffs CALDERA XI kam, wurden diese Terminalverbindungen gelöscht. Die Zerstörung des Raumschiffs gab den Anstoß, die Sicherheit im Raumsektor wie-

---

11) Die Gerüchte aus Ganoris sprechen von fremden Zauberern, die dem Richtschwert übergeben wurden, ebenso wie von plötzlich erschienenen »bemitleidenswerten Magiern«, die sich rasch große Verdienste erwarben und keine hohe Lebenserwartung hatten. Hier wie auch in anderen Fällen liegt die Frage nahe, ob es sich bei den rätselhaften Personen tatsächlich um Flüchtlinge aus Konstral handelte oder vielmehr um Galdäer, die irgendwie an technologische Artefakte der irdischen Technik gekommen waren.

12) Eine grauenhafte Untertreibung. Aus diesen Jahren gibt es nicht wenige, sondern gar keine Informationen.

13) Diese Aussage geht davon aus, dass die zunächst kontaktierten sieben Partner tatsächlich Staaten darstellten. Daran sind erhebliche Zweifel anzumelden – es gibt Hinweise darauf, dass es auf Galdäa niemals Staaten im irdischen Sinne gegeben hat, sondern vielmehr Sekten, Glaubensrichtungen; Zusammenschlüsse von Leuten, die die Welt auf eine ähnliche Weise betrachteten. Regionale Zusammenschlüsse existierten nicht stattdessen, sondern daneben und zusätzlich. Lugg und Ganoris als Flächenländer wären demnach ganz anders zu bewerten als Aras-Toit, Kanohook oder Tsanama.

14) Das Unverständnis für die galdäischen Verhältnisse, das die Bürokratie von Atibon Legba an den Tag legt, könnte dramatischer nicht sein: In der Annahme, nur die Freunde, nicht aber die Feinde mit Informationen zu versorgen, pumpte man per Landau-Modulator unglaubliche Mengen militärischer und anderer Informationen in die Terminals von Aras-Toit und der Klöstergemeinschaft von Kanohook.

derherzustellen [15] und die offensichtlich entgleiste Entwicklung auf der Galdäa zu berichtigen.

Der Weltenkreuzer ARMORICA flog den Sektor im Jahre 25 an. Er zerstörte die von den Galdäern in Besitz genommene GALDAN I sowie die kleine Raumflotte, die der Planet unverständlicherweise besaß [16]. Danach löschte die ARMORICA die Produktionsanlagen aus, die in historisch kurzer Zeit entstanden waren [17]. Offenkundig waren die Terminalverbindungen zum Technologietransfer genutzt worden. Um die Entwicklung auf der Galdäa zu berichtigen, wurde der am wenigsten kompromittierte Staat, nämlich Aras-Toit, mit der Hegemonie beauftragt.

Seitdem gilt Galdäa als mit den Koloniewelten von A. L. assoziiertes Sondergebiet [18]. Für Menschen besteht Siedlungsverbot.

---

15) Da es offiziell keine Menschen und Einrichtungen des Flottenkommandos mehr auf Galdäa gab, erscheint diese Formulierung fragwürdig. Wessen Sicherheit wurde wiederhergestellt? Wessen Ordnung? Sollte es strategische oder andere militärische Gründe für das Engagement auf Galdäa geben, so sind sie nie bekannt geworden.

16) Hieran sind zwei Fakten merkwürdig. Zum einen, dass es volle neun Jahre brauchte, um einen Weltenkreuzer zu einer rebellischen Welt zu entsenden. Normalerweise wickelte das Flottenkommando solche Kanonenbootpolitik in deutlich kürzeren Zeiträumen ab. Zum anderen verschweigen alle offiziell zugänglichen Materialien, welche hohen Verluste die ARMORICA hinnehmen musste. Die Raumflotte der Galdäa war offensichtlich erheblich unterschätzt worden. Gerüchteweise soll sogar die ARMORICA selbst zeitweise in Gefahr gewesen sein, zerstört zu werden. Eine solche Schlappe hätte sich Atibon Legba kaum leisten können.

17) Eine Auswertung der Energieverbrauchsbilanzen der ARMORICA lässt nur den Schluss zu, dass man die planetaren Industrien mit Bordwaffen in Schutt und Asche gelegt hat. Ein gefährliches und alles andere als übliches Verfahren, wohl der Tatsache geschuldet, dass die bordeigenen Kampfmaschinen und Kreuzer bereits so weit dezimiert und beschädigt waren, dass man es nicht wagte, die Fahrzeuge in eventuelle neue Kämpfe zu schicken.

18) Das Sondergebiet ist mit einer ausgedehnten Schutzzone umgeben, die nur mit Erlaubnis von Atibon Legba berührt werden darf. Anfragen, die eine Landung auf der Galdäa oder einen Vorbeiflug an dem System betreffen, werden abschlägig beschieden. Irgendwelche Kontakte zu anderen Koloniewelten gibt es nicht. Selbst wenn es die Leute im Flottenkommando auf Atibon Legba nicht gern hören werden: Der Planet Galdäa ist de facto vom bewohnten Kosmos isoliert.

Überwachungszentrum ist Atibon Legba. Die Forschungen über Ursache und Verlauf der Auseinandersetzungen werden von den Universitäten auf Penta V planmäßig betrieben [19], vgl. hierzu das Tefelburger Protokoll.

Quelle: Weltgeschichte sämtlicher Planeten. Herausgegeben von einem Autorenkollektiv unter der Leitung von Muhara, Tefelburg und Christiansen, Penta V, Universitäts-Verlag, 1734 n. L., Bd. 7, S. 621- 623. (unveröffentlichter Artikel)

---

19. Eine solche Forschung existiert nicht. Weder in den vierteljährlich herausgegebenen Berichten der Universitäten auf Penta IV noch in den Datenbanken des Informationsnetzes gibt es eine wissenschaftliche Arbeit, in deren Betreff das Wort Galdäa aufscheint. Die einzige Ausnahme besteht in einer Arbeit über vergleichende Meteorologie, die Daten aus der galdäischen Atmosphäre heranzieht und vom Prüfungsgremium als ungenügend zurückgewiesen wurde, sodass sie nie Verbreitung fand.

11.

Markus Hataka • Scharf wie die Hölle / Zähneklappern in dunklen Gehäusen

In seiner Hemdtasche knisterte es; Markus griff mechanisch hinein und zog das Blatt Papier heraus. Einige Sekunden lang betrachtete er das Bild, ohne es zu erkennen, alles drehte sich um ihn und um dieses Blatt. Dann erkannte er Jana Hakons Gesicht und erinnerte sich an das Gespräch mit der Galdani vor einigen Tagen, als er diesen Ausdruck gemacht hatte. Das Surren der Saite in seinem Rückenmark erinnerte ihn an alles. Das Licht von draußen fiel in breiten gelben Streifen ins Zimmer. Er hatte wieder einmal vergessen, die Vorhänge zu schließen. Er hatte auch vergessen, ins Bett zu gehen. Das passierte ihm dauernd, seit er jeden Tag an seinen Maschinen saß und endlich wieder ernsthaft arbeitete. Die Einfälle purzelten nur so. Kaum kam er hinterher, all das aufzuzeichnen, und nichts davon war fertig. Nichts als Bruchstücke, Splitter, geniale Momentaufnahmen eines Klanggebirges, das am Ende von verdammt viel Arbeit richtig grandios sein würde.

Markus Hataka starrte auf den schlechten Ausdruck, der nicht hübscher geworden war, seit er ihn in seiner Hemdtasche zusammengefaltet mit sich herumtrug. Jana wirkte alles andere als glücklich auf diesem Bild. Die Aufnahme war unscharf und körnig. Genauso fühlte sich Markus.

Er rappelte sich auf und stellte fest, dass er direkt zwischen seinen klangerzeugenden Apparaturen eingeschlafen war, offenbar mitten in der Arbeit. Die Anzeigen standen auf Null, die Lichter der Maschinen waren dunkel. Markus hatte die Anlage so programmiert, dass sie sich selbst abschaltete, wenn länger als zwei Stunden niemand auf irgendeine Taste drückte. Er startete den Rechner, der seine musikalischen Schnipsel verwaltete, und hörte in eine der Aufnahmen der vergangenen Nacht hinein. Ein jagendes Stakkato verzerrter Gitarren, eine hektische Fläche wabernder Perkussion, und darüber schwebte die von einem frenetischen Chor mehr gebrüllte als gesungene Melodie: zuckersüß und fahrstuhlkompatibel. Allerdings nicht in dieser Hochgeschwindigkeitsversion. Markus drehte die Lautstärke herunter. Der Rhythmus löste wogende Wellen von Kopfschmerz aus. Offenbar hatte er wieder einmal dem Dämon Lärm gefrönt, denn das Ding wurde immer lauter und schneller und drängender. Am Rande des Wahnsinns, einen Fuß vor den anderen auf der Schneide einer Rasierklinge; interessant. Irgendwo im Bauch war da ein Gefühl, das diese Art von Veitstanz mitreißend fand. Laut wie die Hölle, dachte er.

Als er die Aufnahme stoppte, hallte die plötzlich einsetzende Stille in seinem Schädel wider. Markus sah auf die Uhr. Ihm war ein Tag abhanden gekommen. Er hatte bis in die frühen Morgenstunden zwischen den Tastaturen und Schlagwerken gesessen; jetzt war es wieder Abend. Keine Drinks vor Sonnenuntergang, dachte er, sicher doch. Würde ich nie machen. Wo ich schon von ganz anderen Sachen als bloß Schnaps runtergekommen bin.

Er inspizierte die Vorräte, indem er auf wackligen Beinen in die Kochecke stakte; jemand namens Markus Hataka hatte ordentlich im Flaschenregal zugelangt. Offensichtlich hatte er nach Sonnenuntergang den Drinks umso reichlicher zugesprochen. Der Whisky war deutlich dezimiert worden. Oh, Markus, dachte er, du wirst eines Tages im Suff enden und in der Gosse. Karolus hatte das immer gesagt, und nicht immer nur im Scherz.

Karolus. Er hatte seit Jahren nicht mehr an Karolus gedacht. Nicht mehr an ihn denken wollen. Er musste sich auf den Barhocker setzen, der seit Jahren unbenutzt in der Küchenecke stand. Die zuviel getrunkenen Drinks, wollte er sich einreden, aber das war es nicht. Die Erinnerungen waren wieder da, alle miteinander, nichts davon war dem Ycorgan zum Opfer gefallen, wie er es geglaubt hatte. Gehofft?

Vielleicht.

Markus goss sich mit zitternden Händen ein großes Glas Orangensaft ein. Während er das kalte süße Zeug trank, zwang er sich, daran zu denken, dass es mit Orangen wenig zu tun hatte. Es war eine spezielle oniskäische Frucht, die man zunächst zusammen mit viel Zucker kochte und erst dann auspresste. In rohem Zustand war das Zeug giftig. Es war nicht einmal eine Zitrusfrucht. Wenn er sich recht erinnerte, wurde es aus einer Art Rübe hergestellt. Wirkliche

Zitrusfrüchte gab es natürlich nicht auf Oniskus. Auf Engambosch, vielleicht, nicht auf Oniskus.

Oniskus. Karolus war von Oniskus gewesen, einer verrückten Welt voller abgedrehter Typen, die ihre Ehepartner wechselten wie andere Leute die Lieblingsmusik. Heute die eine, morgen der andere. Keine Verbote, kaum Tabus. Gitarren, Loops, Geigen, Pauken, Fuzz-Gitarren, Hörner, alles durcheinander. Karolus war nach Penta V als Teil einer Doppelehe gekommen, zwei Männer und zwei Frauen, und jeder war mit allen anderen ins Bett gegangen, zu zweit oder zu dritt oder zu viert. Das war ein ebenso alter wie grimmiger Witz zwischen ihnen gewesen und eine Quelle ständiger Frotzeleien – kann ich denn wirklich all die Leute ersetzen? Wollen wir wirklich auf immer darauf verzichten, andere, interessante Menschen kennenzulernen? Bist du wirklich sicher, dass du nicht eigentlich eine Frau wolltest? Bin ich vielseitig genug für dich? Ach ja?

Es war alles wieder da. Alles, was ihn gequält und in die finsteren seligmachenden Pranken des Ycorgan gespült hatte, in die erlogenen und heimtückischen Monate voller Glückseligkeit, die in Wirklichkeit minutenkurz waren und ihn in genau dasselbe Elend wieder entließen, aus dem er geflüchtet war. Alles war wieder da. Und Jana war schuld daran, dachte Markus Hataka; nein, das war falsch. Die Musik, diese neue Musik, so faszinierend wie furchteinflößend, hatte den alten Schorf heruntergerissen und entblößt, was er vor sich selber verborgen gehalten hatte.

Die Wunde tat hartnäckig weh, und irgendwie hing das alles mit der Frau zusammen, die er im Photek-Institut kennengelernt hatte und die dafür verantwortlich war, dass es zitterte und sang in seinem Inneren. Er dachte an ihren Anruf und an die Menge Geld, die er gesendet hatte. Sie hat alles abgehoben, dachte Markus, alles auf einmal. In einer heruntergekommenen Kuppel auf der Werkwelt, und wenn seine Informationen zutrafen, dann zählte Nummer 42 zu den miesesten Orten auf Penta IV. Eine verdreckte Stadt, die seit Jahrzehnten kurz davor stand, dichtgemacht und aufgegeben zu werden. Markus wusste nicht genau, warum; er wunderte sich überhaupt nicht darüber. Vor allem nicht über sich selbst. Er wusste nicht, warum er Jana das Geld gegeben hatte. Wegen dieser Bass-Saite, ihres blauen Geräuschs.

Ein Klopfen an der Tür. Eveline. Es gab vermutlich niemanden sonst auf diesem Planeten, der die modernen Kommunikationskanäle verschmähte und seine Knöchel höchstpersönlich an eine fremde Tür schlug. Das war so aus der Mode wie virtuelle Brillen und Kopfverdrahtung. Das war Eveline.

Markus öffnete. Die uralte Eveline hielt eine Schüssel in der Hand.

»Ich habe mir Sorgen gemacht«, sagte sie, »die letzte Nacht diese höllische Musik, und dann den Tag über kein einziger Ton. Du wirst Hunger haben, denke ich.«

Er starrte blöd in die hingehaltene Speise, irgendwas Dickes, Zähflüssiges, in dem es kurze, zerfetzte Fleischfasern gab und rotschwarze dicke Früchte und eine Menge rotbraunes Zeug. Es roch würzig und unbekannt. Er zögerte. Eveline war für ihre Experimente am Kochtopf bekannt. Alle drei Fälle von Lebensmittelvergiftung, die es in den letzten fünf Jahren auf diesem Planeten gegeben hatte, waren auf ihr Konto gegangen. Sie war völlig unschuldig, es hatte an den Zutaten gelegen. Zumindest nach Evelines Meinung.

»Nein«, sagte sie, »ich will dich nicht umbringen. Ein paar von deinen Einfällen vorige Nacht haben mir wirklich gut gefallen. Höllisch – und gut. Ich habe Magubschoten statt echter roter Bohnen genommen, und oniskäische Traumkürbisse statt der Tomaten. Davon abgesehen, ist es nichts weiter als ein gut gepfeffertes Chili.«

Markus streckte wie unter Zwang die Hand aus und nahm die Schüssel entgegen. Gut gepfeffert bedeutete, dass dieses Essen als Waffe verwendet werden konnte.

»Vor allem die Stelle mit den vielen übereinandergemischten Gitarren hat mir gefallen«, sagte Eveline und lächelte. »Die Sägezähne des Schicksals, die an tausend Lebensfäden nagen. Klingt toll. Das solltest du weiter verfolgen. Aber iss erst. Die Zutaten sind alle ganz frisch. Wirklich.«

Danach drehte sie sich um und schlurfte mit ihren hastigen kurzen Schritten zurück in ihre eigene Wohnung. Erst als sie die Tür schloss, ging es Markus auf, dass sie das Essen gemeint hatte mit den Zutaten und nicht seine nächtliche Orgie aus Tönen und Rhythmus. Leider hatte er nicht die geringste Ahnung, welche Stelle genau sie mit den übereinandergemischten Gitarren wohl meinen könnte.

Es gab in den Speichern unglaubliche Mengen neu eingespielter Aufnahmen. Das war jemand anders gewesen, der letzte Nacht hier musiziert hatte, offensichtlich ebenso sturzbetrunken wie am Rande der Genialität. Oder eben nicht jemand anders, sondern ein Markus Hataka, der im Moment nicht da war.

Die Sägezähne des Schicksals, die an tausend Lebensfäden nagen? Er fühlte sich, als würde er nie wieder im Leben eine Taste drücken können. Die Schüssel in seiner Hand wurde zu schwer und begann zu zittern. Er musterte sie nachdenklich und bemerkte erst da, dass das Zeug heiß war und ihn verbrennen würde.

Fluchend kehrte er in seine Wohnung zurück und stellte das Essen ab, wedelte mit der Hand herum, um sie abzukühlen. Er trank einen langen Schluck von dem falschen Orangensaft. Jana schwieg, seit sie das Geld genommen hatte, und es surrte und zerrte immer mehr in seinem Inneren. Er saugte an den Fingern, die zu warm geworden waren. Die Galdani hatte sich nicht wieder gemeldet. Er schnupperte an der fremden Speise, die Eveline ein Chili genannt hatte, und nahm sich vor, später nachzuschlagen, was zum Teufel das sein mochte. Markus holte einen Löffel und sann darüber nach, wie Jana wohl nach Nummer 42 gekommen war und was sie davon abhalten könnte, ihn anzurufen oder eine Nachricht zu schicken.

Markus japste. Das Chili war scharf. Es brannte auf der Zunge und in der Kehle, und ihm traten Tränen in die Augen. Wie zum Trotz nahm er weitere zwei Löffel voll und kaute tapfer. Hinter all der Schärfe lauerte ein guter, fester Geschmack. Eveline war wie immer eine phänomenale Köchin. Selbst wenn sich, wie in diesem Fall, der Genuss hinter einer stachligen Wand aus beißendem Habanero-Chili verbarg. Markus schniefte, holte sich ein Tuch und schnäuzte sich kräftig. Ein zweites Tuch benutzte er, um die Tränen abzutupfen, die sein Gesicht herunter rannen.

Nummer 42 war ein lausiges Kaff. Bestimmt gab es da kein Chili. Vielleicht gab es da nicht mal ein paar düstere Kaschemmen, in denen man einkehren konnte. Nein. Düstere Kaschemmen gab es dort mit Sicherheit, solche Absteigen machten als letzte zu, erst dann, wenn selbst die verrücktesten Kunden weggegangen waren.

Markus hielt beim Löffeln inne und dachte nach. Da war etwas gewesen, letzte Nacht. Er wusste nur nicht genau, was. Es hatte mit Jana zu tun und mit der Vorstellung, dass sie in einer üblen Spelunke saß und wartete. Mit dem Dröhnen des Basses. Und es hatte mit Entfernung zu tun. Er löffelte weiter und dachte nach. Evelines Chili schmeckte umso besser, je mehr er aß. Es lag nicht am Essen, sondern an den taub werdenden Geschmacksnerven und daran, dass es jenseits des reinen Schmerzes Dinge gab, die man genießen konnte. Was zum Teufel hatte er in dieser Nacht nur getan?

Der Löffel stieß auf den Grund der Schüssel. Es quietschte. Markus hielt inne. Das grelle Klirren, wenn digitale Datenpakete auf einen Audio-Kanal fehlgeleitet wurden. Die Sägezähne des Schicksals, die an tausend Lebensfäden nagen. Kommunikation. Ganz und gar nicht karitative Kommunikation. Im Gegenteil. Es hatte richtig Geld gekostet. Was? Markus ließ den Löffel sinken und befahl seinem Rechner, die Protokolle der letzten vierundzwanzig Stunden anzuzeigen.

Tatsächlich.

Da waren, mitten in der Nacht, einige Dinge geschehen. Markus Hataka hatte versucht, Jana Hakon ausfindig zu machen. Seine Zunge war ungelenk und seine Ausdrucksweise mangelhaft gewesen, der Rechner hatte ihn dennoch verstanden. Mist. So ein verdammter Mist. Es war nicht besonders klug, was er da getan hatte.

»Vadammomal«, hörte Markus seine besoffene Stimme sagen, und der Rechner hatte ein paar erstaunte Fragezeichen an den unergründlichen Ausspruch gehängt.

Markus dachte kurz darüber nach, ob eine solche Anfrage und der darauffolgende Befehl, irgendwo auf Penta IV eine Frau von Galdäa ausfindig zu machen, für Jana eventuell von Nachteil sein könnte. Irgendwo in den Kommunikationssystemen auf der Werkwelt kreiste womöglich ein Programm, das versuchte, eine Nachricht an Jana Hakon loszuwerden. Während er darüber grübelte, fischte er, ohne es zu merken, die letzten Bohnen aus der Schüssel. Ein Glühen aus wohligem Schmerz erfüllte seinen Mund und seinen Magen. Dann erst kam Markus auf die Idee, nach neuen Nachrichten zu schauen. Es waren welche da. Genau eine. Er stellte die Schüssel beiseite und spielte die Nachricht ab. Das war merkwürdigerweise gar nicht so einfach. Sein eigener Rechner verlangte plötzlich eine volle Identifikation, vergewisserte sich genau, dass es wirklich Markus Hataka war, der vor der Bildwand saß, und dass er allein war. Was soll denn das, wollte Markus schon fragen, als die Prozedur vorüber war.

Da war die Nachricht. Keine karitative Kommunikation, sondern mit klarem Ton und bestechend scharfem Bild.

Eine Frau. Elegant, großgewachsen, gutproportioniert; sie trug einen dunklen Overall aus derbem Stoff. Um den Hals hatte sie ein leuchtendblaues Tuch geschlungen. Sie sah sehr ernst aus. Ihre kurzgeschnittenen Haare waren von dunklem Stahlgrau, in den Winkeln ihrer leicht mandelförmigen Augen entsprangen Dutzende feiner Fältchen. Vom rechten Ohr fehlte ein Stück. Die Augen der Dame waren dunkel. Sie schaute vorwurfsvoll und rückte mit einer unbewussten Bewegung irgendetwas an ihrer Montur zurecht, das verdächtig nach einer Waffe aussah. Einer seltsamen Waffe. Kein Standardgerät des Flottenkommandos, sondern gerundet, organisch, seltsam, fremdartig. Bedrohlich, das war das Wort.

»Wer immer Sie sind«, sagte die Frau, »es könnte zu spät sein, wenn Sie diese Aufzeichnung zu Gesicht bekommen. Es handelt sich um eine begrenzte Datei – Sie können sie nur ein einziges Mal abspielen. Versuchen Sie, sich zu merken, was ich Ihnen sage.«

Markus klimperte mit den Augen und spürte, wie sich das warme Chili in seinem Bauch in einen fettigen kalten Klumpen Angst verwandelte. Wahrscheinlich hatte er Mist gebaut in der letzten Nacht. Irgendetwas hatte diese Datei mit seinem Rechner angestellt. Die meisten sonst erleuchteten Tasten waren dunkel, und auf Zwischenfragen gab die Maschine keine Antwort.

Die strenge grauhaarige Frau verströmte ein Flair von Kommandos, Gehorsam und Gefahr; kurz, sie wirkte wie eine merkwürdige Personifikation von Militär. Markus mochte Militär nicht. Erst recht, wenn es so überwältigend auftrat wie diese Dame auf der Bildwand. Sie rasselte ein paar Zahlen herunter und befahl, dass er sich die zu merken hätte.

»Sie haben eine Dummheit gemacht«, sagte sie, »und gewisse Namen, die man besser nicht erwähnen sollte, in das Netz gegeben. Damit Sie sich eine Vorstellung machen können, welche das sind: Einer bezeichnet eine Person, der andere einen Planeten. Wie ich darauf komme? Es gibt im Netz sogenannte Fischer. Das sind Programme, die die Kommunikation auf gewisse Worte abhorchen und es ihrem Auftraggeber melden, wenn sie erfolgreich waren. Ich kann nur hoffen, Sie verstehen das.«

Markus hatte davon gehört, dass solche Dinge möglich waren. Sein Interesse hatte das Thema nicht geweckt. Die Datensicherheit im Netz wurde garantiert, das reichte. Nun, sagte er sich, es reicht eben offenbar nicht. Zumindest nicht für diese Frau.

»Die Person«, sagte die Dame mit dem militärischen Flair, »um die es uns beiden geht, befindet sich in relativer Sicherheit. Der Anruf, den Sie gemacht haben, trug nicht dazu bei, die Gegenseite zu verwirren. Eher im Gegenteil. Bitte begreifen Sie: Bei diesem Spiel gibt es eine Gegenseite. Ich wiederhole: Bei diesem Spiel gibt es eine Gegenseite. Ich weiß nicht genau, wer das ist. Noch nicht. Ich weiß, dass es unklug ist, diesen Leuten das winzigste Zipfelchen Information zu geben. Ich wiederhole: Bei diesem Spiel gibt es eine Gegenseite. Und ich gehöre mit Sicherheit nicht dazu.«

Markus war es nicht klar gewesen, dass er an einem Spiel teilnahm. Was für ein Spiel? Was bedeutete der unheilvolle Unterton in den Worten dieser Dame? Was hatte das mit Jana zu tun? Was für eine Gegenseite?

»Und«, fuhr die Frau fort, »das Spiel ist gefährlich. Die Gegenseite ist skrupellos. Seien Sie sich darüber im Klaren, dass Ihr Leben in Gefahr ist. Aus diesem Grund ändern Sie sofort Ihr Leben, wenn Sie es behalten wollen. Verlassen Sie die Wohnung. Gehen Sie an einen Ort, an dem man Sie nicht kennt und wo es viele andere Menschen gibt. Am besten gehen Sie so rasch wie möglich weg. Ich finde Sie, wenn ich Sie brauche. Vor allem, wenn die Person, an der uns beiden gelegen ist, endlich auf dem Planeten eintrifft, auf dem Sie sich befinden.«

Markus starrte auf die Bildwand und spürte, dass sein Unterkiefer nach unten gesackt war. In was war er da hineingeraten? In was war Jana hineingeraten? Es summte die gespannte Saite. Er kritzelte die Zahlen, die ihm die Dame nannte, auf den Ausdruck mit Janas körnigem Gesicht, den er aus der Hemdtasche gezogen hatte. Es war nichts anderes zum Schreiben da als der Rand dieses Blattes. Und es war irgendwie passend. Geheimnisvolle Codes neben dem rätselhafterweise aus der Vergangenheit emporgestiegenen Gesicht Janas.

Die unbekannte Frau war fertig mit ihren Ausführungen. Sie hatte alles bestimmt und ruhig, ganz unaufgeregt dargelegt. So stellte sich Markus die letzte Besprechung vor einem tödlichen Einsatz vor. Soldaten beim ultimativen Befehlsempfang, im Bewusstsein der Tatsache, in den nächsten Stunden sterben zu müssen. Sekunden, ehe alles aus den Luken sprang, mitten hinein ins Chaos. Markus hasste alles, was militärisch war. Karolus hatte das auch getan. Mit einer Mischung aus Angst und Faszination starrte Markus die Bildwand an.

Die Übertragung brach nicht ab, obwohl die Botschaft zu Ende war. Die Frau blickte ihn zehn Sekunden lang an. Sie sagte nichts mehr, da war nur dieser Blick. Natürlich war sich Markus darüber im Klaren, dass sie ihn nicht sehen konnte. Das war eine Aufzeichnung. Dennoch hatte er das Gefühl, jemand starre ihn mahnend an. Leiste dir keinen Unsinn, sagte der Blick, sonst mache ich dir Beine. Dieser Frau war das zuzutrauen, wusste Markus. Die hatte bestimmt schon vielen Leuten Beine gemacht.

Die Projektion erlosch, die Nachricht war zu Ende. Im Rechner allerdings löste das hektische Betriebsamkeit aus. Irgendwelche Programme hatten sich selbst geladen und blockierten für Sekunden alle Tasten und Schalter; elektronische Derwische fegten durch die Speicher und änderten Daten, löschten Protokolle und schrieben Listen um. Am Schluss verschwand alles wie durch Geisterhand. Die Begrüßungsfloskeln schauten unschuldig in die Welt, als wäre nichts geschehen.

Markus rief vorsichtig die Protokoll-Liste der Kommunikation auf. Soweit es diese Aufzeichnungen anging, hatte er niemals eine Nachricht von jener Dame auf Penta IV erhalten. O nein. Er hatte nie eine abgespielt. Es war nicht einmal mehr der leere Platz im Speicher auszumachen, von dem die Nachricht sich wieder gelöscht hatte. Sogar das Datum der zuletzt geänderten Speicherplätze war gefälscht worden. Markus schaute genauer nach und entdeckte, dass sein besoffener Anruf auf Penta IV ebenso wie der Suchbefehl, den er gegeben hatte, verschwunden war. Stattdessen war da ein Gespräch mit einer Seelenklempner-Nummer verzeichnet. Er hatte nachts einen dieser kostenpflichtigen Schütten-Sie-uns-Ihr-Herz-aus-Psychos in Anspruch genommen. Sogar das Honorar des Dienstes war abgebucht. Markus schüttelte den Kopf. Und ich könnte wetten, dachte er, dass das Geld bereits bei denen auf dem Konto ist. Die Frau ist von einer beängstigenden Gründlichkeit.

In diesem Fall, ging ihm auf, sollte er ihre Warnung, so irre sie klingen mochte, besser ernst nehmen. Das hier ging weit über das Niveau eines gelungenen Scherzes hinaus. Wer Software derart souveränmanipulieren konnte, der verwandelte Rechner in Waffen. Die Zahl der Gesetze, die übertreten worden waren, mochte Markus sich gar nicht ausmalen.

Es konnte kaum so dringend sein, dass er in genau dieser Sekunde aufspringen und davonrennen müsste. Leider hatte sich die geheimnisvolle Nachricht so gründlich selbst aus dem System getilgt, dass er nicht mehr herausfinden konnte, zu welcher Zeit sie ihn erreicht hatte, vor einigen Minuten oder vor zehn Stunden. Markus schaute in seiner Neuigkeiten-Box nach. Er hatte einen Agenten ins Netz geschickt, der die Nachrichten von Penta IV auf bestimmte Stichwörter hin siebte und die interessanten Meldungen in einer Box ablegte. Natürlich war die Box voller Neuzugänge, er hatte sie in den letzten beiden Tagen nicht aufgeräumt. Markus überflog die Kurzzusammenfassungen und stockte, als er den Namen des Institutes fand. Was machte das Institut in dieser Box?

Dann las er, was die Box gespeichert hatte. Lügen. Nichts als Lügen. Es wurde ihm ganz kalt. Die Neuigkeiten der verschiedenen Kanäle zeigten dieselben Sondersendungen mit schrecklichen Bildern, dieselben ganz offensichtlich erlogenen Geschichten. Sie handelten von gefährlichen Patienten, die sich plötzlich gegen ihre Wohltäter in einem Institut auf Penta IV gewandt und einige von ihnen umgebracht hatten. Ein bedauerlicher Zwischenfall, Berufsrisiko. Einige Kanäle scheuten – wie immer – selbst vor den grausigsten Darstellungen nicht zurück. Markus sah die leblosen Körper. Einen davon kannte er gut, vielleicht zu gut. In den toten Augen des Pflegers stand Entsetzen. Markus schluckte.

Damals war dieser Mann der einzige Mensch gewesen, von Jana abgesehen, mit dem er hatte reden können. Sogar über Karolus hatte er mit ihm gesprochen. Und er hatte nicht nur mit ihm geredet. Hin und wieder hatte es da heiße und feuchte nächtliche Treffen gegeben, kleine sexuelle Opfer auf dem Altar der Vergangenheit. Konnte vorkommen, körperliche Anziehung ohne irgendeinen Gedanken an Partnerschaft, lediglich zerwühlte Laken und eine Menge Körpertemperatur. Und jetzt war der andere tot. Tot wie Karolus. Bloß ein kalter Haufen Fleisch, das der Gewohnheit folgend an den Knochen klebte. Markus fühlte sich, als hätte ihm jemand einen Eimer Eiswasser in die Hose gegossen. War er verflucht, dass alle ein schreckliches Ende nehmen mussten, die er jemals angefasst hatte?

Glücklicherweise war nur eine einzige Patientin bei dem Aufruhr umgekommen, logen die Nachrichtensprecher, und Markus blickte in das schlecht retuschierte Gesicht Janas. Eine ältere Aufnahme, gemacht, als sie schlief. Man hatte die Farben verändert, damit sie aussah wie tot und gestorben. Das bedauernswerte Opfer ihrer unheilbaren Krankheit, hieß es. Ein Mediziner sprach aus dem Hintergrund über die Unberechenbarkeit mancher geistigen Zustände, während die immer gleichen Bilder abliefen, ein verwüsteter Flur, still liegende Körper, das leichenblasse Gesicht. Markus verglich die Zeitangaben, rechnete nach. Jana hatte ihn angerufen, nachdem all das längst geschehen war. Angeblich geschehen war. Die Tote hatte gesprochen.

Es war alles gelogen. Ein Lügner im hochgeschlossenen blauen Zweireiher gab ein Interview, in dem er von den langwierigen und häufigen Sitzungen berichtete, die er in der Therapie mit der verstorbenen Patientin gehabt hatte. Von der Tragik ihres unglücklichen Todes. Das Lügenspiel war dreist und überzeugend. Wer auch immer hinter alldem stecken mochte: Es waren Leute mit Verbindungen und viel Geld, gründlich vorgehend. Markus, in was bist du da hineingeraten? In eine dieser seltsamen galdäischen Sagen von Göttern, die selbst nur Marionetten weit schrecklicherer Mächte waren? In eine Schöpfer-Geschichte, die so deprimierend war wie alle anderen dieser Sorte, die ihm Ja'ana damals erzählt hatte? Oder in eine der Legenden von den unfassbaren Intrigen und Grausamkeiten der Großen Acht, wie man sie sich auf Serafim noch heute erzählte?

Er stand auf und wollte gehen. Irgendwohin. An einen Ort, dachte Markus, an dem man mich nicht kennt und wo es viele andere Menschen gibt. So wie es die grauhaarige Frau gesagt hat. Zum Flughafen. In die Stadt, mitten ins Nachtleben. Wieder einmal zuviel trinken. Stark bleiben, wenn irgendwo das verdammte Ycorgan auftaucht. Oder Musik machen, mit ein paar anderen Verrückten. Es gab genug Klubs, in denen sich immer jemand zum Jammen fand. Markus ließ sich die Klangfetzen und Ideen der letzten Nacht auf einen Speicherkristall überspielen, samt aller halbfertigen Teile der neuen Musik. Es war ein furchtbarer Gedanke, dass all das verloren gehen könnte. Er wollte es mit sich herumtragen. Diese Vorstudien zum Nachfolger von »Kutembea Pt. 2« kamen ihm zu wertvoll vor, gerade weil er sich kaum daran erinnerte, was er letzte Nacht geschaffen hatte. Er dachte an seine Lieblingsmusik, ja, laut wie die Hölle, eine läutende Glocke hinter meinem Lächeln. Es schüttelt meine Zähne, dachte Markus, diese Textzeile bekam plötzlich eine neue Bedeutung. Vielleicht, dachte er, habe ich den Song ja nie richtig verstanden.

Sein Blick fiel auf die Schüssel, in der Evelines teuflisch gutes Chili gewesen war. Es war nicht zu spät, um ihr wenigstens das Geschirr zurückzubringen. Natürlich ließ er das Licht an, als er in den Flur hinausging und an der Tür zum Nachbarhaus klopfte. Auf irgendwelche elektronischen Signale reagierte Eveline nur, wenn ihr danach war. Meistens war ihr nicht danach.

Sie öffnete sofort, als habe sie hinter der Tür gestanden und sehnsüchtig gewartet, dass jemand pochte. Ihr faltiges Gesicht strahlte, und sie sah zu ihm hoch.

»Deine Augen sind jetzt noch röter als vorhin«, sagte sie, in einem Tonfall, als bereite ihr diese Tatsache Freude. Jeder, der solch ein Chili aß, hatte hinterher rote Augen. Man konnte keine gutgefüllte Schüssel von diesem Zeug essen, ohne wenigstens ein paar Tränen zu vergießen.

»Es hat prima geschmeckt«, sagte Markus, und ein Stoß traf ihn von der Seite, warf ihn buchstäblich von den Füßen. Die Welt verwandelte sich in ein Durcheinander aus Lärm, herumfliegenden Gegenständen und grellem Licht. Die Sägezähne des Schicksals, die an tausend Lebensfäden nagen. Plötzlich lag er hilflos da, und Eveline lag ebenfalls auf dem Boden, Glas splitterte und eine Sirene jaulte, jemand schrie, eine Menge schlechter Worte, die seine Mutter ihm verboten hätte, und erst bei diesem Gedanken bemerkte Markus, dass es seine eigene Stimme war, die da schrie, und dass er seine Beine nicht bewegen konnte, weil irgendetwas Schweres auf ihm lag. Direkt unter seinem Bauchnabel spürte er in seinem Innern die heftigen Vibrationen. Seine rechte Körperhälfte wurde kalt, und gleichzeitig trat ihm Schweiß auf die Stirn, er schwitzte und fror im gleichen Augenblick. Die Zeit verlor ihre Bedeutung, beinah fühlte er sich, als wäre er wieder auf Ycorgan. Dabei war ihm durchaus klar, dass er sich in einem Schockzustand befand. Seine Umwelt war ein wackliger Film, der in unvermittelten Sprüngen an ihm vorbeihuschte, stehen blieb und weiterlief. Die Schöpfer hockten an seiner Seite und schüttelten mitleidig die schuppigen Schädel. Sie hatten immer gewusst, dass das alles nicht gut ausgehen könnte. Eine finstere Gestalt drehte sich, ihr schwerer schwarzer Mantel schwang in weitem Bogen herum, und es war eine Abgesandte des Oktogons, die den Fluch der Acht zu verbreiten suchte, magische achteckige Symbole sprühten im Rhythmus dieser Musik von den Säumen des Mantels herab ...

Da waren plötzlich Leute, nebenan in der wirklichen Welt. Dinge wurden beiseite geräumt, Geräte piepsten, Markus wurde aufgehoben und fortgebracht. Fremde Berührungen streiften seine Haut, und nichts davon erreichte ihn wirklich. Kanülen stachen ihn, irgendwelche Sensoren saugten an seinem Kopf und seinem Leib. Man ließ den neugierigen Blick einer Retina-Maschine in die stillen Tiefen seiner Augen fallen, ob er tatsächlich derjenige sei, für den er sich ausgab, aber wer, fragte sich Markus mit völlig unpassender Gelassenheit, wer kann ich schon sein? Und ob wohl die Maschine die Musik, diese seltsame Musik aufzeichnen kann? Auf einer Trage schwebte er an Eveline vorbei, die mit einem Menschen in einem militärisch aussehenden Overall sprach. Die alte Frau hatte einen Verband um die Schulter, und auf ihrer Wange waren ein paar verwischte Blutspritzer. Teufel, dachte Markus, es würde mich interessieren, wessen Blut das ist. Ob die Sensoren an mir diese seltsame Musik aufzeichnen, dachte Markus, das wäre interessant. Dann glitt eine Medizin durch irgendeinen Schlauch in seinen Körper, und sein Bewusstsein begab sich auf einen erhöhten Ort, an dem es nichts Wichtiges mehr gab.

Die Bilder und Töne verblassten und verschwanden. Eine läutende Glocke hinter meinem Lächeln, summte jemand neben seinem Ohr, und er summte es laut wie die Hölle. Es schüttelt meine Zähne, dachte Markus, schüttelt und rüttelt, und ganz kurz bevor er endlich diese Textzeile wirklich endgültig verstand, schaltete sich sein Denken aus.

12.

Michael Sanderstorm • 6

Man konnte dem papierbleichen Vierten Stellvertreter vieles nachsagen, man konnte ihn senil nennen und vertrottelt und meistens völlig weltentrückt, aber eines konnte man ihm nicht vorwerfen: Knausrigkeit mit anderer Leute Geld.

Michael war beeindruckt, dass sein auf Kosten der Universität ausgestelltes Ticket nicht irgendeine stinknormale Fahrkarte war, sondern die Was-kostet-die-Welt-Luxusversion. Er flog mit einem Expressboot nach Atibon Legba, ein so kleines Ding, dass es nicht einmal einen Namen hatte. Die anderen Passagiere – es waren nur zwei Dutzend – waren so weit in höhere finanzielle Sphären entrückt, dass es sie nicht interessierte, was dieser offensichtlich nicht vermögende Jüngling auf dem Boot zu suchen hatte. So hatte Michael Muße, aus dem verschwenderisch großen Bullauge zu sehen und alles zu beobachten. Normale Schiffe hatten keine Bullaugen. Bullaugen waren viel zu teuer, technisch kompliziert, schwierig abzusichern, und ohne jeden praktischen Nutzen. Hier gab es welche, einen dreiviertel Meter im Durchmesser.

Penta V war aus der Umlaufbahn wundervoll, blau und rein und kristallklar. Die kleinen und großen Inseln waren bedeckt mit dem lockeren Netz der Zivilisation. Michael war gespannt, wie die Zusammenballung der vielen Universitäten auf dem einzigen Kontinent von so weit oben aussah. Natürlich wäre besonders Bahia de Janeiro von hier aus interessant; ehe jedoch das Boot in Sichtweite des Kontinents kam, schrumpfte der Planet zusammen. Das Expressboot nahm den Begriff »Express« wörtlich. Michael bedauerte das fast. Dann verschwanden die Sterne hinter dem Flimmern und Glosen der reinen Energie, als die Landau-Modulatoren mit ihren Kraftfeldern eine Kugelschale um das Boot legten und es wegschnippten. Zuerst in das wirbelnde, verwirrende Nichts, das einem die Wissenschaftler in so bedeutenden wie nichtssagenden Worten beschreiben konnten, und danach woanders hin, wo es wieder Sterne gab. Woanders bedeutete in diesem Fall einen Anflugkorridor nach

Atibon Legba, den größten künstlichen Ort, den die Menschheit jemals geschaffen hatte, abgesehen vielleicht von den untergegangenen Städten des Oktogons.

Aus der Entfernung wirkte das Ding wie ein von Kinderhand gezeichneter Diskus, hingeklebt in ein stilles, dunkles All. Michael wusste, dass die Weltraumstation bei der letzten Messung fünfhundert Kilometer lang gewesen war und dass niemand mehr genau sagen konnte, wie viele Milliarden Tonnen sie wog. Leider konnte er aus seinem Bullauge den Vorgang der Annäherung nicht verfolgen; er saß auf der falschen Seite. Michael beobachtete den zunehmenden Verkehr in der Nähe von A. L., und er staunte über die Vielzahl und Vielgestaltigkeit der Raumfahrzeuge, die er zu sehen bekam. Zwei Schiffe, die scheinbar nebeneinander und gleich groß dahinschwebten, konnten in Wirklichkeit durch hundert Kilometer und ebenso viele Größenklassen voneinander getrennt sein. Überraschend war der Anblick eines insektoiden Gefährts, dessen zwei vollkommen identische Rümpfe durch ein ebenso kompliziertes wie filigranes Gitterwerk verbunden waren. Das war eine Doppelwespe, das bevorzugte Raumfahrzeug der Goldenen Bruderschaft. Michael hatte kaum Zeit, sich über die Anwesenheit eines solchen Raumschiffs zu wundern. Alles ging so rasch, dass er wehmütig daran dachte, dass diese Vorgänge für die Passagiere der normalen Flüge Stunden dauerten.

Michael hatte das selbst bereits zweimal mitgemacht; das letzte Mal, um Tasso zu verabschieden, ehe er damals mit der AJAX aufgebrochen war. Zu einer Reise, von der Tasso niemals zurückkehrte. Michael wurde wieder an Dinge erinnert, an die er nicht rühren wollte. Die Schnelligkeit der Abfertigung half ihm ein wenig; natürlich kämpfte er die ganze Zeit über mit den Bildern, die aus seiner Erinnerung krochen.

Zwar wäre noch am nächsten Tag genügend Zeit gewesen, aber er musste sich von seinen Gedanken fernhalten. Und von den Erinnerungen an Tasso. Das ging am besten mit anderweitiger Beschäftigung. Michael hätte es nicht ausgehalten, den Tag über in Betrachtungen daran zu schmoren, wie Tasso damals gewesen war. Sein erster Einsatz als Pilot. Und sein letzter. Nein, da war es besser, sich sofort in die Arbeit zu stürzen. So schnell wie möglich und so tief wie möglich. Und tatsächlich hatte Michael sich beruhigt, als er eine Reihe von Anfragen ins Datennetz eingespeist, seine Liste gesuchter Personen von Verstorbenen gesäubert und eine Menge von Archivmaterial bestellt hatte.

Eine Person von der Liste war sogar bereit, heute und sofort, jetzt gleich, mit einem unbekannten jungen Mann von Penta V über den galdäischen Krieg zu sprechen: Alex Ginsburg. Sie trafen sich in einem Straßencafé, das so tat, als befinde es sich in irgendeiner Stadt auf der Erde, und die Kulisse wirkte seltsam. Wahrscheinlich hätte ein Althistoriker die Fehler im Ambiente genau benennen können; wen interessierte das schon. Alle Abbildungen von irdischen Städten waren viele hundert Jahre alt. Die einzigen Orte, die denen der alten Erde wirklich ähnlich sahen, gab es wohl auf Engambosch, der verlassensten und hinterwäldlerischsten aller von Menschen bewohnten Welten.

Als sich der Ex-Pilot vorstellte und ohne Umschweife setzte, war Michael überrascht. Er hatte sich gestandene Piloten anders vorgestellt, und einen ehemaligen Kampfpiloten des Weltenkreuzers ARMORICA erst recht. Soweit es Tasso betraf, hatten Weltenkreuzer-Piloten schlank, durchtrainiert und souverän zu sein. Leute, denen man spontan zutraute, ein bockendes Gefährt durch die Turbulenzen einer Schlacht zu steuern, ohne mit der Wimper zu zucken. Jene Sorte Mensch, zu denen Tasso aufgeblickt hatte. Dieser Mann jedoch war genau das Gegenteil, ein völlig durchschnittlicher Allerweltstyp, unscheinbar und mit Bauchansatz.

Michael ließ unachtsam eine entsprechende Bemerkung fallen, und Ginsburg fragte ihn, wie er das meine und wie er sich einen Mann mit derartiger Vergangenheit vorgestellt habe. Er bestellte sich ein Getränk aus mehrfach gebranntem Getreide und flüsterte der Maschine, die bediente, irgendwas ins Mikrofon, spezielle Zutaten betreffend.

Es war leicht, Michael Sanderstorm aus der Fassung zu bringen. Er wusste nichts zu antworten. Was hätte er sagen sollen? Dass er einen bärbeißigen Typen mit vorstehendem kantigen Kinn und dramatischen Narben erwartet hätte und keinen alltäglichen Menschen, dessen Gesicht man sofort vergaß, wenn man drei Sekunden wegschaute? Sollte er Herrn Ginsburg mit der wenig schmeichelhaften Wahrheit konfrontieren, dass niemand bei seinem Anblick auf den Gedanken kommen würde, er habe jemals in seinem Leben eine Waffe angefasst, geschweige denn auf irgendjemanden oder irgendetwas geschossen? Michael vermutete, Alex Ginsburg würde auf solche Offenbarungen wenig freundlich reagieren. Zumal unter dem Namen »Alex Ginsburg« im Register brav und an erster Stelle die militärische Vergangenheit vermerkt war. Leider hatte Michael vergessen, welcher Rang vor dem »a. D.« gestanden hatte.

Alex Ginsburg missdeutete das betretene Schweigen als Ehrfurcht und sah großzügig darüber hinweg.

»Stellen Sie Ihre Fragen«, sagte er, »oder brauchen Sie erst was zu trinken?« Er deutete auf sein Glas, in dem eine ölige schmutzigbraune Pfütze schwamm, deren Geruch Michael auf den Magen schlug. Er hatte nicht die geringste Ahnung, was da so durchdringend duftete. Vielleicht hatte Ginsburg seinen Drink von der Maschine mit irgendwelchen Drogen versetzen lassen. Auf Atibon Legba mochten Dinge möglich sein, die anderswo undenkbar waren. Michael hatte da so mancherlei munkeln hören. Es sollte sogar illegale Drogenlabors geben, in denen man sorgsam die wenigen existierenden Ycorgan-Zellkolonien fütterte und am Leben erhielt, um alle paar Wochen diese tödliche Droge von ihnen zu ernten. Das Zeug hatte einen legendären Ruf, den eines Vernichters von Lebensläufen und den des letzten Überbleibsels der untergegangenen Oktogon-Welten.

»Nein, danke«, sagte Michael, »ich trinke nichts.« Er schlug seinen Block auf und zückte einen Stift, um sich Notizen zu machen. »Wenn Sie im Jahr 1731 aktiver Pilot waren, müssen Sie ja die Aktion der Armorica gegen die Galdäa noch mitgemacht haben.«

»Stimmt. Woher wissen Sie davon? Entschuldigen Sie, das dürfte alles vor Ihrer Zeit gewesen sein. Außerdem wurde diese Geschichte nicht sehr bekannt gemacht. So ruhmreich war sie ja nun auch wieder nicht.«

»Ich bin nach A. L. geflogen, um hier Informationen über die Galdäa zu sammeln«, sagte Michael. »Ich schreibe nämlich eine Abschlussarbeit darüber.«

»Ach so.« Alex Ginsburg schüttelte den Kopf. »Dass Sie sich nicht auf die interessanten Dinge geworfen haben. Unbegreiflich. Es gibt so viele wirklich spannende Themen. Nicht Welträtsel wie das epsilonische Raumschiff oder die Hzn, ich meine Planetenerschließung, die grauen Sonnen, Kontaktanbahnung oder ...«

»Das war alles weg, als ich kam.«

»Sodass Sie einen alten Hut nehmen mussten?«

»So ungefähr.«

Alex Ginsburg grinste und nahm einen Schluck von seinem alkoholischen Spülwasser. »Sie Ärmster. Was sollen Sie bloß schreiben?«

»Ebendeshalb komme ich hierher, um die Leute zu befragen, die sich erinnern.«

Michael hatte beschlossen, kein einziges Wort über das galdäische Konsulat zu verlieren, als er diesen Herrn vor wenigen Minuten kennengelernt hatte.

»Die ganz persönliche Sicht auf die Dinge, und so weiter. Vielleicht kann ich alte Unterlagen finden. Was ich habe, reicht nicht aus.«

»Dann fangen Sie mit Ihren Interviews bei mir an. Ich war zwar ein kleines Licht, aber ich bin dabei gewesen.«

»Kleines Licht? Ich denke, Sie waren Pilot der Armorica?«

»Junger Mann, Sie machen mir Spaß! Ich war Pilot auf der Armorica – das ist immerhin ein Weltenkreuzer der A-Klasse, und den steuert kein Pilot, den steuern ein Dutzend Leute, alles Zentralier, und einer der besten Rechner, die es gibt. Sie scheinen keine Vorstellung zu haben, was das für ein Riesenkasten ist.«

»Doch, doch ... mein Bruder Tasso ist – war Pilot eines Raumbootes der Ajax, das müsste die gleiche Baureihe sein, wenn ich mich nicht irre.« Es war wie verhext. Genau das Thema, das Michael hatte vermeiden wollen, lief ihm nun sogar in einem seiner Interviews über den Weg.

»Ja, stimmt«, bestätigte Ginsburg nachdenklich und warf seinem Gesprächspartner einen verunsicherten Blick zu. »Wieso ‚war Pilot'?«

»Er ist von einem Erkunderflug nicht zurückgekehrt. Vermisst.« Michael bedauerte, sich nicht ebenfalls mit irgendeinem Getränk bewaffnet zu haben. Er hätte einen Schluck nehmen und tiefsinnig in das Glas schauen können.

»Tut mir leid«, sagte Alex Ginsburg mit einem höchst verblüffenden Mangel an Glaubwürdigkeit. »So was kommt vor, selten, aber es passiert. Entschuldigen Sie, ich wollte nicht ...«

»Ist schon gut. Das ist anderthalb Jahre her. So langsam müsste ich darüber wegkommen, finde ich.«

»Ich bekam nur einen Schreck, weil Sie plötzlich so ... blass wurden und so seltsam guckten. Hätte ich das gewusst, wäre ich nicht ...« Er war ein schlechter Lügner, dieser Alex Ginsburg. In Wahrheit war es ihm vollkommen schnuppe, was mit irgendeinem Piloten passiert oder nicht passiert war. Die Augen dieses Mannes blieben kalt und unbeteiligt.

»Machen Sie sich darum keine Gedanken, bitte«, sagte Michael. »Besser ... besser erzählen Sie mir von der galdäischen Mission.«

Alex Ginsburg war sichtlich froh, dass er nun keine Anteilnahme mehr heucheln musste, und wechselte ohne Schwierigkeiten das Thema.

»Gut – wir hatten den Auftrag bekommen, einen unterentwickelten Planeten zu beruhigen, der irgendwie zu einer Menge Weltenkreuzer-Technik gekommen war und ein Schiff von uns zerstört hatte – wie hieß es denn gleich ...«

»CALDERA XI«, sagte Michael. Er war hellhörig geworden. Wieso nannte Ginsburg die Galdäa einen unterentwickelten Planeten?

»Stimmt. So hatte es geheißen. War das Verbindungsschiff gewesen. Ist von den Ureinwohnern in Klump geschossen worden, ein paar Jahre vorher. Wir kamen Mitte des Jahres 1731 dort an und wurden augenblicklich von den Planetenbewohnern angegriffen. Keine Kontaktaufnahme, keine Funksprüche, keine Drohungen. Sie hatten die kleine Flotte einer automatischen Station im Orbit des Planeten bemannt und beschossen die ARMORICA, sodass wir uns in einen Kraftfeldpanzer hüllen mussten. Auf die Art war der Weltenkreuzer zwar vor ihren Angriffen sicher; zugleich verhinderten die Eingeborenen, dass wir Raumboote starten konnten.«

»Sie meinen, die haben gewusst, was sie damit verhindern konnten?«

»Das haben die verdammt genau gewusst. Sie hatten darüber hinaus gewusst, wo die ARMORICA aufspringen würde beim Anflug, also müssen sie über Raumtaster verfügt haben.«

»Aufspringen?«

»Das ist Raumfahrerjargon. Bei den Raumsprüngen benutzt kein Mensch die exakten Bezeichnungen für die verschiedenen Phasen der Eintauchvorgänge in den Überraum. Viel zu kompliziert. Man nennt das Ganze einen Sprung. Und also heißt es ab- und aufspringen. In Wirklichkeit ist es natürlich eine höchst verwickelte Angelegenheit, mit mehreren tausend Variablen ...«

»Ja, gut, und wie habt ihr dann eure Boote herausgebracht?«, unterbrach Michael, ehe Ginsburg in einen langatmigen Vortrag über die Physik der Raumsprungtechnologie verfallen konnte, den sowieso kein Mensch verstand. Michael hatte das Ganze schon nicht verstanden, als Tasso damals versucht hatte, es ihm zu erklären. Und er wollte nicht dauernd an Tasso denken müssen. Nicht hier, wo er noch viel weniger an den Tod seines Bruders glauben konnte.

»Wir kannten natürlich die Konstruktion dieser Schiffe von der Station«, erzählte Ginsburg, »ganz normaler Standard, und wir legten mit gezielten Störsignalen ihre Energieversorgung lahm. Das klappte für einige Minuten, und die reichten völlig aus, unsere eigenen Boote zu starten. Die A-Kreuzer haben Katapultschächte ...«

»Damit bin ich mal selbst gestartet, durch so einen Schacht hindurch.«

Michael hatte lebhafte Erinnerungen an dieses Erlebnis, zumal es einer der letzten Momente gewesen war, die er mit seinem großen Bruder zusammen verbracht hatte. Einen Tag später war die AJAX gestartet. Hätte er damals geahnt, dass er Tasso niemals wiedersehen würde ... Sie waren allerlei alberne Manöver geflogen, enge Spiralen im leeren Raum und Loopings über simulierten Planetenoberflächen. Tasso hatte jedes Mal gelacht, wenn der Schiffsrechner des kleinen Bootes vor allzu riskanten Operationen gewarnt hatte. In genau so einem Boot war Tasso später spurlos verschwunden.

»Ich kenne diese Katapulte«, sagte Michael nur; was gingen einen Ginsburg seine Erinnerungen an.

»Verstehe. Nun, das Kräfteverhältnis betrug drei zu eins zu unseren Gunsten, nachdem wir erst einmal ausgebootet waren, und wir boten ihnen an aufzugeben. Ein faires Angebot; sie sollten nur ihre Maschinen landen und sich von ihnen weit genug entfernen, ehe wir sie zerstören würden. Sie antworteten nicht einmal darauf. Sie schossen einen von uns ab, und es gab einen kurzen Kampf. Zwei ihrer Schiffe entkamen auf den Planeten, den Rest mussten wir zerstören.«

Die Stimme von Alex Ginsburg zeigte keinerlei Bedauern.

»Bei dieser Aktion war ich nicht eingesetzt, ich hatte Bereitschaft und habe es verfolgt. Kein schöner Anblick.«

Michael wusste spätestens in diesem Augenblick, dass Alex Ginsburg log wie gedruckt. Raumkämpfe aus der Entfernung zu beobachten, war nicht schrecklich, und es belastete den Zuschauer nicht mit gewalttätigen Bildern. Tasso hatte ihm – verbotenerweise – diverse Aufzeichnungen vorgeführt. Irgendwelches geheime Zeug aus den Archiven des Flottenkommandos. Entweder sah man überhaupt nichts, weil alles viel zu weit weg oder viel zu schnell geschah, oder die lautlosen Explosionen getroffener Fusionsöfen spielten sich in grandioser, farbenprächtiger Schönheit ab. Aufleuchtende und verglühende Sterne, verlöschende Funken. Kein schöner Anblick, ha! Ginsburg hatte beschlossen, seinen Gesprächspartner nicht sonderlich ernst zu nehmen. Michael schöpfte Hoffnung, dass dem Mann vielleicht doch die eine oder andere Information herausrutschen würde.

»Nach der Liquidierung der planetaren Flotte«, setzte Ginsburg seine Erzählung fort, »konnten wir die Landungsschiffe ausschleusen, und die gesamte fliegende Brigade schwärmte aus. Fliegende Brigade nennen wir alle Boote, Landungsschiffe, Gleiter und so weiter, eben diese kleinen Raumfahrzeuge, die ein Weltenkreuzer mitführt und die für Landungsoperationen verwendet werden.«

»Und die wurden in Ruhe gelassen?«, fragte Michael.

»Das hätte so sein sollen, die Raumschiffe der Station hatten wir schließlich zerstört. Bis auf diese zwei. Unsere Leute wussten allerdings nicht, dass die Planetenbewohner da unten inzwischen selbst angefangen hatten, Raumfahrzeuge zu bauen. Das hatten unsere Zentralier zwar für vollkommen ausgeschlossen gehalten, aber sie hatten halt gründlich daneben gelegen.« Alex Ginsburg lächelte selbstgefällig. »Kleine, wendige Dinger waren das, die da starteten und wie die Teufel auf unsere Einheiten losgingen. Echtes Teufelszeug. Sie hätten uns ernsthaft in Bedrängnis gebracht, wenn es mehr gewesen wären. Aber es waren nur einige Dutzend. Und sie waren schlecht verteilt – die meisten von ihnen griffen die ARMORICA an, die zu diesem Zeitpunkt ohne Schutzfeld flog. Keine gute Idee, einen Weltenkreuzer direkt anzugreifen. Fanden die Zentralier auch, und man setzte die schiffseigene Abwehr ein.«

»Und? Wurde die ARMORICA beschädigt?«

»Wo denken Sie hin – bestenfalls wurde die Panzerung ein bisschen angekratzt. So ohne weiteres ist derartigen Riesen nicht beizukommen. Bei der enormen Masse kommt es schließlich auf ein paar tausend Tonnen für eine richtig feste Schale nicht mehr an. Auf der Gegenseite sah es anders aus. Wo die schiffseigene Abwehr eines Weltenkreuzers hinlangt, gibt es nichts mehr zu beweinen.«

Was für ein Affe, dachte Michael, da wächst kein Gras mehr, so sagt man das.

Alex Ginsburg nahm einen weiteren sparsamen Schluck von seinem widerlichen Drink und grinste.

»Ist ja kein Wunder. Die Schiffsabwehr wird aus denselben Quellen gespeist wie die Landau-Modulatoren für die Raumsprünge. Da steckt Bums dahinter. Mit diesen Waffen kann man die Lithosphäre eines Planeten knacken. Keine Chance also für die Schiffe dieser Eingeborenen. Die kleinen Dinger der Fremden müssen wahre Energiepakete gewesen sein, den Explosionen nach zu urteilen, in die sie sich nach schweren Treffern verwandelten. Und entsprechend schwierig war es, mit ihnen fertig zu werden. Das dauerte einen halben Tag, immerhin.«

»Hätte es nicht eine Möglichkeit gegeben, sie am Leben zu lassen?«, fragte Michael und bemühte sich, in seiner Stimme den wachsenden Abscheu nicht hörbar werden zu lassen. In seiner Phantasie sah er durchscheinende, zarte Geschöpfe wie Tara, die sich in technisch völlig unterlegenen Raumschiffen einer Übermacht von hochgerüsteten Kampfmaschinen stellten. Und eines nach dem anderen abgeschossen wurden.

Über den Rand des Glases warf Alex Ginsburg seinem Gegenüber einen langen erstaunten Blick zu.

»Greift man dich an, wehrst du dich. Wenn du beschossen wirst, feuerst du zurück. Krieg im Weltraum ist sowieso eine seltsame Sache. Man sieht seinen Gegner nur als Anzeige auf irgendwelchen Bildwänden, und das eigene Feuer verschwindet irgendwie im Weltraum, als würde man in die leere Nacht schießen. Viel leerer Raum, große Geschwindigkeiten, und die Artillerie liefert nur Fehlschüsse oder Volltreffer.«

Michael schaute Alex Ginsburg voller Erstaunen an; der Mann hatte seine eigene Geschichte – »kein schöner Anblick« – ad absurdum geführt. Dem Dummkopf war gar nicht aufgefallen, welchen Fauxpas er da begangen hatte. Er starrte in sein Glas und trank den Rest bis auf den letzten Tropfen aus. Er warf einen zweiten Blick in das Gefäß und kippte es ein weiteres Mal, um den letzten Tropfen wirklich zu erwischen. Ein Junkie, dachte Michael. Seine Droge hatte ihn fest im Griff, irgendeine.

»Außerdem bin ich mir bis heute nicht sicher«, sagte Ginsburg, »ob da überhaupt eine Besatzung drin war. In diesen Galdäa-Schiffen, meine ich. Sie beschleunigten ungeheuer. Flogen Manöver, die von unseren Rechnern für unmöglich gehalten wurden. Deswegen haben sie uns ja solche Schwierigkeiten bereitet. Kaum vorstellbar, dass diese Manöver von denkenden Wesen überlebt werden können. Aber für automatische Steuerung flogen sie zu gut. Zu raffiniert, zu unvorhersehbar. Wir haben niemals herausgefunden, was richtig war. Von den zerstörten Schiffen blieb zu wenig übrig, um es zu untersuchen. Hat hinterher niemanden mehr interessiert. Die Station im Orbit wurde bei den Kämpfen übrigens genauso gründlich zerstört. Sie hatten sie zur Bastion ausgebaut und teilten einige schlimme Schläge von dort aus. Wir haben das Ding in Trümmer geschossen.«

»Einen halben Tag lang, sagten Sie, dauerte das?«

»Ja. So ungefähr. Auch wir hatten Verluste, die Zahlen weiß ich nicht. So zehn Gleiter und drei oder vier Boote. Das können Sie sicherlich beim Flottenkommando erfahren.«

Der Mann hatte nicht die geringste Ahnung, wie viele seiner eigenen Kameraden bei diesem Gefecht gefallen waren. Michael dachte keine Sekunde lang daran, ihm mitzuteilen, dass die vollständigen Daten dieser Gefechte vom Flottenkommando als geheim betrachtet wurden, heute noch. Es gab keine offiziellen Zahlen. Michael hatte versucht, über Penta V an irgendwelche Statistiken heranzukommen; die Rechner des Flottenkommandos ließen ihn abblitzen. Dasselbe war geschehen, als er die Bild- und Tonaufzeichnungen abfragen wollte. Nicht verfügbar, hatte es geheißen.

»Was geschah dann?«, fragte er.

Alex Ginsburg winkte der Bedienung, um sich ein weiteres Glas des seltsamen Getränks zu bestellen. Er war offenbar der Meinung, dass Michael Sanderstorm die Rechnung bezahlen würde. Wie würde das wohl aussehen auf der Spesenrechnung? Hochprozentiger Alkohol, den man als Lösungsmittel für eine abgefahrene Dröhnung benutzte? Kosten für Drogencocktails würden die Bürokraten daheim bestimmt nicht lustig finden. In Erwartung eines neuen Drinks lehnte sich Ginsburg entspannt zurück und redete weiter.

»Man wollte keine Wiederholung solcher Überfälle. Deswegen

sollten in den folgenden Tagen alle Produktionsanlagen ausgeschaltet werden. Alle, die offenkundig dem ursprünglichen Niveau widersprachen. Die sozusagen falsch waren.«

»Das Niveau des Jahres eins sollte wiederhergestellt werden? Der Zeit, als Konstral den Planeten entdeckte?«

»Genau. Die Boote und vor allem die Gleiter wurden mit entsprechenden Spürgeräten ausgerüstet, und wochenlang kreuzten wir über dem Planeten. Wir schossen die Werke zusammen, die da unten gebaut worden waren. Seltsame Dinger darunter ...«

»Ist das protokolliert worden?«

»Gewiss. Irgendwo bestimmt.«

Alex Ginsburg nahm das nächste bauchige Glas mit trüber brauner Flüssigkeit entgegen und leckte sich die Lippen, nachdem er den ersten Schluck sofort getrunken hatte. »Warum macht Sie das unruhig? Stimmt da was nicht?«

»Ich weiß nicht ... Wahrscheinlich war unter den zerstörten Werken und Anlagen das meiste aus der Zeit der Konstralbesiedlung. Im Klartext: Das waren von uns selbst in den Jahren nach Konstral gebaute Einrichtungen, was Sie da vernichtet haben.«

»Das wussten wir nicht, hatte uns niemand gesagt«, meinte Ginsburg und zuckte die Achseln. »Man kriegt seine Befehle als Pilot, und man führt sie aus. Soll man sich etwa hinstellen und erst alles erklären?«

»Das meinte ich nicht«, sagte Michael. »Ich meine, wie müssen sich die Galdäer wohl gefühlt haben – die Geschichte war immerhin ziemlich widersinnig. Jahrelang bauen die Menschen hektisch auf und pumpen Wissen in die Köpfe der Galdäer hinein, vor allem in Assant und Tsanama, und dann kommen sie mit einem Riesenraumschiff dahergeflogen und schlagen alles kurz und klein.«

»Assant? Tsanama? Was ist das?« Der Ex-Pilot schaute Michael verständnislos an, ohne seinen Blick fest auf ihn richten zu können. In seinen Augen flimmerte es auf eine seltsame Weise.

»Die Namen der Staaten, die die besten Verbündeten der Menschen waren, früher einmal«, erklärte Michael.

»Ich habe gar nicht gewusst, dass die Staaten hatten«, sagte Alex Ginsburg und machte runde ungläubige Augen. »Für uns war das ein Einsatz von vielen. Keine Zeit, sich um irgendwelche lokalen Staaten zu kümmern. Wir haben uns bemüht, die Bevölkerung zu schonen, das müssen Sie mir glauben. Möglichst keine Volltreffer in Wohngebieten. Und so weiter. Ging zwar nicht immer, in so einem Krieg geht schon mal was daneben, aber wir haben uns bemüht.«

»Das glaube ich Ihnen. Von wem ist denn dieser Befehl damals gekommen? Die Order, all diese Bauten auszuradieren?«

Der Mordbefehl, hätte Michael beinahe gesagt.

»Von Seeburg, dem Kapitän der ARMORICA; den können Sie nicht mehr fragen. Er ist tot. Ist vor zwei Jahren im Dienst gestorben, stilvoll: in der Zentrale. Eines Tages tot umgefallen.«

Alex Ginsburg nickte bedeutungsschwer und hob kurz sein Glas, prostete einem Unsichtbaren zu. Er hielt Seeburgs Abgang offenbar für einen besonders ehrenhaften Tod.

»Hm ... Vielleicht können Sie mir helfen und mir ein paar Namen von damals Verantwortlichen nennen? Für meine anderen Interviews. Da muss ich nicht in den Archiven wühlen.« Michael ging die Lüge glatt über die Lippen. Seine Anfragen waren schließlich längst in den Bibliotheken Atibon Legbas unterwegs. Er machte sich allerdings inzwischen keine großen Hoffnungen mehr darauf, dort mehr zu finden als in den allgemein zugänglichen Lexika.

»Warten Sie mal ...« Alex Ginsburg legte seine Stirn in Falten und sah damit kein bisschen bemerkenswert aus. »Der zuständige Terminator hieß Tyrrell, an den erinnere ich mich, ein famoser alter Knochen. Mit dem könnte man bestimmt reden. Und der Chef der Galdäa-Verwaltung ... Mein Namensgedächtnis ist nicht besonders gut, doch ich glaube, der hieß Lucas.«

»Lucas? Henning Lucas?« Michael starrte den unscheinbaren Piloten überrascht an.

»Ja, genau«, sagte Alex Ginsburg langsam. »Was ist? Kennen Sie den?«

»Ihn selber nicht. Noch nicht, um genau zu sein. Aber seine Tochter ziemlich gut«, antwortete Michael. Diese plötzliche Wendung überraschte ihn selbst. Er hatte es bisher immer vermieden, dem schwerreichen und nicht für seine freundliche Art bekannten Vater Nikkis zu begegnen. Nikki selbst sah den Mann nur hin und wieder.

»Ich habe bisher nicht gewusst«, setzte Michael hinzu, »dass Henning Lucas mit der Galdäa-Affäre zu tun hatte.«

»Wieso Affäre? Was heißt denn hier Affäre?«

Ginsburg setzte das Glas, an dem er hingebungsvoll genuckelt hatte, mit einem harten Ruck auf dem Tisch ab und richtete einen Blick auf Sanderstorm, der bei anderen Leuten und weniger Stoff in der Blutbahn vielleicht bedrohlich gewirkt hätte. Michael achtete nicht darauf.

»Können Sie mir andere Namen sagen?«, fragte er und bemühte sich, ganz ruhig zu bleiben. Das Misstrauen in den Augen des Ex-Piloten blieb und wurde von Funkeln der Drogen kaum gedämpft.

»Einen Instrukteur von der Sondenabteilung kenne ich«, sagte Alex Ginsburg langsam. Ein Vorhang aus chemischen Schleiern trennte ihn inzwischen von der Wirklichkeit. Eine Wand aus eisigem Glas, hinter der nichts einen richtig aufregen konnte. »Ein netter Kerl namens Dan Brögger. Der lebt auf Atibon, nicht weit von hier, und er hat sich lange mit der Galdäa beschäftigt. Zu dem sollten Sie gehen. Kann Ihnen bestimmt viel erzählen. Mehr als ich. Und besser geordnet.«

»Das werde ich machen«, versprach Michael und klappte seinen Block zu, auf dessen erster Seite er nichts weiter als den Namen dieses Mannes und das heutige Datum notiert hatte. Ginsburg druckste herum, als Michael gehen wollte, und hatte offensichtlich noch etwas auf dem Herzen.

»Sagen Sie«, er wand sich, »ist was faul an dieser Geschichte?«

»Faul?« Michael tat, als verstünde er nicht.

»Sie wissen schon«, flüsterte Ginsburg langsam und versuchte, Michael anzustarren, »wird all dieser alte Quark jetzt wieder hervorgezerrt?«

»Wie kommen Sie darauf?«

»Na, die Art, in der Sie fragen ..., wie Sie überrascht sind, und überhaupt – als ob die Geschichte falsch wäre ... zweifelhaft.« Alex Ginsburg sprach, als müsse er sich erst an die einzelnen Worte erinnern, ehe er sie über die Lippen bringen konnte.

»Vielleicht ist es das, ich weiß nicht.«

Michael betrachtete den ehemaligen Piloten, als wäre der ein Insekt, das durch puren Zufall ins Licht gekrochen war. Ein Insekt, das schnell wieder in seinen dunklen, warmen Unterschlupf verschwinden würde. Ganz deutlich spürte er, dass Alex Ginsburg Angst hatte. Michael wusste nicht, wovor, und er war nicht sicher, ob er es wissen wollte. Er wollte diesen Typen bloß loswerden. Er hatte keine Ahnung, mit welchem Zeug Ginsburg sich das Hirn frittierte, und er fürchtete sich ein bisschen vor ihm. Oder vor dem, was zwei oder mehr dieser sehr speziellen Schnäpse aus dem Mann machen mochten.

»Es gibt da«, sagte er so bedeutungsschwer, wie er konnte, »einige dunkle Punkte in der Geschichte dieses Krieges. Die muss ich klären, wenn ich meine Arbeit schreiben will.«

»Was sind das für dunkle Punkte?«, erkundigte sich Ginsburg, dessen Stimme die Worte breiig klingen ließ.

»Oh. Ich glaube, es ist besser, ich rede nicht davon.« Michael erlaubte es sich, verschwörerisch zu grinsen. »Verstehen Sie mich, ich möchte kein Gerücht in die Welt setzen oder jemanden beschuldigen. Nicht, solange ich keine hieb- und stichfesten Informationen vorweisen kann. Erst recht nicht, da Nikkis Vater darin verwickelt ist.«

Ginsburg starrte wütend über den Tisch. Er schaute dabei scharf an Michael vorbei. »Verwickelt?! Das klingt ja wie Mithilfe bei irgendwelchen verbotenen Dingen.«

»Na gut: daran beteiligt«, sagte Michael. »Obwohl ‚Mithilfe' eine gute Möglichkeit wäre, das zu bezeichnen.«

Alex Ginsburg stand auf. Wenig beeindruckend, ein durchschnittlicher Mensch, ein durchschnittliches Gesicht, und sogar seine Empörung war Durchschnitt. Er stand sicher auf seinen Füßen, obwohl seine Augen nach all dem Zeug in seinem Getränk praktisch nur noch aus Pupillen bestanden. Er fummelte eine Sonnenbrille aus der Hemdtasche.

»Junger Mann, wissen Sie, was ich denke? Sie brüten da Ideen aus. Bösartige Ideen. Ich glaube, ich habe einen Fehler gemacht, mich mit Ihnen auf ein Gespräch einzulassen.«

»Ja?«, meinte Michael müde.

»Allerdings«, zischte Ginsburg und benötigte drei Versuche, um die Sonnenbrille auseinanderzuklappen und auf seine Nase zu bugsieren. Seine Finger zitterten nicht, hatten jedoch Schwierigkeiten, irgendetwas zu ergreifen und festzuhalten.

»Ach, vergessen Sie's«, meinte Michael trocken, was ihm einen wütenden vernebelten Blick Ginsburgs eintrug, der seine Augen hinter den dunklen Gläsern der Brille versteckte. Besser so, weil sonst allzu deutlich offenbar würde, dass sein Hirn in einer bösen chemischen Soße schwamm. Nur ein weiterer Abhängiger.

Michael lehnte sich zurück und achtete nicht darauf, dass der andere grußlos ging. Es lohnte sich nicht, über Alex Ginsburg, seinen Konsum exotischer Substanzen und seine frappierende Bedeutungslosigkeit nachzudenken.

Das Zeug des Herrn Ginsburg war teuer, stellte er fest, als die Rechnung kam. Kostspielig, dieser Hirnweichmacher. Und es überraschte Michael nicht, dass es keine Quittung für die Spesen gab.

Er dachte an die Leute unten auf dem Planeten, damals, als Ginsburg und seinesgleichen Befehle ausführten und Feuer herabregnen ließen. Er versuchte, sich vorzustellen, wie das war, wenn die Götter, die man für weise gehalten hatte, in gigantischen Maschinen aus dem Kosmos herabkamen, um das kleinere Weltall, das zu erschaffen sie selbst geholfen hatten, kurz und klein zu schlagen. Wenn das große Weltall seine Macht gegen das kleinere ausspielte und den Gedanken nahelegte, Niedertracht sei seine Bewegungsform ...

13.

Jana Hakon • Amok zum E-Tag

Seit Veruca Salt über den Fluch Bescheid wusste, der über den Kreuzerleuten lag, betrachtete sie die Menschen auf der Werft mit anderen Augen. Wer mochte es sein, der demnächst mordend durch die ewig dunklen Himmel oder die endlosen Korridore von Die Neue Wohlfahrt rasen würde?

Einer der fügsamen und wenig zu Widerspruch neigenden Serafimer? Diese freundlichen Leute fraßen so viel Hohn, Spott und Beleidigung, dass sich Jana bei ihnen am wenigsten gewundert hätte. Wer immer duldsam und freundlich war, zog die Gemeinheiten der ziemlich ungehobelten Kreuzerleute schnell auf sich. Die Serafimer wurden ganz offensichtlich durch Erziehung und ein merkwürdiges Wertesystem daran gehindert, denen eins aufs Maul zu geben, die sie drangsalierten und demütigten. Untereinander stritten sie sich allerdings heftig.

Oniskier mit ihren merkwürdigen Familien hatten kaum weniger auszustehen; ihre Lebensgewohnheiten erschienen den meisten zu absonderlich, um sie ernst zu nehmen. Ein Mann, der in einer Ehe mit zwei anderen Männern und einer Frau zusammenlebte, war eine willkommene Zielscheibe für bösartigen bis freundlichen Spott, und dass die Anzahl von Frauen und Männern in ein und derselben Ehe sich ständig änderte, ließ die Sache nicht weniger merkwürdig aussehen. Anders als die Serafimer allerdings machten Oniskier aus ihrem Herzen keine Mördergrube. Wer ihnen allzu nahetrat und ein paar schräge Witze zu viel riss, fand sich eines Tages in einer dunklen Ecke nicht nur einem, sondern gleich mehreren wütenden Oniskiern gegenüber. Und dabei hatte der Betreffende noch das bessere Los gezogen, wenn seine Lektion nur aus blauen Flecken und ein paar gebrochenen Rippen bestand. Manchmal griffen geplagte Oniskier zu heftigeren Maßnahmen. Veruca Salt hatte so manche Geschichte gehört. Hartnäckig hielt sich das Gerücht, der Luftschleusenunfall vor drei Monaten sei der gemeinschaftlich eingefädelte Racheakt zweier erboster oniskäischer Sippen gewesen. Veruca Salt hütete sich, dazu eine eigene Meinung zu äußern. Es kam ihr allerdings reichlich extrem vor, eine verzwickte Intrige mehrerer Familien zu organisieren, in deren Ergebnis zwei Arbeiterinnen die Lungen in einer schlecht abgedichteten Schleuse platzten. Nur, um zugegebenermaßen dumme Reden zu sühnen? Was waren das für Leute, die so etwas taten? Was waren das für Leute, die anderen so etwas zutrauten?

Leute, bei denen ein Streit zwischen Familien blutig enden konnte. Leute, die sich bis aufs Messer um ein Familienmitglied streiten konnten, das beschlossen hatte, in eine andere Sippe überzuwechseln. Ein einziges Mal mischte sich Veruca Salt ein und äußerte die Empfehlung, doch den Betreffenden entscheiden zu lassen. Natürlich fielen alle in seltener Eintracht über die Fremde her, die es gewagt hatte, so ungewöhnliche Schritte vorzuschlagen. Und ebenso natürlich war es am Ende der langwierigen Auseinandersetzungen so, wie es die Fremde gewollt hatte. Der Oniskier traf seine Entscheidung und wechselte zu einer anderen Ehe. Das war seine Entscheidung. Mit der Einmischung einer dritten Partei hatte das nichts zu tun.

Natürlich waren Karnesen beliebte Arbeiter für die Werften, ihrer Körperkraft und Widerstandsfähigkeit wegen. Wenn es die Schwerweltmenschen nicht hörten, zog man allerdings auch über sie her, zum Beispiel wegen ihrer tief verwurzelten Angst vor Höhe, ihrer Vorliebe für tiefgekühlte Räume und ihres schwer verhohlenen Horrors der Schwerelosigkeit gegenüber. Die Gründerväter Karnas, die die Gene ihrer Sprösslinge umprogrammiert hatten, hatten sicherlich nicht daran gedacht, dass man die übergroßen Abkömmlinge einmal geringschätzig als Klopse bezeichnen würde. Und das war einer der freundlich gemeinten Scherznamen. Die meisten setzten voraus, dass Karnesen ebenso dumm wie groß seien, langsam, begriffsstutzig, leicht hereinzulegen und sexuell alles andere als überaktiv.

Veruca Salt wunderte sich immer wieder, was diese Menschen dazu bewegen mochte, immer nur in ihren eigenen kleinen Zirkeln zu bleiben. Die Karnesen wurden zwar ebenso verspottet wie die Oniskier, kamen aber nicht im Traum auf die Idee, sich mit ihnen zusammenzutun, im Gegenteil. Der Gedanke daran, dass auf Oniskus eine eindeutige Präferenz in den geschlechtlichen Neigungen eher die Ausnahme darstellte, erfüllte die Leute von Karna mit Wut und Abscheu. Das war wahrscheinlich ebenso kulturell bedingt wie die Unfähigkeit der Karnesen, jemanden mit den riesigen Fäusten zu schlagen. Zu Serafimern hatten Karnesen ebenfalls gespannte Beziehungen; nicht obwohl sie im Grunde genommen miteinander verwandt waren, sondern gerade deswegen. Die Gründerväter Karnas waren überkandidelte Serafimer gewesen, die eine Brut schrecklich schöner, großer und kräftiger Kinder hatten aufziehen wollen. Die Wirren des Oktogon-Krieges hatten sie auf einer überschweren Eiswelt scheitern lassen. Die Karnesen waren die Legion gewordenen Produkte eines schrecklichen Fehlers. Also fühlten sie sich allen anderen überlegen, Serafimern erst recht, von Oniskiern ganz zu schweigen. Und die Serafimer hielten die Karnesen letzten Endes für einen weiteren Fluch der Acht, für eine Hinterlassenschaft jenes unseligen Oktogons, obwohl sie doch genau besehen selbst die Stammväter der Schwerweltmenschen waren.

Und alle miteinander waren sich einig in ihrem Hass auf die Goldene Bruderschaft, der man so ziemlich jede Schandtat zutraute, die Geld einbrachte. Den Nutzen von all diesem Durcheinander hatten letzten Endes die Meister und Direktoren, ausnahmslos Leute von Atibon Legba, die immer wieder die einzelnen Parteien gegeneinander ausspielten. Es war für Jana Hakon ermüdend und frustrierend, diese kleinen Feindschaften und Animositäten zu spüren. Für Veruca Salt war es wichtig, von all diesen Rivalitäten zu wissen und Rücksicht darauf zu nehmen. Sie war ja eigentlich gar nicht hier. Sie wartete nur auf einen Anruf von Bonnie Wayss.

Sie dachte darüber nach, was wohl passierte, wenn ausgerechnet ein Karnese in die Amok-Phase käme. So ein zentnerschweres Muskelpaket konnte sogar ein anderer Schwerweltmensch kaum aufhalten. Nur mit Waffengewalt. Veruca Salt war zu einem E-Tag eingeladen, als sie diese Überlegung anstellte. Kaddok war es gewesen, der sie vorsichtig gefragt hatte, ob sie eine solche Einladung überhaupt annehmen würde.

»Annehmen? Natürlich nehme ich an«, hatte sie gesagt. Kaddok hatte sie erstaunt aus der Höhe seiner zweieinhalb Meter gemustert.

»Die Nachricht kommt in einigen Stunden«, hatte er gesagt.

Erst später, als die Offerte eintraf, ging ihr ein Licht auf. Wahrscheinlich war es unschicklich, sie abzulehnen. Ehe man eine Beleidigung für den Gastgeber riskierte, vergewisserte man sich über dritte Personen, dass man keinen Korb bekam.

Da stand sie nun, auf der E-Tag-Party von Kaddoks Nestgefährten. Sie fühlte sich winzig und verloren zwischen all den ebenso festlich wie luftdurchlässig gekleideten Riesen und Riesinnen. Sie hatte inzwischen herausgefunden, dass die Hälfte der Karnesen auf Die Neue Wohlfahrt Frauen waren. Das wusste kaum jemand, denn sie unterschieden sich in Figur und Stimme nicht wesentlich von den Männern. Und alle hatten ähnliche Kleidung an, luftige Stoffbahnen, in komplizierten Mustern um die Leiber gewickelt und geschlungen. Was man eben anzog, wenn man wegen der Gäste die Temperatur auf schweißtreibende zwölf Grad plus hochgeregelt hatte.

Suchend blickte Veruca Salt um sich. Stämmige Übergrößen, wohin man blickte. Die einzigen Nichtkarnesen, die sie sah, waren Leute aus den Führungsetagen, die sich sichtlich unwohl fühlten. Nicht nur wegen der Kälte in dem Raum. Wahrscheinlich absolvierten sie nur eine Pflichtübung und würden so schnell verschwinden, wie es noch schicklich war. Mit denen wollte sie nichts zu tun haben. Die meisten dieser Typen hatten offenbar ihre eigenen Glücklichmacher mitgebracht oder sich mit Pflastern auf die Armbeugen geklebt. Ein langsamer, stetiger Zustrom von netten Chemikalien, die geeignet waren, die Gegenwart von all den Schwerweltungetümen besser zu ertragen. Dann waren da einige Serafimer, die sich typischerweise mit gebundenen Blüten behängt hatten. Ansonsten trugen sie dieselbe Kleidung wie an jedem Tag. Serafimer hielten festliche Bekleidung für sinnlos. Je nach Anlass einige bunte Blumen, welke Blätter oder geflochtene Zweige kamen ihnen absolut ausreichend vor. Diese Außenseiter unter den Gästen sprachen kaum miteinander, eingeschüchtert von dem enormen Lärmpegel, den das Partygeflüster von dreißig Karnesen hervorbrachte. Außerdem froren die Serafimer sichtlich, manche bibberten. Ihre Blumen sahen mitgenommen aus.

Niemand warf einen Blick auf die geöffneten Blenden, hinter denen sich ein weiter Blick in das Habitat von Die Neue Wohlfahrt auftat. Dieses Bild kannte jeder, und alle erinnerten sich nur ungern daran, wie sie früher einmal, als blutige Anfänger, das Panorama der in sich gekrümmten Landschaft auf der Innenseite der rotierenden Riesenröhre beeindruckend und berauschend gefunden hatten.

Kaddok tauchte auf, in kostbare Stoffe gehüllt wie die anderen Karnesen. Er musterte Veruca Salt eindringlich. Was er sah, gefiel ihm offenbar, denn er nickte ihr zu. Jana Hakon fühlte sich unbehaglich, denn ihr Gewand war schrecklich improvisiert, selbst zusammgestoppelt nach den Erinnerungen K'jonasoidts. Glücklicherweise gab es niemanden im Umkreis von vielen Lichtjahren, der das zeremonielle Priesterinnengewand hätte als solches erkennen können: Nachtschwarz, enganliegend, knöchellang, seitlich tief geschlitzt, oben hochgeschlossen, schmucklos bis auf schmale silberne Linien, die in verwirrenden Schwüngen ihren Körper emporwanderten und am Hals in auswärts gewandte Drahtspitzen mündeten. In den meisten Gegenden von Galdäa hätte man es für äußerst geschmacklos gehalten, in dieser Kleidung auf einer Art von Geburtstagsfeier zu erscheinen. Außer in Lugg. In Lugg hätte man sich kaputtgelacht. Das Konzil der Schwestern dagegen würde unsagbare Dinge tun.

Jana konnte sich nur dazu beglückwünschen, dass sie so geistesgegenwärtig gewesen war, wollgestrickte lange Unterwäsche unter dem sakralen Gewand zu tragen. Sie konnte zwar ihre Körpertemperatur nach Belieben regeln, aber sie wollte nicht über Gebühr auffallen. Und sie spürte die Nachwirkungen dessen, was das Institut mit ihr angestellt hatte. Ja'ana K'jonasoidt Hakon T'Arastoydt wusste genau, wozu sie fähig war, sie konnte sich jedoch noch nicht darauf verlassen. Es kam langsam eines nach dem anderen zurück, sehr langsam.

»Kaddok, darf ich Sie etwas fragen?«

Sie musste nach oben schauen, so nah stand der Karnese neben ihr. Beinah berührte ihr Gesicht den Bauch des Riesen, und ein unbekannter Geruch stieg ihr in die Nase. Ein Geruch, den sie nicht einordnen konnte.

»Bitte«, antwortete Kaddok, »fragen Sie.«

»Wenn ich es richtig verstanden habe, schenken sich Karnesen nichts zum Geburtstag, aber ...«

Kaddok schoss einen langen, durchdringenden Blick zu ihr herunter. Oh, was hatte sie gesagt? Und was für ein Duft war das? Ein spezielles karnesisches Parfüm? Oder war das der Körpergeruch eines karnesischen Mannes, der in einem für ihn glutheißen Zimmer schwitzte?

»Auf Karna wird kein Geburtstag gefeiert wie auf anderen Welten«, knurrte er in einem Tonfall, den er wahrscheinlich für gedämpft hielt. »Wir begehen den E-Tag. Der ist wichtiger. Karnesen feiern nicht ihren Geburtstag, sondern den Tag ihrer Empfängnis, weil das auf Karna so schwierig zu bewerkstelligen ist.« Wahrscheinlich war Janas Gesicht eine Art sprachloses Fragezeichen, denn Kaddok lächelte. »Jede vernunftbegabte Spezies sollte in der Lage sein, eine Geburt sicher zu planen und durchzuführen; wer sie zum Anlass nimmt zu feiern, der hat wirklich nur einen Anlass für irgendeine Party gesucht. Oder er zeigt, dass er sich nicht so weit vom Tierreich entfernt hat, wie er glaubt.«

Jana wollte ihren Ohren kaum trauen. Unter seinesgleichen und in dieser Umgebung sprach der wortkarge Kaddok plötzlich, als wäre er immer eine Plaudertasche gewesen. Und als wäre das nicht Überraschung genug, entdeckte sie Unerwartetes unter der Schicht aus muskelgepolsterter Gelassenheit, die die Karnesen all jenen zeigten, die auf die Klopse hinabschauten: Die Leute von Karna sahen ihrerseits auf den Rest der Menschheit herunter. Nicht so weit vom Tierreich entfernt, wie sie glauben – Kaddok hatte das im Ernst gesagt und wie eine Formel, die er schon oft benutzt hatte. Hinter der Kraft und Herrlichkeit der Karnesen lauerte ein Abgrund, so tief wie die Verzweiflung der Schöpfer.

Jana schauderte es vor dem Gewirr aus Überheblichkeit und Missgunst, das die Leute auf DIE NEUE WOHLFAHRT untereinander aufgebaut hatten. Vielleicht war dies ein zusätzlicher Grund, warum hin und wieder einer den Druck nicht mehr aushielt und seine Sicherungen über Bord warf. Sie warf einen raschen Blick auf die Wartenden ringsum, und dabei ging ihr auf, dass Sympathie bei den Karnesen direkt die körperliche Nähe steuerte. Manche Gruppen von Schwerweltmenschen standen nah beieinander, nur durch einen oder zwei Zentimeter vom Körperkontakt entfernt; genau so, wie Kaddok seine Körpermasse dicht bei Jana platziert hatte. Die Offiziellen, alles Leute von Atibon Legba, hatten reichlich Platz um sich herum. Keiner näherte sich ihnen auf mehr als einen Meter.

»Ich wusste nicht«, sagte Veruca Salt, »dass es auf Karna eine Feier der Empfängnis gibt.«

»Seit den Tagen der Gründerväter«, sagte Kaddok. »Als sie auf Karna gestrandet waren, hatten sie nur eine grausame Wahl. Unter Schutzschirmen dahinzuvegetieren und ihre Kinder und Kindeskinder dem Schutz einer Technik zu überlassen, die bereits den Geist aufgab; oder einen konsequenten Schnitt zu machen und dafür zu sorgen, dass ihre Kinder mit der feindlichen Welt zurechtkommen konnten.«

»Sie entschieden sich für die zweite Möglichkeit, und sie manipulierten an den sowieso schon veränderten Erbanlagen ihrer Nachfahren herum«, sagte Jana. Sie musste ihn unterbrechen. Was Kaddok sagte, klang zu sehr nach einer eingelernten Litanei. Karnesische Geschichte für Anfänger. Kapitel eins, die Legenden der Schöpfung. Vers eins, am Anfang waren die Reagenzgläser.

Kaddok war zu klug, um nicht zu bemerken, dass Veruca Salt ihn absichtlich in seinem Sermon gestört hatte. Er blickte gar nicht amüsiert zu ihr hinunter und zuckte die ausladenden Schultern.

»Niemand von euch macht sich Gedanken darüber, dass dies eine barbarische Entscheidung war. Die Eltern drinnen in den schützenden Kraftfeldern, die die mörderische Schwerkraft Karnas und die klirrenden Fröste fernhielten. Draußen die Kinder, deren Vorfahren in monströsen Exoskeletten zwischen ihnen umherwanderten. Von sich selbst so aufgeheizt, dass man sie kaum anfassen konnte.«

»Eine merkwürdige Erfahrung«, sagte Veruca Salt, »etwa so, wie wenn ein Karnese an mir vorbeigeht, einen Meter größer als ich, tiefgekühlt und dreimal so schwer.«

Kaddok grinste. »Vielleicht.« Er machte eine vielsagende Geste, als würde etwas schwer zu Boden fallen. Sehr schwer. »Da waren nicht nur genetische Veränderungen, wissen Sie. Dinge verhalten sich anders unter großer Schwerkraft. Alle Dinge. Die Gründerväter haben uns stärkere Knochen gegeben, festere Muskeln, schnellere Reaktionen. Das ergab mehr Widerstand gegen den Sog Karnas. Manches davon war Bestandteil des ursprünglichen Programms.«

»Größer, stärker, schöner«, sagte Veruca Salt. »Die gottgleichen Nachkommen, die sich die Serafimer erträumt hatten. Ein wundervoller Planet, bevölkert von lauter Herkulessen und Amazonen.«

Kaddok nickte zögernd. »Derartige Bemerkungen über die Gründerväter sind auf Karna nicht ungefährlich«, sagte er. »Aber es trifft die Sache. Mehr oder weniger. Sie mussten den sorgfältig geplanten Änderungen hastig zusammengeschusterte Modifikationen hinterherschicken. Ungefähr so, als ob man ein Ruderboot nach dem Stapellauf in ein Amphibienfahrzeug umbauen muss. Man macht es, und das Ergebnis ist nicht perfekt. Die Gründerväter gaben uns eine erhöhte Resistenz gegen Strahlung. Sie machten unsere Lungen unempfindlich für die meisten giftigen Gase. Sie setzten ein Gen ein, das in unserem Blut ein natürliches Frostschutzmittel erzeugt. Sie konstruierten ein völlig neues Hormongefüge. Sie verstärkten die Struktur des Bindegewebes. Sie änderten unsere Haut, lagerten Fettzellen ein, verstärkten die Epidermis. Aber sie haben die Grundlagen der menschlichen Physiologie nicht angetastet. Dafür war keine Zeit. Und sie konnten es gar nicht.«

»Oh.« Jana begann zu verstehen. »Die Grundlagen der menschlichen Physiologie also ...«

»Genau«, sagte Kaddok und musterte aufmerksam den Gesichtsausdruck seiner Gesprächspartnerin.

»Oh«, wiederholte er spöttisch.

Jana bedachte, was die Folgen gewesen sein mochten. Nicht nur Speisen, die schwer im Magen lagen, oder gestörte Verdauung. Nicht nur, dass die Leute mächtig in die Breite gingen, weil korpulente Körper die Wärme besser hielten. Die Menschen auf Karna waren mit Problemen konfrontiert worden, die damit nicht zu vergleichen waren. Die herkömmlichen Methoden, ein Kind zu zeugen, mochten unter zweieinhalbfacher Schwerkraft nicht funktionieren.

»Und die Labors der Gründerväter?«, fragte sie.

Kaddok lächelte kalt. Seine Augen musterten die Umgebung voller wartender Karnesen, in festliche Gewänder gehüllt. Die Veranstaltung, die längst hätte in Gang sein sollen, wurde offenbar aufgehalten. Der Schwerweltmensch runzelte die Stirn. Dann starrte er zu der viel kleineren Frau hinunter.

»Sie haben sich mit der Geschichte Karnas nicht eingehend beschäftigt, oder?«, fragte er. »Es war das dritte einschneidende Datum der Geschichte meiner Heimat. Der Tag, an dem die Schutzfelder der Refugien zusammenbrachen und zusammen mit den Labors und Unterkünften der Rest unserer Vorfahren vernichtet wurde. Sie wurden zerdrückt von der Gravitation oder sie erfroren innerhalb von Minuten. Das war das Datum, das uns zwang, auf eigenen Füßen zu stehen. Keine genetischen Tricks mehr, keine Ratschläge aus den überheizten Lebensräumen der Schwachen. Und keine künstliche Befruchtung, keine Kinder aus dem Reagenzglas. Nichts.«

Jana durchforschte die endlosen Datenbanken K'jonasoidts; sie fand wenig über Karna, und über die Geschichte dieses mehr aus Versehen besiedelten Planeten war so gut wie nichts verzeichnet. »Sie haben recht«, sagte sie, »ich bin wirklich wenig informiert über Ihr Volk.«

Kaddok atmete tief ein und hielt die Luft für einige Sekunden in seinem riesigen Brustkasten, ehe er sie langsam hinausließ und weitersprach.

»Auf Karna gibt es drei heilige Tage. Man zelebriert sie jedes Jahr mit großer Andacht. Erstens: Der Tag, an dem die Gründerväter gezwungen waren, auf einem für sie lebensfeindlichen, überschweren und kältestarrenden Planeten zu landen. Zweitens: Der Tag, an dem das erste Kind geboren wurde, das auf diesem Planeten würde leben können. Das Kind, das seine Mutter bei der Geburt tötete. Der einzige Geburtstag, den wir feiern. Drittens: Der Tag, an dem die Relikte der leichtweltigen, schwülwarmen Vergangenheit zusammen mit den Gründervätern zerquetscht wurden.«

Jana spürte, wie es ihr kalt über den Rücken lief; ein Volk, dessen Geschichte aus kolportierten und tiefgefrosteten Katastrophen bestand. Sie mochte gar nicht daran denken, in welchem Alter sich karnesische Kinder befanden, wenn man ihnen all diese Grausamkeiten mitteilte. Warum nur enthielt ihr so unermesslich großer Wissensspeicher so gut wie nichts über Karna? Wie kamen Menschen auf die Idee, eine Geburt zum Feiertag zu erklären, die mit dem Tod der Mutter geendet hatte? Wie beging man den Tag, an dem sich die Ausrottung der eigenen Vorfahren jährte? Und warum war immer nur von den Gründervätern die Rede? Wo blieben die Gründermütter?

»Und die herkömmlichen Verfahren der Fortpflanzung«, sagte sie leise, »wurden von der Schwerkraft nahezu unmöglich gemacht.«

Sie wollte jetzt nicht darüber nachdenken, was genau unmöglich gemacht worden war, was in den Körpern vor sich gegangen sein mochte. Kaddok erwiderte nichts. Veruca Salt spürte, dass der Karnese gar nicht wahrnahm, was sich um ihn herum abspielte. Er wartete darauf, welche Schlussfolgerungen sie aus den wenigen Brocken Information ziehen würde, die er ihr hingeworfen hatte. Er bemerkte nicht, wie die in kostbare Tücher gekleideten Karnesen im Zimmer unruhig wurden und einander zweifelnde Blicke zuwarfen. Irgendwas war nicht in Ordnung, und alle hier spürten es. Nur Kaddok nicht.

Kaddok tat ganz unbeteiligt, während er in Wirklichkeit gespannt darauf lauerte, was Veruca Salt zu entgegnen hätte. Sie ahnte, dass der Karnese von mehr als nur Neugier angetrieben wurde. Also gut, die Probleme der Karnesen, den ebenso jungfräulichen wie feindlichen Planeten zu erobern, ihn zu bevölkern, sich zu vermehren. Sie dachte nach.

»Es war nicht nur ein Problem der Physis«, sagte sie, »denn im grundlegenden Bauplan sind die Körper der Karnesen mit denen der

Menschen vollkommen identisch. Und seit die Humankonvention sich mit den Karnesen beschäftigt hat, steht außer Frage, dass die Bewohner Karnas in jeder Hinsicht, vor allem in biologischer, zur Art Homo sapiens gehören. Das kann es also nicht sein. Die genetische Anpassung der Karnesen ist nicht die Ursache des Problems.«

Veruca Salt hielt inne und musterte Kaddoks Gesicht. Es war unbewegt. Er hörte zu und ließ keine Gemütsregung an die Oberfläche dringen. Karnesen standen im Ruf, ein aufbrausendes und wenig beherrschtes Temperament zu haben. Veruca Salt war sich allerdings nicht im Klaren darüber, inwieweit diese allgemein anerkannten Vorurteile über die Schwerweltmenschen auf Kaddok anwendbar waren. Der Mann kam ihr wenig typisch vor, verglichen mit den mageren Informationen, die ihr über die Karnesen zur Verfügung standen.

»Kinder zu bekommen«, sagte Veruca Salt, »setzt neben allerlei psychischen Bedingungen voraus, dass Sperma und Eizelle zueinander kommen. Gesetzt den Fall, dass alle anderen Dinge normal funktionieren, würde eine übergroße Schwerkraft den normalen Weg der Samenfäden behindern. Man müsste Maßnahmen ergreifen. Passende Lagerung nach dem Beischlaf, zum Beispiel. Und die Einnistung der befruchteten Eizelle in der Gebärmutter ist dann von denselben Schwierigkeiten begleitet.«

Langsam begriff sie. Eine jede Frau würde das verstehen. Bei Männern war das nicht unbedingt zu erwarten. Wenn das Kinderkriegen mit einer derartigen Kette von Umständlichkeiten befrachtet wurde, kam sich die Frau unweigerlich vor wie eine Brutmaschine. Oje. Ob eine Schwangere auf Karna überhaupt je aufstehen durfte, ehe das Kind heil und gesund auf die Welt gekommen war? Und wie viele Schwangerschaften mochte die schiere Gravitation vorzeitig beenden?

Unter solchen Umständen mochte der E-Tag eine logische Schlussfolgerung sein. Alles danach konnte man beherrschen. Man konnte die Schwangere ruhen lassen, bis der Tag der Geburt gekommen war. Man konnte alles tun, um die so kostbare Frucht in Ruhe reifen zu lassen. Aber den Punkt der Empfängnis selbst konnte man so nicht beherrschen, nicht ohne die Labors und die ausgeklügelten medizinischen Apparaturen, die von der Gravitation zerquetscht worden waren. Dieser Vorgang blieb ohne Hilfsmittel geheimnisvoll und schicksalbehaftet. Langsam begann Veruca Salt zu verstehen, warum die Karnesen einen E-Tag feierten.

Letzten Endes, dachte sie, waren es nur zwei winzige Tropfen Schleim, die irgendwie zueinander kommen mussten, um das Leben eines neuen Menschen hervorzubringen. Wenn diese beiden Tröpfchen von übergroßer Schwerkraft flachgepresst wurden und von ihr dort festgenagelt waren, wo sie sich befanden – dann mochte es tatsächlich ein Ereignis sein, dass zwei nasse Winzigkeiten sich im warmen feuchten Innern eines Körpers begegneten. Mal ganz abgesehen davon, dass in klirrender Kälte manches anders ablaufen mochte, als es Menschen gewohnt waren.

Kaddoks Muskeln spannten sich, und es war nicht Erwartung, was ihn aufregte, das konnte Jana spüren. Sie riss sich von ihren Gedanken los, und sie erkannte, dass Kaddok nur deswegen noch neben ihr war, weil er keinen anderen Platz hatte. Die Karnesen standen so dicht, dass man nichts mehr sehen konnte, ein Wald aus muskelstrotzenden Leibern, ein Alptraum aus gewölbten Schultern und breiten Rücken.

Das Geplauder klang nicht mehr entspannt. Man blickte zur Tür und machte keinerlei Anstalten zu beginnen. Jana wollte sich ablenken von den Gedanken an zerquetschte Liebespaare, absinkende Körperflüssigkeiten und Eis auf nackter Haut; sie musterte neugierig die Tafel. Dort waren Dinge zum Trinken und Essen aufgebaut, die entschieden sonderbar aussahen. Erschauernd erinnerte sich Jana an einige Informationen K'jonasoidts, karnesische Spezialitäten betreffend. Getränke, die aus purem Alkohol und einigen Prozent scharfer Gewürze bestanden. Exkremente gewisser Kopffüßer, die man zu Konfekt verarbeitete. Absinth aus den Körperflüssigkeiten karnesischer Gliedertiere.

Sie wurde nicht dazu gezwungen, von den verdächtig aussehenden Spezialitäten zu probieren. Ihr Armband begann zu jucken und zu vibrieren. Verdammt. Ja'ana K'jonasoidt Hakon T'Arastoydt war schlagartig hellwach. Das Signal konnte nur zweierlei bedeuten. Entweder war jemand in ihr winziges Quartier eingedrungen, oder es lag eine Nachricht in ihrer elektronischen Postbox – einer Postbox, deren Adresse nur Bonnie Wayss kannte. Und es gab kaum eine Möglichkeit, diese offenbar verzögerte Feierlichkeit zu verlassen, ohne den Gastgeber oder gar Kaddok zu brüskieren. Was für ein Dilemma, dachte Ja'ana K'jonasoidt Hakon T'Arastoydt. Für einen kurzen Augenblick spürte sie, was für Nichtgaldäer Panik gewesen wäre; für sie nur ein wenig Aufregung. Untypisch genug, um zu alarmieren.

Alarmiert waren aus unerfindlichen Gründen jetzt auch all die anderen im Raum, und die riesigen Leiber der Karnesen ringsum setzten sich in Bewegung. Jemand zeigte auf die Blenden, die einen weiten Blick in das Habitat von DIE NEUE WOHLFAHRT boten und meistens geschlossen waren, weil jeder des Anblicks überdrüssig war, den der große Zylinder bot. Jetzt starrten alle in das Habitat, als hätten sie es nie gesehen. Vielleicht, dachte Jana Hakon, wäre das eine Gelegenheit, die Postbox abzurufen und sich zu vergewissern, ob es sich um einen Alarm handelte.

Sie blickte hinaus – und sah eines der Raumfahrzeuge der Station durch das Habitat schweben.

Das war unglaublich.

Diese Dinger hatten hier drin nichts verloren. Habitate wie DIE NEUE WOHLFAHRT waren zerbrechlich – Raumfahrzeuge in ihrem Inneren waren so gefährlich wie eine Nadel in einem Luftballon. Janas Blick wurde, wie der aller anderen, auf das Fahrzeug gelenkt, das es an diesem Ort gar nicht geben durfte. Der Apparat schwankte. Er sah aus wie eine Blume, deren Form ein auf Witzigkeit bedachter Gott entworfen hatte, schräg und verrückt. Er flatterte durch die Luft, ein trunkener Schmetterling. Ein unbewusster Reflex schaltete Janas Augen auf volle Empfindlichkeit, und die Details des Eindringlings wanderten mit der höchstmöglichen Genauigkeit in die Datenbänke K'jonasoidts. Die Triebwerke erzeugten einen schmierigen Halo um das Raumfahrzeug. Blass leuchteten die Flammen aus den Düsentrichtern. Um das Raumschiff herum flirrten und flimmerten die Schutzfelder wie glitzernde Hüllen. Sämtliche Werkzeuge waren in Bereitschaft, streckten breite Emitter und rüsselförmige Vorrichtungen aus der Hülle. Die Sichtscheiben des Piloten waren undurchsichtig und spiegelten verrückte Abbilder des Habitats wider; jemand hatte sich gewappnet wie für einen Waffengang.

Jana Hakon wünschte sich, sie wäre wieder im Vollbesitz ihrer Kräfte, könnte diesen Irren dazu zwingen, seine Hände von den Kontrollen zu nehmen. Aber sie war machtlos. Die spiegelnden Scheiben hinderten sie daran, dem unbekannten Piloten in die Augen zu sehen. Sie legte für eine Sekunde die Hand übers Gesicht, gab ihren Sinnen die Gelegenheit, zum normalen gedrosselten Sehen zurückzukehren. Mit nicht mehr so arg schmerzenden Augen starrte sie dann wieder zu dem Raumfahrzeug hinüber.

Der Unbekannte hatte das Gefährt nicht unter seiner Gewalt. Kein Wunder; alle Sicherheitseinrichtungen mussten dagegen rebellieren, so nahe an so großen Massen zu operieren, ganz zu schweigen von den ebenso unausweichlichen Versuchen der Zentrale von DIE NEUE WOHLFAHRT, den Eindringling zu übernehmen und unschädlich zu machen. Und was auch immer für ein Verrückter an den Kontrollen war, er musste völlig von der Rolle sein. Niemand, der alle Tassen im Schrank hatte, würde ins Innere eines Habitats fliegen. Unter allen Verboten der Raumfahrt war dies eines der wichtigsten. So wichtig, dass es sich von selbst verstand. Es war wie der Versuch, mit einem Überschallflugzeug Pirouetten in einem Konzertsaal zu drehen. Der Teufel mochte wissen, welche Droge im Hirn dieses Piloten glühte.

Jana spürte, wie sich eine pfannengroße Hand auf ihre Schulter legte und sie sanft und kraftvoll zurückzog. Sie blickte sich um und nach oben. Kaddok, natürlich, und sein Gesicht war von mühsam beherrschter Sorge gezeichnet.

»Folgen Sie mir«, sagte Kaddok. Seine Stimme war bis zum Flüstern gedämpft, eine für einen Karnesen eher untypische Sprechweise. Jana dachte an die normalerweise überlaute und donnernde Stimme Kaddoks, und sie schaute in sein Gesicht, das von Sorge und Angst gezeichnet war. Widerstandslos ließ sie sich mitziehen. Kaddok verließ den von karnesischer Unruhe bis zum Bersten gefüllten Raum und zerrte seine Begleiterin durch den langen Gang hinüber zu den Aufzügen, die die zahllosen Ebenen von DIE NEUE WOHLFAHRT miteinander verbanden. In den Augen des Riesen stand Panik. Er zerrte Jana Hakon unsanft in die Liftkabine und hieb rasend schnell eine Zahlenkombination in die Tastatur. Keine verbalen Befehle, dachte Jana, keine Stimmaufzeichnungen. Was geht hier vor?

Der Karnese hockte sich in der Ecke hin und stützte die Fäuste auf die Knie. Eine ehrfurchtgebietende Menge Knochen und Muskeln. Die Kabine stürzte mit einem magenumstülpenden Tempo in die Tiefe. Kaddok musterte Jana mit einem langen, wissenden Blick. Der Lift fiel in eine kurze Phase der Schwerelosigkeit, wurde mit üblen Drehungen in eine andere Richtung gebracht und setzte seine atemlose Hatz fort.

»Jeder gewöhnliche Mensch«, sagte Kaddok, »würde bei diesem Tempo und diesen Kurven furchtbar kotzen. Abgesehen von Karnesen, die in Bezug auf Schwerkraft sowieso anders reagieren. Und abgesehen von Wesen, die ihr Innenleben auf ganz andere Weise im Griff haben als gewöhnliche Leute.«

Jana sah dem Karnesen in die Augen, und Veruca Salt wurde sich darüber klar, dass Kaddok sie als das erkannt hatte, was sie war. Plötzlich war sie Ja'ana K'jonasoidt Hakon T'Arastoydt; Jana Hakon und Veruca Salt waren Erinnerungen. Abgestreifte Hüllen, die bei Bedarf benutzt werden konnten. In dieser Sekunde begriff Ja'ana K'jonasoidt Hakon T'Arastoydt, dass Kaddok vieles über Galdäa wissen musste, um sie so leicht zu erkennen. Auf jeden Fall mehr, als sie je vermutet hätte. Viel mehr, als irgend jemand auf dieser päpsteverlassenen Werft hätte wissen dürfen. In den weitverzweigten Wissensspeichern begann K'jonasoidt nach Erklärungen für dieses Phänomen zu suchen. Derweil berechnete T'Arastoydt die Körpermasse und Kraft des Karnesen – mit dem niederschmetternden Ergebnis, dass es selbst unter Aufbietung aller Reserven kaum möglich sein würde, Kaddok physisch auszuschalten. Eine direkte Einflussnahme auf seine Augen, seine Gedanken und seinen Willen kam nicht in Frage, so weit war sie noch nicht. Sie dachte an Hataka, und an den Tag, an dem sie es versucht und erkannt hatte, dass sie womöglich mehr Schaden als Nutzen anrichtete ...

T'Arastoydt wandte sich von dieser Option ab und entwarf eine Fluchtsequenz, die sie mit höchster Geschwindigkeit zu einem Terminal und zu einem abfliegenden Raumschiff bringen würde. Sie zweifelte nicht daran, dass die Postbox eine einsame Zahl enthalten würde. Nichts weiter. Nur eine Zahl. Nur achtundzwanzig. Bonnie sagte, es wäre nicht so einfach wie zwei und zwei zusammenzuzählen; irgendwann jedoch fänden sie sicherlich heraus, wo man ist; etwa wie die Quadratwurzel aus siebenhundertvierundachtzig; dann kommt mein, Bonnies, Anruf. Ja'ana K'jonasoidt Hakon T'Arastoydt spürte in den Knochen, dass genau dieser Anruf gekommen war.

»Keine Angst«, sagte Kaddok, »wir werden versuchen, dir zu helfen. Karna und Galdäa haben inzwischen mehr miteinander gemein, als nur abgehakte Punkte auf der Liste Atibon Legbas zu sein.«

Während Ja'ana K'jonasoidt Hakon T'Arastoydt versuchte, einen Sinn in diese rätselhafte Bemerkung zu bringen, flogen die dicken

Finger des Karnesen über die Tatstatur des kleinen Terminals, das in die Liftkabine eingebaut war. Die Fäuste bedeckten sämtliche Tasten, und dennoch bediente Kaddok die Maschine mit traumhafter Leichtigkeit.

Ein Stoß erschütterte die Kabine, Motoren winselten bei dem Versuch, Störungen auszugleichen. Ein knochenerschütterndes Rattern schüttelte die Wände, als wären sie aus Papier, ehe die dahinsausende Maschine mit einem heftigen Ruck wieder in ihre vorgeschriebenen Bahnen einrastete. Kaddok hatte alle Stöße abgefedert, die langen Beine gegen die Wand gestemmt, eine Hand am Terminal, die andere an der Wand. Ganz so, als wäre er solche Höllenfahrten gewohnt. Jetzt wies er auf die Bildwand, die aufgeleuchtet war. Wo seine Faust an der Wand gewesen war, prangte eine Delle.

Die Projektion zeigte das Innere des Habitats und das Raumfahrzeug darin. Die grellen Farben dieser Szene hätten allein die kleine Kabine ausleuchten können. Das Fahrzeug im Innern von DIE NEUE WOHLFAHRT schwankte nicht mehr umher wie betrunken. Die Blume, schräg und verrückt, feuerte aus den Werkzeugen wirre Fächer von Energie ab. Was dazu gedacht war, große Massen im luftleeren Raum zu bewegen und Tonnen von Stahl zu schmelzen, bohrte sich in die ungeschützte Oberfläche einer zerbrechlichen Kunstwelt. Energieentladungen rissen die Oberfläche des Habitats mehrere Decks tief auf; die metallenen Konstruktionen klafften auseinander wie Reispapier. Der Maschine gewordene Todesbote flatterte durch die Luft, ein trunkener Schmetterling. Offensichtlich versuchte jemand in der sicheren Zentrale von DIE NEUE WOHLFAHRT, das Schlimmste zu verhindern, obwohl es längst passiert war: Irgendwelche Aggregate, die niemals dazu gedacht gewesen waren, ins Innere des Habitats zu greifen, versuchten, den zerstörerischen Paradiesvogel mit ihren Kraftfeldern zu packen. Die fernen Ausläufer von Schockwellen, die durch den Baukörper der Werft liefen, machten die Liftkabine beben, während sie durch die Schächte und Tunnel dahinschoss.

Ja'ana K'jonasoidt Hakon T'Arastoydt starrte genauso fassungslos auf die Bildwand wie Kaddok. Die aufeinanderprallenden Energien zerstörten natürlich genau das, was sie eigentlich schützen sollten. Die Luft im Habitat verwandelte sich innerhalb weniger Augenblicke in heißes Gas und expandierendes Plasma. Was die ersten Entladungen nicht vernichtet hatten, verdampften die mehrere tausend Grad heißen Glutwellen. Flammenwände fraßen sich brüllend in die Innereien der künstlichen Welt. Die optische Übertragung wurde sinnlos, und der Apparat schaltete mitleidlos auf ein aus Sensorendaten errechnetes Bild um. Die Vernichtung, die da ablief wie in einer Rechnersimulation, war wirklich. Kaddok spürte es am Vibrieren der dahinsausenden Kabine, die sich immer weiter vom Ort des Geschehens entfernte. Natürlich hatte der mörderische Kolibri keine Chance gegen die überlegenen Apparaturen von Die Neue Wohlfahrt. Es hatte nur einige wenige Sekunden gedauert, die eingebauten Sicherheitsschaltungen zu umgehen. Die wirklich mächtigen Maschinen sollten vom Habitat selbst ja ferngehalten werden. Einige Sekunden Vorbereitung zuviel. Als Kraftfelder den feuerspeienden Paradiesvogel zerquetschten, bestand das Innere des Habitates aus glühenden Trümmern und sich selbst nährenden Feuerherden.

»Amok«, sagte Ja'ana, und sie spürte, dass Kaddok nickte. Das Chaos in der brutheißen Hölle, die früher das Habitat von Die Neue Wohlfahrt gewesen war, füllte den verfügbaren Raum bis in die letzte Lücke aus. Wiesen, Wälder, Straßen, Teiche, der lange Strand mit seinen albernen weißen Bojen, wo man schwimmen konnte, alles verdampft, verglüht.

»Einer von meinen eigenen Leuten«, sagte Kaddok, »einer von meinen eigenen Leuten.«

Sein Gesicht zeigte keine Regung. Der Karnese starrte auf das Terminal; auf der Bildwand waberte die hochgerechnete Zerstörung. Kaddok arbeitete an etwas anderem. Ein kleines Signal ertönte, ein sanfter unschuldiger Gong; Veruca Salt erkannte das Geräusch sofort wieder. Es war völlig deplatziert nach dem Hexenkessel im Habitat. In der dahingleitenden Liftkapsel, die im Rumpf einer womöglich sterbenden Raumstadt steckte, zu Zeiten von Chaos und Verwüstung, wirkte der Gong geradezu grotesk. Er stammte aus einem Musikstück, ein reines Klingen. Wie dazu geschaffen, zur Meditation aufzurufen. Welcher Teufel sie geritten hatte, ausgerechnet diesen Ton als Signal ihrer Postbox auszusuchen, wusste Veruca Salt nicht. Ja'ana K'jonasoidt Hakon T'Arastoydt hätte es leicht herausfinden können. Irgendwelche Gründe gab es schließlich immer.

Die Fortbewegung der Liftkabine wurde von außen gebremst und behindert, irgendwelche Dinge raspelten dumpf an der Hülle entlang.

»Ich weiß nicht«, sagte Kaddok, »was es bedeuten soll. Es ist vermutlich wichtig.«

Die Postbox spulte ein primitives Grafikprogramm ab, eines von der Sorte, das man benutzte, um das jüngste Porträt des Enkelsohnes zu verschicken, und zwar so, dass die Datei möglichst klein blieb. Zwar dauerte es eine Weile, bis sich das Bild auseinandergefaltet hatte, doch das störte niemanden. Bonnie Wayss war eine vorsichtige Frau. In einer solchen Datei würde niemand verdächtige Nachrichten zu entdecken versuchen, und ganz bestimmt nicht, wenn das sich entwickelnde Bild eine simple Zahl zeigte. Eine schlanke, ruhige, bedrohliche Achtundzwanzig. Die Quadratwurzel aus siebenhundertvierundachtzig. Jana Hakon ertappte sich dabei, wie sie in Gedanken nachrechnete. Alles war besser, als an das zu denken, was eben passiert war. Das zerbrechliche Behältnis, in dem sie beide steckten, ging in eine scharfe Kurve und gelangte rumpelnd und vibrierend auf eine neue Bahn. Der Karnese und die Galdani ignorierten die Bewegungen in einer Art von stillschweigendem Einverständnis. Sie schauten auf die Zahl, die ruhig und erschütterungsfrei leuchtete.

»Ich habe nicht die geringste Idee, was das zu besagen hat«, sagte Kaddok, »aber es scheint brisant zu sein.«

Er war nicht der Typ, der Offensichtliches ohne Not wiederholen würde. Veruca Salt – oder Jana Hakon, sie war nicht sicher – warf dem Karnesen einen fragenden Blick zu.

Kaddok war kalkweiß im Gesicht. Unter seiner bleichen Haut, am Hals und an den Schläfen, erkannte sie blaue Adern, die deutlich geschwollen waren. Seine kurzgeschorenen Haare waren feucht, und seine Festgewänder klebten schweißnass an seinem Leib. Der Mann stand unter einem unglaublichen Stress. Genau wie sie selbst. Ja'ana K'jonasoidt Hakon T'Arastoydt zuckte innerlich zusammen und überprüfte sich selbst, so rasch es ging. Da war ein viel zu hoher Blutdruck, da war über alle Maßen reichlich Adrenalin im Blut. Die Atmung ging zu tief, das Herz schlug zu rasch, der Kreislauf war auf Alarm geschaltet. Die Muskeln zeigten deutliche Verspannungen, statt die Stöße und überraschenden Wendungen, die die Liftkabine erschütterten, geschmeidig abzufedern. Ja'ana rief sich zur Ordnung. Sie war schließlich kein Cromagnon, der glaubte, einem Säbelzahntiger begegnet zu sein. Sie war eine Galdani.

Sie regelte ihren Metabolismus herunter, drosselte die Blutzirkulation, ließ die Leber verstärkt Botenstoffe abbauen, korrigierte die Lungenfunktion, richtete die Spannungsverhältnisse ihres Bewegungsapparates. Sie beruhigte sich im direktesten Sinn des Wortes, gewann die Kontrolle über ihren Körper zurück. Damit kehrte die gewohnte Schärfe ihres Geistes zurück: Das Grauen im Habitat wanderte als gespeicherte Erinnerung in die Datenbänke K'jonasoidts. Sie konnte sich jederzeit an jedes Detail dieser Minuten erinnern, sogar an jene, die sie in ihrem Zustand nicht bemerkt hatte. Die Frage war, ob sie das jemals wollen würde.

»Du hast recht«, sagte sie zu Kaddok. »Es ist wichtig. Es bedeutet, dass ich nicht länger in Die Neue Wohlfahrt bleiben kann. Ich muss weg. Sofort.«

Der Karnese machte keinen aufmerksamen Eindruck. Eher einen abwesenden. Seine geweiteten Augen fixierten die schlichte Zahl. Wahrscheinlich sah er etwas ganz anderes. Leute, die er gekannt hatte und die von der Hölle dort hinten vermutlich getötet worden waren. Freunde, die er niemals wiedersehen würde. Liebgewonnene Plätze, die ein Inferno in Rauch und Asche verwandelt hatte. Ob die Sichtscheibe jenes Raumes standgehalten hatte? dachte Jana. Wie stand es um all die Karnesen, die einen E-Tag hatten feiern wollen? Hatte ein Tornado glühender Gase die Wand zerfetzt?

Sie spürte die Vorsichtsmaßnahmen von Ja'ana K'jonasoidt Hakon T'Arastoydt um sich herum wie einen lebendigen Schutzpanzer in die Höhe wachsen, und die Wahrscheinlichkeiten taten ihr auf diese Weise nicht weh. Jana Hakon hätte hemmungslos zu weinen begonnen bei der Erkenntnis, dass all die Karnesen in dem Zimmer höchstwahrscheinlich gestorben waren, kurz nachdem Veruca Salt und Kaddok mit dem Aufzug flüchten konnten. Die Schockwellen des explodierenden Amokfliegers mussten in den Raum geplatzt sein wie die Faustschläge eines Titanen. Sie machte sich das ganz ruhig klar; Veruca Salt hätte sich in einer Ecke zusammengekauert und geschluchzt.

Genau das konnte jeden Moment mit Kaddok geschehen. Der Karnese verfügte über etliche Kilo gewaltiger Muskeln und einen verstärkten Knochenbau, war jedoch lächerlich schwach und verletzbar, wenn etwas die Konstruktionen seiner Gefühle angriff. Die Liftkabine kämpfte sich mit winselnden Servomotoren durch neue rumpelnde, ratternde Schwierigkeiten. Ja'ana K'jonasoidt Hakon T'Arastoydt hatte sich entschlossen, diese Krise ohne Gefühle zu überstehen, und die zuckenden Schultern des Riesen erregten in ihr kein Mitleid, nur gelangweilte Ungeduld.

»Welches ist das nächste erreichbare Schiff, das DIE NEUE WOHLFAHRT verlässt?«, fragte sie und legte jenen herrischen Ton in ihre Stimme, der erfahrungsgemäß sogar unter Schock stehende Menschen dazu bringen konnte, wenigstens ihre gewohnten Aufgaben mit hinreichender Qualität zu erledigen. Es funktionierte. Kaddok hämmerte Befehle in die Tasten.

»Da ist ein Schiff namens SEBAFELL«, sagte der Karnese mit belegter Stimme, »und es legt in zirka zehn Minuten ab. Es wollte heute sowieso weg. Keine Panikreaktion wie auf anderen Fahrzeugen.«

Kaddok legte den Kopf schräg, als wolle er dem nicht ganz glauben, was ihm da mitgeteilt wurde. Er zwinkerte, um die Schweißtropfen, die sein Gesicht herabrannen, aus den Augen zu bekommen.

»Einige Schiffe haben in den letzten Minuten Notstarts durchgeführt, einfach ihre Arretierungen zerrissen. Die meisten sind beim Versuch beschädigt worden. Der Pilot irgendeines unglückseligen Transporters hat versucht, die Andockklammern zu sprengen. Sein eigenes Schiff ist von den Detonationen zerstört worden. Die Trümmer des Transporters machen jetzt den Abflug aller Raumfahrzeuge schwierig.«

Lauter Ratten, die ein sinkendes Schiff verlassen, meinte Jana Hakon; Verräter, Schufte, Schweinehunde, kreischte Veruca Salt; und Ja'ana K'jonasoidt Hakon T'Arastoydt korrigierte kühl, dass nur fortgehe, wer kann, und dass jeder gut daran tue, und schließlich machen wir nichts anderes.

Wir?, dachte sie alarmiert. Wieso »wir«?

»Ich muss auf die SEBAFELL«, sagte sie laut. Kaddok nickte. Im Grunde genommen, erkannte Jana, war es ihm herzlich egal. Er wollte in diesem Augenblick nur eine Beschäftigung. Irgendeine. Alles war besser, als nachzudenken. Auf den Tasten herumzuhämmern und eine tüchtige Werftfrau namens Veruca Salt auf dem abreisenden Raumschiff anzumelden, war eine Beschäftigung. Es hielt ihn wieder für ein paar Sekunden davon ab, über den Amokflug nachzudenken. Es war besser, als sich an jenen Raum zu erinnern, gekühlt und angenehm, und an eine Wand aus Feuer, die ungeschützte Körper zermalmte. Alles war besser, als daran zu denken.

»Sie haben Platz für dich«, sagte Kaddok, »und sie bieten einen Job an, Zahlung für die Passage irgendwohin einbegriffen. Außerdem ist da eine Option für eine längere Verpflichtung.«

»Akzeptiert«, sagte Veruca Salt, »die Option unter Vorbehalt.«

»Willst du nicht wissen, was die von dir wollen?«, fragte der Karnese und sah aus tiefliegenden kranken Augen zu ihr auf.

»Nein«, sagte sie.

Kein Protest, keine Widerrede, Kaddok nahm ihre Entscheidung hin. Er gab alle Informationen an die SEBAFELL durch, und danach fand er für die Aufzugkabine einen Weg zur Andockstation des Raumschiffs. Das war glücklicherweise kompliziert und zeitraubend. Die selbsttätigen Einrichtungen, die normalerweise diese Dinge bewerkstelligten, arbeiteten nur unzuverlässig. Kaddok musste sich richtig anstrengen; umso besser, dachte Jana, da hat er weniger Zeit, sich um seine Karnesen Sorgen zu machen. Dabei gibt es da hinten wahrscheinlich keine Karnesen mehr, um die man sich Sorgen machen könnte, dachte Ja'ana K'jonasoidt Hakon T'Arastoydt grimmig.

»Tut mir leid«, sagte Kaddok, »das Transportsystem von DIE NEUE WOHLFAHRT scheint seinen Geist aufzugeben. Man sollte annehmen, die Reparaturen haben begonnen und die Störungen werden weniger.« Er starrte auf seine Anzeige. »Stattdessen wird es immer schlimmer. Wir kommen durch. Sicher. Nur das hier ...«

Und er stürzte sich wieder in verzwickt aussehende Befehle. Seine Augen waren weit aufgerissen, seine Finger schnell. Jemand unter Ycorgan, dem die Zeit und der Rhythmus des Lebens abhanden gekommen waren, konnte kaum verrückter aussehen. Die Kabine wurde kraftvoll herumgedreht und zu ruhiger Bewegung gezwungen, in einigen engen Kurven, ehe ein langer Bremsvorgang einsetzte. Kaddok verhandelte auf elektronischem Wege mit mehreren Rechnern, die von irgendwoher mit der Liftkabine kommunizierten. Alle bekamen Antworten von Kaddok. Veruca Salt sah ihm ungerührt zu, bis der große Mann sich zurücklehnte und die Anzeige verlöschen ließ.

»Das wär's«, sagte er. »In einigen Minuten kannst du auf die SEBAFELL umsteigen. Wie viel genau, weiß keiner. Eine, fünf, acht. Keinesfalls länger als zehn.«

Die Liftkabine wurde mit einem langen, rostigen Knirschen irgendwo eingeparkt und kam zur Ruhe. Die Stille kroch wie ein tückischer Feind aus den Ecken. Im Magen rumorte es, als die Kabine lautlos zu fallen begann; die Schwerkraft geriet außer Kontrolle. Man spürte Drehbewegungen, die es nicht gab.

Ja'ana K'jonasoidt Hakon T'Arastoydt beschloss, sich auf ihre Rolle an Bord der Sebafell zu konzentrieren und ließ Veruca Salt allein zurück. Die starrte den Karnesen an und flehte in Gedanken, der Mann möge den Mund halten. Sie wollte keine Erinnerungen an die Leute hören, die ums Leben gekommen waren. Und viel weniger konnte sie eine Diskussion darüber ertragen, ob und welche Chancen die Leute gehabt hatten, den Amokflug zu überleben. Sie wollte wissen, wo sie jetzt war, und sie wollte so schnell, wie es nur ging, auf die Sebafell kommen und weg von Die Neue Wohlfahrt.

»Es gab eine einzige normale Geburt auf Karna«, sagte Kaddok plötzlich, völlig zusammenhanglos. »Normal nach den Maßstäben der Normalmenschen, versteht sich. Und bei dieser Geburt starb die Mutter. Sie starb sehr qualvoll. Ihr Kind war der erste echte Karnese.«

Veruca Salt begriff, dass Kaddok ein Gespräch fortsetzte, das unterbrochen worden war, als der Amoklauf begann. Ein Gespräch über die seltsame Art der Karnesen, zur Welt zu kommen.

»Wir sind zu groß«, sprach der riesige Mann weiter, »bereits in unseren Müttern sind wir viel zu groß. Wir dürfen uns nicht so auf die Welt kommen lassen, wie es richtige Menschen tun. Wir sind bereits als Säugling gefährlich. Zu großer Kopfumfang, zu breite Schultern, zu viele Muskeln. Keine Frau kann das überleben. Kein lebender Karnese ist geboren. Wir alle sind herausgeschnitten.«

Kaddok hielt inne und starrte Veruca Salt an, als taxiere er ihre Fähigkeiten als Gebärmaschine. Seine Augen waren kalt. Pupillen aus Metall, dachte Jana alarmiert. In ihren Innereien breitete sich Übelkeit aus. Langsam sprach der Karnese weiter.

»Und wo Föten zu groß sind, die Gene durcheinander, da gibt es Unfälle. Unsere Urmütter sind hastig zu Werke gegangen. Jeden Augenblick konnte ihnen die Welt auf den Kopf fallen. Wenige Meter entfernt sahen sie, wie alles zusammenbrach, was zu schwach für Karnas frostige Hölle war. Da haben sie es hier und da ein bisschen übertrieben.«

Veruca Salt wollte das nicht hören, nicht an diesem Tag, nicht nach dem, was sie eben erlebt hatte und während wechselnde Schwerkraft ihr den Magen umzudrehen drohte. Sie hörte zu. Kaddok musste in diesem Moment reden. Worüber, war nicht wichtig. Er brauchte jemand, der zuhören konnte. Jana tat es.

»Viele Kinder auf Karna kommen zu krank auf die Welt, um zu überleben. Die eilig zurechtgepfuschten Gene haben die Tendenz, sich ungünstig zusammenzufinden. Kurz gesagt, bei uns bekommen die Leute allein deshalb dauernd Zwillinge oder Drillinge, weil es sich nicht lohnt, der kleinen Chance auf gesunden Nachwuchs wegen eine Schwangerschaft mit nur einem Baby anzufangen. Von drei Neugeborenen ist nur eines in Ordnung, statistisch gesehen. Es ist immer einer von drei Karnesen, den Sie herumlaufen sehen. Und mit den beiden anderen, den nicht vollkommenen, gehen die Karnesen wenig zart um.«

Nur am Rande und viel zu spät registrierte Veruca Salt die Tatsache, dass der Karnese wieder zum Sie übergegangen war, dass er die alte Distanz suchte. Sie wollte nicht fragen, was auf Karna mit den misslungenen Neugeborenen passierte. Sie wusste, dass niemand jemals einen körperlich deformierten Karnesen gesehen hatte, und allein das reichte als Antwort eigentlich aus.

Die Liftkabine vibrierte und sackte ein Stück nach unten. Veruca Salt befürchtete, die Werft wäre zu schwer mitgenommen, um sich selbst wie geplant zu reparieren. Selbstregenerierende Systeme hatten ihre Grenzen. Bei dem Gedanken, dass sie nicht die geringste Ahnung hatte, was tatsächlich vorging, flackerte Panik in den Gedanken von Veruca Salt. Ihr Blick haftete auf dem Mann, der an ihr vorbeischaute, als habe er Angst vor ihrem Gesichtsausdruck. Ein Riese, ein kälteresistenter Muskelberg, ein mächtiges Bündel Kraft und Energie. Ein armes Schwein. Wahrscheinlich war er kommende Woche zum nächsten E-Tag eingeladen und hatte zugesagt, indem er die Tatsache der Einladung zur Kenntnis zu nehmen geruhte. Was passierte mit so förmlichen gesellschaftlichen Verhältnissen, wenn der Gastgeber plötzlich dahingerafft wurde, von einem Amoklauf an einem E-Tag? Wie konnte sie dies alles ihren eigenen Gespenstern erklären? Wieso musste sie dauernd an die bedauernswerten Schöpfer denken, denen immerzu die eigene Genialität in die Quere kam?

Die Liftkabine bewegte sich um einige Meter, blieb in einem schiefen Winkel stecken und öffnete sich. Zwischen der Tür der Kabine und dem Boden des Raumes davor klaffte ein Spalt von fünfzehn Zentimetern. Vielleicht, dachte Veruca Salt, ist die ganze DIE NEUE WOHLFAHRT nach diesem Desaster verzogen und verbogen und insgesamt ein bisschen neben sich. Eine krumme Raumwerft. Sie machte einen großen Schritt aus der Kabine in den Flur hinaus, dessen Licht zu grell war. Natürlich konnte sie es sich nicht verkneifen, in den Spalt zwischen Liftkabine und Fußboden zu schauen. Da gab es nichts zu sehen. Nur Dunkelheit. Besorgniserregende absolute Schwärze. Kein gutes Zeichen. Aus dem Spalt wehte eiseskalte Luft heraus.

Was hast du erwartet?, dachte sie. Ein Vakuum, das heulend die Atmosphäre ins Weltall saugt?

Veruca Salt blickte sich um. Kein Mensch war zu sehen. An der Wand gestapelt lag ihr Gepäck, fürsorglich hergeschafft. Alles fällt auseinander, dachte sie, und der Kofferdienst funktioniert. Sie drehte sich um, um sich von Kaddok zu verabschieden.

Der Karnese trommelte auf der Tastatur des Terminals in der Kabine herum. Er schaute nicht hinaus, hatte keinen Blick für den leeren Gang. Vielleicht wollte er den Rest seines Lebens da drinnen bleiben und auf Knöpfen herumhämmern. Das Gerät war nicht sehr leistungsfähig, und damit zu arbeiten, war mühsam und zeitraubend. Veruca Salt probierte verschiedene Varianten eines Abschieds durch. Keine wollte ihr gefallen. Lebewohl? Danke für die Hilfe? Tschüss und weg? Wir sehen uns später? Auf Wiedersehen, dann bitte ohne den Tod Unschuldiger? Beim nächsten Mal weniger Spannung, dafür mehr Spaß?

Sie drehte sich um und wollte wortlos gehen, als Kaddoks Stimme sie aufhielt.

»Wer?«, fragte er.

Sofort war ihr klar, dass er sich nicht für den Namen des Amok-Karnesen interessierte. Der würde sowieso in der nächsten Viertelstunde in den Nachrichtensendungen auftauchen. Kaddok meinte ein anderes Rätsel. Er interessierte sich für die ominöse Achtundzwanzig.

»Wer?«

»Falls Sie sie erreichen«, sagte Veruca Salt, »dann richten Sie ihr meine Grüße aus, und dass ich ihr dankbar bin. Ihr Name lautet

Bonnie Wayss. Und falls Sie sie nicht erreichen, machen Sie sich bitte keine Sorgen. Ich bin mir ziemlich sicher, dass Bonnie stattdessen Sie erreichen wird.«

Veruca Salt schulterte ihr Gepäck. Ohne sich umzuschauen, marschierte sie zum Schott. Sie ließ sich von mechanischen Augen kontrollieren, gelangte in die Röhre und setzte einen Fuß vor den anderen. Irgendwie kam sie vorwärts. Veruca Salt verpasste den genauen Augenblick, in dem sie das Gebiet von DIE NEUE WOHLFAHRT verließ und an Bord der SEBAFELL ging. Es kostete Mühe, die Fassung zu bewahren. Zwar hätte Ja'ana K'jonasoidt Hakon T'Arastoydt in Bruchteilen einer Sekunde und mit absoluter Präzision ihren Zustand normalisiert; aber genau das wollte sie vermeiden. Bewundernde Blicke, argwöhnische Nachforschungen. Wer von Bord eines zerbröselnden Habitats ging, durfte aufgeregt sein. Wer es nicht war, machte sich verdächtig. Man kam nicht mitten aus einer mittleren Katastrophe herausspaziert, ohne wenigstens ein bisschen besorgt und gehetzt zu wirken.

Die SEBAFELL war mitten in den Startvorbereitungen, und so bekam Veruca Salt nur hin und her eilende Leute zu Gesicht; ein Terminal schickte sie zu ihrer Abteilung und ihrer Unterkunft, tief im Sektor Blau gelegen. Wie viele Raumschiffe war auch die SEBAFELL aus einer Reihe von weitgehend selbstständigen Einheiten zusammengesetzt. Das Prinzip stammte von den Weltenkreuzern ab, obwohl dieses Schiff hier bei weitem nicht so riesig war. Die Sektionen waren viel kleiner.

Veruca Salt starrte die dunkelblau gestrichene Tür an. Das Ding war tatsächlich mit Farbe gestrichen. Man konnte sogar die einzelnen Pinselstriche unterscheiden. Sie betätigte das Rufzeichen. Sekunden vergingen, Warnsignale hallten durch das Schiff. Eine halbe Minute bis zum Ablegen.

Die Tür öffnete sich. Veruca Salt stolperte hindurch, ließ beinah ihr Gepäck fallen und hielt sich mit einer Hand an dem Mann fest, der dort stand. »Danke«, sagte sie, schaute auf und blickte genau in diese Augen: so blau, dass sie unmöglich von dieser Welt sein konnten. »Wir kennen uns«, sagte sie.

»Ja, wir kennen uns«, sagte Mikko.

14.

Briefe an Markus Hataka

17.10.1716 n. L., Galdanjahr 10

Lieber Markus,

eben bin ich eingetroffen und schreibe Dir schnellstmöglich, damit Dich diese Post mit dem Rückkehrschiff erreicht. – Ich will ehrlich sein, angekommen bin ich bereits gestern. Es gab eine Menge zu tun.

Die Reise war wie gewöhnlich, also langweilig. Dieselben Sterne, dieselben Innenräume, dieselben Landeprozeduren, die einem den Magen umdrehen. Unser Pilot hat versucht, unter der Oberfläche des Planeten zu landen anstatt darauf. Hart genug war seine Landung.

Mich haben sie gleich nach dem Aufprall, na ja, nach der Ankunft, eingespannt in die Arbeit. Stell Dir vor – es gibt auf dieser Galdäa sieben Staaten. Vielleicht gibt es mehr, und irgendein Idiot hat beschlossen, dass sieben genug sind. Ich traue den Bürokraten von A. L. alles zu (das weißt du). Die Menschheit (besser gesagt, die Leute des Flottenkommandos von Atibon Legba, es sei verdammt) hat nicht einen Vertrag mit der Galdäa gemacht, sondern sieben Verträge mit diesen sieben Staaten. Zauberhaft! Jeder einzelne dieser sieben hat eine Terminalverbindung, deren Kosten natürlich A. L. trägt, und jeder einzelne dieser sieben kriegt eigene Unterstützungssonden. Der Rest des Planeten muss sehen, wo er bleibt. Sieben Adressaten müssen reichen. Weiß der Geier, was es für Staaten auf dieser Welt geben mag, von denen wir nie gehört haben. Eine systematische Erforschung der Galdäa hat es nie gegeben, und wenn doch, dann schimmeln die Ergebnisse in irgendeinem Hochsicherheitspapierkorb. A. L. hat es mit der Galdäa verdammt eilig. So eilig, dass sie sich selbst überholen. Du ahnst bestimmt, was jetzt kommt. Die Sonden kommen - natürlich - hier genauso an, wie sie abgeschickt wurden, nämlich durcheinander. Da die Aufsprungpunkte wegen der Unschärferelation und der bloß automatischen Steuerung weit auseinander liegen, gibt es ein wunderhübsches Getümmel. Manchmal, selten, donnern zwei Sonden aufeinander und ergießen ihren Inhalt als erratischen Meteoritenstrom durch das System. Hin und wieder stelle ich mir zur Erbauung vor, wie all die gutgemeinten Gegenstände auf irgendeinem Mond aufschlagen und wunderliche, rätselhafte und vollkommen unverständliche Schutthalden bilden, durch die sich in fernen Jahrtausenden einmal außerirdische Wissenschaftler graben. Das Durcheinander dürfte sie in den Wahnsinn treiben, oder das ammoniakgetränkte Pendant davon.

Ein ähnliches Durcheinander richtet unser von allen Opfern innigst geliebtes Flottenkommando mit seinen Sonden im Orbit der Galdäa und den umliegenden Teilen des Sternensystems an. Diese Station hier fusselt das in A. L. gefertigte Gewirr auseinander und schickt die Lugg-Sendung nach Lugg und die Assant-Sendung nach Assant und so fort. Sehr spannend, muss ich sagen! Das und nichts anderes mache ich. Mein nächster Part in diesem Drama wird sein, dass ich mir ein Rechnerprogramm ausdenke, das diese idiotische Arbeit für uns erledigt. Ich will schließlich runter und beim Aufbau der Hauptstadt mitmachen. Die bauen wir auf einer Insel, die wir nach der Glasperlen-Feuerwasser-Methode einem Gebilde abgenommen haben, das sich stolz als »Republik« bezeichnet. Wenig glanzvoll, dieses Herumfeilschen mit den Eingeborenen, aber man will es so.

Offiziell nennt man das Ding auf der Glasperlen-Insel die Menschen-Basis, und es ist allen klar, dass es das Zentrum dieser Welt werden muss, sollen wir Erfolg haben. – Entschuldige die schlechte Form dieses Schreibens, ich werde ständig unterbrochen. Und ich habe so gut wie keine Zeit. Zusammen mit dem Schiff sind ganze Rudel Sonden aufgetaucht. Ich bin ins Schwitzen gekommen, mein Lieber ...

Gut, ich muss schließen. Demnächst mehr, das verspreche ich Dir. Übrigens fängt schon an, was ich befürchtete – Du fehlst mir. Deine Musikschnipsel fehlen mir. Nach einer Woche. Ist das nicht lächerlich?

Es denkt an Dich

Dein Karolus

11.12.1716 n. L., Galdanjahr 10, auf Konstral

Lieber Markus,

zuvörderst eine Erklärung der doppelten Jahreszahl auf dem Kopf dieses Briefes: Man rechnet hier Galdanjahre nach Konstral. Also seit der Entdeckung dieses lausigen Planeten durch den großen, großen Kommandanten. Man tut so, als wäre es Konstrals Verdienst, seine Leistung. In Wirklichkeit ist es natürlich bloß Zufall gewesen, dass der alte Mann damals über den Planeten stolperte. Und wieso es von schlechtem Geschmack zeugt, auf Galdäa von »Galdäa-Jahren« anstatt von Galdanjahren zu sprechen, entzieht sich meinem Verständnis. Vermutlich bis in alle Ewigkeit. Ich hatte etwas, das man wohl ein klärendes Gespräch nennt, mit dem hiesigen Menschenhäuptling. Er trägt eine Uniform und ist demzufolge nur eingeschränkt zurechnungsfähig. Dieser Offizier hat mich solange zusammengeschissen, bis ich ihm versprochen habe, künftig den offiziellen Sprachgebrauch zu verinnerlichen. Galdan heißt es, nicht Galdäer. Und wenn wir tausendmal auf Galdäa sind. Die weiblichen Einwohner heißen Galdani, nicht Galdäerinnen. Keine Ahnung, warum – du bemerkst sicherlich, dass ich nicht (mehr) versuche, nach einem Sinn in solcherlei Anordnungen zu suchen.

Na gut, mein Rechnerprogramm, die Sonden betreffend, läuft inzwischen recht gut. Wenn die auf Atibon Legba bloß die Adressen besser machen würden, wenigstens eine doppelte Sicherung, das wäre schon was. So, wie es jetzt ist, gibt es die Zwei-Promille-Möglichkeit, dass eine Sonde falsch ankommt. Ich habe per Terminal den Vorschlag abgeschickt und nichts davon gehört. Könntest Du bei den Zuständigen mal nachfragen? Wir sind sowieso in einer verzwickten Lage, da müssen wir es uns nicht noch schwerer machen. Ist echt nicht nötig! Das Taktieren zwischen den sieben Mächten ist eine höchst delikate Angelegenheit, und militärisch übergeordnete Rindviecher wie unseres sind denkbar wenig geeignet, die vielen Ratschläge unserer vielen Wissenschaftler in eine sinnvolle Politik umzusetzen. Vermutlich begreift der Typ die klugen Berichte nicht einmal.

Ich muss ehrlicherweise zugeben, dass das meiste von dem gelehrten Zeug in einer Sprache abgefasst ist, die unter Menschenwesen unüblich ist. Am schönsten wird es, wenn zwei vom selben Fachgebiet sich in die Wolle geraten. Die diskutieren wie wahrhaftige Außerirdische, kein Homo sapiens versteht ein Wort. Erst wenn sie handgreiflich werden und sich Tabellen mit irgendwelchen Messergebnissen um die Ohren schlagen, kann man wenigstens die Schimpfwörter verstehen. Natürlich hat niemand davon irgendeinen Nutzen.

Und ich könnte das Tefelburger Protokoll tausendmal verfluchen und aufessen vor Wut, aber was hilft das. Wie etwa verhandelst Du mit einem Staat, der keiner ist? Du hast richtig gelesen. Wir haben diplomatische Beziehungen zu einem aus Klöstern bestehenden Dingens namens Kanohook. Wie soll sich ein solches Land ernähren, frage ich Dich? Und wie soll es länger als achtzig Jahre existieren, wenn es ausschließlich von enthaltsam lebenden Männern bevölkert wird? Da stimmt etwas nicht. Wenn wir nach ihrer Staatsgrenze fragen, lächeln sie und kriegen Muster aus Adern im Gesicht. Die sind ziemlich durchscheinend hier, musst Du wissen. Der Chef sagt immer, sie tragen ihren Kreislauf halt offen – ich gebe es ungern zu, da hat das in jeder Minute seines Lebens uniformierte Einfaltspinseläffchen ein wahres Wort gesprochen. Howgh! Und gute Nerven haben sie, die Galdäer, Entschuldigung, die Galdans und Galdanis: Ich habe keinen gesehen, den man aus der Fassung hätte bringen können. Dafür sind sie in sexueller Hinsicht umso strebsamer, leider nicht in unserer Richtung, soweit ich das bis jetzt beurteilen kann. Was die sogenannten normalen Triebe betrifft, so verfügen sie offensichtlich über eine Menge davon. Das allein macht die Existenz von Einrichtungen, die mit einem Kloster vergleichbar sein könnten, sehr unwahrscheinlich.

Nähere Nachfragen zu diesem Thema sind nicht nur ein bisschen peinlich: Sie würden unter Regelungen fallen, die alles Wichtige, also jede echte Forschung, auf irgendeinen Sankt-Nimmerleins-Tag verlegen. Wehrt man sich dagegen, kriegt man die Mär vom Tefelburger Protokoll um die Ohren. Man reiche mir dieses Protokoll – oder seinen Verfasser. Ich fresse ihn mit Senf. Was soll's.

Letzte Woche gab es eine Riesenaufregung, weil bei Bauarbeiten uralte Ruinen oder Reste davon gefunden wurden (ich mache mich multipel strafbar, wenn ich dir auch nur ein Wort davon verrate, was soll's). Zuerst kratzten die Baumaschinen Steine und Geröll aus der Erde, und es war nur ärgerlich; Bauarbeiten dauern ja immer länger als geplant. Das ist Gesetz Nummer zwei aller Bauleute (Gesetz Nummer eins besagt, dass jeder Bau teurer wird als geplant; weil hier A. L. alles bezahlt, kommt es nicht drauf an). Dann allerdings liefen die Maschinen heiß und kamen nicht weiter.

Gewaltige steinerne Objekte sind in der Insel Konstral verborgen, so groß, dass unsere Ingenieure jeden Gedanken, die Dinger aus dem Weg zu räumen, weit von sich wiesen. Zu groß, zu massiv, zu stabil. Ich habe mir die Artefakte angesehen, ehe sie für immer verschwanden; sie waren viel zu unverwüstlich, um jemanden glauben zu lassen, sie stammten von Assant her oder einem der anderen Staaten. Stell dir einen Würfel von zwölf Metern Kantenlänge vor, nachtschwarz, glatt und ohne irgendwelche Spuren von Bearbeitung. Stell dir hundert davon in einer Reihe vor. Stell dir vor, von solchen Reihen lägen hundert hintereinander. Eine phantastische, finster schimmernde Fläche. In einigen der mittleren Würfel gibt es rätselhafte Schächte und Eingänge, von denen niemand sagen kann, wohin sie führen oder wie tief sie hinabreichen. Vielleicht sehr weit; die Ortungsgeräte versagen, wenn das seltsame schwarze Material in der Nähe ist. Irgendjemand kam auf die Idee, die Würfel zu unterhöhlen und so beiseite zu schaffen, und dabei stießen die Maschinen auf eine weitere Schicht von den unheimlichen Dingern. Hundertachtzig mal hundertachtzig. Ein kluges Kerlchen rechnete aus, dass es eine einfache Erklärung gibt. Setzt sich das Bauwerk nämlich nach unten hin immer weiter so fort, gibt es gar keine Insel Konstral. Es gibt nur eine monströse Pyramide aus schwarzen Blöcken, die irgendjemand mit Erde und Felsen bedeckt hat, damit sie nicht so auffällt.

Diese Insel war nicht immer unbewohnt; sie ist – vielleicht – ein Bauwerk. Eine alte Legende der Einheimischen ist so gut wie bestätigt. Einige der hiesigen Kulte behaupten, die Götter ließen das Eiland direkt vom Himmel herunter in das Meer fallen. Aus einem goldenen Himmelsschiff, das die halbe Überwelt verdeckte, also das Firmament. Nun ja, Götter können so was. Schöpfer sagen die Einheimischen hier, und der Begriff Gott ist wohl nicht ganz dasselbe. Unsere Soziologen und Galdäa-Historiker waren schier aus dem Häuschen nach der Entdeckung. Sie wollten natürlich, dass alles zusammen sofort konserviert und solange unter Quarantäne gestellt wird, bis die Sonne erlischt. Mindestens. Am besten eine Woche länger. Und Scharen von Forschern sollten, mit kleinen Pinselchen bewaffnet, das komplette Bauwerk freilegen, und wenn sie Jahrhunderte brauchen, um bis zur Basis vorzudringen. Und der Planet sollte unter Quarantäne gestellt werden, bis die Götter – oder Schöpfer – lokalisiert wären. Denn bei denen könne es sich nur um Außerirdische handeln. Sehr mächtige Außerirdische.

Unser militärisches Leiterlein hat sich den Quatsch angehört und sofort wieder vergessen. Wissenschaftler sind meistens herrlich neben der Wirklichkeit – du kennst das. Bisher haben sich alle göttlichen Artefakte als Hinterlassenschaften der Oktogon-Kriege herausgestellt, abgesehen vom epsilonischen Raumschiff und den vorbeihuschenden Spuren der Hzn. Wir haben also den Fund vor den Galdäern geheimgehalten, das Ganze grob kartographiert und schnell weitergebaut. Keine Zeit, nach einer neuen Hauptstadt zu suchen. Keine Aufregung wegen ein paar alter Mauern, finde ich, selbst wenn die Mauern zugegebenermaßen recht beeindruckend sind. Ein paar von den Gelehrten gerieten außer Kontrolle und haben versucht, irgendwelche Stellen außerhalb zu informieren, etwa auf Penta, oder alles ins Netz zu geben. Damit kamen sie schlecht an; niemand von den Aufmüpfigen ist länger hier. Man kann den Militärs ja viel vorwerfen, mangelnde Konsequenz in solchen Angelegenheiten gehört nicht dazu.

Nachdem das Gezeter um das monströse Bauwerk verstummt ist, hat man Tatsachen geschaffen. Jetzt sind die schwarzen Dinger unter einer Menge Beton verschwunden. Kaum anzunehmen, dass der oder das Gewicht der künftigen Stadt Konstral dem Ding da unten in der Tiefe irgendeinen Schaden zufügen können. Trotzdem gab es heftige Auseinandersetzungen. Siehe oben. Ich hab mich herausgehalten. Du weißt ja, Streiten mit diesen Kerlen liegt mir nicht besonders. Mit Frauen streitet es sich besser, da bin ich unbefangen. Ach, da bin ich ja wieder beim Thema, und ich wollte Dir doch nichts in Sachen Einsamkeit vorheulen, wo es Dir genauso geht. Also sei aller guten Dinge versichert.

Dein Karolus

8.1.1717, Galdanjahr 11, auf Konstral

Lieber Markus,

nun heißt es offiziell Konstral, dieses Ding, und die Feierlichkeit war wirklich feierlich, das muss ich sagen. Vor allem, wenn man sich vor Augen hält, dass die Stadt Konstral bloß eine Baustelle ist. Und bedenkt man zudem, dass die komplette Insel ein von werweißwem geerbtes Fundament darstellt, gewinnt die Veranstaltung zusätzlich an Pikanterie. Als ob Barbaren in den Ruinen eines Apollotempels pompös eine Grillstelle einweihen. Einer der wichtigsten Staaten hatte empörenderweise keinen Vertreter geschickt, das beruhte sicher auf irgendeinem Missverständnis. Trotzdem, Assant soll mal der Statthalter der Menschheit sein, und da kommen sie nicht zu diesem großen Tag? Die Republik Assant entsendet niemanden zu einer Feier, die auf ihrem eigenen Territorium stattfindet? Sehr seltsam. Dafür strömte der Botschafter dieser merkwürdigen Fürstentümer von Ganoris geradezu über vor Freundlichkeit ...

In Ganoris ist damals, in den Zeiten des alten Konstral, die erste Landemannschaft umgebracht worden, musst Du wissen. Man hat sie buchstäblich in Streifen geschnitten. Der exakt übersetzte ganorische Ausdruck besagt soviel wie »die Auslösung des Fleisches gegen die Knochen«. Kannst Du Dir vorstellen, wie die Leute aussahen? Ausgelöst? In der ganorischen Mythologie kommt, soviel ich verstanden habe, das böse Prinzip vom Himmel und wird von Knochen symbolisiert. Den Zusammenhang konnte mir der Völkerkundler nicht genau erklären. Was ich nicht verstehe: Wenn die Insel der Götter vom Himmel fiel, wieso kommt dann auch das Böse vom Himmel? Haben unsere Linguisten das völlig falsch verstanden?

Auf ihre seltsame, galdäische und unverständliche Art hat man die Landemannschaft wohl retten wollen. Die Bilder, die ich von diesem Zwischenfall gesehen habe, waren mit gutem Grund unter Verschluss. Bleiche Skelette, auf saftigen, grünen Wiesen zu verzwickten Mustern ausgelegt, die offenbar kultische Bedeutung haben; und frisches, tropfendes Fleisch, auf Holzgestelle drapiert. Haut und Muskeln und Eingeweide, ausgebreitet wie Landkarten. Abgezogene Gesichter, einen halben Meter breit von geflochtenen Schilden herablächelnd. Kein Anblick, den man empfindsamen Flottenkommandotypen auf Atibon Legba zumuten sollte. Nun, und wegen dieser Geschichte und wegen genau dieser Bilder befanden sich die Beziehungen der Menschen zu den Vertretern der Vereinigten Fürstentümer von Ganoris nahe am Gefrierpunkt. Und jetzt das. Ein Typ, der nicht Botschafter, sondern »Stimme der Berater des Großfürsten« genannt wird, schmeichelte mit unseren Damen herum, dass es peinlich wurde. Attraktiver Typ, gebe ich ja gern zu, aber die Art und Weise, in der er jeden umschwänzelte, der nicht von Galdäa stammt, war seltsam. Sehr seltsam.

Als Ausgleich dafür gerieten sich später am Abend der Botschafter, nein, die Stimme des Beraters des Großfürsten, und der Sekundärprinz von Kondh in die Haare – nein, nicht handgreiflich. Die haben hier eine gepflegte Art, einander mit spitzen Redensarten zu zerfleischen, die unsereins nicht versteht. Man müsste ein Galdan sein, um diese Anspielungen deuten zu können. Wenn das Gesicht des Sekundärprinzen von rotem und blauem Geflecht bedeckt ist, deutet das auf heftige Erregung hin (hatte ich erwähnt, dass die Leute hier den Kreislauf sozusagen offen tragen?). Dabei ging es um Essen und Tischsitten – kaum ein Thema, um einander aus der Fassung zu bringen. Wahrscheinlich war etwas völlig anderes damit gemeint gewesen – was, weiß der Kuckuck, nicht ich. Überhaupt war diese Zeremonie der Namensgebung ein Festival des planetaren Zanks – unter anderem bekniete uns der Beherrschte Rat von Tsanama, dass Lugg mit Krieg drohe. Und er brauche Waffen. Tja, wie dem Beherrschten Rat etwas abschlagen – offiziell haben wir Konstral ja von Tsanama gemietet oder gepachtet oder so. Oder von Assant? Egal.

Ach, und das Schönste war die Vertreterin von Aras-Toit. Stell Dir vor, das ist eine Art Frauensekte! Die müssen seit langer Zeit vom Rest Galdäas getrennt leben, denn sie vermehren sich durch Jungfernzeugung, also völlig ohne männliches Element. Frage mich nicht, wie! Diese Information hat bei unseren »Wissenschaftlern«, die trotz Tefelburger Protokoll und nach den dramatischen Vorgängen der schwarzen Klötze wegen immer noch hier sind, ungläubiges Staunen ausgelöst. Die Menschheit hat in ihrer Geschichte so manche Dummheit angestellt, und ich habe wirklich viele wilde Legenden gehört - du weißt ja, ich stehe auf so was. Aber Jungfernzeugung? Frauen, die sich selbst duplizieren, indem sie ein unbefruchtetes Ei dazu bringen, sich wie ein befruchtetes zu benehmen? Ich glaube, so weit sind nicht einmal die Vergessenen Acht gegangen.

Ich habe die Aras-Toit-Dame natürlich nicht gefragt, wie sie das mit ihrer Fortpflanzung anstellen (wäre mindestens taktlos), sondern, ob es ein männliches Gegenstück dazu gibt. Das hätte mich brennend interessiert. Gibt es nicht. Die Dame war nicht mal pikiert. Sie schaute mich nicht mal komisch an. Dazu bestehen nicht die Voraussetzungen, sagte sie, sehr sachlich. Nun grüble ich, was sie damit gemeint hat. Das war sie, die Berichterstattung von der danebengelungensten Feier dieses Planeten!
Ich liebe Dich,

Dein Karolus

13.3.1717, Galdanjahr 11, auf Konstral

Lieber Markus,

ich habe nichts von Dir gehört, seit ich hier bin. Du müsstest von der Magub-Mission inzwischen zurück sein ...? Schreibe bitte bald! Hier wird die Lage momentan schwierig, um es vorsichtig auszudrücken.

Die Beziehungen der sieben »Staaten« untereinander verändern sich rasch und tiefgreifend, und im Augenblick wissen wir nicht genau, wer nun mit wem gegen wen warum und für wie lange und seit wann überhaupt verbündet ist. Botschafter kommen und gehen, und die Stimme der Berater des Großfürsten hat bei jeder Gelegenheit ein anderes Gesicht. Keine Chance, zu irgendeinem Repräsentanten eine Beziehung aufzubauen. Unser Oberherr mit seinem militärisch verdrehten Gehirn hat letztens ganz energisch gefordert, seinen Gesprächspartner vom letzten Mal sehen zu dürfen. Das war in Lugg; ein reichlich verdächtiges Staatsgebilde. Lugg betrachtet ganz Galdäa als sein angestammtes Gebiet, und alle anderen existierenden Staaten sind nichts als Usurpatoren und Emporkömmlinge. Nun, man hat ihn den Galdan sehen lassen. Unser Befehlshaber wurde auf einen Turm geführt, auf dessen Spitze ein sternförmiges Gerüst prangte. Den Mittelpunkt des Sterns bildete der gesuchte Mann, den zu sprechen allerdings nicht mehr möglich war – der Körper war von zahllosen Stäben durchbohrt. Stolz wurde berichtet, dass der Typ erst am fünften Tag und bei der einunddreißigsten Pfählung gestorben war. Sehr ehrenvoll, für die Familie des Opfers und für den Henker. Mit solchen Leuten haben wir es hier zu tun.

Bis vor kurzem hatten wir Lugg für ein schräg-seltsames, ansonsten erträgliches Herzogtum gehalten. Plötzlich stellt sich heraus, dass Lugg die Zeremonie der Exekution für eine eigenständige Kunstrichtung hält. Nun ja – wir wundern uns nicht mehr, wenn die anderen Botschafter so weit als möglich versuchen, zu Lugg auf Abstand zu gehen. Mir graust bei dem Gedanken, irgendein Idiot auf Atibon Legba könnte ausgerechnet Lugg den Zugang zu den historischen Datenbanken der Erdgeschichte gestatten. Sie könnten womöglich etwas lernen.

Das hektische Bäumchen-wechsel-dich in den Führungsetagen unserer galdäischen Partner droht unsere Arbeit zu sabotieren. Um das zu stabilisieren, haben wir drastische Maßnahmen getroffen, die uns zwar keine Freunde auf Atibon Legba eintragen werden, aber wirksam zu sein versprechen.

Um ehrlich zu sein – das alles verblasst für mich vor der Sorge um Dich. Leider ist unser Schiff nicht greifbar, Atibon hat es einer anderen Sektorengruppe zugeteilt, wo es Schwierigkeiten gibt. So was nennt man operative Entscheidungen. Wenn die CALDERA XI hier wäre, flöge ich zu Dir, nachsehen. Vielleicht landen meine Briefe in einem Auffangbehälter – Abwesenheit des Adresseninhabers? Ich hätte nichts dagegen, diesen Planeten zu verlassen. Er scheint langsam dem Wahnsinn zu verfallen.

Übrigens hat sich der von mir erwähnte Streit des Botschafters mit dem Sekundärprinzen aufgeklärt (erinnerst Du Dich? Am Tag der leicht danebengegangenen Festivität zu Ehren der Insel Konstral). Der Konflikt ist nicht beigelegt; allerdings wissen wir endlich, was los war. Diese verdammten Sondenadressen! Die Lieferung für Kondh ist in Ganoris gelandet. Das klingt nicht weiter dramatisch. Kondh ist jedoch eine völlig vegetarische Kultur. Man ist dort verrückt nach allen erdenklichen Fruchtsäften, die es im bewohnten Kosmos gibt.

In Ganoris – ganz im Gegensatz – gelten Flüssigkeiten im Innern von Früchten als eine Art Urin der Natur, man trinkt dort nur Wasser oder schärfste Alkoholika. Die bunten Bilder, die den lächelnden Hofstaat von Kondh mit saftgefüllten Pokalen zeigten, diese genialen Werbegags der Marketingexperten von A. L., wurden in Ganoris als eine Art fäkalische Pornographie betrachtet und entsprechend herumgereicht. Jedem Mitglied irgendeines ganorischen Fürstenhofes wird es speiübel, wenn er das sieht.

Und so hatte die nette Stimme der Berater des Großfürsten den Sekundärprinzen in dem korrektesten Ton der Welt einen Scheißefresser genannt – und Schlimmeres. Für Ganoris ist Weißwein alkoholversetzter Jaucheaufguss. Man könnte in unserer Sprache die Ausdrücke nicht wiedergeben – ich beherrsche nicht viel Galdäisch. Nur soviel weiß ich, dass Ganoris nun einen Trumpf hat, die Bevölkerung in einen Krieg gegen Kondh zu treiben, wenn es dem Großfürsten passt. Und Kriege enden hier für gewöhnlich nicht mit Eroberung und Unterwerfung, sondern mit der völligen Ausrottung des Gegners. Das hat alles nichts damit zu tun, dass die Großfürstenberaterstimme, um die es geht, längst verreckt ist, den Leib durchstochen von Dutzenden angespitzter Lanzen. Diese Todesstrafe hat mit uns nichts zu tun, und mit Kondh schon gar nicht. Jedenfalls behauptet das die neue Stimme der Berater des Großfürsten.

Und Atibon Legba teilt mir mit, dass mein Neuerervorschlag, die Adressierung der Sonden betreffend, von der zuständigen Stelle registriert worden ist. Registriert, nicht bearbeitet. Ich habe sofort per Dringlichkeit eine Eingabe losgelassen. Vorhin habe ich die Nachricht erhalten, dass meine Eingabe registriert wurde. Ich wage mir nicht auszumalen, was auf dieser Welt passieren mag, wenn wir weitere Adressen verwechseln.
Ich warte auf Post, Liebster,

Dein Karolus

18.3.1717, Galdanjahr 11, auf Konstral

Mein lieber Markus,

ich muss mir Luft machen, es ist unmöglich, es für mich zu behalten – Vorschlag und Eingabe sind abgewiesen, weil ich die vorgeschriebene Ordnung nicht eingehalten habe. Ein Merkblatt über das richtige Abfassen solcher Dokumente hab ich bekommen. Ich muss es jetzt ein zweites Mal anfordern, denn das erste Exemplar habe ich in meiner Wut in tausend Stücke zerrissen. Kopien werden ja in der Verwaltung in A. L. nicht anerkannt.

Die sich rasch beschleunigende Spirale aus Wahnsinn und Unsinn dreht sich weiter. Gestern hat die derzeitige Stimme der Berater des Großfürsten – es handelt sich um eine ältere Dame – in ihrem Quartier einen ihrer von zu Hause mitgebrachten Bewacher bei lebendigem Leib gekocht. Sie benutzte dabei einen länglichen Kessel, offensichtlich eigens zu diesem Zweck hergestellt. An einem Ende waren Fußschellen, um die zuckenden Gliedmaßen des Opfers festzubinden. Dafür verwendet man Stricke, die aus den Stielen von Gewürzpflanzen geflochten sind. Wir haben die nette Dame nicht danach gefragt, ob sie den armen Mann essen wird.

Eines der Klöster von Kanohook hat sich mit einem enorm lauten Geräusch von der Oberfläche der Galdäa verabschiedet. Sogar unsere Erdbebenschreiber haben die Erschütterung vermerkt. Es kursieren fröhliche Geschichten von glühenden Steinen, die in vielen Kilometern Entfernung vom Kloster aus dem Himmel fielen. Von dem Kloster soll buchstäblich nichts übrig geblieben sein. Wir fragen uns, ob die Mönche mit irgendwelchen High-Tech-Geräten experimentierten. Natürlich konnten sie nicht wissen, was sie taten.

Ihr Tod war schnell und schmerzlos. Sollten sie mit Landau-Modulatoren herumgespielt haben? Woher sollten sie die wohl haben?

In Assant hat man eins unserer Flugzeuge zertrümmert, von der Besatzung fehlt jede Spur. Das wird die Republik bezahlen! Sie reden von religiösen Zwängen. Die sind alle verrückt, alle.

Mindestens genauso verrückt ist die Entdeckung eines Technikers, der sich aus lauter Langeweile Hunderte von kartographischen Aufnahmen angeschaut hat. Es ist ja seit dem Abgang der meisten Wissenschaftler niemand mehr da, der das ernsthaft tut. Und dieser Mann – gelangweilt genug, sich bergeweise Satellitenbilder anzutun – hat ein unglaubliches Bauwerk entdeckt, auf der anderen Seite des Planeten. Einen Turm, der größer ist als alles, was Menschen jemals erbaut haben. Ein riesenhaftes, über die Wolken hinausragendes Ding, und es besteht offenbar aus demselben schwarzen Material wie die Quader, aus denen die Insel Konstral im Innersten besteht. Die Galdäer verweigerten die Aussage, als wir danach zu fragen wagten ...

Die beste Verrücktheit ist der Aberglaube der Einheimischen, dass es eine Rasse von überaus mächtigen und dennoch bemitleidenswerten Wesen gebe, die als Schöpfer für alles verantwortlich seien, was schiefgelaufen sei. Das Seltsame an dieser auf den ersten Blick läppischen Religion ist, dass selbst durchaus aufgeklärte Zeitgenossen wie die aus Tsanama fest an die Schöpfer glauben. Als ich ein Mitglied des Beherrschten Rates kürzlich nach diesem Widerspruch befragte, war er ganz erstaunt, denn, so meinte er, die Existenz der Schöpfer habe nichts mit Religion zu tun, die er ohnehin ablehne. Bei den Schöpfern handele es sich um eine Tatsache, die man akzeptieren müsse. Die Welt, so wie sie sei, könne nur von zutiefst unglücklichen Wesen geschaffen worden sein. Sonst sähe sie anders aus.
Ich sehne mich so nach Dir und unseren geordneten Verhältnissen!

Dein Karolus

28.3.1717, Galdanjahr 11, auf Konstral

Mein lieber Markus,
es ist alles viel schlimmer, als ich gedacht habe. Die Sonden kommen in gewaltigen Schüben hier an, es ist überhaupt nicht daran zu denken, den ganzen Mist auseinanderzusortieren. Wo die Dinger nie-

dergehen wollen, da gehen sie halt nieder. Von zwanzig können wir fünf kontrollieren und gegebenenfalls umleiten; der Rest ... der Rest ist Schweigen. Ansonsten überstürzen sich die Ereignisse in einem schwindelerregenden Tempo. Der Beherrschte Rat von Tsanama hat wieder einen dieser kleinen Grenzkriege mit Lugg vom Zaun gebrochen, und er hat dabei Flugzeuge eingesetzt. Flugzeuge! Keine stoffbespannten Ungetüme, die nach Aufwinden suchen, sondern schlanke Metallvögel mit weit ausladenden Schwingen und einem gewaltig töffelnden Verbrennungsmotor im Heck. Vor kurzem hat diese Welt auf dem technologischen Niveau von Johann Gutenberg gelebt. Bewegliche Buchstaben, was für eine großartige Idee, und so weiter. Wie kommt man in wenigen Jahren von holzgeschnitzten Zahnrädern zu motorisierten Leichtmetalljägern? Und wie lange braucht man bei diesem Tempo zum ersten fernflugtauglichen Raumschiff? Kann man all das lernen, indem man vor den Bildwänden unserer Stationen sitzt, die wir so freigebig über den Planeten verteilt haben? Ich kann es kaum glauben.

Die Wissbegier der Galdäer erstreckt sich auf buchstäblich alles. Ich hatte Dir ja geschrieben, dass die Leute nicht gerade sexuell zurückhaltend sind – man erwischt schon mal ein sehr konzentriertes Pärchen im Flur bei einem Fick auf der Fensterbank (und sie machen sich nicht allzu viel daraus, dass ihnen jemand verdattert zuschaut, bis sie fertig sind). Denk bloß nicht, dass man dabei nur die üblichen Varianten zu sehen bekommt.

Über mangelnde Beachtung kann selbst ich mich nicht mehr beschweren. Letzte Nacht hatte ich Besuch von einem ausnehmend attraktiven Galdan, der mir heftige und nicht misszuverstehende Avancen machte. Ein attraktiver Mann, alles andere als zart, trainiert, breite Schultern, gut ausgearbeitete Muskeln, ein sagenhafter Knackarsch.

Du kennst mich, ich finde kräftig gebaute Typen anziehend, und dieser Kerl kam meinem Ideal ziemlich nahe ... es ist schlicht nichts passiert, was Dir Sorgen machen müsste. Es ging mir alles viel zu schnell. Der Mann packte aus, was er zu bieten hatte – und es war eine Menge! – und dann war er enttäuscht, dass ich nicht jubelnd zugriff. Stand da, muskelbepackter Adonis, und wunderte sich, dass ich die Augen kaum von seinem Schwanz lassen konnte und ihn trotzdem aus dem Zimmer bat. Was hat der sich bloß gedacht? Dass wir uns in jeder freien Minute keuchend aufeinander herumwälzen? Es in den Nischen eines Flurs mit jedem treiben, der zufällig vorüberkommt, ohne uns um die eventuellen Zuschauer zu scheren? Vielleicht hat er die falschen Filme gesehen. Verwunderlich nur, wieso dieser Typ so zielgerichtet ausgerechnet mir ins Zimmer stolperte. Bisher hatte ich dieses Volk als hoffnungslos hetero abgehakt.

Zumindest hat mir diese Episode wieder in Erinnerung gerufen, dass meine Zeit auf dieser bescheuerten Kugel irgendwann zu Ende sein wird. Dass ich in ein paar Monaten wieder bei Dir sein werde und mich über viel zu laute Musik aufregen kann, die aus Deinen Krachkästen schallt. Beinahe hätte ich gesagt, die Geräusche würden mir fehlen, soweit gehe ich lieber nicht.

Allerneueste Verrücktheit ist das Gerücht, die Eingeborenen seien in der Lage, jemand Fremdem ihren Willen aufzuzwingen, einfach indem sie ihm lange genug in die Augen starrten. Woher dieser Quatsch nun wieder stammt, weiß niemand, aber alle haben irgendwie davon gehört. Wundervoll. Jetzt machen wir uns mit Tratsch und Hörensagen mürbe.

Irgendwie passt das alles zusammen. Ich bin mir nur nicht sicher, wie. Der Mann in meinem Zimmer, die Flugzeuge, und das Teleskop, das letzte Woche von Assant in Betrieb genommen wurde. Erstaunlicherweise gekoppelt mit einem recht modern aussehenden Radioteleskop. Es kann ja wohl nicht sein, dass ein ganzer Planet in rasendem Tempo und nur durch bloße Information nachholt, wozu andere Völker Jahrhunderte gebraucht haben.

Und die Geschichten von den Schöpfern wollen mir nicht aus dem Kopf gehen. Die Galdäer sind den Schöpfern nicht dankbar, eher im Gegenteil. Und sie sprechen mit Bedauern von ihnen, und von der weitaus gewaltigeren Macht, die den Schöpfern im Nacken saß und sie umtrieb, dass sie niemals zur Ruhe kommen konnten.

Verunsichert und von der letzten Nacht und von dem, was passiert ist – besser gesagt, von dem, was eben nicht passiert ist –, etwas durcheinander,

Dein Karolus

30.3.1717, Galdanjahr 11, auf Konstral

Mein lieber Markus,

die Ereignisse beginnen, sich in einem atemberaubenden Tempo zu überstürzen. Leider habe ich mit all dem reinweg nichts zu tun, denn die Kontrolle der landenden Sonden ist in den letzten paar Tagen endgültig zur Farce geworden. Ich drehe Däumchen, wenn ich nicht gerade auf Rechnergehäuse trommele und Sätze wie »Das ist völlig unmöglich!« schreie. Unsere Kommunikationssysteme brechen immer häufiger zusammen, und die Zusammenbrüche dauern immer länger.

Die anfangs nur einige Sekunden währenden Ausfälle haben sich rasch zu stundenlangen Pausen ausgewachsen; wenn ein solcher Blackout vorbei ist, sind alle Sonden längst woanders. Kaum eine verbleibt auf ihrer Umlaufbahn, ein paar neue sind dazugekommen, und andere sind spurlos verschwunden. Ich würde ja sagen, die Dinger sind gelandet – nichts verschwindet spurlos –, und das ist unmöglich. Es sei denn, irgendwas saugt die Sonden in ein gesteuertes schwarzes Loch. Unsere Physiker sagten, so was gibt es nicht, und selbst wenn es so was gäbe, müsste man irgendwelche äußerst interessanten Reststrahlungen messen können. Dann fingen sie an, sich über die genaue Art und Weise dieser hypothetischen Reststrahlungen der angenommenen Singularitäten zu streiten.

Woraus zweierlei folgt: Erstens, mit unseren Physikern ist für Stunden nicht mehr vernünftig zu reden (war es das jemals?), und zweitens, es gibt jemanden außer uns auf diesem Planeten, der Sonden aus der Umlaufbahn herunterruft und landen lässt. Irgendwo. Das macht mir ernsthaft Sorgen. Nein, nicht die Tatsache oder Befürchtung selbst, sondern die Implikationen. Typisch für unsere Leute, dass sie sich lieber um die virtuellen Folgen der hypothetischen Strahlungen von angenommenen schwarzen Löchern streiten, als über die wirklich besorgniserregende Vermutung nachzudenken, irgendein galdäischer Staat oder Kirchenfürst habe genug Technologie in seinem Zelt oder in seiner Höhle, um unsere komplette Logistik auszutricksen.

Mittendrin meine Logistik, mühsam zusammengestoppelt aus den Brosamen an Information, die ich von A. L. hingeworfen bekomme. Ich könnte wahnsinnig werden. Das alles bedeutet nämlich, dass die Eingeborenen unsere eigene Technologie inzwischen besser verstehen als wir selbst. Schließlich beherrschen wir all diese

Maschinen ja nicht wirklich. Wir wissen bloß, wie man sie benutzen kann; die inneren Geheimnisse ihrer Funktion sind uns ebenso rätselhaft wie dem ersten Huronen die inwendigen Abläufe eines Steinschlossgewehrs. Was nun diese – zugegebenermaßen nur genau wie die Reststrahlung hypothetischen – Galdäer betrifft, so wäre ein derart sauberer Einbruch in unsere Systeme nur dann möglich, wenn man all diese komplizierten Sachen bis auf die unterste Ebene durchschaut. Und schau nur mich an, den Fachmann, den man ruft, um administrative Probleme mit Hilfe von maßgeschneiderten Programmen zu lösen – nicht einmal ich weiß wirklich, was in den Prozessorkernen vorgeht. Wir sind weit entfernt von den Grundlagen unserer Technologie.

Da passt es nur allzu gut ins Bild, dass heute jemand Aufzeichnungen von laufenden Feldgeneratoren entdeckt hat. Daten, die mehr als ein halbes Jahr alt sind und von der anderen Seite des Planeten stammen. Aus einer Gegend, die niemals jemand vom Flottenkommando betreten hat, wenn man unseren Logbüchern glauben kann (kann man das?).

Es können also keine unserer eigenen Maschinen sein. Dort stehen Generatoren, die von jemand anderem gebaut worden sind. Von den Galdäern, logischerweise, von wem sonst. Nur nicht von Lugg, Tsanama oder Kondh. Wir wissen ja nicht einmal, wie die Staaten in jener Gegend des Planeten heißen und ob es überhaupt welche gibt. Leute haben unsere Technologie kopiert, die nie mit uns zu tun hatten. Das müsste uns allen eigentlich eine Heidenangst einjagen. Tut es aber nicht. Das Zeug ist eben schon ein halbes Jahr alt.

In den letzten sechs Monaten hat sich hier so viel verändert, dass es den Insassen von Konstral vorkommt wie eine Ewigkeit. Vielleicht stehen die Erbauer dieser rätselhaften Maschinen ja hinter der Meerenge bereit, um uns in den Orkus zu blasen. Vielleicht fallen in den nächsten Tagen feindliche Truppen über uns her. Vielleicht hausen dort auf der anderen Seite dieser verdammt komplizierten Kugel die Schöpfer und basteln mit unseren Maschinen herum, um endlich den Fluch zu lösen, der auf ihnen liegt. Vielleicht fliegen morgen schlanke Metallvögel mit weit ausladenden Schwingen und töffelnden Verbrennungsmotoren über Konstral hinweg und werfen Bomben ab. Vielleicht erscheint nachher, nach dem Mittagessen, ein großer Gleiter auf künstlichen Gravitationskissen und radiert die ganze Insel mit einer gezielten Ladung Höllenfeuer aus.

Entschuldige, wenn ich dramatisch klinge, ich habe ernsthaft Furcht vor dem, was diese seltsamen Galdäer angestellt haben mögen. Aber es ist viel wahrscheinlicher, dass sie uns und der Station nichts tun werden. Sie sind viel zu wissbegierig, um das alles leichtfertig zu zerstören. – Ich muss aufhören, ich schreibe später weiter.

Nachtrag in der Nacht des 31.3.

Angeblich nähern sich Schiffe der Insel, unbeleuchtet und schnell und von Kraftfeldern geschützt. Ein Alptraum. Sie antworten auf keine Anfrage. Unsere Versuche, Zugriff auf ihre Rechner zu bekommen, waren chancenlos: Die haben komplett andere Betriebssysteme. Ich habe Angst.

Telegramm 1.4.1717 N. L. Konstral - Galdäa

MARKUS ES IST AUS – SIE KOMMEN UND SIE SIND NICHT MEHR AUFZUHALTEN – ICH DENKE AN DICH SOLANGE ICH ES KANN – VERZEIH DEN SCHWULST – ERKUNDIGE DICH WO WAFFENLADUNGEN FÜR TSANAMA HINGELIEFERT WORDEN SIND – SPATZEN STERBEN SCHNELL – KAROLUS

Telegramm Ende – Gebühr nicht bezahlt

15.

Michael Sanderstorm • 7

Dan Brögger mochte ein netter Kerl sein, aber wenn er es war, verbarg er es geschickt. Er schaute Michael Sanderstorm durch die Gaze an, die zum Schutz vor fliegendem Ungeziefer vor seine Haustür gespannt war, und machte keinerlei Anstalten, den Gast hereinzubitten. Dan Brögger war ein Bär von einem Mann, groß und ausladend, und überall schaute reichlich Körperbehaarung hervor, wo der umfängliche Leib nicht von Kleidung bedeckt war. Er machte den Eindruck, es sei ihm lieber, Michael würde sich schleunigst wieder auf und davon machen.

Normalerweise hätte Michael ihm den Gefallen gern getan. Allerdings hatte er heute keinerlei Probleme mit seinen Verletzungen. Die Hitze in diesem Habitat störte ihn nicht im geringsten. Im Gegenteil. Wärme linderte. Hinzu kam: Die Schmerzen und Beschwerden befanden sich auf der anderen Seite einer stabilen Wand aus Körperchemie. Was ein Alex Ginsburg konnte, war für Michael Sanderstorm keine Schwierigkeit. Er hatte sich gleich nach seiner Ankunft in diesem luxuriösen Habitat bei den Ärzten gemeldet und von ihnen allerlei Verhaltensmaßregeln erhalten, die zu befolgen er nicht beabsichtigte. Er hatte inzwischen Übung darin, das Gewäsch der Mediziner zu überhören. Es war ihm auf das Medikament angekommen, das ihm mindestens zwei schmerzfreie Tage verschaffen würde. Glücklicherweise wussten die Ärzte hier auf Atibon Legba nicht, dass er dieses Präparat schon oft genommen hatte. Zu oft, wie Professor Legrand fand. Angeblich schädlich im Dauergebrauch oder so. Michael fand das Mittelchen äußerst nützlich. So ein raffiniertes Zeug, das den Körper freundlich zur Ausschüttung körpereigener Endorphine veranlasste, sodass die Schmerzen wirkungsvoller als durch stärkste Schmerzmittel betäubt wurden. Es war entschieden einfacher, das Zeug von Ärzten verschrieben zu bekommen, als sich auf dem grauen Markt, wo buchstäblich alles verfügbar war, einen fragwürdigen und völlig überteuerten Ersatz zu beschaffen. Dort zum Beispiel, wo Ginsburg seinen Stoff bekam. Michael wollte keine einzige Sekunde darüber nachdenken, wo der Unterschied sein mochte zwischen dem längst süchtigen Ginsburg und ihm selbst, mal abgesehen davon, dass er seine Droge nicht in Schnaps verpackt zu sich nahm, sondern in sauberen kleinen Pillen. Sauber!

Michael war dieses Mittel vor Monaten von Professor Legrand verboten worden. Professor Legrand hatte ihm viel beigebracht über seinen vielfach geflickten Körper. Und der Name des Professors hatte sich als nützlich erwiesen.

Nicht bei Dan Brögger. Der war entweder fürchterlich gehemmt oder, was Michael für viel wahrscheinlicher hielt, von dem drogensüchtigen Piloten gewarnt worden, mit dem Michael in diesem Caféhaus-Imitat auf der anderen Seite von Atibon Legba geplaudert hatte. Gewarnt vor einem Verrückten mit Galdäa-Tick.

Mach dir nichts vor, dachte Michael, du hast ihn, diesen Tick, es hat dich erwischt. Als ob du Tasso lebendig machen könntest, wenn du die Geschichte aufklärst. Sein anderes Ich mischte sich ein und behauptete, es sei nicht sicher, ob Tasso tot sei. Das stimmte auch wieder. Michael war der festen Überzeugung, dass Tasso lebte, irgendwo. Im Gehirn des Studenten gab es eine geheime Stelle, an der ein feiner Faden verankert war, der direkt zu Tasso führte. Direkt. Unerklärlich. Intuitiv. Und dieser Faden war nicht durchtrennt worden. Er sagte Michael, dass sein Bruder am Leben war. Irgendwo. Dass er ihn suchen müsste, wenn es dazu eine Chance gäbe. Stattdessen bohrte Michael in den Resten eines längst erkalteten Krieges, der kaum jemanden interessierte.

Als Ablenkung, Ersatzhandlung dann, dachte Michael, löste sich aus seiner Grübelei und sagte dem Herrn Brögger ins Gesicht, wie er sich das dachte mit der Warnung – ein Telegramm vielleicht oder ein Anruf?

Dan Brögger stutzte und lächelte breit. »Telegramm.«

Er zeigte es Michael, indem er das Papier flach von innen gegen die Gaze drückte. Es gelang ihm damit, seinen Gast sichtlich zu verblüffen. Das Telegramm war teuer gewesen, Übermittlung innerhalb einer Stunde; das war sogar für Atibon Legba schnell. Die Kommunikation innerhalb des in jahrhundertelanger Arbeit gewachsenen Kolosses war schwerfällig. Zu viele unterschiedliche Systeme aus zu vielen unterschiedlichen Epochen. Genau wie die Transporteinrichtungen. Michael hatte anderthalb Tage gebraucht, um in dem Gewirr, aus dem die Station bestand, die dreihundert Kilometer bis in dieses Habitat zurückzulegen. Er las langsam das Telegramm.

SALUTE DANNY – EIN WAHNSINNIGER AUF DEM WEG ZU DIR – ES GEHT UM GALDÄASACHE – SCHMEISS IHN RAUS – GRUSS ALEX GINSBURG.

»Gut«, sagte Michael, »dann muss ich Sie wohl fragen, warum Sie mich nicht sofort rausgeworfen haben?« Er verschwieg geflissentlich die Tatsache, dass er draußen in der Glut eines nachgemachten Sommertages stand und sich durch feine Gaze hindurch mit Dan Brögger unterhielt.

»Genau diese Frage war vorgesehen.« Brögger grinste und nahm das Telegramm wieder an sich. Dann entriegelte er die Gazetür und ließ Michael Sanderstorm hinein.

»Warum also?«, fragte Michael. »Warum haben Sie mich reingelassen – nach dem Telegramm?«

Brögger warf das Telegramm auf ein Tischchen, und dann winkte er Michael weiter ins Haus. Auf einer großen, gazeverhangenen Loggia setzten sie sich, und Michael bestaunte den Blick, der sich von hier aus bot. Wüsste er nicht genau, auf Atibon Legba zu sein, mitten in einem dichtbesiedelten Haufen aus Metall und Plast, er hätte glauben können, auf einem idyllischen Planeten gelandet zu sein. Üppiger Pflanzenwuchs rahmte einen kleinen See ein, und das Licht einer tropischen Sonne brannte herab und ließ das andere Seeufer in der Hitze flimmern. Insekten brummten durch die Luft und flogen hin und wieder gegen die Gaze wie verirrtes Spielzeug. Hier zu wohnen war alles andere als billig, das war Michael klar. Das Habitat wirkte perfekt, wenn man auf Hitze und einen nie endenden Sommer stand.

»Bisschen heiß hier, ich gebe es ja zu«, sagte Dan Brögger, »aber ich mag es warm. Habe wohl ein paar Jahre zu viel gefroren.«

Michael sah den korpulenten Mann von der Seite an; dabei fiel ihm auf, dass Brögger trotz der Hitze ein langärmliges Hemd und lange Hosen trug. Zwischen den fest geschlossenen Knöpfen des Hemdes quoll schwarzes Brusthaar hervor. Der Typ war, erkannte Michael, gekleidet wie für einen drohenden Wintereinbruch. Und das in einem Habitat, das sich erfolgreich bemühte, die vollkommene Imitation eines heißen schwülen Sommertages auf der Erde zu sein. Brögger war ein Fall von Temperaturpsychose.

»Karna?«, fragte Michael Sanderstorm.

Dan Brögger nickte und goss sich Tee ein. Bei dem Gedanken an irgendein heißes Getränk brach Michael der Schweiß aus. Die Stirn des größeren Mannes war völlig trocken.

»Wenn man einmal bis ins Mark und rettungslos gefroren hat, bis an den Rand des Todes, dann wird man für den Rest seines Lebens nicht mehr richtig warm«, meinte Dan Brögger und legte seine Füße auf einen Hocker. Michael konnte den Blick nicht abwenden. Dicke Socken, Pantoffeln. Karna war offenbar eine nette Welt.

Brögger folgte dem erstaunten Starren Sanderstorms und lachte. »Kalte Füße als Berufskrankheit«, sagte er. »Ich lebe im Sommer, seit ich diese Geschichte auf Karna knapp überlebt habe. Immer im Sommer. Und trotzdem läuft es mir sofort eiskalt den Rücken herunter, wenn ich einen Luftzug spüre.«

»Ich komme mir hier wie in einem Hochofen vor«, meinte Michael Sanderstorm und fächelte sich Luft zu. Ihm ging es im Augenblick prächtig; dieses großartige Gefühl war nur geborgt, das wusste er. Die Medikamente würden nicht ewig wirken. Schon mit Rücksicht auf seine angegriffene Gesundheit sollte er diesen Brutkasten möglichst rasch verlassen. Irgendwann würde die Chemie in seinem Blut nicht mehr in der Lage sein, Endorphin durch seinen Körper zu schießen – einfach, weil keines mehr da war.

»Warum haben Sie diese Warnung von Alex Ginsburg nicht ernst genommen?«, fragte er.

»Weil ich Alex kenne«, erklärte Brögger. »Er ist ein bissel überspannt, müssen Sie wissen. Sieht immer Teufelchen mit haarigen Geheimnissen. Schluckt die falschen Chemikalien. Und er hat eine richtig schlimme Profilneurose. Muss sich bedeutender machen, als er ist. Muss recht haben. Er hat einiges hinter sich, was seine Schwäche erklärt.«

Michael sah seinen Gastgeber fragend an.

»Nein, mit der Galdäa-Sache hat das nichts zu tun. Die Geschichte mit Galdäa hat niemandem gefallen. Mir auch nicht.«

Brögger schlürfte geräuschvoll seinen Tee, der tatsächlich leicht dampfte, selbst in dieser Hitze. Von der spiegelglatten Fläche des Sees starteten ein paar Wasservögel und verschwanden mit klatschenden Schwingen. Wohin die wohl fliegen, überlegte Michael, gibt es denn so große Habitate, dass man Vögel darin frei herumfliegen lassen kann? Zugvögel? Verbringen die den Sommer vielleicht in kühleren Gegenden? Flattern sie durch Atibon Legba auf der Suche nach besserem Wetter? Oder hat man extra für die Insassen solcher Edel-Habitate mechanische Vögel konstruiert? Michael stellte sich das vor, von winzigen Rechnern gesteuerte Flamingos, die immer in Richtung einer nie untergehenden Sonne flogen und am Ende ihres Weges von einem Förderband wieder zum Start zurückgebracht wurden.

»Sie wissen, dass ich die Pannen mit den Sonden verantworten musste?«, fragte Dan Brögger.

»Ja ... Hat es denn Pannen gegeben?«

Brögger lachte. »Natürlich. Wir hatten damals ungefähr zweihundertfünfzig Planeten zu beschicken. Mit den verschiedensten Sachen. Teilweise völlig verrücktes Zeug. Manchmal war kein einziger Posten auf der Liste, den wir hätten erklären können. Sendungen für die verschiedensten Adressaten. Für Menschenkolonien, alteingesessene, frisch gegründete und wiederentdeckte. Für karnesische Kolonien, für einige Planetenforts. Hin und wieder sogar für Utragenorius. Und für Niedrige-Ebenen-Zivilisationen, wie wir sie nannten. Manchmal erfuhren wir erst nach Jahren, dass eine Welt auf unserer Kundenliste längst unbewohnt war, aufgegeben oder ausgestorben. Selbst jetzt muss es einige Planeten geben, die von unseren Lieferungen umkreist werden. Es gibt niemanden, der sie abruft. Oder keinen Platz, um zu landen.«

Dan Brögger hielt inne, musterte Michaels Gesichtsausdruck und grinste. Dann schlürfte er wieder heißen Tee.

»Die Pannen«, erinnerte ihn Michael.

»Ja. Natürlich. Überall geht mal was daneben. Nicht alle Sendungen kommen an. Nicht genau dort, wo sie hinsollen. Manchmal gehen welche komplett verloren. Die übrigen haben eine gewisse Streuung.« Brögger beobachtete genau, wie sich der Flüssigkeitsspiegel in seiner Tasse verringerte, während er trank. »Es war ein Wunder, dass die Sonden meistens beim richtigen Planeten aufsprangen. Es gab so viele davon. Nun obendrein noch zu erwarten, sie sollten immer in dem zuständigen Zwergstaat landen, ist ein bisschen viel verlangt. Von A. L. aus sehen all diese Welten aus wie Punkte im

Universum, und all diese kleinen Ländchen wie Fliegenschisse. So kommt es zu kleinen Betriebsunfällen. Hin und wieder, das bleibt nicht aus. Und wer kriegt deswegen die Schelte auf sein gramgebeugtes Haupt? – Der Instrukteur! In diesem Fall ich.«

Dan Brögger schluckte den übriggebliebenen Tee hinunter und goss aus der dampfenden Kanne neuen nach. Das Ding hatte im Boden ein eingebautes Heizelement, um das Getränk glühend heiß zu halten.

»Es hat doch sicherlich Vorschläge gegeben, das Adressensystem zu verbessern«, sagte Michael. Auf der Außenhaut seines Kokons aus chemischer Glückseligkeit flackerten Bilder von herumirrenden Sonden: Behälter ergossen ihren Inhalt in die Atmosphäre irgendwelcher Welten, und beim Verglühen zeichnete das Zeug bunte Spuren an den Himmel. Wilde, speerschwingende Kreaturen holten Lasergewehre und planetenbrechende Bomben aus verrosteten Sonden, spielten mit tausendadrigen Netzzugängen und mit Landau-Feldern, die Gebirge einebnen konnten. Andere Behälter kreisten um Eisplaneten, Jahrtausend um Jahrtausend, während die winzige Sonne langsam erkaltete. Vielleicht begegnete einer von ihnen dabei einem verschollenen Piloten? Vielleicht irrte Tasso durchs All und klopfte bei stummen Sonden an, die auf einen Landecode warteten, der niemals eingehen würde? Nichts davon konnte Michael nahegehen.

»Sicher gab es allerlei Vorschläge«, sagte Dan Brögger. »Hat es immer gegeben. Und die wurden alle geprüft, das kann ich Ihnen versichern. Registriert, analysiert, simuliert, getestet und von mehreren unabhängigen Gremien begutachtet. Es war nichts dabei, was wir hätten gebrauchen können. Nichts, das wirklich umsetzbar gewesen wäre.«

Brögger setzte sich auf und sah seinem Besucher ins Gesicht. Mit einer Geste, die langjähriger Gewohnheit entsprang, zog er die Ärmel seines dicken wollenen Hemdes lang. Nur ja keine Wärme verlieren.

»Warum waren all die Ideen nicht verwendbar?«, fragte Michael.

»Das eigentliche Problem war der Zeitfaktor, verstehen Sie? Ein neues System hätte alles lahmgelegt. Das alles war zu groß.« Dan Brögger machte eine ausgreifende Geste. »Unmöglich und unzumutbar, die Sondenverschickung für ein halbes Jahr zu unterbrechen, um das Adressensystem zu verbessern und neue Verfahren einzuführen, zu testen und in Betrieb zu nehmen. Dafür war das alles zu wichtig. Es hing eine Menge von unseren Lieferungen ab. Verstehen Sie: Ein paar Dutzend Planeten wären vielleicht ausgestorben, fünf oder zehn ganz bestimmt. Zwei oder drei Kriege irgendwo im bewohnten Kosmos wären ausgebrochen. Menschen wären umgekommen. All diese Leute hingen an einer einzigen Nabelschnur, und das waren unsere Sendungen. Ging eine von ihnen fehl, schickten wir rasch Ersatz. Es wäre Mord gewesen, für Monate nichts mehr zu schicken.« Dan Brögger ließ den letzten Rest gewärmten Tees in seine Tasse fließen und schüttelte missmutig die Kanne. Das Ding zischte leise. Leer. Der Blick in die Tülle war so vergeblich wie der Versuch, irgendein Sondensystem verbessern zu wollen.

»Und wie war es mit den Vorschlägen von Konstral auf Galdäa?«, fragte Michael.

»Moment.« Brögger beugte sich zu einem antik wirkenden Möbel hinüber und zog ein Terminal heraus. Michael hatte solche Konsolen bisher nur auf Abbildungen gesehen; das Neueste vom Neuen. Die Dinger waren grazil und wirkten zerbrechlich, hatten aber eine ungeheure Leistungsfähigkeit. Michael spürte den Stachel des Neids, nur von weitem. Eine solche Konsole hatte genug Kapazität, um das Netz einer Universität auf Penta V an die Wand zu spielen. Jedes Gerät war einmalig und leider äußerst kostspielig. Dieses hier war vermutlich mit Heizelementen ausgerüstet, um seinem ewig fröstelnden Besitzer die Hände wärmen zu können. Alle Konsolen dieser Art waren ihrem Besitzer buchstäblich auf den Leib geschneidert. Gegen Fremdeingriff gehärtet. Sie reagierten nicht auf Fremde, und mochte es sich um geniale Experten handeln – niemand anderes als der Besitzer konnte ihnen Befehle eingeben. Dan Brögger arbeitete einige Sekunden lang an seinem Wunder-Terminal, über das er offensichtlich direkten Zugriff zu den Archiven seines Arbeitsbereiches hatte. Keine Spur von den gemächlichen Abläufen, die Normalsterbliche wie Michael Sanderstorm auf A. L. zu erdulden hatten. Kein Netz, das an der Datenkrätze zu ersticken drohte. Es waren andere Kanäle, die für Dan Brögger offenstanden.

»Tut mir leid«, erklärte Brögger nach kurzer Zeit, »in puncto Adressierung ist niemals ein Vorschlag von Galdäa gekommen. Würde hier stehen. Die Datenbanken vergessen nichts.«

Michael hatte keinerlei Mühe, ganz ruhig zu bleiben. Aufregung und Wut waren auf der anderen Seite seiner chemiegetränkten Zufriedenheit zurückgeblieben. »Was passierte mit formlos eingereichten Vorschlägen?«, fragte er.

Brögger dachte keine Sekunde nach, ehe er antwortete. »Alle Vorschläge gingen erst durch die Buchung. Mussten dort als Verwaltungsvorgang registriert werden. Wegen der Vergütung. Für den Fall, dass die Prüfung ein positives Ergebnis erbrachte.« Er lächelte Michael schelmisch an. »Die Leute wollen schließlich ihr Geld haben, wenn sie mal was Brauchbares ausgetüftelt haben. Aus dem gleichen Grund gingen alle Vorschläge und Ideen, die nicht in der vorgeschriebenen Art und Weise verfasst waren, an den Absender zurück. Zusammen mit dem entsprechenden Formblatt und einer Anleitung, wie man es richtig machen konnte. Und einem Brief, den irgendwo irgendein Rechner schrieb.«

»Ordnung muss sein«, sagte Michael finster und schwitzte einige Sekunden still vor sich hin. Sollte er diesem netten und unverschämt vermögenden Menschen erklären, dass die Verwaltung wahrscheinlich dafür gesorgt hatte, dass ein sinnloser Krieg vom Zaun gebrochen worden war? Sollte er diesem hitzesüchtigen behaarten Kerl klarmachen, dass all das ordentliche Registrieren und Buchen zum Tod von tausend Menschen und einer unbekannten Zahl Galdäer geführt hatte? Dazu fühlte er sich nicht imstande. Er hatte keine Lust dazu. Seine Verbitterung ging ihm hinter all den schmerzstillenden Mauern nicht sonderlich nahe.

»Wurden die Landeorte der Sonden registriert?«, fragte er.

Dan Brögger guckte beleidigt. »Natürlich! Bei uns geht nichts verloren, alle Informationen werden treu aufbewahrt. Vielleicht gibt es keine andere Abteilung des Flottenkommandos, die derart penibel jede Information archiviert.«

Brögger griff in die Tastatur seiner Wundermaschine. Die Bildwand faltete sich auseinander und bildete eine Art Projektionsfläche, ein großes Fenster. Michael sah es mit Staunen. Das war eben die Technologie, die kaum jemand brauchte. Die dennoch jeden beeindruckte. Ein Schema erschien: Graue flache Gebäude, die Dächer der Archive von Atibon Legba. Diese Archive wurden durchsichtig und gaben ihre wahren Abmessungen preis. Eigens zu diesem Zweck gab es animierte Menschlein, die in den virtuellen Gebäuden umherwuselten. Als Größenvergleich. Die Archive erstreckten sich einige tausend Meter in die Tiefe, und tief unten arbeiteten ununterbrochen kunterbunte Roboter und trieben die Verliese weiter hinab, immer tiefer, um Platz zu schaffen für Speicherblöcke, Speicherblöcke, Speicherblöcke. Am Rand zeigte eine Zahlenleiste die Größenverhältnisse an.

Natürlich war das alles Unsinn. Das Gedächtnis des Flottenkommandos war sicherlich irgendwo, nur verbarg es sich bestimmt nicht in Baracken mit Kellern; diese Bilder sollten lediglich die schiere Ausdehnung der Datenbanken verdeutlichen. Dan Brögger schaute stolz auf die Bildwand. Er schwitzte nicht. Michael Sanderstorm spürte, wie sich in seinem Bewusstsein ein staunendes Gefühl aufbaute, trotz seiner endorphintrunkenen Zufriedenheit. Es war genau das, was diese Projektion endlos in die Tiefe reichender Katakomben bezweckte: Was für Datenmengen mussten in diesen Speichern vergraben sein. Leider konnte er jetzt nicht richtig staunen, nicht auf diesem Trip medikamentöser Gelassenheit.

»Kann ich nach einigen Sonden fragen?«, erkundigte sich Michael.

»Bitte.« Brögger grinste.

»Ich meine, direkt im System?«

»Aber ja doch.« Brögger grinste breiter.

Michael setzte sich vor das Terminal und schaute stumm auf die Anzeigen. Natürlich würde das Ding sich strikt weigern, Befehle von ihm anzunehmen. Er dachte nicht daran, sich mit vergeblichen Versuchen lächerlich zu machen. Einige lange Sekunden vergingen, ehe Dan Brögger sich herabließ, die Konsole für die Benutzung durch einen Fremden zu entriegeln. Michael war nicht sicher, ob der zugeknöpfte Bürokrat darauf gewartet hatte, dass sein Besucher vor den Sicherungen des Wunderapparats kapitulieren würde. Tja, Pech gehabt.

Dann griff Michael in die Tasten – die sich tatsächlich merkwürdig warm anfühlten –, und ließ Brögger staunen über die Sicherheit, mit der er unter Zehntausenden von Angaben nach einigen speziellen Sonden fragte. Sonden, die in Richtung Galdäa geschickt worden waren, natürlich. Und immer ließ Michael durch Tastendruck einen bedruckten Bogen Papier aus dem Drucker kriechen. Was er fand, was die Anzeige ihm sagte, was auf den Papieren stand?

Einmal war jene Sonde mit dem scheinbar völlig unverfänglichen Inhalt nicht in Kondh, sondern in Ganoris gelandet. Fruchtsäfte, Obstkonserven, Wein, Schösslinge, junge Bäume, Samen, Rebstöcke, Anleitungen für den Obstbau, Werkzeugmuster. Ganz Ganoris hielt seitdem ganz Kondh für übergeschnappt und pervers. Wegen eines Rechenfehlers im Sondenlenkmodul. In Ganoris war ein Mann, der sich um Obst kümmerte, nicht einfach nur ein Schwächling, sondern abartig. Eine Frau erst recht. Auf Ganoris gab es nur eine einzige geheiligte Flüssigkeit, und das war Muttermilch. Die ganorischen Fürsten – die wie all ihre Untertanen jenseits des Säuglingsalters nichts anderes tranken als reines Wasser und schärfsten Schnaps – hatten immer auf Kondh herabgeblickt, und nun hatte ihre Verachtung einen greifbaren Grund. Fruchtsaft! Also wirklich! Ausscheidungen! Obst! Ein ganzes Land, das Exkremente fraß ...

Eine Sonde mit medizinischer Ausrüstung und detaillierten Unterlagen zu Anatomie, Histologie, Pathologie war in Kanohook angekommen statt in Tsanama. Wer weiß, was die ehrenwerten Herren Mönche von diesen Dingen hielten. War da nicht was gewesen, mit Fleisch und Knochen und Religion? Michael war der Zusammenhang vor lauter schmerzfreier watteweicher Zufriedenheit entfallen.

Und da – ein Programmierfehler, der von Suchnetz der Fehlerfangprogramme nicht erwischt worden war – waren die Waffenlieferungen nicht in Tsanama angekommen, wo sie den Staat, der die Menschen beherbergte, stärken sollten, sondern in Lugg. Lugg, der traditionelle Erzfeind Tsanamas, der auf Gelegenheiten wartete, seine Nachbarn zu überfallen. Und dieser Kontrahent bekam die Waffen und die Unterlagen, das ganze Know-how. Inklusive detaillierter Übungskurse für den Umgang mit den Mordinstrumenten. Reparaturanleitungen.

Kann man einen Rechner standrechtlich erschießen? Dem Instrukteur hier war kaum ein Vorwurf zu machen. Solch eine Panne mochte vorkommen, das war eine gewisse technisch bedingte Wahrscheinlichkeit.

Und welche Folgen hat das Ausbleiben der Obstrakete für den Hof in Kondh gehabt?, fragte sich Michael. Ist da vielleicht ein wichtiges diplomatisches Fest ausgefallen, hat es aus Wut eine Palastrevolte gegeben oder ein paar Hinrichtungen – es hat sicher nicht zur Beliebtheit der Menschen beigetragen.

Weiter.

Eine Lieferung für die aufgeklärten Damen von Aras-Toit, jede Menge ketzerisches Gedankengut, moderne Rechneranlagen, ein Planetarium, Lehrprogramme zu Genetik und Kosmologie. Dazu chirurgische Ausrüstung, Humanmedizin, Anatomie. Holografische Obduktionen. Für die abergläubischen Leute in Assant war das sicherlich ein echter Schock gewesen. Immerhin schüttelte man dort Tierschädel und Federn zu gesungenen Sprüchen über dem Krankenlager, wenn jemand im Sterben lag. Und es war extrem lebensgefährlich, in Assant Arzt zu sein und nicht bloß Medizinmann. Wer Leichen aufschnitt, wurde selbst aufgeschnitten, und zwar mit einem Hagel spitzer Steine.

Und es ging weiter. Eine Sonde mit allem, was man für die Produktion rustikaler Flugmaschinen Schwerer-als-Luft benötigte, bestimmt für die Verbündeten der Menschen in Tsanama, war exakt zum geplanten Zeitpunkt auf Galdäa gelandet. Irgendwo auf Galdäa. Es lagen Daten vor, dass alles ordnungsgemäß entladen worden war, bis auf die letzte Kiste. Aber es gab keinerlei Information, von wem. Der Landepunkt war mehr als eine Viertelumdrehung des Planeten entfernt. Er gehörte nicht zum Territorium eines der bekannten Staaten der Galdäa. Eins stand fest: Es waren keine Wilden gewesen, die all das Zeug eingesackt hatten. Es gab sogar eine Dankesbotschaft, die jemand in den Sondenrechner eingegeben hatte, ehe sich das Ding wie vorgesehen selbst zerstörte. Ordentlich. Die letzte Nachricht, im Moment des Endes nach A. L. abgeschickt, enthielt einen einzigen orthografischen Fehler.

Weiter abgedriftet waren drei Ladungen mit speziellen, sehr energetischen Ladungen; dahinter verbargen sich, wie Michael herausfand, nicht einfach ein paar Kraftwerksausrüstungen. Die eine war ein kompletter Fusionsofen, von jener besonders kompakten Bauart, wie sie interplanetare Flugkörper mitführten. Die andere hatte Bauteile für eine Materie-Antimaterie-Anlage enthalten, inklusive Kondensatriden zum Zünden der Reaktion. Die dritte Sonde hatte ein Erkundungsschiff geladen, komplett flugbereit und inklusive Trainingsprogrammen. Steig ein, flieg los. All das war auf der Rückseite der Galdäa verschollen, entgegengesetzt der Position Konstrals. Das Raumfahrzeug in der dritten verschwundenen Sendung war exakt baugleich mit jenem, in dem ein gewisser Tasso Sanderstorm spurlos verschwunden war.

»Was ist?«, fragte Brögger, er wunderte sich über Michaels plötzliche Erstarrung.

»Ich hab gefunden, was ich suchte«, sagte Michael mühsam, »aber ich kann mich nicht freuen darüber. Langsam kommt Licht in die Sache. Ein Licht, das mir nicht gefällt.«

Er ließ die Liste weiterlaufen und druckte jeden einzelnen Fall von fehlgeleiteten Lieferungen aus. Zu Rechnern hatte er momentan nicht viel Zutrauen. Mit solchen Papieren würde man wenigstens dramatisch herumwedeln, wenn man sich wieder richtig aufregen konnte. Und er wollte sich nicht vorstellen, was eine elektronische Pest wie die zu Hause mit solchen Daten anstellen mochte.

Die Liste war lang; Michael konnte sie nicht mehr lesen, weil die wohltuende Barriere zwischen seinem Körper und seinem Geist dabei war zu zerbröseln. Das Endorphin war verbraucht, und sein Organismus konnte so schnell kein neues herstellen. Schmerz und Übelkeit sickerten durch, fraßen hässliche Löcher in den watteweichen Kokon.

Michael wollte sich nicht vorstellen, was außerdem wahllos über die Oberfläche des Planeten verstreut worden war. Er packte seine Unterlagen ein und wehrte verbissen alle Versuche Dan Bröggers ab, ihn länger in der Affenhitze des Habitats festzuhalten oder ihm die Geschichte seiner tiefgefrosteten Jahre auf Karna aufzutischen. Er flüchtete auf schnellstem Wege in eine Gegend Atibon Legbas, die seinen armen Kopf nicht mit gleißender Sonne und schrillen Vogelgekreisch foltern würde. Eine Gegend, in der er einer finsteren Gestalt eine Substanz abkaufen konnte, die die eingerissene Mauer zwischen Michael Sanderstorm und seinen Schmerzen reparieren würde.

Wieso hat niemand gemerkt, was da schiefläuft, fragte sich Michael, und wieso schwelgt ein angeblich im Ruhestand lebender Ex-Bürokrat des Flottenkommandos in einem derart exorbitanten Luxus? Künstliche Flamingos, also wirklich. Es geht nicht nach mir, dachte Michael auf dem Weg zur Metrostation, es geht weiß Papst nicht nach mir, aber es geht irgendwie steil bergab.

16.

Markus Hataka • Wundere dich, wo du bist/Etwas so Grosses konnte unmöglich/So beschissen werden

Markus hatte viel davon gehört, wie sich das Bewusstsein eines Verletzten nach dem Trauma wieder zur Wirklichkeit durchkämpft, und als es ihn selbst betraf, erwies sich all das Gerede als Blödsinn. Vielleicht lag es an seinem Ycorgan-gebeizten Gehirn; er war schlagartig hellwach und blickte um sich. Er lag in einem schneeweißen Kokon. Sein Körper fühlte sich an, als wäre er weiter von ihm entfernt als nur die paar Zentimeter; die Entfernung zu seinen Füßen war gigantisch. Irgendwo waren da Schmerzen, die weit weg stattfanden. In der Nähe des Ortes, an dem seine Arme und Beine sich befanden. Jetzt wundern wir uns, wo wir sind.

Wenn er sich ein wenig anstrengte, fokussierten seine Augen auch weiter entfernte Dinge. Der Kokon war gar nicht weiß; da leuchteten Kraftfelder, die einen Leib umhüllten, da waren Schläuche, die in ihn hineingriffen, klare Flüssigkeiten einleiteten und eine trübe Brühe heraussogen. Elektronische Geräte klebten an diesem zerschundenen Fleisch und erhielten es mühsam am Leben. Markus Hataka begriff, dass es diesen Typen schwer erwischt hatte; er war dem Tod noch nicht einmal zur Gänze von der Schippe gestiegen. Dass es sich bei dem zerfleischten Leib um seinen eigenen handelte, war ihm durchaus klar. Es regte ihn nur nicht auf. Eine tiefe Ruhe erfüllte ihn, ähnlich wie beim Aufwachen mitten in der Nacht. Man stellt befriedigt fest, dass man viel Zeit hat, dass man noch Stunden hat, dreht sich herum und schließt die Augen.

»Sie dürfen jetzt nicht mehr einschlafen, nein, nein«, sagte eine gelangweilte Stimme. Eine weibliche Stimme. Ihre Satzmelodie war interessant. Die Betonungen lagen nicht ganz da, wo sie hingehörten. Wie eine leicht schräge Musik. Vielleicht kann ich das ja mal verwenden, dachte Markus, und im selben Moment spürte er endlich kalte schwarze Panik in sich aufsteigen. Musik, Instrumente, Melodien, das war plötzlich so unerreichbar wie das Innere der Sonne. Die fremd klingenden Worte hatten irgendeinen Schalter betätigt;

Wirklichkeit sickerte in seine Gedanken. Ich bin das, dachte er, ich stecke in diesem Kokon aus Energie und lebenserhaltenden Systemen, ich, Markus Hataka, mich hat es erwischt, und wie es mich erwischt hat. Oh Karolus, in welcher Hölle du auch schmorst, ich glaube, ich komme.

»Das Schlimmste haben Sie längst überstanden, herzhaft wie Sie nun mal sind«, singsangte die Frau und kam ins Blickfeld; Markus hatte nicht die Kraft, den Kopf zu drehen, oder er konnte ihn gar nicht mehr bewegen. Also sah er die Ärztin ins Bild kommen, als wäre sein Gesichtssinn eine fest montierte Kamera. Seine Sicht war eingeschränkt, jedoch ungetrübt. Die Dame war eine optische Sensation. Sie steckte in einem roten Hosenanzug aus weichem, wolligem Stoff und zielte mit einem komplizierten Gerät auf den Musiker.

»Maja Maja ist mein Name«, sagte sie, »wenn Sie naseweis sein wollen und mich ärgern wie die anderen, sagen Sie sorglos Doktor Maja zu mir. Sie werden sehen, was Sie davon haben.«

Ihre Haare waren rabenschwarz und umrahmten ein rundes Gesicht mit mandelförmigen Augen. Der einzige Schmuck, den sie trug, bestand aus mehreren Ketten, große quietschbunte Holzkugeln. Die Farbkontraste konnten Krokodile zum Weinen bringen. Markus Hataka wusste sofort, woher Maja Maja stammte – auf Engambosch hätte man diesen Aufzug für ein todschickes Kostüm gehalten. Dort hielt man es auch für langweilig, nur zu reden. Man ließ stattdessen die Stimme in jedem Satz die Tonleiter herauf- und heruntermarschieren.

Der Gedanke an solchen Blödsinn machte es seltsamerweise leichter, mit dem Gedanken an all die Verletzungen fertigzuwerden. Nun ja, Karolus, dachte Markus, vielleicht komme ich nicht zu dir. Jedenfalls nicht jetzt. Nicht gleich. Irgendwann schon. Nicht heute.

»Ihre Kehle wird entwässert sein, und Ihre Stimme wird unlustig sein, wie gewünscht zu funktionieren«, zwitscherte Maja Maja, »also lassen wir das Geplapper fürs erste bleiben, finden Sie nicht? Finden Sie? Oder?«

Sie grinste ihn breit an, mit einem unglaublichen Mund, der sich quer über ihr ganzes Gesicht zu erstrecken schien. Natürlich fiel Markus prompt darauf hinein und wollte ihre Frage beantworten. Aus seiner Kehle drangen raspelnde Geräusche, als er versuchte, etwas so Simples wie »Na gut« zu sagen. Nach einem Mann hörte sich das nicht an. Nicht mal nach einem Menschen, wenn er ehrlich war.

Maja Maja grinste breiter. Dass das ging, hätte Markus Hataka nicht für möglich gehalten. Fast bekam er Angst, die schockfarbig gekleidete Frau könnte die untere Hälfte ihres Gesichts bei diesem Grinsen einfach verlieren.

»Ich habe Ihnen tatsächlich gesagt, dass es nicht glücken wird«, trällerte sie fröhlich. »Oder?«

Markus nickte gequält. Erst danach wurde ihm klar, dass er mehr Kontrolle über seinen Körper besaß, als er gedacht hatte. Überraschung! Er konnte nicken. Das war doch was. Wie viele Muskeln waren an dieser einen Geste beteiligt? Setzte eine solche Bewegung eine intakte Wirbelsäule voraus? Was war mit dem Rest des Apparates? Hatte er Arme und Beine? Und konnte er sie gebrauchen? Was war da in seiner Kehle? Kehrte ein wenig Gefühl in einen unbenutzten Kehlkopf zurück? Konnte er wieder sprechen?

Er konnte.

»Ich lebe«, krächzte er; davon abgesehen, dass jeder einzelne Laut seinen eigenen, ganz speziellen Schmerz auslöste, klang es eher nach einer Beschwerde als einem Jubelschrei. So war es nicht gemeint gewesen. Eigentlich war er ganz froh, am Leben zu sein, selbst wenn er sich beschissen fühlte, bei allen Päpsten.

»Freilich, ganz gewiss leben Sie. Und wie Sie leben.« Maja Maja schaute auf irgendwelche Anzeigen, die Markus nicht sehen konnte, und was sie dort ablas, war offenbar erfreulich. »Ich für meinen Teil bin beglückt, Ihnen ausrichten zu können, dass wir Sie hinbekommen haben, oder? Achtbar hinbekommen, kann ich ausrichten, ohne uns über Gebühr zu belobigen. Ja, achtbar.« Die Ärztin strahlte weiter wie ein Honigkuchenpferd.

Markus reagierte mit Verblüffung. Das klang nicht wie das, was man Schwerverletzten nach der wundersamen Heilung sagte. Leute, die dem Tod von der Schaufel gestiegen waren, sollte man doch mit Würde begrüßen. Selbst wenn man diese Dame und ihre Worte mit Vorsicht zu nehmen hatte – schließlich stammte sie von Engambosch –, war das alles befremdlich. Wieso arbeitete überhaupt eine Ärztin von Engambosch auf der Universitätswelt?

Wenn Markus Hataka in seinen Leib hineinhorchte, gab es vielleicht gar keinen Grund, sich wie von den Toten wiedererweckt zu fühlen. Die Kraft kehrte in seinen Körper zurück, als wäre er ein Krug, der mit frischem Wasser gefüllt wurde. Vermutlich war das nur der Überschwang des Glücksgefühls, wieder am Leben zu sein. Er glaubte, auf einmal viel mehr sehen zu können, ganz so, als hätte jemand plötzlich die Welt wieder zugeschaltet. Auch das Summen jener tief klingenden Saite war immer noch da, natürlich.

»Mir ist sonderbar zumute«, sagte Markus, und wenn es überraschend war, so lange Sätze überhaupt sagen zu können, so war es viel überraschender, seine eigene Stimme zu hören. Zwar raspelte die und scheuerte tief drinnen im Hals, aber es ging völlig problemlos. Du hörst dich erfrischend gesund an, dachte Markus, für jemanden, der sich eben so gut wie im Totenreich wähnte.

Die Ärztin hantierte an ihren Instrumenten herum, und die Kraftfelder öffneten sich; Markus spürte, wie sie seinen Körper auf einer harten, ebenen Fläche abluden. Unangenehme Empfindungen zerrten an seinen Nerven, als Sonden und Leitungen aus seinem Fleisch heraus glitten und von bereitstehenden Apparaten verschlungen wurden. Der schützende Kokon aus Kraftfeldern verblasste, ehe er mit einem seufzenden Geräusch erstarb. Was zum Teufel war los? Maja Maja war gnadenlos und zerstörte all seine Illusionen mit einigen wenigen Worten.

»Das ist reinweg alltäglich«, sagte sie. »Keine Person wird aus dem Heilschlaf heraufgeweckt und ist unverzüglich vollständig wieder da. Oder? Jeder braucht ein bisschen Zeitspanne, selbst wenn er genau genommen gar nicht so schlimm verwundet gewesen ist. Keiner.«

Das hatte gesessen. Markus spürte, wie sich die Welt um ihn herum bei ihm meldete. Da waren Düfte, Luftzug auf seiner nackten Haut, es zog irgendwoher, sonderlich warm war es nicht.

Immer noch überströmend vor Freundlichkeit, strahlte Maja Maja ihren Patienten an und musterte ihn zufrieden. Ein Stück Arbeit, das gelungen war. Markus kam sich vor wie bei einer Fleischbeschau. Wie geht es denn unserem Schlachtvieh? Steht es gut im Futter? Und im selben Augenblick fiel ihm auf, dass er splitterfasernackt war.

»Wenn das tatsächlich so ist, mit den gar nicht schlimmen Verletzungen«, fragte Markus, »warum bin ich dann hier?«

Er setzte sich auf und sah sich nach einem Laken oder einer Decke um, mit dem er sich bedecken könnte. Erst danach wunderte er sich, dass alle Knochen genauso funktionierten, wie sie sollten, und dass alle Muskeln einwandfrei arbeiteten. Es tat ihm nicht einmal etwas weh, vom Kratzen in der Kehle abgesehen. Alles war in bester Ordnung; und als ob ihn sein Körper ärgern wollte, reagierte er freudig auf die Anwesenheit eines Menschenwesens. Offensichtlich spielte es für irgendeine Schaltstelle zwischen Geschlechtsteil und Verstand absolut keine Rolle, dass es sich um einen weiblichen Menschen handelte. Er kriegte einen Steifen, und nichts war in Reichweite, den erregten Zustand zu verhüllen. Kein Laken, keine Decke. Und die Ärztin betrachtete ihn unverhohlen, insbesondere den Aufständischen. Peinlich.

Markus griff zu einem Ablenkungsmanöver: »Wieso werde ich hier behandelt, wenn ich doch, wie Sie sagen, nicht schwer verwundet war? Gibt es dafür einen Grund?«

Die Freundlichkeit der Dame erlosch wie ausgeschaltet. Es war wohl für Patienten nicht üblich, renitent zu werden. Maja Maja beäugte ihn wie ein ekliges Insekt. »Weil die Frauensperson es in dieser Weise befohlen hat«, sagte sie. »Sie hat angeordnet, den Heilschlaf anzuwenden, sofort nachdem man Sie hierher gebracht hatte. Sofort, oder?«

Frauensperson? Was für eine Frauensperson? Markus gab sich einen Ruck und stieg auf den kalten Fußboden herunter; da hatte er wenigstens die Möglichkeit, Maja Maja seine Rückseite zuzuwenden. Man hatte an alles gedacht. Auf einem Hocker lag, sorgfältig zusammengefaltet, Kleidung für ihn bereit. Der Stil war allerdings nicht sein Ding, zu grelle Farben, zu schrille Muster. Markus bevorzugte normalerweise Schwarz, geschmackvoll kombiniert mit Schwarz. Er zog sich betont langsam an und staunte, wie leicht er sich bewegen konnte. Nicht schlecht für jemanden, der vor kaum dreißig Minuten gemeint hatte, sein letztes Stündlein habe geschlagen. Die Sachen sahen unbequem eng aus, doch sie passten. Ich muss abgenommen haben, dachte Markus und griff sich verstohlen an die Hüfte, den Rettungsring aus geruhsamen Jahren suchend. Tatsächlich. Er hatte einige Kilos verloren. Moment mal. So rasch konnte man kein Gewicht verlieren; so was hätte sich Karolus immer gewünscht.

Markus Hataka drehte sich um; Maja Maja lächelte breit auf die Geräte hinunter, die sie aus dem Raum schob. In Windeseile klappte sie Sensoren zusammen, ließ Projektionsflächen verschwinden und umfängliche Apparaturen sich zu handlichen Paketen zusammenfalten. Das war kein Krankenhaus, bemerkte Markus. Die komplette Ausrüstung war mobil, ein medizinisches Feldlabor, extra für einen gewissen Markus Hataka aufgebaut. Er fragte unschuldig nach dem Datum. Maja Maja streifte ihn mit einem schläfrigen Blick, als sie es ihm mitteilte. Ihre Aufmerksamkeit galt einer anderen Aufgabe; das mit Hochtechnologie vollgestopfte Krankenzimmer verschwand unter ihren flinken Händen in harmlosen Kisten und Taschen. Die Schachteln, Koffer und Behälter landeten auf einem Wägelchen, das schnurrend der medizinischen Fachkraft folgte. Mit ihrer Ausrüstung verschwand Maja Maja auf dem Gang, ohne einen einzigen ihrer merkwürdig singenden Sätze an den ehemaligen Patienten zu verschwenden.

Der stand da wie betäubt, in stramm sitzenden schneeweißen Shorts, das eine Bein in der neonrosa Hose, das Gesicht ein Fragezeichen. Zwei Wochen? Verdammt, was ging hier vor? Er fühlte sich wie damals, als ihm das Ycorgan seine inneren Uhren durcheinandergewürfelt hatte. Es war völlig normal gewesen, von einem Augenblick auf den anderen Wochen zu verlieren. Oder monatelange komplizierte Erlebnisse zu haben, Ausgeburten der Droge, die tatsächlich nur Viertelstunden gedauert hatten.

Markus hatte zwei Wochen verloren.

»Am besten wird es fürs Erste sein, Sie ziehen sich fertig an«, sagte eine andere weibliche Stimme. »Dann sehen wir weiter.«

Hataka fuhr herum – in seinen Schultern knackte es, und ein kleiner, spitzer Schmerz ließ ihn zusammenzucken.

»Nicht so hastig«, sagte die Frau.

Markus atmete scharf ein. Er kannte diese Person. Sie sah genauso aus, wie er sie vor kurzem gesehen hatte. Vor kurzem? Nun gut. Vor über zwei Wochen.

Sie wirkte elegant und lässig. Ihre grauen kurzen Haare täuschten darüber hinweg, dass sie keine einfache ältere Dame war. Sie trug einen dunklen Overall aus derbem Stoff. Die Haltung ihres Körpers verriet gezügelte Kraft. Sie erinnerte an ein schönes Instrument, das bei Bedarf schreckliche Dinge zu tun in der Lage sein mochte. Allerlei technische Geräte waren an Schlaufen und in Taschen ihrer Kleidung verstaut. Seltsame Apparate, die der Musiker nicht kannte. Um den Hals hatte die Frau ein leuchtendblaues Halstuch geschlungen.

»Lieber Markus Hataka«, sagte sie, »wenn ich mich Ihnen vorstellen darf: mein Name ist Bonnie Wayss. In den nächsten Tagen sollten Sie im Gebrauch Ihrer physischen Ausstattung vorsichtig sein und es ein wenig langsam angehen lassen. Anziehen können Sie sich natürlich trotzdem.«

Dazu gab es nicht viel zu sagen, Markus stieg in das andere Hosenbein und verschnürte den Bund. Er zog ein blaurot gesprenkeltes Hemd sowie eine fürchterlich geschmacklose Jacke in rotem Pepitamuster an und überlegte, was wohl mit seiner physischen Ausstattung gemeint sein mochte. Und er dachte darüber nach, was ihm an der Stimme dieser Frau seltsam vorkam. Bereits an der Aufzeichnung gestern Abend hatte ihn irgendetwas gestört ... Nun ja, die Aufzeichnung von vor zwei Wochen. Er konnte sich nicht daran gewöhnen, dass plötzlich ein halber Monat spurlos aus seinem Leben verschwunden war.

»Wenn Sie zulassen dazwischenzureden«, singsangte die Stimme von Maja Maja durch die Tür herein, »ich wäre augenblicklich bereit. Alle unentbehrlichen Informationen entdecken Sie in der Dokumentation, chiffriert entsprechend Standardprozedur.«

Die Ärztin von Engambosch stand in Habachtstellung da und starrte die Soldatin an; ihre Haltung war die eines Befehlsempfängers.

»In Ordnung«, sagte Bonnie Wayss. Markus Hataka registrierte mit Befremden die militärische Grußerweisung zwischen den beiden Frauen, die knapp und routiniert ausfiel. Maja Maja verschwand, ohne ihren Patienten eines letzten Blickes zu würdigen. Wohin bin ich nur geraten?, dachte er, und dieser Gedanke musste überdeutlich in seinem Gesicht geschrieben stehen, denn Bonnie Wayss grinste spitzbübisch.

»Es gibt für alles eine Erklärung«, sagte sie. Da war er wieder, dieser seltsame Nebenklang.

»Davon bin ich überzeugt«, antwortete er, »die Frage ist nur, ob ich mit den Erklärungen etwas anfangen kann.«

Sie lächelte. In ihren Augen funkelte Kälte. »Die Frage ist eigentlich, ob wir in der Lage sind, die richtigen Fragen zu stellen. Damit fängt es immer an. Setzen wir uns.«

Von der Einrichtung des Krankenzimmers waren ein Tisch und zwei schmucklose Stühle übrig geblieben. Wie passend, dachte Markus, ich fresse einen Goldenen samt seiner Pelle, wenn das Zufall ist. Sie setzten sich, und er erhaschte einen enthüllenden Blick hinter einen Zipfel des blauen Halstuchs.

»Sie tragen ein Stimmimplantat«, sagte er überrascht.

»Wundert mich nicht, dass Sie das herausgehört haben«, entgegnete Bonnie. »Schließlich sind Sie Musiker. Falls Sie sich Sorgen um Ihre Arbeit machen: Meine Leute haben alles, was die Explosion überstanden hatte, eingepackt und mitgenommen. Soweit wir es überblicken, sind keine gespeicherten Daten verlorengegangen. Abgesehen natürlich von allem, was im Augenblick des Anschlags aktiv war.«

Markus nickte. Es war ihm nicht sonderlich wichtig. Der Mann, der nächtelang an Musik gearbeitet hatte, kam ihm wie ein fremder, wildfremder Mensch vor. Beim Gedanken an die wilde, von Tönen und Melodien überquellende Nacht daheim bekam er eine Gänsehaut. Er erinnerte sich vage an das mahlende Geräusch einer verzerrten Gitarre, siebenfach übereinandergemischt, und an eine kühle, unbarmherzige Melodie, süß und scharf, unwiderstehlich, gespielt von jemandem, der am Rand eines glassplittergespickten Abgrunds steht. Er erinnerte sich an eine schwielige Hand, die ihn am Nacken zu seinen Instrumenten und Rechnern hinüber schob. Seine unbarmherzige Fee, die ihm neue Musik in den Kopf hineintrieb wie silberne Nägel. Eveline hatte das verrückte Ergebnis seines musikalischen Anfalls gut gefunden. Laut wie die Hölle. Nun ja; waren es nicht Kugeln, die aus Silber sein mussten, statt der Nägel?

»Die Blutspritzer«, sagte Markus, »die Eveline erwischt hatten, das war alles mein Blut?«

Bonnie nickte.

»Ich wusste nicht, dass ich so eine Menge Blut habe«, sagte der Musiker.

»Etwa sechs Liter«, sagte die Frau mit den stoppelkurzen Haaren, »nur so ein Schätzwert. Wir haben nicht alles abgelassen und nachgemessen. Mit ein wenig Blut kann man eine erstaunlich riesige Fläche versauen.«

Markus runzelte die Brauen und sah Bonnie mit gespielter Entrüstung an. »So genau wollte ich es gar nicht wissen«, sagte er.

»Die wollten niemanden sonst umbringen, nur dich«, entgegnete Bonnie. In ihrer mechanischen Stimme waren weder Bedauern noch Empörung spürbar. »Wärst du an deiner Tür geblieben, hätten wir wirklich Mühe gehabt, eine heile Zelle für eine genetische Analyse zu finden.«

»Oh«, sagte er.

»Ja«, bestätigte Bonnie Wayss, »vielleicht ist ‚oh' eine angemessene Reaktion. Direkt an deiner Tür gab es nicht einmal mehr unversehrte Moleküle. Für solche Operationen gibt es den Ausdruck chirurgisch. Mit einer einzigen Detonation entfernt man eine einzige Person.«

Markus Hataka hatte den Augenblick, in dem sie vom Sie zum Du übergegangen waren, nicht ganz mitbekommen; es kam ihm nicht unpassend vor. Was sollten Förmlichkeiten zwischen Leuten, die im selben Maul rätselhafter Ungeheuer steckten?

»Chirurgisch?«, fragte er, und er konnte nicht verhindern, dass sich die Frage aus seinem Mund dämlich anhörte.

Bonnie nickte. »Wären wir nicht gleich zur Stelle gewesen, wären die damit sogar durchgekommen. Ein Kondensatrid, der auf Überladung programmiert war, kombiniert mit einem raffinierten Kraftfeld. Eine winzige, sonnenheiße, pikosekundenschnelle Explosion. Alles im Umkreis von einem Meter wird restlos vernichtet. Fünf Meter Entfernung machen aus der Geschichte einen bösen Boxhieb, zwanzig Meter lassen nur einen Knall übrig. Zwanzig Minuten Herumgerenne ahnungsloser Zivilisten vernichtet die Spuren der Programmierung. Am Ende ist es ein extrem seltener, immerhin denkbarer Unfall der Haustechnik.«

»Soll das heißen, solche Bomben – Kondensatriden – sind in Wohnungen eingebaut?« Markus war ungläubig; Kondensatriden bildeten das energetische Rückgrat von Flugzeugen und Gleitern, wie er wusste, solch gefährliches Zeug hatte doch in Häusern nichts verloren.

Bonnie lachte leise. Ihr Implantat raspelte dabei vor sich hin. »Miniaturisierung. Die Dinger stecken heute praktisch überall.«

»Beängstigend«, sagte Markus.

Bonnie Wayss sah ihm forschend in die Augen. »Willst du gar nicht wissen, wieso du zwei Wochen im Heilschlaf gelegen hast? Und wieso wir so schnell da waren? Und ob die alte Dame, Eveline, dich jetzt für tot hält? Und ob es Neuigkeiten von Jana gibt? Interessiert es dich gar nicht, wie man auf den überraschenden Unfalltod des Schöpfers von Kutembea Pt. 2 reagiert hat? Die neuesten Verkaufszahlen?«

Markus zwinkerte verwirrt und versuchte, seine Gedanken in den Griff zu bekommen. Im Augenblick hetzte sein Geist hin und her und versuchte eine Spur von Ordnung in das Chaos zu bekommen. Natürlich übersetzte jemand in seinem Hinterkopf das Ganze in Musik. Die Sägezähne des Schicksals, die an tausend Lebensfäden nagen. Das Vibrieren in seiner Wirbelsäule. Dumpfe Totenglocken, die an Karolus erinnerten und an eine lange Zeit völlig ohne Musik. Keine Zeit jetzt, an Klänge zu denken.

»Ich bin verwirrt«, sagte er langsam. »Vor Jahren habe ich mal auf der Werkwelt gearbeitet. Als Pfleger in einer Klinik. Dort lernte ich eine äußerst atemberaubende Frau kennen. Sie stand meistens bis zu den Pupillen unter irgendwelchen Drogen; wenn sie das Zeug erst einmal überwunden hatte, war sie eine faszinierende Persönlichkeit. Angeblich gefährlich. Alles, was sie ihr gaben, assimilierte sie in einem rasenden Tempo. Ein Naturtalent.«

Bonnie Wayss musterte ihn mit einem unergründlichen Gesichtsausdruck und ermunterte ihn mit einem Kopfnicken weiterzuerzählen.

»Was Jana zu berichten hatte, war oft durcheinander und seltsam; im Laufe der Zeit bekam ich heraus, dass sie von einem Planeten sprach, zu dem ich eine Beziehung hatte. Sie stammte von Galdäa, und dort war sie so etwas wie eine Kriegerin gewesen.«

Markus sah Bonnie ins Gesicht und nickte ihr zu.

»So was Ähnliches wie Sie, denke ich. Für den Kampf ausgebildet, und dementsprechend kaputt. Nehmen Sie es mir nicht übel, meiner Meinung nach beschädigt es die Seele eines Menschen, wenn er zum Töten abgerichtet wird.«

Bonnie sagte nichts, in ihren Augen glitzerte es unergründlich. Markus sprach weiter.

»Ihre Berichte waren erratisch, zusammenhanglos, wie die Bruchstücke eines zerbrochenen Spiegels. All die Mittelchen, die man ihr gab, die verdammten Drogen, zeigten Wirkung. Selbst wenn ich ihr so viel von dem Zeug ersparte, wie ich konnte. Vermutlich waren die Ratten in dieser Gegend die ganze Zeit über völlig zugedröhnt.« Er grinste. »Die Erinnerungen kamen langsam zurück, und zögerlich. Sie kamen zu ihr wie die Perlen einer zerrissenen Kette: Nach und nach, nicht unbedingt in einer brauchbaren Reihenfolge. Und für mich war jedes Gespräch mit ihr wie eine Therapie. Eine irrlichternde, ungeplante, nicht beaufsichtigte, rätselhafte Therapie.«

»Und wie genau ist deine Beziehung zu Galdäa beschaffen?«, fragte Bonnie.

Markus Hataka schluckte.

»Ich habe erst nach einer Weile begriffen, dass es diese Beziehung überhaupt gab. Das lag daran, dass Markus Hataka für Jahre völlig neben der Spur existierte. Ich hatte einige Zeit zuvor meinen Lebenspartner verloren. Er war bei einem seiner Außeneinsätze von den aufständischen Eingeborenen umgebracht worden. Mich hatte sein Tod in eine tiefe Krise gestürzt; unter anderem wurde ich abhängig und landete weit unter dem, was man die Gosse nennt. Ich war am Ende. Zeitweise stand ich buchstäblich neben mir und notierte in Gedanken all den Unsinn, den dieser Körper machte. Vielleicht, um es später im Fegefeuer Karolus zu erzählen.« Er machte eine Bewegung, als deute er nach oben.

Wenn Bonnie diese Geste nichts sagen sollte, behielt sie es für sich. Sie ließ Markus reden.

»Erst die Klinik brachte mich wieder halbwegs zum Funktionieren, natürlich nach einer langen und schwierigen Entgiftung. Ich habe Jahre benötigt, um vom bloßen Funktionieren wieder zum Leben zu finden. Ich habe die Kosten meiner Behandlung abgearbeitet. War teuer.«

»Ycorgan, vermute ich«, sagte Bonnie.

»Ist das so leicht herauszufinden?«

»Es ist naheliegend.«

Markus gab sich einen Ruck und sprach aus, worum er seit Minuten Haken schlug. »Ich war schockiert, als sich herausstellte, dass Jana von derselben Welt stammte, auf der Karolus umgekommen war. Und ich war erleichtert. Und verzweifelt. Sein Tod sah plötzlich genauso unwiderruflich aus, wie ich es nie hatte wahrhaben wollen.«

Es war so verdammt lange her, und trotzdem musste Markus schlucken. Einer der Augenblicke, in denen man meint, eine Träne hinunterwürgen zu müssen. Es war selten vorgekommen, dass er diesen Namen – Karolus – einem Fremden gegenüber erwähnt hatte.

»Galdäa«, sagte Bonnie, um das Schweigen ihres Gesprächspartners zu beenden. Ihr Gesicht war völlig unbewegt. So ausgesprochen, brachte ihre Stimme den Namen des Planeten zum Klirren.

»So ist es« antwortete Markus. »Karolus war in genau den Wirren getötet worden, in die auch Jana verwickelt war. Auf der anderen Seite, natürlich. Dass ich einen Einwohner Galdäas kennenlernte, besiegelte irgendwie das Ende von Karolus. Galdäa verwandelte sich von einem fernen, grausigen Ort voller Ungeheuer, irgendwo mitten im Universum, in einen konkreten Ort mit konkreten Leuten. Jana beschrieb mir die Landschaft, den Schwarzen Turm, das Wetter, die verzwickten Beziehungen der Staaten und Königreiche. Sie erzählte mir davon, dass alle Galdäer daran glaubten, ihre Rasse sei erst vor ein paar Generationen erschaffen worden, von den Schöpfern, denen eine finstere und bedrohliche Macht im Nacken saß, die alle Schöpfer unglücklich machte.«

Er rieb sich die Augen, die brannten wie von Tränen, aber er weinte nicht. Es war mehr die Erinnerung, die wehtat.

»Zwar bestand keine große Wahrscheinlichkeit, dass sie direkt an seinem Tod beteiligt gewesen war; für mich tat sich allerdings ein finsteres Dilemma auf. Wie konnte ich mit jemandem reden, der vielleicht Karolus umgebracht hatte? Wie konnte ich mit Leuten reden, die ihn auf dem Gewissen hatten? Wie war es möglich, freundschaftlich mit einem Vertreter des Volkes zu sprechen, das viele hundert meiner Leute auf dem Gewissen hatte?«

Markus verstummte und starrte auf einen Punkt hinter Bonnie, den es nicht gab. Nach einigen Sekunden sagte er: »Wie kann ich reden und streiten und mich sorgen, wenn Karolus nicht mehr existiert?«

Bonnie saß da und schaute Markus aus ihren dunklen Augen an. Eine Frau ihres Kalibers wusste, wann sie die Klappe zu halten hatte. Wer so tief in seiner Geschichte steckte, würde sich kaum davon abbringen lassen, sie so weit zu erzählen, wie er es ertragen konnte. Und wenn man ihm intensiv genug zuhörte, ging er vielleicht ein Stück weiter.

Markus atmete tief ein. »Das Ende vom Lied«, sagte er, »das Ende vom Lied war, dass wir uns gegenseitig unser Leid klagten. Ich ihr meines von Karolus. Sie mir ihres von ihrer geschundenen vergewaltigten Welt. Und schnell habe ich begriffen, dass mein Kummer um Karolus ziemlich lächerlich wirken musste. Vergleichsweise. Jana hatte nicht nur einfach einen Kampf verloren. Ihr war die ganze Heimat umgekrempelt und auf den Kopf gestellt und bis zur Unkenntlichkeit verändert worden. Ich hatte lediglich die Hölle erblickt, die mir das Ycorgan ausgemalt hatte, und meine Welt war weiterhin da, wenn ich weg käme von dem Zeug.«

Er zuckte die Schultern.

»Und dabei habe ich nicht mal den Mut aufgebracht, ihr zu sagen, dass in ihrer Zeitrechnung ein Riesenloch klaffte. Sie war der Meinung, einige Monate nach dem Galdäischen Krieg zu leben. Dabei war der Jahre her und fast vergessen. Mal abgesehen davon, dass die Tragödie auf Galdäa an den meisten Leuten sowieso folgenlos vorbeigegangen ist. Und wenn niemand die Ärmste aufgeklärt hat, dann ist sie immer noch dieser Meinung.«

»Manchmal habe ich dasselbe Gefühl«, sagte Bonnie, »als wäre Galdäa erst ein paar Tage her und nicht Jahre.«

»Eben. Zeit ist manchmal erschreckend flexibel.« Als ehemaliger Ycorgan-Junkie musste Markus es wissen.

»Die Sucht«, sagte er, »kann man nicht überwinden, nicht hinter sich lassen. Es ist ein Fluch, den man sein Leben lang zu tragen hat.«

Bonnie nickte.

»Ich nicht«, erklärte Markus, und der Bass rumorte seinen Leib entlang. »Jana hat einen der geistigen Tricks von Arastoydt an mir ausprobiert, um mir die Sucht zu nehmen. Hat nur halb funktioniert, und sie war darüber sehr unglücklich. Sie hat sich selbst anstelle der Droge eingepflanzt, aus Versehen sozusagen. Ich bin nicht mehr süchtig nach Ycorgan, sondern nach Galdäa, Jana, all dem. Es dröhnt in mir wie ein stehender Ton aus einem riesigen Kontrabass. Ich muss Jana sehen oder Galdäa oder beides. Ich kann nicht anders.« Er lächelte. »Ich will auch nicht anders. Nun ja, das ist typisch für einen Süchtigen, dass er rationale Gründe findet, oder?«

Bonnie antwortete nicht. Sie wartete geduldig, dass dieser verwirrte Mann die Fragen loswurde, die unweigerlich kommen mussten. Und natürlich kamen sie, und mit der größten Gelassenheit gab die Soldatin ihre vorbereiteten Antworten. Ja, es waren tatsächlich über zwei Wochen seit dem Attentat vor den Augen Evelines vergangen. Nein, er war bei weitem nicht so schwer verletzt worden, wie man der Öffentlichkeit gegenüber getan hatte. Ja, Eveline glaubte, dass ihr netter Nachbar, der sich nächtens mit geiler Musik die Zeit vertrieb, in einer Spezialklinik auf Atibon Legba lag. Nein, es hatte niemand den geringsten Verdacht geäußert, es könnte ein Anschlag gewesen sein. Ja, die Öffentlichkeit war nach wie vor der Meinung, der Schöpfer von Kutembea Pt. 2 sei bei einem Unfall ums Leben gekommen, und wie nicht anders zu erwarten, seien die Verkaufszahlen enorm angestiegen. Nein, man hatte nicht herausgefunden, wer den Anschlag geplant hatte, viel zu professionelle Vorbereitung, jedoch im Detail schlampige Durchführung.

»Das Wort schlampig«, fragte Markus, »bedeutet in diesem Fall, ich bin am Leben, habe ich das richtig verstanden?«

»Du hast es richtig verstanden«, antwortete Bonnie Wayss und erlaubte sich ein kleines, sekundenkurzes Schmunzeln, das ihr Gesicht erleuchtete wie unverhofftes Wetterleuchten an einem Nebeltag. Genauso schnell, wie es sich eingefunden hatte, verflüchtigte es sich wieder, und die folgende Kaskade von Fragen und Antworten stand sie mit gelassener Ruhe durch. Ein nachträglich implantiertes Stimmorgan hatte den Vorteil, dass man sachlich gegebene Auskünfte hinnahm wie die Statusmeldungen einer hochgezüchteten Maschine. Was so sachlich und emotionslos daherkam, konnte kaum falsch und erlogen sein.

Ja, unsere liebe Jana hatte da in ein Wespennest gestochen. Nein, Bonnie hatte keine Ahnung, welche Interessen genau das Photek-Institut in dieser Sache verfolgte. Ja, man hatte im Leib des Musikers Markus Hataka während des Heilschlafs Dinge versteckt, die man für überlebenswichtig hielt und die man ihm, wenn die Zeit gekommen war, genau erklären würde. Nichts, was jemals bei einer Routineuntersuchung entdeckt werden würde. Nein, die Zeit war noch nicht gekommen. Ja, man wusste, wie Jana von der Werkwelt entkommen war. Nein, über ihren derzeitigen Aufenthaltsort war nichts bekannt. Ja, man hatte Markus Hataka aus der unmittelbaren Nähe seines Wohnortes entfernt. Nein, man wünschte zum jetzigen Zeitpunkt nicht, dass er Genaueres erführe.

»Moment mal«, brach Markus aus dem Frage-und-Antwort-Spiel aus, »da komme ich mir ja fast gekidnappt vor.«

Bonnie beugte sich vor, aus ihrem Gesicht war jede Spur von Freundlichkeit gewichen. Die künstliche Stimme konnte den jähen Umschwung nicht nachvollziehen, die Erregung Bonnies nicht wiedergeben, und der Sprachprozessor behalf sich mit einer seltsamen Verzerrung. Die alte Kriegerin zischelte wie ein alptraumhaftes Insekt.

»Wie du dir vorkommst«, fauchte sie, »ist mir momentan reichlich egal. Irgendetwas geht vor, und ich weiß nicht, was. Irgendwas richtig Großes geht vor, und es hat mit Galdäa zu tun. Die Datenbanken über Galdäa werden nicht nur viel häufiger abgefragt als sonst, es gibt außerdem Bewegungen in den Datenbeständen selbst.«

Bonnie bemerkte, dass der Sprachprozessor restlos überfordert war und gefährlich zu knistern begann. Markus konnte den Ruck hören, mit dem sich die Frau zur Ordnung rief.

»Ich will ja gekidnappt werden«, murmelte er, und sie hörte es, obwohl die Saite so tief summte. Dreimal atmete sie tief durch, ehe sie weitersprach, nun völlig ruhig.

»Da verschwinden über Nacht ganze Bibliotheken, und neue erscheinen an ihrer Stelle. Keine gefälschten, das wäre zu auffällig. Viel schlimmer: Originaldaten von Galdäa, die für niemanden nützlich sind. Bücher, die niemand zu entziffern vermag, weil sie in irgendwelchen merkwürdigen Dialekten von Kondh oder Assant abgefasst sind. Sammlungen voller statistischer Beobachtungen, die offensichtlich von äußerster Präzision sind, und den einzigen Fehler haben, dass es niemanden gibt, der sie hätte anlegen können. Und all das spielt sich nahezu in demselben Augenblick ab, in dem eine seit Jahren als verschwunden abgehakte Galdani auftaucht.«

Bonnie schüttelte den Kopf.

»Kein Zufall, alles kein Zufall. Und man beachte, in welcher Art und Weise diese Galdani auftaucht: Sie schlägt dem Photek-Institut ein Schnippchen und entwischt. Sie entwischt einem der gehütetsten Projekte des Flottenkommandos; einer Einrichtung, von deren Existenz nicht einmal die Päpste wissen. Die Photek-Leute machen einen Riesenaufruhr und vertuschen dann alles mit rasender Eile. Im selben Augenblick, in dem ein unübersehbarer Ruck durch die komplette Maschinerie Atibon Legbas geht und ganze Abteilungen der Auswahl mir nichts dir nichts von der Bildfläche verschwinden. Und parallel dazu gehen zwischen Atibon Legba und Sanctuarium verschlüsselte Nachrichten hin und her, als hätte es niemals all die stürmischen Reden gegen die Goldene Bruderschaft gegeben.«

Markus Hataka starrte die wütende Frau sprachlos und mit großen Augen an. Nur langsam dämmerte ihm, dass diese Geschichte mehr bedeutete als nur die Frage, wer zum Teufel auf die Idee kommen mochte, einem leidlich erfolgreichen Musiker das Gehirn aus dem Kopf zu blasen. Er und Jana Hakon und Bonnie Wayss waren Maschen in einem Netz, das sie nicht überblicken konnten. Dumme Metapher, sagte sich Markus, vielleicht sind wir – und wer weiß, wer sonst noch – Steinchen in einer Lawine. So eine Art von Oktogon-Fluch, geheimnisvolle Nachwirkungen einer uralten Katastrophe. Diese Art, die Dinge zu sehen, gefiel ihm viel weniger. Wie konnte all das nur so beschissen werden, wo es doch so schön und so groß begonnen hatte?

»Ich habe auf Penta IV mit Jana Hakon gesprochen«, sagte Bonnie, »und sie weiß selbst auch nicht viel mehr. Auf keinen Fall ist sie der Drahtzieher hinter dieser Geschichte. Vielleicht der Auslöser. Das ist zweifelhaft.«

»All diese Informationen, die aus dem Nichts erscheinen«, sagte Markus langsam, »die müssen doch irgendwo herkommen.«

»Sicher«, krächzte Bonnie, »nur dass niemand herausfinden kann, woher das Zeug stammt.«

»Sich selbst abrufende Dateien«, sagte Markus.

»Was war das?«

»Datenpakete, die quasi zusammengefaltet auf ein Stichwort warten. Klein, in irgendwelchen wenig benutzten Archiven.«

»Sprich weiter.«

»Ein bestimmtes Signal, eine genau definierter Anreiz, und die Pakete werden aktiviert, erzeugen aus ihrem Quellcode wieder die Befehle, die ursprünglich in ihnen verschlüsselt wurden. Weckrufe für andere Pakete ließen sich da mit einbauen. Und dann laden sie unglaubliche Datenmengen von geheimen Orten herunter.«

Bonnies dunkle Augen schauten ihn unverwandt an.

»Wir haben solche Pakete oft benutzt, um Musik geldsparend zu übertragen. Geschickt programmiert, kann man ein Dreißig-Minuten-Stück auf einen Millisekundenpiepser komprimieren.«

Bonnie sagte immer noch nichts.

»Wenn jedes Paket die Wecksignale für ein Dutzend anderer Pakete enthält, ergibt das einen Schneeball-Effekt. Und die Datenbanken überall werden mit entpackten Dateien überschwemmt und den eigentlichen Informationen, die sie laden.« Markus rechnete nach. »Wenn jedes geweckte Paket zwölf weitere quasi aufweckt, dann haben wir in der sechsten Generation über sechsunddreißig Millionen Weckrufe. Das in die Netzwerke zu schmuggeln, ist größenwahnsinnig.«

»Oder genial.«

»Bleibt nur die Frage, warum plötzlich all das Galdäa-Zeug emporploppt. Was der Startimpuls war.«

Bonnie nickte. »Jemand muss all das ausgelöst haben.«

Markus stand auf und sah auf die grauhaarige Frau herunter. Es war kein Geistesblitz, was ihm da durch den Kopf gegangen war, es fühlte sich lediglich bedeutend an. »Den Zufall zu bemühen, will mir nicht gefallen«, sagte er. »Das wäre so, als ob eine Katze über eine Tastatur läuft und dabei zufällig eine spannende Melodie komponiert.«

Bonnie sah zu ihm auf. In dieser Position fühlte sie sich offenbar unterlegen; sie rutschte hin und her, und ihre Hände wollten zu den merkwürdig geformten Gegenständen in ihren Taschen. Der Musiker achtete nicht auf sie.

»Ich habe da so ein Gefühl. Janas Flucht und das Auftauchen der Dateien haben dieselbe Ursache. Jemand hat ihr die Flucht ermöglicht, weil sie mit den Daten etwas tun kann. Was auch immer.« Er stockte und sah unsicher zu Bonnie.

Die Augen der Soldatin leuchteten. Ihr Stimm-Implantat trompetete. »Eine Verbindung von außen ins Photek-Institut«, sagte sie, »ein Signal, das Janas Flucht auslöste oder ermöglichte. Und die Quelle dieses Signals ist dieselbe, die dann die schlafenden Datenbanken geweckt hat. Markus, du bist ein Genie!«

Sie sprang auf, schlug Markus begeistert auf die Schulter und stürzte aus dem Raum. Er hatte nicht begriffen, warum er ein Genie sein sollte. Er fühlte sich wie ein geprügeltes Genie, rieb sich die schmerzende Schulter und folgte Bonnie. Vielleicht kehrte ja das Gefühl in seinen Arm zurück, wenn er sich ein bisschen bewegte. Und vielleicht kam er Jana oder Galdäa etwas näher, wenn er sich an die Fersen von Frau Wayss heftete, und der tiefe Ton in seinem Körper jubelte.

Draußen war kein Krankenhausflur, wie er es erwartet hatte. Da war eine ehemalige Lagerhalle oder Werkstatt, in der man eine Ecke wohnlich gemacht hatte. Unter wohnlich verstand der unbekannte Innenarchitekt das Auslegen von flauschigen Teppichen, auf denen er ein paar Möbel und eine Menge von Apparaten verteilte. Es sah aus wie der mit Plüsch überzogene Gefechtsstand in einem High-Tech-Krieg. Der Rest der Halle bestand aus rauem Boden; durch Lichtbänder unter dem Dach fiel die Sonne in breiten Streifen hinein. Der Himmel draußen war von einem strahlenden Blau.

Na gut, dachte Markus, ich bin auf der Universitätswelt. So ein Blau bekommt man, denke ich, in keiner Kuppel hin. Der Gedanke, man habe ihn auf die Werkwelt verschleppt, hatte Markus einige Sorge bereitet. Nie wieder wollte er den hässlichen Schwesterplaneten von Penta V betreten. Er folgte Bonnie in den Kuschelgefechtsstand und stolperte prompt über irgendwelche Kabel. Bonnie saß zwischen Bildwänden und verzog verärgert das Gesicht, als Markus hinter ihr fluchte. Er störte.

Als er sich aufgerappelt hatte, stellte er fest, dass Bonnie über mehrere Konsolen gleichzeitig arbeitete. Ein Kabel führte zu einem kleinen Gerät, das sie an ihre Kehle geheftet hatte; das Implantat konnte offenbar durch so ein Ding hindurch besser oder schneller kommunizieren. Die Stimme Bonnies war nur mehr ein rasches, unverständliches Gebrabbel. Da gab es eine Art Konferenzschaltung von Leuten, die sich gegenseitig Datenpakete zuschickten und deren Verständigung ausschließlich aus Stichworten und vielsagenden Gesten bestand. Da gab es selbstständig laufende Suchprogramme, die in rasendem Tempo irgendwelche Netze nach Informationen abgrasten. Bildwände zeigten große Informationsflüsse. Manche schlichen nur zäh dahin, ausgebremst von der Datenkrätze. Da gab es mehrere zusammengeschaltete Rechner, die einen Code zu knacken versuchten. Und Bonnie sprach halblaut und langsam mit jemandem, dessen Gesicht aus einer wirbelnden Störung bestand, und versuchte ihn zu überreden, irgendeine Information herauszugeben. Sie bekam, was sie wollte; sie musste dafür Zugeständnisse machen, die ihr bedenklich vorkamen. Markus schloss das aus ihrer verbissenen Miene, mit der sie sich wieder in die Konferenzschaltung einklinkte. Von dem, was dort gesprochen wurde, verstand er buchstäblich kein einziges Wort. Es war eine Sprache, die er nie gehört hatte. Nur hin und wieder erkannte er in all dem Durcheinander Bilder wieder, die er schon einmal gesehen hatte – aber was konnte Bonnie mit den Dunkelwelten zu tun haben, mit den sektiererischen Leuten von Utragenorius?

Als er lange genug gewartet und Bonnies Rücken angestarrt hatte, drehte sich die Soldatin um und grinste ihn triumphierend an.

»Bingo«, sagte sie.

Offensichtlich amüsiert über seinen verständnislosen Gesichtsausdruck, erklärte sie ihm, dass das soviel bedeutete wie »ich hab es geschafft«.

»Der Auslöser ist ein Student, der eine Belegarbeit schreiben soll. Eine dusselige Fleißarbeit im dritten Studienjahr, die normalerweise niemanden interessieren würde, in diesem Fall allerdings eine Menge Leute interessiert. Anders ausgedrückt: Irgendein Kamel hat damit begonnen, altes Gras abzufressen. Wie üblich, hat das Kamel selbst keine Ahnung, was vorgeht. Es tritt die eine und die andere Lawine los. Und jemand anderes hat etwas dagegen. Jemand mit weitreichenden Verbindungen. Domino, Domino.«

»Was für Dominos? Ich meine, ich frage dauernd so dämliche Sachen, und ich weiß nicht, was Dominos damit zu tun ...«

»Lauter kleine Holzplättchen, auf der Schmalseite nebeneinander gestellt. Jedes, das umfällt, bringt ein anderes zu Fall.«

»Ich weiß, was Domino ist.«

»Das Holzplättchen, das alles ins Rollen gebracht hat, ist nicht weit weg von hier. Der Typ ist eine Vollwaise und ein Halbinvalide. Besorgniserregend umfangreiche medizinische Akte. Der Name lautet Michael Sanderstorm. Hatte einmal einen älteren Bruder, der im Dienst der Flotte verschollen ist. Tasso Sanderstorm. Die Suche nach ihm wurde eingestellt. War Pilot. Interessant, an Bord des Weltenkreuzers Ajax. Ein Schwesterschiff der Armorica. Interessanter sind seine sonstigen familiären Kontakte. Der liebwerte Vater seiner Freundin Nikki ist ein gewisser Lucas. Henning Lucas. Dieser Name lässt es mir in den Ohren klingeln.«

Markus zuckte die Schultern; eine tat immer noch weh.

»Während des galdäischen Krieges«, sagte Bonnie, »war dieser Mensch Chef der Galdäa-Verwaltung auf Atibon Legba. Wenn jemand mehr über den Krieg weiß, dann der.«

Grimmig starrte die Soldatin dem Musiker in die Augen; Hataka hatte das Gefühl, er selbst sei gar nicht gemeint, und dennoch zuckte er zurück vor der Wut in Bonnies Blick.

»Diesen Michael Sanderstorm werde ich mir mal zur Brust nehmen«, sagte sie.

»Und was ist mit Jana?«, fragte Markus kühl, das singende Ding in seinem Inneren zwang ihn dazu. Der Anblick der erbosten Soldatin war furchterregend. Sie starrte ihn an, als wolle sie eine Waffe ziehen und den Musiker als unerwünschtes Hindernis aus dem Weg räumen. Ein Wunder, dass der Klang ihrer Stimme nicht wieder ins Metallische, Schlangenhafte abgeglitten war.

»Ich meine«, sagte er, »eigentlich interessiert uns doch nicht dieser arme Student, sondern uns interessiert doch Jana Hakon. Um die müssen wir uns kümmern. Was der da mit seiner Belegarbeit macht, läuft uns nicht weg.«

Bonnie Wayss musterte Markus, als sehe sie ihn zum ersten Mal; die Mordgier wich aus ihren Augen. Sie lächelte und dachte an seine offen eingestandene Sucht. Nun wirklich.

»Du hast recht«, sagte sie und begann, mehr Informationen aus dem nicht ganz legalen elektronischen Netz zu holen, in dem sie steckte. Markus war erleichtert. Die Furie, die er da eben für eine halbe Sekunde gesehen hatte, machte ihm Angst. Und er kommentierte freundlich alle Erkenntnisse Bonnies, selbst wenn sie ihm wenig zweckdienlich vorkamen. Dass die Gebrüder Sanderstorm Waisen waren, dass der Ältere unter merkwürdigen Umständen verschwunden war, dass Zusammenhänge zwischen dem Photek-Institut und der Goldenen Bruderschaft bestanden, mochte ja bedeutend sein, interessierte ihn jedoch nur schwach. Dass dieselbe Relais-Station, die Nachrichten vom Photek-Institut an die Goldenen weiterleitete, natürlich Kontakt zu den Weltenkreuzerwerften von Penta IV hatte, wunderte ihn nicht. Er war zum Sterben müde. Es war anstrengend, von den Toten zu erwachen. Das Gespinst aus Hinweisen und Spuren war zu fein und zu verworren.

Erzähl mir was über die Dunkelwelten, dachte Markus, und wieso eine ehemalige Auswahlsoldatin mit den unbegreiflichen Leuten von Utragenorius Handel treiben konnte; wie kam sie nur an solche raffinierten Waffen, und wie genau sah der Draht aus, den Bonnie an allen Spürhunden des Flottenkommandos vorbei zu den sieben geheimnisvollen Welten da draußen hatte? Natürlich sagte er kein Wort. Zu heikel.

Was Bonnie Wayss über den Verbleib von Jana Hakon herausfand, war ebenso kompliziert. Von Nr. 42 war sie entkommen, Bonnie hatte sie unter dem Namen Veruca Salt als Werftarbeiterin auf Die Neue Wohlfahrt vermittelt. Das war eine der Werften, die Penta IV umkreisten und auf denen man Weltenkreuzer baute. Auf dieser Station hatte Jana unter dem neuen Namen eine Zeitlang gearbeitet; und alles war gut gewesen, bis Bonnie unruhig geworden war. Irgendjemand hatte angefangen, sich über Gebühr für neue Gesichter zu interessieren. Dass es von Veruca Salt keine Porträtaufnahmen und keine genetischen Codes zur Identifikation gab, hatte einige Aktivitäten ausgelöst. Schnüffler waren tief in die Dateien von DIE NEUE WOHLFAHRT eingedrungen, und es waren keine Allerweltsschnüffler. Es ging um hochentwickelte invasive Programme, die sich nur Leute mit viel Geld leisten konnten. Das Photek-Institut hatte viel Geld, und niemand wusste, woher es stammte. Bonnie hatte ein vereinbartes Warnsignal ausgelöst; und auf DIE NEUE WOHLFAHRT war daraufhin die Hölle ausgebrochen.

Die Werft war kein Ort idyllischer Ruhe. Viele Leute verbanden ihren Namen mit Nachrichten von unbegreiflich wütenden Auseinandersetzungen zwischen irgendwelchen Clans; die Werften galten allesamt als Orte rauer Umgangsformen. Ob das Chaos nun mit Jana zu tun hatte oder nicht, spielte keine Rolle: Die Werft war für längere Zeit gelähmt, für einige Tage war es sogar zweifelhaft, ob DIE NEUE WOHLFAHRT den Zwischenfall überleben würde. Selbst wenn man den üblichen Effekt der Übertreibung abzog, blieb von den Berichten genug Schreckliches übrig. Ging man unvoreingenommen an all die Geschichten von einem total vernichteten Habitat heran, hätte man Jana für tot halten müssen. Nun ja: Es wäre dumm, Mitteilungen von Leuten zu glauben, die dafür bezahlt wurden, Fakten in reißerische Sprüche zu verwandeln.

»Ich glaube es nicht«, sagte Bonnie Wayss wieder und wieder, »nicht wenn es um eine Galdani geht. Es mag Leute geben, die bei solchen Unfällen unter den Opfern sind. Diese Frau zählt nicht dazu. Die ist ungeeignet für die Rolle eines unbeteiligten Opfers.«

Markus Hataka konnte nicht widersprechen.

17.

Jana Hakon • Transfer

Wenn sie ganz ehrlich zu sich selbst war, musste sie zugeben, dass sie allmählich Spaß an der Sache fand. Mikko war ein ausgesprochen zärtlicher Mann, wenn man ihn erst einmal soweit hatte, dass er sich das selbst eingestand, und wenn es nur für ein paar Minuten war. Sie schlief mit ihm, als sei das die normalste Sache von der Welt. Sie spürte seinen kurzen breiten Schwanz in ihrem Innern. Sie registrierte jede seiner Bewegungen. Mikko keuchte und schwitzte, als er ihren Leib bearbeitete, und seine Stöße fielen immer kürzer aus, je mehr seine Erregung stieg. Ja'ana K'jonasoidt Hakon T'Arastoydt hatte schnell gelernt, zwischen den verschiedenen Inkarnationen des kleinen, kräftigen Mannes zu unterscheiden. Sie konnte in aller Ruhe darüber nachdenken, während sie den Körper fickte, den sich diese verschiedenen Persönlichkeiten teilten.

Da existierte der Macho, den er gegenüber den anderen Männern seines Kommandos zum Besten gab, ein herrischer und kraftstrotzender Typ, den nichts aus seiner Coolness bringen konnte. Ein Bündel aus Muskeln, Potenz und unnahbarer Überlegenheit. Frauen waren für Mikko-den-Macho nur Opfer und Beute, nur Fleisch, das man heimschaffen und benutzen und danach fortschicken konnte. Und hernach musste man den Kumpels beschreiben, was passiert war, bis zum kleinsten Seufzer und letzten intimen Detail. Für den Macho gab es keine Grenzen, abgesehen davon, dass es in seinen Berichten nicht fehlen durfte, dass er zu einem befriedigenden Samenerguss gekommen war. Jana würde nie begreifen können, wieso für die männlichen Exemplare der Spezies Homo sapiens diese wenigen Tropfen schleimiger Flüssigkeit so wichtig waren. Sie musste in dieser Beziehung, so unvorstellbar es war, irgendein wichtiges Detail übersehen haben.

Dann gab es den herzlichen Kumpel für seine Freunde, einen echten Mikko-den-guten-Kerl, der sich das Gewinsel zusammengebrochener Mannsbilder anhörte und ihnen verständnisvoll auf den Rücken schlug oder sie großmütig ins Bett schaffte, wenn sie den

Weg nicht mehr aus eigener Kraft schafften. In dieser Rolle konnte Mikko sogar seine anerzogenen Vorurteile und seine Existenz als Mikko-der-Macho vergessen. Veruca Salt hatte es erstaunt miterlebt, wie Mikko-der-gute-Kerl selbstlos seine Kameradin Tichina Arnold ohne jeden sexuellen Nebengedanken zu Bett brachte. Die Frau hatte eine schwere Schlagseite von karnesischen Drinks oder irgendwelchen Drogen oder von beidem, und ihr Ruf war der einer unkaputtbaren Kämpferin und Männerfresserin. Wen Tichina erst einmal bis in ihr Bett ließ, der verließ es nicht unverletzt. So ein Vollrausch wäre also eine prima Chance gewesen.

Dennoch griff Mikko ihr nicht mal an den Busen, sogar als sie bewusstlos war, auf dem verschmutzten Boden irgendeines düsteren Nebenganges lag und unter den Fetzen ihrer Kleidung praktisch nackt war. Eine Kollegin war nun mal kein Fleisch für den Macho, sondern für Mikko-den-guten-Kerl auf eine seltsame Art heilig. Diese Inkarnation des blauäugigen Mannes soff seine Kumpane erst unter den Tisch und kümmerte sich dann rührend um ihr Wohlergehen, ehe er selbst bewusstlos zusammensackte. Dieser Mikko schlichtete selbst den blutigsten Streit unter seinen Leuten – er stellte sich eiskalt in die Schusslinie, als zwei seiner Männer, Jonathan Sorrel und Daniel Gerrard, einander mit Montagelasern bedrohten, weil der eine die Heimatstadt des anderen als elendes Kuhkaff bezeichnet hatte. Später erklärte er den beiden lachend, dass freilich die Geburtsorte von beiden nichts weiter wären als Fliegenschisse im Weltenplan; diesen Spruch nahmen ihm natürlich beide nicht übel. Die betreffenden Laser waren geladen und scharf gemacht gewesen, stellte Veruca Salt später fest, und Mikkos Tat war nicht viel mehr als eine spezielle Art von Irrsinn, wenn man es sachlich betrachtete. Er hätte in sehr kleine Stücke geschossen werden können, wenn einer der beiden Kampfhähne ins dunkle Gebiet seiner persönlichen Dämonen geraten wäre.

Mikko-der-gute-Kerl war bereit, sich in jeden Kampf einzumischen, der einen von ihnen bedrohte. Das schloss alle seine Leute ein. Und alle Kämpfe, sogar die hoffnungslosen. Jana selbst hatte ihn nur mit Mühe davon abhalten können, sich mit zwei Karnesen anzulegen, die angeblich etwas gegen Mikkos Leute hatten, in diesem Fall Robby Merkin. Die beiden Karnesen hätten natürlich mühelos erst Mikko und danach Robby Merkin zu Brei schlagen können – das war durch das Eingreifen von Veruca Salt verhindert worden. Die Riesen waren viel zu verblüfft, dass sich jemand einzumischen wagte. Sie kannten von den Normalmenschen keinen körperlichen Widerstand. Und dann solche Verrücktheiten. Erst dieser unscheinbare kleine Typ mit dem gewissen irren Funkeln in seinen blauen Augen, bereit, sich in anderer Leute Streit hinschlachten zu lassen. Und dann diese Frau, nicht ganz von dieser Welt, die einen Karnesen zu schlagen wagte. Es hatte sogar wehgetan, und das waren die Schwerweltmenschen von den schwächlichen Exemplaren der Spezies Homo Sapiens nicht gewohnt. Soviel Seltsames beisammen war den beiden Karnesen zu unheimlich gewesen, und sie hatten es bei verbalen Ausfällen bewenden lassen.

Jana Hakon hatte es in diesem Moment, in der geräumigen Kabine, in dem nicht ganz so geräumigen Bett, mit der dritten der womöglich vielen Erscheinungsformen Mikkos zu tun, mit dem stürmischen Liebhaber. Der war ihr der liebste, weil sie ihn wenigstens ansatzweise verstehen konnte. Sie nannte ihn, weil sie ihn sonst an keinem anderen Ort treffen konnte, ihren Mikko-im-Bett. Der hatte nichts zu tun mit dem rammeligen Ficker, in den sich Mikko-der-Macho verwandelte, sobald er weibliches Fleisch in seiner Nähe spürte, hopp und ex und weg und wo liegt das Taschentuch. Dieser Mikko war anders. Er bekam eine Gänsehaut, wenn ihm Fingernägel den Rücken hinunter weiße Spuren in die Haut zeichneten. Er sagte kein Wort. Er küsste jeden einzelnen Quadratzentimeter ihres Körpers, wenn sie ihn ließ. Dieser Mikko entspannte sich, sodass sich sein Gesicht völlig verwandelte. Seine überirdisch blauen Augen minderten ihren metallischen Glanz. Mikko-im-Bett war jemand ganz anderes als der Chef der Unterdeckmannschaft, der seine Leute mit Blicken einschüchtern konnte.

Mikko-im-Bett hatte nichts, aber auch gar nichts gemein mit dem aufgeputschten Tier, das sie in der Kuppel Menedek erlebt hatte, zusammen mit Ari. Damals hatte Jana Hakon schließlich alle beide zusammengeschlagen – ein Ereignis, das weder Veruca Salt noch Mikko oder gar Ari jemals erwähnt hatten, ganz so, als wäre es nie geschehen. Sie war allerdings sicher, dass dieser gewalttätige Auftakt ihrer Bekanntschaft unausgesprochen die Grundlage für alles bildete, was heute zwischen ihnen war. Dass sie es jetzt mit Mikko trieb, hatte mit dem Vorfall von damals auf eine verwickelte, indirekte Weise zu tun. Dieser Mann war völlig versunken in den

Sex, und sie gab ihm, was er wollte. Damals wollte er, unter dem Einfluss irgendeiner Chemikalienkombination, nur einen kleinen lästigen Trieb befriedigen; heute war sie selbst seine Droge. Genauer gesagt, war sein Rauschmittel das, was Veruca Salt mit ihrem Körper für ihn anstellte. Sie wusste, dass ihre Macht über Mikko nur darauf beruhte, dass sie ihn sich hörig machte. Und weil sie sich ihrer Mittel, andere Menschen zu beherrschen, nicht völlig sicher war, setzte sie ihren eigenen Körper ein, und die Kontrolle, die sie wenigstens darüber voll und ganz besaß.

Mikko-der-Macho stand unangefochten ganz oben in der Hackordnung auf den SEBAFELL-Unterdecks, und Jana war auf Unterstützung angewiesen, wenn sie jemals heil auf der Universitätswelt ankommen wollte. Dieses verdammte Raumschiff gondelte in der lokalen Gruppe herum, übernahm jeden lausigen Auftrag und dachte nicht daran, Janas Wünschen entsprechend direkten Kurs nach Penta V zu nehmen. Veruca Salt musste überleben, während die SEBAFELL von diesem und jenem angeheuert wurde. Die Aufträge des Raumschiffs bewegten sich mitunter am Rande der Legalität. Manchmal ging es lediglich darum, irgendwelche Raumstationen zu reparieren, die das Flottenkommando längst verschrottet hätte. Manchmal schreckte man nicht davor zurück, in irgendeinem lokalen Konflikt Rebellen zu deportieren, Maschinenparks unklarer Herkunft zu verschiffen oder das Brauchbare aus den Überresten irgendeiner im All kreisenden Katastrophe herauszufischen. Das Raumschiff war nicht die Blüte der bemannten Weltraumfahrt.

Also verschaffte Veruca Salt sich Unterstützung. Mikko war ihre Garantie und ihre Lebensversicherung. Sie musste ihn gut ficken. Sie achtete genau auf seine Reaktionen und spannte Muskeln an, von deren Vorhandensein sie kaum gewusst hatte, ehe sie sie benötigte. Seine ganze Aufmerksamkeit galt seinem Penis, der aufgeregt in ihr herumfuhrwerkte, und sie konnte das Innere ihres Geschlechtsteils genau so straffen, dass dem Mann immer wohler zumute wurde. Wenn er so gelöst und so weit von seinem alltäglich verbissenen Ich entfernt war, reagierte sein Körper anders. Mikko stieß wie wild; der Höhepunkt wollte sich nicht einstellen. Jana Hakon richtete den Blick ihrer Augen auf sein Gesicht und erlaubte sich für einige Sekunden die volle gnadenlose Schärfe der Wahrnehmung. Im Halbdunkel der Kabine war keine Gefahr damit verbunden. Sie sah Mikko mit allen Kräften ihrer geschärften Sinne, und unter der Haut erkannte sie angespannte Muskeln und Adern, in denen Blut pochte. Sie sah seine geschlossenen Lider, unter denen seine Augäpfel blicklos starrten. Genau in dem Augenblick, in dem ihn die Verzweiflung anzufallen drohte, packte sie mit beiden Händen seinen Hintern und zog ihn an sich. Er schnaufte und machte weiter; Jana wusste nur zu gut, dass der Kerl jetzt völlig neben sich stand. Das waren Sekunden, über die er selbst in den zotigsten Männergesprächen kein Wort verlieren würde. Sekunden, in denen sich seine Welt umstülpte. Er selber war jetzt das, worüber diese in sich geschlossenen Runden lästerten, nur ein hechelndes, nach Berührung und festem Zugriff verlangendes Stück Fleisch. Mikko hätte es nie zugegeben, nicht mit Worten, aber er wollte gefickt werden, und Veruca Salt lebte auf diesem verdammten Schiff davon, ihm zu geben, was er wollte. Sie verstärkte den Druck ihrer linken Hand bis knapp über seine Schmerzgrenze und durchdrang mit dem Zeigefinger der Rechten seinen Schließmuskel. Augenblicklich spürte sie, wie im Innern ihrer fest angespannten Scheide sein Glied zu zucken und in langen Stößen Sperma zu verspritzen begann. Ihre inneren Muskeln massierten ihn, bis er fertig und erschöpft war und sich kaum mehr rühren konnte. Wahrscheinlich schaltete sich sein Gehirn während des Orgasmus auf eine andere Ebene und erlebte irgendwelche phantastischen Dinge, die niemand wiedergeben konnte, Mikko selbst schon gar nicht. Dinge, die ihm im normalen Leben niemals begegneten. Manchmal beneidete sie ihn darum, denn sie selbst hatte viel zu viel Kontrolle über ihren Körper und sich selbst, als dass sie Vergleichbares hätte erleben können. Da waren ihre angenehmen Empfindungen, vor allem in dem Augenblick, wenn Mikko in seine höheren Sphären entschwebte, offensichtlich nicht zu vergleichen mit dem, was Mikko empfand. In einer schwachen Minute hatte er einmal davon gesprochen, loszulassen und durchzustarten und eine Etage höher zu gelangen, für einige kurze Sekunden nur. Etwas zu sehen, das zu beschreiben ihm die Worte fehlten.

Für Ja'ana K'jonasoidt Hakon T'Arastoydt war das undenkbar. Zwar konnte sie Ja'ana und ein bisschen T'Arastoydt die Kontrolle übergeben und wenigstens Spaß an der Sache haben; ihre Situation auf diesem heruntergekommenen Raumschiff war jedoch viel zu prekär, um sich gehenzulassen, und sei es für Augenblicke. Nach allem, was ihr im Institut und hinterher geschehen war, konnte sie das vielleicht gar nicht mehr. Immer waren K'jonasoidts Erinnerungen und Wissen im Hinterkopf präsent, schwebte die Macht ihrer kompletten Persönlichkeit Hakon über jedem Gedanken, jeder Regung. Da waren Sorgen, die ihr tiefer in die Seele reichten, als ihr lieb war, und Markus Hataka war eine davon. Andere hingen mit jener kurzhaarigen Soldatin zusammen, mit Bonnie Wayss, und Kaddok war nicht der Letzte, um den sich ihre Kümmernisse drehten.

Mikko jedenfalls hatte seinen Spaß gehabt, und zwar jede Menge davon. Er löste sich von ihr, und wie immer direkt nach seinem Orgasmus sagte er kein Wort und vermied es peinlichst, ihren Körper zu berühren. Vielleicht fühlte er sich verletzbar, wenn er sich so absolut hatte gehenlassen. Vielleicht fühlte er sich beschmutzt. Vielleicht spürte er eine gewisse Leere in der Zeit, die er benötigte, um sich aus Mikko-im-Bett in eine der mehr öffentlichen Versionen Mikkos zurückzuverwandeln. Für die nächsten paar Minuten würde er sanft und geduldig sein wie eine satte Katze. Das brutale Baby war gestillt. Selbst wenn sein normales, von psychischen Verknotungen verzerrtes und gebeuteltes Ich wieder aufgetaucht war, würde er doch nie auf die Idee kommen, seine Veruca Salt nicht zu beschützen und zu verteidigen. Den Irrtum, sie hätte einen solchen Schutz an Bord der SEBAFELL nicht nötig, hatte Jana bereits bitter gebüßt.

Bei der Erinnerung erschauerte sie und drehte sich herum; hinter sich hörte sie, wie Mikko aufstand und in die winzige Nasszelle kletterte, die man an Bord dieses unfassbaren Raumschiffs ein Bad nannte. In dem Ding konnte man kaum einen Schritt tun, und ein durchschnittlich gebauter Karnese würde die Kabine nur verstopfen, wenn er versuchen sollte, darin zu duschen. Mikko würde sich reinigen, das wieder und immer wieder aufbereitete Wasser über seinen Körper laufen lassen, ohne sich um seinen schalen Geschmack zu kümmern, und er würde ein Duftwasser benutzen, das nach der gegerbten Haut toter Tiere stank.

Veruca Salt war nur einen Tag nach dem Abflug von der sich offenbar langsam auflösenden DIE NEUE WOHLFAHRT von einigen anderen Arbeitern angegriffen worden. Es ging um eine Nichtigkeit, einen lächerlichen Anlass; wichtig war es allein, den Platz der Neuen in der Hackordnung festzulegen. Wenn Jana die Augen schloss und sich bewusst daran erinnerte, ließ K'jonasoidt die Erinnerung in allen

Einzelheiten erscheinen wie einen Film. Von einem Augenblick auf den anderen war aus einem Wortwechsel eine Schlägerei geworden: Der Anlass war so idiotisch und unbedeutend, dass nicht einmal K'jonasoidt mit ihrem frenetischen Drang nach Erinnerungen und Wissen ihn aufbewahrt hatte. Vermutlich hatte das Ganze irgendwie mit Die Neue Wohlfahrt zu tun und damit, dass Veruca Salt nicht genug davon bekommen konnte, die Neuigkeiten von der beschädigten Werft abzurufen. Und sie raste immer nur durch die schier endlosen Textwüsten der Netzdienste, anstatt die fetzigen und von knackigen Kerlen vorgetragenen Zweiminutennachrichten abzuspielen. Vermutlich fühlten sich andere in Gegenwart von so jemandem erbärmlich, und derart bedrängte Minderwertigkeitsgefühle konnten durchaus in einer gewalttätigen Aktion Ausdruck finden. Vielleicht hatte die andere ein Pflaster aufgelegt, dessen Wirkstoffe ihr an diesem Tag besonders schlecht bekamen.

Eine der anderen Arbeiterinnen hatte versucht, der vorwitzigen Schlampe – das waren ihre Worte gewesen – einen Schwinger aufs Auge zu versetzen. Ohne einen Sekundenbruchteil nachzudenken, hatte T'Arastoydt eingegriffen und die kreischende Frau an die nächste Wand geworfen. Das ging sehr schnell und war mit zwei, drei gebrochenen Rippen verbunden. Natürlich hatte die Dame ihre Parteigänger; innerhalb von Sekunden war Veruca Salt von den Leibern wütender Frauen bedeckt. Und T'Arastoydt hatte eine Menge zu tun. Sie verwandelte sich in einen tanzenden Derwisch, einen von der verletzenden Sorte. Ihre Gebete waren blaue Flecke, ihre Segenssprüche das Knirschen nachgebender Knochen. Ihre Visionen waren tanzende Sterne vor den Augen ihrer Opfer. Ihre Sakramente waren Bluterguss und geprellte Gelenke; und der Takt ihres Tanzes war das Geräusch, das menschliche Leiber machen, wenn sie schwungvoll mit harten Gegenständen zusammenprallen. Janas kontrollierter Metabolismus erlaubte es ihr, in solchen Situationen beliebige Mengen an körperlicher Energie aufzuwenden. Ihre Fäuste teilten gezielt Schläge gegen die empfindlichsten Stellen ihrer Kontrahentinnen aus, ihre Füße bohrten sich punktgenau und konzentriert in Solarplexen, ihre Handkanten schmetterten Schockwellen durch fremde Hälse.

Dabei ließ T'Arastoydt leider außer Acht, dass die Hackordnung auf diesem Unterdeck komplizierter war, als K'jonasoidt es an zwei

Tagen erfassen konnte. Sie bekam es nicht nur mit den Furien des Unterdecks zu tun. Rasch mischten sich die Männer in den Kampf ein, den ihre Weiber zu verlieren drohten, und T'Arastoydt fertigte die Kerle kaum weniger rasch ab. Sie riss Ohrmuscheln ab, zerschmetterte Kniescheiben und hörte mehr als einmal das merkwürdige Geräusch zerplatzender Gelenkkapseln. Dann kam sie darauf, dass Erinnerung an Menedek hilfreich sein konnte. Es war ja so einfach, einen dieser Typen auszuschalten. Es genügte, ihnen an den richtigen Stellen Schmerzen zu bereiten, dann lagen sie nichtsnutzig herum, sich krümmend und fluchend. In ihrem Kopf spürte Jana, wie K'jonasoidt zeterte, sie gebe mit der Zurschaustellung ihrer Kraft und ihrer Reflexe ihre Anonymität auf, man könne sie als das entlarven, was sie war. Und bestimmt gebe es doch inzwischen eine Belohnung für Hinweise auf entflohene Gestalten aus dem Institut. Und bei diesen Leuten wäre damit zu rechnen, dass ihnen solche Belohnungen mehr wert waren als die zweifelhafte Treue zur SEBAFELL.

Dann war das plötzlich vorbei, alles erstarrte.

Denn da stand Mikko, ein gefährlich aussehendes Gerät drohend auf den Tumult gerichtet, und erst als alle innehielten, registrierte T'Arastoydt, dass jemand so sehr gebrüllt hatte, dass alle auf ihn hörten. Es war nicht so sehr die Lautstärke, die das bewerkstelligt hatte, sondern der Klang. Die Stimme eines Menschen, der es als gegeben voraussetzte, dass man auf ihn hörte. Die Stimme eines Menschen, der furchtbar sauer werden würde, wenn man nicht auf ihn hörte. Mikko-der-Macho, natürlich. Er hatte sich nicht eine Sekunde um Veruca Salt geschert, seit sie Sekunden vor dem Abflug der SEBAFELL durch die Luke gestolpert und ihm in die Arme gefallen war. Zumindest hatte sie nichts derartiges bemerkt. Er musste sie beobachtet haben. Jetzt stand er da und bedrohte den Tumult mit irgendeiner Waffe, die sie nicht identifizieren konnte. Sie prägte sich den Anblick ein und ließ den Gegner fallen, den T'Arastoydt wie eine Lumpenpuppe auf andere Kämpfer hatte schleudern wollen. Der Körper fiel zu Boden, als hätte die plötzliche Stille die Schwerkraft verdoppelt.

»Sehr schön«, sagte Mikko. Er sprach jetzt leise, und beim Klang seiner Stimme rückten die Schaulustigen beiseite, die in seiner Nähe gestanden hatten. Die Mündung der Waffe pendelte hin und her, ganz langsam.

»Wir sollten das klären«, sagte Mikko, »und zwar an Ort und Stelle. Ehe andere Leute sich in diese Angelegenheit einmischen.«

Um ihn herum hatte sich in Sekundenschnelle ein großer freier Platz gebildet. Und die eben noch in einen wütenden Kampf vertieften Leute starrten auf diesen kleinen Mann, dessen brennendblaue Augen so bedrohlich wirkten wie das schwere Kriegswerkzeug in seinen Händen. Veruca Salt nahm aus den Augenwinkeln heraus wahr, dass die Menge begann, sich in Nebengänge und Nischen zu verdrücken.

Mikko hatte hier nicht gerade eine Menge Fans, registrierte K'jonasoidt. Und es gab hier andere Strukturen als die, an die sie von ihrem Studium des Flottenkommandos her gewohnt war. Wahrscheinlich hatte sie es nicht mit Flottenkommandomenschen zu tun. Die im Institut hatten mit diesem Bild auch nicht übereingestimmt. K'jonasoidt warf ihre Vorstellungen über den Normalmenschen über Bord und beschloss, innerhalb dieser Gruppe ähnliche Untergliederungen einzurichten, wie sie es für die anderen bedeutenden Gruppen getan hatte. Wahrscheinlich war dies alles viel komplizierter, als die Leute nach ihrer kulturellen Herkunft einzuteilen. Sie konnte in der Menschenmenge, die Mikko mit seiner Waffe bedrohte, niemanden als Karnesen, Oniskier oder Serafimer ausmachen. Wenn man von so nebensächlichen Merkmalen wie Körpergröße, Haarfarbe, Hautfarbe und Augenform absah, war diese Menge im Grunde genommen gleichförmig. Das waren nur Leute, in mehr praktische als modische Kleidung gehüllt, mit nahezu einheitlichen Frisuren und mit einem ebenso einheitlichen Ausdruck von Mordgier in den Augen. Je länger sie in die Mündung von Mikkos Waffe blickten, desto ruhiger wurden sie. Vielleicht war es das durchdringende Blau von Mikkos Blick, das die Leute zurücktrieb.

Veruca Salt hatte sich mit ihnen allen zugleich angelegt, dachte Jana, und das war wahrscheinlich töricht gewesen. Sie trat ein paar Schritte vor und drehte sich zu der Masse um. Da waren ein paar Frauen und Männer, die sich aufrappelten; da waren welche, die sich um die offensichtlich gebrochenen Knochen der Opfer von T'Arastoydts Raserei kümmerten. Da war unverhohlene Vorfreude in den Augen von einigen dieser Leute, und die schauten alle auf Mikko. Veruca Salt war für ein paar Sekundenbruchteile verwirrt. Dann reimte sich Ja'ana K'jonasoidt Hakon T'Arastoydt etwas zusammen.

Ein Rudel, das auf die Entscheidung seines Leittieres wartete. Mikko war hier so ein Leittier. Solche Individuen wurden ebenso respektiert wie gefürchtet, und das meistens aus denselben Gründen. Veruca Salt musste sich nur auf die richtige Seite schlagen.

Die richtige Entscheidung treffen.

Für einen winzigen Augenblick malte sie sich eine Alternative aus; sie sah den geilen Bock von damals vor sich, der vor einer Frau, deren Arme festgehalten wurden, grinsend die Hose aufknöpfte. Sie sah sich mit rasendschnellen Bewegungen durch den Raum gleiten und dem Mann mit den blitzblauen Augen den gestreckten Fuß in den Leib rammen, die Waffe übernehmen, und damit die Macht. Sie spürte Ja'ana K'jonasoidt Hakon T'Arastoydt in sich, und sie wusste, dass sie eine solche Aktion nicht lange überleben würde. Sie wusste zuwenig darüber, wie Mikkos Macht funktionierte. Nur körperliche Kraft konnte es kaum sein, und Waffen waren nicht allein verantwortlich dafür. Da musste mehr sein. Mal abgesehen von all den Rudelmitgliedern hier – sie hatte Ari nirgendwo gesehen. Vielleicht saß der geschwärzte Mann an einer Konsole und justierte ein Fadenkreuz, zielte mit irgendeiner Waffe auf den Kopf von Veruca Salt. Es wäre ihm zuzutrauen.

Also blieb sie ruhig.

Sie drehte sich langsam um ihre eigene Achse, tänzerisch und elegant. Ihr Blick glitt über all die wütenden, schmerzverzerrten, wartenden Gesichter. Einige erkannte sie nun wieder, das von Tonio Gaudio zum Beispiel, der sich offenbar prächtig amüsierte. Dann ging Veruca Salt mit einigen wohlberechneten Schritten zu Mikko, wich dem Lauf der Waffe aus und sah ihm aus einem Meter Abstand in die Augen. Wie konnte nur irgendjemand so blaue Augen haben.

»Schon besser«, sagte Mikko. Die Menge tauschte verständnislose Blicke. Der Mann zielte schließlich immer noch mit diesem unglaublich wuchtigen Gerät auf sie. Unruhig starrten sie auf die Neue, auf Veruca Salt, die vor wenigen Augenblicken dabei gewesen war, das halbe Unterdeck der SEBAFELL zusammenzuschlagen.

Veruca Salt ging einen weiteren Schritt heran, was sie nahezu in Körperkontakt zu Mikko brachte. Sie fasste seine Schulter an und ließ die Hand über seinen Brustkorb gleiten, streichelte seine Muskeln in einer völlig unmissverständlichen Art. Es gab da einiges zu streicheln. Eine kleine Verlagerung des Körperschwerpunktes, und sie schmiegte sich an den Leib des kleineren, breit gebauten Mannes.

Mikko grunzte und setzte langsam die Waffe ab. Er sah zu, wie sich die Leute zerstreuten. Sein freier Arm legte sich besitzergreifend um die Hüften der Neuen, und die Geste wurde gesehen und verstanden. Das Leittier hat entschieden, dachte Jana, und die Meute akzeptiert. Sie betrachtete seine Augen, die aufmerksam beobachteten, wie man die Verletzten auf Tragen lud und wegbrachte. Die Augäpfel dieses Mannes mussten innen mit winzigen kobaltblauen Kristallen tapeziert sein, und ein Glanz wie von kleinen Sonnen erzeugte darin ein unglaubliches Leuchten.

Kaum eine halbe Stunde später hatte sie Mikko zum ersten Mal gegeben, was er damals zusammen mit Ari gewaltsam hatte haben wollen. Zumindest dachte er das. Tatsächlich war dieser erste sexuelle Kontakt nur der Auftakt gewesen. In Wirklichkeit hatte nicht er sie erobert, sondern er selbst war auf eine eher subtile Art vergewaltigt worden. Inzwischen, dachte Veruca Salt, ist Mikko ein Schoßtier in Jana Hakons Sammlung. Schoßtier! Wie zweideutig. Sie hatte den Typen an der Angel. Sie konnte Leute beeinflussen, so wie sie es zuhause gelernt hatte. Sie hatte es mit Mikko getan, um zu überleben, und sie hatte es mit Markus Hataka getan, damit er überlebte, auch wenn sie damals eigentlich etwas anderes im Sinn gehabt hatte.

Niemals würde Mikko zulassen, dass seiner Veruca Salt irgendetwas zustieß. Man konnte einen Süchtigen nicht ohne weiteres von seiner Droge trennen. Es gab da nur ein Problem, mischte sich K'jonasoidt ein, irgendwann würde sie einen Weg aus dem Unterdeck der SEBAFELL hinaus finden müssen. Und zwar spätestens dann, wenn das Raumschiff bei der Universitätswelt Station machte. Vielleicht würde Veruca Salt ja doch etwas Schlimmes zustoßen. So oder so, irgendwann musste Mikko entwöhnt werden, und Jana war nicht gewillt, dabei sonderlich zartfühlend vorzugehen. Veruca Salt war nicht stark genug, einem Gedanken zu widerstehen, der von K'jonasoidt kam. Ihre Stimmung geriet in Gefahr.

Mikko kam jetzt aus der Dusche zurück und setzte sich nackt, so wie er war, auf das Bett. Sie wusste, was er erwartete, und legte ihren Arm um seinen Leib. Er entzündete ein Stäbchen, inhalierte tief. Es gab nicht mehr viele Menschen, die ein so altes und völlig aus der Mode gekommenes Laster pflegten. Veruca Salt vermutete seine Heimat auf Serafim oder einer der verwandten Welten, nur dieser teuren und unzeitgemäßen Angewohnheit wegen. Glimmende Blätter eines Busches, also wirklich. Natürlich würde sie ihn niemals danach fragen. Man fragte Leute nicht nach ihren Süchten, nicht einmal bei so harmlosem Zeug, nicht solange es tödliche Substanzen wie Ycorgan gab. Man versuchte jemanden wie Mikko nicht von seinen Gewohnheiten zu heilen. Das war ebenso aussichtslos, wie gegen den Aberglauben des Unterdecks anzugehen. Die panische Furcht vor der Zahl Acht beispielsweise, geerbt von den Serafimern. Niemals setzten sich acht Leute an einen Tisch, niemals benutzte jemand die Kabine mit der Nummer Acht, und sogar die Zahl selbst wurde ungern ausgesprochen; als würde man die grausigen Gespenster des Oktogons heraufbeschwören, wenn man es täte.

Mikko fuhr ihr mit der freien Hand über den Kopf. Das Maximum an Zärtlichkeit, das zu erwarten war. Mehr wäre für Mikko-den-Macho nicht erträglich gewesen; mehr konnte niemand von ihm erwarten. Sie kannte die Antwort. Während er es sich neben ihr bequem machte, nahm sie sein Geschlechtsteil in die Hand. Es war schlaff und weich von dem eruptiven Orgasmus und lauwarm vom Duschen. Und wenn sie den Schwanz lange genug hielt, würde Mikko-im-Bett einschlafen und weiter keinen Stress machen. Natürlich könnte sie niemals jemandem verraten, dass Mikko, der Hengst, nach einem einzigen Geschlechtsakt und zehn Minuten Duschen derart fertig war, dass er umgehend einschlief. Ausgepumpt, sozusagen. Niemand würde je was davon erfahren. Und von Mikko-dem-Macho schon gar nicht.

Veruca Salt führte ein annähernd sorgenfreies Leben, seit sie die unterdeckweit bekannte Bettpartnerin Mikkos war. Sorgenfrei, was die überschaubare Gesellschaft des Unterdecks betraf. Darüber hinaus blieb ihre Lage heikel.

Zum einen war nach einigen Tagen voller widersprüchlicher Nachrichten endlich Entwarnung von Die Neue Wohlfahrt gekommen; leider nicht von Kaddok selbst. Nachdem es eine Zeitlang so ausgesehen hatte, als würde die Werft ein Totalverlust, liefen dort allerlei Reparaturen. Der teuerste Unfall seit zweihundert Jahren, hieß es. Bisher wusste niemand, warum und wie es dazu gekommen war. Es war die Rede von zunehmenden Konfusionen im Datennetz, und davon, dass ein völlig veraltetes System wie das von Die Neue Wohlfahrt nicht in der Lage gewesen wäre, die Folgen zu verarbeiten. Kein Wort von amoklaufenden Karnesen, man fürchtete wohl unwirsche Reaktionen der Schwerweltmenschen, und im Grunde genommen war es gleichgültig, welchem Volk der unglückliche Pilot angehört hatte. Das Management der Werft war wegen veralteter Technik, mangelnder Wartung und überschrittenen Inspektionsfristen schwer unter Beschuss geraten. Dass alle wichtigen Leute von Die Neue Wohlfahrt zum Zeitpunkt der Katastrophe nicht an Bord gewesen waren, warf kein günstiges Licht auf sie.

Andererseits gab es verwirrende Neuigkeiten von Penta V. Auf einen der erfolgreichsten Künstler des Planeten, einen kosmosweit bekannten Musiker, sei ein Attentat verübt worden, hieß es. Vielleicht sei es ein Unfall gewesen, das werde untersucht. Wahrscheinlich sei er bei dem Anschlag getötet worden, obwohl es Hinweise gebe, dass sein Körper von einer gut organisierten unbekannten Truppe fortgebracht worden sein könnte. Die Schlagzeilen überschlugen sich und wurden sehr rasch sehr absurd. Gerüchte, Hörensagen und wilde Theorien. Ganz so, als ob jemand ganz bewusst die Sache ins Unglaubhafte ziehen wollte.

Veruca Salt glaubte keinen einzigen Augenblick, dass Markus Hataka etwas geschehen war. Die Art und Weise, in der man das Opfer des Attentats hatte verschwinden lassen, ließ sie eher an Bonnie Wayss denken. Aber wenn Bonnie hatte Hataka entführen wollen, warum dann dieses Theater mit einer Bombe und einem angeblichen Mordanschlag? Warum so umständlich? Und warum sollte sie eine Entführung inszenieren?

Jana Hakon war es, die sich über solche Fragen den Kopf zergrübelte und doch ganz genau wusste, dass es keinen Zweck hatte. Ohne zusätzliche Informationen konnte sie keine Antworten finden. Sie suchte nach entsprechenden Neuigkeiten im Netz; das wiederum wurde immer seltsamer. Gigantische Datenmengen flossen verschlüsselt durch öffentliche Kanäle, und eine große Bibliothek nach der anderen trennte sich vom Netz oder verhängte rigorose Zugangsbeschränkungen. Es war, als ob neue Quellen ein überaltertes Grabensystem überfluteten – die Zahl der verfügbaren Information wuchs immer rascher an. Jana Hakon hatte nicht die geringste Ahnung, wer sich all diese Informationen überhaupt jemals ansehen sollte, ganz zu schweigen davon, sie zu entschlüsseln. Veruca Salt hingegen war damit beschäftigt, ihre Position im Unterdeck zu halten. Ihren neuen Status als Partnerin des heimlichen Chefs, eines Mannes, der auf dem Unterdeck wichtiger war als der Kapitän. Was Mikko betraf, so hatte sie nicht viel mehr zu tun, als ihn so oft wie nur möglich zu ficken, und das tat sie auch. Es war Bestandteil ihrer derzeitigen Überlebensstrategie.

Sie hatte sich in Ari dabei einen Feind geschaffen. Das war klar. Eine seit etlichen Jahren dauernde Männerfreundschaft war durch das Erscheinen einer gewissen Veruca Salt zerstört worden. Zwar gab es an der Oberfläche der Dinge keinen Unterschied zu früher, aber sie spürte allzu gut, dass Ari vor Wut und anderen unterdrückten Gefühlen kochte, wenn er Veruca Salt nur zu Gesicht bekam. Das war kein Neid. Sehr wahrscheinlich war die Freundschaft zwischen Mikko und Ari einmal viel mehr gewesen als nur eine Freundschaft. Jana vermutete, dass diese beiden seltsamen Männer irgendwann einmal ein Paar gewesen waren.

Ari hatte jedoch nicht den gottähnlichen Status eines Mikko. Er war gefürchtet und wurde als Mikkos Handlanger kommentarlos anerkannt, keine Frage. Sollte er eines Tages auf den Gedanken kommen, Mikkos Rolle übernehmen zu wollen, wäre ihm eine herbe Enttäuschung sicher. Und er war nicht dumm genug, das nicht zu wissen.

Es gab hin und wieder Kontakte zwischen dem Unterdeck und der Schiffsführung. Die Anlässe waren meistens weniger erfreulich. Die normalen Geschäfte der SEBAFELL zwischen den Sternen gingen das Unterdeck nichts an, es reichte, wenn Mikkos Leute die üblichen Drecksarbeiten erledigten. Genau aus diesem Grunde existierte das kleine Reich von Mikko-dem-Macho. Es musste jemanden geben, der die richtig dreckigen, die riskanten Dinge tat. Gefährlich war es meistens, was die Schiffsführung der SEBAFELL wollte, körperlich schwer allerdings immer. Es war zu kostspielig, für den eventuellen Austausch zerfetzter Panzerungen oder das Ersetzen ermüdeter Verstrebungen spezialisierte Maschinen an Bord zu haben. Und quasiintelligente Mechanismen waren unglaublich teuer. Leute, die in strahlenverseuchte Schächte hineinstiegen und dort mit Schweißbrennern hantierten, waren dagegen bezahlbar. Und leicht ersetzbar, falls jemand nicht aufpasste.

Wenige Stunden nach dem – zumindest für Mikko-im-Bett sehr befriedigenden – Geschlechtsverkehr warteten seine beiden engsten Vertrauten auf seine Rückkehr von der Audienz bei den Großkopferten. Das Gespräch zwischen Veruca Salt und Ari war holprig, beide bemühten sich, den Anschein normaler Zustände aufrecht zu erhalten. Als Veruca einmal eine Frage nach den sicheren und sauberen Maschinen des Flottenkommandos fallen ließ, lachte Ari schallend, und Tränen liefen über sein ebenholzfarbenes Gesicht. Das Gelächter schallte dumpf wider in der matt erleuchteten Bar, in der sie saßen und warteten, dass Mikko von einem seiner seltenen Treffen mit den Obrigkeiten der SEBAFELL zurückkehrte. Ari lachte deutlich lauter, als angemessen war. Der Grind an seinen Mundwinkeln platzte auf. Blut quoll hervor. Ari achtete nicht auf solche Wunden. Er hatte zu viele davon, und sie kamen immer wieder.

»Mädchen, du bist nicht von dieser Welt«, japste er, »quasi-intelligente Maschinen! Solche Apparate kosten weit mehr, als dieses ganze verfluchte Schiff jemals kosten wird, ehe es in die Luft fliegt. Einschließlich der Lebensversicherungen, wenn es welche gäbe.«

Ari stürzte seinen karnesischen Drink hinunter, und die ölige Flüssigkeit vermischte sich mit dem Blut aus seinen geplatzten Lippen. Veruca beobachtete das mit verhohlenem Widerwillen. Ari war ein Strahlungswrack, durchsiebt von inneren und äußeren Verletzungen. Wahrscheinlich gab er all sein Geld, das er verdiente, für die Behandlung der Defekte aus, die er sich dabei zugezogen hatte, eben dieses Geld zu verdienen.

Jetzt breitete er theatralisch die nackten Arme aus. Sie waren dunkel gefärbt von all den Strahlenschutzmitteln, die er seit Jahrzehnten schluckte. Nur wer ihn erst einige Minuten kannte, kam auf die Idee, es mit einem jungen Mann zu tun zu haben. Veruca Salt konnte kaum glauben, dass sie selbst damals in Menedek diesem Irrtum erlegen war, ehe sie ihn und Mikko niedergeschlagen hatte. Unter der glänzenden schwarzen Epidermis dieses Mannes lagen die Narben eines langen Lebens, aufeinandergeschichtet wie die Häute einer Zwiebel. Um den echten Ari kennenzulernen, hätte man diesem hier erst einmal die Pelle abziehen müssen. Veruca Salt konnte sich allerdings keinen Grund vorstellen, das zu wollen. Das Ergebnis einer solchen Nachforschung dürfte unerfreulich ausfallen.

Die Barmaschine schnappte sich das leere Glas und erkundigte sich, ob es weitere Wünsche nach Getränken gebe. Es war eine dieser Bars ohne menschliche Bedienung. Eine deprimierende Abfüllstation.

»Glaube mir«, sagte Ari, »ich weiß, wovon ich rede. Ich bin lange genug dabei. Wir sind für die da oben doch nur Dreck. Dreck, der reden kann und noch ein paar andere Dinge.«

Um ein Haar hätte er die Frau berührt; im letzten Augenblick scheute er zurück. Veruca Salt war Mikkos Gebiet. Ari legte die großen Hände wieder auf seine bloßen Knie. Er lief aus unbekannten Gründen tagaus, tagein mit ärmellosen, enganliegenden Hemden und in kurzen Hosen herum, die an seinem rechten Bein eine Narbe sehen ließen. Sie begann an der Kniekehle und zog sich in einem langen Schwung über den Oberschenkel hinauf, ehe sie in Richtung Schritt unter dem Stoff verschwand. Veruca Salt mochte sich keine Gedanken darüber machen, was diese Narbe zu bedeuten hatte und woher sie stammte.

»Wir alle hier«, sagte Ari, »sind viel weniger wert als dieses Schiff. Es ist billiger, solche wie uns hier arbeiten zu lassen.« Er grinste. »Solche wie mich und dich.«

Veruca musterte ihn kalt und ohne sein Lächeln zu erwidern. »Und das findest du in Ordnung?«, fragte sie.

Aris Grinsen gefror. Bedächtig sah er auf seine Hände herunter. Sie lagen wie tote, exotische Tiere auf seinen Knien. Unter der blauschwarzen Haut zeichneten sich schwarz und knotig Venen ab. Veruca Salt wusste genau, dass Aris Handflächen genauso tief eingefärbt waren wie seine Oberarme. Ganz nebenbei hatte K'jonasoidt bereits in Menedek gesehen, dass dieser Mensch keine negroiden Erbanlagen hatte – nur hatte sie damals dieser Tatsache keine tiefere Bedeutung beigemessen.

»Es spielt keine Rolle, ob ich es richtig finde«, sagte Ari. »Es ist nun einmal so. Es gibt viele Welten im Universum. Unsere hier ist das Unterdeck.«

Er wies mit einer kurzen, verächtlichen Schulterbewegung auf ein paar Oniskier, die vorübergingen und sehnsüchtig in die Bar schauten. Natürlich setzten sie ihren Weg schnellstens fort, nachdem sie erkannt hatten, mit was für Gestalten sie sich da gemein machen würden. Der schwarzgefärbte Unterdeck-Sheriff und die Privatmieze des Unterdeck-Königs; mit so was konnte man sich nicht an denselben Tisch setzen.

»Wo wir herkommen, spielt keine Rolle«, setzte Ari seine kleine Rede fort. »Oder kaum eine. Es gibt einige wenige Türen, bei denen man sich entscheiden kann. Auswählen kann, in welcher Welt man weitergehen will. Wer hier gelandet ist, meine Gute, der hat alle Türen geöffnet. Er kann zu Besuch in andere Welten gehen, aber er kann nicht weg. Nicht wirklich.«

Veruca Salt starrte den Kerl erstaunt an; Ja'ana in ihrem Inneren tobte und wollte Mitleid für den schwarzen Mann, den sie mit einer Ratte in einem Käfig verglich. K'jonasoidt schlug Alarm, weil das Verhalten so gar nicht mehr dazu passte, was man in Menedek und seitdem über ihn erfahren hatte; T'Arastoydt witterte Gefahr und wollte fliehen, diesen gefährlichen Menschen ausschalten und wegrennen.

Jana Hakon legte Ari eine Hand auf den Arm und sagte: »Ist es wirklich so undenkbar, in eine andere Welt zu wechseln? Gibt es denn nicht immer noch die Möglichkeit, aus seinem eigenen Leben auszubrechen und ein anderes zu beginnen?«

Überrascht registrierte sie, dass Aris dunkle Haut warm war, fast heiß, bestimmt über neununddreißig Grad. Fiebernde Exemplare der Spezies Homo sapiens fühlten sich so an. Krank, nach den üblichen Maßstäben; was mochte normal sein für einen derart mit Chemie und Stimulanzien vollgesogenen Menschen? Vermutlich hatte der Stoffwechsel dieses Mannes längst die Normen der menschlichen Spezies verlassen.

Ari senkte den Blick und betrachtete diese weiße, fremde Hand, die seine heiße Haut kühlte. Er starrte, als berühre ihn da etwas Fremdes, Grauenhaftes. Seine Augen schimmerten in einem merkwürdigen Farbton.

»Eine Möglichkeit gibt es immer«, sagte er leise. »Wenn Mikko jetzt hereinkommt und uns so sieht, dann wechsle ich ein letztes Mal in eine andere Welt. Dann schlägt Mikko mich tot, und ich bin nicht ganz sicher, ob ich mich wehren würde.«

Veruca Salt überlegte nur eine oder zwei Zehntelsekunden lang, ob sie das glauben konnte. Sie zog ihre Hand zurück. Kurz danach waren T'Arastoydt, K'jonasoidt und Ja'ana zu dem Schluss gekommen, dass die SEBAFELL verrückt genug war, um solches Zeug wahrscheinlich zu machen. Sie hatte nicht darüber nachgedacht, dass sie auf Mikko-den-Macho oder eine andere seiner weniger freundlichen

Inkarnationen treffen würde, wenn die Besprechung in der Chefetage des Raumschiffs vorüber war.

Ari schaute ausdruckslos auf die Hand, die seine übermäßig warme Haut berührt hatte. Vielleicht staunte er, wie diese Frau, die seinem Herrn und Meister gehörte, auf die Idee verfallen sein mochte, ihn anzufassen. Vielleicht staunte er, wie kalt sich ihre Hand angefühlt hatte. Vielleicht staunte er, dass jemand mehr in ihm sehen wollte als nur den ersten Vertrauten von Mikko-dem-Macho, der seit der Ankunft dieser Frau auf den wenig erstrebenswerten zweiten Platz verwiesen worden war.

Die Pforte, die sie, mehr unbewusst, im Blick behalten hatten, öffnete sich. Mikko erschien, und in seiner Begleitung waren zwei Menschen, die Veruca Salt nie zuvor gesehen hatte. Es waren Leute von der anderen Seite dieses Schiffs, von denen da oben, und man wusste schließlich, wie man sich als Mitglied des Unterdecks zu benehmen hatte. Ari und Veruca Salt standen auf und traten aus der Bar heraus. Einige Schritte vor den Gästen Mikkos blieben sie stehen. Ari schlug die Augen nieder und verschränkte seine schwarzen Arme in einer Geste stillen Trotzes vor der Brust.

Jana Hakon spürte alle ihre inneren Alarmsirenen kreischen, als sie die Gestalten neben Mikko musterte. K'jonasoidt zog triumphierend Daten über Daten aus ihren schier unerschöpflichen Vorräten, überflutete Jana Hakon mit Information; gut, dass es Veruca Salt gab, die nach außen hin sogar beim Anblick dieser beiden kühl und unberührt bleiben konnte. Da war eine silberhaarige Frau, klein und straff aufgerichtet. Ihre Kleidung, streng und einfarbig, wies sie als Mitglied der oberen Kreise des Flottenkommandos aus. Nur solche trugen Uniformen völlig ohne alle Rangabzeichen. Es war erstaunlich, so jemanden an Bord eines Schiffs wie der SEBAFELL zu sehen. Unter normalen Umständen würde sie Atibon Legba kaum verlassen, höchstens in der Zentrale eines Weltenkreuzers. Die Dame hielt sich aufrecht, die staubtrockene Nachahmung einer Kämpferin. Die bürokratisch revidierte Ausgabe einer grauen Kopie von Bonnie Wayss. So fehlplaziert wie ein Karnese auf Oniskus.

Noch erstaunlicher war der Mann neben dieser Dame. Auf den ersten Blick hin wirkte er völlig nackt, abgesehen von Schmuckstücken, die an absurden Stellen seines Körpers wie in die Haut hineingestanzt glitzerten. Der matte Glanz dieses Schmucks verriet das echte Gold. Sah man genauer hin, konnte man die hauchdünne Membran erkennen, die den feisten Leib des Mannes umspannte. Eine Membran, die wie eine zweite Haut anlag und härter als Stahl werden würde, wenn es darauf ankam. Sofort erkannte K'jonasoidt das Material. Die perfekteste Rüstung, die menschlicher Erfindungsgeist bislang ersonnen hatte. Nahezu vollkommen, nur nahezu, denn der sicherste Schutz bei kriegerischen Handlungen bestand darin, sich ein paar Lichtjahre weiter weg zu befinden.

Veruca Salt sah zum ersten Mal in ihrem Leben einen Goldenen von Angesicht zu Angesicht, und sie versuchte, schnell zu Jana Hakon umzuschalten. Erfolglos; K'jonasoidt schüttete in diesem Augenblick einen weiteren Wust von Informationen aus, und die Widersprüche darin – versehen mit Fragezeichen dort, wo sie allzu schlimm auffielen – bildeten einen Flickenteppich aus Fragen und Unklarheiten. Die Goldene Bruderschaft war von allen ungeklärten Fragen des bewohnten Kosmos das größte Rätsel für Galdäa; und in den schier endlosen Datensammlungen K'jonasoidts klafften gigantische Leerstellen dort, wo Informationen über das Sozialsystem, die Werte und die Ziele dieser Spezies sein sollten. Eines dieser Rätsel war die Frage, wieso das Gros der raumfahrenden Menschheit bislang nicht auf die Idee gekommen war, die Goldenen als selbstständige, fremde Art einzustufen. Stattdessen betrachtete man sie als eine Art von besonders reicher Firma. Galdäa wusste, dass das nicht stimmte. Die Goldenen waren viel mehr, in jeder Hinsicht. Auf Galdäa gab es merkwürdigerweise alte Geschichten und mündliche Überlieferungen, in denen sich womöglich Beschreibungen dieser Goldenen fanden – verblümt und poetisch, abgeschliffen vom Staub der Jahrhunderte, dennoch auffällig genug, dass sich K'jonasoidt daran erinnern konnte. Manche Denker auf Galdäa vertraten die Ansicht, die Goldenen seien identisch mit den Schöpfern; ihre Beweise waren dünn. Mal ganz abgesehen von der Frage, welche Macht wohl über den Goldenen stehen könnte, wie sie über den Schöpfern gestanden hatte, eine düstere, niederdrückende Bedrohung.

Jana erlaubte ihren Augen, für eine oder zwei Sekunden mit voller Kraft zu arbeiten und das Bild dieses Wesens in sich aufzunehmen. Sie kartografierte die Schmuckstücke, die an merkwürdigen und wenig logischen Stellen seines Leibes angebracht waren. Sie registrierte den Widerspruch zwischen sichtbarem Körperbau und anderen Merkmalen, errechnete das Übergewicht des Goldenen. Sie registrierte winzige Male auf der Haut und schlussfolgerte, dass man die Körperbehaarung dieses Wesens mit chirurgischen Mitteln ausgeschaltet hatte. Und am Hals und an der Hüfte gab es technische Vorrichtungen, die offensichtlich Implantate darstellten, direkte Schnittstellen zum Nervensystem des Mannes. Die für kurze Zeit auf Hochtouren laufenden Sinne der Galdani orteten Tentakel, die sich von jedem goldenen Schmuckstück aus ins Fleisch des Goldenen erstreckten, erfüllt von elektronischer Aktivität. Dies mochte entfernt verwandt sein mit jenen Implantaten, die den Zentraliern den direkten Kontakt mit den Maschinerien ihres Weltenkreuzers ermöglichten; es hatte jedoch eine andere Qualität, höhere Datenraten, andere Protokolle, starke Abschirmungen. Sehr merkwürdig.

K'jonasoidt jammerte und lamentierte tief im Hintergrund von Jana Hakons Gedanken. Es war gar nicht gut, dass hier gleich zwei Gestalten auftauchten, die an Bord eines Schiffs wie der SEBAFELL so deplatziert waren wie oniskäische Nymphen auf Karna. Es war besorgniserregend, dass etwas so Unwahrscheinliches geschah, ausgerechnet während sich eine als Normalmensch getarnte Galdani an Bord befand. Jana befürchtete nicht, dass der Goldene sie als das erkennen würde, was sie war. Ihre Ohren wurden von den Haaren verdeckt, das Gesicht war in der aufdringlichen Weise der Unterdeckweiber mit Schminke beschmiert, und ihre Kleidung war so schmucklos und pragmatisch, wie man sich Kleidung nur denken konnte. Der Goldene war aus ganz anderen Gründen Anlass für Besorgnis. Diese Leute machten sich rar. Diese Leute reisten für sich, und nicht auf solchen minder wichtigen Kähnen wie der SEBAFELL. Diese Leute trafen sich nicht mit den Häuptlingen des Unterdecks. Sie verließen ihre Doppelwespen nur, wenn es absolut unumgänglich war, oder wenn sie sich ganz sicher fühlen konnten. Beides war hier nicht der Fall, soweit sie wusste.

Die Anwesenheit des Goldenen störte Veruca Salt, bereitete ihr körperliches Unbehagen. Das war nicht normal, ein Goldener auf diesem Schiff, an diesem Ort. Vielleicht hatte all das mit der rasant zunehmenden Konfusion des Netzes zu tun. Vielleicht war allein deswegen nicht normal, was vor kurzer Zeit alltäglich gewesen war. Vielleicht hatte die Krankheit der Informationen die Goldenen aufgeschreckt?

Dieser Goldene stand hinter der Dame vom Flottenkommando und Mikko, als wäre er nur dabei, um den Ablauf des merkwürdigen Zusammentreffens zu kontrollieren. Dabei steckte der Chef des Unterdecks in einer ausgesuchten und für diesen Bereich des Raumschiffs völlig untypischen Garderobe. Mikko trug schwarze lange Hosen, die in hochgeschnürten Stiefeln aus blankpoliertem schwarzem Leder endeten; darüber ein bauschig geschnittenes Hemd aus weißer Seide, dessen üppig bemessener und mit albernen Rüschen umsäumter Ausschnitt den Blick auf seine Brustmuskeln freigab. An einem breiten, knallroten Ledergürtel hingen allerlei Geräte, ein ebenso knallrotes Tuch war eng um seinen Hals geschlungen. Ein schmales weißes Band hielt die langen Haare der eigens für diesen Anlass getragenen Perücke im Nacken zusammen. Mikkos Handgelenke waren von breiten Lederriemen umschlungen. An seinen Ohren und Fingern glitzerte Schmuck, der bei weitem nicht so kostbar wirkte wie der Glanz des puren Edelmetalls auf der bloßen Haut des Goldenen. Mikkos Juwelen wirkten allerdings mindestens doppelt so aufdringlich.

Es gab nur zwei Assoziationen, die Jana Hakon bei diesem Anblick durch den Kopf gingen. Die erste waren antike Flachfilme, in denen heldische Kerle auf primitiven windgetriebenen Schiffen damit beschäftigt waren, adlige Damen zu rauben und zu retten, die unaufhörlich in Ohnmacht fielen und dazwischen andere Männer dazu nötigten, mit unpraktischen und viel zu lang geratenen Messern herumzufuchteln. Die zweite Gedankenverbindung Janas führte direkt in Etablissements, in denen ebenso durchtrainierte wie herausgeputzte Mannsbilder ihren Arsch gegen Geld Männern zur Verfügung stellten, die deutlich weniger muskulös waren. Beide Bilder waren hier nur hinderlich, und Veruca Salt verdrängte sie.

»Sprechen Sie«, sagte Mikko, nachdem er mit einem raschen Blick kontrolliert hatte, dass ihnen niemand zuhören konnte. »Wir sind hier unter uns; dies ist mein Stab.«

Er wies auf Veruca Salt und Ari, die eine so rasche Beförderung unbewegten Gesichts hinnahmen. Die Dame vom Flottenkommando schaute kurz zu Mikko hinüber. Sie wirkte, als ob es sie anwiderte, sich mit derartigen Leuten abzugeben. Als schnitte sie sich lieber die Hand ab, als den Mann vom Unterdeck zu berühren. Sie zögerte. Mikko sandte ihr ein strahlendes Lächeln, so falsch und freundlich, dass es auf die graue Dame entwaffnend wirkte. Veruca Salt beobachtete die groteske Szene erstaunt. Sie fügte ihren Mikko-Klassifikationen eine neue Inkarnation des kleinen Mannes hinzu: Mikko-den-Diplomaten.

»Um es kurz zu machen«, sagte der Goldene, »es geht um die Frage, ob Ihre Leute in der Lage sind, einen verdeckten Einsatz am Boden durchzuführen.«

Mikko-der-Diplomat verzog keine Miene. Er versenkte seine Hände nicht in den Hosentaschen, wie andere Mikkos es sonst so oft taten. Er drehte sich zu dem Goldenen, ließ die silberhaarige Dame vom Flottenkommando stehen, als wäre sie gar nicht da.

»Wir haben schon verschiedene Bodeneinsätze hinter uns«, sagte er, »und bisher gab es keine Probleme.«

Die Dame macht eine wegwerfende Handbewegung, als wolle sie sagen, es wäre alles klar, was stehen wir herum, lasst uns gehen, weg von hier. Ihre Augen wanderten zu der Tür hinüber, durch die sie gekommen war.

»Allerdings«, sagte Mikko, »sind Bodeneinsätze kein Bestandteil unserer Verträge.«

Der Blick der Dame streifte Mikko nur kurz, und er wäre in Flammen aufgegangen, wenn Empörung der Physik befehlen könnte.

»Und das bedeutet genau was?«, fragte der Goldene gelangweilt; er glaubte, die Antwort bereits zu kennen. Die silberhaarige Dame schnappte nach Luft und durchbohrte Mikko mit weiteren mörderischen Blicken. Sie war offensichtlich außer sich, dass es ein Unterdeckmensch wagte, in Gegenwart von solchen Majestäten wie ihr selbst und einem wahrhaftigen Goldenen anderes zu sagen als Dinge wie Zu Befehl und Wie Sie wünschen.

Mikko entgegnete nichts. Er ging die paar Schritte zu dem Tisch in der Bar hinüber, an dem Ari eben Veruca Salts Berührung zurückgewiesen hatte, und nahm Platz. Er setzte sich so, dass er die Wand im Rücken und alle anderen im Blick hatte; natürlich war es der Platz, auf dem vor wenigen Minuten Ari gesessen hatte. Die Sitzfläche musste noch warm sein vom überhitzten Körper des Dunklen. Und natürlich hatte Ari sich vergewissert, dass nicht acht Stühle an diesem Tisch standen, sondern neun.

Mikko-der-Diplomat zupfte scheinbar gedankenverloren die Falten seines strahlendweißen Hemdes zurecht, als sei es ihm völlig egal, ob die anderen seinem Beispiel folgen würden oder nicht. Ihr seid an der Reihe, sagte seine Körpersprache. Folgt mir oder lasst es bleiben. Ihr seid es schließlich, die etwas von mir wollen, und genaugenommen seid ihr mir vollkommen gleichgültig. Er war nur ein Spieler, der seinen Dominostein setzt und gelassen den Zug seines Gegners abwartet, weil er ihn bereits kennt.

Veruca Salt sah Wut in den Augen der Silberhaarigen aufblitzen und kam dem, was die Dame sagen wollte, zuvor. Sie wies mit weit ausholender Bewegung auf den Tisch und lud die beiden so ein, Platz zu nehmen und zu verhandeln. Es blieb ihnen nichts weiter übrig, als es zu tun. Hübsche kleine Vorstellung, flüsterte Jana Hakon und begnügte sich weiterhin damit zuzuschauen, immer auf der Hut.

Der Goldene begab sich zu dem Tisch und ließ sich nieder. Er bewegte sein Übergewicht mit einer gewissen Grazie. Veruca Salt konnte nicht umhin, die selbstverständliche Würde dieses Mannes zu bewundern, der immerhin so gut wie nackt war, abgesehen von der kaum sichtbaren High-Tech-Hülle und den schmerzhaft aussehenden Goldringen, die seine Rippen, seine Leisten und seine Gelenke betonten. Für den Goldenen galten sowieso andere Werte. Wahrscheinlich waren ungehinderte Blicke, die jedermann auf seine Geschlechtsteile werfen konnte, weniger ein Problem für ihn. Was war dann ein Problem? Kein Geld zu haben, vermutlich. Das führte zur nächsten Frage: Wenn dies, das Geld, wie vermutet, der Hauptantrieb der ganzen Bruderschaft war, was hatte all das dann mit der Unterdeckmannschaft der SEBAFELL und einem ominösen Bodeneinsatz zu tun?

Ari ließ sich neben Mikko nieder. Veruca Salt nahm den Platz gegenüber ein, ohne einen Blick auf die Dame vom Flottenkommando zu verschwenden. Wenn die bis jetzt nicht mitbekommen hatte, dass ein Palaver angesagt war, dann war der Frau nicht zu helfen. Es waren nur Sekunden des Wartens vergangen, als sich die Dame endlich setzte. Dass sie einen Platz zwischen zwei leeren Sitzen wählte, überraschte niemanden. Die Frau gehörte nicht hierher. Es war eine von der Sorte, die Unterdeckleute für bessere Tiere hielt, primitiv und gewalttätig, womit sie ja nicht ganz unrecht hatte. Es war jedoch ein Fehler, jemanden für beschränkt zu halten, weil er eine Waffe trug und felsenfest an die Existenz gigantischer Raumkreuzer aus purem Gold und all die anderen Legenden der Raumfahrt glauben wollte. Die Abgesandte des Flottenkommandos ekelte sich vor solchen Menschen. Sie saß stocksteif da, als wäre ihr Sitz mit Exkrementen beschmiert, und fixierte Mikko mit finsterem Blick. Der lächelte, funkelte sie vielsagend aus seinen blitzblauen Augen an und begann die Verhandlungen über den Preis der Unterdeck-Mannschaft.

Er verhandelte ernsthaft und ließ kein Detail der Bezahlung seiner Leute aus. Alles das besprach er einzig und allein mit dem Goldenen und würdigte die vor Wut kochende Dame von Atibon Legba keines Blickes. Stattdessen verströmte er eine Menge Charme und anzüglicher Körpersprache in Richtung des Goldenen, der dafür vollkommen unempfänglich war. Die Dame dagegen registrierte alles, und alles kam bestens an. Sie hielt mühevoll an sich, sie brodelte vor Ekel, wenn Mikko den nackten Mann an seiner Seite vertraulich berührte und ihm mitten im Gespräch die Hand auf den Oberschenkel legte, nur Zentimeter von den folienverpackten Geschlechtsteilen entfernt. Dem Goldenen war das vollkommen egal, der Dame nicht. Sie war eine Kreatur des Flottenkommandos, den Kopf voller Standesdünkel, und sie war gefangen in den engstirnigen Moralvorstellungen dieses Gremiums – bis heute weigerte sich man ja auf A. L., die Gültigkeit oniskäischer Ehen anzuerkennen. Es war nicht möglich, solche bunten Lebensgemeinschaften mit wechselnden Partnern anzuerkennen, zumindest nicht für das Flottenkommando. Igittigitt. Schwer genug, mit Leuten zusammenzuarbeiten, die ihre bloßen, übergewichtigen Körper in intelligente Folien einpackten und nicht verstehen konnten, dass man Geld ausgab, nur um nicht nackt zu sein.

So entgingen der Grauhaarigen von Atibon Legba alle Punkte, an denen sie hätte einhaken und widersprechen müssen. Während die Dame von Ekel zu Fassungslosigkeit taumelte, verkaufte sich Mikko teuer. Ein gewisses Talent zur Nutte ist ihm nicht abzusprechen, dachte Jana Hakon boshaft. Zwischendurch kam die Barmaschine hoffnungsvoll herangerollt, pries ihre gut bestückten Bestände und brachte es tatsächlich fertig, ein paar Gläser und Tassen zu verkaufen. Veruca Salt nahm einen serafimischen Kaffee, Ari ein zweites großes Glas mit irgendeinem magenmordenden karnesischen Gebräu, höchstprozentig und ätzend gewürzt. Die Dame vom Flottenkommando ließ einen Äthyltee kommen. Der Goldene entschied sich nach längerem Zögern für ein Wasser, das direkt an der Quelle irgendwo auf Engambosch abgefüllt wurde und in einer am Ursprungsort versiegelten Flasche auf den Tisch kam. Mikko wiederum übernahm nicht nur mit selbstverständlicher Geste die Kosten, er bestellte für sich selbst einen oniskäischen Blitzcocktail. Kaum weniger überteuert als Wasser direkt von Engambosch. Kleine blaurote Funken tanzten über den Rand des elektrischen Bechers.

Veruca Salt staunte über die Cleverness, mit der Mikko-der-Diplomat seine Verhandlungsgegner erst halbierte und dann in ein Gewässer lotste, das nur ihm Vorteile brachte. Und all das fand statt, ohne den Plan, die eigentliche Aufgabe Mikkos, die Mission, mit der kleinsten Bemerkung zu erwähnen. Mikko feilschte um Preise, redete über Zahlungsbedingungen, verhandelte über Garantien und über Rückversicherungen. Sogar die Frage kostenloser medizinischer Betreuung, falls nötig, wurde berührt. Zwischendurch nippte der Herr des Unterdecks genießerisch an seinem knisternden Getränk und ignorierte die zwischen seinen Lippen und dem Becher hin und her zuckenden winzigen Blitze.

Als die beiden Fremden das Unterdeck verlassen hatten, waren sie, ohne es richtig wahrgenommen zu haben, mehr als einmal auf Grund gelaufen. Der Äthyltee war ausgetrunken, mit einem Gesichtsausdruck, als handele es sich um aufbereitete Spülflüssigkeit aus einem der Unterdeck-Aborte. Das superteure Wasser dagegen war nicht angerührt worden, das Siegel der Sicherheitsflasche allerdings war geöffnet. Vielleicht war es ein Fehler gewesen, das Glas nicht vor den Augen des Goldenen zu sterilisieren. Veruca Salt konnte kaum aufhören, ihrem Mikko bewundernde Blicke zuzuwerfen; Jana Hakon hingegen war krank vor Sorge und bestürzt über die Ereignisse. Es musste mehr los sein als nur leichte Konfusionen im Netz, wenn zwei solch wichtige Typen sich herabließen, praktisch mit dem Abschaum der Sebafell gemeinsame Sache zu machen. Und diese beiden hatten sich wehrlos und ohne mit der Wimper zu zucken über den Bartisch ziehen lassen. Sehr seltsam. Verdächtig. Hatte man drittklassige Dummköpfe geschickt, die sich kompromittieren sollten? Dazu hätte eine Person ausgereicht. Das hätte man viel einfacher haben können. War das alles eine komplizierte, unnötig teure Falle? Unwahrscheinlich. Oder, überlegte Jana Hakon, standen die

Auftraggeber der beiden derart unter Druck, dass Panik ihre Aktionen bestimmte? Zu dumm, dass sie es nicht wagen durfte, an einem dieser beiden rätselhaften Emissäre auszuprobieren, ob sie noch beherrschte, was die Schwestern des Konzils ihr beigebracht hatten.

Mikko steckte den Chip mit den Einsatzdaten und den Vertragsbedingungen in eine der zahlreichen Taschen seines Gürtels. Er rieb seine Hand an dem blütenweißen Hemd ab, als habe er sich am feisten nackten Leib des Goldenen beschmutzt; dabei war es doch nur die waffenabweisende Hülle gewesen, die Mikko berührt hatte. Er zog langsam die Perücke von seinem Schädel. Schweiß quoll aus seinen natürlichen roten Haaren hervor und rann in öligen Tropfen über Mikkos Gesicht.

»Ich hoffe, du hast alles, was du wolltest«, sagte Ari müde. Er hatte die ganze Zeit über nichts gesagt und offenbar dem Gespräch über weite Strecken nicht folgen können. Jetzt sah er zu, wie Mikko sich zurückverwandelte. Mikko-der-Diplomat löste vorsichtig die winzigen Aufzeichnungsgeräte aus seiner Perücke und verwahrte sie in einem der Geräte am Gürtel; es war nur ein Futteral, ein speziell gekapselter Safe für empfindliche und besonders wichtige Daten. Mikko-der-Macho stand auf und schlug Ari und Veruca Salt auf die Schultern. Dann kippte er den Rest des Cocktails auf die Tischplatte, wo eine zischende Pfütze entstand.

»Ich will raus aus diesen Klamotten«, sagte er, »und ich will einen saufen gehen, vielleicht was Stärkeres ausprobieren. Das da kribbelt nur.«

Mit einem heftigen Ruck riss er sich das Tuch vom Hals, und Striemen blieben auf seiner weißen Haut zurück.

»Das muss gefeiert werden«, sagte er; Veruca Salt sah, dass er in seiner engen schwarzen Hose eine dringend wirkende Erektion hatte. Wahrscheinlich hatte er die, seitdem er gespürt hatte, dass er seine Gegner über den Tisch gezogen hatte.

Die Barmaschine kam herangerollt und zeterte wegen der Schweinerei auf dem Tisch. Veruca Salt ließ den zähen Kaffeesatz in das brodelnde Zeug tropfen, und Ari spendierte der Pfütze gut ein Drittel des karnesischen Drinks. Als sie gingen, hatte sich das seltsame Gemisch entzündet, und die Barmaschine spuckte weißen Schaum aus, um das Feuerchen zu ersticken.

Einige Stunden danach, Mikko-im-Bett schlief tief und erschöpft, stahl sich Veruca Salt von den zerwühlten Laken und benutzte die geräuschlos funktionierende Dusche. Der Abend war anstrengend gewesen. Mikko-der-Macho musste den großen Erfolg feiern, den Mikko-der-Diplomat errungen hatte, und Veruca Salt war nicht sicher, ob eine normale Menschenfrau ausgehalten hätte, was Mikko-der-Macho ihr heute zugemutet hatte. Heftige, kurze und schmerzhafte Sexualakte auf dem Klo einer schummrigen Bar, im Gang zu den Nachtschaltern einer Online-Bank und auf einem Gravi-Billard-Tisch, während hinter den Vorhängen die Kumpane Mikkos verhalten prustend zusahen. Und jedesmal hatte sie gespürt, dass noch lange nicht Schluss war, dass unter all dem Gelächter und zotigen Gerede und Muskelrollen ein einsamer, alleingelassener Mensch kauerte. Mit dem hatte sie es dann hier zu tun bekommen, mit Mikko-im-Bett, und wenn es nach ihr gegangen wäre, hätte sie die anderen Inkarnationen dieses seltsamen Mannes am liebsten ermordet. Nur konnte sie Mikko-den-Macho oder Mikko-den-Kumpel nicht erwürgen, und sie konnte Mikko-den-Diplomaten, seine erstaunlichste Metamorphose, nicht enthaupten, ohne diesen Mikko ebenfalls umzubringen, dieses liebe, starke, hilflose Kind, dessen Berührungen irgend etwas in ihr weckten, das selbst K'jonasoidt nicht vollständig unter Kontrolle hatte.

Ja'ana K'jonasoidt Hakon T'Arastoydt gestattete sich für einige Sekunden, vollständig und eins zu sein. Mikko schlief tief und fest, diese Kabine war verschlossen, was sollte also passieren. Als ihr Körper sich regenerierte, Hautrisse sich schlossen und Blutergüsse sich auflösten, kam sie sich vor wie eine antike Lokomotive, die auf ihren alten Gleisen einrastet, um einen vorbestimmten Weg weiterzuverfolgen. Voneinander künstlich getrennt gehaltene Teile ihrer Persönlichkeit fügten sich zusammen und staunten übereinander, vor allem über Veruca Salt, die nicht mehr nur ein der Tarnung dienender Name war, sondern – näherungsweise – eine Person. Interessant, einen solchen Prozess aus der Nähe zu beobachten; in den Datensammlungen fand sich nichts Vergleichbares. Sie fühlte sich großartig, als sie aus der Dusche kam, und natürlich war sie hungrig wie ein Käfig voller vergessener Raubtiere.

In der licht- und schalldichten Kochkabine machte Veruca Salt sich daran, eine Wochenration von Mikkos Lebensmitteln zu vertilgen. Während sie kaute und schlang, dachte sie nach. Jana Hakon dachte nach. Alle dachten sie nach. Das Ergebnis machte sie wieder hungrig.

Die Datenbanken waren offensichtlich unvollständig, da fehlten wesentliche Informationen. Es würde interessant sein herauszufinden, warum das so war. Und es würde hilfreich sein, über so viele Informationen zu verfügen wie irgend möglich. Besser, man schröpfte das Netz nach Kräften, solange es funktionierte. Jana Hakon stopfte eine letzte Handvoll oniskäischen Pökelfleisches in sich hinein, und reinigte sorgsam ihre Hände.

Glücklicherweise verfügte sogar die winzige Küche über einen Rechneranschluss, und Veruca Salt hatte reichlich Hilfe, um die Codes zu knacken, die die Daten über Mikkos Auftrag schützten. Das Netz tastete sie fürs erste nicht an; der Rechner meldete eine außergewöhnlich hohe Belastung des weltenumspannenden Systems. Die Gespenster trieben also weiterhin ihr Unwesen.

Als Jana Hakon die Dateien endlich geöffnet hatte – Veruca Salt hatte es allein nicht geschafft – hielt sie den Atem an. Mikkos neuer Auftrag, um dessen Bezahlung und Organisation so lange gestritten worden war, entfaltete sich vor ihren Augen. Er war scheinbar banal, und dennoch spürten alle Bestandteile ihrer Persönlichkeit gemeinsam ein und dasselbe Frösteln: Eine kalte und durchdringende Ahnung von Unwirklichkeit.

Was getan werden sollte, war verklausuliert und blumig dargestellt, lief aber auf eine Art Strafexpedition hinaus. Mikko sollte eine Unterdeck-Mannschaft zusammenstellen und mit diesen Leuten eine Aktion durchführen, die niemals zum Flottenkommando oder gar den Goldenen zurückverfolgt werden durfte. Allein das war ein guter Grund, die Finger von der Sache zu lassen, Garantien hin, Zusicherungen her. Veruca Salt traute der Bruderschaft und den vielleicht noch viel verrückteren Typen auf Atibon Legba nicht über den Weg. Da gab es, führten die unsignierten Dokumente aus, ein Problem auf Penta V, das von den Unterdeck-Leuten zu bereinigen wäre. Heimlich, still und leise, und wenn es denn Lärm und Aufsehen geben würde – was unvermeidlich war –, müsste die Sebafell zu diesem Zeitpunkt längst verschwunden sein.

Nun ja, zumindest könnte Veruca Salt auf diese Weise endlich auf die Universitätswelt gelangen, wenn sie sich selbst für diese seltsame Truppe melden würde. Sie hatte Mikko gut im Griff, und sie traute es sich zu, ihn zu überreden. Ihren Abgang allerdings müsste man geschickt inszenieren. Mikko würde sicherlich wenig erfreut sein, verschwände sein neues Spielzeug ... Das angeblich geringfügige Problem, um das es ging, waren ein paar unter falschem Namen angemietete Hallen, die Überbleibsel eines pleitegegangenen Fliegerklubs. Endlich hatte man – wer immer das war – die Mieterin gefunden. Die wiederum war gefährlich. Sehr gefährlich. Warum, wurde nicht erwähnt. Sie störte gewisse Leute und hatte nicht näher benannte Gönner und sollte verschwinden. Am besten an Bord der SEBAFELL, nachdem man es so eingerichtet hatte, dass die Nachrichten etwas melden konnten. Zum Beispiel, die Frau habe in Unkenntnis des Risikos mit experimentellen Maschinen einiges Unheil angerichtet. Sich bei nicht genehmigten Versuchen an modifizierten Landau-Modulatoren selbst in die Luft gejagt. Mit den heiklen Grenzgebieten der Weltenkreuzer-Physik herumgespielt. Wie auch immer, es sollten keine Spuren zurückbleiben, und die Hallen selbst konnten ruhig dabei ruiniert werden. Wichtig war, dass die Dame von der Bildfläche verschwand und von ihren Apparaturen wenig oder nichts übrigblieb.

Die Datei enthielt ein Bild der Frau, um die es ging. Ja'ana K'jonasoidt Hakon T'Arastoydt war neugierig; Veruca Salt hatte Vorahnungen.

Natürlich. Das musste ja kommen. Die Aufnahme war älteren Datums, aber unverkennbar. Bonnie Wayss. Die ehemalige Auswahl-Soldatin.

Mikko war in Schwierigkeiten.

18.

Michael Sanderstorm • 8

Hotels auf Atibon Legba waren wenig komfortabel, und das Preis-Leistungs-Verhältnis war erbärmlich. Die schmuddelige Bude, die Michael Sanderstorm sich hatte leisten können, kostete mehr als eine Woche Luxusappartement auf Oniskus. Ganz zu schweigen von der Heimat. Wehmütig dachte Michael daran, dass Übernachtungen auf Penta V sogar völlig kostenlos waren.

Zuerst hatte er angenommen, dass sein mitleiderregender Zustand am Vortag dazu geführt hatte, in eine solche Absteige zu geraten. Michael fühlte sich über den Tisch gezogen, bis er die sonstigen Preise auf einer akkurat kalligrafierten, in schmierige Folie eingelassenen Liste studierte. Eine Tasse echten serafimischen Kaffees kostete genauso viel wie die Nacht im Hotelzimmer. Ohne Milch, worauf man ausdrücklich hinwies. Die kostete extra. Eine aus echtem Fleisch zubereitete Mahlzeit schlug mit der zehnfachen Summe irgendwelcher Pflanzenbratlinge zu Buche. Eine Flasche garantiert nicht wiederaufbereiteten Wassers kostete genauso viel wie eine Mahlzeit. Mit wachsender Verblüffung studierte Michael die astronomischen Summen, die man für importierten Wein verlangte. Dabei wurde ihm klar, dass A. L. offensichtlich eines der teuersten Pflaster des bewohnten Kosmos war. Der Zustand und die Kosten seiner Unterkunft hatten also nichts damit zu tun, dass er nach seinem Treffen mit Dan Brögger halb bewusstlos vor Schmerzen und gekrümmt wie ein alter Mann in das Hotel gekommen war.

Michael hatte das Zimmer gebucht, war nach oben gegangen und hatte sich sofort mit Hilfe seines Medikamentenvorrats in einen Zustand jenseits der Schmerzen versetzt. Nicht alle Substanzen, die er eingeworfen hatte, waren legal. Und sein Zustand war das gewesen, was man krankenhausreif nennt. Kaum, dass er ohne Mühe aufrecht gehen konnte. Er hatte keine erstaunten Blicke des Personals bemerkt. Er hätte sogar einen elektrischen Magub-Drachen übersehen, wenn einer im Foyer gesessen hätte.

Ein spätes Frühstück war glücklicherweise in der beachtlichen Summe für die Übernachtung enthalten, und Michael hatte ausreichend Chemie getankt, um halbwegs klar zu sein. Der Effekt von dreizehn am Stück verschlafenen Stunden kam hinzu, und so fühlte er sich wieder halbwegs als Mensch.

Bevor er zu seinem Termin mit Tyrrell – dem famosen alten Knochen – gehen würde, beschloss Michael, ein Telegramm an Nikki zu verfassen. Sie sollte wissen, dass er lebte, und zwar ohne die, nun ja, Einzelheiten. Deswegen kein Gespräch über das Netz. Nur ein Papier, das von hier nach dort übermittelt wurde, als Grafik-Datei oder als schlichter Text auf irgendeiner Bildwand. Michael verspürte absolut keine Lust, Höflichkeiten per Netz mit Nikki zu tauschen. Und er musste irgendwann mit ihrem Vater reden. Der Mann war eine wichtige Figur in dieser Geschichte, und ohne Nikki war es aussichtslos, einen Termin bei Henning Lucas zu bekommen.

Lange überlegte Michael hin und her. LIEBE NIKKI, schrieb er und starrte auf die Buchstaben, ohne sie zu sehen. Was sollte er schreiben? Dass es ihm gut ging? Das wäre gelogen. Aber kam es darauf an? In dieser Welt, in der festgefügte Dinge zu wanken anfingen und alles sich grauenvoll veränderte? Sollte er ihr schreiben, wie es ihm in Wirklichkeit ging? Wie sich sein zerschnittener und wieder zusammengeflickter Leib anfühlte? Oder wie seinem verwirrten Geist zumute war, der seit dem niederschmetternden Treffen mit Dan Brögger am Rand eines modrigen Loches stand? Sollte er ihr berichten, wie immer wieder und in den seltsamsten Momenten der Gedanke an Tasso und sein rätselhaftes Verschwinden durch seinen Geist huschte? ES GEHT MIR GUT, notierte er.

Sie würde wissen wollen, wie sein Galdäa-Tick sich entwickelt hatte. Sollte er ihr schreiben, dass Galdäa zu einem Traum geworden war, zu einem Alp? Dass er sich fühlte wie ein Trapper, der ein sterbendes Indianerlager in seine Karte einträgt und weiterreitet? Wahrheiten? Um der Päpste willen, besser nicht. FORSCHUNGEN SCHREITEN VORAN, und dann setzte er dazu: MUSS MIT DEINEM VATER REDEN – MACHE BITTE TERMIN AUS.

Schnell unterschrieb er, winkte dem Kellner und gab das Formular bei ihm ab. Der Mann musterte es, warf einen Blick auf den bleichen Jüngling und wunderte sich über diese altmodische Art, ein Telegramm aufzugeben. Egal. Er kassierte die Gebühren im Voraus und schritt in mäßigem Tempo von dannen. Eile? Bei einem Telegramm? Wo denken Sie hin? Bei diesen Kosten?

Später, als Michael vor Tyrrells Haus wartete, dass die vereinbarte Zeit heranrückte, überlegte er vergeblich, wieso Nikki nichts davon gesagt hatte, dass ihr Vater Henning Lucas in die Sache verwickelt war; so was weiß man doch. Dass der eigene Vater mit einem ziemlich widerlichen Krieg zu tun hat, und mit all den lästigen Nebenkosten. Tote, verlorene Schiffe, Lügen für die Öffentlichkeit.

Ja, Michael, weiß man das? Wirklich? Was weißt du davon, wie es in einer richtigen Familie zugeht? Du hast nie eine gehabt. Du hattest nur Tasso, der wusste alles von dir, und du wusstest alles von ihm, und die Welt war übersichtlich und freundlich in La Felicita. Und das war keine Familie, wenn du darüber nachdenkst. Keine Eltern. Nicht wirklich. Vielleicht bist du nicht richtig rausgekommen dort, aus diesem behaglichen warmen Nest. Vielleicht bist du Tassos kleiner Bruder und weinst, weil du allein im Dunkeln stehst. Weil dein großer Bruder verschwunden ist, irgendwo im kalten dunklen Weltraum. Und weil sich die Welt als für dich zu kompliziert erweist. Ohne Tasso. Vielleicht bist du in dieser Welt immer noch so falsch wie ein verirrter Dunkelweltmensch.

»Sind Sie der junge Mann, mit dem ich verabredet bin?«

Michael schrak zusammen. Vor ihm stand ein sehniger, haarloser Mann in jenem Alter, das sich schon vor Jahrzehnten jeder Schätzung entzogen hatte. Ein alter Knochen eben, Produkt der modernen geriatrischen Medizin, die es selbst Hundertvierzigjährigen ermöglichte, ihrer Umwelt mit völlig irrelevanten Geschichten auf jeden einzelnen Nerv zu gehen. Dieses Exemplar von fleischgewordener Todesflucht strotzte in sträflicher Weise vor Gesundheit, im weißen Joggeranzug und mit schweißdunklem Stirnband.

»Ja«, sagte Michael, »ich bin Ihre Verabredung, wenn Sie Tyrrell sind.«

»Der bin ich, und ich habe nicht viel Zeit. Es ist wieder einmal Not am Mann, und ich soll hinkommen.«

Michael verstand nicht.

»Hin und wieder gehe ich zur Arbeit, sie sind knapp an Leuten, und da vergnüge ich mich mit der Einbildung, gebraucht zu werden.« Der Alte zwinkerte wie ein Verschwörer.

Dann wurde Michael in einen Sessel komplimentiert und musste laut mit dem Alten reden, der sich unter die Dusche gestellt hatte. Die Dusche befand sich mitten im Raum, umgeben von einer Wand, einer Spirale klaren Glases. Tyrrell war jenseits aller Scham, und sein Körper wies kein Gramm Fett auf. Wie eine anatomische Studie: männliches Skelett, mit Haut und Augen. Hervortretende Rippen, hüpfender Adamsapfel, knotige Knie, unanständig lang herunterhängende Hoden, faltige Schulterblätter, und am ganzen Körper kein einziges Haar mehr, dafür überall Sommersprossen. Tyrrell wusch sich mit Schwung und Begeisterung. Prustend, sich abseifend, abtrocknend, ununterbrochen mit Michael redend und gut informiert. Recht schnell wusste Tyrrell, was genau Michael wollte. Mit den Worten, als alter Mann mit guten Beziehungen ins Jenseits habe er einen sechsten Sinn, stiefelte er – immer noch nackt – zum Terminal und ließ irgendwas bereitstellen. Dann erklärte er, in einen albernen seidenen Kimono steigend, wie Michael an die Informationen kommen könne und dass die alte Leiche Tyrrell mal kurz weg müsse, dringend, und gleich zurück sein werde. Dann war er verschwunden.

Michael starrte dem Mahnmal der Unsterblichkeit ein paar Sekunden lang hinterher. Was für ein aufdringliches Wesen, mit seiner Energie und seinen Urnen-Redensarten, dachte Michael und machte sich an die Arbeit. Erfreut stellte er als erstes fest, dass die Datenkrätze diesen Rechner bislang nicht infiziert hatte. Vermutlich hatte Tyrrell in diesem Haus sein eigenes kleines Netz aufgebaut, und für die Seuche des weltumspannenden Netzes war keine Gelegenheit gewesen, hier einzudringen. Ein abgeschirmtes elektronisches Refugium, ähnlich wie das bei Dan Brögger.

In dem Rechner des klapperdürren alten Mannes lauerten die Gesetze für die Terminals des Flottenkommandos. Paragraphen, Paragraphen. Hunderte von Vorschriften, abhängig von den jeweiligen Adressaten. Dutzende von Einschränkungen, Sondergenehmigungen, und gewisse Sondergenehmigungen für einige von den Einschränkungen. Es gab auch Einschränkungen für gewisse Sondergenehmigungen. Das alles war ein schwindelerregendes Netz von versteckten Verborgenheiten. Der Benutzer eines Terminals auf einem der angeschlossenen Planeten wusste nie, ob es für ihn eine Sperre gab oder nicht – ob man ihm alle Informationen gab oder ob man ihm welche verweigerte. Das wurde nicht am Terminal entschieden, sondern in Tyrrells Behörde auf Atibon Legba. Dort befand man darüber, welchem Neandertaler man welche kitzligen Technologien überließ. Tyrrells Behörde entschied, ob man einer bestimmten Kolonie die neuesten Entwicklungen verfügbar machte oder besser nicht. Es konnte mitunter besser sein, einer

Gemeinschaft von Siedlern, die auf einer Wüstenwelt ums Überleben kämpfte, nichts von den neuen revolutionären Erfindungen ozeanischer Tauchtechnik und den Fortschritten bei der Algenzucht zu erzählen. Die Leute auf ihrem sonnendurchglühten Sandhaufen könnten bei solchen Neuigkeiten auf gewisse Ideen kommen. Und das wollte auf A. L. niemand.

Die berühmten Planetenterminals waren eine Art hochentwickelter Funkgeräte. Mit dem Unterschied, dass sie nicht auf Radiobasis arbeiteten, nicht mit jenen Wellen, die bloß mit Lichtgeschwindigkeit durchs All krochen. Die Terminals waren um ein Vielfaches schneller, weil sie einen Landau-Modulator besaßen. Und sie ermöglichten den direkten Zugriff auf die Datenbestände des Flottenkommandos. Wenn Tyrrells Behörde nicht nein sagte, konnte man durch ein Planetenterminal das gesamte Wissen der Menschheit abrufen. Die Datenmengen waren immens. Von den Inschriften aller jemals in irgendeiner irdischen Wüste gefundenen Steintafeln bis zum Speiseplan der Zentralkantine Offords von vergangener Woche – alles war da. Die Ballistik der Steinschleuder, mit der David dem armen Goliath so wehgetan hatte, und die Herstellungsverfahren eines Kaltfusionsreaktors.

Michael wollte wissen, welche Beschränkungen die Terminals auf Galdäa hatten. Vor allem die in Kanohook und Aras-Toit, die jahrelang nach den Ereignissen des Jahres elf in Betrieb gewesen waren. Es war ohnehin ungewöhnlich, dass man auf Galdäa eine solche Menge von Terminals installiert hatte; normalerweise hielt man ein Terminal pro Welt für völlig ausreichend. Eine Begründung für diese Ausnahme von der Regel war nicht zu entdecken.

Stattdessen fand Michael Angaben über Datendurchsatz und Gigabyteflusszahlen; nichts über eine Einschränkung. Das konnte nicht sein. Er hatte nicht richtig gesucht. Man konnte eine humanoide Rasse im feudalen und teils von Stämmen bestimmten Zustand nicht mit dem Wissen um sämtliche Fehltritte des Homo sapiens ausstatten und mit dem Know-how der Atombombe belasten. Man konnte doch Kindern nicht Laser und Kraftfeldtechnologie geben und erwarten, dass die Gardinen vielleicht doch nicht Feuer fangen. Das konnte nicht sein. Man erzählte solchen Leuten nicht alle gruseligen Geschichten über die sagenhaften Hinterlassenschaften des Oktogons und die Greuelmärchen über die Mächte der untergegangenen Acht. Das konnte man nicht tun. Fürsten, die über Hinrichtungsplänen brüteten, gab man keine Nanotechnik und Genmanipulation in die Hand.

Aber man hatte es offensichtlich getan. Michael spürte, wie seine Wunden zu jucken anfingen. Falls das stimmte, falls diese Dateien die Originale waren, dann war einiges klar. Und warum sollten es nicht die unverfälschten Protokolle sein, mit denen er es hier zu tun hatte – schließlich arbeitete er direkt an dem Rechner des Mannes, der die zuständige Behörde zu leiten hatte. Es war alles klar. Bedrückend klar.

Und Michael fand seinen Verdacht bestätigt, als er die Protokolle der galdäischen Planetenterminals durchsah. Die Informationsmengen, die allein durch das Terminal von Kanohook gegangen waren, waren unermesslich. Michael zählte die vielen Stellen vor dem Komma ab. Dann starrte er auf die Maßeinheiten dieser Zahlenangabe; Gibibyte und Tebibyte, Yobibyte und Zebibyte waren ihm kein Begriff. Für diese Mengen fehlte ihm die Vorstellungskraft. Dieselbe Flut großer Zahlen fand er bei Aras-Toit, und die anderen Staaten hatten in den wenigen Jahren, in denen sie ein funktionierendes Terminal besaßen, ebenfalls nicht schlecht mit dem Pfund gewuchert. Die Gesamtmenge der übermittelten Daten war so hoch, dass man sie genausogut mit einer liegenden Acht hätte ausdrücken können, dem alten mathematischen Symbol der Unendlichkeit. Ausgerechnet einer Acht, die auch das Symbol für Unheil und Verderben war.

Michael versuchte nur einige Minuten lang, einen Vergleich zu finden, mit dem er Tyrrell oder irgendjemandem sonst klarmachen konnte, was da vor sich gegangen war. Es gab für solche Zahlen keine brauchbaren Bilder. Wie sollte man sich die Gesamtzahl aller jemals in kriegerischen Auseinandersetzungen getöteten Menschen vorstellen? Die Menge aller Steine, die Geschöpfe der Art Homo Sapiens seit dem Verlassen der neolithischen Höhlen zu mehr oder weniger standfesten Gebäuden aufeinandergeschichtet haben? Die Gesamtmenge der Sandkörner an den langen Stränden von Bahia de Janeiro?

Leider war dieser Versuch zum Scheitern verurteilt, und Michael fing an, willkürlich und per Zufall in den Logbüchern zu wühlen. Dort war jede Datei verzeichnet, die nach Galdäa abgestrahlt worden war. Viele Dateikürzel sagten Michael nichts, unaussprechliche Zahlen-Buchstaben-Kombinationen, die bestenfalls für Informationshistoriker entschlüsselbar waren. Einiges war erkennbar, komplette Buchtitel etwa oder große Kataloge. Und es ergab ein grobes

Bild, was Michael da fand. Zuerst hatte Galdäa wahllos und bunt durcheinander alles abgerufen, was verfügbar war. Die Geschichte der Hethiter folgte der Irrlehre der Phrenologie, und nach voroktogonischer Elektromalerei hatte man sich für sämtliche Nacherzählungen der Artussage interessiert. Später verrieten die Anforderungen aller Terminals einen gezielten Zugriff auf die technischen Errungenschaften der Menschheit; und man war auf Galdäa durchaus nicht zimperlich, was die Themen betraf.

Traktate über die Laterna Magica, Untersuchungen zur lasergestützten Vermessung, Dissertationen über Operationstechniken des inneren Auges, Aufsätze zu quantenphysikalischen Theoremen der vierten Ordnung, Lehrbücher der Astronavigation, Konstruktionspläne von Hochgeschwindigkeitsbooten, Tagungsberichte der Landau-Gesellschaft, Monographien über Kristallmetallurgie, Technikfolgenabschätzungen zu Kraftfeldanwendungen. Von manchen Einträgen verstand Michael nicht einmal das Thema.

Das Gesamtbild stimmte.

Galdäa hatte das technologische Wissen der Menschheit übernommen und in gigantischen Mengen aus den Speicherbänken von Atibon Legba herübergepumpt. Mit zunehmender Treffsicherheit hatten sich die Galdäer alles geholt, was eine hochentwickelte Zivilisation an Wissen benötigte. Und falls sich nicht lauter Dopplungen unter den Sendungen befanden, war das Wissen dieser Könige, Sekundärprinzen, Priester, Mönche, Fürsten lückenlos. Hoffentlich, dachte Michael, waren sie nicht imstande, das alles zu verarbeiten.

Oh, das waren sie. Sie hatten es in nur zwölf Jahren zu eigenen Raumschiffen gebracht, erinnerte er sich. Nicht viele Schiffe und nicht sehr groß, aber immerhin eigene Raumschiffe. Dabei hatten sie Erfahrungen gesammelt mit unserer Technologie. In einigen Jahren waren sie von der ersten Ahnung, dass man so was wie eine Dampfmaschine bauen könnte, zur Konstruktion von interplanetarischen Flugapparaten gelangt. Homo Sapiens hatte dafür zwei Jahrtausende benötigt, die spätägyptischen Spielzeuge eingerechnet. Vielleicht war irgendwo im All ein dubioser Prinz mit einem Häuflein Leibeigener auf der Suche nach Land unterwegs.

Michael schüttelte sich. Warum? Wie war das passiert?

Er forschte weiter. Folgte unscheinbaren Hinweisen. Stieß in Sackgassen vor und kehrte um. Ein Stapel zerknüllten Papiers begann sich aufzuhäufen, unscheinbar neben der schmalen Mappe, in der verwertbare Neuigkeiten verwahrt waren. Nach einigen Momenten, in denen Michael nahe daran war, die Sache aufzugeben, stieß er – wieder einmal – auf das rätselhafte Tefelburger Protokoll. Als wäre dieser Hinweis eine Art Schlüssel gewesen, fing das Protokoll an, durch alle möglichen Unterlagen zu geistern. Dem Tefelburger Protokoll entsprechend ..., wie im Tefelburger Protokoll festgelegt ..., vgl. hierzu das Tefelburger Protokoll ...

Nirgendwo war dieses Dokument zitiert, war auch nur der kleinste Satz daraus entnommen worden. Gab es dieses Protokoll überhaupt? Es war kaum vorstellbar, dass sich so viele verschiedene Dienststellen und Ämter von Atibon Legba auf ein Papier berufen sollten, das es gar nicht gab.

Michael wehrte sich gegen den Gedanken, aber er war zu wahrscheinlich, um sich ersticken zu lassen: Keiner der Verfasser dieser Unterlagen kannte das Protokoll. Es war eine stets benutzbare Entschuldigung für Dinge, die man nicht verstand oder nicht überblicken konnte. Niemand hatte Entscheidungen getroffen, die ihm nicht zustanden – oder für die er nicht genügend informiert war. Also schrieb man einen Hinweis auf das Protokoll.

Selbst die uneingeschränkte Informationsabgabe über die Terminals erklärte sich so. Man besaß keine Einschätzungen, keine Vorgaben in bezug auf die Galdäa. Man verwies auf das Tefelburger Protokoll – was das auch immer sein mochte – und verfuhr, wie dort gesagt war. Keine Vorgaben für eine Einschränkung bedeutet: keine Einschränkung. Eine Maßnahme, die verhindern sollte, dass Kolonien durch Übermittlungsfehler vom Informationsstrom ausgeschlossen wurden. Gute Absicht, ja.

Michael bekam allmählich einen Abscheu vor guten Absichten. Der Aufbau all der Werke und Industrieanlagen auf Galdäa, sehr löblich. Beeinflussung der Kräfteverhältnisse, sehr friedliebend. Lieferungen zum Abbau von Konfliktstoff, wie positiv. Korrektur von Fehlentwicklung, in bester Absicht. Bedauern über kleine Fehler, menschlich. Und so fort. Und während die Strategen des Flottenkommandos daran bastelten, auf Galdäa gut Wetter zu machen, rüstete sich ein ganzer Planet in schwindelerregendem Tempo auf.

Ob das Medikament nachließ oder ob ihm das ständige Starren auf die Bildwand auf den Magen geschlagen war – Michael wusste es nicht. Es trieb ihn hoch und ins Bad des alten Mannes, dort übergab er sich und spürte gleichzeitig mit der Erleichterung das wohlbekannte stechende Ziehen zurückkehren. Viel zu früh. Die Wirkung hätte länger anhalten müssen. Er taumelte zurück an den Rechner. Der war lahmgelegt von immer neuen Datenkolonnen, die ameisengleich über die Bildwand trampelten, richtungslos, erbarmungslos, und offenbar so gut wie endlos.

Sanderstorm, Student, fahl, fertiggemacht von der simplen Aufgabe, eine Abschlussarbeit zusammenzuschreiben, lehnte sich an die Wand und starrte blicklos in die künstliche Sonne dieses Sektors von Atibon Legba, die nicht ganz so wütend herabbrannte wie die Luxussonne von Dan Brögger. Das Gespenst Tassos umwehte ihn und bestand darauf, nicht tot zu sein.

»Ist Ihnen nicht gut, junger Mann? Sie schauen mir so blässlich aus. Wenn hier einer abkratzt, bin ich es, merken Sie sich das!«

Tyrrell tat sein Bestes, um Michael aufzumuntern, auf seine Art. Er versorgte ihn, so gut er vermochte, und vergaß sogar, den Studenten zu fragen, was in den Datenbanken zu finden gewesen sei. Michael konnte verhindern, dass der Alte einen Arzt rief. Als Gegenleistung musste er mit Tyrrells Auffassung von Medizin zurechtkommen, die der sich in grauer Vorzeit in einem Hau-ruck-Schnellkursus für Raumfahrer angeeignet hatte.

»Wenn einem schlecht wird, ist grundsätzlich der Kreislauf schuld. Immer der Kreislauf – dafür habe ich dieses Präparat hier. Nein, schlucken Sie's, das verwende ich seit sechzig Jahren, und es hat niemandem geschadet!«

Genützt ebensowenig, dachte Michael und schluckte. Er dachte aus unerfindlichen Gründen wieder an seinen Bruder, an Tasso, der niemals irgendwelche Medikamente nehmen wollte. Tasso war weg, verschwunden irgendwo im dunklen Nichts.

»Man kann's auch übertreiben«, sagte Tyrrell. »Ich kenne welche, denen hat es ... hm ... geschadet – aber die sind tot.«

Michael sah den Alten entgeistert an.

»Nicht, was Sie denken – die haben sich wochenlang bloß von dem Zeug ernährt, besser gesagt, auf den Beinen gehalten. Sie hatten nämlich nichts anderes. Und das stellte sich als ungesund heraus, sehr ungesund. Man sollte eben bisschen weiter denken!«

Ja, dachte Michael, ja. Das sollte man.

19.

Tasso Sanderstorm • Brunnen

Der automatische Arzt entfernte die Kanülen und Schläuche, klebte Pflaster auf Einstichstellen und sprühte kühlende Flüssigkeit auf gerötete Haut, wo Sensoren sich festgesaugt hatten. Die Spinnenglieder der Temperatur- und sonstigen Fühler zogen sich zurück. Die Glocke, die Tassos Schädel umschlossen hatte, wurde gehoben. Die weichen Bügel gaben nach, Beine und Arme waren wieder beweglich. Die Haube des medizinischen Bettes spaltete sich und surrte hinab.

Tasso lag nackt und frei auf der Liege und fror. Zitterig setzte er sich auf. Es war finster im Schiff. Alle Sichtscheiben und Bildwände dunkel.

Gut. Das später. Zuerst aufstehen. Oh ... Wieder setzen. Alles dreht sich. Nicht zu hastig. Bist reichlich schwach geworden, mein Lieber!

Vorsichtig tappte Tasso hin und her, holte sich einen Pyjama und schaltete die Küche ein. Er durfte nicht bestellen, was er wollte. Der automatische Arzt hatte für Wochen eine Aufbaudiät vorprogrammiert. Nichts also mit Eisbein. Haferschleim war angesagt, geraspelter Apfel und Fruchtsaft. Dazu kullerten ein paar Vitaminpillen auf den Teller. Tasso nahm die Pillen und öffnete die Klappe des Abfallschachtes. Ein kurzer Summton vom Kom. Eine einzige Zeile stand da:

»Vitaminpräparate können subkutan appliziert werden.«

Von Spritzen hatte Tasso die Nase voll. Also schluckte er brav die bunten Dinger und machte sich übers Essen her. Er hatte gemeint, Hunger wie ein Wolf zu haben, aber bald fühlte er sich satt. Ob sein Magen geschrumpft war in der Zeit, als ihn der Apparat durchs Blut ernährt hatte? Wie lange hatte das überhaupt gedauert?

Er sagte sich, es müsse eins nach dem andern geschehen, und stellte sich unter die Dusche. Dort fand er seine Arme dünn geworden und seinen Bauchansatz gar nicht mehr. Seitlich am Unterleib war eine kahle Stelle in die krausen Haare geschoren, zwei rosa Narben glänzten.

Später setzte er sich ans Logbuch und sah Aufzeichnungen durch. Er begann zwei Stunden vor seiner Ohnmacht. Das war fünf Wochen her. – Den Schreck über die Zeitangabe verdrängte er.

Da war es: Gestaltloses goldenes Glühen, das sich seinem Boot näherte und den halben Himmel bedeckte. Tasso erblickte sich selbst, wie er bremste, um das seltsame Objekt filmen und vermessen zu können. Er kannte auf der AJAX Leute, die sich über so was freuen würden. Interessante neue Phänomene. Tasso sah sich nervös werden, als Messwerte verrückt spielten. Erblickte seine aschfahle Miene, als sich aus dem Licht ein unbekanntes Objekt schälte. Das Ding hatte Ähnlichkeit mit einer Wabe. Eine titanische, golden leuchtende Scheibe; aus den vielen gleichartigen Zellen eines unfassbaren Leibes strömten hellstrahlende Linien, die sich im All bewegten wie Tentakel, nach ihm griffen. Es war schön, ein majestätisches Spiel glimmender Fangarme. Tasso erinnerte sich an Entsetzen und Faszination. Jeder dieser ätherischen Tentakel war groß genug, Pingpong mit Raumschiffen zu spielen. Dieses unglaubliche Artefakt war bedeutend größer als alle Weltenkreuzer, die man jemals gebaut hatte. Seine Seiten waren nicht glatt, sondern wirkten wie von heißem Kerzenwachs überflossen. Ein Vulkan im Kosmos? Die Tropfen an dem gigantischen Kerzenstummel waren so groß wie die Berge auf manchen Planeten. Tasso mochte sich nicht ausmalen, wie die Flammen dieser Kerze aussehen mochten. Der Gedanke, das Artefakt könnte der raumfahrenden Menschheit feindlich gesonnen sein, jagte dem Piloten kalte Schauder den Rücken hinab. Selbst Atibon Legba wäre einem solchen Gegner nicht gewachsen.

Tasso schaute zu, wie sein fünf Wochen jüngeres Ich fassungslos das Unmögliche anstarrte. Es gab keine solchen Impulse, die wie mit Schlägen weicher Fäuste sein Boot in das Gleißen hineintreiben konnten, in die sich ringelnden Bahnen aus Licht. Trotzdem war es geschehen. Er hatte gekämpft, ja, hatte die Leistung der Triebwerke bis zur Grenze gesteigert. Er hatte alle Kräfte des Fluggeräts eingesetzt. Und um Hilfe gefunkt. Damit die AJAX wusste, was passierte. Der Raumkreuzer war viel zu weit weg, um zu helfen; er sollte wissen, was mit seinem auf Erkundung ausgesandten Boot geschah.

Es war Unglaubliches geschehen. Tasso hatte in der äußersten Not – die letzten Sterne verblassten unter dem Licht des Gebildes – einen Raumsprung eingeleitet. Die Energie, die sein Boot in den

Kosmos spie, verschwand. Es bildete sich kein Übergang, er gelangte nirgendwohin. Stattdessen heftige Stöße, die der Schutzmechanismus des Bootes nicht auffangen konnte. Tasso sah, wie er, einer Erbse in der Schachtel gleich, von Wand zu Wand geschleudert wurde, still und reglos liegenblieb und vom mechanischen Arm des Robots in die Nische des automatischen Arztes gekehrt wurde. Von diesem Augenblick an gab es nichts Interessantes mehr. Nur medizinische Berichte. Keine Aufzeichnungen über das rätselhafte Objekt. Keine Aufzeichnungen von draußen. Tasso zuckte mit den Schultern. Was wäre zu sehen gewesen? Unbewegte ferne Sterne. Vielleicht das leuchtende Monstrum von hinten? Egal.

Das Signal an die AJAX war regelmäßig hinausgegangen; das war seltsam. Unglaublich, dass sich niemand hatte sehen lassen. Die haben ein Rettungsschiff ausgeschickt nach meinem Notruf, dachte Tasso, ganz sicher.

Ein unheimliches Gefühl überkam ihn. Er drehte sich um. Nein, hinter ihm stand niemand. Was für ein Quatsch. Er ging zum Pilotenplatz und legte Hand an den Schalter, der die Scheiben durchsichtig machen würden. Die Schwärze wich. Kein einziger Stern. Eine Landschaft aus sandigem Boden, ein paar Büschen, Nebel und leichtem Wind.

Es dauerte, ehe sich Tasso von dem Schock erholt hatte. Statt des Sternenpanoramas eine simple Landschaft zu sehen, wäre ja noch angegangen. Obwohl – kein Boot landete automatisch, ohne das im Logbuch festzuhalten. Aber das Boot war nicht gelandet. Es befand sich im Flugzustand, wenn man den Anzeigen glauben konnte. Tasso schaltete die Triebwerke aus. Er löschte die künstliche Schwerkraft. Na gut, ein wenig leichter wurde er dabei. Weiter geschah nichts. Es war unbegreiflich: Wie kann ein Raumboot mit laufendem Antrieb auf einer sandigen Fläche stehen? Ein Sandsturm wäre das mindeste, was entstehen müsste. Tasso versuchte, Näheres über den Planeten herauszufinden, auf dem er war. Auch das endete ohne Ergebnis, und merkwürdig: kein Himmel. Die Radiosignale wurden auf sehr seltsame Art und Weise zurückgeworfen. Eine anständige Atmosphäre tut so etwas nicht.

Tasso fand andere Dinge ebenfalls ausgesprochen unanständig. Zum Beispiel, dass seine Raumtaster unbrauchbar waren. Sie zeigten umgebende Massen an, in einer so blödsinnigen Art und Weise, dass er die Daten nicht mehr beachtete. Sogar das Radar, einfach und störungssicher, spielte verrückt. Störungssicher! Bin ich von lauter Metall umgeben? Abschalten.

Tasso ließ den Himmel abtasten. Der Rechner sollte die Bewegung der Sonne messen und daraus die Länge des Tages errechnen. Dabei kam wieder Unsinn heraus. Auf der Anzeige erschien eine liegende Acht. »Ist denn alles kaputt an diesem Ding?«, rief Tasso wütend und wollte aussteigen, sich das aus der Nähe ansehen. Seine weichen Knie und das Kom erinnerten ihn daran, dass er zu derlei nicht in der Lage war.

Dort stand: »Ruhezeit während der Rekonvaleszenz: 9 Stunden.« Und, als zögere der Automat, tickte eine zweite Zeile ins Bild. »Verlassen des Schiffs aus medizinischen Gründen untersagt.«

»Untersagt?« Tasso benötigte zwei, drei Sekunden, um festzustellen, dass er eingesperrt war, solange er dem Arzt nicht gefiel. Ein Wächter-Programm lief, mit einem Vetorecht gegenüber dem Piloten. Der fügte sich und ging ins Bett, nachdem er automatische Erkundungsprogramme gestartet hatte. Sollten die dummen Maschinen mal was tun und sich einen Kopf machen.

Tassos Kopf war vollauf damit beschäftigt zu brummen. Seine Beine zitterten, und in den Armen fühlte er bleierne Schwere, als er das Bett sah.

Natürlich träumte er Unsinn von glühenden Gebilden und von sich selbst in Gestalt eines kurzhosigen Jungen, der von liegenden Achten verfolgt wurde. Sie hatten ein Dutzend Beine und hüpften meckernd hinter ihm her. Als er aufwachte, hatte er einen Muskelkater in Armen und Beinen, der ihn wunderte. In den Beinen, das konnte er verstehen. Aber in den Armen? Steht schlechter um mich, als ich annahm, dachte er.

Solche Gedanken vergingen ihm, als er dem Rechner die Einschätzung des Planeten abverlangte. Der konnte keine geben. »Kein Planet.«

Was, zum Teufel, wenn nicht ein Planet?

»Widersprüchliche Informationen.«

Stimmte auffallend: widersprüchlich. Es war in den neun Stunden Schlaf weder dunkler noch heller geworden. Die Helligkeitskurve: keine Kurve, sondern eine Gerade.

»Das gibt es nicht«, sagte Tasso zu sich selbst und fand, dass seine Stimme seltsam klang. Hatte er Angst? Hm. Wovor? Vor einem Tag, der ein Jahr dauerte? Zugegeben, starker Stoff für einen Piloten der Stufe sechs, den man hatte allein fliegen lassen, weil sein Auftrag lediglich im Planetenzählen bestand. Grobkartographie nannte man das ...

»Pilot Sanderstorm meldet sich zurück. Einunddreißig Doppelsterne, einer mit labilem Planetensystem; siebzehn Einzelsterne, zwölf Planetensysteme; sechsundachtzig Planeten, vier erdähnlich; ein rekordverdächtiges System mit über vierzig Planeten.«

Tasso schüttelte die Gedanken ab. Dann fragte er beim Arzt an, ob er kurz aussteigen dürfe.

»Maximal fünfzehn Minuten Außenaktivität. Nur bei Mitführung eines Med-Monitors.«

Zähneknirschend klebte Tasso sich flache Sensoren auf den Leib, die ihn mit dem automatischen Arzt verbinden würden. Das dauerte doppelt so lange wie der Ausstieg, und er war in Schweiß gebadet, ehe er anfing, den Raumanzug anzulegen. Erst als er fertig war, kam er auf die Idee, sich beim Rechner nach Luft und Temperatur zu erkundigen.

»Luft ist atembar. Keine bedenklichen Schadstoffe. Temperatur beträgt plus neunzehn Grad Celsius.«

Da würde der leichteste von den leichten Anzügen genügen. Tasso stand im Vierfachanzug mit voller Spielausrüstung da; Flammen speien, Blitze schleudern und Gift spritzen konnte er so, alles nutzlos. Er pellte sich ohne Hast aus und schlüpfte in etwas Zivileres. Im Vergleich zu vorher fühlte er sich nun nackt. Da der Rechner Radiowellen in dieser Umgebung für unzuverlässig hielt, musste sich Tasso an eine Leine legen lassen, die das Telemetriekabel enthielt. So angetan, stand er zum ersten Mal auf dem Boden dessen, was er, dem Rechner zum Trotz, für einen Planeten hielt. Es war diesig – weiter als zweihundert oder dreihundert Meter reichte der Blick nicht. Manchmal weniger, wenn blasse Nebelschwaden vorbeitrieben.

Tasso ging um sein Raumboot herum. Der Sand ringsum war oberflächlich geschmolzen. Die Triebwerke hatten wirklich gearbeitet. Von außen sah das Boot aus wie neu. Auf den Seiten kein Kratzer, im blauen Lack auf der Boostereinheit nur wenige Stellen, wo das alte Grün unter abblätternder Farbe zum Vorschein kam.

Vielleicht hab ich das Ding heißlaufen lassen, dachte der Pilot und erinnerte sich an den zwecklosen Kampf mit dem honiggoldenen Gebilde. Das Heck war, wie üblich, schwarz verfärbt; im Inneren der Strahlrohre blaue Anlaufspuren. Die Landekufen waren in den glasigen Sand gesunken. Der Pilot zog die Waffe hervor und blitzte den Sand weg. Dann fiel er ungläubig auf die Knie.

Dieses Boot würde nie irgendwohin starten. Nicht in einem Stück. Unter dem Sand war schimmerndes Metall zum Vorschein gekommen. Die Kufen waren vollständig und fest damit verschweißt.

Tasso nahm den Rucksack ab und setzte sich darauf, um zu verschnaufen. Seit dreizehn Stunden war er unterwegs in dieser Welt, die er seit der Entdeckung unter dem Boot nicht länger als Planet ansah. Er hatte sich mehrere Tage lang vergewissert, dass überall unterm Sand das superharte Metall lag. Kein irdisches Metall. Er hatte seine Waffen daran ausprobiert; sie waren wirkungslos geblieben. Jetzt wollte er herausfinden, wo er war. Dazu musste er irgendwohin, wo man Sterne sehen konnte. Auf einen Berg am besten, raus aus dem Dunst. Klaren Himmel sehen, Konstellationen anpeilen, Spektren messen: Der Rechner würde folgern können, wo man sich befand.

Die ganze Zeit ging es leicht aufwärts, und das strengte Tasso immer noch an. Die Büsche standen nicht mehr in Sand, sondern in stoppeligem Gras; zwar mehr braun als grün, aber wenigstens auf Anhieb als Gras zu erkennen. Tasso wünschte, er hätte das auch von den Bäumen sagen können. Er seufzte. Bäume? Alpdrücken. Baumkronen wie pflanzliche Geschwüre, bunt gefärbt, sich ständig bewegend. Stärker, als der leichte Wind die Äste bewegen konnte. Tasso hütete sich, diesen Dingern zu nahe zu kommen. Er kannte Gruselgeschichten von fleischfressenden Pflanzen. Er wollte keine erleben. Dies war keine Pilotenarbeit, verdammt noch mal! Er hatte Flugboote und Raumschiffe und Gleiter zu steuern, nicht auf einem gigantischen sandgefüllten Kuchenblech herumzustolpern.

Tasso huckte sein Gepäck auf und ging weiter. Der Wind kam von vorn, stetig den Hang hinab. Er wusste nicht viel von Winden und Wetter und Meteorologie, doch kam es ihm seltsam vor. Ein Wind, der immer ins Tal bläst? Und der trotzdem den Dunst nicht vertreibt ...? Tasso bemühte sich, nicht allzu viel darüber nachzudenken. In der vierzehnten Stunde legte sich der Wind; voraus tauchte eine dunkle Masse aus dem Dunst, die sich als senkrechte Felswand erwies. Tasso verspürte keine Lust, dort hinaufzuklettern. Er hatte allerlei Hilfsmittel, doch ein Schwebezeug war nicht dabei. Also schleuderte er nach Altväterart ein Seil mit Haken dran, so hoch er konnte, und an dem Seil kletterte er keuchend einige Meter hinauf, ehe er genauer hinsah. Durch einen tiefen Spalt zwischen den Blöcken des Felsens schimmerte jenes Super-Metall hindurch. Dasselbe wie unten – das Metall war nur dünn bedeckt, dort von Sand, hier von Steinen.

Tasso stieg herab, ließ Seil und Haken, wo sie waren, und wandte sich nach links. Sein Plan war, an der Wand entlangzumarschieren, bis er ein Tal emporsteigen könnte. Sicherheitshalber hielt er einen Abstand von hundert Metern ... Steinschläge, Lawinen, seine Vorstellungen davon waren nebelhaft. Er hatte sich nie für Alpinistik interessiert. Als er eine verdächtig aussehende Baumkarikaturen-Gruppe in respektvollem Abstand umrundete, traf ihn der Wind wieder. Seltsam. Tasso prüfte die eigenartige Luftströmung: In zweihundertfünfzig Meter Entfernung von der Wand spürte er ein stetes Wehen. Näher an der Wand nicht mehr. Er war es leid, sich den Kopf über diese Welt zu zerbrechen, notierte ein weiteres auf der Liste der Rätsel und stapfte weiter.

Er fand einen breiten Einschnitt in der Wand, wo zwei Tunneleingänge einander genau gegenüber lagen. Er wagte sich nicht hinein. Beide hatten einen wie von Reifen polierten Belag aus dem sattsam bekannten Metall. Der eine Tunnel führte aufwärts, der andere abwärts. Auch hier weigerte sich Tassos müdes Hirn, Schlüsse zu ziehen.

Wegen der andauernden Helligkeit verlor er das Zeitgefühl. Als er das bemerkte, schlug er sein Zelt auf, schaltete den Apparat ein, der ein Schutzfeld darüberspannte, und schlief lange. Er träumte von Meerschweinchen, die wegliefen und die große Wand hinaufhuschten, er konnte ihnen nicht folgen und weinte, weil er Schelte bekommen würde, die Meerschweine waren weg.

Als er aufwachte, grübelte er dem Traum nach. Ihm waren niemals Meerschweine weggelaufen. Nie hatte es in seinem Leben einen Menschen gegeben, der ihn wegen fortgelaufener Tiere gescholten hätte. Weit konnten sie nicht kommen: Die Kuppel von La Felicita war übersichtlich gewesen – alles Spielzeug gehörte allen Kindern gemeinsam. Tasso kannte nichts anderes. Nur La Felicita. Der Ort seiner

Kindheit, wo er glücklich gewesen war, zusammen mit Michael. Es sollte Kinder geben, die bei ihren Eltern aufwuchsen; da mochte das anders sein. Er hatte seine Eltern nie gesehen, und so hatte es ihn nicht berührt, als er am vierzehnten Geburtstag von ihrem Schicksal erfuhr. Michael dagegen war tagelang wie erstarrt gewesen. Tasso hatte so lange gebettelt, bis man ihm erlaubte, seinem Bruder ein Haustier zu schenken. Einen kleinen, wuschligen Hundeähnlichen. Kein Meerschweinchen. Eine Erinnerung an die Kindheit steckte nicht in dem Traum – was dann?

Jetzt schob er seine Träume beiseite, rieb sich die schlaftrunkenen Augen. Es rieselte ihm kalt den Rücken hinunter, als er rings um die kleine Schutzfeldkuppel niedergetretenes Gras bemerkte. Tasso war der Ansicht, dass er gestern – gestern! – nicht hier herumgetrampelt war. Er war nicht sicher. Er hatte ein Gefühl im Nacken, als starre ihm jemand nach, während er weiterging. Tasso versuchte sich einzureden, das sei Einbildung.

Die Wanderung wurde seltsamer. Es fing mit einer größeren Baumgerippegruppe an, die er umging. Warum sich unnötig in Gefahr bringen. Plötzlich ragte eine schräge Metallfläche vor ihm aus dem Boden, nicht das unbekannte, schimmernde Supermetall, sondern helles, klingendes Blech. Und es war verwittert, alt. Wenige Schritte später wusste er, woher das Stück stammte. Vor ihm lag ein Raumschiff. Nicht groß, kaum doppelt so lang wie sein Raumboot. Er kannte viele Typen irdischer Raumfahrzeuge; so eines war nicht dabei. Dieses Schiff atmete ein Fluidum von Fremdheit, schräg und altertümlich, wie ein gestrandeter Knurrhahn. Wo dieser Fisch seine gesträubten Brustflossen hat, ragten hier beiderseits Dutzende Flächen auf, von denen Tasso eine abgebrochen im Sand gefunden hatte. Verzerrte Spiegelbilder seiner selbst erschreckten Tasso am Bug des Schiffs. Es waren Sichtfenster, mit Metalldampf beschichtet und von außen undurchsichtig. Sehr große Fenster. Am Schwanz des Knurrhahns gliederte sich der Rumpf in zwei schlanke Zylinder, die auf Pylonen standen, schräg abgewinkelt. Wenn Tasso die verstreuten Trümmer richtig deutete, hatte es ursprünglich vier solcher Zylinder gegeben, zwei davon waren bei der Landung abgerissen und zerdrückt worden. Moment, dachte Tasso, dann war dieses Schiff nicht für eine Landung gedacht gewesen. Dann ist es hier gestrandet. Auf dieselbe Weise eingefangen worden wie ich?

Tasso suchte nach der Luke, fand ein offenes Tor, groß genug für zwei Jeeps nebeneinander, und trat ein. Hohe Gänge, für Riesen gebaut. Handspeichenräder. Schalter. Ein Gang nach vorn, mit großen Türen links und rechts. Eine Treppe mit fünf breiten Stufen. Sehr breiten Stufen. Staub. Eine halb geöffnete doppelflügelige Schiebetür. Tasso trat hindurch. Die Zentrale. Staub auf fremdartigen Anzeigen. Tasso spürte, dass er nicht allein war. Durch die Scheiben der Sichtfenster erblickte er seine eigenen Spuren draußen im Sand. Drinnen drei mächtige Sessel, von denen er nur die Lehnen sah. Er stieß einen davon an. Der Sessel drehte sich. Tasso schrie – da saß ein gewaltiges, ausladend gebautes Skelett ..., und der Schädel wies drei Augenhöhlen auf.

Später konnte Tasso lächeln darüber, dass ihn im Knurrhahn der Horror gepackt hatte, als ihn dieser grausige Schädel anstarrte mit einem Ausdruck höhnischen Gelächters. Er war zurückgetaumelt, gegen die Wand der Zentrale, und als er zur Seite blickte, stand ein Riese neben ihm und hatte die Arme auf dem Rücken verschränkt. Ein verspiegeltes Visier starrte dumpf herab. Der Schreck dauerte Sekunden, ehe Tasso bemerkte, dass es ein leerer Raumanzug war.

Noch japsend, sah sich der Pilot das tote Schiff an. Die zwei Meter großen Skelette in den drei Sesseln waren dreiäugig, hatten zu viele Rippen und vierfingrige Pranken. In die Hinterwand der Zentrale waren sechs Nischen mit je drei leeren Sesseln eingelassen, in jeder Nische viele Apparate, Skalen, Schalter. Wieso sind diese achtzehn Sessel leer?, überlegte Tasso. Wo sind die achtzehn Riesen? Geflohen, ehe das goldene Ding zuschlagen konnte? Haben sich diese drei geopfert? Die fremden Geräte blieben fremd und tot. Nirgends floss Strom. Die schmalen Räume hinter den hohen Türen waren leer, wie ausgefegt. Geräumt? Ins Heck führten massive, verrammelte Schotts. Tasso dachte an Strahlung und kehrte um. Als er wieder draußen war, fiel ihm auf, dass nur der kleinste Teil des Schiffs zugänglich gewesen war.

Er setzte seine Wanderung fort, immer an der Wand lang. Tasso entdeckte ein zweites Raumschiff, derart verrostet und verrottet, dass nur undeutlich die Form erahnbar war: Eine langgestreckte Säule mit unregelmäßig heraus ragenden Kugeln. Von weitem wirkte es so; in der Nähe blieb der Eindruck eines länglichen Trümmerhaufens, in dem Krüppelbäume wuchsen und Gras auf hochragenden Scherben im Wind wogte. Tasso fand einen Brocken, der an den zerfressenen Kopf eines Robots erinnerte. Konnte alles Mögliche sein, so verwittert, wie das Material war.

»Diese Leute bauen ihre Schiffe aus Blech«, sagte Tasso, als er bemerkte, wie filigran die wenigen Stücke wirkten, die sich der Korrosion widersetzt hatten.

Er wanderte weiter und gelangte nach der dritten Ruhepause –»Nacht« genannt – an einen See. Als er Wasser für eine Probe schöpfen wollte, fand er eine Substanz, die als dickflüssiger Schleim aus dem Proberöhrchen zurück in die große Pfütze schlüpfte. Keine Chance, die Energieriegel und das geschmacksfreie Päckchenwasser aus dem Raumboot damit zu verfeinern. Igittigitt!, dachte Tasso, sind dies hier die Überreste eines weiteren Raumschiffs?

Immer, wenn er das Zelt aufschlug und schlafen ging, prüfte er sorgfältig das einwandfreie Arbeiten des Schutzfeldes, und jeden Morgen besah er den Umkreis nach Fuß- oder sonstigen Spuren. Er konnte nie Derartiges entdecken. Was nicht hieß, dass er nichts sah. Waren diese Mulden im Sand gestern dagewesen? So tief? Und so viele? Und der kahle Streifen im Gras? Sieht er jetzt, nach dem Schlaf, nicht wie ein Pfad aus?

Als Tasso feststellte, dass seine Vorräte bald zur Hälfte aufgebraucht sein würden, spürte er keine Lust, ins Boot zurückzugehen. Warum sollte er. Es würde einen Sessel geben, darauf ein Skelett mit zwei Augenhöhlen. Grinsend. Totenschädel grinsen immer.

Also marschierte der Pilot weiter. An der Wand entlang, immer geradeaus. Er blieb stehen, als etwas Langes, Dünnes über die Felsen kroch. Eine Schlange? Wäre das erste Beispiel tierischen Lebens hier. Tasso ging vorsichtig, die Waffe in der Hand, näher heran. Dann lachte er bitter auf. Ein Seil. Ein Seil mit einem Haken. Sein eigenes Seil.

Die verdammte, unersteigbare Wand führte im Kreis herum.

Die Rätsel um eines vermehrt, weiter nichts. Tasso fühlte sich müde und zerschlagen. Und er freute sich, dass er nicht vor ein paar Stunden umgekehrt war; er hätte einen langen Weg völlig umsonst gemacht. Als er die vertrauten Umrisse seines Bootes sah, das festgeschweißt im Sand hockte, verspürte er beinahe das Gefühl, zu Hause zu sein.

Er ließ sich vom automatischen Arzt untersuchen und stellte voller Vergnügen fest, dass der nichts auszusetzen hatte. Das Wächterprogramm wurde abgeschaltet. Der Rechner allerdings, der die neuen Informationen zusammensetzen sollte, benahm sich lächerlich, war nicht in der Lage, vernünftige Folgerungen zu ziehen. Die Messprogramme, die während Tassos Abwesenheit gelaufen waren, brachten ebenfalls nicht viel ein. Oder, besser gesagt, ihre Ergebnisse waren schwachsinnig. Zum Beispiel gab es kein Schwerkraftzentrum. Keinen Punkt, auf den die Gravitation sich zurückrechnen ließe. Selbst künstliche Schwerkraftfelder lassen sich auf ihren Ursprung zurückrechnen, soviel wusste jeder Pilot. Wenn der Rechner nicht einmal solch einfache Dinge herausbekam ...

Tasso hatte festgestellt, dass der sachte Wind stets von der Felswand herabwehte. Ein Wind also, der aus allen Richtungen zugleich kam, denn die Wand ging in einem großen Kreis herum. Was geschah in der Mitte des riesigen Tellers, wo der Wind aus allen Richtungen zusammentraf?

Dorthin führte Tassos nächste Expedition. Er nahm kaum Vorräte mit, denn durchquert war der Teller sicherlich schneller als umrundet. Die Richtung konnte er nicht verfehlen, immer abwärts, immer den leichten Wind im Rücken. Tasso fielen Büsche auf, die keinen Zweig rührten. Wieso eigentlich nicht?, wunderte sich Tasso.

Dieser Strauch sah eigenartig aus. Auf allen Trieben und Zweigen liefen bläuliche Linien spiralförmig entlang, aus denen ovale dunkelgrüne Blätter wuchsen. Sie hatten keinerlei Muster oder Blattadern – wie Sukkulenten. Tasso versuchte, einen Zweig abzubrechen. Er konnte ihn ein wenig biegen, mehr nicht. Enttäuscht ließ er los. Die Krümmung im Zweig blieb. Wie ein Draht, den man verbogen hatte. Er fotografierte das Ding ausgiebig. Falls man es für nötig gehalten hatte, den Rechner eines Raumboots mit Botanik zu füttern, konnte er seine kluge Maschine später auf die Aufzeichnung loslassen. Mir kommst du jedenfalls nicht bekannt vor, Kumpel, dachte Tasso grimmig, als er weiterging.

Die Landschaft blieb uninteressant, und er betrachtete die Büsche misstrauisch, während er weiterlief. Die Schritte klangen manchmal seltsam anders, die Pflanzen waren seltener. Es gab wenig, worin sie wurzeln konnten. Unter einer dünnen Sandschicht schimmerte hier und da Metall. Jenes verflixte Metall, das Tassos Raumboot und das

Schiff der Dreiäugigen und die anderen so zuverlässig festhielt und sich hinter den Felsen der Wand versteckte. Hier lag es zutage.

Der Pilot sah sich um, ohne seine Schritte anzuhalten. Keine Büsche mehr, kaum Dunst. Und die Luft roch anders, ein wenig wie am Meeresufer. Nach Nässe, Salz und Wind. Nach richtigem Wind. Im spärlichen Sand waren Muster zu sehen. Ausgewaschene Rinnen, als sei vor nicht allzu langer Zeit Wasser geflossen. Ein paar hundert Schritte weiter bewegte sich Tasso über blankes Metall. Voraus konnte er schemenhaft eine Grenze erkennen. Einen Zaun oder so. Tasso verspürte Angst. Wieso soll ich Angst haben?, dachte er. Wenn ich herausfinden will, wo ich bin, muss ich mir alles hier aus der Nähe besehen. Alles.

Das Ding entpuppte sich als stabiles Geländer, einszwanzig hoch und von armlangen ovalen Öffnungen an der Basis durchbrochen. Tasso lehnte sich dagegen – das Ganze wirkte äußerst stabil – und blickte nach unten. Auf der anderen Seite des Geländers war buchstäblich nichts. Eine grauenvolle Leere, in der Dunst schwamm, und die ihm das Gefühl gab, als sähe er in einen Abgrund, aus dem Ungeheuer und namenlose Gespenster steigen könnten.

Leise, als bemühte er sich, niemanden zu stören – wen denn eigentlich? –, löste er Geräte vom Gürtel. Er hatte einen Stab dabei, den er durch Teleskopmechanik in einen drei Meter langen Ausleger verwandeln konnte. An den koppelte er nacheinander einige Messgeräte. Er interessierte sich nicht für die Messwerte, jetzt nicht. Das konnte er im Boot erledigen. Aus einem Grund, der ihm nicht klar war, wollte er schnell von hier weg. Irgendetwas machte ihm Angst. Tasso beeilte sich, so sehr er konnte.

Er war eben fertig mit dem Zusammenpacken seiner Gerätschaften, da vernahm er zwei Geräusche und erstarrte. Von oben, schräg über ihm, hörte er einen dünnen Ruf. Er klang menschlich. Von unten aus dem dunstigen Nichts herauf kam ein donnerndes, grollendes Geräusch, als wollten die Drachen, Geister und unbeschreiblichen Schreckensgestalten der Tiefe, die Tasso sich ausgemalt hatte, emporsteigen und ihn überfallen. Er wich vom Geländer zurück. Das Grollen steigerte sich zum ohrenbetäubenden Schrei, schrill und dumpf zugleich. Der Boden erzitterte. Dann raste ein riesiges Ding wie wasserheller Kristall aufwärts durch das Nichts, wie ein startendes Raumschiff, schreiend und kreischend. Eine Wand aus

Wasser traf Tasso, riss ihn von den Beinen und spülte ihn fort, und er verlor das Bewusstsein.

Tassos Leib war übersät mit Prellungen und mit Blutergüssen, die jetzt in den schönsten Farben blühten, grün und gelb und hellblau. Die wilde Woge hatte ihn ins Land hineingeschwemmt, und in seiner Erinnerung hatte er ewig gebraucht, sich bis zum Boot zu schleppen und sich dem Arzt vorzuwerfen. Die rasche Reise landeinwärts hatte Tasso nicht gutgetan: Quer übers Gesicht zogen sich tiefe Schrammen, wo es ihn über die Büsche gezerrt hatte.

Das fürchterliche, aus der Tiefe emporschießende Ding hatte alle Vermutungen über den Haufen geworfen: Diese Welt war ein großes tellerförmiges Gefängnis, am Rand von einer steilen Felswand begrenzt, sandig, von fremder Vegetation bewachsen. Es gab außer seinem eigenen mindestens zwei andere Raumschiffe und ein kreisrundes Loch in der Mitte des unheimlichen Tellers. Damit hörte alle Weisheit auf. Was in der schaurigen Tiefe hauste, was da dröhnend vorbeigerast war und wohin – keine Ahnung.

Tassos Annahme, er befinde sich auf der Oberfläche eines künstlichen Planeten, war widerlegt durch die Schwerkraftmessungen. Auch das aufwärts jagende Wasser passte kaum dazu. Dabei hatte er begonnen, in seinem Gedächtnis nach Informationen über die sagenhaften Kampfsterne zu suchen. Die einen redeten von Riesenraumschiffen, die von Menschen gebaut worden waren, damals in den oktogonischen Kriegen; andere sprachen von außerirdischen Stationen, in die Hand von Menschen gefallen, die damit nicht die lautersten Absichten verfolgten. Solche Geschichten wurden von den Historikern zu den kosmischen Sagas gerechnet.

Dies war kein Kampfstern. Ein Planet war es ebensowenig. Tasso hatte das Gefühl, dass er sich innerhalb eines Körpers befände. Kaum möglich – was sollte das für ein gigantisches Ding sein. Was dann? So lautete die Frage. Er starrte stundenlang in den Sand, zu den Büschen hinüber. Er erinnerte sich, dass er den Rechner befragen wollte, und fütterte seine Informationen ein. Zunächst die drahtige Pflanze. Überraschenderweise hatte der Rechner in Sachen Botanik tatsächlich Fachwissen gespeichert.

»Im Rahmen irdischer Klassifikationen nicht zu identifizieren.«

Und für eine nichtirdische Klassifikation?

»Unzureichende Information.«

Worauf Tasso den Robot losschickte, Proben zu holen. Merkwürdig, dass alles Unbekannte als nichtirdisch bezeichnet wurde, wo doch seit vielen hundert Jahren der Kontakt zur Erde abgerissen war. Vielleicht sind wir selbst für die Leute dort längst außerirdisch, dachte Tasso; diese Theorie hatte sein Bruder Michael entwickelt. Der Robot draußen hatte Mühe, ein Blatt des Strauches aus den blauen Linien zu lösen, und bekam einen mörderischen Schlag, als es ihm gelang. Die mistigen Sträucher waren elektrisch. Tasso beglückwünschte sich, ihnen aus dem Weg gegangen zu sein. Der Robot hatte auf dem Rückweg Gleichgewichtsstörungen. Ein menschlicher Pilot wäre nicht zurückgekommen. Der Rechner des Raumbootes regulierte den Robot neu ein und machte sich dann über die Probe her.

»Anpassung an lange Stasisphasen. Elektrische Kapazität vermutlich als Energiespeicher für Notzeiten. Anpassung an extreme Kältegrade bis hinunter zu 80 Kelvin. Oberfläche als quasimetallische Epidermis ausgebildet.«

In diesem Stil ging das eine Weile weiter, Tasso verstand das meiste nicht. Die Dinger waren ihre eigene Batterie für schlechte Zeiten, das hatte er kapiert. Und dort, wo sie herkamen, musste es verdammt schlechte Zeiten geben, wenn die Gewächse bis zweihundert Grad unter Null überleben mussten. Woher stammten diese Pflanzen?

»Spezies nicht katalogisiert.«

Habe ich also eine neue Pflanzenart entdeckt, dachte Tasso, ob ich den Büschen meinen Namen geben darf? Oder benamse ich die Dinger besser nach Michael? Doch das Interesse an seltsamen Sträuchern erlosch schnell, und er kam über den Gedanken, wie sie hergeraten sein mochten, wieder auf die Frage nach seinem Aufenthaltsort. Solange Tasso nicht wusste, wo er war, hatte er nicht die geringste Chance, nach Hause zurückzukehren. Jemand musste dies gebaut haben – das Geländer, die Metallebene und so weiter. Sahen die nie nach? Ihm fielen die dreiäugigen Skelette ein und das völlig ruinierte andere Raumschiff. Nun ja. Wenn sie nachsahen, so nur in großen Abständen.

Überrascht war Tasso, als der Rechner Aufgabenerfüllung meldete. Er hatte doch gar keinen Auftrag gegeben. Wie sich herausstellte, war allein das Anschließen seiner mitgebrachten Geräte an den Rechner für den eine Aufgabe gewesen. Da die Messwerte idiotisch waren, hatte der Rechner die Geräte aufs gründlichste geprüft. Ergebnis: Der Pilot sollte an einen achttausend Kilometer tiefen senkrechten Schacht glauben, der sich unter dem Loch erstreckte. Achttausend Kilometer waren nicht die gemessene Strecke, sondern lediglich die Reichweite des Gerätes. Durchaus möglich, dass der Schacht tiefer hinabreichte. Was für ein hirnsträubender Unsinn. Der Radius eines halbwegs anständigen Planeten.

Tasso überlegte, ob er versuchen sollte, die Felswand zu ersteigen. Oder besser dem aufwärts führenden Tunnel in der Felswand folgen? Es gab einen guten Grund, den Tunnel nach oben zu nehmen. Tasso konnte sich an einen Ruf zu erinnern – kurz bevor das Ding ihn beiseitegespült hatte, war da ein Schrei gewesen von oben. Der Schrei einer Frau, um genau zu sein. Tasso wollte sich nicht selbst für übergeschnappt halten müssen. Das ist natürlich möglich, dachte er wütend, vielleicht ist alles der Alptraum eines Drogenschlafes. Vielleicht hat man mir Ycorgan gegeben, und dies alles ist ein drei Sekunden langer Rausch.

Mit Vorräten bepackt kam Tasso im Talkessel an. Der Tunneleingang war groß und sauber; kein hingewehter Sand oder herabgefallene Felsbrocken, die im Weg gelegen hätten. Ein schnelles Fahrzeug, das aus dem einen Tunnel hervorkam, konnte, ohne anzuhalten, gleich weitersausen in den anderen Tunnel hinein.

Nach wenigen Schritten stellte Tasso fest, dass das Metall der Tunnelsohle nicht glatt war, sondern fein geriffelt. Rutschfest. Das ist nett, dachte er, da kann ich nicht so oft hinfallen. Dann dachte er an die hypothetischen Fahrzeuge ... Welche Chancen hatte er, wenn ihm hier etwas entgegengerast kam? Unschlüssig blieb er stehen. Der Tunnel war ... nun ja, zweispurig. Ach was, sagte er sich, wenn ich stehenbleibe, verhungere ich höchstens. Und so stapfte er in die Finsternis hinein. Die Reflexe der Stirnbandleuchte sprangen im Takt der Schritte auf den polierten Wänden. Nach hundert Schritten drehte Tasso sich um. Die helle Öffnung war schmal geworden; seine Vermutung stimmte. Die Tunnels folgten der Krümmung der Felswand. Also müsste der Ausgang oben auf dem Grat des Felsens liegen. Zufrieden marschierte Tasso weiter.

Vertrackte Akustik – der Schall der Schritte wurde eigenartig verzerrt, blechern. Das Ende jedes Geräusches wurde irgendwie verbogen, als gäbe es einen Synthesizer, der die Frequenz nach oben zöge. Das Quarren von Blechfröschen. Tasso schob Musikstöpsel in seine Ohren und drehte Musik an. So trottete er durch den finsteren, von tanzenden Spiegellichtern erhellten Gang und pfiff schauerlich falsch zu alten Liedern. Er fand alte Musik auf herablassende Art schön – richtig handgemachte Musik. Man musste jeden Ton hervorrufen – jeden einzeln! — indem man Tasten herabdrückte oder einen gespannten Draht in einer bestimmten Weise anzupfte. Dinge, auf die man mit Stöcken einschlagen musste, und andere, in die man hineinblies. Eine seltsame Art, Musik zu machen, aber es klang gut.

Da vorn war ein heller Schein. Er blieb stehen, stoppte die Musik und seine Gedanken. Näherte sich ein Auto? Gab es Gegenverkehr? Nein. Das Licht stand still. Er schlich näher heran. Es waren zwei leuchtende Streifen, zwei Finger breit, die sich rings um den Gang zogen.

Er wollte die Streifen berühren, da fühlte er in der Luft einen federnden Widerstand. In seinem Kopf zersprang Glas, ein Schmerz im Schädel flammte auf. Tasso presste die Hände auf die Ohren, grässliches Dröhnen und Summen. Er sah farbige Flecken und Kreise. Es wühlte in ihm, und er spürte Übelkeit, seine Knie gaben nach, er taumelte durch die Ringe hindurch, es zuckte in ihm wie ein Stromstoß, und er ging zu Boden.

Alles nicht so schlimm, redete sich Tasso ein, als er wieder klar denken konnte. Ein kleiner elektrischer Schlag, na und, bisschen Kopfschmerz, was soll's. Das war gelogen. Er fühlte sich miserabel. Seine Füße brannten, seine Knie waren weich, und der Rücken schmerzte.

Tasso ließ den Rucksack fallen und sah aufs Barometer. Der Druck war unverändert. Tasso war die ganze Zeit aufwärts gewandert – und keinen Meter in die Höhe gekommen. Er drückte die Rücklauf-Taste. Der Luftdruck war gefallen, bis zur Höhe von vierhundertzehn Metern – um mit einem Ruck wieder auf den einjustierten Nullpunkt zu springen. Vor ein paar Minuten. Ich muss schlafen, sagte sich der verwirrte Pilot und ließ das kleine Zelt aus seiner Verpackung ploppen. Er stieg in den Schlafsack und wollte das Schutzfeld einschalten, aber es gelang nicht. Die rote Lampe blinkte hektisch: Interferenzen. Interferenzen womit?

Tasso ging zu den Leuchtstreifen hinüber und versuchte, an ihnen vorbeizufassen. Seine Hand wurde zurückgehalten. Ein Kraftfeld. Jetzt begriff er: Auf der andern Seite dürfte ein Luftdruck herrschen, der einer Höhe von vierhundertzehn Metern über Null entsprach ... Und da war noch etwas. Da war etwas in seinem Kopf.

»Nein«, sagte Tasso in den dunklen Gang hinein und wich zurück, »ich will nicht hindurch.« Zu wem hast du gesprochen?, wunderte er sich. Er konnte jetzt nicht darüber nachdenken, er war zu müde, sein Körper wie Blei und Watte. Er zerrte seine Ausrüstung zehn Meter weiter in den Gang. Keine Interferenzen mehr, gut. Er schlief ein, als habe man ihn mit kräftigem Schlag auf den Kopf betäubt. Keine Träume, keine Monster und keine Erinnerungen an Dinge, die es nicht gab. Keine Meerschweinchen.

Er erwachte in einem seltsamen Licht. Ein merkwürdiges Flackern spielte im Dunkel. Tasso öffnete das Zelt und sah hinaus.

Zwischen dem Schutzfeld seines Zeltes und dem Feld im Gang schwirrten farbige Linien durch die Luft und ließen die Membran bunt aufglimmen. Tasso schaltete rasch sein eigenes Feld ab. Die gespenstischen Lichtspiele erloschen. Besorgt untersuchte er den Apparat, der das Schutzfeld erzeugte. Er war offenbar in Ordnung; der Energieverbrauch nicht hoch. Eher zu niedrig. Das Gerät war wie frisch aufgeladen. Er dachte an »gestern Abend«, an den Stromstoß, und den Satz, den er in die Dunkelheit gesprochen hatte, ohne zu wissen, warum. Tasso trat an den leuchtenden Doppelring heran.

Als er das Feld berührte, knipste jemand in Tassos Hinterkopf ein kleines leuchtendes Fragezeichen an. Er ahnte sofort, dass er Antwort geben musste. Nein, dachte er, ich will nicht auf die andere Seite. Das Fragezeichen verlosch. Erstaunlich, dachte er, ein Pförtner. Er fragt, ob man hindurch möchte. Nett von ihm. Und wenn auf der andern Seite niedrigerer Luftdruck ist und hier hoher, dann heißt das ...

Keine logische Erklärung für dieses Phänomen, bloß eine ungelöste Frage mehr. Langsam hatte Tasso die Nase voll und setzte entschlossen seinen Weg durch den Tunnel fort. Diesen Pförtner konnte er wenigstens verstehen – er wusste, wie es wirkte. Aber nicht, das musste er zugeben, wie es funktionierte. Telepathie? Brr, wie unseriös.

Tasso marschierte nun schneller. Er wollte auf die Oberkante der Felswand, und dies war der einzige Weg dorthin. Er wollte oben klaren Himmel finden und bestimmen, in welcher Ecke des Kosmos er war ... und verschwinden. Es sei denn, diejenigen, die mein Boot angeschweißt haben, gucken nicht still zu, wie ich es ablöse ...

Solche Spekulationen bringen nichts ein, sagte er sich und stapfte grimmig weiter. Vorn schimmerte das Licht des Ausgangs. Gleich würde er auf der Oberkante der verdammten Wand stehen.

Und dann stand Tasso im Licht. Er erblickte eine weite Ebene, diesig, genau wie jene, von der er kam. Auch hier ragte eine Felswand auf und verschwand im Dunst. Direkt vor ihm stand ein magerer nackter Junge, vielleicht achtjährig, starrte ihn an, schrie und rannte fort.

Einige Zeit war Tasso sicher, dass er wahnsinnig sei und diese Welt die Ausgeburt seines kranken Hirns. Tasso Sanderstorm war übergeschnappt, flaggte seinen Geist auf Halbmast. Was er sah: Kein Grat, kein Himmel, keine Sterne, nichts dergleichen. Am Ende des Aufstiegs gab es kein Ziel. Stattdessen die teilnahmslos aufragende Felswand, der Tunneleingang, eine identische Gegend. Wo, zum Teufel, fragte sich Tasso, bin ich hergekommen? Aus dem Keller?

Er saß – Minuten später – einem Mann gegenüber, der ihn mit tränenden Augen anschaute. Dieser Mann sah alt aus, ohne es zu sein. Eine Art Akne hatte sein Gesicht zerfressen, verschorft und vernarbt. Außer dem Mann gab es zwei junge Frauen und ein paar Kinder. Wie viele, wusste Tasso nicht. Sie waren um ihn herumgewieselt und dann weggeschickt worden.

Der Pilot fühlte sich, als habe er böse Träume. Es war so unwirklich – dieses alte Raumschiff, dessen Konstruktionszeichnungen ihm in einer kühlen Bibliothek auf Penta V gezeigt worden waren, Kostbarkeit und Rarität, historischer Transporter längst vergessenen Typs. Nun sah Tasso so ein Ding mit eigenen Augen. Das Schiff lag leicht zur Seite geneigt wie ein gestrandeter Wal. Natürlich war sein gewölbter Leib fest mit dem Untergrund verschweißt. Die Scheiben der Sichtfenster und Bullaugen waren verschwunden. In den so entstandenen offenen Räumen breiteten sich Gärten aus. Das ausladende Gestrüpp der Antennen und Emitter fehlte, Stümpfe kennzeichneten die Stellen, an denen die Landau-Modulatoren gesessen hatten. An völlig unmöglichen Stellen führten Trampelpfade ins Schiff.

Der alte junge Mann wiederholte seine Frage. Er war geduldig. Und nicht im Geringsten verwundert über den sprachlosen Fremden. Als die Frage zum vierten oder fünften Mal gestellt wurde, wachte Tasso aus der Betäubung auf und bemerkte den grausamen Dialekt seines Gesprächspartners.

»Ich komme von unten«, sagte er, und als darauf keine Reaktion erfolgte, beschrieb er seinen »Lande«-Platz und die Ebene mit dem Schiff der Dreiäugigen.

Der andere nickte und sagte etwas, als kenne er jene Gegend, und er kenne das Glückliche Schiff da unten, und er wolle wissen, woher Tasso stamme.

Eine seltsame Art zu reden, dachte Tasso, ich versteh den Typ kaum. »Ich flog im freien All«, sagte er, »auf Erkunderflug mit einem Raumboot. Mein Mutterschiff ist der Weltenkreuzer AJAX, und wir trieben Fernerkundung in den namenlosen Sektoren jenseits der Karna-Welten. Unsere nächste Station sollte Oniskus sein. Landurlaub.«

Der Mann brabbelte unwirsch, nie von Karna-Welten gehört zu haben, ganz zu schweigen von Oniskus.

Tasso stockte der Atem, nachdem er sich die unverständlichen Worte halbwegs zusammengereimt hatte. Der Kontakt zu Oniskus war vor über dreihundert Jahren hergestellt worden. So alt konnten die Leute nicht sein. Doch wenn er sich den Zustand des Transportschiffs ansah: Das Ding mochte seine dreihundert Jahre hier liegen. Oder länger. »Warum nennt ihr das fremde Raumfahrzeug Glückliches Schiff?«, fragte er, um überhaupt etwas zu sagen.

Der andere erklärte in seinem putzigen Dialekt, dies sei einer der Alten Namen. Man konnte die Großbuchstaben klicken hören. Das Glückliche werde es genannt, weil es niemanden mitgebracht habe hierher. Nur die Toten. Tasso schwieg.

Der Vernarbte fragte aufgeregt nach Tassos Schiff und erzählte gestenreich von einer Weissagung. Es wäre überliefert, es käme einer in einem wunderbaren Schiff, und wenn's nur einer allein sei, den er anträfe, er würde den einen retten und wegführen zur Heimat, so wär's überliefert.

»Ja, mein Boot ist in Ordnung«, sagte Tasso. »Bis auf die Tatsache, dass jemand es angeschweißt hat.«

Der Mann warf aufgeregt die Hände in die Höhe, nuschelte etwas davon, dass Tasso der Richtige wäre, stand auf und humpelte eilig auf das grün bewachsene Schiff zu. Sein linkes Bein war von einer scheußlichen großen Narbe entstellt, als hätte man Fleisch in Stücken herausgerissen. Der Pilot folgte zögernd. Er wusste, dass sein Gesprächspartner in Wirklichkeit jung war. So jung wie die beiden Frauen, die kein Wort gesprochen hatten. Was, dachte Tasso erbost, heißt Wirklichkeit? Ich werde mir doch Alpträume nicht selbst als Wirklichkeit verkaufen wollen?

Der Schmerz im Fuß, den er sich auf dem Pfad vertreten hatte, und die Einzelheiten, die man an dem alten Transporter ausmachen konnte, sagten jedoch, dass dies alles wirklich sei. Dieser Rücken vor ihm war nicht der Rücken eines alten Mannes; kräftig und mager und von runden Muttermalen bedeckt. Der Mann bewegte sich in einem abgehackten Rhythmus, der ihm von dem entstellten Bein aufgezwungen wurde, zielstrebig durch das ehemalige Raumschiff.

Der Zentralgang, wie ein Rückgrat im oberen Teil des Schiffs gelegen – jetzt ein Graben, zum Himmel hin offen und grün überwuchert. Ein Fahrstuhlschacht, aufgetrieben und geborsten vom Wuchs eines mächtigen Baumes in seiner Achse. Die Treppe, irgendwann zusammengebrochen und aus dem Holz fremder Bäume neu gefügt. Die dunkle Höhle eines Rechnerraumes, in dem statt summender Maschinen blasse Pilze schimmerten.

Wieso führt er mich in das Wrack?, fragte sich Tasso. Wieso haben die beiden jungen Frauen nichts gesagt? Die Kinder weggejagt? Was sagte er von mir – ich wäre angekündigt? Und das Schiff ... Das Wrack ist bewohnt. So, wie man ein Blockhaus bewohnt, das man im Wald findet. Dort sind hölzerne Stühle. Türen, schief am bröckelnden Plast befestigt. Gatter, als habe man Tiere hier gehalten. Eingezäunte Plattformen, um Gemüse zu ziehen.

Der junge alte Mann sah den Piloten mit seinen entzündeten Augen an und ratterte aufgeregt eine Geschichte über diesen Ort herunter, an dem seit vielen, vielen Jahren niemand mehr gewesen war. Er machte wilde Handzeichen, suchte mit grindigen Lippen zitternd nach Worten und fand welche, die klangen wie: verboten gewesen, bis zu dem sagenhaften Tag, da der Neue kommt und Menschen heimführt.

Tasso fuhr zusammen. Der Mann hatte den Spruch nicht im Ton einer Frage gesagt oder als Floskel, die man gewohnt ist. Tasso hörte tiefe Überzeugung. Und er konnte ihn verstehen. Raus aus dieser Welt wollte er ebenfalls. Am besten wäre es, plötzlich aufzuwachen.

Der Mann begann, von einem seltsamen hölzernen Muster Teile abzunehmen. Sie waren ineinander verzahnt, und man musste ein bestimmtes System einhalten, eine Reihenfolge, in der die Teile entfernt wurden. Die einzelnen Stücke, achtlos fortgeworfen, stapelten sich. Je größer der Stapel wurde, desto deutlicher erkannte Tasso, dass diese Hölzer alt waren, verteufelt alt. Vielleicht so alt wie das Schiff selbst. Die letzte Schicht zerbröselte, als Finger sie berührten. Ein Schott lag dahinter. Der Mann bewegte die Kurbel, es surrte. Der Pilot sperrte Mund und Augen auf. Eine uralte Batterie musste geladen werden. Das Lämpchen glomm auf. Eine Tastatur wurde sichtbar.

Schrecklich anzusehen, wie sich das zernarbte Gesicht verzerrte, als der Mann nachgrübelte. Dann tippte er Zeichen für Zeichen ein Datum ein, das dreihundertachtundachtzig Jahre zurücklag.

Hier kann nichts mehr funktionieren, dachte Tasso entgeistert, als das Schott sich öffnete. Ein Videogerät auf Kristallplattengrundlage. Der Apparat setzte sich in Gang, ein müdes Knistern, Licht flackerte, irgendwo zischte giftig ein Lichtbogen, es roch verbrannt. Tasso schaltete die Apparatur aus. Der Mann stand starr, sein Gesicht war eine Maske des Grams.

»Macht nichts«, erklärte der Pilot, »das können wir bei mir im Schiff abhören«, und er griff in das Gerät und holte die kleine blitzende Scheibe heraus. Sie funkelte einmal auf, dann fiel die Notbeleuchtung aus.

Später sagte Tasso: »Ein Wunder, dass überhaupt noch was funktioniert hat da drinnen, nach dieser Zeit. Die alten Herren deines Schiffs waren gute Techniker, das muss man ihnen lassen.«

Der Mann wirkte abwesend, als sie zu zweit vor dem uralten Transporter saßen und Tasso ihn zu überreden versuchte, mit hinunterzukommen zum Raumboot. Vielleicht verstand er Tassos Worte nicht. Der Mann saß und lauschte irgendwohin. Tasso hörte nichts. Die Kinder jagten angstvoll kreischend vorbei. Der Mann sprang auf, schrie von fressendem Wasser und riss den Piloten mit sich fort. Auch die Frauen rannten, alle hetzten auf die Felswand zu, und als Tasso sich umdrehte, sah er, ehe er es hörte, das Dröhnen und Donnern, das er vernommen hatte, als das unbeschreibliche Ding aus der Tiefe an ihm vorbeigesaust war. Da rollte eine wie lichter Stahl aussehende Woge heran, schneller, als je Wasser hätte sein können. Obwohl er hinkte, erreichte der narbengesichtige Mann als erster den rettenden Gang. Von den Kindern war nichts zu sehen. Tasso vermeinte, leise Schreie gehört zu haben. Dicht neben ihm lief eine der Frauen. Sie machte mit ihrem kräftigen Körper zusehends Boden gut.

Mit fauchendem Geräusch jagte eine waagerechte Säule blauen Wassers an Tasso vorbei, umhüllte die Frau – eine einzige gierige Umarmung – und riss sie mit sich. Fort, zurück zum Loch, in dem es tobte und kochte.

Außer Tasso entging nur der Mann dem Wasser. Zu zweit kamen sie im Raumboot an, erschöpft und schweigsam. Der Weg durch den Tunnel: Was, wenn das rasende Wasser, das natürlich keines war – oder nicht nur das –, ihnen folgte? Oder sie am andern Ende des Weges durch die Finsternis erwartete?

Erst im Boot löste sich die Spannung. Der Mann, dessen Namen Tasso nicht kannte, fiel um. Der Pilot unterstellte ihn dem automatischen Arzt. Dabei ließ er berichten. Was er verstand, machte ihn frösteln. Der Mann verdankte die Hautkrankheit einer Ernährungsstörung. Anders gesagt: Mangelernährung. Er würde in wenigen Tagen von den Verunstaltungen befreit sein.

Tasso legte dem Rechner die Kristallbildplatte vor.

»Bildkodierungssystem ungebräuchlich. Keine Wiedergabe möglich. Aufzeichnungen teilweise zerstört. Akustische Qualität mangelhaft. Hohes Alter. Kulturhistorisch wertvolles Fundstück.«

Tasso wollte endlich die Aufzeichnung hören, wenn er sie schon nicht sehen konnte. Die Lautsprecher produzierten Knacken und seltsame Heulgeräusche, dann endlich: »... im Radianten Kursabweichung, die uns zwang, entgegen dem geplanten ... Lichterscheinung ... großes Objekt, Ähnlichkeit mit einer Wabe. Eine Scheibe aus golden leuchtendem Material, eingehüllt in helle, verschlungene Linien ... mussten wir als Angriff werten ... Tentakel, die nach uns griffen ... Entladung ungeahnter Größenordnung ... Not-Absprung ... verschluckt ... Landschaft ... » Tasso kannte nur zu gut die Ansichten, die sich den Männern und Frauen geboten haben mussten. Verblüffend. Rätsel. Metall.

Plötzlich gab es einen quietschenden Laut, und klar und deutlich stand die Stimme im Raum. Der Rechner war in die intakten Bereiche der gespeicherten Information gelangt.

»Die Expedition in die nächsthöhere Ebene kehrte nicht zurück. Später stellten wir fest, dass dort Methan-Ammoniak-Welten ihre Entsprechungen haben. Dort gab es Intelligenzwesen, die ebenfalls verschleppt worden waren. Die Verständigung mit ihnen gelang uns nicht. Wir haben vierzehn Menschen verloren. Die Forschungen nach unten gestalteten sich erfolgreicher. Wir trafen eine Spezies dreiäugiger Menschen, mit denen wir nicht reden konnten, ein Rechner-Rechner-Kontakt war alles, was gelang. Sie haben in den Tunnels von zwölf Etagen eine Zivilisation aufgebaut. Leider konnten sie uns nicht mitteilen, weshalb sie sich auf die Tunnels beschränkten. Weiter unten gibt es Ebenen voller außerirdischer Raumschiffwracks, Siliziumwesen und wieder Reste der merkwürdigsten Raumfahrzeuge. Keine Lebenden mehr. Die letzte Expedition schickte einen Mann auf einem Jeep hoch mit der Botschaft, dass sie von der dreihundertneunundneunzigsten Ebene weiter nach unten gehen wollen und nicht zurückkehren werden. Da brachen wir alle Expeditionen ab, weil wir unsere Kraft für das Befreiungsprojekt brauchten ...«

Die Stimme riss ab. Tasso wartete, während die Scheibe weiter rotierte. Quälende Stille.

»... beruht auf der Theorie, dass jenes Metall, das wir für das Baumaterial dieser gigantischen zylinderförmigen Welt gehalten haben, kein Stoff in unserem Sinne ist. Es ist ein supermodifiziertes Kraftfeld. Wir wollen es aufheben und hinausgelangen. Bei den Forschungen helfen uns die Beobachtungen des Eimers. Wir nennen das Artefakt den Brunnen, und das Objekt, das sich hinauf und hinab bewegt, den Schöpfeimer. Es fragt sich, was geschöpft wird. Wir wissen es nicht. Wir wissen nicht, wie das Objekt, in dem wir uns befinden, von außen aussieht; gut möglich, dass es sich um eine Art künstlich gefalteten, verschränkten Raum handelt. Diese Theorie würde die Diskontinuitäten der Zeit erklären. Wir wissen vieles nicht. Vor allem, welche Intelligenz dieses Gefängnis geschaffen hat. Denn es ist tatsächlich ...« Wieder kam die gelöschte Stelle.

»... erwies sich die eingesetzte Energie als zu gering. Mehr als vorübergehende Eindellungen des künstlichen Kontinuums gelangen nicht. Hätten wir diesen Versuch vor zwanzig Jahren gemacht, als die Energie noch nicht für sinnlose Expeditionen vergeudet worden war ...« Tasso horchte auf. Energie als Ausweg? Er hörte geduldig den langatmigen Erörterungen zu. Es war nicht kompliziert.

Die Stücke der Aufzeichnung verrieten, wie der Kommandant alterte, in Jahresabständen sprach. Die Rede ging von versagenden Aggregaten und erlöschender Energie, von neuen Naiven und rätselhaftem Verschwinden. Zuletzt sprach eine andere Stimme. Der alte Kommandant hatte über sechzig Jahre die Gemeinschaft angeführt, und das Schiff überlebte ihn nicht. Es versackte in Dunkelheit, wurde zum Wrack, die Überlebenden zurücklassend. Man verschloss jenen Raum hinter dem Schott. Die Schlusssätze zitterten vom falschen Pathos eines Eiferers. Die kleine Gruppe ging, abgeschnitten von der Menschheit, dreihundert Jahre lang Irrwege. Und ihren letzten Nachfahren hatte Tasso an Bord.

Er beauftragte den Rechner, anhand der Angaben des namenlosen Kommandanten eine Ausbruchsvariante zu errechnen, und wandte sich dem jungen Mann zu. Stellenweise leuchtete neue Haut rosig auf dessen Gesicht. »Wie heißt du?«

Verständnislose Grimassen; Tasso machte das alte Finger-ich-Finger-du-Spiel und bekam nach einigem Hin und Her heraus, dass Manu der Name seines Gastes war. »Wahrscheinlich aus Manuel entstanden ... Egal. Manu, sag mir, wo sind die andern? Ihr wart doch nicht nur die paar Mann? Ihr müsst ein paar hundert gewesen sein!«

Manu begann zu plappern, und er nahm keine Rücksicht auf Tassos Versuche, ihm klarzumachen, dass seine Sprache nahezu unverständlich blieb. Er brabbelte von ganzganz Altenzeiten, als der Großvater noch nicht weggekommen war, von über tausend Menschen, die nach und nach vom Fressendenwasser dezimiert wurden.

»Was frisst es? Menschen?«

Manu wies auf sein Bein, in dem Fleisch fehlte, die Hälfte der Oberschenkelmuskulatur, wie herausgebissen, und was es halt bekomme, das fresse es, das Fressendewasser.

Entgeistert starrte der Pilot Manu an. »Was, zum Teufel«, sagte er langsam, »soll das bedeuten?« Er drehte den Gedanken hin und her, und er ergab keinen Sinn. Eine Spezies, die ein Objekt wie den Brunnen erzeugen konnte, war kaum auf Menschenfleisch als Nahrungsmittel angewiesen. Trotzdem wurde Tasso das Gefühl nicht los, dass die wunderlichen Einrichtungen dieses eigengesetzlichen Universums, all die fremden Schiffe, all diese Gefangenen, dass all dies auf einen ungeheuer verwerflichen Zweck hindeutete. Einen Moment lang spürte er Druck hinter der Stirn – entsprang die Vorstellung eines zu niederträchtigen Zwecken erschaffenen Weltalls einem Wahn? Dem Wahn eines irren Piloten? Er schaltete den Gedanken ab.

Der Rechner meldete sich. Er hatte ein Ausbruchsprogramm. Er würde die Landekufen abwerfen – Tasso hatte von dieser Möglichkeit nicht gewusst –, sich in die Mitte des Brunnenschachts begeben und dort ein doppeltes Feld erzeugen. In den Zwischenraum würde er Antimaterie pumpen und mit übergroßen Feldstärken zur Reaktion mit der Feldspannung der Brunnengeometrie zwingen. Tasso guckte hilflos in die Simulation. Er verstand nicht, wie das funktionieren sollte. Er war halt kein Physiker. Sondern Pilot. Und als Pilot wollte er wissen, ob sein kleines Boot das schaffen könne.

Wegen der Größe sei das andere Schiff zum Scheitern verurteilt gewesen, erfuhr er. Kleine Fische gehen durch die Maschen. Der Versuch musste gemacht werden. Ein zweiter wäre kaum möglich; einen Fehlschlag, etwa einen gezielten Gegenschlag der Brunnen-Metrik, würde das Boot nicht überstehen; sei's drum.

Das Raumboot ließ also die Kufen stehen wie ein Paar abgelegte Latschen. Es schwebte über dem irrsinnigen Abgrund des Schachtes, über und unter sich diese unendlichen Strecken mit ungezählten Etagen, als Tasso die Starttaste drückte. Der Rechner steuerte die Aggregate. Überlastung ließ sie heulen und wimmern. Eine doppelte Kugelschale flimmerte, dazwischen kochte die Antimaterie, und blitzschnell lief das Programm. Es gab kein Geräusch und keinen Schlag, es wurde dunkel. Abgrundtiefe Nacht hinter den Scheiben. Keine Sterne. Manu sprang auf und presste die Hand vor den aufgerissenen Mund. Im zweiten Pilotensessel lümmelte ein zweiter Tasso, von kühlem Geruch und mattem Lichtschein umgeben.

»Interessant«, sagte die Erscheinung. »Es ist das erste Mal, dass ein Eingefangenes zurückkehrt.«

Tasso rührte sich nicht. Er hatte erwartet, dass die Herren des Brunnens reagieren würden, Flammen am Himmel oder so was. Er war nicht auf eine Kopie von sich selbst vorbereitet gewesen.

»Interessant auch«, fuhr der falsche Tasso fort, »dass dies hier immer noch andauert. Meine Meinesgleichen haben es lange Zeit nicht mehr beachtet.«

»Warum«, fragte Tasso Sanderstorm nach einigen Schrecksekunden, »warum fangt ihr Raumschiffe ein? Warum? Warum redet ihr nicht mit uns? Warum muss man euch zwingen?« Er hatte Mühe, überhaupt zu sprechen. Es war seltsam, mit seinem eigenen Ebenbild zu reden, selbst wenn das Glitzern um den Eindringling deutlich machte, dass es eine Art Projektion war. Die Konturen des Fremden waren irgendwie undeutlich, als müsse man sich die Augen reiben, ehe man ihn genau erkennen könne.

Das menschenähnliche Abbild probierte ein Lächeln. Aufgrund mangelnder Übung wurde eine ungewöhnliche Grimasse daraus. »Sprechreden ist eine ... Erzeugung minderer Güte. Nicht notwendig für mich und meine Meinesgleichen.«

»Was ist dann notwendig?«, schrie Tasso, und er spürte, wie ihn schwindelte, wenn er sein Gegenüber zu scharf ansah.

»Nicht ist«, verbesserte der Zweittasso, »war. Ganz vergangen das. War notwendig. Seit vielen Perioden besteht kein Daseinsgrund mehr für dieses Kontinuum.«

Manu wiederholte murmelnd das schöne Wort Daseinsgrund; vielleicht das einzige, was er verstanden hatte. Tasso konnte das Entsetzen des Überlebenden gut verstehen. Kein Grund. Die Schöpfer des Brunnens hatten ihn vergessen? Für all das, was im Brunnen geschehen war, gab es keinen Grund mehr, schon lange nicht mehr?

»Notwendig war Material«, erklärte der unheimliche Gesprächspartner. Es war ihm anzumerken, dass ihm die Worte nur schwer über die virtuellen Lippen kamen. Und er musste um jedes Wort ringen. »Vor vielen Perioden war Material dringend, sehr dringend, und also schufen meine Meinesgleichen diese Tasche in ... in der Raumzeit.«

Der echte Tasso starrte sein Ebenbild an und wusste nicht, was er davon halten sollte. Eine Tasche in der Raumzeit – damit war der Brunnen gemeint, ein Kontinuum neben dem normalen Raum. Das erklärte die unmöglichen Messwerte, dachte Tasso. Die Unendlichkeit des Schachtes, die ihn so verwirrt hatte. Und dieses Wesen, oder seine Seinesgleichen, hatten den Brunnen erschaffen. Um was zu bekommen? Material? »Was für Material?«, fragte Tasso.

Sein Gegenüber machte eine hilflose Geste, eine Marionette, die Hände an langen Fäden herumschwenkte. Keine Chance, den Marionettenspieler zu sehen. »Was für Material. Sprechredendes, denksames, grübelartiges. Damals.«

»Ich verstehe dich nicht«, sagte Tasso verzweifelt und sah aus dem Augenwinkel, wie Manu bleich und bleicher wurde und zurückwich.

»Nicht verstehreden«, erklärte der falsche Tasso sanft, »denkbilden und/oder weltverstehbilden, ganz höchlich.«

Dieses verdammte Wesen redet Kauderwelsch, um mich verrückt zu machen, dachte Tasso und schloss die Augen. Eine grelle Glühlampe ging in seinem Kopf an, und er sah Meerschweinchen. Wuschelige Tierchen, und er fühlte Mitleid mit ihnen. Sie liefen durch ein Tor und wurden von blassen Gestalten mit blutigen Händen eingefangen. Sie wurden gewogen und gemessen und in Treträder gesetzt; dort zerschnitten ihnen rasierklingenscharfe Drähte die Pfoten, während sie rannten und keinen Zentimeter vom Fleck kamen.

»Was habt ihr mit uns gemacht?«, fragte Tasso und schlug die Augen auf. Der Gast war nur noch nebelhaft zu sehen. »Das habt ihr mit uns gemacht? Und mit all den anderen?«

»Notwendig war/ist lassendenken, um weltverstehbilden jetztmöglich zu machen ...« Der falsche Tasso verblich, vielleicht ging seiner Batterie der Saft aus. »Das Sprechreden ist undenkbar undenkend ... » sagte er.

Die Gestalt zerfloss zu Schwärze mit Sternen. Tasso sah ins All hinaus. Tatsächlich. Er starrte auf die Instrumente: Ja. Sie schwebten im freien All. Ein Planet war in der Nähe, den Tasso nie gesehen hatte. Feine, wellenartige Verzerrungen huschten durch das Bild. Irgendwelche Felder störten. Der Brunnen?

Manu machte fragende Geräusche.

»Einer der Erbauer des Brunnens«, sagte der Pilot grimmig. Er griff mit beiden Händen in die Kontrollen, um zu erfahren, was vorgefallen war.

Manu schnatterte fassungslos dahin, er hatte wohl nicht viel verstanden bei diesem schrägen Gespräch.

Tasso lachte leise und bitter. »Sie fangen sich Leute aller möglichen raumfahrenden Spezies zusammen ... und ... verwenden sie. Ja, sie verwenden sie.«

Manu wollte wissen, wozu, das begriff Tasso, auch ohne dass er ein Wort von Manus Sprache verstand.

Tasso ließ die Hände sinken. Der Rechner des Bootes würde den Rest erledigen. Draußen huschten flirrend Verzerrungen vorbei, ließen die Sterne tanzen und den nahen Planeten verschwimmen. Wie sollte er dem armen verwirrten Mann klarmachen, was ihm selbst schleierhaft vorkam?

»Sie lassen denken«, sagte Tasso langsam. »Sie haben keine Rechner. Nicht solche wie wir. Die bauen sich ihre Rechner mit dem, was sie aus den Hirnen der Eingefangenen machen. Sie haben euch gezüchtet, Manu. Euch und die Dreiäugigen und all die anderen. Fleisch, das denkt, das in Maschinen eingespannt wird, um zu denken. Um den Erbauern des Brunnens als Werkzeug zu dienen. Dazu war der Brunnen da: Zucht von denkendem Fleisch. Und später haben sie das Ding vergessen. Weil sie es nicht mehr brauchten.«

Meerschweinchen, die nicht wissen, wozu sie verwendet werden. Und niemand denkt daran, ihnen das mitzuteilen. Es sind ja nur Tiere. Man verwendet sie ... Und wenn man keine Verwendung mehr hat ... Na und, es sind ja nur Tiere.

Ein Objekt erschien, undeutlich und taumelnd, unweit von dem Raumboot, als hätte es ein unsichtbarer Moloch ausgespieen. Der Umriss hatte eine verdammte Ähnlichkeit mit einem Fisch. Einem Knurrhahn, wenn man ein bisschen die Augen zusammenkniff. Tasso wäre jede Wette eingegangen, dass in einer leeren Zentrale drei Skelette in ihren Sitzen lagen und jeweils aus drei toten Augenhöhlen heraus blicklos ins All starrten. Und nahebei schwebte tot und kalt, was offenbar einmal ein Fahrzeug von Utragenorius gewesen war.

Manu stand dort, wo ihn die Angst vor der tassoförmigen Erscheinung hingetrieben hatte. Er betastete die Narbe an seinem Bein und war fassungslos.

Tasso schaute in den Kosmos hinaus, der schwankte und waberte. Dann stutzte er, griff in die Tastaturen. Der Pilot suchte, von Manu stumm beobachtet. Dann nahm er die Hände von den Konsolen. Sein Gesicht war blass. Manu wollte wissen, was los war, legte ihm eine Hand auf die Schulter.

»Sie sind stärker ... Viel weiter als wir ...« Manu schaute ihm fragend in die Augen. »Sieh her«, sagte Tasso, und er zeigte dem armen Manu, der nicht verstand, ein paar Anzeigen und ein ruhig leuchtendes Rechnerschema auf der Bildwand.

»Hier, er hat versucht, den Rechner zu übernehmen, ihn zu kopieren, das Wissen der Menschen abzuschreiben. Und als ihm das nicht gelang, da hat er versucht, alle Speicher zu löschen. Ich weiß nicht, wie viel er zerstört hat. Muss ich herausfinden.« Tasso ging weiter durch die Zahlen und Grafiken, sein Gesicht erbleichte.

»Aus Rache, was weiß ich, hat er uns die Energie gestohlen, die Kraft zur Heimkehr. Vielleicht für seinen eigenen Rückflug ... eher aus reiner Vorsicht.«

Plötzlich brach der Pilot in höhnisches Gelächter aus. Manu presste sich entsetzt an die Wand. Draußen erschien ein weiteres Objekt, das sich taumelnd und drehend entfernte, irgendein kunterbunt schimmerndes Raumfahrzeug.

Manu stieß angstvolle Laute hervor.

»Und trotzdem«, sagte Tasso triumphierend, »haben sie Angst vor uns, erbärmliche Angst, dass wir zurückfliegen könnten zu unseren Leuten und alles berichten. Wir sind ihnen nicht egal. Sie fürchten sich vor uns!«

Und Tasso lachte, lachte und lachte, furchtsam beobachtet von Manu. Die Lichter im Raumboot verdüsterten sich. Die merkwürdigen Verzerrungen im All wurden dünner und dünner, und neben der Scheibe des Planeten leuchteten Artefakte auf, unzählige Raumschiffe in verschiedenen Stadien des Verfalls. Sie bevölkerten den Orbit des Planeten, als hätte jemand seinen Hinterhof ausgefegt und den Müll hier abgeladen. Und so ähnlich war es ja auch. Beherrscht wurde das Bild von einem gigantischen Ding, das im Orbit thronte wie ein zweiter Planet. Es hatte Ähnlichkeit mit einer Wabe; eine titanische Scheibe aus golden leuchtendem Metall, die Tasso Sanderstorm bekannt vorkam. Aus den vielen Zellen eines unfassbaren Leibes strömten hellstrahlende Linien ins All. Tentakel, groß genug, Pingpong mit Raumschiffen zu spielen. Tatsächlich zeigten die erlahmenden Instrumente weitere Schiffe an. Viele Schiffe, die auf der Flucht waren, verfolgt von den Ausgeburten des Dinges, das wie ein überdimensionierter Kerzenstummel den Himmel beherrschte. Und ein verfolgtes Raumfahrzeug nach dem anderen wurde ausgelöscht.

Tasso lachte, konnte einfach nicht aufhören, als das Raumboot einen Anruf durchstellte, als wäre das die normalste Sache von der Welt. Da war ein Gesicht auf einer Bildwand, und die Stimme sprach zu Tasso und dem fassungslosen Manu.

»Sanderstorm! Wie zum Teufel kommen Sie auf dieses Schiff?«

Und eine andere Stimme unterbrach. »Hör auf. Das ist nicht Michael Sanderstorm. Es ist sein Bruder – frage mich nicht, wo er herkommt. Oder wie er in diesen Schwarm aus Schrott geraten ist, der die Umlaufbahnen der Galdäa verstopft. Ich habe keine Ahnung.«

20.

Markus Hataka • In Schwarz gehüllt / lausche ich / Und schaue auf harmlose Art in den Himmel

Sein Herz schlug einen hektischen, unregelmäßigen Takt. Ein Rhythmus, der in einem Musikstück nichts verloren hatte, es sei denn, man wollte das Publikum schockieren. Beinahe wäre Markus Hataka auf den Gedanken gekommen, seine Beteiligung an einer derart haarsträubenden Aktion zu bereuen. Aber das kam nicht in Frage. Dafür sorgte die Basslinie in seinem Unterleib, die aufgeregt pumpte, denn es ging in Richtung Galdäa, wenn auch auf Umwegen. Er hatte sich darum gerissen, hier mitzumachen. Er konnte gar nicht anders. Das tiefblaue Summen wollte jede Menge Stress-Substanzen im Blut, dieses wackelige Gefühl in den Knien und das Ziehen im Bauch. Aufs Klo hätte er vorher noch gehen sollen.

Er stand, den Rücken an eine feuchte Betonwand gepresst, hoch über einem längst aufgegebenen Schwimmbecken, auf einem der ehemaligen Wohntürme, stolz für die Ewigkeit gebaut. Heute gehörte diese Klippe aus Beton, Stahl und Glas zu den einsamen Überbleibseln eines dahingegangenen Bauwahns. Bonnie Wayss, die einige Meter neben ihm stand, hatte die architekturgewordenen Monstren mit einem lapidaren Hinweis darauf abgetan, dass vor fünfzig Jahren Penta V drauf und dran gewesen war, sich in einen hektischen, wimmelnden Ameisenhaufen zu verwandeln. Eine Art Atibon Legba auf planetarer Basis, kurz davor, sich zum Verwaltungszentrum eines riesigen Teils des bewohnten Kosmos zu entwickeln. Erst die Entscheidung, den Planeten komplett als Universitätswelt zu betreiben, hatte den Boom gebrochen. Statt in vertikale Städte zu investieren, bauten die Leute nun lieber Luxushabitate und Produktionsmodule im Orbit oder an den Rändern Atibon Legbas. Die miteinander verbundenen Schwimmbecken da unten gähnten leer, die Sprungbretter waren demontiert, die üppigen Grünpflanzen in bessere Gefilde exiliert.

Markus starrte auf die feindlich grellblau leuchtende Fläche hinunter, die einmal das Becken für fröhlich planschende Menschen gewesen war. Er hatte nichts gegen ein leeres Badebecken, wenn es sich nicht zwanzig Meter unter ihm befand. Dieses spezielle Becken gehörte zu einem gespenstischen Wolkenkratzerduo. Es hatte keinerlei Kontakt zum Boden. Eine mehrere Stockwerke hohe Brücke verband ab dem einundzwanzigsten Geschoss die beiden Türme miteinander, und Teil dieser Brücke war jener Freizeitpark gewesen. Markus Hataka hing zusammen mit Bonnie, Maja Maja und den anderen in einer künstlichen Steilwand. Von hier aus sah er nicht nur das leere Becken, er sah ebenfalls, viele weitere Dutzend Meter darunter, die graue Fläche des Bodens. Den vertrockneten Park. Die Straße, deren rissige Oberfläche ihn auf dem Weg hierher durchgeschüttelt hatte.

Markus fühlte sich durchaus fehl am Platz an diesem Ort, wie ein Alien, das sich verirrt hatte. Er verstand in diesem Moment, warum sich die Dunkelweltmenschen angstvoll aneinander drängten, wenn es sie auf einen fremden Planeten wie Penta verschlug. Er wäre jetzt auch lieber auf Utragenorius verschollen, statt auf diesem Sims zu stehen und aus irrwitziger Höhe herabzuschauen. Wenn da die Saite nicht wäre und ihre unwiderstehlichen Schwingungen.

»Die Luft ist rein«, sagte Bonnie, die keinen Blick für das Unten übrig hatte; sie beobachtete eine Projektion, die – für alle anderen unsichtbar – die Aktivitäten des Überwachungssystems anzeigte. Um in das galdäische Konsulat zu gelangen, waren sie die Feuertreppe des völlig leerstehenden Büroturmes emporgeklettert, durch die Installationsschächte der Brücke gekrochen und an der Fassade des zweiten Turms hochgestiegen. Und immer, wenn Bonnie Wayss es befahl, erstarrte alles.

Schuld daran war nicht der überwältigend militärische Klang ihrer künstlichen Stimme, sondern die Apparaturen, die für die Sicherheit des Komplexes sorgten. Ein Rechner tastete in unregelmäßigen Abständen mal dieses, mal jenes Revier in dem menschenleeren Stadtviertel ab. Wenn sich nichts bewegte, war alles in Ordnung. Also bewegte sich keiner, wenn Bonnie es sagte. Sie trug eine Art von verdrehten Kopfhörern, mit kleinen Stielen, die bis vor ihre Augen reichten und dreidimensionale Bilder unmittelbar auf ihre Netzhaut projizierten. Irgendwie bekam sie mit, was dieser Rechner tat. Markus wollte gar nicht wissen, wie das funktionierte. Ihm taten vom bloßen Zusehen die Augen weh; er hatte solche Geräte ausprobiert und sie sehr anstrengend gefunden.

Bonnies Signal brachte die Truppe in Bewegung; den Sims entlang, um eine Ecke herum, in eine Klappe hinein, die für Reinigungsmaschinen gedacht und entsprechend eng war, eine jämmerlich enge Stiege hinauf und wieder hinaus auf einen Sims. Und wieder eine Front aus spiegelndem Glas entlang. Nicht nach unten sehen. Dies war die Seite des Turms, die in Richtung Stadt wies, und an ihrem Fuß gähnte der Grund des abgelassenen Sees. Hier ging es mehr als zweiundzwanzig Stockwerke tief hinab. Hinunterschauen war nicht ratsam.

Markus hatte Maja Maja gefragt, ob es nicht ein fürchterliches Risiko wäre, einen unerfahrenen und wahrscheinlich nur hinderlichen Musiker wie ihn auf eine solche Mission mitzunehmen, und sie hatte noch breiter gegrinst, als sie es ohnehin immerzu tat.

»Es wäre wahrhaftig ein heilloses Risiko«, hatte sie gemeint, »wenn wir nicht wüssten, dass der Musiker eine gewisse Dosis dienlicher Extras hat, in welchen er noch nicht bewandert ist.«

»Extras?«

Markus Hataka kam sich, wenn er daran dachte, wie ein Gebrauchtwagen vor. Er hatte von Maja Maja ein paar Extras eingebaut bekommen, als er im Heilschlaf lag. Nachträglich mit ein paar zusätzlichen Ausstattungen ausgerüstet, wie um den Wiederverkaufswert zu steigern. Was es war, ahnte er kaum. Klimaanlage? Scheibenbremsen? Satellitennavigation?

Bonnie erstarrte kurz vor dem Ende des Simses und zischte das Zeichen Stillhalten; das hatten sich alle schon ohne Befehl gedacht. Die kleine Truppe erstarrte. Markus wusste, dass ihn irgendein bewegungsempfindlicher Sensor abtastete, und er wusste, dass er das unmöglich spüren konnte, dennoch fühlte er ein körperloses Rascheln über seine Haut fahren. Reine Hysterie, hätte Bonnie gesagt.

»In der ersten Zeitspanne werden Befähigungen wie die deinen lediglich leiblich eingepflanzt«, hatte Maja Maja in ihrem Engambosch-Singsang zu erklären begonnen, und der Musiker hatte voller Staunen und Entsetzen zugehört. Er hätte zu gern gefragt, was genau zum Teufel da mit ihm geschehen war; er fürchtete sich mehr vor der Antwort, als er sich selbst eingestehen wollte.

»In der zweiten Periode zuwachsen die unvermeidlichen Körperbeschädigungen«, trällerte Maja Maja weiter. »In der dritten verknüpft sich dein Leib mit den funkelnagelneuen Einzelheiten und setzt unterdessen phantomhafte Sinneswahrnehmungen in Fortgang, kauzige Irritationen. Die vierte Epoche umfasst das Einüben nie dagewesener Möglichkeiten, und die fünfte bricht eines Tages über dich herein, nach gebührendem Lernen. Plötzlich kannst du es überragen. Äh, meistern. Das geschieht frei von Vorwarnung, geschieht es.«

Markus fand es sinnlos, Zeter und Mordio zu schreien, es war längst zu spät. Das Zeug war mit seinem eigenen Körper verwachsen.

»Welcher Zeitabschnitt ist der gefährlichste?«, wollte er wissen.

»Der Natur entsprechend die fünfte Phase.«

Offenbar befand sich Markus erst im Übergang zur dritten Phase. Er hatte immer wieder die Empfindung, er müsse in seinem Innern einen Schalter umlegen oder den richtigen Griff finden, um Unerhörtes tun zu können. Etwas richtig Tolles. Er hatte nicht die geringste Ahnung, was das sein sollte oder wie er es in Betrieb nehmen konnte. Im Augenblick war er froh, dass er stillhalten konnte. So still, dass der dumme Rechner die menschenförmigen Statuen da oben für einen Teil des Gebäudes hielt. Alle miteinander trugen sie hochgeschlossene Kombinationen aus einem derben Stoff, in den Substanzen eingewebt waren, die Ortungsgeräte und Alarmanlagen täuschen sollten.

Als die Aufmerksamkeit des Wächters sich einer anderen Gegend der Vorstadt zuwandte, rückte Bonnies Truppe weiter vor und schlüpfte in die nächste Luke. Diesmal allerdings hastete man nicht sofort die schmale Leiter hinauf, sondern folgte Bonnie in einen womöglich noch schmaleren Gang, der in einer düsteren ausweglosen Kammer endete. Ein kläglicher, erstickend enger Sarg. Ehe Markus Luft holen und seiner Panik Ausdruck geben konnte, war einer von Bonnies schweigsamen Gefährten vorgetreten und ließ einen merkwürdigen Lichtstrahl über die Wand tanzen. Dieses Licht war gleichzeitig dunkel und grell; es tat in den Augen weh, so intensiv war es. Markus sah voller Verblüffung, dass es die Wand zerschnitt, als sei sie aus Papier. Er hatte von diesem Ding gehört, in einer der reißerischen Sendungen, die auf jenen Kanälen im Netz liefen, die nur Nachtschwärmer und Verrückte sahen. Da war die Rede von den Geheimwaffen der Dunkelwelten gewesen; lauter unglaubwürdiges Zeug über Todesstrahlen und Geistfelder und planetengroße Raumfahrzeuge. Er hatte sich das aus Gründen des Zeitvertreibs angesehen und geglaubt, es handele sich um den üblichen Unsinn, der alle Jahre wieder über Utragenorius berichtet wurde. Das blaue Schwarzlicht war real, und es funktionierte. Bonnie hatte offenbar beste Beziehungen in die weniger offiziellen Bereiche des Handels zwischen Utragenorius und dem Rest der raumfahrenden Menschheit; ein Handel, den es eigentlich gar nicht gab. Markus dachte an die seltsam geformten Waffen, die er bei Bonnie und ihren Leuten gesehen hatte. Womöglich waren sie komplett mit utragenorianischer Ausrüstung versehen. Das Flottenkommando würde kopfstehen, wenn es davon wüsste.

Die Leute von Bonnies Truppe turnten ohne das geringste Zögern durch die Öffnung, aus der jenes helle künstliche Licht strömte, das Markus von Raumfahrzeugen des Flottenkommandos kannte.

Wir sind drin, dachte er. Jemand nahm ihn beim Arm und drängte ihn durch das neu geschnittene Loch. Markus sah sich in einem Gang, dessen antiseptischer Glanz offenbar zum Konsulat gehörte. Milchweiße Wände, an denen alle paar Meter ein abstraktes Gemälde leuchtete. Selbst wenn vor den Augen der Nachglanz des unheimlichen Lichtstrahls tanzte, mit dem diese Leute Wände aufschnitten, Markus erkannte die sauberkeitsfanatische Handschrift des Flottenkommandos. Dies waren Räume, deren Einrichtung von Atibon Legba bezahlt worden war. Unverkennbar.

Weiter ging es, in derselben Hast, nun innerhalb des Gebäudes. Markus hatte ein schlechtes Gewissen, immerhin war dies ein Einbruch, oder mindestens unbefugtes Eindringen. Bonnie Wayss hatte ihm diese Idee auszureden versucht, allerdings blieb es eine Tatsache, dass er ungebeten und unangemeldet hier war, als Fassadenkletterer, und dass Wände aufgeschwarzlichtert wurden. Oder wie man das nennen mochte, was da geschehen war.

»Anders geht es nun mal nicht«, hatte Bonnie gesagt. Sie benötigte keine physischen Dokumente, wenn sie ihre Datenaugen trug; die Dinger ließen den ganzen Kram direkt auf ihrer Netzhaut ablaufen. Dennoch hatte sie nachdrücklich mit den Papieren geraschelt, die vor ihr lagen, lauter Ausdrucke, aus denen hervorging, dass ein Besuch des galdäischen Konsulats nicht zu organisieren sei, dass das Konsulat verlegt worden sei, dass Bauarbeiten einen Besuch derzeit unmöglich machten, dass die Galdani sich jegliche Belästigung verbeten habe, dass man leider keinen Kontakt zum Konsulat hatte herstellen können und – das war das schönste Schreiben – es gebe überhaupt kein galdäisches Konsulat. Das waren alles Ergebnisse von Anfragen im Informationsnetz von Penta V. Selbst wenn man in Betracht zog, dass sämtliche Rechner der

Universitätswelt von den sich selbst reproduzierenden Datenmassen im Netz permanent am Rand des Zusammenbruchs gehalten wurden, war diese Häufung von Unsinn offensichtlich ein Versuch, Neugierige vom galdäischen Konsulat fernzuhalten.

»Ja, freilich«, hatte Markus gesagt, »bitte, ein Einbruch? Bewaffnet? Wo soll das hinführen?« Obwohl der Bass in ihm ja, ja, ja sang.

Bonnie Wayss hatte die fruchtlose Diskussion kurz und knapp beendet. »Im Augenblick ist das Konsulat die einzige Quelle von Informationen, die wir nicht anzapfen können. Und«, hatte sie hinzugefügt und grimmig die Zähne gefletscht, »es ärgert mich bis aufs Blut, wenn jemand versucht, mich derart billig für dumm zu verkaufen.«

Während er zusammen mit dem Rest von Bonnies Stoßtrupp durch die Gänge und Treppenhäuser des Bürohochhauses hastete, musste Markus zugeben, dass es wirklich nicht einfallsreich war, was das Netz auf Anfragen an das Konsulat herausgab. Automatisierter Unsinn. Diese Schreiben wirkten hingeschludert, lustlos. Da war jemand nicht bei der Sache. Oder man hatte sich seit Jahren nicht mehr darum gekümmert, die vorgefertigten dummen Antworten ein wenig aufzufrischen.

Die schwarzgekleidete Truppe baute sich in Windeseile an einer Tür auf, die sich durch nichts von all den anderen Türen unterschied, an denen sie vorbeigehastet waren. Bonnie Wayss konzentrierte sich für eine Sekunde auf das, was ihr in die Augen gestrahlt wurde, und gab ihren Leuten kurze, codierte Instruktionen. Sie wird wissen, warum, dachte Markus und drückte sich, wie es ihm bedeutet wurde, um eine Ecke, hinter der verwirrenderweise haargenau derselbe Gang lag. Zumindest sah er so aus. In den winzigen metallischen Insekten, die jeder im Gehörgang trug und die der Kommunikation dienten, schwirrte der seltsame Abzählreim, den Bonnies Truppe verwendete, wenn es darauf ankam, eine Aktion genau zu synchronisieren. Markus lauschte dem eigenartigen Rhythmus dieses Spruchs nicht zum erstenmal, die Bedeutung der Worte entzog sich ihm jedoch wie ein schlüpfriger Fisch. Genau in dem Moment nämlich, da die geflüsterten Silben kurz davor waren, einen Sinn zu ergeben, waren sie zu Ende.

Eine wattige, schlappe Detonation ertönte, wie eine Tonne nasse Tücher, die aus dem zweiten Stock fallen. Irgendwann würde er dieses Geräusch in ein Musikstück einbauen, dachte Markus, er hatte nur keine Ahnung, wie er diesen Klang aufnehmen sollte. Er würde nicht vollständig sein, er musste dieses dumpfe Grummeln unterhalb des Magens ebenso enthalten wie das scharfe Zischen zwischen den Zähnen der Leute, wenn sie wieder Luft holten nach der Druckwelle, die ihnen den Atem aus den Lungen gepresst hatte. Vielleicht würde dieses Geräusch nur den Konzerten vorbehalten sein, bei denen Markus eine solche Explosion auf der Bühne nachstellen konnte. Konzerte? Was für Konzerte? Er brach hier in ein Konsulat ein und dachte dabei an Musik und an Spezialeffekte auf der Bühne?

Diese Explosion hier, kein Spezialeffekt, hatte eine Öffnung freigelegt, durch die nun alles stürmte. Kaum anzunehmen, dass die Mechanismen dieses Hochhauses einen solchen Hieb übersehen konnten. Irgendwo war jetzt vermutlich irgendein Alarm losgegangen

Bonnie hatte nicht herausfinden können, inwieweit das galdäische Konsulat zu den hochwichtigen oder belanglosen Objekten dieser Stadt gehörte. So oder so war es eine Frage der Zeit, wann jemand auftauchen würde, um nachzuschauen. Die Rechnernetze von Penta V waren weitgehend verstopft und unbrauchbar, aber es war kaum anzunehmen, dass einfache Alarme von den Fluten nutzloser Information aufgehalten wurden.

Markus hatte kaum Gelegenheit, diesen Gedanken nachzugehen. Man zerrte ihn mit hinein in die freigesprengte Öffnung. Der kahle, riesige Raum dahinter passte überhaupt nicht zu den Gängen des Hochhauses. Er wirkte roh, unbearbeitet, nicht bezogen. Als hätten gestern erst die Bauleute das Gebäude verlassen. Die längere Seite dieses Saales war identisch mit der Schmalseite des Hochhauses; die Brücke zum anderen Turm des Zwillingsbaues war von hier aus nicht zu sehen. Markus blickte sich neugierig um. Bonnies Leute schwärmten aus und besetzten die strategischen Punkte; ein bisschen lächerlich in einem solchen Saal. Es wäre Platz gewesen für zweihundert Stühle, um Vorträge zu halten. Mit viel Ellbogenfreiheit. Stattdessen stand ein Dutzend leerer Vitrinen herum, wie man sie für Ausstellungen verwendet. Die Schaukästen wirkten irgendwie anklagend. Als hätte jemand eine Galerie überfallen und sie komplett ausgeraubt, ohne das kleinste Stück zurückzulassen. Markus entdeckte in diesem deprimierenden Raum nur ein einziges, einsames Bild. Es zeigte einen finsteren, rabenschwarz aufragenden Turm. Das Gebäude wirkte fremdartig und gewalttätig, als wolle es die Sonne aufspießen. Es gab niemanden, der solche Bauten errichten konnte; Markus wusste das sofort. Vor dem Turm schwebte nämlich ein winziger Fliegendreck. Ein Landetransporter des Flottenkommandos, genau wie der, mit dem Karolus damals abgeflogen war. Dieser bedrohliche Turm musste unerhört groß sein. Das Raumschiff wirkte neben ihm unbedeutend und staubkorngroß. Konnten die Galdäer solch titanische Bauwerke hochziehen?

Neben einem peinlich aufgeräumten Schreibtisch stand ein hochlehniger Drehsessel. Der Raum sah aus wie ein leergeräumtes Museum und lag im Dämmer, obwohl gleich zwei Wände komplett aus Glas waren, dunkel getöntem Glas. Die Sonnenempfindlichkeit der Galdäer war zu hoch für diesen Planeten. Markus dachte an die Hitze draußen.

»Ich grüße Sie«, sagte Bonnie Wayss, deren Augen irgendwelche Daten durchmusterten, die ihr eingespielt wurden. Markus wunderte sich, mit wem sie sprach, ehe er die leichte Bewegung des einsamen Sessels bemerkte. Da saß jemand. Jemand, dessen schmale Gestalt in dem großen Sitzmöbel kaum auffiel. Markus sah sie, und die blau tönende Saite seiner Seele intonierte einen Triumphmarsch. Eine Galdani.

»Gegrüßt seien Sie mir ebenso«, sagte sie.

Bonnie verbeugte sich knapp. Alle ihre Leute vollzogen dieselbe Bewegung. Markus ahnte, dass unter ihnen Veteranen des galdäischen Krieges sein mussten. Der Bass in seinem Rückenmark spielte dumpfe Melodien.

Die Frau im Sessel war nur auf den ersten Blick unscheinbar. Sie hatte große Augen und blasse Haut, durch die Äderchen hindurchschimmerten. Die winzigen Ohren waren kaum sichtbar unter ihren langen, glatten, dunklen Haaren. Insgesamt fremdartig, nicht hässlich. Sie erinnerte Markus sehr an Jana, so sehr, als wären die beiden Schwestern. Vielleicht waren sie das. Die Galdani legte mit grazilen Bewegungen ihre blassen Hände auf den leeren Schreibtisch. Da war ein Schildchen mit ihrem Namen auf dem Tisch, ein langes kompliziertes Gebilde aus Buchstaben. Markus wusste, dass Namen auf Galdäa eine verzwickte Angelegenheit waren.

»Man ist darauf aufmerksam geworden, dass ich Besuch empfange«, sagte Tara S'Khanayilhkdha Vuvlel T'Arastoydt mit einer Stimme, die nicht ganz von dieser Welt war; Markus erinnerte sich an gewisse

Musikinstrumente, in denen die Obertöne zusätzliche Saiten zum Mitschwingen bringen mussten, um den richtigen schwirrenden Klang zu erzeugen. Jana hatte manchmal ähnlich geklungen, in umnachteten Augenblicken, wenn die Drogen der Photek-Ärzte die Oberhand über ihre Selbstkontrolle gewonnen hatten. Er hatte niemals begriffen, dass sie versuchte, ihre Muttersprache zu benutzen.

»Haben wir Zeit, um miteinander zu reden?«, fragte Bonnie mit einer Stimme, in der überraschenderweise Unsicherheit mitschwang. Wenn man sich erst einmal einhörte, erwies sich das Implantat als erstaunlich vielseitig. Innerhalb gewisser Grenzen.

Tara nickte.

»Nicht sehr viel Zeit«, sagte sie. »Man hat sich auf den Weg hierher gemacht, da bin ich sicher.«

Markus wechselte einen besorgten Blick mit Bonnie Wayss. Offenbar hatte das permanente Chaos im Rechnernetz die Datenaugen nutzlos gemacht; Bonnie klappte die winzigen Projektoren zurück. Keine Hilfe mehr aus dieser Quelle. Die Soldatin nickte zu ihren Leuten hinüber, und zwei von ihnen knieten nieder, öffneten ihr Gepäck und installierten in Windeseile irgendwelche Geräte; vermutlich spürten die Dinger verdächtige Bewegungen auf und warnten Bonnies Truppe. Es würde nicht schaden, einige Augenblicke vorher zu wissen, wann die Wachmannschaften hier hereinstürmten. Eine der beiden dort drüben war Maja Maja, die sich mit empfindlichen Apparaten erwiesenermaßen gut auskannte. Sehr beruhigend, dachte Markus. Eine Engambosch-Dame wacht über uns. Da kann ja nichts schiefgehen.

»Wir kennen uns, denke ich«, sagte Bonnie. Es war eine Feststellung, keine Frage, und Tara machte keinerlei Anstalten zu widersprechen. »Damals gab es ausreichend Gelegenheit, einander kennenzulernen. Hin und wieder. Auf die eine oder andere Weise.«

Tara schwieg.

Zwischen den beiden Frauen vibrierte eine seltsame Spannung; sie starrten einander in die Augen und zuckten mit keiner Wimper. Das war kein kindischer Wettbewerb, wer wem länger in die Pupille blicken kann. Markus spürte zwischen Tara und Bonnie mehr als eine alte Feindschaft. Beide verharrten für Sekunden und lauschten, während sie einander musterten. Es gab hier kein Meeresrauschen, dem man gemeinsam zuhören konnte. Markus zuckte die Achseln. Vermutlich gab es mehr Geschichten über den galdäischen Krieg, als er jemals hören wollte. Merkwürdig fand er den Ausdruck in den Augen der Galdani, undurchdringlich und gefährlich. Als hätte dieser Blick die Macht, in den Kopf eines anderen Menschen hineinzulangen und mit dem, was er vorfand, nach Belieben umzuspringen. Als hätten diese Augen die Macht, tiefer zu blicken als die Augen anderer Menschen.

»Deswegen sind wir nicht hier«, sagte Markus und konnte selbst kaum glauben, dass er dieses ebenso wortlose wie intime Gespräch von zwei ehemaligen Todfeindinnen unterbrach, nur weil in ihm die Glut einer blauen Saite sang. Ihm war es im Grunde genommen herzlich egal, was die beiden miteinander auszumachen hatten, und mochten tausendmal tiefere Bedeutungen in ihrem Dialog mitschwingen. Ihm ging es um Jana. Jana war seine Droge, sein Zielpunkt.

»Wir sind wegen einer alten Freundin von mir hierhergekommen«, sagte er, »wegen einer Galdani, die aus dem Photek-Institut geflohen ist. Dem Photek-Institut auf Penta IV. Und wenn mich nicht alles täuscht, dann ist sie eine Verwandte von Ihnen.«

Taras große Augen ruhten teilnahmslos auf ihm.

»Ihr Name ist – soweit ich einen galdäischen Namen richtig aussprechen kann – Ja'ana K'jonasoidt Hakon T'Arastoydt. Sie ist diesen Photek-Leuten auf der Werkwelt entkommen, irgendwie. Eigentlich kann man solchen Typen nicht weglaufen. Als sie feststellte, dass sie sich nicht auf Penta V befindet, hat sie sich bei mir gemeldet.« Markus hatte kurz mit einem Schwindel zu kämpfen, als er Janas vollständigen Namen sagen musste, ein Anflug eines Rausches.

»Warum bei Ihnen?«, fragte die Galdani.

Markus warf Bonnie einen hilfesuchenden Blick zu; die Soldatin tat, als hätten die Kopfseher sie überanstrengt, und rieb sich gründlich die Augen.

»Ich hatte Jana kennengelernt, als ich in diesem Institut gearbeitet habe. Um Schulden zu tilgen.«

»Schulden?«

»Die Kosten einer Total-Entziehungskur«, gab er zu.

Einige der Leute von Bonnies Truppe warfen Markus verstohlene Blicke zu. Was war dieser Typ? Ein Junkie?

»Entziehung«, sagte Tara. »Ein merkwürdiges Konzept. Jemanden genau von dem Zeug zu entwöhnen, mit dem sich umzubringen er beschlossen hat.«

Markus spürte das Bedürfnis, mit einem oder besser zwei Stöcken auf irgendwelchen Trommeln herumzuhämmern. »Ich habe meinen Partner in diesem galdäischen Krieg verloren«, sagte er steif, »und mir ist danach für Jahre die Kontrolle über mein Leben abhanden gekommen. Bis hin zum Ycorgan, und ich habe es nur knapp überlebt. Ohne Jana wäre ich heute tot.«

Für wenige Sekunden ging eine Bewegung durch die Auswahl-Leute, das Äquivalent eines Raunens.

Markus schaute Tara ins Gesicht. »Jana hat mir geholfen weiterzuleben«, sagte er, »ohne Jana wäre ich längst ausgebrannt. Ich halte viel von ihr. Jetzt befindet sie sich auf dem Weg hierher und ist in Gefahr.«

»Ich weiß«, sagte Tara. »Mir ist bewusst, dass sie in Gefahr schwebt. Das tun wir alle. Jede Sekunde unseres Lebens.«

Taras Augen verrieten nicht, ob sie ahnte, dass Jana sich selbst an die Stelle gesetzt hatte, an der die alte Sucht Hatakas gewesen war. Markus allerdings war sicher, dass sie etwas ahnte. Hörte sie den blauen Ton der gespannten Bass-Saite?

Bonnie holt tief Luft. Das Implantat stellte sonderbare Töne her, wenn sie das tat. Diese Sorte Weisheit war nicht, was sie hören wollte.

Tara lächelte und sprach weiter. »Jana zählt nicht zu meiner Verwandtschaft. Nicht in demselben Sinn, in dem Sie es verstehen. Und sie ist nicht zufällig aus dem Photek-Institut entflohen.«

Markus starrte das ätherische Wesen im Sessel an und drehte sich zu Bonnie um. Die Soldatin grinste über das ganze Gesicht.

»Es ist wieder passiert, nicht wahr?«, fragte sie, und ihre Augen leuchteten in einer merkwürdigen Art von Triumph. Ihre Stimme summte. »Ihr seid uns wieder um Längen voraus, habe ich recht? Wir können euch gar nichts Neues mehr erzählen. Ihr seid längst auf dem Laufenden. Bestens informiert. Bei den Päpsten, bin ich blöde. Womöglich habt ihr ja selbst an einigen von den Fäden gezogen, an denen hier die Puppen tanzen.«

»Mag sein, dass Ihrer Art, die Dinge zu sehen, ein gewisser Vorteil nicht abzusprechen ist«, entgegnete Tara.

»Mag sein«, wiederholte Bonnie und lachte schallend. Das Gelächter war unpassend in dem Museumsambiente des Konsulats. Die maschinellen Schwingungen des Stimmimplantats hallten hart durch den Raum. Bonnie sollte besser nicht lachen, nicht mit diesem Ding in der Kehle.

»Unsere Pläne mögen fein gesponnen sein«, sagte Tara und erhob ihre Stimme ein wenig. »Sie funktionieren genausowenig wie die unserer Gegner. Jedenfalls nicht zur Gänze. Wir haben das von den Schöpfern gelernt; deren Pläne waren genial, aber überschattet von mächtigeren Kräften.«

»Was soll denn das nun wieder heißen?«, sagte Markus heftig; das alles hatte so wenig mit Jana zu tun und war so belanglos. Das Gerede war so neben dem Thema dieser Unterredung, als sitze man stattdessen am Strand von Bahia de Janeiro und lausche den Geräuschen der See. Markus war laut geworden. Er spürte die vorwurfsvollen Blicke der Leute auf sich. Maja Maja sah von ihrem Apparat auf und lächelte ihn an. Es war erstaunlich, wie breit man ein menschliches Gesicht ziehen konnte.

Tara ließ sich nicht aus der Ruhe bringen.

»Pläne gehen niemals vollständig auf«, sagte sie mit einem Tonfall, als würde sie aus einer heiligen Schrift zitieren. »Aus diesem Grunde gibt es immer mehrere davon. Oder mehrere Arten, einen von ihnen zum Ende zu bringen. Das Entscheidende ist, ihn in Gang zu setzen.«

»Es ist entscheidend, den ersten Dominostein anzutippen«, sagte Bonnie, »den einen, der alles andere bewirkt.«

Tara lächelte; es war die erste Regung auf ihrem maskenhaft starren Gesicht. Markus starrte sie an und erinnerte sich an Jana und an den Tag, als er sie zum erstenmal zum Lachen gebracht hatte. Es war nicht einfach gewesen, mitten im Photek-Institut, damals, und Jana hatte schwer unter Drogen gestanden. Sie hatte wirres Zeug über die Schöpfer geredet, immer wieder über die Schöpfer, und sie hatte von den übermächtigen Wesenheiten gesprochen, die den Schöpfern im Nacken gesessen und sie zu all den Unvollkommenheiten der Schöpfung gezwungen hatten, die heute offenbar würden. Eine brauchbare Erklärung für die Schlechtigkeiten der Welt – Gott war beschränkt gewesen bei der Schöpfung, nicht bei sich, abgelenkt.

Markus hatte tagelang Pillen verschwinden lassen. All das Zeug, das sie hatte schlucken sollen. Er hatte den Inhalt von Spritzen durch schlichte Kochsalzlösung ersetzt, immer wieder, weil er einen Widerwillen dagegen hatte, jemandem teure Drogen zu geben, der diesen Weg in den Untergang nicht selbst gewählt hatte. Und genau dieses leise Lächeln war eine vollwertige Belohnung gewesen. Es war dasselbe Lächeln, was er in diesem Augenblick sah. Tara lächelte wie Jana. Markus starrte die Konsulin offenen Mundes an, der Bass summte und brummte in ihm.

»Die Richtung, in die sich der Domino-Effekt entwickelt, können wir nur annähernd voraussagen«, bemerkte Tara. »Es war nicht vorgesehen, dass sich Markus Hataka in diese Gefahr begibt. Es war nicht vorgesehen, eine Werft in rauchende Trümmer zu verwandeln. Und schon gar nicht DIE NEUE WOHLFAHRT.«

Bonnie Wayss trat ein paar Schritte vor und stützte sich mit beiden Händen auf den Schreibtisch. Tara sah ihr ruhig ins Gesicht. Ihre großen dunklen Augen waren vollkommen unbekümmert. Bonnie starrte hinein, und sie war sanft und gespannt. Markus sah, wie winzige Schweißtropfen aus ihren stoppelkurzen grauen Haaren perlten und über die Züge der Soldatin liefen. Das Gerät in ihrer Kehle übersetzte die Anspannung der Soldatin mit einem bedrohlichen, kaum hörbaren Knurren unter all ihren Vokalen.

»Was für eine Teufelei habt ihr vor«, fragte sie, »was habt ihr da angeschoben? Warum überschwemmen eure nutzlosen Daten das Rechnernetz der Universitätswelt?«

Tara hielt dem Starren Bonnies problemlos stand. Es war völlig klar, dass sie in der Lage war, ganz anderen Angriffen standzuhalten. Im Blick der Galdani lag mehr Macht, als sie preisgeben wollte, und Markus spürte, dass Tara sich zurückhielt. »Keine Teufelei«, sagte sie. »Wir wollen diesen Krieg beenden.«

Bonnie tauschte einen verständnislosen Blick mit Markus. Einen Krieg beenden? Den galdäischen, womöglich? War der nicht vor Jahren zu Ende gewesen, als der Weltenkreuzer ARMORICA im Auftrag des Flottenkommandos alles kurz und klein geschossen hatte, was im Entferntesten gefährlich aussah?

»Der Krieg ist vorüber«, sagte Markus.

»Die Galdani mag das anders sehen«, fiel ihm Bonnie ins Wort. Sie starrte die Konsulin an, als wolle sie sie hypnotisieren.

Tara nickte. Bei ihr wirkte die Geste hoheitsvoll; so ähnlich stellte es sich Markus vor, wenn eine Königin ihren Untergebenen zunickte. Ein Einverstandensein, von einer höheren Ebene des Daseins herunter gegeben. Keine Chance, jemals von gleich zu gleich mit jemandem zu sprechen, der einem auf diese Weise zunickte.

Tara neigte hoheitsvoll ihr Haupt und sprach: »Wenn Sie mehr über uns wüssten, als in den armseligen Enzyklopädien dieser Universität über Galdäa und T'Arastoydt steht, dann wäre das kein Problem für Sie. Ein Krieg ist ein Konflikt, der nur auf zwei Weisen beendet werden kann. Entweder die völlige Harmonie der beteiligten Seiten oder die völlige Vernichtung einer der beteiligten Seiten. Am Ende muss die Wiederherstellung der Harmonie obsiegen.«

Maja Maja begann, auf der Konsole ihrer Apparatur herumzuhacken; dort ging irgendetwas vor.

Bonnie achtete nicht darauf.

»Die Harmonie?«, fragte sie. »Die Harmonie der Vernichtung eines Gegners? Ein Massaker, um einen Konflikt zu beenden? Ist es wirklich das, was Sie wollen?«

»Nein«, antwortete die Galdani, »nicht, was wir wollen. Was wir wollen, spielt gar keine Rolle. Ein ungelöster Konflikt muss beendet werden. So oder so. Wir sorgen dafür, dass es zu einem Ende kommt. Wir beschleunigen Prozesse und setzen Dinge in Gang. Wir treten die Maschine in den Hintern, damit sie läuft.«

Bonnie drehte sich zu Markus um. »Verstehst du das?«, fragte sie. »Ich verstehe es nicht. Und dabei habe ich bisher gedacht, ich verstehe diese Leute von Galdäa. Wenigstens ein bisschen.«

Markus schüttelte den Kopf. »Ich habe mich viel mit Jana unterhalten, und was Tara sagt, hat damit zu tun. Zum einen ist T'Arastoydt nur einer von vielen Aspekten von Galdäa; und zum anderen scheint es nur logisch zu sein, was die Konsulin sagt.«

»Logisch? Im Namen der Päpste, logisch?!«

»Sieh doch: Wenn man einen Zwist nicht gütlich beenden kann, dann kann man ihn zumindest erledigen, wenn man eine der verfeindeten Parteien erledigt.«

Bonnie starrte den Musiker wütend an. »Du willst mir nicht ernstlich einreden, die Galdäa hätte der gesamten raumfahrenden Menschheit den Krieg erklärt?«

Markus zuckte die Schultern und schaute direkt in das unbewegte Gesicht der galdäischen Konsulin. »Den Krieg? Nein. Keine Kriegserklärung. Der galdäische Krieg ist nicht beendet. Weder so noch so. Der galdäische Krieg ist ein ungeschlagener Krieg.«

Ein weiteres huldvolles Nicken von Tara; Markus war offensichtlich auf dem richtigen Weg. Bonnie konnte mit dieser Definition eines Krieges naturgemäß weniger anfangen. Sie zischte leise durch ihre zusammengepressten Zähne, als würde die Vorstellung eines rein logischen, kühlen, sachlichen Krieges ihre Instinkte beleidigen. Für einige Sekunden war das Stimm-Implantat außerstande, Bonnies Gedanken in verständliche Worte zu fassen. Markus spürte, wie sich in seinen Erinnerungen einzelne Bemerkungen Janas mit denen Taras zusammenfügten. Das Ergebnis war weit davon entfernt, eine Antwort auf alle offenen Fragen zu liefern.

»Galdäa hat an ein paar Fäden gezogen«, sagte er wie zu sich selbst, »ein paar Anstöße gegeben. Und nun schaut man zu, was dabei herauskommt.«

»Es ist im Grunde genommen richtig, es so zu sehen«, sagte Tara. »Es war ein interessantes Experiment, Jana Hakon aus dem Photek-Institut entkommen zu lassen. War kompliziert, das zu bewerkstelligen. Ein Dominostein. Einer von vielen.«

»Ich dachte, es wäre eine Befreiung gewesen«, sagte Markus verletzt. Es ging ihm gegen den Strich, Janas Flucht als bloßes Experiment zu betrachten.

»Unter anderem, ja«, sagte Tara. »Diese Aktion hat uns eine Menge von Informationen geliefert. Wertvolle Informationen. Ich sollte Ihnen klarmachen, dass Galdäa weder das Flottenkommando noch – Mutter behüte – die Menschheit als Gegner im galdäischen Krieg betrachtet. Über diese naive Sicht der Dinge sind wir seit langem hinaus. Es ist nicht einfach.«

Markus und Bonnie tauschten einen verständnislosen Blick.

»Der Feind ist rätselhafter und raffinierter«, fuhr Tara fort. »Das Photek-Institut ist nur eine seiner Erscheinungsformen. Es gibt andere, und einige von ihnen haben erheblichen Einfluss, zum Beispiel im Flottenkommando. Hinter all diesen Masken steckt derselbe Gegner, und Galdäa hat schon vor einiger Zeit begonnen, ihn zu erkennen. Er hat mit den Schöpfern zu tun. Er berührt unseren innersten Konflikt.«

Maja Maja schaute von ihren Anzeigen auf und räusperte sich laut. »Präsent sind Anhaltspunkte im Hinblick darauf, dass eingesessene Arbeitskräfte in unangenehmer Manier unseres Sicheinfindens innegeworden sind«, sagte sie.

Markus musste sich erst an Maja Majas Redeweise erinnern, ehe er sich selbst dolmetschen konnte, dass irgendjemand bemerkt hatte, was im galdäischen Konsulat vor sich ging. Fragte sich, wer das war und welche Einsatzkräfte derjenige zur Verfügung hatte. Kaum anzunehmen, dass eine Uni eigens Militär unterhielt, um leerstehende Bürohäuser zu bewachen. Vielleicht galt diese Annahme für das galdäische Konsulat nicht; vielleicht waren ganz andere Kräfte am Werk.

»Hinter allen Masken steckt derselbe Gegner«, sagte Bonnie Wayss, mit Gegnern kannte sie sich aus. »Welcher Gegner?«

»Anfangs dachten wir, das Opfer von Irrtümern geworden zu sein«, sagte Tara, »inzwischen glauben wir nicht mehr daran. So viele Irrtümer, so viele Pannen, so viele unwahrscheinliche Zwischenfälle. So merkwürdig wie die Existenz Galdäas selbst.«

Markus und Bonnie warfen einander einen weiteren verständnislosen Blick zu; diese Galdani war offensichtlich nicht bei der Sache. Dass Maja Maja alarmierende Handzeichen in die Luft wedelte, trug nicht zu Bonnies Seelenruhe bei. Sie wollte Tara in ihre Rede fahren; ein warnender Blick des Musikers hielt sie ab.

»Uns ist klar«, sagte Tara, »dass die Menschheit – eure Menschheit – längst daran glaubt, allein im Kosmos zu sein. All die seltsamen vernunftbegabten Lebensformen sind im Ursprung irdisch, ganz gleich, ob Karnesen, Oniskier, Engambosch, Cedar, Dortue, Utragenorius, Offorder und wie sie alle heißen. Die Hzn und das epsilonische Raumschiff lassen wir mal außen vor, die zählen nicht. Nur Galdäa ist anders. Und bis vor kurzem war uns das eine hinreichende Erklärung für den Krieg.«

»Bis vor kurzem?«, fragte Bonnie entgeistert. Die Präsenz der Galdani fegte all ihre Nüchternheit und Abgeklärtheit weg.

»Wir dachten, man habe uns angegriffen, weil wir Nichtmenschen sind«, sagte Tara. »Und heute wissen wir, dass es nicht so ist.«

»Außerordentlich, bemerkenswert, ferner bildschön«, singsangte Maja Maja, »allerdings sind Personen gekommen, die dieser und jener Baulichkeit näher rücken. Sie rücken unerwünscht eilig heran.«

»Galdan und Galdani sind Homo Sapiens? Nicht Galdanthropus, wie die Eierköpfe sie damals genannt haben?«, fragte Bonnie, ohne sich um die Unterbrechung zu kümmern. Sie achtete nicht auf das Gezwitscher ihrer Assistentin. Da Maja Maja von Engambosch stammte, verdross das Benehmen der Chefin sie nicht allzusehr. Markus dagegen wurde unruhig. War es so wichtig, die Abstammung von Galdan und Galdani zu klären? Sollte man nicht dem blau pulsierenden Bass gehorchen, auf Jana zu sprechen kommen und die Möglichkeiten, ihr zu helfen?

»So ist es«, bestätigte Tara. »Die genetische Sequenz ist zu zweiundachtzig Prozent vollkommen identisch.«

»Das ist nicht viel«, entgegnete Bonnie. »Mensch und Schimpanse sind zu über achtundneunzig Prozent genetisch gleich.«

»Die unterschiedlichen achtzehn Prozent der Abfolge von Erbinformation«, fuhr Tara fort, »sind nur minimal verändert. Das meiste betrifft direkte genetische Übernahmen von gewissen einheimischen Lebensformen Galdäas. Sehr geschickt eingefügte Änderungen und Übernahmen, aber deutlich als Einfügungen erkennbar. Rein statistisch betrachtet und mal von den eingefügten Sequenzen abgesehen, haben Galdäer kaum stärker veränderte Erbanlagen als Karnesen.«

Bonnie betrachtete Tara einige Sekunden lang und lächelte grimmig. »Ich vergaß«, sagte sie, »wenn die Galdäer eine auf Galdäa entstandene, eine nichtmenschliche Spezies wären, dann wären die DNS-Sequenzen vollkommen unterschiedlich, abgesehen vielleicht von ein paar Prozent Zufall.«

»Ja, da bleibt aber ...«, wollte Markus unterbrechen; Maja Maja zwitscherte eine leise Warnung. Tara und Bonnie ließen sich nicht stören.

»Willst du damit sagen, dass eure Art künstlich ist? Dass jemand die genetische Struktur der Galdäer konstruiert hat?«

»Unsere Geschichte ist in großen Teilen eine raffiniert erdachte Täuschung. Wir danken den Schöpfern«, entgegnete Tara. »Unsere Antiquitäten sind gefälscht, zumindest alle, die älter sind als etwa zweihundert, dreihundert Jahre. Unsere Sprachen sind alle von ein und derselben antiken irdischen Sprache abgeleitet. Unser Dialekt für den Umgang mit euch Normalmenschen war eine Fiktion. Nichts aus unserer jahrtausendealten Überlieferung ist echt. Die Schöpfer haben viel mehr geschaffen als uns. Sie haben unsere Geschichte, Sprache und Kultur ebenso geschaffen. Nur die jüngere Historie ist authentisch. Unsere Bauwerke sind alle künstlich gealtert. Abgesehen allein vom Galdäa-Turm, auf dessen Spitze man nicht atmen kann, weil er in die dünne Luft der oberen Atmosphäre hinaufragt. Leider sind seine Fundamente mit einer Hochtechnologie errichtet, die nicht von unserem Planeten stammen kann. Nichts stimmt. Das

Echteste an unserer Welt ist dieser Krieg, den wir verloren zu haben scheinen.«

Bonnie klappte mit einem hörbaren Klacken der Zähne ihren Mund zu.

»Und genau das«, schloss Tara, »ist der Grund dafür, dass wir diesen Krieg keinesfalls für beendet halten.«

Markus fühlte sich wie in einem illusionistischen Theater, als hätte man ihn in eines dieser Dramen zum Selbstspielen versetzt, wie man sie auf Oniskus als hohe Kunst zelebrierte. Er war in Omaragan gewesen und hatte im Licht des Blitzmondes an einem solchen Stück teilgenommen. Das war eine umso verwirrendere Erfahrung gewesen, als er in jenen Tagen auf einem langen, destruktiven Trip mit irgendeiner oniskäischen Droge gewesen war. Nein, sagte er sich, du bist nicht auf Ycorgan und anderem schlechten Stoff, du bist hellwach und nüchtern und deine stärksten Drogen der jüngeren Vergangenheit waren Alkohol und Todesangst, abgesehen von Musik. Das ist starker Stoff. Eine Welt samt ihren Bewohnern synthetisch geschaffen? Das war ein Kunststück, wie man es dem Oktogon zutrauen würde, den verschollenenen Technologien der verfluchten Acht. Der Bass sang ein sehnsuchtsvolles Lied und wollte zu Jana.

Bonnie wandte ihren Blick von der Konsulin ab und sah Markus in die Augen. Da war Verwirrung und Ratlosigkeit und Durcheinander. Die Soldatin brauchte Hilfe. Taras Worte hatten ihrem Weltbild ein Bein abgesägt, und sie hatte schwer zu tun, das schwankende Gebilde unter Kontrolle zu halten.

»Wo sind diese Wachleute jetzt?«, fragte er laut.

»Drunten in genau diesem Anwesen, unterhalb unserer Stellung, und sie rücken an in Richtung oben, hierher«, sagte Maja Maja. Die Anspannung in ihrer Stimme war durch das Auf und Ab der Silben hörbar. Markus warf ihr einen raschen Blick zu. Die Engambosch hielt sich gut; die Geräte standen unter ihrer konzentrierten Beobachtung.

»Nun gut«, sagte der Musiker und drehte sich zu Tara um. Die Konsulin betrachtete ihn eingehend, und ihm kam es so vor, als glitzere in ihren Augen Belustigung. »Wir sind eigentlich wegen Jana hergekommen«, sagte Markus Hataka, getrieben von der schwingenden Saite, »und über sie haben wir kein Wort gesprochen. Keine Idee, wie man ihr helfen kann.«

Tara sah ihn an. Ihr blasses Gesicht zeigte keine Regung. Aber Markus war sicher, dass sie davon wusste, wie Jana als unstillbare Sehnsucht in ihm blau pulsierte.

»Wir haben nichts von Jana gehört«, sagte Markus, »seit sie von Bonnie auf Die Neue Wohlfahrt versteckt worden ist. Die Neue Wohlfahrt ist inzwischen ein qualmendes Wrack.«

»Ganz so schlimm ist es nicht«, sagte Tara, »wir haben Kontakt mit der Werft. Jana hat in dem Durcheinander das Artefakt verlassen. Sie ist nicht mehr dort.«

»Gut«, sagte Markus und berührte Bonnie an der Schulter, als wollte er sie trösten. Jana hatte sich in Sicherheit gebracht. Die erste gute Nachricht heute, und dafür hatte es sich gelohnt, über all diese Leitern zu klettern und über all diese Simse zu schleichen.

»Wo ist sie jetzt?«, wollte Markus wissen.

Tara zuckte die Schultern. »Wir haben eine leider unvollständige Nachricht von Die Neue Wohlfahrt erhalten«, sagte sie, »von jemandem, der um unser Interesse an Jana weiß, uns jedoch nicht so weit über den Weg traut, dass er uns alles sagen würde. Jana war auf einem der Raumschiffe, die während des Zwischenfalls aus der Nähe der Werft geflohen sind.«

»Wer hat diese Nachricht übermittelt?«, fragte Bonnie; sie erwachte aus ihrer Erstarrung.

»Ein Karnese«, erwiderte Tara. »Er hat sein Bestes gegeben, um seine Identität geheimzuhalten, ein paar intelligente Tricks mit dem Netz und den Rechnern, nett gemeint, nicht gut genug für uns. Nun ja, er ist ein Karnese. Sein Name ist Kaddok, und er war auf der Werft in einer nicht unbedeutenden Position. Das macht uns sicher, dass Jana tatsächlich in Sicherheit ist. Für den Augenblick.«

Bonnie wandte sich zu Markus um. »Wir müssen Kaddok finden. Er weiß, auf welchem Schiff Jana ist.«

»Eigentlich ist es Jana, die wir finden wollen«, entgegnete Markus. Finden müssen, schrie die tiefe Melodie in seinen Innereien.

Tara neigte zustimmend ihr Haupt.

Maja Maja begann halblaut Entfernungsangaben vor sich hin zu murmeln, Zahlen, die ständig kleiner wurden. Wer da auch immer kommen mochte, er kam beharrlich näher. Plötzlich erhob Maja Maja ihre Stimme. »Da harmonieren Sachlage und Vorhersage keineswegs«, rief sie. »Ich bekomme eine Menge Signale herein, eine vergleichsweise beträchtliche Unmenge! Beeindruckend reichlicher als erwünscht. Da schleicht sich eine Streitmacht an, und vermutlich bärenstark gewappnet.«

»Es wäre besser, diesen Ort nun zu verlassen«, sagte Tara. »Am besten auf dem vorbereiteten Weg, über das Dach und mit dem Gleiter, der dort seit Tagen verborgen liegt.«

Markus sah überrascht zu Bonnie; die ursprüngliche Idee war gewesen, genauso klammheimlich zu verschwinden, wie man gekommen war. Plan B hatte auf einem Aufzug für Notfälle beruht, der von den oberen Geschossen erdbebensicher direkt in die Fundamente führte. Von weiteren Varianten, hier wegzukommen, wusste er nichts.

Bonnie sah seinen erstaunten Gesichtsausdruck und grinste freudlos. »Man muss sich für alle Eventualitäten vorbereiten«, sagte sie. Ihre Stimme schwankte, als wäre das Implantat nicht sicher, wie es arbeiten solle. Bonnie war überrascht, dass die Konsulin vom Versteck auf dem Dach wusste. Sie klappte die Kopfseher vor ihre Augen, obwohl es jetzt sicherlich so wenig Daten gab wie vor wenigen Minuten.

Später warf Bonnie sich das vor. Diese Sekunden des Zögerns hätten das Desaster verursacht, meinte sie. Das war natürlich Unsinn, ein paar Sekunden machten in diesem Fall überhaupt keinen Unterschied. Niemand hatte wissen können, dass zum Schutz des Konsulats keine normalen Polizeikräfte von Penta V anrücken würden, sondern eine hochgerüstete, gutausgebildete Spezialeinheit, deren bloße Existenz vom Flottenkommando gerne abgestritten wurde.

Die fremden Personen verschwanden aus dem Raum wie ablaufendes Wasser, und Tara lehnte sich wieder in den Sessel zurück, ganz allein, so wie sie es gewohnt war. Niemand hatte versucht, sich zu verabschieden. Nur der Musiker, gebeutelt von einer unstillbaren Sehnsucht, hatte gezögert, hatte den Anblick der Galdani länger genießen wollen, und war hinausgezerrt worden.

Einige leerstehende Stockwerke über den Räumen des galdäischen Konsulats bekamen Bonnies Leute zum ersten Mal einen der Angreifer zu Gesicht. Der Mann war in einen spiegelnden Strampelanzug gehüllt und hechtete aus der aufgesprengten Tür eines Treppenschachtes in die Deckung einer Säule. Viel zu schnell, um Einzelheiten zu erkennen. Bonnie wusste, woran sie war. Sie erkannte die Art und Weise, in der sich der Fremdling bewegte, sie erkannte seine High-Tech-Ausrüstung, und es hätte des wütenden Insekts nicht bedurft, das sich in eine Wand bohrte und tastende Fühler aus seiner winzigen Höhle aus Beton herausstreckte.

»Die haben uns die Auswahl auf den Hals geschickt«, sagte Bonnie leise in den Knopf an ihrem Hals, der Nachrichten direkt in die Gehörgänge ihrer Truppe schickte. Überall dort, wo sich wieder eines dieser metallischen Kerbtiere in Beton oder Stahl einnistete, war nun ein Auge und ein Ohr der Auswahl.

Durch Bonnies Leute ging ein Ruck, als habe man sie unter Strom gesetzt. Markus sah von einem zum anderen, und in den ruhigen Gesichtern sah er eine besonders finstere Art von Hass. Diese Leute würden sich lieber in Stücke hauen lassen, als ihren Frieden mit der Auswahl machen. Ein Konflikt, der nur auf zwei Weisen beendet werden kann: entweder die völlige Harmonie der beteiligten Seiten, oder die völlige Vernichtung einer der beteiligten Seiten. Bonnie justierte ihre winzigen Projektoren neu, um sie als Hilfsgeräte beim Zielen zu verwenden.

Maja Maja stieß Markus an, legte ihre Hand auf seinen Arm und nickte ihm zu, als sie seinen erstaunten Blick sah.

»Bedauerlicherweise müssen wir die Angelegenheit nun durchschlagend aufpulvern«, sagte sie, »wenngleich du bis jetzt nicht ganz fertig bist für die vierte Etappe oder womöglich die fünfte.«

Markus verstand im ersten Moment nicht, was sie meinte; das war gar nicht notwendig. Maja Maja hatte mit ihren Geräten einen Impuls gesendet. Einen Impuls, der allein für Markus bestimmt war. In seinem Kopf passierte etwas. Ein warmes pulsierendes Gefühl sickerte zwischen den Ohren nach unten. Es war wie tausend winzige Pfoten auf und unter der Haut, ein ebenso wohliges wie grausiges Gefühl, war Markus ihm doch so wehrlos ausgeliefert, als wäre er festgebunden. Das Prickeln rann ihm den Rücken hinab und breitete sich im Leib, in den Armen und Beinen aus wie heißes Wachs auf bloßer Haut. Es füllte die Augen aus, stieß über die Zunge vor und tropfte in jede Falte. Quecksilber in seinen Adern, und er spürte, dass es jedes Organ und jeden Knochen umspülte und tief eindrang. Ein merkwürdiges Gefühl, eine Art von Schmerz, und kurz danach war es weich, wattig und auf eine unbestimmbare Art beruhigend. Es konnte Markus nichts wirklich Schlimmes widerfahren, wenn er diese Schicht unsichtbaren Panzers zwischen sich und der Welt spürte.

Dann wurde es ernst zwischen den silbergewandeten Auswahl-Leuten und den ehemaligen Auswahl-Leuten in Bonnies kleiner Streitmacht. Die folgenden Minuten verschwammen in einem Tohuwabohu aus Rennen, Springen und Klettern, einem wirren Traum aus Schießen und In-Deckung-gehen. Markus rannte, sprang und kletterte mit, als hätte er sich sein Leben lang bewegt wie eine Zeichentrick-Figur. Das war dieses neue Zeug in ihm. Es war wie der Trip auf einer sauberen, starken, stromlinienförmigen Droge. Mit Ycorgan und seinen verheerenden Verzerrungen der Zeit hatte das nichts gemein. Die Bewegungen und Sprünge und Aktionen gewannen eine poetische Qualität, jede Abfolge war wie die Zeile eines Gedichtes. Nichts davon erinnerte an die Qualen des Ycorgan, und dennoch wusste Markus, dass sein Zeitgefühl und seine Wahrnehmung nur auf eine andere Art durcheinander gebracht worden waren, als es das Ycorgan getan hatte. Die Melodie des Basses strömte durch seine Knochen. Ein starker Wille zupfte an unsichtbaren Fäden, die seine Hände und Füße steuerten; derselbe Wille hatte Herz und Leib und Lungen unter Kontrolle, vom Gehirn ganz zu schweigen. Markus beobachtete amüsiert, was er da tat, als ginge es ihn nichts an. Die fernen Finger des zerstörerischen Oktogons hatten ihn berührt. Er fühlte sich wie eine der sagenhaften Waffen der verfluchten Acht, wie ein zu kriegerischen Zwecken umgemodeltes Menschenwesen, mehr Kampftier als Mensch. In dem merkwürdig umnebelten und klarsichtigen Zustand, in dem er sich befand, störte ihn dieser Gedanke nicht im Geringsten.

Irgendwann war die Waffe in seine Hand geraten, und er schoss damit. Die Ziele sprangen ihm ins Auge. Es waren die Sensoren der künstlichen Gliederfüßer, die jede Bewegung an die Auswahl weitermeldeten. Markus hatte keine Ahnung, ob ihm dieses Wissen zusammen mit jenem samtigwarmen Gefühl eingeträufelt worden war oder ob Maja Maja es ihm gesagt hatte. Die Sensoren waren gefährlich, wenn sie lauschten und sahen und spürten und rochen. Markus stanzte sie mit genauen Schüssen aus der Realität heraus. Zurück blieben Löcher, nicht einfach zerfetzte Wunden im Beton oder sanftrot nachglühende Mulden im massiven Stahl der Träger. Es blieben leere Stellen in der Wirklichkeit. Markus erledigte mit jedem der kleinen Spione ein kleines Stück des Universums. Das war ein Rausch und ein Alptraum zugleich. Richtige Poeten hätten ein paar Zeilen über diese Durchbrüche ins Nichts zu schreiben gehabt. Markus war kein Poet, nur Musiker, und sein Instrument war im Augenblick ein feuerspeiendes Stück Technik. Seine Waffe, mit traumwandlerischer Sicherheit ausgerichtet, entsandte eine geballte Portion von Energie, und während ein Teil seiner Aufmerksamkeit das nächste Ziel anvisierte, verfolgte der Rest den Weg des Geschosses. Markus wusste, dass es nur Bruchteile von Zehntelsekunden dauern konnte, bis sein Schuss traf, und dennoch konnte er ihn beobachten. Das flirrende Päckchen aus der Mündung seiner Waffe strebte dem verräterischen Metallinsekt zu, als gleite es auf einem gespannten Draht entlang. Kurz ehe es einschlug, sah Markus das dem Untergang geweihte halbintelligente Maschinchen, eingegraben in seinen plötzlich nutzlosen Schutz. Die Glut des Geschosses riss für einen kurzen Moment funkelnde Fühler und einen winzigen Metallkörper aus dem Dunkel. Dann kam die Energie der Waffe an, und einige Kubikzentimeter der Wirklichkeit verwandelten sich in einen kleinen Feuerball, um dann zu verblassen und ein Loch zu hinterlassen. Zahllose Splitter und Fetzen zerstörter Bauteile flogen um jedes Loch herum.

Markus fürchtete sich vor diesen Löchern.

Alles andere nahm er wahr, am Rande. Die eilige Flucht durch Flure hindurch und Treppen hinauf, die knochenharte Fahrt in einem umprogrammierten Aufzug, der hinauf statt hinunter raste, rüttelnd und stampfend. Der Auswahl-Soldat, dessen silbriger Anzug in einem dumpfen Rot erblühte, während die Wucht des Treffers seinen Körper durch eine Wand hämmerte; und wieder eine bedrohliche Öffnung, aus der heraus das Nichts blickte. Das Kreischen des Stahls, den fehlgegangene Salven zersägten. Das kurze, erbitterte Feuergefecht auf dem Dach des Hochhauses, wo die dort postierten Leute vom Angriff Bonnies völlig überrascht wurden. Die belustigte Überraschung, als Markus entdeckte, dass die kleinen metallenen Insekten sich verwandelt hatten und versuchten zurückzuschießen. Der Geruch von erhitztem Metall und rauchendem Kunststoff. Weitere schadhafte Stellen in der Wirklichkeit. Splitter aus glühendem Beton, die durch die Luft summten. Spöttische Gedanken an die Schöpfer, denen ihr Produkt wohl ebenso aus den Händen geglitten war. Bewusstsein, das ein Leben, an ihm vorbeihuschend, bloß registrierte, ohne wirklich teilzunehmen. Der Gleiter, dessen Luken einladend offenstanden. Die mit silbrigen Visieren vermummten Köpfe der gegnerischen Truppe, die plötzlich am Rand des Daches auftauchten. Das heisere Gebell irgendeiner neuen Waffe, die man im Innern des Gebäudes nicht eingesetzt hatte.

Und Maja Maja, wie diese Waffe sie auf dem Dach traf, von vorne, mitten durch die Brust. Der Aufschlag riss die Eingeweide aus ihrer Leibeshöhle heraus, und ihr Gesicht lächelte immer noch, während ein Nebel aus Körperflüssigkeiten und zerfetzten Organen hinter ihr wie eine schreckliche Blume erblühte, rot und weiß und in anderen fürchterlichen Farben, vermischt mit den Fetzen ihres Anzugs. Markus sah erstaunt auf den Körper der Engambosch-Frau, der für kurze Zeit aufrecht stand, von der Gewohnheit und der Langsamkeit der Zeit gehalten. Maja Maja bestand aus einem dieser Löcher in der Wirklichkeit, einer klaffenden Wunde in der Welt, und Markus spürte Angst davor, dass es noch mehr solcher Öffnungen geben könnte. Er hatte Angst, das Universum könnte in ein solches Leck hineinfallen und abhanden kommen.

Dann brach Maja Maja zusammen. Die Reste ihres Leibes gaben der Schwerkraft nach. Hinter ihr regneten Blut und zermalmte Körpersubstanz herab. Harte Treffer gegen die Hülle des Gleiters ließen Markus mit den Zähnen klappern, und das Jaulen der Maschinen fräste sich durch seinen Schädel, einen Sekundenbruchteil bevor das Fluggerät startete. Das Dach und die Überreste der Engambosch sackten weg wie in einer Falltür. Die Welt begann zu verschwinden, vielleicht in einem dieser Löcher, die er selbst in sie hineingeschossen hatte. Markus sah in den Himmel über Penta V, eine grausam blaue Kuppel. Schwarz breitete sich in seinen Gedanken aus, und er spürte das Dröhnen der See in den Ohren, erinnerte sich an die Worte der galdäischen Konsulin, und er starrte keineswegs auf harmlose Art in den Himmel, als die Vibration des Basses blau durch sein Inneres glitt. Markus fürchtete sich sehr, als er unter dem Andruck des startenden Gleiters das Bewusstsein verlor.

21.

Das Tefelburger Protokoll

IN SACHEN GALDÄAFORSCHUNG, 03.06.1713 N.L., PROTOKOLLANT: TEFELBURG

Zwischen den Forschungskoordinatoren der Universität von Penta V, dem Flottenkommando, der Terminalobservationsbehörde und der Zentralen Ökonomie Atibon Legba sind die mit der Entdeckung der humanoiden Zivilisation (subatomare Phase) auf dem Planeten Galdäa im Zusammenhang stehenden Probleme besprochen worden, wobei es zu folgenden übereinstimmenden Ansichten kam, die mit der Festlegung in diesem Protokoll zu für die weitere Arbeit verbindlichen Grundlagenpositionen erklärt werden.

Die Forschungskoordination von Penta V (Universität, Historisch-Soziologische Sektion) untersucht die gesellschaftlichen Strukturen auf Galdäa mit der Zielsetzung, dem Flottenkommando und der Terminalobservationsbehörde Richtlinien zur schnellstmöglichen Optimaleinwirkung zu geben. Die Forschungsmittel regeln sich in Vereinbarung mit der Zentralen Ökonomie A. L. nach den Maßgaben der operativen Dringlichkeit.

Die Terminalobservationsbehörde stationiert in Zusammenarbeit mit dem Flottenkommando eine ausreichende Zahl Terminals mit allen Zusatzleistungen, um die gesellschaftlichen Strukturen Galdäas möglichst rasch unter Kontrolle bekommen zu können.

Das Flottenkommando beginnt schnellstens mit dem Ausbau einer Basis der Klasse IV auf Galdäa, da die letzten Ereignisse den Planeten zu einem strategisch wichtigen Punkt machen.

(Zusatz vom 01.08.1714: Da der Ausbau der Südlichen Trasse seit 01.07. d. J. absoluten Vorrang hat – lt. Anordnung Atibon Legba –, ist die Basis auf Galdäa auf Klasse II aufzustocken und ihr Bau mit höchster Priorität zu behandeln, weil Galdäa eine Relaisstation erster Ordnung auf der Südlichen Trasse werden wird.)

Die Zentrale Ökonomie A. L. stellt den beteiligten Institutionen zusätzliche Mittel, die nach dieser Vereinbarung notwendig werden, entsprechend den festgelegten Prioritäten zur Verfügung.

Die Oberhoheit des Projektes liegt bis zur Fertigstellung der Station beim Flottenkommando, das von der Forschungskoordination beraten wird und sich innerhalb des von der Zentralen Ökonomie gegebenen Rahmens bewegt.

Unterschriften: (unleserlich)

22.

Jana Hakon • Eclipse

Es war erstaunlich, wie unkompliziert ein gesperrter Planet erreichbar war, wenn jemand an den richtigen Fäden zog. Vor vielen Jahren war man übereingekommen, dass Penta V für immer und ewig die Universitätswelt bleiben sollte. Ein ganzer Planet ohne Geld und Militär und wirtschaftliche Zwänge, bezahlt von all den Welten, die Leute dorthin schicken durften. Das funktionierte wunderbar, aber offensichtlich hatte das System gewisse Lücken. Als die Sebafell sich für den heimtückischen Überfall bereit machte, war von einer planetenumspannenden Verteidigung nichts zu spüren. Das Schiff marschierte problemlos durch die Sicherheitszonen. Mit den richtigen Codes und Passworten war das ganze System von Penta V kaum mehr wert als ein Blatt Papier.

Jana Hakon – von allen auf diesem Schiff für Veruca Salt gehalten – fand diese Tatsache beunruhigend. K'jonasoidt wies mit der ihr eigenen nüchternen Faktenhuberei darauf hin, dass Janas Anwesenheit viel schlimmer war. Ja'ana spürte etwas ganz Ähnliches, und T'Arastoydt zeterte, eine Galdani im Vollbesitz ihrer Kräfte wäe niemals an Bord dieses Unternehmens gegangen. Die Spaltung ihres Ichs in seine Aspekte begann sie in gefährliche Situationen zu bringen. Wieso begann?, meinte K'jonasoidt. Ist das nicht ein Dauerzustand, seit wir einen Tanz über Autodächer hinweg aufgeführt haben?

Als der Transporter mit dem Einsatzkommando ablegte, das Mikko persönlich ausgesucht hatte, war Veruca Salt natürlich mit an Bord. So viel Einfluss auf Mikko hatte sie längst. Leider hatte sie nicht genug Einfluss, um dafür zu sorgen, dass Ari auf der Sebafell zurückblieb. Der geschwärzte Mann war ihr ein wenig unheimlich geworden. Sie wagte es in seiner Gegenwart kaum, Jana Hakon zu konsultieren, und sie verzichtete darauf, Ja'ana K'jonasoidt Hakon T'Arastoydt zu werden, wenn Ari in der Nähe war. Sie spürte, dass sie sich besser nicht erkühnen sollte, Ari bei Mikko auszustechen. Zwischen den beiden schwelten die Reste einer Beziehung, deren Natur ihr verschlossen blieb.

Veruca Salt hatte einen ehrenvollen Platz im Transporter bekommen, direkt neben Mikko. Hinter ihr saß Ari. Sie spürte seinen Blick im Nacken. Mikko saß unmittelbar am Fenster, das in Wirklichkeit gar keines war. Das Bullauge war eine Projektionsfläche, die täuschend echt wiedergab, was draußen vorging. Mikko war nie in ein Raumfahrzeug hineingelangt, das Bullaugen besessen hatte. Diese Illusion eines echten Blicks hinaus wäre vollkommen gewesen, hätten nicht alle paar Sekunden leichte Störungen den klaren Weltraum weggewischt und durch den elektronischen Schnee ersetzt, der so typisch war für billige Software.

Mikko ging mit einem Achselzucken darüber hinweg, rückte näher an Veruca Salt heran und legte seinen Arm um sie. Ihm bedeutete reibungslos funktionierende Technik nicht viel. Er war es gewöhnt, das Zeug reparieren zu müssen. Die Fenster eines Raumfahrzeugs als Statussymbole zu betrachten, kam ihm nicht in den Sinn. Ihm reichte es, seine Hand wie zufällig über die Brust der neben ihm sitzenden hübschen Frau legen zu können. Er hatte keine Ahnung davon, dass wirklich bedeutenden Leuten echte Bullaugen zustanden, teure und aufwändige Löcher in der Außenhaut eines Raumfahrzeugs, verschlossen mit kostspieligen und fünfschichtigen Scheiben aus bestem Monokristallinquarz. Er lachte über die milchweißen Störungen in seinem getürkten Weltraumfenster, weit entfernt vom Snobismus wirklich reicher Leute, denen nach jedem Flug die äußere Scheibe ihres Fensterplatzes ausgetauscht werden musste, damit die Kratzer der Mikrometeoriten und die Schlieren der thermischen Belastung ihnen nicht den Blick trübten. Jana wusste das, und sie fand es irgendwie nett, dass Mikko sich um solchen Quatsch nicht eine Sekunde lang kümmerte.

Der kleine kräftige Mann war energiegeladen und gutgelaunt. Er staunte aus seinem Pseudo-Bullauge und zeigte Veruca Salt begeistert den phantastischen Farbeffekt, als das Licht des Zentralgestirns sich in der Atmosphäre der Universitätswelt brach und einen kristallklaren Regenbogen aufglühen ließ. Alles war gedämpft genug, um Jana Hakon nicht zu schmerzhaften Korrekturen ihrer Sehkraft zu zwingen. Sie war in letzter Zeit empfindlicher geworden, was grelles Licht betraf. Wahrscheinlich hatten sich ihre Augen an das Halbdunkel der SEBAFELL gewöhnt und daran, nicht gegen die unangenehm helle Sonne kämpfen zu müssen. Die Bilder dieses billigen Surrogats taten ihr nicht weh.

»So was Schönes sieht man selten«, sagte Mikko und knabberte aufgekratzt an Verucas Hals. So viel Aufregung wirkte sich direkt auf seine Libido aus. Sein Großhirn nahm die Ausfälle der Bullaugenbildwand kaum wahr. Die Aussicht auf Kampf und Sieg und reichliche Belohnung vernebelte Mikko den Blick. Er hielt Veruca Salts rechte Brust fest in seinem Griff und massierte vorsichtig ihre Spitze. Sie hatte ihn glauben lassen, dass sie das mochte.

Veruca Salt blieb vorsichtig. Sie wusste Ari direkt hinter sich, und Ari war seit ihrem letzten Gespräch betont reserviert. Vorsichtig, als ob er ihr zuviel von seinem Inneren offenbart hätte. Und vielleicht stimmte das ja. Der kampferprobte, dunkel gefärbte Haudegen hatte die Truppe sorgsam ausgerüstet, und er hatte Veruca Salt nicht vergessen. Er hatte mit seinen langen schwarzen Fingern jedes Waffenhalfter überprüft, jedes Magazin getestet, jeden Kondensatriden durchgemessen und jedes Visier geprüft, ob es wirklich auf die Augen des Schützen abgestimmt war. Alle Ausrüstungsgegenstände waren durch seine Hände gegangen. Ari war ein gründlicher Mensch.

Das Raumfahrzeug feuerte einen mächtigen Bremsimpuls gegen seine Flugrichtung und ging in einen nervenzerfetzenden Sinkflug, den man besser als kontrollierten Absturz bezeichnet hätte. Auch das hatte Ari erklärt: Man wollte den Gegner überraschen, deswegen landete der Transporter nicht auf die gewohnte Art und Weise, sondern fiel praktisch vom Himmel wie ein Stein. Im Morgengrauen wolle man über dem Zielobjekt sein wie der Habicht über den Hühnern, hatte er gesagt. Jana war sicher, dass weder Ari noch Mikko noch die anderen jemals ein Huhn oder gar einen Habicht leibhaftig gesehen hatten. Sie selbst ebenfalls nicht. Sie verfügte über die Datenbanken K'jonasoidts, und die lieferten ihr prompt Ansichten und Skelette dieser Vögel, samt der kompletten Ethologie und Makroökologie, nebst Klangbeispielen der Geräusche, die jene Tiere angeblich von sich gegeben hatten.

Manchmal war so viel Wissen wirklich hinderlich. Vor allem, wenn völlig überflüssige Informationen dabei auftauchten wie die, dass eine solche Angriffsstrategie schon in den Zeiten des Oktogons bekannt gewesen war. Die verfluchten Acht hatten auf diese Weise manchen Gegner ausgeschaltet, immer streng in geordneter Formation vom Himmel herabstoßend. Sie hatten nur zerstört, nicht gefressen wie die Habichte in den uralten Dateien von der alten Erde.

Das Fressen und Gefressenwerden war in diesem Augenblick nicht das Problem Veruca Salts; ihr Problem war Mikko und sein kleiner Privatkrieg gegen Bonnie Wayss, nicht zu vergessen die nackten und stinkreichen Auftraggeber dieses Angriffs. Und die stille, bedrohliche Gegenwart Aris. Sie war sich in jeder Sekunde dieses Mannes bewusst. Er beobachtete sie und Mikko, da war sie sicher. Er sah, wie Mikko sie umarmte, und er sah, wie Mikko an ihrem Ohrläppchen knabberte, er sah es ganz genau, und er sah sicherlich klar und deutlich, wie Mikko die Hand von Veruca Salt ergriff und sie sich in den Schritt legte. Nun ja, wenn man die allgemein anerkannte Braut des Chefs war, brachte das gewisse Verpflichtungen mit sich.

Während der Transporter zur Landung ansetzte, rieb Veruca Salt durch den groben Stoff hindurch Mikkos Erregung. Natürlich gefiel diese Art von Landeanflug ihm außerordentlich. Veruca Salt konnte den Gedanken nicht loswerden, dass Ari viel lieber sich selbst auf dem Platz neben Mikko gesehen hätte, und seine eigene schwarze Hand in dem warmen Raum zwischen Mikkos stämmigen Schenkeln. Im Kopf des Geschwärzten mochten seltsame Gedanken kreisen, und sie hätte zu gern mehr gewusst. Zu gefährlich, ausgerechnet an Ari auszuprobieren, ob sie beherrschte, was die Schwestern sie gelehrt hatten. Nicht auszudenken, wenn man Veruca Salt als Hexe enttarnte, die mit Blicken den Willen anderer unterjochen konnte.

Der Transporter verdunkelte die Lichter und setzte zur Landung an, ein magenumstülpender Sinkflug. Die falschen Bullaugen wurden abgeschaltet, der Rechner benötigte jedes bisschen Energie für die Abschirmung der Passagierkabine. Ohne die wäre alles zu klebrigem, blutwarmem Brei zerquetscht worden. Man hielt die Luft an, und Veruca Salt hörte für ein paar Sekunden auf, an Mikko zu reiben. Er wollte diese Aktion wohl kaum mit nassen Flecken in seinen Unterhosen durchziehen. Sekunden später knirschte es unter dem Rumpf des Raumfahrzeugs. Baumwipfel flogen vorbei und verwandelten sich unter der Wucht des Aufpralls in feine Späne. Die Luken öffneten sich automatisch in exakt derselben Zehntelsekunde, in der das Fahrzeug mitten im Wald zum Stehen kam.

Mikko wischte die Hand Veruca Salts von seinem Unterleib, griff nach seiner Waffe und sprang als erster aus der nächstbesten Luke heraus. Er war heiß genug. Niemand wunderte sich darüber, dass sich seine Erektion deutlich durch den Stoff seiner Montur abzeichnete.

Veruca Salt blieb eine oder zwei Sekunden lang wie gelähmt sitzen, ehe sie sich den nach draußen drängenden Leuten anschloss. Unter normalen Umständen hätte eine Galdani in ihrer Lage die Luken von innen verriegelt und wäre mit einem Notstart in die Sicherheit der Umlaufbahn entkommen. Jana schüttelte den Kopf und stand auf, so wie es Veruca Salt wollte. Sie war eine der letzten, die den Transporter verließen. Ja'ana zeterte, das alles könne kein gutes Ende nehmen. K'jonasoidt stellte sachliche Berechnungen an, nach denen Jana Hakon in ernsthafter Gefahr schwebte und besser nicht da hinaus gehen solle. Lass uns da raus gehen und kämpfen, meinte T'Arastoydt.

Draußen roch es nach der unnachahmlichen Frische natürlicher Luft, die nichts mit dem zu tun hatte, was aus den Wiederaufbereitungsanlagen eines Raumschiffs herauskam. Es roch außerdem nach brennendem Holz, denn ein Teil der Bäume um die Landungsstelle hatte beim Niedergang des Flugkörpers Feuer gefangen. Dünner Rauch rankte sich um den Rumpf des Transporters wie Morgennebel. Aus den Luken fiel schwaches Licht, so gelb wie der kleine Mond, dessen Schimmer nicht der Rede wert war.

»Hundertachtzig Sekunden«, sagte Ari und ließ martialisch die Verschlüsse seiner Waffe klacken. Drei Minuten, hatten die Strategen ausgerechnet, würden vergehen, ehe die Truppe dort in den still daliegenden Gebäuden merken würde, was los war. Drei Minuten lang konnten die unsichtbaren Helfershelfer und Auftraggeber jeden darüber täuschen, dass da ein Transporter voller schwerbewaffneter Leute vom Himmel gefallen war. Länger nicht.

Zeit genug, hatten Mikko und Ari beschlossen, um den ehemaligen Fliegerklub zu überrennen und seine Insassen zu Paaren zu treiben. Veruca Salt hatte sich gehütet, den beiden zu verraten, dass man es mit Auswahl-Leuten zu tun haben würde. Mit der Truppe von Bonnie Wayss, und die war sicherlich alles andere als ein leichtes Opfer.

Ari stürmte voran, sein monströses Geschütz quer vor der Brust. Natürlich war das zu einem gewissen Teil reines Imponiergehabe. Jana konnte nicht umhin, die enorme Kraft des alten Mannes zu bewundern. Mit seinen bloßen schwarzen Schultern und dem stahlblau schimmernden Schießprügel wirkte er wie die fleischgewordene Rechnersimulation eines apokalyptischen Kriegers. Das von dem fahlen Minimond kaum aufgehellte Dämmerlicht des Morgengrauens ließ ihn größer erscheinen, als er ohnehin schon war. Janas Augen hatten keinerlei Mühe, seine Gestalt in der Finsternis auszumachen.

Jana Hakon folgte den Unterdeckmannschaften, die sich in einer wilden Hatz auf die Gebäude zu bewegten. Dort sah alles leer und verlassen aus, doch das konnte nur zu leicht täuschen. Leider hatte Jana keine Möglichkeit, sich unauffällig zu verdrücken. Man hatte ihr einen Werfer in die Hand gedrückt und Waffengurte umgeschnallt, und neben ihr liefen obendrein zwei oder drei Typen, die von Mikko offensichtlich zu dem Zweck abgeordnet waren, seine Veruca Salt zu beschützen. Wirklich rührend. Und störend. Das waren keine Waschlappen.

Jana aktivierte die Kontrolle T'Arastoydts und beschleunigte; ihre Beschützer hielten problemlos Schritt. Die Päpste mochten wissen, was für ausgebuffte Drogen in ihrem Blut unterwegs waren. Gemeinsam setzten sie über Unebenheiten und überholten einen Söldner nach dem anderen. Janas Gedanken waren während dieser kritischen Sekunden nicht ganz bei der Sache. Sie grübelte, wieso die Goldene Bruderschaft ausgerechnet einen solchen Haufen ausgewählt hatte, den Störfaktor im Fliegerklub auszuschalten. Sollten die superreichen Goldmaden wirklich nichts Besseres für all ihr Geld bekommen können? Oder war die Erosion des weltenumspannenden Rechnernetzes so weit vorangeschritten, dass der goldene Typ seine wirklichen Kämpfer nicht alarmieren konnte? Oder sollten Mikkos Unterdeckleute mit voller Absicht in eine Falle laufen und von haushoch überlegenen Auswahltypen zusammengeschossen werden? In jedem Fall musste sie so rasch wie möglich hier weg. Die hundertachtzig Sekunden mussten bald vorüber sein.

Wenige Meter vor ihr – Veruca Salt hatte samt ihrer Begleitmannschaft fast alle anderen überholt – brachte Ari sein Ungetüm von einer Kanone in Anschlag, ohne langsamer zu werden. Es gab keinen Mündungsblitz, nur ein grelles, flirrendes Licht, das aus dem Lauf seiner Waffe hinüber zu den dunklen Gebäuden sprang und das trügerische Licht des langsam heraufziehenden Sonnenaufgangs zerriss. Es leuchtete sekundenlang in den überraschten Augen Jana

Hakons nach wie eine schmerzende Wunde. Das Glühen sickerte in die Wand hinein, breitete sich in der Substanz der Mauer aus wie Tinte in Löschpapier. Dann verwandelte sich ebendiese Substanz in eine formlose Masse herumfliegender Staubkörnchen. Das dumpfe Ächzen zerfetzten Metalls und Gesteins war das erste wirklich laute Geräusch bei diesem Angriff, zählte man nicht die Schritte mit und das Klappern der Ausrüstung oder das gelegentliche leise Klirren von Waffen, die aneinander schlugen. Durch die finstere Wolke stürmte Ari hindurch, als wäre das nicht eben noch eine stabile Mauer gewesen.

Wie ein Gespenst, dachte Jana, ehe ihre Füße sie selbst ebenso durch das Gebilde trugen. Die Zerstörung der Wand war so schnell erfolgt, dass die winzigen Trümmerteile für Sekunden die alte Form beizubehalten suchten, sozusagen aus Gewohnheit. Erst allmählich drifteten die vergesslichen Bröckchen auseinander, und jeder Lufthauch trieb sie weiter zu unförmigen Wolken. Mikko lief hindurch, Veruca Salt samt ihrer Leibgarde lief hindurch, die ganze Unterdeckmannschaft lief durch diese verschwimmende Mauer. Jeder einzelne von ihnen verursachte Wirbel und Schlieren in der Luft. Als alle drinnen waren, sah das Gebilde so aus, wie es richtig war; nur eine Menge Staub in der Luft. Massive Substanz, die sich so schnell in Staub verwandelte, dass ihre Form länger überdauerte als ihr Inhalt? Was war das für eine Waffe? Dunkelwelt-Technik? Trieben Mikkos Leute insgeheim Handel mit den Dunkelwelten? Oder hatten sie irgendwo ein Relikt des Oktogons gefunden, irgendeine teuflische Waffe der für immer geächteten Acht?

K'jonasoidt meldete sich und berichtete, dass sie in den Datenbanken ihres enormen Gedächtnisses nichts gefunden habe, das zu dieser merkwürdigen Waffe passen wollte. Ari hatte ein Ding, zu neu oder zu geheim, um in den Archiven des Flottenkommandos aufzutauchen, die K'jonasoidt gespeichert hatte. Eine Neuheit der Goldenen? Oder die Gabe einer ganz anderen Macht? K'jonasoidt vermerkte teilnahmslos die Fragen und ihre Wiederholungen und gab keine Antwort.

Das Innere des alten Fliegerklubs war so finster, als habe sich der Mond verdunkelt. Man konnte buchstäblich die Hand nicht vor den Augen sehen; nicht einmal die galdäische Sehkraft Jana Hakons konnte hier weiterhelfen. Mit den kleinen Ortungsgeräten allerdings, die einige trugen, war diese grabesschwarze Finsternis so bunt wie ein Reiseprospekt. Die Dinger waren eine Art von verdrehten Kopfhörern, mit kleinen Stielen, die bis vor die Augen reichten und Bilder unmittelbar auf die Netzhaut strahlten. Natürlich hatte Veruca Salt eines bekommen. Sie hatte als erstes die Intensität der Bilder aufs Minimum heruntergeregelt. Die kleinen Projektoren lieferten ihr nun gestochen scharfe Bilder von einer komplett leeren Halle. Beinah hätte sie gelacht. Nichts als vier lange Wände und eine Menge glatter Fußboden. Hatte Bonnie die Goldenen und Mikkos Mannen genarrt? Waren sie auf einer falschen Fährte?

»Dort«, sagte Ari und schwenkte das unheimliche Ding in seinen Händen herum. Es zeigte auf eine merkwürdige Spur. Jana Hakon entschlüsselte erst nach einigen Sekunden, was das war. Die Kopfseher setzten das Bild aus den Daten zusammen, die Infrarotsensoren und Ultraschallabtaster lieferten, und was da so geisterhaft grünlich leuchtete, war der Rest einer ganz bestimmten Wärmestrahlung. Hier war jemand gewesen. Und er war nicht lange genug fort, um die Spur seiner Körperwärme erkalten zu lassen. Fast konnte man die Konturen seiner Gestalt ahnen. Der Rest des Hangars war leer; schwache Restspuren klebten verblassend an den Türen, die links und rechts in andere Gebäude führten.

Mikko und Ari erkannten im selben Augenblick, dass dieser Klub nicht unbedingt so leer und verlassen sein musste, wie er ausgesehen hatte. Ein gezischter Befehl von Ari, der über winzige Empfänger in alle Ohren übertragen wurde. Männer stürmten mit gezückten Waffen durch Türen. Blendladungen, in dunkle Räume geworfen, schickten gleißendes Zehntelsekundenlicht durch den Komplex. Ein lautloses Gewitter durchzuckte Janas Gesichtsfeld, und das Licht überlagerte sich merkwürdig mit den Signalen der Kopfseher. Ganz verschiedene Räume wurden ihr da gezeigt, erst im unverhofft aufflammenden Weiß der Blendgranaten, dann wieder in den kunterbunten Falschfarben der Ultraschallortung.

Zusammen mit ihrer Leibgarde ging sie Mikko hinterher. Eine höfliche Faust an ihrem Oberarm hatte sie daran gehindert vorauszugehen. Veruca Salt ließ sich das natürlich gefallen; Jana Hakon zitterte vor Sorge um Bonnie. Was, wenn irgendetwas schief gegangen war und Bonnie ernsthaft Probleme bekam? Ja'ana K'jonasoidt Hakon T'Arastoydt hätte sich der lästigen Beschützer in Sekundenschnelle entledigen können – aber wohin sollte sie gehen, wenn es keine Spur von Bonnie gab? Mikko hielt sich sowieso zurück. Bei derartigen Operationen verließ er sich auf die Erfahrungen des geschwärzten Freundes.

Jana spürte, wie ihre Leibgarde zusammenzuckte. Erst danach begriff sie, dass jemand geschossen hatte. Irgendeine Waffe, die unter großer Lärmentfaltung Projektile gegen das Ziel schickte. Alte Technologie, zugegeben, eine Technologie, die durchaus wirksam und tödlich sein konnte. K'jonasoidt durchsuchte in rasender Geschwindigkeit ihre Daten und stellte fest, welcher Typ Schnellfeuergewehr benutzt worden war; eine archaische, zuverlässige Waffe, deren Geschosse beim Aufprall explodierten. Hatten die Unterdeckleute der SEBAFELL tatsächlich Bonnies Auswahl-Truppe aufgespürt? Veruca Salt verfluchte Mikko und seine Leibgarde, die verhinderte, dass sie mehr erfuhr.

Jemand schoss zurück, mit einer ganz ähnlichen Waffe, und das nachfolgende Gefecht war irgendwie falsch. Der Klang stimmte nicht. Jana konnte nicht daran glauben, dass derart professionelle Typen wie die in Bonnies kleiner Streitmacht sich so einfach erwischen ließen. Und außerdem klang der Schußwechsel seltsam. Nicht weil sich das scharfe Zischen von Energiewerfern in den Donner der Feuerwaffen mischte, sondern weil all diese Geräusche gleichzeitig, wenn auch mit unterschiedlicher Lautstärke, aus zwei Richtungen zu hören waren – aus den beiden Richtungen, in die Mikkos Leute gestürmt waren. Die ersten Schmerzensschreie ertönten.

Oje, dachte Jana und hielt inne; beinahe wäre sie dem Lärm nachgegangen. Mikko und Ari hatten endlich ebenfalls begriffen, was vor sich ging, und schrien Befehle, das Feuer einzustellen. Es dauerte eine Weile, die Kampfhähne zur Ruhe zu bringen. Jeder wollte den letzten Schuss haben, und in ihrem Eifer begriffen die Leute nur im Schneckentempo, dass sie auf ihre eigenen Kameraden schossen. Zwei der vorgestoßenen Trupps hielten einander für den Feind. Und der schoss zurück. Langsam pirschte man sich an den Ort des Geschehens heran, und als man endlich dort war, gingen die Lichter in dem alten Fliegerklub an. Irgendwo hatte jemand einen Hauptschalter gefunden und umgelegt. Jana klappte die Kopfseher zur Seite; die Projektionen des Gerätes mischten sich unerträglich bunt mit der Wirklichkeit.

Im harten Licht der ehemaligen Flugzeugwerkstatt bot sich ein wenig erfreuliches Bild. Jana korrigierte hastig die Einstellung ihrer Sehkraft. Einige Gestalten lagen herum, schlimm zugerichtet, Opfer ihrer eigenen Truppe. Einer der Männer war mausetot, ihm fehlte ein großer Teil des Oberkörpers einschließlich des Herzens, herausgebrannt von einer Energiewaffe. Um andere Opfer kümmerten sich dieselben Typen, die auf sie gefeuert hatten. Jemand stöhnte vor Schmerzen. Hektisch wurde mit medizinischer Ausrüstung hantiert.

Veruca Salt schaute sich um. Der alte Fliegerklub hatte entweder einen merkwürdigen Architekten oder war das Ergebnis von jahrzehntelanger Erweiterung; eine Kette von vielfach miteinander verbundenen Gebäuden. Das hatte zu dem Desaster geführt – das und die ägyptische Finsternis im Inneren des Baus. Dabei musste doch inzwischen die Sonne so gut wie aufgegangen sein, nicht zufällig hatte man die frühen Morgenstunden für den Angriff ausgewählt.

Jana warf einen Blick hinauf zu den Oberlichtern der Halle. Da waren Fenster. Das Glas war mit einer dicken Schicht schwarzer Farbe zugestrichen. Das Zeug sah frisch aus. Du hast es gewusst, Bonnie, dachte Jana. Du hast vorausgesehen, auf was für Ideen Mikko kommen würde. Und es sollte mich wundern, wenn es in diesem Gemäuer irgendwelche Hinweise geben sollte, die zu dir führen.

In der ehemaligen Werkstatt hatte jemand eine Ecke wohnlich hergerichtet. Unter wohnlich verstand dieser Jemand eine Vielzahl von flauschigen Teppichen, auf denen ein paar Möbel und eine Menge von Apparaten verteilt waren. Ein plüschiger Gefechtsstand. Kabel schlängelten sich über den Fußboden; sie führten nirgendwo hin. Verwaiste Stecker und Anschlüsse lagen vor leeren Regalen, in denen vor kurzem zusammengeschaltete Rechner gestapelt gewesen sein mussten. Die zurückgelassenen Geräte sahen nicht sonderlich funktionsfähig aus. Ein paar Tastaturen lagen herum, aus Kabelsammlern hingen struppige Bündel, und wie zum Hohn hatte ein Witzbold mehrere Festspeicher an die Wand genagelt. Eine reichlich rabiate Methode, Daten unwiederbringlich zu zerstören. Der Anblick wirkte wie eine Mahnung, weitere Nachforschungen besser bleiben zu lassen. Das einzige wirklich neuwertige Teil in diesem Stillleben eines eiligen Auszugs war ein Halfter, das wie achtlos hingeworfen über eine Stuhllehne hing. Es hatte einmal eine seltsam geformte

Waffe enthalten. Eine wie eine Pflanze geformte, organische Waffe. Bonnie hatte so eine getragen. Veruca Salt sah schnell woandershin.

Ari stapfte quer durch den Raum auf Mikko zu und baute sich vor ihm auf, die monströse Waffe quer vor seiner nackten, dunklen Brust. Im erbarmungslosen Licht der Halle wirkte er zwar weniger heldisch, aber immer noch beeindruckend.

»Unser Zielobjekt ist offenbar ausgeflogen«, sagte er.

»Das Zielobjekt«, entgegnete Mikko, »ist offenbar ein ganzes Stück schlauer, als wir dachten. Und viel intelligenter, als unsere Auftraggeber ihm zugetraut haben.«

Ari zuckte die Schultern und verzichtete auf eine Erwiderung.

»Wie viele haben wir verloren?«, fragte Mikko leise. Er war kaum zu hören. Allein seine Präsenz sorgte dafür, dass Ruhe war, wenn er sprach. Der schwarze Mann warf einen Blick auf die Leute, die sich um den Verletzten bemühten. Das laute Stöhnen war verstummt.

»Robby Merkin, Kopfschuss«, sagte Ari. »Jonathan Sorrel und Tichina Arnold. Daniel Gerrard ist in einen Laser geraten. Ob Tonio Gaudio die Sache überlebt, ist unklar.«

»Irgendein Hinweis auf den Gegner?«, fragte Mikko. Seine stechend blauen Augen waren starr auf Ari gerichtet, seine Stimme leise und scharf; vielleicht war es an der Zeit, einen Schuldigen für das Desaster ausfindig zu machen. Ari begriff das und fühlte sich nicht sonderlich wohl in dieser Rolle.

»Nun, wenn du diesen Feuerwechsel meinst ...«, sagte Ari.

Mikko unterbrach ihn. »Irgendein Hinweis auf den Gegner?«, wiederholte er seine Frage.

Ari starrte in die blauen Augen seines Ex-Freundes und wirkte zum ersten Mal, seit Veruca Salt ihn kannte, wirklich verunsichert. Der schroffe Tonfall Mikkos war wohl nicht der Grund dafür; eher das, was Ari in den Augen seines Chefs entdeckt hatte. Das überirdisch blaue Leuchten darin hatte sich verfinstert.

»Der Gegner hat diesen Ort vor kurzer Zeit verlassen«, sagte Ari, »einige Stunden, höchstens ein halber Tag. Eher weniger.«

»Und wer hat da auf uns geschossen? Wer hat Robby erledigt und Jonathan und Tichina und Daniel? Wer ist das gewesen?« Mikko war sehr gleichmütig, als er diese Fragen stellte.

Ari schwieg einige quälend stille Sekunden lang und sagte dann: »Das waren wir wohl selbst.«

Kein Laut in der Halle. Die Leute starrten Ari an, bis auf die drei, die sich um den schwerverletzten Tonio Gaudio bemühten.

»Großartig«, sagte Mikko. »Ganz große Klasse. Das waren wir wohl selbst. Eine prima Antwort. Genau das, was ich hören wollte.«

Ari entgegnete nichts. Er stand nur da und schaute Mikko ins Gesicht. Seine dunklen Hände lagen auf der Waffe, die an breiten ledernen Gurten um seinen Hals hing. Da war kein Trotz in seiner Haltung, und nicht das geringste Schuldbewusstsein. Das erbarmungslos helle Licht aus den Jupiterlampen des Fliegerklubs ließ die Waffe glitzern wie ein überdimensioniertes Schmuckstück.

»Vier unserer Leute sind umgekommen, weil alles aufeinander gefeuert hat«, sagte Mikko, »keine Spur von Planung oder Übersicht. Keine Führung. Das pure Durcheinander. Ich frage mich, wo deine ganzen Erfahrungen geblieben sind. Früher warst du doch nicht so ein militärischer Volltrottel. Ich kann mich an Zeiten erinnern, da hättest du dich totgelacht über so etwas.«

Ari betrachtete den langen Lauf seiner Waffe. Er sagte nichts.

»Der Ari, den ich kenne«, sagte Mikko, »hätte einen Plan der Anlage besessen. Einen detaillierten Plan. Er hätte seine Leute nicht blindlings ineinander laufen lassen. Er hätte seine Waffen sinnvoller eingesetzt, erst recht, wenn er eine nagelneue Technologie wie die da besessen hätte.«

Mikko deutete mit einem Nicken zu dem ungefügen Ding vor Aris Brust. Je länger Veruca Salt dieses Gerät sah, desto unheimlicher kam es ihr vor. Unbekannt, bedrohlich, verdächtig.

»Das war es dann«, sagte jemand in einem Winkel der Halle, Instrumente klackten, irgendwelche kleinen Geräte schalteten sich summend ab. »Das Gewebe war zu tief kauterisiert. Da war nichts mehr zu machen. Du warst ein guter Kamerad, Tonio.«

Eine Hand strich über das erstarrte Gesicht und versuchte vergeblich, die weit aufgerissenen Augen des Toten zu schließen. Die Leiche starrte teilnahmslos zur Decke. Keine Reaktion, als der Finger den Augapfel versehentlich berührte. Jemand stand auf und schickte einen dunklen, anklagenden Blick herüber.

»Er ist tot.«

Der Blick des Mannes war nicht auf Mikko gerichtet. Der Adressat dieses unausgesprochenen Vorwurfs war Ari.

Mikko holte tief Luft. Jana beobachtete ihn besorgt. Sie hatte das bedrohliche Gefühl, in den nächsten Sekunden einen Neuen kennenzulernen. Jemanden, der weder mit Mikko-dem-Macho noch mit Mikko-dem-Kumpel viel gemeinsam hatte, von Mikko-im-Bett ganz zu schweigen. Einen anderen Mikko. Einen, bei dem die blauen Augen kalt und tödlich glitzern konnten.

»Tonio Gaudio ist tot«, sagte Mikko. »Ich kannte ihn seit vielen Jahren. Beinah so lange wie dich, Ari. Wir haben einen vollkommen leeren Gebäudekomplex angegriffen und fünf Leute verloren. Ein wirklich bemerkenswertes Ergebnis. Es wäre lächerlich, wenn nicht da hinten die Kadaver unserer Freunde lägen.«

Seine Stimme war kalt.

In Aris Augen leuchtete Verzweiflung; er wusste nur zu genau, mit welchem der verschiedenen Mikkos er es zu tun hatte. Kein Wunder, er war wohl der einzige hier, der Mikko besser kannte als Veruca Salt. Vielleicht hatte er diesen speziellen Mann irgendwo und irgendwann bereits gesehen. Vielleicht kannte er Mikko-den-anderen, und er hatte eine bodenlose Angst vor ihm. Jana spürte ein Gefühl wie Mitleid. Die Schöpfer selbst mochten derart überrascht und hilflos gewesen sein, als sie feststellten, dass ihre Schöpfung so wenig mit dem zu tun hatte, was sie beabsichtigt hatten.

»Man hat mir gesagt, wo unsere Gegner sein werden«, sagte Ari. »Ganz genau. Und den Weg hierher hat man mir beschrieben. Bis ins letzte Detail. Alles hat gestimmt. Alles. Nur waren die Zielobjekte nicht dort, wo sie hätten sein sollen. Es hat nicht gestimmt. Und das kann eigentlich nicht sein.«

Mikko musterte seinen alten Gefährten. Jana Hakon zuckte zurück, als sie in sein Gesicht blickte. Es war Mikko-der-andere, den sie da sah, und sie kannte diesen Mann nicht. Sie wollte ihn nicht kennenlernen, nicht für Geld und gute Worte. Niemals.

»Wer hat dir das gesagt?«, wollte Mikko wissen.

Ari schaute wieder auf seine Waffe hinunter, als wäre die Antwort auf das matte Metall geschrieben. Er versuchte, dort zu lesen; seine Augen trafen nur auf Metall, teilnahmslos und perfekt.

»Ich verstehe«, sagte Mikko-der-andere kalt. »Sie haben dir dieses Dings da gegeben. Dir alle Einzelheiten für diesen Einsatz übermittelt. Ein kleines perfektes Szenario. Und du hast ihnen voll und ganz vertraut. Was für ein Idiot. Wie kannst du nur so ein Idiot sein. Diesen Leuten darf man niemals vertrauen. Niemals.«

Ari war plötzlich den Tränen nahe.

»Alles andere hat doch gestimmt«, sagte er. »All die Jahre hat immer alles gestimmt. Niemals haben sie mich belogen. Ich verstehe das nicht. Wieso dieses Mal ...«

Mikko atmete tief durch. Er war jetzt vollends in jenen anderen Mikko geschlüpft, einen Mikko, den Jana nicht einschätzen konnte. K'jonasoidt war hilflos und versuchte – was selten genug vorkam – mit Ja'ana zusammen herauszufinden, was der neue unbekannte Mikko wohl als nächstes tun würde; und T'Arastoydt war wie immer in heiklen Lagen dafür, den Ort des Geschehens möglichst rasch hinter sich zu bringen. Wie immer erfolglos.

Mikko-der-Rätselhafte richtete seine Aufmerksamkeit auf Ari wie den Kegel eines unsichtbaren Scheinwerfers. Alle machten, dass sie aus dem Lichtkreis dieses Blicks kamen – rund um und hinter Ari bildete sich ein leerer Raum, aus dem Unterdeckleute mit kleinen Schritten herausgerückt waren. Mikkos Blick wurde ätzend, eine himmelblaue, kochende Säure.

»Was ich jetzt wirklich wissen möchte«, sagte er deutlich und in der Lautstärke einer Plauderei, »was ich nur zu gern erfahren würde: Seit wann? Seit wann hängst du an ihren Fäden wie eine Marionette? Seit wann betrügst du mich? Seit wann rede ich mit den Goldenen, wenn ich glaube, mit Ari zu reden?«

Das Wort war gefallen und lag greifbar zwischen ihnen. Ein Hindernis, das keiner der beiden überspringen konnte. Veruca Salt war verwirrt, und K'jonasoidt kam ihr zu Hilfe. Ari hatte mit den Goldenen gemeinsame Sache gemacht, hinter Mikkos Rücken, und Mikko fand das unverzeihlich. Gut und schön, bemerkte Ja'ana dazu, aber was für ein Chaos der Emotionen mochte das wohl im Geist eines so zerrissenen Menschen wie Mikko auslösen?

Ari starrte einige Sekunden auf das Metall seiner Waffe, dann zuckte er die Schultern. »Es war ein Abkommen für Notfälle«, sagte er. »Zu Anfang jedenfalls. Eine Rückversicherung. Und irgendwann wurde mehr daraus. Etwas anderes.«

»Verrat«, stellte Mikko-der-andere fest.

Ari schickte ihm einen empörten Blick, wagte nicht zu widersprechen.

»Ein Abkommen für Notfälle. Sehr schön«, sagte Mikko. »Wir hatten einmal Freunde. Robby Merkin, Jonathan Sorrel, Tichina Arnold, Daniel Gerrard, Tonio Gaudio. Die waren in deinem Abkommen nicht berücksichtigt worden. Vermutlich wir alle nicht. Oder gab es da noch was anderes?"

Aris Augen huschten voller Sorge von einem Gesicht zum anderen; was er da sah, machte ihm seine Angst nicht leichter.

»Seit wann? Gab es in deinem Abkommen spezielle Passagen für spezielle Freunde? Seit wann?«, wollte Mikko wissen. Er war ganz ruhig und entspannt, und dennoch verströmte er eine Aura von Bedrohung und Gewalt. Ari spürte die Verwandlung in Mikko-den-Rätselhaften, und er hätte die Antwort auf diese Frage gern umgangen. Das ging nicht. Diese blauen Augen hielten ihn gefangen. Diese Augen, und die vielen Erinnerungen darin.

»Ich habe immer gedacht, ich ...«, setzte Ari an.

Mikko unterbrach ihn sofort. »Seit wann?«

Der große, mit Chemie künstlich geschwärzte Mann blickte den viel kleineren Rothaarigen verzweifelt an. Er merkte es vermutlich selber nicht: Seine Finger wanderten in einem eiligen Rhythmus den Lauf der Waffe hinauf und hinunter. »Sieben Jahre. Fast acht«, gab Ari zu und sagte hastig: »Lass mich dir doch erklären ...«

Mikko hatte ganz offensichtlich nicht die geringste Lust, sich von Ari irgendetwas erklären zu lassen. Veruca Salt trat vor und ergriff seine Hand, ohne dass er Notiz von ihr nahm. Mikko rechnete nach, und das Ergebnis gefiel ihm nicht. Ganz und gar nicht. Das Blau seiner Augen verdunkelte sich ein weiteres Mal.

»Ich hoffe«, sagte er, »deine Berichte hatten wenigstens einen gewissen Unterhaltungswert. Ich hatte damals für ein oder zwei Dutzend Monate die Illusion, jemanden gefunden zu haben, dem ich vertrauen konnte. Dem ich voll und ganz vertrauen konnte. Zum ersten Mal in meinem Leben. Und heute stellt sich heraus, dass du die ganze Zeit über nur ein Söldner der goldenen Maden gewesen bist.«

In Aris Augen leuchtete nun die reine Panik. »Ich schwöre dir«, sagte er, »das alles hat nichts mit dir und mir zu tun. Überhaupt nichts.«

»Tut mir leid«, entgegnete Mikko, »das geht nicht. Das eine kannst du nicht trennen vom anderen. Funktioniert nicht. Du kannst nicht den Maden dienen und zugleich in meinem Bett liegen. Das geht nicht. Das geht nicht gut, denn du kannst nicht zwei zugleich bumsen. Nicht, wenn ich einer von den beiden bin.«

Veruca Salt sah hinab auf ihre Hand, der sich Mikko-der-andere entrissen hatte. Hatte nicht Mikko den Goldenen ebenfalls dienen wollen, indem er Bonnies Stützpunkt überfiel? Oder gab es da einen wesentlichen Unterschied, der ihr entging? Warum nur sprachen Mikko und Ari so gelassen und für ihre Verhältnisse geradezu gesittet miteinander? Und warum spürte Ja'ana Mordlust und Gewalt zwischen den beiden Männern in der Luft wie einen giftigen Nebel?

Ari gab nicht auf, er sah Mikko ins Gesicht und versuchte, genügend Nachdruck in seine Stimme zu legen, um zu dem kleinen Mann durchzudringen.

»Nichts davon hat etwas mit dir zu tun«, sagte er.

Mikko schüttelte langsam mit dem Kopf. »Das ist die falsche Antwort, Ari«, sagte er. »Nicht dass es eine richtige Antwort geben könnte. Ich glaube nicht daran. Nicht wirklich.«

Die Hand, die eben die von Veruca Salt gehalten hatte, griff zu der Waffe in seinem Gürtelholster. Jana Hakon spürte die tiefe und finstere Verzweiflung Mikkos mit den körperlichen Antennen ihrer galdäischen Persönlichkeit: ein rabenschwarzes Ungeheuer mit qualmgetränkten Schwingen, das Mikko zu umarmen und zu ersticken drohte. Das Ding war groß wie drei Häuser und mindestens so stark wie ein Hundertmeterkrake.

»Ich war dir nicht böse, als du dir wieder eine Frau gesucht hast«, sagte Ari, »nicht einmal, als du dieser da verfallen bist. Keine Vorwürfe, keine Erklärungen, keine Szenen, erinnerst du dich?«

Mikko lachte. Es war eine besondere Art von Gelächter; die Sorte, in der Verderben und Verzweiflung klirrten.

»Und die ganze Zeit über«, stellte er fest, »hast du auf die Befehle der Goldenen gehört und ihre Weisungen befolgt. Du hast alles an sie verraten, was zwischen uns war. Du hast ihnen vertraut. Hast auf die Stimme aus den Doppelwespen gehört. Wie dumm du doch bist. Du hast Robby Merkin, Jonathan Sorrel, Tichina Arnold, Daniel Gerrard und Tonio Gaudio auf dem Gewissen. Die hast du auf dem Gewissen. Von all dem anderen ganz zu schweigen.«

Mikko-der-andere richtete seine Waffe auf den schwarzen Mann. Aris Haut wurde grau, als er in die Mündung blickte. Er hob seine

Hände vom kühlen Metall der Wunderwaffe, als könnten ihn erhobene Hände retten.

»Ich hatte genaue Daten von diesem Ort«, sagte Ari hastig. »Wir hätten sie alle in wenigen Augenblicken erledigen sollen. Es hätte gar keinen Kampf gegeben. Meine Daten haben nicht gestimmt. Ich weiß nicht, warum. So was ist nie vorgekommen. Niemals. Immer habe ich mich auf sie verlassen können. Nur in letzter Zeit, da hat das Netz manchmal nicht richtig funktioniert. Vielleicht sind irgendwelche Informationen nicht durchgekommen. Vielleicht hat ja deine neue Freundin mehr damit zu tun, als du glauben willst. Frag sie mal, ob sie ...«

»Es genügt«, sagte Mikko. Er war Mikko-der-Rätselhafte, Mikko-der-andere. Er war der einzige Mikko, den es gab. In seinen Augen verfinsterte sich ein engelhaftes Blau und verwandelte sich in den Farbton des Todes. Es war wie die Verdunkelung eines Himmelskörpers, fand Jana Hakon, als ob sich der Schatten eines riesigen, übermächtigen Dunkelsterns über eine Welt legt. Verfinsterung heißt Eclipse, teilte K'jonasoidt mit. Pures Wissen konnte in manchen Situationen herzzerreißend sinnlos sein.

In den Augen Aris flammte hoffnungslose Verzweiflung auf, eine Eclipse der besonders verhängnisvollen Art. Jana Hakon kam zu spät, als sie Mikko in den Arm zu fallen versuchte. Sie konnte nicht verhindern, dass er tatsächlich abdrückte.

Eine kleine Sonne erstrahlte in der leeren Halle, heller als all die Lampen, die überall brannten; nur für einen Augenblick und nur für jenen Bruchteil einer Sekunde, der nötig war, um eine beträchtliche Menge Energie aus Mikkos Werfer in den Körper Aris zu transportieren. Der Organismus des schwarzen Mannes mochte mit strahlungsabweisenden Pigmenten vollgestopft sein; gegen diese Art von Strahlung war er hilflos. Seine Haut mochte stabil sein wie ein Panzer: Einem solchen Angriff hatte Ari nichts entgegenzusetzen. Er schrie nicht, als er starb, und er machte keinerlei Anstalten, sich zu wehren. Für beides war keine Zeit. Mikkos Schuss traf ihn mitten in den Leib. Ari wurde wie eine Puppe an die Wand hinter ihm geschleudert, und die Hitze der Entladung schweißte seine Überreste an ihr fest wie eine erschlagene Fliege.

Mikko warf einen langen Blick auf das, was seine Waffe angerichtet hatte: Da war der seltsam unbestimmte Umriss des Lebewesens, das einmal Ari gewesen war, und die leuchtend metallene Spur quer darüber, der Überrest der rätselhaften Waffe. Als ob jemand den zerschmetterten Körper mit einem breiten silbernen Balken durchgestrichen hätte. Und rund um die verschwommene Silhouette Aris klebten allerlei Bruchstücke und Fetzen von ihm an der Wand. Ein Halo aus Blut und Fleisch. Niemand wagte auch nur den kleinen Finger zu rühren.

Die Stille im alten Fliegerklub war vollkommen, das Innere eines Bernsteins, ein in der Zeit festgefrorener Augenblick des Grauens. So ähnlich hatte man sich wohl einen misslungenen Ycorgan-Trip vorzustellen. Die einzigen Geräusche waren sehr leise und drehten Jana beinahe den Magen um. Es war das Platschen, das kleine Mengen nicht verdunsteter Körperflüssigkeit verursachten, die von dem schaurigen Gemälde herabtropften. Und es war das leiser und immer leiser werdende Zischen, das dort ertönte, wo Blut das heiße Metall abkühlte. Die letzten Geräusche, die jenes Lebewesen verursachte, das einmal Ari gewesen war.

Sechs Menschen tot, und wofür? Und warum? Jana konnte kaum glauben, dass dies mit ihr zu tun hatte, und dennoch war es so. Wäre sie nicht aus dem Institut geflohen, hätte es niemals ein Zusammentreffen gegeben. Sie hätte all diese Leute niemals kennengelernt. Ari würde weiterleben. Robby Merkin würde nach wie vor seine schwachen Witze reißen. Jonathan Sorrel hätte beide Schultern behalten. Tichina Arnolds Körper wäre nicht durchlöchert worden. Kein Laser hätte die Innereien von Daniel Gerrard geschmort. Und Tonio Gaudio hätte sich nicht zu Tode geröchelt. Bonnie Wayss wäre in ihr Katz-und-Maus-Spiel mit dem Flottenkommando verwickelt. Markus Hataka würde in aller Ruhe vor sich hin musizieren, irgendwo auf dem Weg zu einem Nachfolger seiner so erfolgreichen Musik. Vielleicht wäre sogar Kaddok ein bisschen glücklicher, und vielleicht hätte das Habitat von Die Neue Wohlfahrt nicht brennen müssen. Keine sternheißen Wolken in geschützten, netten Wohnwelten. Jana wusste inzwischen selbst nicht mehr, was sie von alldem halten sollte. Sie hatte keine Ahnung, inwiefern die mehrstimmigen Gedanken in ihrem Kopf all diese Ereignisse verschuldet hatten. Ob sie all dem nie begegnet wäre, wenn sie so fest und geschlossen geblieben wäre, wie es die Schwestern des Konzils gewollt hatten. K'jonasoidt hätte sicherlich eine Antwort gehabt, so wie sie immer eine hatte.

Jana verspürte in diesem Augenblick nicht die geringste Lust, sich die wohlfundierte Meinung K'jonasoidts anzuhören.

Sie warf einen Blick zu Mikko hinüber, der dastand wie ein Kriegerdenkmal. Seine Hand hielt die Waffe dorthin gerichtet, wo vor einer Minute der lebende, atmende Ari gestanden hatte. Mikko betrachtete mit einem merkwürdigen Ausdruck von Verblüffung und Befriedigung, was er angerichtet hatte. Ein wenig sah er aus wie jemand, der sich nach langer Zeit von einem nicht enden wollenden Alptraum befreit hatte, und vielleicht war es ja so. Die Verfinsterung in seinen Augen allerdings würde wohl nicht so leicht verschwinden.

»Flugobjekt in Nordnordost«, sagte die quäkende Stimme irgendeines Automaten. Wahrscheinlich eines der selbsttätigen Helferlein, die Ari im Transporter hinterlassen hatte und die den Himmel nach verdächtigen Bewegungen absuchten. Eine Stimme aus der Vergangenheit, die Vorsorge eines Toten. Hundertachtzig Sekunden war der Fliegerklub vom Transporter entfernt, erinnerte sich Jana. Das war die Zeit gewesen, den Weg bis zum Klub zurückzulegen. In diesen hundertachtzig Sekunden Rückweg sollte Veruca Salt besser versuchen, gründlich verlorenzugehen. Eine Rückkehr auf die SEBAFELL kam für Jana nicht in Frage. Sie musste hier unten bleiben, wo es eine Möglichkeit gab, Bonnie und Markus zu finden und vielleicht zu erfahren, was aus Kaddok geworden war.

Es gab da nur ein Problem: Mikko. Mikko würde kaum starten und diesen Planeten verlassen, ohne Veruca Salt an seiner Seite zu wissen. Macho hin, Macho her: Aris Tod war ein zu schwerer Verlust, um zusätzlich noch die Frau zu verlieren.

»Flugobjekt in Südwest«, sagte das nächste Helferlein. Die ersten Leute in der Truppe wurden unruhig. Dies war eine für Linienflüge gesperrte Gegend, und was hier herumflog, hatte eine Absicht.

»Zwei Flugobjekte in schneller Annäherung«, sprach die maschinelle Stimme des Transporters, »beide ohne bekannte Kennung.«

»Wir sollten hier verschwinden«, sagte Veruca Salt, »und zwar schnellstens.«

Jana war überrascht davon, dass sie das sagte. Manchmal hatte sie in letzter Zeit das Gefühl, dass sich der eine oder andere Aspekt ihres Ichs selbstständig machte, sozusagen Ausflüge in das unbekannte Land jenseits der gewohnten Ordnung unternahm. Dies war wieder so ein Moment. Sie sah sich selbst mit leiser Verblüffung dabei zu, wie sie die Vorbereitungen zu ihrem eigenen Verschwinden aus dem Leben Mikkos traf. Es war so wie an dem Tag, an dem sie aus dem Institut geflohen war und sich selbst dabei zusah, wie ihr Körper einen komplizierten Tanz über die Dächer der geparkten Autos vollführte. Nur war das damals ein Loslassen gewesen, ein Geschehenlassen. Dies hier dagegen gab ihr das Gefühl, von einer Person beiseitegeschoben zu werden. Von einer Person, die sie dennoch selbst war; sehr irritierend.

Da der Plan vernünftig und intelligent war, ließ sie es geschehen. Die Idee war einfach – sie wollte ein heilloses Durcheinander auf der Flucht in Richtung Transporter inszenieren, und mit der Waffe, die sie Mikko gerade aus der Hand nahm, konnte sie eine hübsche kleine Explosion arrangieren. Ausreichend Energie war verfügbar, die Technik des Gerätes war in den Datenbanken K'jonasoidts zur Hand. Die Entladung des Speichers würde gewalttätig und heftig genug sein, um alle glauben zu lassen, Veruca Salt sei im Feuer dieses Lichts umgekommen. Ein Treffer oder ein Unfall, die Deutung des Zwischenfalls wäre ohne Gewicht. Und Jana würde zu tun haben, um Veruca Salt wirklich verschwinden zu lassen; Mikkos Bettgespielin in ihrem eigenen Kopf ebenso verschwinden zu lassen.

Daran allerdings verschwendete sie jetzt keinen Gedanken, sie konzentrierte sich auf Veruca Salts Plan, den selbst K'jonasoidt nach kurzem Nachdenken für brauchbar hielt, zumal er die Möglichkeit bot, die überlegenen körperlichen Fähigkeiten von T'Arastoydt nutzbringend einzusetzen.

Sie benutzte den Augenblick, in dem die Überwachung eine dritte anfliegende Maschine meldete, um ausreichend Unruhe zu erzeugen. Veruca Salt verwandelte sich in eine Furie, fuchtelte mit dem Werfer herum und schrie alles und jeden an. Die Blüte des SEBAFELL-Unterdecks war verunsichert; da waren fünf ihrer Kameraden von den eigenen Leuten umgenietet worden, und der Chef hatte seinen Stellvertreter und besten Freund gegen die nächste Wand gepustet. Schwer verdaulich, so etwas. Die meisten starrten wie hypnotisiert auf das, was von Ari übrig war. Sah man nicht alle Tage. Andere, denen die Fleischfetzen und Körperbruchstücke zu widerlich waren, sahen mit kaum weniger Faszination auf Mikko, insbesondere seine blauen Augen, in denen die Düsternis eines verdunkelten Mondes leuchtete. Da kam Veruca Salt mit ihren wirren, lauten Befehlen genau richtig. Irgendwelche Aktivitäten waren willkommen, allemal besser, als sich diesen Irren oder sein Opfer länger anschauen zu müssen. Ein wildes Gerenne begann, alles ging drunter und drüber. Anfangs wurde der völlig wortlose Mikko noch von Veruca Salt mitgezogen, später übernahmen das andere. Ungeordnet und hektisch vollzog sich der Rückzug. Weil kein Ari mehr da war, benötigte man natürlich viel mehr als die besagten hundertachtzig Sekunden. Niemand wagte, danach zu fragen, was der letzte tödliche Wortwechsel zu bedeuten hatte. Wenn die Goldenen seit Jahren den besten Freund, den Bettgefährten und Vertrauten Mikkos in der Hand hatten, was bedeutete dann dieses Debakel? Wie viel Verrat war bei dieser Geschichte im Spiel? Und auf welcher Seite?

Und schon kreisten da draußen die bedrohlichen Flugzeuge, mit eingeschalteten Suchscheinwerfern, obwohl es inzwischen wirklich hell genug war. Der Effekt war dramatischer so, und Jana wusste das zu würdigen. Der Morgenhimmel, blankgeputzt und blau, wirkte hinter den dunklen Silhouetten der Flugmaschinen und den stechenden Strahlen der Lichtwerfer blass und gegenstandslos. Die übermenschlich verstärkten Sprüche, die aus dem Himmel herabschallten, machten das Chaos komplett. Veruca Salt verpasste den Augenblick, in dem es ungemütlich wurde. Irgendwie und irgendwann fing man an, aufeinander zu schießen. Die Flugzeuge wichen tänzerisch elegant den Attacken vom Boden aus. Die offenbar automatisierten Bewegungen mussten die Besatzungen heftig durchrütteln. So mancher Schuss aus Energiewaffen traf und fräste Metallsplitter aus den Panzerungen der Flugzeuge. Die Antwort vom Himmel ließ nicht lange auf sich warten, leuchtende Pakete gebündelter Energie wurden herabgespuckt. Die Trefferquote war nicht sonderlich hoch, und zwar auf beiden Seiten. Veruca Salt beschloss, dass jetzt der richtige Augenblick war.

Kurze Zeit später sahen die fliehenden Truppen der SEBAFELL einen gleißenden Feuerball dort, wo eben die Freundin des Chefs gewesen war. Eine Druckwelle fegte Erde, Gestein und Gebüsch beiseite und ließ sogar den Transporter auf seinen stabilen Stützen schwanken; zwei der drei fliegenden Maschinen bekamen ihren Teil der Explosionsenergie ebenso ab. Eine setzte zwei kleine federweiße Fallschirme in den Morgenhimmel und bohrte sich ungesteuert in einen Berg; die andere legte eine saubere Notlandung hin und sägte sich dabei trümmerverspritzend durch die Landschaft.

Da war der Transporter schon verschlossen und schoss mit einem halsbrecherischen Notstart in die Höhe. Irgendjemand wollte absolut kein Risiko mehr eingehen und aktivierte kurz nach dem Abheben den Hauptantrieb; ein Manöver, das ordentliche Flottenkommando-Transporter schlicht verweigert hätten. Man ging nicht auf überlichtschnelle Geschwindigkeiten, wenn man sich in der Nähe eines Planeten befand. Viel zu riskant. Fahrzeuge des Flottenkommandos taten so was nicht. Mikko hatte dafür gesorgt, dass er vor solchem Ungehorsam sicher sein konnte. Das dezimierte Team der SEBAFELL verließ die Universitätswelt unter Verletzung von allerlei Vorschriften, mit Donnergetöse und grellen Lichterscheinungen. Eine merkwürdig geformte Wolke am klaren Morgenhimmel blieb als einzige Spur zurück.

Veruca Salt rappelte sich unter Erde und Steinen hervor; die Detonation der Energiewaffe hätte sie beinahe erwischt. T'Arastoydt konnte wirklich schnell sein, und vor der auf Selbstvernichtung eingestellten Waffe war sie so rasch weggelaufen wie nie in ihrem Leben. Für die Verhältnisse der normalen Menschen hätte sie vermutlich einen Rekord aufgestellt, aber Jana war nicht an solchen Vergleichen interessiert. Die schiere Wucht hinter der Explosion war überraschend gewesen. Mikko musste eine frisch aufgeladene Waffe benutzt haben, um Ari in Stücke zu schießen.

Veruca Salt stand auf und klopfte sich den Staub aus der Kleidung. Obwohl sie sich genau im richtigen Augenblick zu Boden geworfen hatte, gesteuert von der fehlerlosen Uhr im Geist K'jonasoidts, war sie von herumfliegenden Steinen getroffen worden. Da waren ein paar Prellungen auf ihren Schultern und einige Schnitte am Hals, die würden in den nächsten Minuten verheilen. Nichts Schlimmes. In ihrem Leib kündigte sich der große Hunger an, den solche sportlichen Höchstleistungen und wundersamen Selbstheilungen üblicherweise verursachten. Jana Hakon kannte das aus ihrer Zeit im Institut.

Sie befahl Veruca Salt zu verschwinden, und wie sie befürchtet hatte, funktionierte es nicht. Veruca Salt verschwand nicht. Veruca Salt dachte voller Sorge an Mikko und an seine überirdischen blauen Augen, und an Aris letzte Sekunde, und an den Schmerz in diesem tiefen leuchtenden Blau, an die Verfinsterung dieser faszinierenden Farbe, und Veruca Salt dachte an den stämmigen Körper Mikkos. Veruca Salt dachte an den Knutschfleck über seiner Brustwarze, den sie ihm vor zwei Tagen gemacht hatte, und ein überraschendes Empfinden sickerte in ihren Leib, ein Gefühl, dass mit den Muskeln und Knochen und seinen Bewegungen in ihr zu tun hatte. Er mochte Mikko-der-Macho sein und ein Unterdeckschwein und der Typ, der sie hatte vergewaltigen wollen; ihr Körper begann, Mikko-im-Bett zu vermissen. Schluss damit, beschloss Ja'ana K'jonasoidt Hakon T'Arastoydt. Schluss für jetzt, wir haben Wichtigeres zu tun. Wir hassen diesen Menschen, wenn auch nur einige seiner Aspekte. Damit war sie zufrieden. Das war sehr galdäisch.

Sie besann sich, was als nächstes zu tun sei, und sie war Ja'ana K'jonasoidt Hakon T'Arastoydt, als sie das tat, voll konzentriert. In einem Winkel ihres Ichs spürte sie allerdings Veruca Salt, die sich Sorgen um Mikko machte. Veruca Salt, die sich nach dem kleinen rothaarigen Mann sehnte und die zugleich froh war, den Typen endgültig losgeworden zu sein. Veruca Salt verstand eben die Facetten des Daseins nicht, und nicht die spezielle Art, in der solche Probleme auf Galdäa betrachtet wurden. Dieses Problem, entschied Ja'ana K'jonasoidt Hakon T'Arastoydt, würde sie später lösen. Einstweilen dachte Veruca Salt weiter darüber nach, wie Mikkos Augen ausgesehen hatten, als er seinen Freund an die Wand schoss.

23.

Markus Hataka • Berühre mein Gesicht / Höre meine Schreie

Im Grunde genommen hätte sich Markus nichts mehr gewünscht, als endlich aus diesem Alptraum aufzuwachen. Jemand aus einem vergangenen Leben hatte angerufen, das war alles gewesen. Es hatte genügt, sein Leben gründlich durcheinanderzubringen. Kaum hatte der Musiker Markus Hataka wieder jenen magischen Augenblick der Schöpfung erlebt, kaum schlug ihm die geflügelte durchscheinende Fee wieder eine Menge Magie um die Ohren, da zersplitterte sein Leben in lauter Paukenschläge, keine Spur von Sinfonie. Man hatte ein Attentat auf ihn verübt, seinen geschundenen Leib gestohlen und irgendwie verändert, und plötzlich war er Teil einer Einbrecherbande und hatte zusehen müssen, wie man Leute totschoss. Schlimmer noch, er hatte selbst geschossen, treffsicher wie eine ferngesteuerte Kampfmaschine. Es war, als hätte der alte Fluch der Acht von seinem Leben Besitz ergriffen; haben, besitzen, ergreifen, zerstören.

Was würde Eveline davon halten? Was hielt nur seine Fee davon? Spülte sie ihm Melodien ins Ohr? Sang sie ihm aufregende Akkorde? Natürlich nicht. Alles, was Markus Hataka hörte, war die betäubende Stille, die zurückblieb, wenn er mit seiner Waffe ein Stück der Wirklichkeit in die Nichtexistenz stanzte, und vor allem hörte er das unbeschreibliche Geräusch, das den Inhalt eines menschlichen Körpers in eine feuchte Wolke aus winzigen Partikeln verwandelt hatte. Er hatte Schwierigkeiten, sich den Tod von Maja Maja als Bild ins Gedächtnis zu rufen, der Klang dieses Todes allerdings war ihm sehr gegenwärtig.

»Wieder da?«, fragte Bonnie Wayss, und Markus begriff, dass er bereits seit etlichen Sekunden das markante Gesicht der Soldatin anstarrte. Sie lächelte nicht, und ihre stahlgrauen Haare waren vielleicht grauer als sonst.

»Schön, dass du wieder da bist«, sagte Bonnie. Das Implantat in ihrer Kehle hatte sich auf ein Schnurren verlegt, vermutlich weil die Lautstärke auf diese Weise einem Flüstern am nächsten kam.

Markus grunzte nur kurz. Er war nicht sicher, ob er es schön finden sollte, seine Augen aufzuschlagen und festzustellen, dass all das leider kein wüster Traum, sondern die Wirklichkeit war. Verdammt noch mal. Beim letzten Mal war es Maja Maja gewesen, die ihn begrüßt hatte. Die kleine freundliche Frau von Engambosch, die immerzu lächelte und deren Körper leergeschossen und seelenlos auf dem Dach der galdäischen Botschaft zurückgeblieben war, inmitten einer riesigen Pfütze aus ihren Innereien. Das konnte doch alles nicht wahr sein.

Markus richtete sich auf. Seine alte Sucht flammte nach wie vor in ihm, nur dass es heute Jana war, nach der die blaue, straff gespannte Saite in seinem Rückenmark sang. Er stellte fest, dass sich sein Körper anders anfühlte als sonst. Er erinnerte sich an das eigenartige Gefühl von Wärme, das Maja Maja durch seinen Leib hatte sickern lassen. Dies hier war anders. Markus schüttelte verwirrt den Kopf und lauschte in sein Inneres. Er verstand nicht; sein eigener Körper fühlte sich falsch an – nein, nicht falsch. Verändert, ungewohnt, anders. Sein Blick in die kühlen Augen der Soldatin mochte entsprechend hilfesuchend ausgefallen sein, und er holte sich bei Bonnie augenblicklich eine Abfahrt.

»Dafür haben wir später Zeit«, sagte sie. »Jetzt müssen wir uns reisefertig machen. Die TÅSTRÖM wartet auf uns, und wir haben nur ein schmales Startfenster.«

Markus blickte sich um. Irgendwie hatte er erwartet, wieder in Bonnies weitläufigem Versteck aufzuwachen, genau dort, wo er schon einmal erwacht war. Natürlich befand er sich ganz woanders. Natürlich. Dies war ein Hotelzimmer, irgendwo auf der Universitätswelt. Anders war die mehrgliedrige Bildwand nicht zu erklären, die an der Decke über dem Bett hing. So ein Ding war Standard, wenn sich ein Externer für ein Semester oder einen Intensivkursus einschrieb. Mit den richtigen Chemikalien im Blut und ausreichend Kondition konnte man auf so einem Bett liegend einen halben Studiengang absolvieren. Als wäre man einer dieser Zentralier, der sich Wissen direkt ins Hirn laden konnte, bis es zu platzen drohte.

»Ein Nürnberger-Trichter«, sagte Markus.

»Bitte?« Bonnie wandte sich irritiert um.

Markus zeigte nach oben. »Das da«, sagte er. »Die Studenten nennen es so. Keine Ahnung, wer dieser Nürnberger war. Man lernt, als ob einem die Buchstaben durch die Augen hindurch direkt ins Gehirn eingeflößt würden. Sehr effektiv. Sehr anstrengend. Und absolut nicht für Junkies geeignet.«

»Junkies lernen nichts«, entgegnete Bonnie. »Im Gegenteil. Komm schon. Man wartet auf uns.«

Wer wartet auf uns, wollte Markus fragen, und wieso sollten wir reisefertig sein, was ist bitte schön die TÅSTRÖM, und wohin wollen wir denn reisen – Bonnie hatte das Zimmer bereits verlassen. Sie hatte offenbar Dringendes zu erledigen jenseits der Tür.

Es ist gut, dachte Markus, schließlich ist Bonnie Wayss hier das Leittier, solche Leute müssen nichts erklären. Vielleicht besser so. Dieses Desaster im Konsulat würde ich mir gern erklären lassen.

Er schwang seine Beine vom Bett und stand auf. Da war es wieder, jenes seltsame Gefühl. Markus blickte an sich herunter. Nichts Besonderes, alles wie immer, wenn man von der Tatsache absah, dass er sich offenbar daran gewöhnt hatte, splitterfasernackt vor irgendwelchen Weibsbildern zu erscheinen.

Etwas war anders. Wenn er sich bewegte, war nichts war mehr wie gewohnt. Markus legte den Kopf schief wie ein Vogel, der wegfliegen will. Er hob langsam die Hände und spreizte die Finger, lauschte in seinen Leib hinein. Da war ein neues Gespür für die Position seiner Fingerspitzen. Wären seine Knochen Laser gewesen, hätte Markus genau zu bezeichnen gewusst, wo im Zimmer jeder einzelne dieser Laser hinzielte. Ein merkwürdiges Gefühl, als hätte jemand ein spinnwebenfeines Nervennetz unter der Haut installiert. Überall war seine Körperoberfläche in eine Art von Sensor verwandelt worden, und die Umgebung überschwemmte ihn mit Information. Für einige Sekunden lähmte ihn diese Art von Vergewaltigung.

Seine Hände wussten immer genau, wo auf dem Griffbrett einer Gitarre sie waren, welchen Akkord seine Finger schlugen; er musste selten mit den Augen verfolgen, was seine Hände auf den Tasten eines Klaviers taten. Das war Musik, darüber musste man nicht nachdenken. Nun war alles, jedoch auf eine ganz andere Art, Musik geworden. Markus hatte jeden Muskel seines Körpers unter Kontrolle wie ein lange geübtes Instrument, und er hatte dieses Zimmer komplett unter Kontrolle wie ein lange geübtes Instrument. Das war beängstigend und lustig zur gleichen Zeit. Markus schloss fest die Augen und drehte eine rasendschnelle Pirouette, machte einen Ausfallschritt und stach mit dem ausgestreckten kleinen Finger der linken Hand zu. In dieser Pose fror er seine Bewegungen ein und öffnete die Augen.

Es war phantastisch und furchterregend. Genau wie er es sich vorgestellt hatte, war die Kuppe seines linken kleinen Fingers einen Millimeterbruchteil von jenem Knopf entfernt, der die Zeitansage des Rechners aktivieren würde. Markus machte eine kaum wahrnehmbare wippende Bewegung, ohne sonst einen Muskel zu bewegen.

Eine angenehme Stimme erfüllte den Raum: »Es ist zehn Uhr und einundzwanzig Minuten. Neun Minuten vor halb elf. Zu früh für Drinks, wirklich. Wie wäre es mit einem Tee?«

Markus musste grinsen. Sein Vorgänger in diesem Appartement hatte von der Möglichkeit Gebrauch gemacht, die Ansagen seinen persönlichen Vorlieben anzupassen. Konnte peinlich sein, wenn man vergaß, die Sprüche spätestens an dem Tag wieder zu löschen, an dem man auszog.

»Tee ist prima«, sagte er und löste sich aus der Erstarrung. Es war ein ungewohntes und verdrehtes Gefühl, seinen eigenen Organismus derart genau zu spüren. Ein Schlagzeuger musste seine Schießbude ähnlich erleben wie Markus dieses Zimmer – genau definierte Flächen, jede katalogisiert und bekannt, eingeordnet in ein System aus abgezirkelten Hieben, ein Raum, in dem man sich bewegen konnte. Trommelwirbel an der Decke, auf dem Gesicht des Nachbarn, ganz gleich, wie laut der schreien würde. Was auch immer Maja Maja mit Markus gemacht hatte, es hatte irgendwie mit dem Nervensystem zu tun – die Grenze zwischen den bewussten und den unbewussten Signalen seines Körpers war verschoben worden. Nicht nur jeder Punkt seines eigenen Leibes war ihm mit schmerzhafter Deutlichkeit bewusst, irgendwo in seinem Hinterkopf hatte ein emsiges Männlein eine haargenaue Zeichnung dieses Raumes angefertigt. Das Hotelzimmer war ausgemessen und kartographiert wie eine archäologische Fundstätte. Sollte irgendwo ein Ungeziefer auftauchen – auf der Universitätswelt eher unwahrscheinlich –, er könnte es mit einem wohlgezielten, blitzschnellen Hieb sofort erledigen.

Markus hob seine Hände vors Gesicht und betrachtete seine Fingerspitzen. Kakerlakenkiller, dachte er. Erst danach ging ihm auf, dass seine Bewegung so schnell gewesen war, dass andere Leute sich unweigerlich mit dem eigenen Finger die Augen ausgestochen hätten. Die Muskeln in seinen Händen protestierten mit leisen, ziehenden Schmerzen gegen die Zumutung derart rasanter Bewegungen. Nur die sagenhaften Kampfmaschinen des verfluchten Oktogons mochten so durchgerechnet und effektiv gewesen sein; das war ein Gedanke, den Markus jetzt gar nicht hören und nicht denken wollte.

Er wandte sich seinen Kleidungsstücken zu und fixierte sie; Bonnie hatte alles ordentlich über einen Stuhl gelegt. Eine hübsche Aufgabe – wie ziehe ich mich so schnell wie möglich an. Selbst diesen Anblick hatte das Männlein im Hinterkopf in Windeseile zum vertrauten Terrain umgewandelt. Markus benötigte genau dreiundzwanzig Sekunden, um sich komplett anzukleiden. Ein Paar Strümpfe, ein merkwürdig zu knöpfender Unterwäsche-Einteiler, das schneeweiße Hemd mit albernen bunten Manschetten, eine enge schwarze Hose, schwarze Hosenträger, eine schwarze Schleife um den Hals, eine weit geschnittene Jacke aus einem seltsamen Material, vermutlich die gegerbte Haut irgendeines armen Tieres. Die zu diesem Ensemble passenden Ringe ließ Markus liegen. Er mochte kein Metall an seinen Händen.

Als er in das andere Zimmer hinüberging, war sein Atem nicht beschleunigt. Vermutlich hatte er alle Rekorde beim Ankleiden geschlagen, die es gab – wenn es welche gab. Es war ihm egal. Er fühlte sich in der Lage, so manchen anderen Rekord zu schlagen. Maja Maja hatte ganze Arbeit geleistet. Für Markus Hataka hatte sich die Welt in ein exakt beherrschbares Koordinatensystem verwandelt, in dem jedes Ding einen genau zugewiesenen Platz einnahm und so leicht manipuliert werden konnte wie ein Gesichtsausdruck. Bewegungen waren eine Art von Musik geworden, die Welt eine Art von Instrument. Markus hatte Angst davor, was geschehen würde, wenn er wieder eine Gitarre anfasste. Es war besser, jetzt nicht daran zu denken. Er fürchtete den Augenblick, in dem ihm seine kleine Fee mitteilte, sie könne ihm in diesem Zustand nicht mehr dienen.

Und andererseits war allein das Gehen eine Art von Musik, ein minutiös ausgezirkelter Tanz von einer fußsohlengroßen Fläche zur nächsten, jeder Schritt genauestens vorherberechnet, und irgendwie ein Genuss, wenn Ferse und Zehen auf den Millimeter genau dort ankamen, wo es das emsige Männlein im Hinterkopf ausgerechnet hatte. Markus verstand sich selbst nicht mehr.

Nebenan wartete Bonnie Wayss, und sie war nicht allein. An ihrer Seite saß jemand, der die gesamte Einrichtung des Zimmers wie die eines Puppenhauses wirken ließ. Ein gewaltiger Mann, eine furchteinflößende Menge von Fleisch. Seine Gestalt nahm sofort eine Menge von Markus Hatakas Koordinatensystem ein.

»Wenn ich vorstellen darf«, sagte Bonnie, »das ist Kaddok.«

Der Karnese war offensichtlich nach reichlich altmodischen Prinzipien erzogen worden, denn er stand auf und beugte knapp das Haupt. Natürlich wirkte diese Geste alles andere als höflich, wenn sie von jemandem kam, der zwei Meter zwanzig groß und reichlich sechs Zentner schwer war. Kaum exakt zu schätzen. Und all das Gewicht ging nicht auf das Konto irgendwelcher Fettpölsterchen.

Auf Karna gab es nicht nur altmodische Erziehung, sondern auch altmodische Kleidung. Kaddok war in einen antiken schwarzen Anzug eingepackt, komplett mit weißem Hemd, um den Hals einen ebenfalls schwarzen Strick gewickelt, den man wohl damals, als man derlei Albernheiten noch trug, eine Krawatte genannt hatte. Diese offensichtlich aufwändig maßgeschneiderte Kleidung umschloss den Leib des Schwerweltmenschen in einer sehr enthüllenden Art. Markus Hataka war wie erschlagen – ein solcher Haufen riesenhafter Männlichkeit war ihm nie untergekommen. Er dachte an Karolus, für den so was der feuchte Traum schlechthin gewesen sein musste. Karolus ist tot, ermahnte er sich selbst, seit etlichen Jahren mausetot, umgebracht auf Galdäa, und keiner weiß, warum. Er ist nur einfach weg.

Ohne einen Gedanken bewusst darauf zu verschwenden, vermaß Markus Hatakas rätselhafter neuer Sinn dieses Zimmer samt den beiden Menschen darin, fertigte genaueste Topographien des Karnesen und der Soldatin an. Um sie anzugreifen? Sie zu beschützen? Markus bekam auf solche Fragen keine Antwort.

Irgendwie helfe ich jetzt der Gegenseite, Karolus, tut mir leid, dachte er, ich helfe den Galdäern. Da ist diese Galdani, um die es bei dieser Geschichte geht. Und da ist Eveline, die sicherlich einen Heidenschreck bekommen hat, als man ihr den seltsamen Nachbarn blutüberströmt davontrug. Da ist Maja Maja, die ihr Bestes getan hat und trotzdem tot ist. Da ist Tara mit dem unaussprechlichen Namen, die sicherlich gewisse Hoffnungen in die Leute setzt, mit denen sie gesprochen hat. Und da ist Karolus. Den haben sie auf Galdäa umgebracht, und keiner weiß, warum. Markus schoss das alles durch den Kopf, während er dem Riesen die Hand gab wie ein guterzogenes Haustier. Seine Hand wusste genau, um wie viel die Pranke Kaddoks größer war, und dass sie ihm sämtliche Knochen zu kleinen Splittern zerdrücken konnte, wenn der Karnese eine solche Verstümmelung für nötig halten sollte.

»Markus Hataka«, sagte Markus und fügte hinzu: »Musiker.«

Es klang falsch, schließlich hatte er seit Tagen kein Instrument mehr angefasst, und die kleine Fee in seinem Hinterkopf hielt tapfer dicht, keine Melodien, keine Klänge. Nur Waffen und Bonnie und rätselhafte Ereignisse, die Markus Hataka lediglich als ihren Spielball im Kielwasser einer Geschichte betrachteten. Vielleicht hatte die Fee einen tödlichen Schreck bekommen, als so unverhofft dieser neue Nachbar einzog, der Vermesser und Raumbeherrscher.

»Kaddok ist mein Name. Einfach Kaddok«, sagte der riesenhafte Mann, und seine Stimme füllte den Raum aus wie ein betäubendes Gas. Markus spürte jede einzelne Silbe von Kaddoks Worten in seinen Eingeweiden vibrieren. »Ich verzichte auf meine karnesischen Namen, sie würden Ihnen sowieso nichts sagen.«

Kaddok ließ die Hand des Musikers los und warf gewohnheitsmäßig einen Blick darauf, irgendwie erstaunt, dass diese schwächliche Gliedmaße den Kontakt mit der Schwerweltpranke heil überstanden hatte.

»Ich war zuletzt Monteur auf Die Neue Wohlfahrt«, sagte der Karnese. »In einer leitenden Position. Jetzt bin ich auf der Flucht. Und auf der Suche.«

Was für ein Mann, dachte Markus, wider Willen fasziniert. Ein Leib, der den jedes irdischen Athleten in den Schatten stellt, und Schultern wie die von Atlas persönlich. Auf diesen Stiernacken kann man wirklich einen Globus laden. Karolus, du wärst verloren gewesen, wäre dir jemals ein Karnese wie der hier über den Weg gelaufen. Irgendwo in Markus Hatakas Hinterkopf ordnete ein Pedant den nun stehenden Riesen in das veränderte Koordinatensystem des Zimmers ein. Der Raum war geschrumpft. Soviel Schwerweltmensch ließ kaum Platz übrig.

»Kaddok ist auf Die Neue Wohlfahrt unserer gemeinsamen Freundin begegnet«, sagte Bonnie Wayss. Im Vergleich zu dem Organ des Karnesen wirkte ihre nachgemachte Stimme blass und dünn. Eine Maus neben einem Berg.

»Oh«, machte Markus und starrte den Karnesen weiter an.

»Setzen wir uns doch«, schlug Bonnie vor, »ein wenig Zeit haben wir.«

Zeit? Ein wenig Zeit? Zeit wofür? Und wieso nur ein wenig Zeit? Markus verwarf die Idee, eine dieser Fragen laut auszusprechen. Ihn interessierte viel mehr, was Jana auf Die Neue Wohlfahrt angerichtet hatte. Er erinnerte sich an die Berichte über den Zwischenfall im Habitat und das Chaos, das dort ausgebrochen war. Und er hatte nichts gegen die Möglichkeit, den Schwerweltmenschen ein wenig länger anzustarren.

Kaddok senkte seinen Leib behutsam auf eines der Möbelstücke, das wie die anderen im Raum aussah, als wäre es ungeeignet für eine solche Masse. Markus zögerte, sich gleichfalls zu setzen und wieder unter die Augenhöhe des Schwerweltmenschen zu geraten. Wenn er stand und Kaddok saß, war er wenigstens auf derselben Höhe; er tat es dann doch Bonnie nach und setzte sich. So weit entfernt von Kaddok wie nur möglich, sodass der Größenunterschied nicht gar so deutlich zu spüren war. Flugs aktualisierte das fremde Wesen im Kopf des Musikers seine Pläne und Karten.

»In unserer Lage«, brummte der Karnese, »ist es nicht ratsam, lange an ein und demselben Platz zu verweilen. Gefunden zu werden, ist eine Frage von Rechenzeit und Geduld.«

Markus Hataka wurde von den merkwürdigen Aktivitäten seines Bewusstseins nicht behindert. Das fand alles irgendwie neben ihm statt, als ob man neben jemandem sitzt, der in aller Eile einen Pullover strickt, mit langen klappernden Nadeln. Man hört das Klappern, man kann es ausblenden.

»Wie ging es Jana, als Sie sie zuletzt gesehen haben?«, fragte Bonnie Wayss und erntete einen verständnislosen Blick des Karnesen. »Ich vergaß«, verbesserte sich die Soldatin, »Sie kennen sie ja nur unter dem Namen Veruca Salt. Den hat Markus Hataka ihr verpasst.«

Kaddok heftete einen langen, schweren Blick auf den Musiker, ehe er antwortete. Markus spürte ein gewisses Kribbeln den Rücken hinunterkriechen. Die Augen des Karnesen leuchteten aus dem kantigen Gesicht wie Fremdkörper, Fenster in eine andere, geheimnisvolle Welt. Sehr erotische Ausstrahlung. Die Konstrukteure der karnesischen Gene hatten sich offensichtlich aus einem Fundus bedient, der als Katalog für hübsche Menschen hätte dienen können. Hatten die Gründerväter nicht eine Rasse schön wie Götter erschaffen wollen und waren deswegen von Serafim weggegangen? Kaddoks monströser Bass riss Markus aus seinen Gedanken.

»Sie war wohlauf, als sie mich zurückließ und an Bord der SEBAFELL ging«, sagte er. »Sie war vielleicht ein wenig durcheinander. Kein Wunder, unter diesen Umständen.«

Kaddok dachte nach und setzte hinzu: »Sie war sehr gefasst, wenn man bedenkt, dass wir gerade mitten durch das Durcheinander auf DIE NEUE WOHLFAHRT hindurchgerast waren. Ich bin für solche Fragen vielleicht nicht geeignet. Ich muss zugeben, dass meine Verfassung zu diesem Zeitpunkt alles andere als aufgeräumt war.«

Bonnie stand auf und ging zwischen Tür und Fenster auf und ab. Die rätselhaften, seltsam geformten Gegenstände in den vielen Taschen ihres Anzugs raschelten leise, während sie gegen den Stoff rieben. Sie fragte den Karnesen beiläufig, als wären da keine Gründe für ihre Frage: »Gab es für Ihren Gemütszustand einen besonderen Anlass?«

Kaddok wandte der Soldatin sein Gesicht zu. In seinen Augen stand das blanke Staunen; wie ein Kind, das auf eine ganz neue Frage gestoßen ist, dachte Markus. Nebenan, in dem dunklen Zimmer mit den klappernden Stricknadeln, protokollierte man jede Bewegung und war auf der Hut.

»Haben Sie denn gar nichts gehört von dem, was auf DIE NEUE WOHLFAHRT geschehen ist?«, fragte Kaddok.

Die Soldatin und der Musiker sandten einander verständnislose Blicke.

»Irgendeine Havarie«, sagte Markus. »Eine schwere Havarie, mit Todesopfern an Bord der Werft, flüchtenden Raumfahrzeugen und zeitweisen Systemzusammenbrüchen.«

Kaddok starrte ihn an, ohne ein Wort zu erwidern.

»Die Medien auf Penta V waren vor allem darüber in Sorge, dass auf einem der fertigen Module von DIE NEUE WOHLFAHRT eine komplette Schule von Zentraliern in den Sog des Chaos gerissen wurde«, sagte Bonnie. »Die muss es alle mitten in der Verbindung mit dem

Rechnersystem erwischt haben, und man fand es bedenklich, dass zwei Dutzend Zentralier durch so einen Zwischenfall ausgeschaltet werden konnten. Man diskutiert in gewissen Kreisen seitdem wieder über die Sicherheit von Mensch-Maschine-Schnittstellen.«

Kaddoks Stimme war dem nahe, was Normalmenschen als Flüstern bezeichnet hätten. »Und was ist mit den Karnesen?«, sagte er. »Was hört man von dem unglückseligen Mann, der all das ausgelöst hat? Von seinen Kameraden, die er auslöschte?«

Markus und Bonnie schauten einander hilflos an. Aus Bonnies Kehle drang ein leises Klicken, als sie eine allzu rasche Antwort unterdrückte. In den reichlich, jedoch nicht besonders schnell durchs Netz strömenden Nachrichten war weder von einem Auslöser noch von Karnesen die Rede gewesen.

»Keine Ahnung, wovon Sie reden«, sagte Bonnie, »soweit es die offiziellen Nachrichten betrifft, war alles ein technisches Versagen.« Dann zuckte sie zusammen und ging reflexartig in Deckung.

Ein Regen von winzigen elektronischen Bausteinen ging über Markus nieder, als die komplette Kommunikationseinheit des Hotelzimmers über seinem Kopf an der Wand zerplatzte. Die Gehäuse dieser Apparate sollten schwer zerbrechlich sein, dachte der Musiker, aber wer für das Material verantwortlich war, hatte niemals einen wütenden Karnesen erlebt. Dieser hier schaute Markus mit einem Ausdruck des Bedauerns an, nachdem er das schwere Gerät quer durch den Raum geschleudert hatte.

»Ein technisches Versagen?«, fragte Kaddok drohend.

Der Musiker hatte mit keiner Wimper gezuckt. Unter normalen Umständen hätte er sich hingeworfen, hätte vielleicht sogar diesen Fleischberg angeschrien, was ihm denn einfalle. Normal war nichts mehr. Maja Maja hatte dafür gesorgt, dass Markus bereits während der raschen und wütenden Bewegung des Schwerweltmenschen alles ausrechnen und vermessen konnte. Er hatte gewusst, dass Kaddok mit dem schweren Ding hoch genug gezielt hatte. Der unermüdliche Vermesser hatte es in dem Augenblick ausgerechnet, in dem Kaddoks schaufelgroße Hände das Gehäuse losgelassen hatten. Nebenbei hatte er die Bewegungen der Muskeln unter dem elastischen Stoff registriert. Ein normaler Anzug wäre von den Wölbungen zerrissen worden.

»Ein technisches Versagen«, bestätigte Bonnie, und sie war sich sehr sicher, dass es keine weiteren Installationen gab, die Kaddok hätte durchs Zimmer werfen können. Dennoch vibrierte Unsicherheit in ihrer künstlichen Stimme.

Markus spürte unter der zornbebenden Oberfläche des Karnesen Verzweiflung. Er bewegte sich vorsichtig. Bunte elektronische Teile regneten von seinen Schultern und aus seinen Haaren. Eifrig ließ der Buchhalter der Wirklichkeit die Stricknadeln klappern. Er ortete jedes Bruchteil und wusste genau, wo es demnächst hingelangen würde. »Es war ganz anders«, stellte Markus fest, »und Jana – oder Veruca Salt – hatte damit zu tun.«

»Es war ein E-Tag«, sagte Kaddok und war dabei so ruhig, dass es nicht mit rechten Dingen zugehen konnte, »und ein E-Tag ist eine sehr spezielle karnesische Feierlichkeit. Ich hatte Veruca Salt eingeladen. Es kommt nicht oft vor, dass ein Außenstehender zu solch einem Anlass eingeladen wird. Und es war ein Karnese, der an diesem Tag – ausgerechnet an so einem Tag – Amok lief. Amok flog. Er benutzte eines der Werkstattschiffe von Die Neue Wohlfahrt. Er feuerte aus den Montagelasern, er setzte die Thermitbrenner ein. Und er tat es mitten im Habitat. Sein Schiff erschien vor den Fenstern der Suite wie ein Engel der Apokalypse. Eurer Apokalypse, meine ich, feuerspeiend und fliegend. Unsere Engel der letzten Tage sehen anders aus.«

Bonnie starrte den Karnesen an. Markus fragte dazwischen, wie es sein könnte, dass ein gefährlicher Flugkörper wie ein solches Werkstattschiff im empfindlichen Innern eines Habitates auftauchte. Kaddok lachte ein kaltes, ersticktes Lachen, das Markus auf die Ohren schlug wie ein Hieb mit der flachen Hand.

»Das ist eine gute Frage«, sagte der Schwerweltmensch, »das ist sogar eine sehr gute Frage. Das ist eine Frage, die mich ohne weitere Umwege auf den Grund dafür führt, dass ich hier mit euch spreche. Den Grund, dass ich hier bin und nicht auf irgendeiner Trauerfeier im Gedenken an die Toten von Die Neue Wohlfahrt.«

Bonnie Wayss warf einen fragenden Blick zu Markus Hataka hinüber. Der Musiker wusste nichts zu erwidern als ein hilfloses Achselzucken, das die letzten Elektronikbrösel von seinen Armen rieseln ließ und ihm wehtat, weil sich zerplatzte Teile mit winzigen Drähten in seine Haut zu bohren versuchten. Jede einzelne dieser lächerlich kleinen Wunden hatte er vorhergeahnt.

Kaddok beugte sich vor, und das Möbelstück unter ihm ächzte, als wäre seine Widerstandskraft dem Ende nah. Der Karnese neigte seinen Kopf in Richtung Bonnies und nickte langsam. Markus dachte daran, was wohl geschehen würde, wenn dieser Schwerweltmensch übergeschnappt wäre, komplett verrückt. Bonnies Fähigkeiten als Nahkampfwaffe waren ihm unbekannt. Genau wie seine eigenen, frischen Begabungen, die er Maja Maja zu verdanken hatte. Selbst wenn er von beiden das Beste annahm, gab er einem Kampf gegen einen Karnesen wie diesen hier kaum mehr als einige Sekunden.

Besorgt warf er einen Blick auf das angeblich unzerbrechliche Metall, das sich unter der Last Kaddoks bog. Es war dieses Geräusch, das ihm im Gedächtnis blieb und vielleicht einmal in ein Musikstück eingebaut werden konnte. Das Zerplatzen des Apparates vorhin hatte eher unspektakulär geklungen.

»Ohne euch wäre all das nicht passiert«, sagte der Karnese leise, zumindestens mit viel weniger Kraft in der Stimme als eben. Seine Worte füllten nicht mehr den Raum aus wie dröhnende Watte. Sein Blick klebte auf Bonnies Stirn. Die Muskeln seines Stiernackens vibrierten. Bonnie ließ sich nichts anmerken und blieb ruhig.

»Das verstehe ich nicht«, erklärte sie. Das Implantat arbeitete mit kühler Präzision, und sie klang wie einer dieser sprachbegabten Rechner, denen Markus immer das Reden verbot, weil ihm ihre Stimmen fürchterlich auf die Nerven gingen.

Kaddok ließ sich schwer zurücksinken. Markus nutzte die Gelegenheit und schnippte die spitzigen Bruchteile von seinen Schultern und weg von seinem Hals. Er tat es effektiv. Bei jeder Bewegung räumte er mehrere der kleinen Störenfriede weg, und seine Finger bewegten sich mit beängstigender Präzision. Mit maschinenhafter Genauigkeit. Weder Bonnie noch Kaddok bemerkten es.

»Ihr habt da irgendetwas losgetreten«, sagte der Karnese, und für seine Verhältnisse flüsterte er. »Ich habe es anfangs nicht begriffen. Ich habe den Zusammenhang nicht gesehen. Aber es gibt ihn. Die Rechner auf Die Neue Wohlfahrt waren von genau derselben Krätze befallen wie alle anderen im Netz. Ungeheure Datenmengen, die sich fortpflanzen wie fruchtbares kybernetisches Leben. So geschickt programmiert, dass man kaum ein Gegenmittel findet. Man kann den Stecker ziehen und sich vom Netz trennen, niemand tut das. Und kaum verbindet man sich wieder mit dem Netz, hat man flugs dasselbe Problem am Hals. Überall diese Krätze, überall.«

Bonnie und Markus warfen sich einen ratlosen Blick zu. Beide dachten natürlich an jenen unseligen Studenten, dessen Aktivitäten den Spuren im Netz zufolge all die Konfusion ausgelöst hatten. Michael Sanderstorm war es, den der Karnese meinte und dessen Fährte er verfolgt hatte. Diesen Jungen traf wohl kaum eine Schuld an der Katastrophe auf DIE NEUE WOHLFAHRT. Dominosteine, die einander umwarfen. Kaddok redete weiter, als habe er nichts bemerkt.

»Und all dieser Kram kommt von Galdäa. Besser gesagt, all dieser Kram stammt von Galdäa, beschreibt diesen Planeten. Ich habe nur ein paar der Dateien entschlüsseln können, ehe die Goldenen mir die Rechner abgeschaltet haben. Aber es ist ganz eindeutig – Galdäa hat die Krätze auf die Menschheit losgelassen ...«

»Die Goldenen?«, fragte Bonnie. »Was hat denn die Goldene Bruderschaft damit zu tun?«

Kaddok schaute die Soldatin an, als sei sie eben erst in diesem Zimmer gelandet. Die völlig unkarnesische Wärme forderte ihren Tribut: Er schob den Zeigefinger unter seinen Schlips und lockerte den Knoten. Der oberste Knopf seines Hemdes riss ab und sprang leise klickend auf dem Boden herum. Während er hüpfte, wusste Markus bereits auf den Millimeter genau, wo der Knopf zur Ruhe kommen würde.

»Die haben mir den Saft abgedreht, als ich ein bisschen zu lange nachgeforscht habe«, sagte Kaddok. »Oder zu tief. Oder an der richtigen Stelle. Plötzlich gingen alle Anzeigen aus und die Türen auf, und man bat mich nachdrücklich, zu verschwinden und alles zu vergessen.«

Markus musste grinsen. Irgendwie bekam er dieses Bild nicht auf die Reihe, ein Prachtstück von einem Karnesen, bedroht von nackten goldbehangenen Fettleibern.

Er erntete einen bösen Blick.

»Diese Typen machen derartige Drecksarbeit nicht eigenhändig«, sagte Kaddok. »Dafür haben sie ihre Leute. Ich habe sie nicht wirklich gesehen. Ich habe ihre Präsenz im Netz gespürt, und es war viel zu langsam, als dass ihre Versteckspiele genützt hätten. Ob es nun eine Doppelwespe in der Nähe gegeben hat oder nicht: Sie waren es. Sie haben mich hinausgeworfen, weil ich versuchte, Dinge über Galdäa herauszufinden. Ich war in Bereichen, in denen ich nichts zu suchen hatte.« Kaddok schüttelte den Kopf. »So richtig verstehe ich es immer noch nicht«, sagte er. »Was haben alte, raffiniert verschlüsselte Dateien über das Wetter eines unbedeutenden Planeten mit den Staatsgeheimnissen der Goldenen zu tun? Warum überschwemmt Galdäa das Rechnernetz zwischen den Welten mit all diesem Zeug? Was hat die Universität damit zu tun? Und wieso taucht plötzlich eine Galdani auf, die es eigentlich gar nicht geben dürfte? Was hat eine in Unehren aus der Auswahl geworfene Söldnerin mit Galdäa zu schaffen?«

Markus bemerkte, wie Bonnies Augen kalt wurden. In Unehren aus der Auswahl geworfen? Söldnerin? Auf solche üble Nachrede war sie offenbar schlecht zu sprechen. Kaddok bemerkte es nicht, er setzte seine Fragen fort, eine schier endlose Litanei, an niemanden im Besonderen gerichtet. Eine lange Liste, angesammelt über längere Zeit, und es war für den Karnesen offenbar wichtig, sie einmal loszuwerden. Sie auszusprechen. Ohne Rücksicht darauf, irgendwelche Antworten zu erhalten.

»Um die Verwirrung perfekt zu machen, erscheinen als geheim eingestufte Unterlagen über die Weltenkreuzer-Konstruktion im Netz. Dieselben Monstren, wie sie auf Die Neue Wohlfahrt gebaut werden. Kaum gesehen, schon verschwunden: Aus Atibon Legba kommt superschlaue Software, die solche Informationen bis zur Unkenntlichkeit verändert. Die brisanten Daten werden zerwürfelt, bis sie weißes Rauschen sind. Hervorragendes Programm. Ein so raffiniertes Zeug, dass es unmöglich vom Flottenkommando selbst stammen kann. Sowas bringt Atibon Legba nicht zustande, das fabriziert nur die Bruderschaft.«

Ohne in seiner Rede innezuhalten, stand Kaddok auf, streifte sich das Jackett von den monströs breiten Schultern und legte es mit penibler Sorgfalt über die Lehne des Sitzmöbels, ehe er sich wieder setzte und das Kleidungsstück dabei hoffnungslos zerknautschte. Das Hemd war so weiß, dass Markus der Anblick in den Augen wehtat. Die Wölbungen und Falten des Stoffes ließen allerlei Rückschlüsse auf den darunter verborgenen Körper des Karnesen zu. Schlüsse, die Markus wegen seiner neuen Fähigkeit mühelos und mit peinigender Genauigkeit ziehen konnte.

»Dann taucht dieser Student auf«, sagte Kaddok, »und seine illustre Fast-Verwandtschaft, die mit Galdäa mehr zu tun hatte, als sie zugeben will. Ein Bruder, der unter äußerst seltsamen Umständen im Weltraum verlorenging. Und als nächstes ein erfolgreicher Musiker und Ex-Ycorgan-Junkie; allein die geringe Zahl der Überlebenden unter den Opfern der Zeit macht ihn bemerkenswert. Da fällt es auf den ersten Blick gar nicht auf, dass er jene unmögliche Galdani kennt, sie kennt aus demselben Institut, aus dem sie unter merkwürdigen Umständen entkommen konnte.«

»Und dabei getötet wurde«, unterbrach Markus. »Wenn man den Neuigkeiten glauben kann, die man so serviert bekommt.«

Kaddok zeigte ihm ein grimmiges, zähnefletschendes Grinsen. Markus nahm sich vor, später einmal nachzufragen, ob die genetischen Veränderungen der Karnesen tatsächlich zusätzliche Zähne einschlossen oder ob ihm das nur so vorkam. In diesem Moment hätte Kaddok auf solche Zwischenfragen vielleicht unwirsch reagiert.

»Man wird langsam verrückt bei so viel Zufällen«, sagte er. »Und die meisten sind natürlich keine. Das Attentat auf jenen Musiker nicht. Und der Amoklauf auf DIE NEUE WOHLFAHRT nicht – derselben Werft, deren geheime Kreuzerbaupläne vorher im Netz verraten wurden und die dann fast unterging. Und eben gerade kamen Nachrichten über diesen Überfall auf das Hauptquartier der angeblich desertierten Auswahl-Truppe, auf einem verlassenen Flugplatz. Das war ebenfalls kein Zufall ...«

Zwei Aufschreie unterbrachen den Karnesen; einer davon schrillte mit maschineller Aufdringlichkeit.

»Wie war das auf DIE NEUE WOHLFAHRT?«, wollte Bonnie Wayss wissen, und Markus Hataka erkundigte sich lautstark nach dem angegriffenen Hauptquartier. Beide hielten inne und schauten einander erstaunt an. Erst dabei sickerte die Nachricht vollends in Bonnies Bewusstsein. Ihr leerstehender Fliegerklub angegriffen? Welcher Idiot kam denn auf solche Ideen?

Der Karnese holte mit einer mächtigen Geste aus, die beinahe sein weißes Hemd sprengte, und tippte sich an die Stirn.

»Ist alles hier drin«, sagte er. »Und vielleicht nirgendwo sonst. Das Netz ist in einem bedauernswerten Zustand.«

Wen schert das Netz, dachte Markus. Bonnie verstand besser, was los war. Dieser Fleischberg war auf der Suche nach Verbündeten. Die Soldatin grinste Kaddok an und fragte ihn direkt, ob sie ihm mit einem karnesischen Drink behilflich sein könne.

»Sehr behilflich«, erwiderte Kaddok. Die Atmosphäre im Zimmer entspannte sich; Markus hatte bis zu diesem Zeitpunkt überhaupt nicht bemerkt, dass es eine Spannung gab. Seine neuen Talente hatten offenbar die Tendenz, ihm den Blick auf weniger Oberflächliches zu versperren. Nicht gut, dachte Markus.

Bonnie Wayss servierte dem Schwerweltmenschen ein öliges, schlieriges Gebräu, frisch aus dem Kühlschrank, in einem bauchigen Metallgefäß, das sofort mit Rauhreif beschlug, so kalt war das Zeug. Kaddok nahm einen langen Schluck, und Markus schüttelte sich bei dem Anblick. Er hatte die Getränke der Schwerweltmenschen probiert, und er hatte eines so fürchterlich wie das andere gefunden. Drei Viertel waren der pure Alkohol, der Rest bestand aus ätzenden Gewürzen und unbekömmlichen Drogen. Nicht umsonst sagte man den Karnesen nach, sie hätten stählerne Mägen. Kaddok blickte seine beiden Gastgeber entschuldigend an, weil er ihnen nichts angeboten hatte. Es war Sitte auf Karna, einen Becher kreisen zu lassen. Bonnie lehnte höflich ab. Vielleicht hatte sie Angst, das Zeug würde ihren Sprachprozessor zersetzen.

Markus dagegen wusste, dass Kaddok das Gesöff bis zum letzten Tropfen hinuntergegossen hatte. Derlei Einzelheiten konnten ihm in seinem Zustand nicht mehr verborgen bleiben. »Was war das jetzt mit dem Angriff auf den Fliegerklub?«, fragte er.

Kaddok wischte sich die unvermeidlichen Tränen, die der heimatliche Drink hinterlassen hatte, aus den Augenwinkeln. Vielleicht war es nicht nur die Schärfe des Getränks, die ihm das Wasser in die Augen schießen ließ.

»Dass es sich um einen stillgelegten Fliegerklub handelte«, sagte der Karnese, »habe ich erst später erfahren. Zuerst hieß es, dass es eine militärische Aktion auf der Universitätswelt gegeben habe, und das rief alle möglichen Leute auf den Plan. Ihr könnt euch sicherlich denken, wen alles.«

Bonnie Wayss und Markus Hataka nickten verständnisvoll; sie hatten zwar beide keine Ahnung, von wem Kaddok sprach; es würde sicherlich irgendeine Behörde geben, die über das Refugium Penta V wachte. Dem Karnesen trieb das eisige Getränk offenbar die Hitze ins Gesicht, er sandte einen entschuldigenden Blick zu Bonnie und öffnete sein Hemd, zog es aus und legte es zu dem zerknitterten Jackett über den Stuhl. Darunter trug er eine Art ärmelloses Leibchen mit weit ausgeschnittenen Schultern, dessen Stoff seinen Rücken und Bauch straff umspannte. Markus bemerkte die eingearbeiteten Polsterungen in der Nierengegend und die Anschlüsse für eine Energieversorgung, um den Körper beheizen zu können; das war echte karnesische Kleidung, gemacht für klirrende Kälte. Markus blieb ruhig, indem er sich vorstellte, wie Karolus angesichts dieser Masse wohlgerundeten männlichen Fleisches das Herz geklopft hätte. Der kleine Mann in seinem staubigen, pedantischen Zimmer tief in Hatakas Schädel machte sich Notizen über die Differenzen zwischen seiner Vorhersage und der Realität, was Kaddoks Fleisch betraf.

»Das Netz ist immer noch im Zustand der Konfusion«, sprach Kaddok weiter, »und die Versuche, das Problem zu beheben, machen es eher größer als kleiner. Es war also keine Schwierigkeit, einige Informationen zu erhalten. Jemand ist in dieses Objekt eingedrungen, und zwar unter Verwendung einiger exotischer Waffen. Diese Leute hatten Ausrüstung, die es eigentlich gar nicht gibt.«

Der Karnese bemerkte den Blick, den sich Bonnie und Markus zuwarfen, und er nickte.

»Das legt natürlich den Verdacht nahe, dass die Goldenen die Hand im Spiel hatten«, sagte er. »Wer sonst verfügt über solche Technologie. Der Rest der Geschichte allerdings klingt nicht nach der Bruderschaft. Mal abgesehen davon, dass die Nackten sich sowieso niemals selbst die Hände schmutzig machen – es ist kaum vorstellbar, dass derart perfektionistische Typen sich die Mühe machen, ein komplett leeres Objekt zu überfallen. Viel weniger vorstellbar ist es, dass diese Leute einander bei einem solchen Unternehmen gegenseitig über den Haufen schießen.«

Bonnie gickerte leise. Das Geräusch war, nachgeahmt von einer Maschine, alles andere als heiter.

»Was?«, fragte Markus wenig freundlich.

»Genau das«, sagte die Soldatin, »haben wir uns für den Fall eines Angriffs als günstigsten Irrtum unserer Gegner vorgestellt. Dass ihre Abteilungen den Gebäuden folgen, im Kreis gehen und irgendwann ihre eigenen Leute unter Feuer nehmen.«

»Die Goldene Bruderschaft macht solche Fehler nicht«, sagte Markus. »Schon gar nicht solche ausgemacht dummen.«

»Das ist richtig«, brummte der Karnese. »Sie würden keine Leichen herumliegen lassen. Es wurden einige dort gefunden. Alle von ihren eigenen Kameraden über den Haufen geschossen. Opfer einer langfristig wirkenden List, sozusagen.«

Er machte eine halbe Verbeugung in Richtung von Bonnie Wayss. Die Soldatin winkte hoheitsvoll zurück. Markus Hataka konnte den Blick nicht von dem Körper des Karnesen wenden. Es sah wunderbar aus, wie all diese Muskeln ineinander und übereinander arbeiteten, eine Sinfonie aus Fleisch. Man müsste Musik machen können, die genauso funktioniert, überlegte die kleine Fee. Der eiskalte Überwacher Maja Majas meldete, die Aufmerksamkeit sei besser anderen Dingen zuzuwenden.

»Es sickert einiges durch«, sagte Kaddok, »die Rechnerkrätze legt so manche Funktion lahm. Das hat seine Vorteile. Einer der Angreifer soll gleichsam hingerichtet worden sein; eine Reihe von Raumschiffen in der Nähe sind verdächtig, als Basis gedient zu haben. Man hat sie natürlich zum Beidrehen aufgefordert, und natürlich haben sich alle vier aus dem Staub gemacht. So schnell, wie es nur ging. Interessanterweise war eines der Schiffe zum Zeitpunkt des E-Tags an Die Neue Wohlfahrt angedockt.«

»Die Sebafell«, sagte Bonnie.

»Dasselbe Schiff, auf dem wir beide unsere Veruca Salt so gut untergebracht hatten«, bestätigte der Karnese. »Ich würde Wetten eingehen, dass die Sebafell jetzt ohne getarnte Galdani weiterfliegt.«

»Hoffen wir es«, sagte Markus.

»Ich gehe davon aus«, meinte Kaddok.

»Das«, unterbrach Bonnie, »bringt uns zum E-Tag zurück und dazu, dass all das kein technisches Versagen gewesen sein soll. Dass es eine Ursache gab. Das hätte ich gern genauer beschrieben.«

Kaddok seufzte. »Es war, ganz kurz gesagt, die Rechnerkrätze; die Sicherheitssysteme von Die Neue Wohlfahrt waren destabilisiert und funktionierten nicht richtig.«

Markus und Bonnie blickten einander verblüfft an.

»Und genau das ist die Erklärung, die man der Öffentlichkeit gab. Die nur ein klein wenig verdrehte Wahrheit, keine direkte Lüge. Schaut man aber genauer hin ...«

Kaddok stand auf, als wolle er aufgeregt hin und her gehen; er sah schnell ein, dass dieses Unterfangen in dem kleinen Zimmer völlig zwecklos war. Markus beobachtete fasziniert, wie sich die Muskeln und Knochen des Schwerweltmenschen unter der Haut und durch die eng anliegende Kleidung abzeichneten. Jede Linie, jede Kurve wurde vermessen und verzeichnet. Dem Karnesen war unmenschlich warm in diesem Raum. Schweißtropfen standen auf seiner Stirn und saßen wie Kolonien klarer Perlen auf der Haut seines Körpers und betonten effektvoll die Konturen. Er setzte sich wieder, und abermals ächzte das Metall unter der Last. Der unbarmherzige Buchhalter zählte die Schweißtropfen, komponierte ausgreifende Linien aus ihnen und sagte voraus, wann und wo ein Tropfen karnesischer Körperflüssigkeit zu Boden fallen würde.

Und es wäre zu klären, was vorhin diese Bemerkung über die TÅSTRÖM zu besagen hatte. Nichts wird mehr vergessen, niemals wieder, dachte Markus, und bei dem Gedanken spürte er leises Entsetzen.

»Ich habe mich mit dem, was da durch die Gegend schwirrt, eingehender befasst«, sagte Kaddok, »und ich habe nicht auf die endlosen Statistiken gestarrt, die da ankommen, oder auf die Texte und Bilder. Ich habe mir angesehen, was übrigbleibt, wenn man den nutzlosen Kram abzieht – das Rauschen dazwischen, sozusagen. Da gibt es ein paar kleine, raffinierte Programme, die jeden betroffenen Rechner zwingen, immer wieder neue Dateien zu laden und zu entpacken und zu speichern. Nichts weiter als Viren also, allerdings elegant gemachte. Nun ja ... es bleibt ein gewisser Teil Rauschen zurück. Und in diesem Teil steckt es.«

Kaddok hob den leeren Becher zum Mund, starrte in das Gefäß und stellte es so heftig auf den Tisch zurück, dass Glas oder Keramik unweigerlich zersprungen wären. Bonnie und Markus schauten spontan den Tisch an und suchten nach Scherben. Natürlich waren da keine; die Platte zeigte eine deutliche Kerbe dort, wo der Karnese das Metall hingehämmert hatte. Markus hätte exakt sagen können, wie viel Zehntelmillimeter tief die Kerbe war und in welchem Winkel zur Kante sie verlief.

»Die Leute auf Galdäa«, erklärte Kaddok, »haben im Rauschen einen Quellcode versteckt, ein Superprogramm. Ich habe nicht viel davon entziffern können, denn als ich es auseinandernehmen wollte, zerstörte es sich selbst.«

»Zerstörte sich selbst?«, fragte Bonnie. »Ein Programm?«

Markus Hataka schüttelte den Kopf. Dergleichen hatte er nie gehört. Selbstmörderische Software.

»Ich glaube, das ist höher als nur ein Programm«, sagte der Karnese, und in seiner Stimme lag Ehrfurcht. »Dieser Quellcode erzeugt in jedem infizierten Rechner eine Halbintelligenz, eine Art von schlauem elektronischen Haustier. Ein Programm, das in jedem befallenen Rechner aufs Neue und individuell ersteht. Nur ist es nicht das Spielzeug des Rechnerbesitzers. Es ist und bleibt ein Haustier Galdäas. Es ist subversiv. Es sucht gezielt die am stärksten geschützten Bereiche und zerstört sie vorrangig. Es fertigt Analysen des möglichen Schadens an und richtet den größtmöglichen an. Es stopft Kopien von sich selbst in jede verfügbare Ecke, im Rauschen versteckt. Fortpflanzungsfähige Kopien. Es schreibt sich selbst um, wenn es entdeckt zu werden droht. Während alle denken, sie hätten es mit einer Art von Datenschwemme zu tun, die alle Leitungen überlastet, lockert dieses halbintelligente Programm längst die Schrauben der Fundamente.«

Kaddok fuhr mit dem Daumen über die Delle in der Tischplatte. Auf Markus machte diese Geste den Eindruck einer gedankenlosen Zärtlichkeit, und er musste seinen Blick von Kaddok losreißen.

»Auf DIE NEUE WOHLFAHRT hatte dieses Teufelsding die kompletten Sicherheitssysteme pulverisiert – sie funktionierten zwar und zeigten nicht die geringste Fehlfunktion, brachen aber im Ernstfall zusammen, so hilflos wie ein Erdenmensch auf Karna. Es genügte die bloße Annäherung eines nicht angemeldeten Flugkörpers, und das unüberwindliche System war von einem Sekundenbruchteil auf den anderen nicht mehr vorhanden.«

»Raffiniert«, sagte Markus. Er versuchte darüber nachzudenken, ob denn dieses fiese Stück Software in sein Musiksystem eingedrungen sein mochte, und was mit all seinen gespeicherten Stücken geschehen war. Vor allem mit dem, was er in jener verhängnisvollen Nacht für den Kutembea-Nachfolger eingespielt hatte.

»Teuflisch«, sagte Kaddok. »Natürlich ließ die Elektronik im Schiff des Karnesen ebenso schlagartig alle Hemmungen fahren. Plötzlich verwandelte sich für den armen Mann die Welt. Keine Hindernisse mehr, keine Restriktionen, keine Grenzen. Ein Kosmos voller Regeln verschwand und machte der absoluten Freiheit Platz.

Vielleicht war es dieser Augenblick, der seine labile Seele über die Kante stieß. Für ihn war die Wirklichkeit verschwunden.«

»Und Galdäa ...«, setzte Bonnie an; Kaddok ließ sie den Satz nicht zu Ende sprechen.

»Galdäa hat diesen verflixten Quellcode so genial geschrieben und versteckt, dass mir absolut kein Gegenmittel einfallen will. Das ist zu hoch für mich.«

Galdäer als Rechner-Genies und Programmier-Gurus? Markus hatte für eine halbe Sekunde ein Déjà-vu-Erlebnis, irgendwie war da etwas gewesen, irgendeine so raffinierte elektronische Teufelei, dass als Urheber nur einer in Frage kommen konnte, niemand sonst, und nicht Atibon Legba. Von Galdäa war da keine Rede gewesen. So schnell, wie der Gedanke aufgetaucht war, verschwand er wieder. Ein anderer drängte sich vor.

Markus Hataka erinnerte sich daran, dass Bonnies Truppe sein komplettes Klanglabor abgeschaltet, eingepackt und mitgenommen hatte; seine Klänge und Melodien dürften also in Sicherheit sein. Fragte sich nur, wo genau.

»Der galdäische Krieg«, sagte Bonnie.

»Bitte?« Markus und Kaddok waren gleichermaßen verblüfft.

Bonnie starrte sie an, als könne sie kaum verstehen, wie denkende Wesen so dumm sein konnten. »Der galdäische Krieg ist nicht zu Ende«, erklärte sie. »Jedenfalls sehen es die Galdäer so. Für sie ist der galdäische Krieg ein ungeschlagener Krieg. Und sie versuchen, ihn zu gewinnen – ein ungelöster Konflikt muss beendet werden, hat die Konsulin gesagt. Ein Krieg ist ein Konflikt, der nur durch die völlige Harmonie der beteiligten Seiten oder die völlige Vernichtung einer der beteiligten Seiten beendet werden kann. Die nehmen das wörtlich. Die Galdäer planen langfristig, und sie scheren sich nicht um die Details.«

»Pläne gehen niemals vollständig auf«, zitierte jetzt Markus ebenfalls die Worte Taras, »und aus diesem Grunde gibt es immer mehrere davon. Oder mehrere Arten, einen von ihnen zum Ende zu bringen. Das Entscheidende ist, ihn in Gang zu setzen.« Ihm war, als öffne sich eine Tür, und er könne sehen, was lange verborgen gewesen war. Leider handelte es sich dabei nur um ein Gefühl, und Markus war sich durchaus nicht im Klaren darüber, ob er sich selbst über den Weg trauen durfte – mit Maja Majas Hinterlassenschaft in Hinterkopf und Fingerspitzen.

»Na prima«, sagte Kaddok.

Markus hielt diese Antwort für völlig unangemessen. Ihm war bei dem Gedanken an die Konsulin natürlich die unglückliche Expedition in das doppelte Hochhaus und die Flucht aufs Dach und das Ende von Maja Maja eingefallen. Auch so ein Plan, der nicht vollständig aufgegangen war. Andererseits wäre er selbst vor den Augen Evelines von dieser Bombe zerrissen worden, wenn Pläne stets aufgehen würden. Und wiederum andererseits: Was war eigentlich aus den menschenförmigen Gestalten geworden, denen Hataka Energieladungen ins Körperinnere gebrannt hatte? Und was stand dem armen Michael Sanderstorm bevor, der dies alles in Gang gesetzt hatte, ohne den geringsten Schimmer davon zu haben, in den Rachen welcher Bestie er sich begab? Konnte man denn gar nichts tun, ohne dabei irgendwas anzurichten? Das Dilemma der Schöpfer mochte ähnlich gewesen sein, allmächtig und doch geplagt. Traurig und finster, während sie Galdäa schufen und doch nur im unbegreiflichen Auftrag anderer Kräfte handelten.

»Schaut man genau hin«, sagte Kaddok, »dann ist Galdäa schuld am Amoklauf auf DIE NEUE WOHLFAHRT. Und an all dem anderen.«

Er hob die Hände, riesige Greiforgane, die schon nackt auf alle menschlichen Wesen in seiner Nähe wie Waffen wirken mussten.

»Ich will nicht den Galdäern die Verantwortung zuschieben. Aber ohne das halbintelligente Programm wäre mein Kamerad niemals soweit gekommen. Niemals soweit getrieben worden.«

Bonnie sah Markus an, und in ihren Augen funkelte List.

»Wir wollen nichts überstürzen«, sagte sie. »Wenn Galdäa tatsächlich diesen leisen und gemeinen Krieg angefangen hat, dann sind Opfer wie die auf DIE NEUE WOHLFAHRT nur Beigaben. Vom Konzil der Schwestern aus gesehen haben schließlich wir den Krieg angefangen, damals. Hat A. L. den Krieg angefangen. Das Programm ist nur eine von vielen Waffen in diesem Krieg. Was mag wohl ein solches Programm auf Atibon Legba anrichten oder in den Speicherbänken des epsilonischen Institutes?«

Markus wusste wenig über die Verflechtungen, die es zwischen den verschiedenen Systemen der raumfahrenden Menschheit geben mochte; bereits ein kurzes Nachdenken machte ihn schwindlig. Wenn dieser galdäische Programmiererwahnsinn tatsächlich auf jedes System und jeden Rechner übergreifen konnte, dann wären bald alle Speicher hoffnungslos mit Galdäa-Dateien verstopft. Dann gäbe es keine Kommunikation zwischen den Welten mehr. Und die Weltenkreuzer würden ins Ungewisse springen, wenn sie versuchten, eine der nächstgelegenen Welten zu erreichen. Die Herren von Atibon Legba wären nicht mehr die Herren des bewohnten Kosmos, sondern die Herrscher einer unsinnig großen Raumstation, die niemand mehr anfliegt. Die Barrieren um die gesperrten Planeten würden durchlöchert, und was immer dort lauern mochte, konnte herauskommen. Vielleicht geriet sogar die Erde selbst in Gefahr, wieder erreichbar zu werden.

Markus kannte niemanden, der sich das wünschte; man kam zu gut aus mit dem bloßen Popanz der Erdregierung. Und was war mit den Randwelten? Hätte Engambosch ein Problem, wenn der Planet wieder einmal vom Rest der Menschheit abgeschnitten würde? Was sagen all die Päpste, wenn sie nichts mehr hören von der Diaspora der Gläubigen? Wie würde Utragenorius auf die Lähmung der raumfahrenden Menschheit reagieren? Würden seine Flotten aus Pik-Damen und Großen Straßen über die hilflosen Kolonien am Rande der Dunkelwelten herfallen? Wie würde Oniskus den Zusammenbruch seiner Tourismus-Industrie überstehen? Was wäre die Bruderschaft der Goldenen wert ohne ihre Beherrschung der rechnergestützten finanziellen Systeme?

Oh, dachte Markus, auf was für Gedanken bringt mich das denn? Vielleicht ist die Einmischung der Bruderschaft ein Akt der Verzweiflung? Wollen die Maden mit all dem nur ihren Einfluss, ihre Pfründe erhalten? Wie gewaltig ist eigentlich das Wespennest, in das wir da gestochen haben?

Er teilte Kaddok und Bonnie seine Überlegungen mit, und die beiden lachten leider nicht. Sie nahmen diesen hirnsträubenden Quark ernst, und das war es, was Markus wirklich und dauerhaft einen klirrend kalten Schreck einjagte. Plötzlich rasteten seine Erlebnisse wie die Kugeln eines Labyrinth-Spieles in kleinen vorgestanzten Löchern ein. Es ordnete sich, und der kleine graue Kerl im Hinterstübchen geriet außer sich vor Freude; nichts war ihm lieber als Ordnung. Jana Hakons überraschende Flucht aus jenem Institut. Das seltsame Attentat auf ihn – wie mochte es der armen alten Eveline gehen? – als Versuch, den Lauf der Dinge ein wenig zu behindern. Datenkrätze, die Nebenwirkung einer ausgefuchsten Software. Das Chaos auf DIE NEUE WOHLFAHRT ein unbeabsichtigter Nebeneffekt. Der Überfall auf Bonnies Hauptquartier der verzweifelte Versuch, das Gesicht zu wahren. Alles zusammen nur ein Nebenschauplatz des galdäischen Krieges. Nur Seitenhiebe eines goldgeschmückten Riesen.

»Man kommt sich vor wie ein Bauer auf einem Schachbrett«, sagte Kaddok, und es dauerte ein paar Minuten, ehe sich Markus an dieses antike Spiel mit den komplizierten Regeln erinnert hatte. Die Bauern waren nicht das Wichtigste daran, konnten jedoch enorme Bedeutung in der langfristigen Strategie erlangen. Netter Vergleich, vielleicht ein wenig zu selbstverliebt. Markus hatte eher die Befürchtung, dass sie alle miteinander viel weniger wichtig waren als der Bauer auf der g-Linie; nur Staubkörner, die von Funken getroffen wurden und verbrannten oder nicht. Der wirkliche Kampf tobte weiter weg. Markus starrte die Schweißtröpfchen auf Kaddoks Haut an und hatte Schwierigkeiten, sich dieses Mannsbild als Staubkorn in irgendjemandes Kalkulation vorzustellen.

Abgelenkt von solchen Gedanken, bekam er nur am Rande mit, wie die Soldatin und der Karnese beschlossen, dass sie alle miteinander nach Galdäa reisen würden.

»Ich sollte versuchen, irgendwie eine Nachricht und vielleicht Geld für Jana zu hinterlassen«, sagte Bonnie schließlich, und der zustimmende Blick, den die Soldatin dafür von Kaddok erntete, löste in Markus ein seltsames Gefühl aus. Er hatte den Eindruck, zwischen dem Karnesen und der Soldatin sei ein Bündnis entstanden. Er kam sich vor wie jemand, der an den Entschlüssen seiner Freunde keinen Anteil hat, und das sagte er den beiden.

Bonnie nickte und gab zu, dass sie Markus für zu befangen hielt, um über die Reise nach Galdäa mitzuentscheiden. Markus blieb der Mund offen stehen. Kaddok nahm seine Verblüffung ungerührt zur Kenntnis. Der Karnese murmelte etwas von dem seltsamen und unverständlichen Konzept der Freundschaft vor sich hin, dem die Nestlinge des Flottenkommandos eine so überaus große Bedeutung beimäßen. Auf Karna gebe es die Bindungen des Nestes und der Familie, und die seien kompliziert genug. Wenn du wüsstest, dachte Markus, wie breit der Graben bei uns wirklich ist zwischen jemanden zum Freund haben und ihn ins Nest bekommen.

»Eine Reise nach Galdäa«, sagte Bonnie Wayss, »ist keine logische Reaktion, das gebe ich gern zu. Aber wir müssen aus der Schusslinie verschwinden, und zwar so schnell wie möglich. Die TÅSTRÖM ist bereit und bietet uns die perfekte Gelegenheit.«

Markus wollte protestieren und einwenden, dass ihn die ganze Geschichte ja wohl nicht so betreffe; Bonnie wischte diesen Einwand beiseite, indem sie ihn an das Attentat in seiner Wohnung erinnerte und an seine Mitwirkung an Janas Flucht, ganz zu schweigen vom Konsulat.

»Was oder wer auch immer dahintersteckt«, sagte sie, »es ist kaum anzunehmen, dass sie den zufällig hineingestolperten Musiker verschonen, wenn sie tabula rasa machen. Die Goldenen sind für ihre Gründlichkeit bekannt. Dass wir am Leben sind, haben wir dem galdäischen Krieg zu verdanken. Der Rechnerkrätze. So paradox es klingt.«

»Das ist zutreffend«, sagte Kaddok. »Zutreffend ist ebenfalls, dass wir schon viel zu lange hier sind.«

»Lange genug«, übersetzte Bonnie, »dass die Fischerprogramme der Goldenen uns lokalisieren könnten. Sie sind gut, aber die Rechnerkrätze macht ihnen schwer zu schaffen.«

»Wenn man die Goldenen zum Feind hat, sollte man nicht lange an ein und demselben Ort verweilen. Er könnte sonst der Ort werden, an dem deine Biographie endet«, bemerkte Kaddok.

Markus grinste. Seine Einschätzung des Karnesen war womöglich nicht ganz richtig. Da war doch tatsächlich ein Funken von Humor in dieser Bemerkung gewesen.

Kaddok füllte, indem er sich erhob, den Raum aus und nickte Bonnie zu. Das weitere Vorgehen war bereits beschlossen und bedurfte keiner Gespräche mehr. Der Schwerweltmensch hielt kurz inne und sagte: »Diesem Michael Sanderstorm sollte man Nachricht geben. Ich mag den Gedanken nicht, dass Menschen zu bloßen Werkzeugen gemacht werden und nichts davon wissen.«

Damit griff er achtlos nach dem Hemd, das zerknittert über der Stuhllehne hing, und streifte sich das Kleidungsstück über. Natürlich schwitzte er es schlagartig durch, und der weiße Stoff klebte feucht und fleckig an seinem Körper. Der Karnese stapfte hinaus, und Markus wollte folgen. In seinem Hinterkopf steckte jemand, der sich freute, dass er die durchgeschwitzten Stellen so genau vorhergesagt hatte. Genau daneben fragte sich ein aufgeregter Geist, ob denn nicht in diesem Augenblick ein gewisser Markus Hataka genauso zum Werkzeug höherer Absichten wurde wie Michael Sanderstorm. Kaddok musste sich bücken und leicht zur Seite drehen, um seine breiten Schultern ohne Kontakt mit dem Rahmen durch die Tür zu bugsieren. Er war an die zwergenhaften Abmessungen gewohnt und tat es mit gedankenloser Eleganz.

Bonnie Wayss legte dem Musiker eine Hand auf die Schulter und hielt ihn zurück. Markus drehte sich um. Die Soldatin presste ihm überraschend ihre Hand auf den Mund und kam ganz nahe heran.

»Vergiss es«, sagte Bonnie leise. Sie vergewisserte sich, dass die Augen des Musikers auf sie gerichtet waren und nicht mehr dem Leib des Karnesen hinterherschmachteten, ehe sie ihre Hand wegnahm.

»Was soll ich vergessen?« Markus war verwirrt.

»Was schon«, sagte sie. »Ich habe Augen im Kopf, und ich bin nicht blöd. Hör mir zu. Karna geht mit allem, was von der Norm abweicht, alles andere als zart um.«

»Oh«, machte Markus, etwas Besseres fiel ihm nicht ein.

»Sie haben dort viele Jahre lang nicht nur die lebensuntüchtigen Neugeborenen umgebracht«, sagte Bonnie, »sondern jeden, der weiter als ein kleines bisschen vom Herkömmlichen abwich. Die haben es ernst genommen damit, und im Innern tun sie es heute noch. Der durchschnittliche Karnese ist bis auf den heutigen Tag der Meinung, alle Homosexuellen gehörten an wilde Tiere verfüttert, und Oniskus würden sie am liebsten komplett entvölkern.«

»Ich verstehe nicht«, wollte Markus zu einer Erwiderung ansetzen; Bonnie legte ihm die Hand erneut auf den Mund, kam nahe heran und zischte mehr, als dass sie sprach. Der Apparat in ihrer Kehle hatte Mühe bei der Artikulation und klang plötzlich billig und fremd. Überfordert.

»Mir persönlich ist es vollkommen gleichgültig, was andere Leute miteinander tun«, stellte Bonnie Wayss klar, »ich bin in dieser

Beziehung wirklich nicht prüde; unser Riesenbaby hier ist in diesem Punkt heikel. Also lass die Finger von ihm. Und bring ihn nicht auf irgendwelche Ideen. Er denkt, Karolus sei dein Bruder gewesen, dein Nestgefährte. Deswegen ist dein Interesse an dieser Angelegenheit völlig legitim für ihn.«

Markus starrte Bonnie an, als habe die sich innerhalb von Sekunden in eine der sagenhaften Kampfmaschinen verwandelt, mit denen die verfluchten Acht eine Welt nach der anderen überrannt hatten.

Die Soldatin nahm ihre Hand von Markus' Mund und atmete durch, beruhigte ihre künstliche Stimme. »Wenn er herausfindet, dass Karolus dein Lebensgefährte gewesen ist, hast du ein Problem. Und dieses Problem ist etliche Kilo schwerer als du und ein ganzes Stück größer. Allein der Gedanke daran, dass Karolus und du miteinander ins Bett gegangen seid, könnte unseren Schwerweltfreund, nun ja, ernsthaft destabilisieren.« Sie gab Markus frei und starrte ihm kurz in die Augen. »Wir haben – das wissen die Päpste – genügend andere Probleme. Dass uns die Tåström nur für kurze Zeit zur Verfügung steht, ist die geringste aller Schwierigkeiten. Kannst du mir folgen?«, fragte sie.

»Ich denke«, sagte Markus Hataka, der auf seinen Lippen den überraschend festen Händedruck der Soldatin spürte wie den Nachhall eines Schlages.

»Finde ich prima, dass wir uns so gut verstehen«, sagte Bonnie Wayss, wieder im schnarrenden Kommandoton, und schritt hoheitsvoll hinaus. Markus wusste bei jedem einzelnen Schritt, wohin genau sie den Fuß setzen würde.

24.
Michael Sanderstorm • 9

Sie starrten einander an, als wären sie alte Feinde. Vielleicht war es so. Jede Linie im Gesicht des anderen: Sie kannten einander zu gut, um nicht zu wissen, wie sie dem anderen wehtun konnten.

»Ich hatte dir einen Termin besorgt«, sagte Nikki vorwurfsvoll. »Du hättest mit meinem Vater sprechen können. Warum bist du nicht gekommen?«

»Ich war krank, Nikki«, sagte Michael. »Ich konnte nicht in ein Raumschiff klettern und nach Penta fliegen, um mit deinem Vater zu reden.« Sanderstorm war in eine Menge schneeweißer Textilien gehüllt, und nicht alles davon hatte eine medizinische Bewandtnis. Nikki sollte nicht sehen, dass das Krankenlager als hochtechnisierte Kommunikationsbasis diente. Ihr Glaube an seine schwere Erkrankung hätte ins Wanken geraten können. Und es war wichtig, dass sie weiterhin der Meinung blieb, das Sicherheitsrisiko Sanderstorm sei siech.

»Außerdem hat sich das erledigt mit dem Gespräch«, sagte Michael. »Was ich wissen wollte, habe ich erfahren.«

»War es wieder dein Rücken, der Scherereien gemacht hat?«

Nikki umkreiste den angeblichen Kranken wie ein Racheengel. Natürlich bildete sich Michael das bloß ein. Seine Freundin war nur auf die andere Seite des Bettes gegangen, um sich vorsichtig auf die Bettkante zu setzen. Die meisten Verbindungen zu Sanderstorms kleiner Kommunikationszentrale waren sowieso drahtlos; die restlichen Strippen konnte man leicht für irgendwelche medizinischen Zauberspielzeuge halten. Dennoch wirkte Nikkis Annäherung bedrohlich auf ihn. Als ob jemand seine Spinnennetze aus nichtwahrer Information attackieren würde. Als ob jemand in seine Privatsphäre eindringen würde, eine sehr spezielle Informationssphäre, die er selbst hin und wieder kaum für real halten konnte.

»Nicht direkt. Ich hatte mich zu sehr auf Medikamente verlassen, weißt du. Und die haben sich als heimtückisch erwiesen. Sehr heimtückisch.« Michael mimte wenig überzeugend überfallartige Rückenschmerzen.

Nikkis Augen machten deutlich, dass sie ihre Zweifel hatte, was diese schweren Schmerzen betraf. Andererseits wusste sie genau, wie man Michael Sanderstorms zerschnittenen Leib aus den Trümmern geschält hatte. Das war auf einer anderen Welt gewesen und lange her, mochte jedoch als Vorwand durchgehen.

»Wie lange liegst du schon so?«, fragte sie.

»Oh ..., soviel ich weiß, drei Wochen. Aber es war eine gute Zeit. Ich habe viel gelernt. Und herausgefunden. Sie haben hier eine Menge Material, das auf Penta schwer zu beschaffen ist.«

»Willst du noch diese Abschlussarbeit schreiben?«, fragte Nikki und saß weiter so gespannt und unbehaglich auf der Bettkante, als erwarte sie einen Stromschlag.

»Nein, Nikki«, sagte Michael.

»Den Päpsten sei Dank ...«, entfuhr es Nikki, und sie stutzte, als sie den Gesichtsausdruck ihres Freundes bemerkte. »Was siehst du mich so seltsam an?«

»Ich frage mich, wie viel du weißt von der ganzen Geschichte, das ist alles.«

»Das ist unwichtig«, bemerkte Nikki trocken und verbesserte sich hastig: »Wenn du es wissen willst: Ich habe nichts davon gewusst, dass mein Vater damals auf Atibon mit dieser verdammten Galdäa zu tun hatte.«

»Jetzt ist es unwichtig, da hast du recht. Ich muss dir übrigens ein Missverständnis ausreden.« Michael hob die Stimme nicht, Nikkis Aufmerksamkeit war ihm sicher. »Ich brauche keine Arbeit mehr zu schreiben, weil sie fertig ist. Man hat mir diesen kleinen Rechner ins Zimmer gestellt, mit Verbindung zu den funktionierenden Resten des Netzes.« Nun ja, das war eine weitere kleine Lüge. »Und ich habe die schlaflosen Nächte gut genutzt. Jetzt ist der Text beim Binden.«

»Das ...« Nikki stand auf, sehr langsam.

Michael fand, es wäre in diesem Augenblick nicht notwendig, ihr von all den anderen Maschinen zu erzählen, die er in diesem Krankenzimmer hatte. Er wollte sie nicht weiter verwirren.

»Du sagst gar nichts, Nikki?«

Sie war für einige Sekunden sprachlos, ein seltener Zustand. Wie verblüfft wäre sie gewesen, wenn sie gewusst hätte, dass der unscheinbare Rechner einer der schnellsten war, die es derzeit auf Atibon Legba gab, und dass er nicht am Netz hing, das unter der Rechnerkrätze stöhnte. Dieses Ding hier in Michael Sanderstorms Krankenzimmer verfügte über direkte Kommunikation, war außerhalb des Netzes mit Landau-Modulatoren verbunden und nur Sekundenbruchteile von Galdäa entfernt. Tara hatte ganze Arbeit geleistet. Die Galdäer leisteten eigentlich immer ganze Arbeit.

Nikki fand die Sprache wieder.

»Du willst das abgeben?«, fragte sie, und ihre Stimme drohte überzukippen. Sie hasste das. Wenn sie sich wirklich aufregte, gerieten ihr kleine hysterische Kiekser zwischen die Worte, und sie fühlte sich wieder wie eine kleine Göre, der man mitleidig gab, was sie wollte, wenn sie sich denn unbedingt so aufführen musste.

»Natürlich.« Michael blieb ganz gleichmütig.

»Ich habe mit meinem Vater gesprochen«, sagte Nikki und zwang ihre Stimme zur Ruhe. »Ich habe ihm von deinen Fragen erzählt. Er meint, er hat sich an seine Vorschriften gehalten. Immer. Man hat ihm nie zuvor irgendetwas vorgeworfen. Er hat das Beste gewollt für diese Galdäer ... Warum grinst du mich so an?«

Nikki musterte den jungen Mann im weiß bezogenen Bett, als käme er ihr zum allerersten Mal unter die Augen. Da war etwas Neues an Michael, etwas, das sie nicht kannte. Der alte Michael war sich niemals sicher gewesen, ob es richtig war, was er tat. Immer musste Tasso herhalten und die Welt geraderücken. Erst der große Bruder hatte die Autorität, der Sonne das Auf- und Untergehen zu erlauben. Deswegen hatte Tassos spurloses Verschwinden Michael in dieses wahnsinnige Flugmanöver getrieben. Dieser Mensch hier, der sie wissend und überlegen anlächelte, hatte mit Tassos kleinem Bruder nichts mehr gemein.

»Er musste seine Auflagen erfüllen«, redete Nikki weiter, »den Bau der Station und das alles – und das Geld für die Forschungen ist gestrichen worden, du weißt doch selber –, die Sparmaßnahmen, die Kostenexplosion beim Trassenbau ...«

»Ich weiß«, sagte Michael lässig. »Man hat schließlich seine Quellen. Ich kenne das Dokument, in dem vereinbart ist, dass zuerst bei den Forschungsmitteln gestrichen wird, wenn es finanziell eng wird. Prioritäten nennen sie das.«

»Siehst du.« Nikki war erleichtert, Zustimmung zu hören. »Was hast du davon, alle in den Schmutz zu ziehen und nach all diesen Jahren verantwortlich zu machen für die ... Zwischenfälle?«

»Zwischenfälle? Das ist wirklich hübsch formuliert.« In Michaels Augen stand Wut. »Zwischenfälle. Kennst du die ...« Er unterbrach sich, als ihm einfiel, dass sie die galdäischen Verluste nicht kennen konnte. Um eine solche Statistik hatte sich A. L. nie gekümmert. Es gab niemanden, der die Bilder der rauchenden galdäischen Städte kannte, der schwelenden Reste riesiger Industrien. Niemand außer ihm selbst hatte die Asche gesehen, die nach den Angriffen der ARMORICA den Himmel der Galdäa verfinsterte.

»Du hast mich nicht verstanden. Ich mache niemanden verantwortlich.«

»Das glaube ich dir nicht.« Nikki wich einen Schritt zurück, löste sich gänzlich von der Bettkante und starrte Michael an, als wäre der ein völlig Fremder.

»Steht dir frei.« Er ging über ihren Einwand hinweg, als bedeute sie in dieser Angelegenheit überhaupt nichts. Vielleicht war es so. »Dein Vater, Konstral, Tyrrells Leute, Dan Brögger, alle, überhaupt alle haben ihr Bestes getan, wirklich wahr. Ihr Bestes.«

»Du sagst das so ... bitter?«

»Ist es das nicht? Die Forscher damals, die nach ein paar Wochen abfliegen mussten, wegen des plötzlichen Mangels an Geld, hatten die ungewöhnliche Konstitution der Galdäer beschrieben. Sie haben keine Trennung von willkürlichem und unwillkürlichem Nervensystem – weißt du, was das heißt?«

»Sie haben ihre Körperfunktionen unter bewusster Kontrolle, oder? Was ist daran Besonderes?«

»Päpste und Teufel, versteht ihr denn nicht? Ich habe mit Tara gesprochen, nachts, sehr lange ...«

»Wer ist Tara?«

»Die Konsulin ... Nun, sagen wir: eine Galdani. Sie gehört einer Gemeinschaft an, die durch Kontrolle der Körpervorgänge unnatürliche Vermehrung betreibt. Anders ausgedrückt – diese Leute beherrschen die Jungfernzeugung, weil ihre Willenskraft die Zellteilung steuert. Was die mit ihren Ovarien anstellen, können sie auch mit anderen Organen tun. Sie können die Aufnahmebereitschaft ihrer Gehirne willkürlich erhöhen und so hundertmal schneller lernen als wir. Sie können ihren Körper bis an die absolute Leistungsgrenze führen, den Schmerz abschalten, den Kreislauf nach Belieben regeln, sich selbst auf Jahre hibernieren.«

»Das meinst du nicht im Ernst!«

»Man hat es mir bewiesen. Ich habe Aufzeichnungen gesehen. Ich kenne die Konsulin. Tara hat in fünf Tagen Chinesisch gelernt, nur um mir zu beweisen, dass sie es kann. Bei den Päpsten, sie hat bei einer Konferenzschaltung fließend akzentfreies Hanyu-Chinesisch mit einem der Operatoren von Chung Kuo gesprochen, und du weißt, wie penibel die sind, wenn es um ihre Sprache geht.«

Nikki sah diesen jungen Mann, der ihr plötzlich so fremd vorkam, verständnislos an.

»Es gibt auf Galdäa keine Trennung zwischen dem, was sie wollen, und dem, was sie können. Die Galdäer zwingen, wenn es sein muss, ihren Körper zu jeder Leistung. In ihren Raumschiffen während des Krieges steuerten sie gleichzeitig den Flug und ihren Organismus, auf diese Art vermochten sie hohe Beschleunigungen zu überstehen ... und diesen Leuten hat man achtlos das gesamte Wissen der Menschheit hingeworfen. Leuten, die auf ihrer Heimatwelt einen Turm haben, den man gar nicht bauen kann, rabenschwarz und höher als alles, was Menschenhände je erschaffen haben. Nach ein paar Wochen des ungehinderten Transfers gab es Hunderte von galdäischen Wissenschaftlern, die ihrer Umwelt um Jahrtausende voraus waren. Und sie gaben ihr Wissen weiter. In rasendem Tempo. Wenn man das Wort Kulturschock nicht längst kennen würde, müsste man es eigens für Galdäa erfinden.«

»Ich verstehe nicht, was das alles, so überraschend es ist, mit diesen Zwischenfällen oder, nun ja, dem Krieg zu tun haben soll.«

»Meine Güte – es hat ihn verursacht!« Michael sah Nikki an, als zweifele er ernsthaft an ihren geistigen Fähigkeiten.

»Nicht diese fehlgeleiteten Sonden?«

»Hat man dir nicht beigebracht, dass die Ursache und der Auslöser eines Krieges zwei verschiedene Dinge sind? Der Auslöser war übrigens die Tatsache, dass die Insel Konstral für Galdäa ein Universalheiligtum war – für alle Staatsreligionen des Planeten außer der von Tsanama, denn die herrschende Schicht von Tsanama war zu einer Art Freimaurertum gekommen.«

»So dass der Bau der Station ein Sakrileg war.«

»Für alle außer für die Gastgeber. Das war ja die Falle, in die man getappt ist. Mal abgesehen davon, dass die Insel in Wirklichkeit tatsächlich mehr ist als eine Insel wie alle anderen.«

»Und was war denn nun die Ursache der ganzen Katastrophe?«

Michael richtete sich in seinem Bett auf und schlug die Faust in die Kissen, unter denen sich allerlei Geräte versteckten. »Mitten in dieser rückständigen Welt breitete sich Wissen aus, das alle Religionen und Weltanschauungen umwarf. Wissen, das zu keiner der gesellschaftlichen Strukturen passte ... Auf der alten Erde hätte man die älteste Methode der Konfliktbewältigung angewendet, die darin besteht, den Träger des Konflikts auszuschalten. Man hätte die Leute auf den Scheiterhaufen gebracht, wie man es in der Geschichte unserer Spezies reichlich getan hat. Aber auf Galdäa? Alle Leute zäh wie Katzen und schnell wie Falken? Sieben Terminals. Sieben Infektionsherde, von denen aus eine geheimnisvolle Seuche des Geistes ausschwärmte, in irrsinnigem Tempo, hochinfektiös ...«

»War das tatsächlich so bedeutend?« Nikki, fasziniert von dem Feuer, das in ihrem so unglaublich verwandelten Freund brannte, vergaß ihr Vorhaben, alles zu leugnen und alles klein zu machen. Dies klang zu groß, um mit Sprüchen dagegen ankommen zu können.

»Ich habe es ausgerechnet«, sagte Michael. »Mit Taras Hilfe, natürlich. Wie lange kann ein Galdan unterrichten, wie viel aufnehmen, wie schnell das Wissen weitergeben ... Wir haben vorsichtig gerechnet, weit unter den tatsächlichen Möglichkeiten dieser Leute. Nach wenigen Monaten bereits gab es anderthalb Millionen denkender Wesen, die die bestehenden Verhältnisse grausam klar durchschauten – jeder zwanzigste der Bevölkerung auf diesem einen Kontinent. Das kann man nicht kleinreden, das wirkte wie eine Bombe an den Grundfesten der Gesellschaft, und sie ging hoch, direkt unter den Menschen.«

Michael machte eine Bewegung, als sprengte ihm eine unwiderstehliche Kraft die Hände auseinander. »Alles brach zusammen, Freunde verwandelten sich in Feinde, eine friedliche Welt wurde plötzlich zum Tollhaus, die Menschen flohen, wenn sie konnten. Und sie flohen nach Assant, ausgerechnet Assant, dessen Regierung sich durch die Station auf Konstral beleidigt und vom Aufkommen der neuen Wissenschaftler bedroht fühlte.«

»Und das ... das steht in deiner Arbeit drin? Das hast du geschrieben?« Nikki versuchte, das alles mit dem in Übereinstimmung zu bringen, was sie von ihrem Vater gehört hatte. Dessen Wissen über Galdäa war so völlig verschieden von dem, was Michael gesagt und ihr gezeigt hatte. Mal abgesehen von der Tatsache, dass Lucas Seniors Meinung von Michael Sanderstorm alles andere als vorteilhaft war.

»Ich hab es *Versuch einer Geschichtsschreibung* genannt, und es steht nichts weiter drin als eine Art Liste – wodurch ist was möglich geworden, welche Folgen zog welche Aktion nach sich ... Das Ganze ist sehr logisch, sehr finster und äußerst bedrückend. Alle sind irgendwie in den Schlamassel hineingeschlittert, und niemand ist richtig der Schuldige. Alle haben ihre Arbeit gemacht und ihre Vorschriften befolgt. Und alle haben Blut an den Händen.«

Michael unterbrach sich und sah Nikki an. Ihr Gesichtsausdruck verwirrte ihn; er wusste ja auch nichts von dem, was Henning Lucas seiner Tochter erzählt hatte. Michael konnte nicht ahnen, dass Nikki plötzlich mit dem Gedanken zu tun hatte, ihr eigener Vater habe sie angelogen, um besser dazustehen. Oder um Michael Sanderstorm schlechter aussehen zu lassen, was in diesem Fall auf dasselbe hinauslief.

»Alle haben Blut an den Händen«, wiederholte er. »All diese Bürokraten ... Sie haben eine Welt verändert. Wie es im Augenblick auf der Galdäa aussieht, weiß nicht einmal Tara.«

»Sie kommt doch daher?«

Nikkis Stimme war nicht sicher, und sie musste sich räuspern. Michael tat so, als habe er nichts bemerkt.

»Tara ist jetzt seit drei Jahren auf Penta – und im Moment verändert sich auf Galdäa alles verflixt rasch. Ein Planet, auf dem Umstürze inzwischen an der Tagesordnung sind. Ich glaube, es gibt einen Weltstaat dort, mit dieser Frauensekte als einer Art Kadervorrat. Tara jedenfalls glaubt, dass es vor drei Monaten so war, als sie zuletzt mit ihren Kontaktpersonen sprach. Inzwischen kann sich alles geändert haben. Was weiß ich.«

Nikki holte tief Luft. Sie musste jetzt sagen, was ihr aufgetragen worden war. Sie wollte es eigentlich nicht. Henning Lucas hatte darauf bestanden. Er hatte seiner Tochter zu verstehen gegeben, dass eine Menge davon abhing, die Veröffentlichung dieser lächerlichen Arbeit zu verhindern. Es hing eine Menge ab von Nikki. Ihr Vater versuchte zur gleichen Zeit, die fertige Sanderstormsche Arbeit aus Gründen der Qualität – und sicherheitshalber – nur für den internen Gebrauch zuzulassen. Henning Lucas hatte auf Penta viele Kontakte und eine Menge alter Freunde. Nur für den internen Gebrauch: Das würde die Möglichkeit eröffnen, dass Michael seinen Schein für das Studium erhielt, obwohl niemand seinen Text zu Gesicht bekommen würde.

»Du darfst das nicht veröffentlichen«, sagte Nikki. Sie fühlte sich unwohl, aber sie sagte es. Sie schaute Michael an, und sie konnte sehen, wie sich in seinem Blick etwas veränderte. Da ging etwas endgültig kaputt. Etwas zerbrach. Es war nie stabil gewesen. Jetzt zerstob es, Staub rieselte, und es würde nie wiederkehren. Nikki machte weiter, als ob sie zwei Meter neben ihrem eigenen Leib stünde und sich selbst dabei zusähe. »Dir ist klar«, sagte sie, »dass du mit deiner Arbeit meinen Vater beschuldigst, ihn verantwortlich machst? Ihn zu einem Schuldigen erklärst, und das vor den Augen der kompletten raumfahrenden Menschheit?«

Das war auswendig gelernt, und Michael spürte es. Er schüttelte den Kopf. Da sprach nicht Nikki, da redete Henning Lucas. »Ich mache höchstens uns verantwortlich, uns alle. Denn es ist so, wie du gesagt hast. Jeder hat sein Bestes getan. Den Gesetzen Genüge getan. Vorbildlich.« In Michaels Stimme lag Säure. Er war zornig, und zwar nicht auf diese Frau, die vor kurzem seine Freundin gewesen war. Er war wütend auf den alten Lucas, der wie eine fette Spinne im Netz saß und seine Fäden zog.

»Wenn du so denkst, warum sagst du das so, so gallig?«, fragte Nikki.

»Es kotzt mich an, verstehst du das nicht?« Es war sinnlos, dachte Michael. Sie würde nicht zugeben, dass es ihr Vater war, der sie als sprechende Puppe losgeschickt hatte.

»Nein«, sagte Nikki. »Sei froh, dass du deine Arbeit geschafft hast. Dass du andere Leute uralter Geschichten wegen ruinierst. Dass du Dinge herausgefunden hast, dass du Staub aufwirbelst. Sei froh, dass du mit Dreck werfen kannst!«

»Nikki?«

»Ja?«

»Komm mir bitte nicht mehr unter die Augen.«

25

JANA HAKON • KONVERGENZ

Sie kannte diesen Menschen. Sie hatte ihn schon einmal gesehen, und sein Anblick war in einer ihrer geistigen Ablagen gespeichert, in die sie nie wieder hatte blicken wollen. Eine Zeit in ihrem Leben, die sie abgelegt hatte, als wäre all das jemand anderem passiert. Der hier war eines der hohen Tiere gewesen, die im Institut erschienen und kamen und gingen wie unberechenbare Unwetter. Auf der Hassliste der geplagten Patientin Jana H. ohne Herkunft nahm er einen der oberen Plätze ein. Unter anderem, weil er einen armseligen Hilfspfleger namens Hataka immer und immer wieder ohne Grund schikaniert hatte, weil es ihm Spaß machte, die Macht über andere Menschen zu spüren wie einen erigierten Schwanz, den man reiben konnte.

Jana glitt aus dem Schatten des Pavillons heraus und heftete sich an die Fersen dieses Mannes, der sorglos und glücklich plaudernd in einer Gruppe betont teuer gekleideter Menschen einherging. Sie hatte gehofft, ihm oder einem anderen seines Kalibers zu begegnen. Das tagelange Warten hatte sich gelohnt. Sie heftete sich unsichtbar an ihr Opfer, einen hochbezahlten Dozenten mit bewegter Vergangenheit. Es traf sich gut, dass es Henning Lucas war, der ihr über den Weg lief. Von den vier oder fünf Möglichkeiten, die es für ihre Zwecke gab, war er beinahe das ideale Opfer. Konvergenz, dachte sie, das Zusammenlaufen getrennter Linien, ein Prozess voller Konflikte, und schließlich mussten die Linien aufeinanderprallen. Schnittpunkte sind so wichtig, dachte Ja'ana K'jonasoidt Hakon T'Arastoydt, im Grunde genommen besteht das Leben ausschließlich aus solchen vibrierenden Katastrophen. Zumindest die bedeutenderen Ereignisse. Die Schöpfer wissen das, wer wüsste es besser als die.

Die Universitätswelt war ohne Argwohn; niemand achtete auf einen Verfolger, wenn er sich auf einem Planeten befand, auf dem alle materiellen Güter wie selbstverständlich verfügbar waren. Jana wusste, wie verlogen dieses Paradies in Wirklichkeit war; sie wusste um die Dinge, die man sogar hier teuer bezahlen musste, sie kannte die Unterdecks der Werkwelt und den gnadenlosen Erfolgsdruck der Werften.

Und all das Geld, das die an Penta V beteiligten Welten aufbrachten, war sicher auf kaum weniger brutale Weise zusammengekommen.

Nichtsdestotrotz ließen es sich diejenigen gut gehen, die es bis auf die Universitätswelt geschafft hatten. Speziell dieser Herr badete geradezu in Luxus. Für wichtige und bedeutende Leute wie ihn gab es verschiedene Möglichkeiten, sich hervorzutun. Der Kerl hatte sie. Die beiden jungen Männer in den dunklen Anzügen zum Beispiel. Sie gehörten nicht zu der Meute schwatzender Menschen. Sie redeten kein Wort mit ihnen, und niemand dachte daran, ihnen einen Blick zu schenken. Die beiden hielten sich abseits und teilten sich das Terrain gut ein; ihren sonnenbrillenverhüllten Augen entging nichts. Jana musste achtgeben, dass sie diesen Typen nicht auffiel. Die waren gefährlich. Giftschlangen im Paradies. Was der ganzen Straße an Argwohn fehlte, konzentrierte sich in den beiden Leibwächtern. Da sie sich so ersichtlich wenig Mühe gaben, ihre Arbeit zu verbergen, fühlten sie sich sicher und außerhalb jeder Gefahr.

Jana schlenderte an den üppig dekorierten Schaufenstern vorbei und lächelte ihrem Spiegelbild zu. Das ist vorbei, meine Herren, flüsterte Veruca Salt in ihren Gedanken. Die Gefahr, ihr meine süßen, gutbezahlten Wachhunde, ist ab sofort in euer Leben zurückgekehrt. Und was das Beste ist: Ihr wisst es nicht.

Als die bunte Truppe sich in einem Restaurant niederließ, mitten auf einer üppig mit Blüten geschmückten Terrasse, ging Jana Hakon an ihnen vorbei, ohne sie eines Blickes zu würdigen, und bestellte in einem Straßencafé direkt dahinter einen Eiskaffee. Der Robotkellner überbrachte ihr die traurige Botschaft, dass der echte serafimische Kaffee ausgegangen wäre und er ihr stattdessen einheimischen würde servieren müssen. Jana orderte für diesen Fall die doppelte Menge Zucker, um den Geschmack zu verbessern.

Aus den Augenwinkeln behielt sie ihren Feind und seine Leute im Blick. Die Kaffeetassen, die man dort eilends brachte, sahen nicht nach billigem Ersatz für serafimische Ware aus. Und sie wurden von menschlichem Personal getragen. Henning Lucas benutzte selbstverständlich ein Komgerät der neusten Ausführung, ein reines Angeberspielzeug. Als ob es so wichtig wäre, dass man alle seine Gesprächspartner in einer dreidimensionalen Datenwolke um sich kreisen lassen konnte, eine protzige Ich-bin-wichtig-Konferenz abhaltend. Als ob irgendjemand tatsächlich ein Telefon brauchte, mit dessen künstlicher Intelligenz man plaudern konnte und dessen Datenbank größer war als die eines gewöhnlichen Raumschiffs.

Die beiden wachsamen Männer bekamen ihre Getränke zuletzt, und es handelte sich um Wasser. Die lustigen Menschen schütteten sich derweil aus vor Lachen über einen der ihren, der es nicht verstanden hatte, den Verlockungen der karnesischen Cocktailkunst zu widerstehen, und beinah platzte beim Versuch, nach einem tiefen Schluck aus seinem Kryobecher unbeteiligt auszusehen. Albern das alles, und unnötig. Jana hasste es. Ja'ana K'jonasoidt Hakon T'Arastoydt dagegen war ein Muster an Geduld und Selbstbeherrschung. Sie hatte alle Zeit der Welt. Sie konnte in Ruhe die effekthaschende Architektur betrachten, lauter Zierat an immer den gleichen Schachteln, keine Kühnheit, keine Idee, kein Vergleich mit der himmelstürmenden finsteren Schönheit des Schwarzen Turms daheim auf Galdäa. Bei der Erinnerung meldete sich tief in Janas Gedanken wieder das Heimweh.

Sie beobachtete derweil, ohne richtig hinzusehen, den verhassten Menschen und dankte stumm der Weisheit von Bonnie Wayss, sich nicht auf diesem gefährlichen Planeten aufzuhalten. Die Agenten von A. L. und die von der Bruderschaft gedungenen Auswahlleute hätten wohl unweigerlich Wind von solch einem Treffen bekommen.

Nebenan ließ man dem kältedampfenden Karna-Cocktail weitere alkoholische Spezialitäten folgen. Jana nippte ihrerseits an ihrem Getränk. Nun ja, es handelte sich wahrlich nicht um eine serafimische Bohne, die man da gemahlen hatte. Gedankenverloren löffelte sie einen Haufen braunen Zucker in ihre Tasse und rührte darin. Kaddoks Geschick im Umgang mit dem zerbröselnden Netz und das beträchtliche Vermögen Markus Hatakas hatte sie in die Lage versetzt, sich frei im bewohnten Kosmos bewegen zu können. Das, was sie wirklich wollte, war mit Geld und Programmiertricks nicht zu haben. Dafür benötigte sie jemanden mit Beziehungen und gewissen speziellen Kenntnissen.

Der Robotkellner stoppte direkt neben ihr und ließ ein Geräusch ertönen, das man am besten mit einem fragenden Blick hätte übersetzen können. Er meinte die Tasse seiner momentan einzigen Kundin.

Sie hielt inne und sah auf das herab, was sie da umrührte. Ein öliger brauner Sirup, auf dessen Grund der Löffel durch Kristalle knirschte. Egal. Es waren ja nur Kohlenhydrate, und von denen konnte sie in den nächsten Stunden vermutlich eine Menge verbrauchen. Sie bestellte einen oniskäischen Kakteenlikör dazu, warf einen Seitenblick auf die immer lustiger werdende Gesellschaft auf der Terrasse und orderte einen extra großen Supernussbecher. An so einem Ding konnte man lange essen, es bestand aus vielen verschiedenen Eissorten und so ziemlich allen Früchten, die man mit gutem Willen zu den Nüssen rechnen konnte. Das meiste davon hatte mit irdischen Pflanzen nichts zu tun.

Ihr Wunsch wurde mit einem höflichen Dank und einem leisen ungläubigen Quietscher entgegengenommen. Dieser spezielle Robotkellner verfügte über die Fähigkeit, sich richtig zu wundern. Da hatte irgendein Programmierer zu viel Zeit gehabt. Jana grinste und schlürfte die kaffeehaltige Zuckerlösung aus ihrer Tasse.

Das Netz war nicht in der Lage gewesen, über den Zwischenfall in dem stillgelegten Fliegerklub jenes Stillschweigen zu legen, das die Goldenen und ihre Helfer wohl gern gehabt hätten. Die Medien von Penta waren voll von Spekulationen. Die Verwendung von unbekannter Technik legte sofort den Verdacht nahe, dass Atibon Legba oder die Goldenen oder beide an den Vorgängen beteiligt sein könnten. Wildere Hypothesen bezogen Aktivitäten fremder Wesen in ihr Kalkül ein, und bei diesen Faseleien ließ man weder die Hzn noch das epsilonische Raumschiff außen vor, sogar die Legendengeschichten von den viele, viele Kilometer messenden Raumkreuzern aus reinem leuchtenden Gold wärmten beflissene Geister pflichtschuldigst auf. Es stand nicht gut um die raumfahrende Menschheit, wenn es solchen Irrsinns bedurfte, um mit einem rätselhaften Ereignis fertigzuwerden.

Der tote Mann an der Wand, dieser grausige Umriss, war innerhalb von Stunden zu einer Ikone der mysteriösen Geschehnisse geworden. Womöglich handelte es sich, wurde spekuliert, um den Urheber der Rechnerkrätze, und sein Tod hatte nun jeden Weg versperrt, die verfluchte Datenüberschwemmung jemals wieder einzudämmen. Jana hatte die ersten jungen Leute gesehen, die den zerschossenen Ari auf ihrer Kleidung spazierentrugen. Und es gab Passanten, die sich darüber aufregten, wenn ihnen jemand begegnete, auf dessen Rücken das fotorealistische Abbild eines unbestimmten Umrisses zu sehen war, Überbleibsel eines Lebewesens, und eine leuchtend metallene Spur quer darüber, als ob jemand den zerschmetterten Körper mit einem breiten silbernen Balken durchgestrichen hätte. Alles so realistisch wie möglich, fast wunderte man sich, dass kein Blut von den Hemden tropfte.

Jana gab es bald auf, die Ari-Hemden und Ari-Pullover zu zählen, die an ihr vorüberdefilierten, während sie systematisch den Supernussbecher in sich hineinlöffelte. Hin und wieder kam jemand vorbei, der eine riesige Ari-Einkaufstüte in der Hand trug. Die Dinger gab es auch selbstleuchtend. Was für eine Welt, dachte Veruca Salt. Darüber brach langsam die Dämmerung herein.

»Diese Kreation unseres Hauses«, sagte der Robotkellner mit leisem Vorwurf in der Stimme, »ist für zwei Personen bestimmt. Der Mensch, auf den Sie warten, wird nichts abbekommen.«

Eine Maschine mit Humor. Jana hätte dem Programmierer gratuliert, wenn das Netz funktioniert hätte.

»Oh, das macht nichts«, sagte sie. »Er bekommt seinen Teil heute schon noch ab. Völlig unnötig, sich Sorgen zu machen.«

Der Robotkellner verstand natürlich kein Wort und machte sich stumm wieder an seine Arbeit. Jana ließ eine halbe Walnuss und etwa eine Kugel Eis auf dem Grunde ihres Bechers zurück, machte es sich bequem und tat so, als würde sie den Sonnenuntergang bewundern. Sie hatte ein Auge auf die Gesellschaft auf der Terrasse. Außer dem Gastgeber und seinen beiden Leibwächtern bestand die Truppe inzwischen aus einigen albern kichernden Mädchen, vermutlich Studentinnen, die neu waren auf dieser Welt und nicht gelernt hatten, mit freien Drinks und dem Charme älterer graumelierter Herren umzugehen. Wenigstens waren sie vernünftig genug, sich alle miteinander zu verabschieden und als Gruppe zu gehen. Der ältere Herr versuchte sie keine Sekunde lang aufzuhalten. Vielleicht war ihm das Geschnatter ebenso unangenehm wie Jana, die kurz vor den Mädchen zahlte, aufstand und ging.

Sie wusste, wohin die Leibwächter ihren Schutzbefohlenen bringen würden. Die Datenbanken K'jonasoidts waren zuverlässig wie immer. Die Tochter des Mannes dort war weit weg, sie besuchte ihren Freund auf Atibon Legba, und die Zielperson würde allein nach Hause gehen, begleitet lediglich von den beiden Herren mit den unauffällig-auffälligen Muskelpaketen. Jana ging vor. In ihrem Blut bereitete sich ein Adrenalinschub vor, und der reichlich aufgenommene Zucker bildete einen auskömmlichen Energievorrat.

Die Dämmerung war hereingebrochen. Die Straßen der Universitätswelt leerten sich. Um diese Zeit tobte das Nachtleben in den

Innenstädten. In feinen Außenbezirken wie diesem hier herrschte gediegene Ruhe. An den in üppiges Grün gehüllten Villen vorbei schlenderte Jana wie zufällig Henning Lucas und seinen beiden Wachhunden entgegen. Natürlich konnten die beiden nichts dafür; Jana hatte keine Ahnung, wie jemand zu einem Job wie diesem kam. Die Idylle eines solchen Abends und die Sicherheit einer Welt wie dieser konnte keine Entschuldigung für die Nachlässigkeit sein, mit der die beiden ihre Arbeit taten. Beide gingen neben Henning Lucas einher und plauderten mit ihm. Weder der Kleine noch der Große beobachtete die Umgebung. Beide betrachteten ihren Schutzbefohlenen nicht als bedrohtes Gepäckstück, das heil abzuliefern erste Priorität hatte. Stattdessen hatten sie begonnen, den alten Lucas als Person wahrzunehmen. Das Gefahrgut hatte sich in einen Gesprächspartner verwandelt. Jana stellte erstaunt Anzeichen für unprofessionelles Verhalten fest. Sehr enttäuschend bei solchen Leuten.

Natürlich begegnete Henning Lucas vor seinem Haus nicht Veruca Salt und nicht Jana Hakon. Die Frau, die wie zufällig seinen Weg kreuzte, war unbewaffnet und gefährlich. Das wusste Lucas nicht, und deswegen trat er beiseite, um die junge Dame durchzulassen. Er traf Ja'ana K'jonasoidt Hakon T'Arastoydt, voll aufgeladen. Sie war nicht jung und keine Dame. Sie dachte keinen Sekundenbruchteil daran, ihn nett zu begrüßen oder sich zu bedanken, dass man ihr Platz machte. Stattdessen nutzte sie es eiskalt aus, dass Henning Lucas durch seine kleine höfliche Geste seinen beiden Leibwächtern im Wege stand. Die Galdani vollführte einen wirbelnden Tanz aus fliegenden Fäusten und zustoßenden Füßen, der die beiden Schutzengel völlig überraschte. Handkanten trafen auf Gelenke, Füße traten in unvorbereitetes Fleisch. Plötzlich stand Lucas allein da, und er starrte fassungslos auf den Boden. Dort lag einer seiner Leibwächter hingemäht und kämpfte um den nächsten Atemzug, während eine Furie mit beängstigenden Bewegungen seinen Partner derart fertigmachte, dass dem Kleinen ein Krankenhausaufenthalt sicher war. Henning Lucas griff, ohne nachzudenken, zu seinem Komgerät, um die Dienststelle zu informieren. Eine schmale und harte Hand packte zu wie ein Schraubstock. Es tat weh. An einen Hilferuf war nicht zu denken. Dieses Problem war ernsthafter Natur.

»Das wollen wir doch bleiben lassen«, sagte eine gelassene weibliche Stimme. Henning Lucas kannte diese Dame, aber es wollte ihm nicht einfallen, woher. Er starrte sie an, als wäre sie vom Himmel gefallen. Der Solarplexus des zweiten Leibwächters hatte dem Mann inzwischen wieder zu atmen erlaubt, und die Dame trat ihm in die Rippen, als er sich bewegte. Beinahe wirkte er dankbar, als er wieder in Ohnmacht fallen durfte. Ja'ana K'jonasoidt Hakon T'Arastoydt atmete durch und schraubte ihre Erregung um ein paar Stufen zurück.

Die beiden Wachhunde waren bewusstlos und würden es eine Weile bleiben. Blut rann aus geplatzten Augenbrauen. Unbrauchbare Leibwächter. Weil ihre zerschlagenen Körper in der geschwungenen Einfahrt des Lucasschen Anwesens lagen, würde sie niemand schnell entdecken. Diese Frau hat die Nacht über Zeit, sich mit mir zu befassen, dachte Henning Lucas, während er zusah, wie sie Fuß- und Handgelenke stramm fesselte. Er erinnerte sich an sein Komgerät.

Etwas stach ihn, und er blickte erstaunt hinunter. Was seine Finger hielten, war der zerquetschte Überrest von hundertfünfzig Gramm hochkomplizierter Elektronik. Total hinüber. Lucas hatte einen aufmüpfigen Gedanken und wollte das zertrümmerte Gerät auf die Straße werfen, mitten auf den Weg. Vielleicht würde es jemandem auffallen. Die unheimliche Frau beherrschte neben der Gabe der brutalen und unmenschlich schnellen Bewegung auch die des Gedankenlesens. Sie führte einen harten Hieb gegen Lucas' Hand, und die Überreste des Apparates flogen als bunter glitzernder Schauer zwischen die Pflanzen und verschwanden.

»Gehen wir«, sagte sie, und als Lucas zögerte, setzte sie mit grimmigem Lächeln hinzu: »Wir haben zu tun. Das da wird jemand aufsammeln. Früher oder später.«

Henning Lucas war nicht sicher, ob sie die Überreste seines teuren Spielzeugs oder die Körper der zusammengeschlagenen Leibwächter meinte. Im Grunde genommen war dies eine Information, auf die er gut verzichten konnte. Er schluckte alle Bemerkungen hinunter, die ihm vielleicht über die Lippen gekommen wären, und folgte dem energischen Kopfnicken der Frau zum Haus hinauf. Es war nicht gut Kirschen essen mit so jemandem, und er öffnete brav sein Haus mit Fingerabdruck und Passwort.

Jana war nicht sicher, wie es weitergehen sollte, wenn sie in das Haus eingedrungen war. Sollte sie sich alles aneignen, was halbwegs versprach, nützlich zu sein, und dann so schnell es ging verschwinden? Den alten Mann auf den Kopf hauen, dass er ebenfalls für eine

Weile schlafen würde? Oder wäre es nützlicher, Henning Lucas samt seinem Haus für einige Zeit als Ausgangsbasis für weitere Aktivitäten zu benutzen? Würde sie den Mann am Ende umbringen, um spurlos verschwinden zu können? Was war mit den beiden Bewusstlosen im Vorgarten?

Nein, dachte Jana, kein Gemetzel. Ja'ana K'jonasoidt Hakon T'Arastoydt will keine drei Leichen zurücklassen, wenn sie dieser Welt endlich entkommen kann. Wir müssen eine andere Lösung finden. Und wir müssen sie schnell finden. In dieser Nacht. Ja. Und wenn wir zum äußersten Mittel greifen müssen, werden wir es tun, selbst wenn uns diese spezielle Art von Gewalt zuwider ist.

Da war es wieder. Sie hatte von sich selbst – von den verschiedenen Aspekten ihres Ichs – gedacht wie von verschiedenen Personen. Als ob Ja'ana K'jonasoidt Hakon T'Arastoydt und Veruca Salt und Jana Hakon nicht letzten Endes ein und dasselbe wären. Es war nicht das erste Mal, dass Ja'ana K'jonasoidt Hakon T'Arastoydt davon überrascht wurde, dass ihre künstlich geschaffenen Personen, nur Einbildungen für die Außenwelt, ein eigenes Leben und sogar eine eigene Meinung entwickelten. Die Regeln des Ordens boten für solche Fälle keine Hilfe an, derlei passierte denen vom T'Arastoydt nicht. Und sie hatte keine Zeit, sich um Jana und Veruca Salt zu kümmern, die beide ihre eigene Meinung zu Herrn Lucas hatten.

Das Haus reagierte auf die Gegenwart seines Besitzers, und eine Flut von Licht schwemmte den letzten Rest Dunkelheit aus den Ecken der Räume. Henning Lucas wollte sprechen; Jana zischte kurz und nahm eine lächerliche Drohgebärde ein. Ihr Gefangener nahm das ernst.

Er verfügte im Wohnzimmer über eine gewaltige Kommunikationskonsole, und die Nachrichten liefen durch einen von ihm selbst programmierten Filter. Lucas wollte nicht von unwichtigem Quark behelligt werden; was gingen ihn die neuesten Attraktionen auf Oniskus an. Stattdessen ordnete seine Konsole die eingehenden Nachrichten nach gewissen Prioritäten. Erstaunt nahm Henning Lucas wahr, dass seine gewalttätige Besucherin von seinen Vorlieben äußerst angetan war.

Es war jener unselige Planet namens Galdäa, der auf der Lucasschen Liste an erster Stelle stand. In den normalen Menschen zugänglichen Programmen spielte Galdäa seit Jahren keine Rolle mehr.

Henning Lucas dagegen bekam die eine oder andere Extra-Information. Was soll's. Lucas entschloss sich, den Lässigen zu mimen. Er schlenderte quer durch den Raum, ließ sich mit großem Aufwand in sein riesiges halbrundes Sofa fallen, und zwar genau an denselben Platz, an dem er bereits eine beachtliche Delle verursacht hatte. Das Sofa war schneeweiß, und tagsüber konnten einem die Augen wehtun, wenn man es anschaute und die Sonne daraufschien. Von dort aus, mitten in seinem eigenen Revier, schaute er zu, wie seine merkwürdige Begleiterin Nachrichten über Nachrichten abrief, meistens mehrere gleichzeitig auf geteilten Bildwänden. Henning Lucas bekam allein von der furchterregenden Geräuschkulisse und dem Geflimmer der vielen Kanäle Kopfschmerzen; er wandte die Augen ab und starrte auf das riesige abstrakte Gemälde, das ihn Unsummen gekostet hatte. Wenn man lange genug auf die ineinander verfließenden Farben schaute, konnte man früher oder später alles sehen, was man sich wünschte.

Die Fremde störte das kommunikative Tohuwabohu nicht im Geringsten, sie blickte gebannt auf das Informationsgewitter, als wäre sie imstande, all das Zeug gleichzeitig aufzunehmen und zu begreifen. Ihr Gesichtsausdruck war der einer hypnotisierten Patientin. Woher kenne ich die, fuhr es Lucas durch den Kopf. Nicht die Frau, diese Miene kommt mir bekannt vor.

Da seine aufdringliche Besucherin derart fasziniert vom Wort- und Bilderschwall der Kommunikationskonsole war, spielte Henning Lucas mit dem Gedanken, langsam aufzustehen und zu gehen. Mochte diese Irre mit dem Haus anstellen, was sie wollte. Er lüftete vorsichtig den Hintern und wurde mit augenblicklich hereinbrechender Stille bestraft. Finstere Augen, denen nichts entging, starrten ihn an.

»Sitzenbleiben«, knurrte Veruca Salt, ganz Biest. Sie vergewisserte sich, dass Lucas dem Befehl gehorchte und in seinem monströsen Möbelstück blieb, dann ließ sie die angestauten Neuigkeiten wieder strömen. Henning Lucas war erstaunt, dass seine Bewegung dem fest auf die Bildwand gehefteten Blick dieser Frau nicht entgangen war. Die Dame sollte man besser nicht unterschätzen. Gefährliche Fähigkeiten.

Plötzlich klickten die Puzzleteile in seinem Hinterkopf ineinander, und er wusste, woher er dieses Wesen kannte, das da so unverhofft in sein Leben getreten war, und das im wahrsten Sinne des Wortes.

Dieses verdammte Photek-Institut auf der Werkwelt. Diese Forscher mit ihren Experimenten an den rätselhaften Leuten von dem unbedeutenden Planeten. Die Goldenen, die sich dauernd, wenn auch gewohnt dezent, in alles einmischten. Die Berichte. Die niemals zur Veröffentlichung bestimmten Berichte. Die niemals beantworteten Hilferufe. Die nüchternen Protokolle aus einem alles in allem beschissenen Krieg. Diese Frau, die allen Versuchen widerstand, ihren Willen zu brechen und ihr die Geheimnisse ihrer Spezies zu entreißen. Diese Frau kam in den Nachrichten vor, und wenn das so war, ging die Rede von lauter Katastrophen. Er fühlte sich nicht wohl in der Nähe eines solchen Wesens.

»Jetzt begreife ich«, sagte Lucas. »Sie sind diese Galdani, die vor Tagen als tot gemeldet wurde, dann wieder lebendig war und ein weiteres Mal starb. Meine Güte. Sie leben ja immer noch.« Beinahe klang seine Stimme vorwurfsvoll, als er das sagte. Das nächste Desaster wird nicht lange auf sich warten lassen, setzte er im Stillen hinzu. Er meinte nicht seine bewusstlosen Leibwächter.

Jana Hakon nahm ihren Gefangenen nur am Rande wahr; sie hatte zu tun, die Neuigkeiten zu absorbieren. Sie ließ ihn auf dem großen weißen Sofa hin und her rutschen. Das Leder unter seinem Hintern knirschte leise. Und sie bereitete sich auf das vor, was sie als Nächstes zu tun hatte. So kam es, dass Minuten vergingen, ehe sie die Kommunikationskonsole verstummen ließ und Henning Lucas in die Augen sah.

»Alle Nachrichten von meinem Tod sind stark übertrieben, so geht doch das Bonmot, oder?«, sagte sie. Ja'ana K'jonasoidt Hakon T'Arastoydt war es, die mit ihm sprach. Und sie war in einem merkwürdigen Zustand, zugleich zum Zerreißen gespannt und ganz locker. Ihre Augen waren vollständig auf Henning Lucas gerichtet, und ihm behagte das überhaupt nicht. Er konnte nichts in ihnen lesen, nicht das Geringste. Diese dunklen Pupillen waren wie Löcher in eine andere Welt. Henning Lucas konnte seinen Blick nicht von diesen unglaublichen Augen abwenden. Er konnte nicht sagen, ob er in fünf Minuten ein freier Mann oder mausetot sein würde. Für jemanden, der sich seiner Menschenkenntnis zu rühmen pflegte, war eine derartige Ahnungslosigkeit eine unmögliche Situation.

Andererseits hatte er es nicht mit einem Menschen zu tun, sondern mit einer Galdani. Einem jener Wesen, die den Planeten Galdäa bewohnten und keine Ahnung hatten, wer sie in Wirklichkeit waren. Was sie in Wirklichkeit waren. Und sie waren gefährlich, erinnerte er sich. Das betraf nicht nur körperliche Eigenheiten, sondern auch die Psyche dieser Leute, mit der sie umgehen konnten wie mit einer Waffe. Henning Lucas dachte an den verfluchten galdäischen Krieg und an das Kuckucksei, das die Goldenen dem Flottenkommando ins Nest gelegt hatten, als sie ihr Experiment auf Galdäa derart fatal aus den Händen gleiten ließen. Er dachte an die Raumfahrzeuge, die man im Orbit von Galdäa verloren hatte, und an die Anstrengungen, die es erfordert hatte, die Wahrheit über Galdäa und diesen selten dämlichen Krieg mehr schlecht als recht zu vertuschen. Henning Lucas dachte an das private Raumschiff, das für ihn Tag und Nacht bereitstand, und er dachte an den geschützten Weg, über den er dieses Fluchtschiff jederzeit erreichen konnte. Er dachte an seine geheimen Datenspeicher, in denen Aufzeichnungen über den galdäischen Krieg steckten, und er dachte an sein Passwort, das den Zugang zu diesen Dateien versperrte. Und genau an dieser Stelle begann er, sich über seine Gedanken zu wundern.

Er starrte nach wie vor in die düsteren Augen von Ja'ana K'jonasoidt Hakon T'Arastoydt. Jetzt bemerkte Lucas, was er da tat: Er brabbelte halblaut vor sich hin. Was Henning Lucas für seine Gedanken gehalten hatte, die einfach so dahinstolperten, waren laut ausgesprochene Worte gewesen. Und sie waren es jetzt auch. Laut und deutlich. Ohne dass er es bemerkte, hatte ihn diese Galdani in einen willenlosen Zustand versetzt, und er plapperte alle seine Geheimnisse aus. Henning Lucas versuchte voller Verzweiflung, den Mund zu schließen, woanders hinzusehen, wieder die Gewalt über sich zu gewinnen. Es gelang ihm nicht. Die galdäische Hexe hatte ihn unnachgiebig im Griff, hielt ihn fest im Fokus ihrer dunklen Augen. In diesem Blick loderte ein Sog aus schwarzen Flammen, eine Konvergenz von Feuer und Finsternis. Henning Lucas war nicht fähig, sich davon loszureißen.

Er wusste, dass man ihn manipulierte, dass ihn jemand einem Prozess unterwarf, der einer Vergewaltigung nicht unähnlich war. Doch er vermochte sich dagegen nicht aufzulehnen. Er stand neben seinem eigenen Körper, und dessen Mund redete und redete, ohne Unterlass. Jemand Fremdes beherrschte seinen Leib, seine Lungen, seine Stimmbänder und seine Zunge. Die Galdani, ein menschengestaltiges Monstrum, saugte ihn aus. Sie war ein Geschöpf der Finsternis, das wusste Lucas. Sie war eine perfekt konstruierte Waffe, und er hätte es nie für möglich gehalten, dass er selbst zum Opfer dieser Waffe werden würde. Geheimnisse und Daten flossen aus seinem Hirn wie aus einem undichten Schlauch, und zugleich gingen Selbstachtung und Mut den Bach hinunter. Henning Lucas wand sich und zappelte im Griff eines übermächtigen Willens. Was auch immer diese Galdani mit alldem anfangen würde, es würde die Welt verändern, in der Henning Lucas es sich so schön eingerichtet hatte. Irgendwo im Hintergrund seines vor Entsetzen gelähmten Bewusstseins tobte ein Mann vor Wut und hämmerte Fäuste gegen die Wände eines unsichtbaren Gefängnisses. Dieser Mann hatte momentan keinerlei Macht. Sein Name war Henning Lucas. Sein Wille war zerbrochen worden, ohne dass er es gemerkt hatte. Jetzt war es zu spät.

Viel zu spät. Ja'ana K'jonasoidt Hakon T'Arastoydt hatte niemals vorgehabt, diese spezielle Fähigkeit, die man in den Verliesen von Arastoydt zur Perfektion entwickelt und eingeübt hatte, noch einmal anzuwenden, nachdem sie bei dem Versuch, den Musiker von seiner Ycorgan-Sucht zu heilen, nur sich selbst an genau der Stelle eingepflanzt hatte, wo die dröhnende Leere der Droge sich im Kreis drehte. Dennoch tat sie es. Irgendwie waren ihr die Skrupel abhanden gekommen. Sie wusste nicht, wann. Als Ari in Stücke zerschossen wurde? Als Mikko sich mit den unbedeutenderen Teilen ihres Ichs vergnügt hatte? Als Die Neue Wohlfahrt im heißen Sturm des Todes ausglühte? Als sich Jana Hakon auf dem falschen Planeten wiederfand? Sie hatte keine Ahnung.

Sie spürte ihre Erschöpfung. Es kostete eine Menge Kraft, die geistige Kontrolle über einen solchen Mann aufrecht zu erhalten. Bei Mikko hatte sie es nie versucht, denn bei dessen geradliniger, wenn auch kranker Bewusstseinsstruktur wäre sie sich des Erfolgs alles andere als sicher gewesen. Die Gehirne der Normalmenschen waren – selbst wenn das ein Paradox sein sollte – um so müheloser zu fangen, je komplexer sie funktionierten. Ein hochgebildeter und in politischen Intrigen geschulter Mann wie Henning Lucas war eine vergleichsweise leichte Beute; seine Gedankenwelt war weit entfernt von jener Ebene der Triebe und simplen Beweggründe, auf der eine Galdani sich in seinen Willen schleichen konnte. Seine angstvoll aufgerissenen Augen zeigten, dass er sich seiner Lage bewusst war. Ja'ana K'jonasoidt Hakon T'Arastoydt spürte hauptsächlich Wut, einen wilden Zorn über all das, was sie aus dem Gerede von Henning Lucas erfuhr, und daneben steckte tief in ihr der Stachel der Scham, dass sie so etwas einem anderen Menschen antat. Sie war keinen Deut besser als Mikko, der Veruca Salt zu vergewaltigen glaubte, als sie seinen Schwanz benutzte, um Macht über ihn zu gewinnen. Sie war keinen Deut besser als Ari, wenn er die Partnerin seines Herrschers mit Augen ansah, die sie auszogen und notzüchtigten und peinigten, sich aber nichts davon wirklich traute.

Das war vorbei. Jetzt gab es nur sie und diesen Mann, dessen Gehirn sie ausquetschte wie eine Zitrone. Und wenn sie so weit gesunken war, zu diesem Mittel zu greifen, konnte sie es genausogut gründlich tun. Es kam nicht mehr darauf an.

Ja'ana K'jonasoidt Hakon T'Arastoydt hielt den Druck aufrecht, bis ihre Fragen beantwortet waren, soweit das Wrack, zu dem Henning Lucas geworden war, dazu in der Lage war. Dann ließ sie los, und der Körper des Mannes sackte zusammen wie eine Marionette, deren Fäden zerschnitten worden waren. Langsam rutschte er von dem Sofa herunter. Das Ding war tatsächlich mit Leder bezogen, echtem Leder, mit der Haut toter Tiere. Henning Lucas konnte sich Dekadenz leisten. Jetzt war er bloß ein Haufen Fleisch. Sein Kopf sank zur Seite, seine Augen waren blicklos zur Decke gerichtet, und aus seinem Mundwinkel rann Spucke, als wäre er ein Idiot.

Vielleicht hatte sie diesen Geist zerstört, durchaus möglich. Ja'ana K'jonasoidt Hakon T'Arastoydt wäre zu einem Gefühl wie Mitleid ohnehin nur schwer imstande. Nach dem, was sie hier erfahren hatte, wäre selbst Veruca Salt dazu nicht mehr bereit gewesen.

Jana hatte keine Gelegenheit, alles zu durchdenken, was sie erfahren hatte. K'jonasoidt erinnerte sie an die Tatsache, dass vor dem Haus zwei Männer mit gebrochenen Rippen und mittlerweile zugeschwollenen Augen lagen. Es war zu befürchten, dass die chancenlosen Leibwächter irgendwann in den nächsten drei Stunden – vielleicht in diesem Augenblick – aus ihrer Ohnmacht erwachen würden. Ja'ana war geschwächt von der Anstrengung, einen Menschen geistig zu missbrauchen, und T'Arastoydt drängte auf eine gründliche Erholungsphase. Andernfalls würde Veruca Salt in den nächsten zwei oder vier Stunden zusammenbrechen. Leichte Beute, für irgendjemanden. Jana Hakon schüttelte sich. Sie konnte sich vorstellen, wessen Beute sie werden würde. Und sie verspürte nicht die geringste

Lust auf ein Treffen mit der Goldenen Bruderschaft. Nicht nachdem sie so vieles erfahren hatte, über das nachzudenken sie sich ekelte. Sie wollte keine Doppelwespen in der Nähe. Sie wollte keinen nackten, mit rituellem Schmuck behängten Gesprächspartner. Nicht in diesem Zustand. Und in keinem anderen Zustand. Niemals.

Sie schaute auf den besinnungslosen Henning Lucas hinab und gestattete es sich, fünf Sekunden auf den Aufruhr in ihrem Inneren zu verschwenden. Jana, Veruca Salt, Ja'ana und K'jonasoidt waren völlig unterschiedlicher Meinung, während T'Arastoydt die Muskeln entspannte und die Atmung beruhigte. Daheim hätte man die Priesterinnen gerufen, dachte Jana. Es erforderte drastische Maßnahmen, wenn die Aspekte einer Galdani sich verselbstständigten, sogar untereinander kommunizierten, und eine Tarnidentität sich weigerte zu verschwinden. Das Problem, gestand sich Jana ein, war die Tatsache, dass sie gar nicht wollte, dass Veruca Salt aus ihrem Kopf verschwand. Die Frau hatte immer ein paar gute Ideen.

Ein Anruf schreckte sie aus ihren Gedanken. Irgendein Programm erklärte höflich, dass der Hausherr derzeit nicht gestört zu werden wünschte. Für den Fall, dass Lucas es sich anders überlegte, übertrug es Bild und Ton in das Wohnzimmer. Der Anrufer legte in dem Moment auf, als er auf dem Monitor sichtbar wurde. Wenn dies eine Zwei-Wege-Verbindung gewesen sein sollte, hatte jemand neben einem leblos daliegenden Körper eine fremde Frau gesehen. Unwahrscheinlich, aber möglich. Jana stellte fest, dass sie geschlagene sechs Minuten dagestanden und über das Durcheinander in ihrer Seele nachgedacht hatte. Sie fühlte sich wie ausgewrungen. Die burschikose Dame, erprobt in den rauhen Sitten des SEBAFELL-Unterdecks, übernahm gerne.

Veruca Salt legte den Bewusstlosen auf die Seite, damit er nicht an der eigenen Zunge erstickte, wie das volltrunkene Unterdeck-Machos hin und wieder fertigbrachten. Dann fegte sie durch die verschwenderisch ausgestatteten Räume, öffnete Schubladen, durchwühlte Schränke, kam mit den Passworten von Henning Lucas sogar in den Safe. Der Mann war zu faul oder zu bequem gewesen, sich für Haus und sonstige Sicherheitsvorkehrungen unterschiedliche Schlüsselbegriffe auszudenken. Oder er konnte sich nicht so viele geheime Wörter merken. Veruca Salt fand neben allerlei nützlichen Dingen eine äußerst luxuriöse Reisetasche, die roch, als sei sie wirklich aus der Haut irgendeines Tieres gemacht, wie der Bezug dieses unheimlichen, gewaltigen weißen Möbelstücks.

Absolut widerlich, meldete sich eine Stimme, die nicht mitbekommen hatte, dass man es sich nicht leisten konnte, zimperlich zu sein. Veruca Salt fand das Gepäckstück praktisch, es ging eine Menge Zeug hinein und sah nicht aus, als würde es unter der Last zerreißen. Sie beachtete Ja'anas Gezeter nicht und tippte die von Lucas ausgeplauderte Zahlenkombination in die Befehlskonsole des unscheinbaren Lifts, der in dem Haus merkwürdig fehl am Platz wirkte. Wer brauchte einen Aufzug in einem Gebäude mit drei Ebenen? Das Anwesen bot jedoch mehr, als es den Anschein hatte. Mit dem richtigen Code senkte sich die Kabine zehn Meter weiter in den Aufzugschacht, als das untere der beiden Kellergeschosse tief war. Drunten entließ der Aufzug Veruca Salt in einen langen schmucklosen Gang, den sie eilig entlanglief.

Das Schiff, das sie am Ende geparkt vorfand, war gedrungen, rundlich, lachsrot und sah aus wie ein zu albernen Maßstäben aufgeblähtes süßes Gebäck. Man vermisste ein Sahnehäubchen oben drauf. Die Außenhaut war aus einem seltsamen, weich aussehenden Material. Auf der SEBAFELL hatte Veruca Salt Servierschälchen benutzt, die aus dem gleichen bunten Zeug bestanden. Kein Konstrukteur des Flottenkommandos würde sich Derartiges ausdenken, geschweige denn bauen. Die Geschäftspartner des Henning Lucas saßen nicht nur auf Atibon Legba. Und keiner hatte eine Ahnung vom anderen.

Veruca Salt wusste Leder inzwischen zu schätzen, es lag gut in der Hand und rutschte auch aus schweißnassen Fingern nicht so leicht heraus. Die Tasche allerdings hatte die unangenehme Eigenschaft, nach und nach die Gravitation dieser Welt aufzusaugen wie ein Schwamm. Das Ding wurde immer schwerer, während Veruca Salt dem Einstiegsluk des Raumfahrzeuges zustrebte.

Zu den Dingen, die Henning Lucas ausgesprudelt hatte, gehörten auch alle Kommandosequenzen seines persönlichen Raumschiffs. Veruca Salt nahm es in Besitz und war nicht verwundert, als sie feststellte, dass Lucas äußerst exotische Quellen aufgetan hatte, um an dieses Ding zu kommen. Es hieß PILGERNDER JOKER und stammte – wie bei so einem Namen nicht anders zu erwarten – von Utragenorius. Die raumfahrende Menschheit machte nicht viele Geschäfte mit den Dunkelwelten. Entsprechend selten waren solche Erzeugnisse. Man sagte der Technik von Utragenorius Wunderdinge nach, soviel wusste Jana. Es gab nur wenig im bewohnten Kosmos, was sagenhafter war als utragenorianische Raumfahrzeuge, etwa die oktogonische Technologie oder die Geheimnisse der Goldenen Bruderschaft. Zumindest letztere, dachte Veruca Salt, waren ja nun keine Geheimnisse mehr.

Das Raumfahrzeug wartete im Gelände einer der Universitäten, genauer gesagt, mündete seine Startröhre direkt im Flugplatz der Uni. Niemandem würde ein Start besonders auffallen, es würde einer von vielen sein.

Wunderlich war die PILGERNDER JOKER auf jeden Fall, stellte Jana drinnen fest; die quietschbunten Bonbonfarben hatten nicht an der Hülle haltgemacht. Überall strengten merkwürdige Farbtöne sich an, dem Betrachter Augenschmerzen zu verursachen. In der kleinen Steuerkabine war es besonders schlimm. Zu allem Überfluss war auch die Beleuchtung farbig.

Darüber ärgern wie uns später, oder?, sagte Jana Hakon zu Veruca Salt und schnippte die geheimen Zeichenketten des Henning Lucas auf die fühlenden Sensoren des Schiffs.

Die Konsolen erwachten zu einem wispernden, summenden, sanft leuchtenden Leben, und eine Stimme sagte fröhlich: »Siebzehn Tage, elf Stunden und neunundvierzig Minuten sind seit meiner letzten Deaktivierung vergangen. Guten Tag.«

Veruca Salt schaute sich verdutzt um. Natürlich war niemand außer ihr anwesend. Auf einer opaken Fläche tauchten blass schimmernd die Konturen eines Gesichts auf, und die Stimme kam eindeutig von dort.

»Ich bin über die Änderung der Benutzerordnung informiert worden«, sagte das verschwommene Gesicht. »Darf ich deinen Namen erfahren, damit wir miteinander kommunizieren können?«

»Veruca Salt«, antwortete Ja'ana K'jonasoidt Hakon T'Arastoydt.

»Ich danke dir, Veruca Salt«, trällerte das bunte Gesicht unbekümmert, »und nun gestatte mir, mich selbst vorzustellen. Ich bin der Zweisamkeitsgenerator des Eilraumfahrzeuges PILGERNDER JOKER. Falls keine direkte Steuerung gewünscht wird, bin ich dazu in der Lage, die Navigation und Kontrolle des Raumfahrzeugs komplett zu übernehmen. Meine kommunikativen Fähigkeiten werden dadurch kaum beeinträchtigt.«

K'jonasoidt meldete sich nicht. Es war offenbar schwierig, irgendwelche Informationen über die seltsamen Raumschiffe der Dunkelwelten zu finden. Das grützerot schimmernde gesichtsähnliche Ding nahm einen Ausdruck gelinder Ungeduld an, und Veruca Salt bat es daraufhin eilig, doch bitte die Navigation und Kontrolle zu übernehmen.

Die Konsolen und Anzeigen veränderten sich. Einige verschwanden, indem sie in verborgene Fächer glitten. Die matte Wand der Steuerkabine flimmerte und wurde durchsichtig. Natürlich nicht durchsichtig, dachte Veruca Salt. Das war eine Art übergroße Bildwand, die die Außensicht des rundlichen purpurroten Gebäckmonstrums wiedergab. Der Blick war vernebelt, weil alle Farben ins Unechte, Verschwommene, Süßstofffarbige verzerrt waren.

»Bereit zur Angabe der Zielkoordinaten«, sagte der Zweisamkeitsgenerator. Veruca Salt erinnerte sich daran, dass die PILGERNDER JOKER ein Raumschiff war und kein exotisches Spielzeug für geschmacksgestörte Kinder.

»Ich habe keine Koordinaten«, sagte sie.

»Macht nichts«, sagte die PILGERNDER JOKER. »Das macht überhaupt nichts. Was hast du denn dann?«

»Einen Namen«, antwortete Veruca Salt. »Der Planet, zu dem wir fliegen, wird Galdäa genannt.«

»Na, das ist doch was«, frohlockte das Raumschiff. Die Stimme klang wirklich erfreut. »Ich suche. Wollen wir uns derweil startfertig machen oder soll es nicht gleich losgehen?«

»Oh doch. So bald wie möglich.«

»Startgenehmigung angefragt«, säuselte das Schiff. »Datenbanksuche abgeschlossen. Selten waren die Leitungen nach draußen derart langsam, die müssen mal ihre Systeme überprüfen ... Egal: Ich habe den Planeten gefunden. Dort waren wir bislang nie. Hübsch, eine neue Gegend. Die Schotts sind verriegelt. Klappe zu, Affe tot. Alle Systeme sind so bereit, wie man es sich vorstellen kann. Es geht uns also richtig gut.«

Veruca Salt war irritiert. Sie assoziierte den Start eines Raumschiffs mit dem Drücken vieler Tasten, allerlei technischem Kauderwelsch und einer Menge dusseligen Funkverkehrs mit irgendwelchen Bodenstellen und Leitzentralen. Die PILGERNDER JOKER sah das offenbar anders. Dieses Schiff war nicht vergleichbar mit der SEBAFELL oder einem der anderen Raumfahrzeuge, die sie bisher kennengelernt hatte. Das waren bloß Maschinen gewesen, träge Apparate. Die PILGERNDER JOKER war in irgendeiner verqueren Art aus einem anderen Holz geschnitzt. Das Bild auf der weichzeichnenden Fläche ruckte und setzte sich in Bewegung; die Startröhre rastete ein und leuchtete auf.

»Was ist passiert?«, fragte Veruca Salt.

»Oh, nichts weiter«, antwortete das Schiff. »Ich habe den Start eingeleitet. Kein Grund zur Besorgnis. Die Maschinen arbeiten durchaus zufriedenstellend. Wie nicht anders zu erwarten. Henning Lucas wäre zufrieden mit mir, wenn er anwesend sein könnte.«

Veruca Salt blieb unbeteiligt und schaute dem Lichterspiel draußen zu; in ihrem Innern zeterte Ja'ana angstvoll davon, dass der Bewusstlose womöglich früher aufwachte. Sie hätte ihn gut fesseln und mit Klebestreifen ruhigstellen sollen. Ihr grauste vor der Möglichkeit, dass Henning Lucas dieses verflixte Gefährt per Fernsteuerung unter seine Gewalt bringen könnte, denn es war doch offensichtlich auf seine Person konditioniert.

Konditioniert? Ein Raumschiff? Oder, um genauer zu sein, ein Zweisamkeitsgenerator? Konnte man denn nicht nur Lebewesen konditionieren, keine Maschinen? Sie wollte lieber nicht darüber nachdenken. Nicht jetzt.

»Startgenehmigung«, trällerte die Stimme von überall her, »und auf gehts. Ab dafür.«

Veruca Salt spürte das Ziehen in der Magengrube, als die PILGERNDER JOKER die Kraftfelder aktivierte, die den Andruck des Starts und alle störenden Einflüsse neutralisierten. Nur das kaum wahrnehmbare Vibrieren der Landau-Modulatoren verriet Veruca Salts angespannten Nerven, dass sie sich nicht mehr auf festem Boden befand. Dann huschten ihr die Lichter der Startröhre entgegen, ein dunkler Himmel stürzte vorüber, Wolken verschwanden, und Sterne glommen in der Schwärze des Weltalls.

»Sieben Minuten, meine Teuerste«, sagte die Stimme, »in sieben Minuten haben wir den Absprungpunkt erreicht und begeben uns in die poetische Welt der unfassbaren Dimensionen, um zwischen Ist und Nichts dahinzusegeln, schnell wie Gedanken.«

Veruca Salt runzelte wegen dieses Unsinns die Stirn; sie sagte nichts. In diesem Augenblick war K'jonasoidt mit neuen Informationen aufgetaucht, und was sie ausgegraben hatte, ließ Ja'ana und

T'Arastoydt aufheulen. Jana Hakon sorgte für Ruhe – und dann geschah völlig Ungeheuerliches. Ja'ana K'jonasoidt Hakon T'Arastoydt fragte Veruca Salt um Rat. Eine Galdani im Vollbesitz ihrer Kräfte behandelte eine als Hülle dienende Tarnidentität als gleichwertiges Wesen. Sie war sich im Klaren darüber, dass sie im Konzil der Schwestern keine Lobeshymnen ernten würde, und es war ihr herzlich egal. Das Konzil konnte ihr nicht helfen. Veruca Salt dagegen sehr wohl.

K'jonasoidt hatte nach langem Stöbern in den aufgehäuften und nie benutzten Mengen aufgesaugten Wissens entdeckt, dass die Pilgernder Joker mit einiger Sicherheit zu den zweifelhaftesten technischen Leistungen von Utragenorius gehörte. Diese Stimme, die so überschwänglich daherredete, war nicht etwa ein Unterhaltungsprogramm oder eine neckisch programmierte Schnittstelle. Der Begriff Zweisamkeitsgenerator war eine Irreführung. Es war die Pilgernder Joker selbst, mit der man sprach. Auf Utragenorius hatte man es für eine gute Idee gehalten, Raumfahrzeugen ein Ich-Bewusstsein, Empfindungsfähigkeit und Intelligenz zu geben. Ein Irrweg, den die Menschheit nach den Katastrophen mit den ersten Weltenkreuzern aufgegeben hatte. Die seltsamen Aktionen von Hatteras und Servadac waren Legenden, und niemand hatte jemals wieder ernsthaft den Versuch unternommen, in einem Rechner mehr zu sehen als eine informationsverarbeitende Maschine. Sogar die heute namenlosen Vordenker des Oktogons waren davor zurückgeschreckt.

Die Bewohner der Dunkelwelten waren in vielem anderer Meinung, und nun saß Veruca Salt in einem Raumfahrzeug, das neben unbekannten technischen Fähigkeiten über einen eigenen freien Willen verfügte. Und vermutlich wusste die Pilgernder Joker selbst genau, dass sie frei war, ein intelligentes Lebewesen, selbst wenn ihre Gedanken elektronisch waren, ihre Muskeln mit Landau-Feldern funktionierten und sie viele zehntausend Mal schneller denken konnte als ein Mensch.

Jana Hakon spürte eine unsichtbare eiskalte Hand ihr den Rücken hinabstreichen. Sie hatte auf dem Unterdeck einige Räuberpistolen gehört, manche davon hatten mit Utragenorius und den unheimlichen Raumschiff-Wesen zu tun. Sie hatte diesen Geschichten keine große Aufmerksamkeit geschenkt, und aus diesem Grunde waren sie der Aufmerksamkeit K'jonasoidts entgangen. Jetzt konnte K'jonasoidt die mageren Fakten der Datenbanken mit den blumig ausgeschmückten

Sagen aus den Erinnerungen Veruca Salts vergleichen, und das Ergebnis war niederschmetternd: Es passte zusammen. Utragenorianische Raumfahrzeuge waren gefährlich. Sie konnten denken. Die Mütter – und vielleicht nicht einmal sie – mochten wissen, was diesem Schiff einfallen würde.

In diesem Fall könnte es besonders wertvoll sein, was Henning Lucas ihr verraten hatte, ganz zu schweigen von den Datenträgern, die sie aus seinem Haus hatte mitgehen lassen. Jana wollte sich nicht ausmalen, was dieses seltsame Schiff alles anstellen konnte. Vor allem kam es ihr darauf an, dass die Welten erfuhren, was sie wusste. Und was in den Dateien des Bürokraten steckte. Sie musste das alles veröffentlichen. Die Experimente der Goldenen Bruderschaft. Die wahre Natur der Galdäa. Die Verstrickung des Flottenkommandos. Die Namen der Kontaktpersonen auf Atibon Legba. Alles.

Veruca Salt wühlte in der Tasche aus totem Tier herum und breitete ihre Beute aus. Natürlich hatte sie nicht daran gedacht, für jedes der verschiedenen Speichermedien ein entsprechendes Abspielgerät im Haus von Lucas zu suchen. Nun hatte sie den Salat. Die Zutaten bestanden aus kleinen silberglitzernden Scheiben, lasercodierten Bildzylindern, einigen handgroßen Tanks mit Biomodulen und mehreren Typen von Kristallen. Letztere waren die teuerste und effektivste Art, große Datenmengen platzsparend und sicher zu archivieren. Sie starrte ratlos auf das Sammelsurium, als die PILGERNDER JOKER sich mit launigem Tonfall meldete.

»Falls es mit dem Zeugs ein Problem geben sollte: Ich hätte da den einen oder anderen Lösungsvorschlag.«

Veruca Salt blickt auf. »Ja?«

»Wenn es um die Totalvernichtung gefährlicher Unterlagen geht, bietet sich eine Annihilation an. Da bleiben garantiert keinerlei Spuren von Information zurück.« Das gesichtsähnliche Ding hinter der halb durchsichtigen Wand zog sich in die Breite, wollte wohl ein Grinsen andeuten. »Dieses Verfahren zog Henning Lucas allen anderen Verfahren der Löschung vor.«

»Das ist es nicht, was ich wünsche«, sagte Jana vorsichtig. Mit Annihilation meinte das vergnügte Raumfahrzeug wahrscheinlich eine Materie-Antimaterie-Reaktion; allein bei dem Gedanken an eine so gefährliche Technik drohte Ja'ana durchzudrehen. Sie zwang ihre Stimme zur Ruhe und dankte den Schwestern dafür, dass sie das konnte. »Es geht eher um das direkte Gegenteil. Diese Informationen sollen nicht nur erhalten bleiben, sondern möglichst breit zugänglich veröffentlicht werden. Allgemein zugänglich, meine ich.«

Farbiges Licht huschte verwundert durch den Raum, ehe der Zweisamkeitsgenerator antwortete. »Auch das ist kein Problem«, sagte er. »Ich empfehle eine direkte Einspeisung ins Netz. Ist allerdings nicht mehr rückgängig zu machen.«

»Darauf kommt es an«, sagte Jana.

Pastellfarbene Manipulatoren surrten aus den Konsolen, ergriffen den Datenkram Stück für Stück und stopften die verschiedenen Dinge in verschiedene Öffnungen, die sich auftaten. Die PILGERNDER JOKER war bestens ausgestattet; Jana wollte nicht darüber nachdenken, wie die Technik des Flottenkommandos in ein Schiff geraten war, das von Utragenorius stammte. Die Schöpfer dieses Raumfahrzeugs, irgendwo auf einer der Dunkelwelten, waren gründlich gewesen.

»Soll ich mit der Übermittlung beginnen?«, fragte das Schiff.

»Ja. Natürlich. So schnell es geht. An soviele Adressaten wie nur möglich. Und wiederholen. Es kommt darauf an, dass die Daten weit gestreut verbreitet werden.«

Einige Sekunden lang herrschte Stille, ehe die Stimme der PILGERNDER JOKER wieder ertönte.

»Die Übertragungen laufen. Laufen gut. Es flutscht nur so. Eine Frage nur ... Sie haben mir nicht verboten, den Inhalt der Dateien zur Kenntnis zu nehmen.«

»Das habe ich nicht.« Ja'ana K'jonasoidt Hakon T'Arastoydt spürte, wie Krallen der Panik an ihrer Gleichmut kratzten.

»Gehe ich recht in der Annahme, dass all dies einen schönen Aufruhr verursachen wird?«

Jana grinste erleichtert.

»Genau das soll es.«

»Na, dann hätte ich einen Vorschlag: Schicken wir das Ganze unverschlüsselt nach Atibon Legba. Da gibt es eine Menge von Adressen. Zum Beispiel die des Flottenkommandos. Die werden kopfstehen. Und mit den Füßen wackeln. Erst recht, wenn sie feststellen, dass jede andere Adresse auf A. L. das Zeug ebenfalls bekommen hat.«

»Gute Idee«, sagte Jana. Sie verbiss sich ein Lachen; vielleicht waren die Konstrukteure von Utragenorius doch nicht so verkehrt. Das Programm dieses Fahrzeugs konnte ihr beinahe gefallen.

Veruca Salt fragte die Pilgernder Joker im Plauderton nach der Höchstgeschwindigkeit und ihren technischen Spezifikationen, nach den Funktionen der Konsolen und ihrer Bewaffnung.

Das Raumschiff kicherte. »Wie lustig, dass du mich ausgerechnet danach fragst«, sagte es. »So ähnliche Anfragen hatte ich von einem anderen Flugkörper in der Nähe. Er war dumm, deswegen habe ich nicht geantwortet.«

»Er war dumm?«, fragte Veruca Salt. Sie konnte es nicht lassen.

»Nur ein Haufen tickendes Silizium«, sagte die Pilgernder Joker, »vielleicht ein paar Bio-Elemente und Landau-Komponenten, keine Spur von Geist, verstehst du?«

»Ich verstehe«, sagte Veruca Salt und achtete darauf, ihre Stimme möglichst neutral klingen zu lassen.

»Ich hasse es, wenn jemand geistlos ist«, erklärte das Raumschiff mit einem angewiderten Tonfall in der Stimme.

»Ich verstehe«, sagte Veruca Salt ein zweites Mal und im selben Tonfall.

»Falls ich dich mit meinen Bemerkungen irgendwie nerven sollte«, giftete die Maschine, »kann ich gern auf optischen Modus umschalten und kein Wort mehr mit dir reden. Nie wieder.«

Um aller Päpste willen, dachte Veruca Salt, das hat mir noch gefehlt. Ein zickiges, empfindungsfähiges, überkandideltes und vermutlich intelligentes Raumschiff. Ihr Mütter, helft! Auf derlei hatte sie das Konzil der Schwestern nicht vorbereitet. In sachlichem Tonfall entschuldigte sie sich für den falschen Eindruck, den ihre Worte gemacht hatten. Danach wiederholte sie ihre Frage nach Höchstgeschwindigkeit, Spezifikationen, Konsolen und Bewaffnung. Die Pilgernder Joker zögerte, ehe sie antwortete.

»Die Konsolen sind für dich so lange ohne Belang, wie du mich selbst fliegen lässt. Von einer unsachgemäßen Benutzung kann ich nur abraten. Könnte dumm ausgehen.« Die Stimme des Raumschiffs schwankte, verschwand und kehrte zurück. Es klang wie eine Störung im System.

Veruca Salt war alarmiert; sollte die Pilgernder Joker etwa defekt sein? »Was war denn das?«, fragte sie und versuchte möglichst sorglos zu klingen, was ihr offenbar nicht besonders gut gelang.

Das Raumschiff lachte leise. »Keine Angst«, sagte es, »ich habe alles unter Kontrolle. Wäre ja auch gelacht. Jemand hat versucht, mich mit einer Fernsteuerung zu übernehmen. Hat nicht geklappt. Ich muss allerdings gestehen, dass ich überrascht bin. Lange her, dass man mich angegriffen hat. Ich habe die Waffensysteme in Bereitschaft versetzt. Ich treffe Vorbereitungen gegen weitere Attacken ...«

Eine gute Gelegenheit für Veruca Salt, wieder ihre Frage anzubringen. Diesmal bekam sie Antwort. Die PILGERNDER JOKER rasselte eine lange Reihe technischer Daten herunter, als befände sich ihr Bewusstsein nicht in dieser Steuerkabine, sondern weit weg. Veruca Salt hörte sich die Liste teilnahmslos an, während in ihrem Inneren K'jonasoidt an einer hastigen Analyse arbeitete, deren Ergebnisse geeignet waren, Ja'ana zutiefst zu erschrecken. T'Arastoydt sorgte dafür, dass äußerlich das Bild einer gelassenen, ruhigen Galdani erhalten blieb. Normalerweise – wenn sie nicht Galdani, sondern bloß Mensch gewesen wäre – hätte sie einen Schweißausbruch bekommen und wäre leichenblass geworden, während Feuchtigkeit ihre Achselhöhlen dunkel färbte. So blieb sie kühl, als K'jonasoidt nüchtern feststellte, dass dieses kleine Raumfahrzeug mitsamt Zweisamkeitsgenerator offenbar von einem Team genialer Irrer gebaut worden war. Es war vollgestopft mit sehr kleinen und sehr kraftvollen Aggregaten, Sendboten der Vernichtung und der Bewegung. Alles zusammen verbrauchte soviel Energie wie eine Metropole, und aus diesem Grund speiste all den Zauber eine der gefährlichsten Energiequellen, die man jemals entdeckt hatte. Man hatte die Erfindung schnell wieder ad acta gelegt, aus guten Gründen, die nicht allzu verschieden waren von denen, die der Antimaterie den Garaus gemacht hatten. Ja'ana war außer sich vor Aufregung. Im Vergleich zu normalen Fusionsöfen – oder zu den uralten, mittels Kernspaltung betriebenen Reaktoren – war ein Schwarzes Loch ein monströses Risiko. Dennoch pulsierte eines unter der Hülle dieses Fahrzeugs, produzierte eine Menge Energie und machte die PILGERNDER JOKER zu einem gefährlichen Kampfschiff. Die kompakte Bauweise der Bewaffnung erklärte sich aus der Tatsache, dass dieses Kraftpaket keine Effizienz nötig hatte. Energie war reichlich da, um sie zu verschleudern.

Ich sitze auf einem Pulverfass, dachte Jana Hakon. Falsch, berichtigte Veruca Salt, ich sitze in einem Pulverfass, mitten drin. Und es denkt selbst. Dieses Ding ist eine Bombe. Es denkt in Bahnen, die ich nicht verstehe. Was, wenn es merkwürdige Sätze zu denken beginnt wie »Es werde Licht« und beschließt zu explodieren? Und

– um die Liste blödsinniger Fragen um eine weitere zu verlängern – können Singularitäten explodieren?, fragte K'jonasoidt.

»Wir nähern uns planmäßig dem Absprungpunkt«, sagte die Stimme der PILGERNDER JOKER. »Ich bin amüsiert«, setzte das Raumschiff hinzu, und seine Stimme klang, als ob es breit lächeln würde. Nun ja. Der Zweisamkeitsgenerator grinste.

Sie, oder es, will Konversation machen, erkannte Veruca Salt, kein Wunder. Die Dunkelweltler sind verrückt nach Kommunikation aller Art, deswegen treten sie nur gebündelt auf und schicken als Botschafter kleine Kollektive von mindestens drei Personen. Da liegt es nahe, dass ihre denkenden Raumschiffe unaufhörlich bestrebt sind, ihren Insassen die Illusion eines Partners vorzugaukeln.

»Worüber amüsierst du dich?«, fragte Veruca Salt.

»Man versucht, meine Übertragungen von Daten zu verhindern. Ich habe diese Hindernisse umgangen. Man versucht, auf verschiedene und teilweise einfallsreiche Art, mich am Erreichen meiner Zielkoordinaten zu hindern«, antwortete das Schiff. Auf der Bildwand leuchteten Schemata auf, die wohl verdeutlichen sollten, was die PILGERNDER JOKER erklärte. Veruca Salt und alle ihre galdäischen Inkarnationen konnten nichts mit den verwendeten Symbolen anfangen. Ein Schnittmusterbogen für vielgliedrige Außerirdische. Die Stimme des Raumfahrzeugs berichtete von Bündeln gerichteter Impulse, die von Penta V und einem im Orbit befindlichen Raumschiff eintrafen. Jemand versuchte, die Elektronik der PILGERNDER JOKER lahmzulegen, und bei Standardmodellen des Flottenkommandos hätte man damit Erfolg gehabt. Die PILGERNDER JOKER dagegen hatte wenig Mühe, diese Angriffe abzuwehren. Ihr System war anders strukturiert, hatte andere Codes und Befehle. Genausogut hätte man versuchen können, in der Sprache der Wale einer Katze zu befehlen. Schwieriger waren die Probleme zu bewältigen, die sich aus der Annäherung einiger offenbar unbemannter Objekte ergaben.

»Das könnte ein Versuch sein, uns mit Waffengewalt am Verlassen dieses Raumsektors zu hindern«, sagte die PILGERNDER JOKER, und Veruca Salt hörte Geringschätzung in der Stimme, die von überallher auf sie eindrang. »Was müssen das für arme ahnungslose Würstchen sein, die ein paar Maschinen losschicken, um mich abzufangen. Da finde ich diesen anderen Versuch viel interessanter ...«

»Welchen?«, fragte Veruca Salt ergeben. Das Raumschiff wollte reden, und wenn es half, war sie gern bereit, dem elektronischen

Ich seinen Wunsch zu erfüllen. Irgendwo mochte die PILGERNDER JOKER stolz darauf sein, so gewandt allen Widrigkeiten Paroli zu bieten. Und der Zweisamkeitsgenerator ertrug die Einsamkeit offenbar nur schlecht.

»Stell dir vor, die versuchen, mich mit einer Simulation von Henning Lucas zu beeindrucken.«

Verdammt, schrie es mehrstimmig in Veruca Salts Kopf, wie konnte der Typ so rasch wieder auf die Beine kommen. Er hätte für Stunden besinnungslos auf dem Boden seines Wohnzimmers liegen müssen. Du vergisst, flüsterte hämisch K'jonasoidt, dass dieser Herr sicherlich nicht wegen seiner Nachgiebigkeit in eine solche Position aufgestiegen sein kann. Das ist ein Machtmensch, und die sind meistens Stehaufmännchen.

»Eine Simulation von Henning Lucas?«, fragte Veruca Salt überrascht und machte große Augen.

»Ja, stell dir vor«, sagte die PILGERNDER JOKER und ließ in einem verschwommenen Viereck das Gesicht des Mannes aufleuchten, vermutlich die Übertragung, von der sie redete. »Und sie ist nicht einmal sonderlich gut. Sie versucht mir einzureden, du seist nicht echt, die Codes wären ungültig und alles nur ein Irrtum.« Das Geräusch, das nun erklang, konnte Veruca Salt nicht einordnen; es klang, als würde die PILGERNDER JOKER pikiert den Kopf schütteln. »Fast könnte man ihm Glauben schenken, aber du hast alle Codes richtig eingegeben, es gibt also keinen Zweifel. Und was der da erzählt, klingt nicht besonders plausibel.«

Veruca Salt sagte in beiläufigem Tonfall: »Ist es möglich, die Quelle dieser Übertragung auszuschalten?«

»Sicher doch. Augenblick. So.«

Eine rasche, wellenförmige Bewegung schwappte durch das unverständliche Schaubild, und einige der Symbole verschwanden wie weggewischt.

»So schnell?«

In der Stimme der PILGERNDER JOKER lag unverhohlener Triumph. »Ein Schock vermittels Landau-Modulator. Ich habe ihre Maschinen überladen, und es dürfte einiges durchgebrannt sein. Eine elegante Methode, darf ich hinzufügen. Niemand kommt zu Schaden, abgesehen von den Technikern, die hinterher Überstunden schieben müssen und zuwenig Schlaf bekommen.«

»Diese Sonden kann man damit nicht beeindrucken«, sagte Veruca Salt. »Die halten still. Die schicken keine aggressiven Signale. Die warten ab, bis sie uns in Schußweite haben. Und sie kommen näher.« Ablenken, einfach nur ablenken. Dieses halb übergeschnappte Schiff durfte keine Zeit haben, über den angeblich falschen Henning Lucas und diesen unbekannten Passagier und eventuelle Zusammenhänge nachzudenken. Das Ergebnis mochte für Jana verheerend sein.

»Völlig richtig«, antwortete die PILGERNDER JOKER. »Für dieses Problem gibt es mehrere Optionen. Welche davon zur Anwendung kommt, entscheidet sich, wenn wir Näheres wissen. Zum Beispiel, wenn mir der Typ dieser Dinger bekannt sein sollte.«

Veruca Salt registrierte, dass sie nicht gebeten worden war, ihre Meinung kundzutun; stattdessen hatte man ihr klargemacht, dass die PILGERNDER JOKER derartige Dinge allein regelte. Nicht nötig einzugreifen. Was ich tue, entscheidet sich. Nicht etwa »ich entscheide« oder »wir entscheiden«, nein, es entscheidet sich. Dieses Raumschiff hatte einen eigenen Willen, mindestens eine eigene Meinung. Soweit Jana über die Mentalität der Dunkelweltmenschen Bescheid wusste, war das völlig normal. Ein sprechendes und denkendes Raumschiff mochte einen eigenen Willen besitzen. Oder ein raffiniertes System, einen vorzutäuschen. Eben einen Zweisamkeitsgenerator. Es war völlig unnötig, den Unterschied herauszufinden, solange die PILGERNDER JOKER tat, was Veruca Salt wollte.

»Ich überlasse dir die Entscheidung über das weitere Vorgehen«, sagte sie.

»Wie nett«, antwortete die Stimme von überallher amüsiert. »Das hast du bereits getan.«

Hinter den verschwommen durchscheinenden Wänden der Steuerkabine taten sich neue Fenster auf, und in jedem von ihnen war einer der feindlich gesinnten Flugkörper zu sehen. Ahnungslose menschenleere Büchsen voller Technik und Energie, von irgendjemandem fest am Gängelband der Fernsteuerung gehalten. Sanft glimmende Fadenkreuze legten sich über sie. Zahlenangaben zu ihren Koordinaten entrollten sich daneben, die zu undeutlich waren und sich zu schnell veränderten, als dass Veruca Salt ihnen hätte einen Sinn entnehmen können.

»Die gegnerischen Maschinen«, sagte die PILGERNDER JOKER, »sind leider gegen äußere Einflussnahme gehärtet. Ich kann sie nicht ablenken oder beeinflussen. Und sie könnten unseren Absprung gefährden. Reichlich Waffenkapazität auf der anderen Seite. Da hält uns jemand für wichtig. Ich fahre die Waffensysteme hoch.«

»Prima Idee«, sagte Veruca Salt. »Zeig mir bitte ein Energie-Flussdiagramm.«

»Kein Problem«, antwortete das Schiff.

Unter den opaken Schichten der Wand flammten Zahlen auf, groß genug, dass Veruca Salt sie entziffern konnte. Groß genug, um ihr den Blutdruck in die Höhe zu jagen, hätte sie ihn nicht rasch nachgeregelt. Was für ein Wahnsinn. Veruca Salt beschwor ihre Innereien mit Hilfe K'jonasoidts, Ruhe zu bewahren. Was die Pilgernder Joker da aus den Tiefen ihrer Singularität an Energie schöpfte, war gigantisch. Kein Wunder, dass die Menschheit eine solche Technologie für zu gefährlich hielt, um sie anzuwenden. Sollte sich ein Planet als dumm genug erweisen, in die Schussbahn zu geraten, er hätte keine Chance. Und Ja'ana dachte mit einem ängstlichen Beben daran, dass die kleinste Fehlfunktion in der Steuerung die Pilgernder Joker verdampfen würde. Keine Überreste, keine Trümmer. Nur ein greller Lichtimpuls und heißes Plasma, großzügig im Vakuum verteilte nackte Atome. Ein solches Raumschiff, dachte Veruca Salt beim Anblick des Diagramms, hätte den sagenhaften Schlachtschiffen des Oktogons Paroli bieten können. Das Diagramm zeigte nebenbei, dass die Übertragung der bei Henning Lucas gestohlenen Dateien ins Netz weiterhin stattfand, und zwar auf mehreren Kanälen gleichzeitig.

»Was für ein Jammer«, sagte das Raumschiff, und in seiner Stimme klang tatsächlich Bedauern. Veruca Salt erkundigte sich, was die Pilgernder Joker damit meinte, und statt einer Antwort flimmerten technische Angaben und Statusanzeigen über die Wand. Die schweigenden Flugkörper öffneten Waffenschächte, fuhren Energiesysteme hoch und tasteten mit suchenden Signalen im All nach der Pilgernder Joker.

»Was willst du tun?«, fragte Veruca Salt.

»Das Offensichtliche. Sie würden unseren Absprung gefährden, wenn ich sie nicht vorsorglich eliminiere.«

Veruca Salt sagte nichts. Die Dunkelwelten hielten es für angebracht, denkende Maschinen zu bauen; und man sah es offenbar als normal an, wenn solche Apparate selbst entschieden, ob sie im Kosmos herumballerten oder nicht. Was für eine Idee. Normalerweise hätte Jana Hakon protestiert und eine weniger martialische Lösung des Problems gefordert; sie musste daran denken, was Henning Lucas ihr enthüllt hatte, und hielt den Mund. Die Daten strömten unaufhörlich durch die Antennen. Das Raumschiff erzitterte.

Die Wut eines sterbenden Sterns tobte durch die Systeme der Pilgernder Joker und raste den weit entfernten Sonden entgegen wie die heißeste aller denkbaren Höllen. Ein Flugkörper nach dem anderen verschwand von den Anzeigen. Die Angreifer verwandelten sich in überhitztes Gas, wenn die Schüsse des utragenorianischen Schiffs sie trafen. Und sie trafen alle. Verdammt, dachte Veruca Salt. Das sah unfair aus. Die Kampfmaschinen des Flottenkommandos wurden mühelos ausgeknipst. Die eine oder andere versuchte, ihre Waffen einzusetzen, und einmal tanzte für Sekundenbruchteile das Licht eines Lasers über die Hülle der Pilgernder Joker, ohne irgendwelchen Schaden anzurichten.

»Absprung in dreißig Sekunden«, sagte das Raumschiff. »Alles ist in Ordnung.«

»Ich habe mir keine Sorgen gemacht«, log Veruca Salt.

»Danach werden wir weitere drei Sprünge machen«, plapperte die Pilgernder Joker weiter, »und in zwei Tagen im Orbit von Galdäa sein.«

Veruca Salt spürte, wie sich die Landau-Modulatoren aufluden und den Raum ringsherum zu falten begannen, wie sich das gewohnte Gefüge der Dimensionen abflachte. Die typischen Nebenwirkungen eines Raumsprungs.

»So eine Scheiße«, sagte das Raumschiff voller Verachtung. »Die haben Schwarmraketen ausgesetzt.«

Irgendwelche Objekte trommelten auf die Außenhaut der Pilgernder Joker wie Hagelkörner, und es gab merkwürdige Lichteffekte, als die heranjagenden Projektile in den Einflussbereich der Landau-Felder hineingesaugt wurden. Eine Welle der Übelkeit schwemmte für ein paar Sekunden durch Veruca Salts Innereien. Das war ein Raumsprung, und er war nicht in Ordnung. Die Welt drehte sich und durchlitt böse Verzerrungen, stülpte beinah den Magen um, ehe T'Arastoydt eingriff und den Leib in seinen normalen Zustand hineinmanövrierte. Beinahe hätte ich dieses nette Schiff vollgekotzt, dachte Veruca Salt und starrte irritiert auf die neuen

Anzeigen. Die wirkten seltsam, und das lag nicht an den zerfetzten Resten irgendeiner kriegerischen Apparatur, die träge in der Nähe des Raumschiffs herumdümpelten.

»Hoppla«, sagte die PILGERNDER JOKER und klang amüsiert.

»Hoppla? Inwiefern?«, fragte Veruca Salt.

»Gute Frage«, lobte das Raumschiff, ehe es kurz schwieg. Verunsichert teilte es mit, dass der Angriff der Schwarmraketen den Raumsprung beeinflusst habe, es gebe keine Beschädigungen, das nicht, aber man befinde sich nicht an dem Ort, den man angepeilt habe, nun ja, obwohl das an sich normal sei, weil man Raumsprünge mit Hilfe von Landau-Technik eben nicht genau steuern könne ...

»Keine Einzelheiten, bitte«, sagte Veruca Salt. »Sag mir das Wesentliche.«

»Du machst mir Spaß, ja, das machst du«, murmelte die PILGERNDER JOKER und verstummte.

Prima, dachte Veruca Salt und spürte, dass tief in ihrem Inneren Maßnahmen ergriffen wurden, um die völlig aus dem Häuschen geratene Ja'ana zur Ruhe zu bringen. Dieses Raumfahrzeug ist nicht nur unheimlich eigenständig, es ist auch ein bisschen seltsam. Insofern, meldete sich K'jonasoidt, passt das Ding zu uns. Zu mir, dachte Jana Hakon, zu mir.

Mit einem zaghaften Geräusch wie einem Räuspern meldete sich die PILGERNDER JOKER wieder.

»Wir sind nicht ganz da, wo wir hinwollten«, erklärte sie unbehaglich. »Die Schwarmraketen haben meine Kalkulation über den Haufen geworfen.«

»Und wo sind wir?«, fragte Veruca Salt. »Oder anders ausgedrückt: Wie lange brauchen wir bis zur Galdäa?«

Das Raumschiff druckste ein bisschen herum und rückte dann mit der Information heraus, dass man eine Woche benötigen würde, um nach Galdäa zu gelangen. Die Übertragung der Daten ins Netz war unterbrochen, weil man sich in einer Gegend des Weltalls befand, in der es keinen Kontakt zum Netz gab. Veruca Salt blieb erstaunlich ruhig. Sie hatte nie eine Maschine kennengelernt, die so zerknirscht sein konnte. Die PILGERNDER JOKER rechnete aus, wie oft das komplette Datenpaket übertragen worden war; immerhin, dachte Veruca Salt. Zweiundvierzig Wiederholungen, gerichtet an einige zehntausend Adressen. Das sollte reichen. Genügend Leute würden alles lesen und betrachten. Überall im Netz. Der Aufruhr müsste erheblich sein. Die Goldene Bruderschaft und ihre Auftraggeber hatten ein ernsthaftes Problem. Wunderbar. Die Wespen würden aufgescheucht herumschwirren.

Veruca Salt ließ sich eine Ansicht des Weltalls auf diese merkwürdige Bildwand legen, auf der alles weich und sanft aussah. Infolge irgendwelcher Wechselwirkungen war das Raumschiff von einer Wolke flimmernder Trümmerteile und metallischer Dämpfe umgeben, die sich langsam ausbreitete. Das Negativ eines Tintenkleckses.

»In Anbetracht all der Jahre«, sagte Veruca Salt, »machen ein paar Tage mehr nicht viel aus. Denke ich.«

Die PILGERNDER JOKER stimmte erleichtert zu.

26.

Markus Hataka • Staub statt Zucker in deinem Kaffee

Als die ersten Ladungen geballter Energie abgefeuert wurden, dachte Markus mit der Ruhe eines Steinriesen, dass es das nun gewesen sei, und anders hatte es nicht ausgehen können. Es war vermessen von ein paar Menschenwesen, ein so mächtiges Ding wie die Goldene Bruderschaft herauszufordern. Und sollten es wirklich die geheimnisvollen Hintermänner der Goldenen sein: hirnverbrannt. Wie sonst sollte man es nennen. Dies waren die letzten Augenblicke seines Lebens, der Schlussakkord war geschlagen, die allerletzte Tasse Kaffee getrunken, selbst wenn das Zeug nach Staub und Tod schmeckte.

Es gab da allerdings jemanden, der sich nicht ergeben wollte; jemanden, der irgendwelche geringen Überlebenschancen errechnet hatte. Markus mobilisierte seine neuerworbenen Fähigkeiten und schlug einen verzwickten, polyrhythmischen Trommelwirbel auf Schalter und Tasten. Elegant vollführte die Tåström eine Reihe von Ausfallschritten, so dass die Angriffe breite Schneisen kochender Verwüstung durch ein leeres Weltall schnitten. Maja Maja wäre stolz auf ihn gewesen. Ob es was nutzte, war eine andere Frage. Diese Waffen waren immens stark; dass ihre Schüsse sichtbar waren, lag an der hauchdünn verteilten Atmosphäre Galdäas in dieser Höhe, deren Atome der Energie ihrer Elektronen beraubt und zum Leuchten angeregt wurden. Ein infernalisches Zischen hätte zu hören sein müssen, ein ebenso gigantisches wie giftig klingendes Geräusch, aber hier gab es keine Klänge. Der nahezu luftleere Raum war gnadenlos zum Schweigen verurteilt. Schade eigentlich, dachte Markus, solche Töne hätte man irgendwie verwenden können. Für Musik. Beinahe wäre er dem Vakuum böse gewesen. Er dachte in letzter Zeit viel zu selten an seine Musik. Er hatte kaum eine Sekunde übrig dafür. Jetzt schon gar nicht. Nicht in einem Moment kurz nach Ankunft der Tåström in der Nähe des Heimatplaneten Janas. Nicht wenn man aus allen Rohren auf sie feuerte.

Bonnie hatte, vorsichtig wie sie manchmal war, die Schutzvorrichtungen eingeschaltet. Das kleine Raumfahrzeug war kein Kriegsschiff. Die Leistung der Landau-Modulatoren reichte aus, um einen Schild zu errichten, der den einen oder anderen Treffer aushalten konnte. Dabei wurde das, was ankam, zerstreut und teilweise um das Schiff herum geleitet. Das war alles, was dieser Schild vermochte. Die Energie auf den Angreifer zurückzuwerfen, war das Schiff außerstande; und eigene Attacken waren so gut wie ausgeschlossen. Dafür hatte man das Schiff nicht gebaut. Bonnie Wayss war es offenkundig nicht gewohnt, in solch friedfertigen Fahrzeugen zu reisen.

Die grauhaarige Soldatin knurrte einen Fluch und beschwerte sich wieder einmal – mit geringem Erfolg – über die mangelhafte Bewaffnung dieser Nuckelpinne, wie sie das Schiff nannte. Kaddok hatte es aufgegeben, auf das Gequengel zu reagieren. Er hatte mit den Rechnern zu tun, die in quälender Langsamkeit mit dem Netz zu kommunizieren versuchten und so taten, als gäbe es keines.

Die Lage im Orbit Galdäas war unübersichtlich. Es wimmelte von merkwürdigen Sensorendaten, und die Rechner meldeten eine Zahl zwischen fünf und fünfzehn fremden Raumschiffen in der Nähe. Viele der Überwachungsstationen, die von der ARMORICA stammten, waren ausgefallen oder, was wahrscheinlicher war, abgeschossen worden. Bisher war nur ein einziger klarer Statusbericht hereingekommen, und der sah eindeutig nach Sabotage aus. Kaddok war ein Genie, wenn es darum ging, aus den Rechnern herauszukitzeln, was nur da war – doch selbst ein Genie konnte nichts aus Daten machen, die es nicht hatte. Also behalf Kaddok sich mit Informationen aus zweiter und dritter Hand, Abflugprotokollen, Ortungen, Berichten, Fehlermeldungen. Was er bisher herausgefunden hatte, klang nicht vielversprechend. Der Student beispielsweise, der die Dominosteine zum Umkippen gebracht hatte, war an Bord eines Raumschiffs namens PEREGRINUS XLIV auf dem Weg nach Galdäa, ganz offiziell, im Auftrag einer der Universitäten von Penta. Viel Feuerkraft hatte dieses Ding bestimmt nicht.

Und als Ausgleich, dachte Markus und ließ wieder eine Salve brodelnder Energie weitab am Schiff vorüberziehen, als Ausgleich treffen wir hier auf diese unbekannten und stummen Schiffe. Schiffe, die wir nur in dem Augenblick zu sehen bekommen, in dem sie auf uns feuern. Nett. Wirklich ausgesprochen nett. Wir wissen nicht einmal, wie viele von den Dingern da draußen auf uns warten. Sehr frustrierend. Staub statt Zucker im Kaffee.

»Ich habe rechtzeitig mit Atibon Legba gesprochen«, sagte Bonnie. »Man kennt den einen oder anderen von früher.« In ihren Augen funkelte boshaftes Vergnügen, in ihrer Stimme schwirrte Übermut. »Die schicken alles hierher, was sie haben.«

Sie schwieg einen Augenblick und ließ eine dieser Sekunden vorübergehen, in der die Instrumente ausschlugen und unvorstellbare Energien anzeigten, die sinnlos verpulvert wurden, ohne die TÅSTRÖM zu treffen oder auch nur in ihre Nähe zu kommen. Markus machte seine Sache irritierend gut. Dafür sorgte der unbestechliche Buchhalter in seinem Hinterkopf, der alle hereinkommenden Daten schneller umrechnete und auswertete, als Markus es selbst spüren konnte. Die Informationen verwandelten sich in ein Kartenwerk von bestechender Präzision. Die gefährlichen Linien waren klar darin eingezeichnet, und er hatte nichts weiter zu tun, als die TÅSTRÖM von ihnen fernzuhalten. Es war irgendwie wie Musik, jedoch eine, die er nicht verstand, eine gewalttätige und unbegreifliche Musik, deren Instrumente Tod und Vernichtung waren.

»Ich hätte nie gedacht«, sagte Bonnie dann, »wie viel Eindruck man bei Leuten machen kann, die einen seit etlichen Jahren für tot halten. Und wenn man ihnen dann diesen Wahnsinn hier erklärt ...« Ihre Handbewegung schloss alles ein: den Planeten Galdäa, der unerreichbar vor ihnen lag; die Feuer und Verderben speienden Raumfahrzeuge im Orbit der Galdäa; die sich unaufhörlich entpackenden Galdäa-Daten, dahinten im Netz.

Markus schaute sie an und nickte ihr zu, ohne das Trommeln seiner Finger auf den Kontrollen für eine Sekunde zu unterbrechen. »Der Wahnsinn geht erst los«, sagte er.

»Was ...?« Bonnies künstliche Stimme wurde hoffnungslos übersteuert und versagte den Dienst. Für derartige Erregungszustände war das Ding nicht gebaut. Sie hatte gesehen, was Markus dank seiner neuen Fähigkeiten längst registriert hatte. Im Orbit der Galdäa tat sich eine Öffnung auf, als ob ein Raumschiff den Sprung mit seinen Landau-Modulatoren hier beenden wollte. Dabei war das unmöglich. So nah an einem Planeten konnte niemand aufspringen, viel zu gefährlich. Außerdem fehlten die typischen Emissionen. Dennoch erschien ein Objekt, mitten in einem Gewitter aus flammenden Lichterscheinungen, und jagte auf die Quelle der Schüsse zu, denen die TÅSTRÖM auszuweichen versuchte.

»Sehr beeindruckend«, sagte Markus und nahm die Hände von seiner Konsole. Es gab von einer Sekunde zur anderen keinen Grund mehr, irgendwelchen Energiestrahlen auszuweichen. Das eben aus dem Nichts aufgetauchte Raumfahrzeug nahm einen Punkt im Weltall unter Beschuss, der nicht so leer gewesen war, wie es den Anschein hatte. Ein Schiff wurde dort im Gleißen der Explosionen für einige Sekunden aus dem Dunkel gerissen. Vibrierend wurden seine Schutzfelder unter der Belastung sichtbar, einer viel zu hohen Belastung. Der ungestüme Angriff fegte den Widerstand beiseite, die Hüllen brachen zusammen, und das Schiff flammte hell auf, ehe es zerrissen wurde und in vielen tausend Trümmerteilen auseinanderdriftete. Teile, die hell leuchteten, weil sie glühten und heiße Gase ausatmeten. Die Vernichtung war überraschend und vollkommen.

Kaddok ließ ein anerkennendes Grunzen hören. Saubere Leistung, wollte er damit wohl sagen. Bonnie starrte sprachlos auf die Bescherung. Markus wusste längst, dass der überraschende Angreifer viel zu schnell war, als dass er hätte rechtzeitig bremsen können; das Raumschiff raste auf die Atmosphäre zu und würde darin verglühen. Der kalkulierende Geist, der zu Gast in seinem Bewusstsein war, hatte es längst ausgerechnet. Verdammte Mathematik, dachte Markus. All die Rechnerei beraubt einen der Möglichkeiten der Phantasie. Eine schale Angelegenheit.

»Wo kam denn der her?«, stellte Kaddok eine völlig berechtigte Frage. Seine Blicke hingen gebannt an den Bildwänden.

»Von der Oberfläche«, sagte Markus, und beinahe wäre er selbst derjenige gewesen, den das am meisten überraschte. Sein Gast war gut, wenn es darum ging, Unmengen von Information in kürzester Zeit zu verarbeiten. Markus konnte den beiden anderen erklären, dass dieser Retter in der Not keinen gewöhnlichen Raumsprung absolviert hatte, sondern auf irgendeine Weise direkt von der Oberfläche Galdäas gekommen war. Irgendwie hatte dort jemand die Konventionen der Raumfahrt über Bord geworfen und ein Raumfahrzeug direkt vom Boden ins Weltall befördert – auf eine solche Idee waren die Ingenieure von A. L. nie gekommen. Markus hatte nicht die geringste Ahnung, wie viel Energie nötig sein mochte, wenn man ein Objekt mittels Landau-Modulatoren in den Himmel hinein projizierte. Es spielte keine Rolle. Galdäa hatte offensichtlich die Hände nicht in den Schoß gelegt, seitdem man auf A. L.

den galdäischen Krieg zu den Akten gelegt hatte. Und die Pläne des Flottenkommandos, den Planeten in einen vorkonstralischen Zustand zurückzubomben, waren gescheitert. Die Galdäer hatten in demselben Tempo weitergemacht und die Technik Atibon Legbas überholt. Sie konnten Raumschiffe von der Oberfläche weg direkt in eine Umlaufbahn schicken. Sehr interessant. Markus spürte, wie die Basslinie in seinem Rücken einen triumphierenden Sprung machte.

Als hätte es eines Beweises bedurft, hüllte sich das unbekannte Raumschiff in einen Kokon aus blauem, irisierendem Licht und verschwand, ehe es in der Lufthülle des Planeten verbrennen konnte.

»Na sowas«, staunte Kaddok. Respekt und Verwunderung schwangen in den beiden Worten mit, und Markus konnte es dem Karnesen nachempfinden. Unmöglich, sagten die Lehrbücher des Flottenkommandos. Ein Raumsprung ins Nirgendwo, so nahe an einer Gravitationsquelle. Der blanke Wahnsinn. Kaddok war allerdings sicher, dass die Leute in diesem Schiff genau wussten, was sie da taten.

Bonnie war die erste an Bord der TÅSTRÖM, die sich wieder fasste.

»Hier ist die Hölle los«, schnarrte ihr Sprachprozessor, »und niemand weiß davon? Das ist merkwürdig.«

»Die Bruderschaft ist gründlich«, meinte Markus, dessen verlängerte Sinne weit ins All ausgegriffen hatten. »Sämtliche Relais sind weg. Ausgeschaltet. Keinerlei Daten von ihnen. Nun ja, abgeschossen. Es gibt keine Nachrichten von hier, die bis nach A. L. gelangen. Nicht auf den üblichen Wegen.«

»Kein Kontakt zum Netz?«, wollte Bonnie wissen, ungläubig.

»Deine Nachrichten vorhin gingen direkt von der TÅSTRÖM über Landau-Modulatoren, nicht über die normalen Wege. Das Netz ist hier nicht präsent. Einfach nicht da.«

Kaddok und Bonnie Wayss wechselten einen verunsicherten Blick. Kein Netz. Das war so, als habe man ihnen den Boden unter den Füßen weggezogen. Das Netz war immer da, ein gigantischer Ozean aus Information und Kommunikation, oft verflucht, selten brauchbar genug. Aber eben immer verfügbar. Sogar die Lähmung des Systems durch die Rechnerkrätze war nicht so einschneidend gewesen. Nicht so endgültig. Die TÅSTRÖM war von dieser Sekunde an nicht nur furchtbar weit weg, sie befand sich wirklich außerhalb.

Nicht mehr im bewohnten Kosmos. Kaddok konnte nicht verstehen, wieso Markus das so ruhig hinnahm, und er schaute wieder, diesmal verunsichert, zu der Soldatin hinüber. Seine gewaltigen Pranken lagen untätig auf den Schenkeln. Alle Versuche, das Netz zu kontaktieren, waren sinnlos. Es gab hier nichts, in das er hätte einloggen können.

»Ich bekomme Daten herein«, sagte der Musiker mit unbewegter Stimme, und er sagte es so unbeteiligt wie eine Maschine. Der Buchhalter in seinem Schädel werkelte unermüdlich, ließ keinen Platz für Erstaunen oder Entsetzen.

»Wir bekommen Nachrichten, sozusagen.«

Markus ließ seine Hände über die Tastaturen huschen und ärgerte sich, dass seine Muskeln und Gelenke so langsam reagierten. Beinahe wünschte er sich, man hätte ihm eine Schnittstelle eingepflanzt wie den Zentraliern oder den Goldenen. Oder, vielleicht lieber nicht. Die Goldenen sollte man besser nicht als Vorbild haben. Und eine nach Jana schreiende, dröhnende Basslinie in seiner Seele reichte vollkommen aus ...

»Es ist Galdäa«, sagte Markus nach einer Weile, und Bonnie atmete ebenso auf wie Kaddok. »Sie liefern uns Navigationsdaten. Weiter nichts. Nur Navigation. Und da sind die Positionen von vier anderen Raumfahrzeugen. Positionen, die wir besser meiden sollten.«

»Warum?«, wollte Kaddok wissen; Bonnie legte ihm eine Hand beschwichtigend auf den Arm. Wenn Markus irgendetwas jetzt nicht brauchen konnte, dann waren das derartige Zwischenfragen.

»Vermutlich«, sagte Bonnie, »sind dort genausowenig nette Leute drin wie in dem Schiff, das man da eben zerschossen hat.«

»Stimmt«, antwortete Markus. »Und die Leute da unten teilen uns außerdem mit, dass es so schnell keine zweite überraschende Rettung geben wird. Den Grund habe ich nicht verstanden, es waren ein paar technische Daten, die ich nicht zuordnen kann. Irgendwas mit Installationen, die eine Wiederholung der Operation nicht so schnell wieder gestatten werden. Was für Installationen?«

Der Musiker löste den Blick für einen Augenblick von seinen Anzeigen und schaute den Schwerweltmenschen hilflos an.

Kaddok nickte und wandte sich wieder seinen Anzeigen zu. Bonnie wusste nicht, was der Karnese ohne neue Daten anfangen sollte, und beugte sich neugierig vor. Kaddok hatte sich die Aufzeichnungen des Angriffs in den Speicher geladen und hantierte mit Diagnose- und Identifikationsprogrammen daran herum. Er bemerkte den Blick der Soldatin und knurrte.

»Ich versuche nur herauszufinden, wer das war«, sagte er. »Oder was das war.«

Markus korrigierte den Kurs nach den Angaben, die er von Galdäa erhalten hatte. Die Absicht war klar. Der unsichtbare Vermesser in seinem Kopf sah es so deutlich wie auf einem sauber gezeichneten Plan. Man wollte die Tåström fernhalten von den unbekannten und unsichtbaren Raumfahrzeugen dort draußen. Leider konnte Markus deutlich sehen, dass dieses Vorhaben nicht aufgehen konnte. Die fremden Schiffe bewegten sich, eines strebte genau auf den Punkt zu, an dem sein Kollege so überraschend vernichtet worden war. Diese Sache ist heiß, dachte Markus, sehr heiß sogar. Wenn wir nicht aufpassen, verbrennt die Tåström und wir mit ihr.

»Wie ich es mir gedacht hatte«, brummte der Karnese. Seine Stimme füllte den Innenraum des kleinen Schiffs aus wie Watte. Bonnie schaute wieder über seine breiten Schultern.

»Konstruktive Ähnlichkeiten mit den Typ-3-Fahrzeugen der Goldenen Bruderschaft«, sagte sie. »Ich habe dieses Design bereits gesehen. War auf Atibon Legba angedockt. Dieses Ding war größer und schneller, aber es stammte ganz offensichtlich vom selben Reißbrett. Man nennt sie Doppelwespen. Schlanke, abgerundete Segmente, paarweise angeordnet. Praktisch zwei parallel zueinander angeordnete Raumschiffe, eines die Sicherheitskopie des anderen.«

»Sehr beruhigend«, antwortete Markus. In seinem Mund machte sich der Geschmack von Staub breit. »Eines der sagenumwobenen Schiffe der Goldenen. Eine Doppelwespe. Das Sicherste, was die Bruderschaft erfinden konnte. Und irgendjemand kommt aus dem Nichts und pustet es in Splitter. Einfach so.«

Im Grunde genommen verspürte er den Drang, hier zu verschwinden, so schnell es nur ging. Die Galdäa war dieser Tage ein ausgesprochen seltsamer Ort. Fliehen war unmöglich. Auch weil er nicht in der Lage war, gegen das anzukommen, was die Galdani ihm ins Herz gepflanzt hatte.

Er zwang die Tåström in eine enger werdende Kurve und benutzte dabei minimale Antriebskräfte. Bloß nicht auffallen. Keine

Haupttriebwerke zünden. Wenig Spuren hinterlassen. Es gab da eine Wolke aus Trümmern, die den Planeten umkreiste und aus der ständig Bruchstücke in die Lufthülle des Planeten eindrangen und als Meteoriten herabregneten. Dort drin müsste man sich verstecken können. Er bat Bonnie um ihre Meinung. Sie rümpfte die Nase. Verstecken war nicht das Richtige für sie. Aber mit so einer Nuckelpinne blieb nichts anderes übrig.

»Könnte funktionieren«, gab sie schließlich zu. »Solange niemand auf die Idee kommt, den Trümmerhaufen näher zu untersuchen.«

»Darauf müssen wir es ankommen lassen«, sagte Markus und steuerte die TÅSTRÖM näher an den verschwommenen Klecks heran.

»Jetzt verstecken wir uns auf einem Friedhof«, sagte Kaddok und schüttelte sich.

»Auf einem Friedhof? Wieso Friedhof?«, wollte Bonnie wissen.

»Es gab mal eine Raumstation im Orbit der Galdäa«, antwortete der Karnese dumpf. »Sie wurde später in Klump geschossen, von der ARMORICA, vermute ich. Ist ja auch egal. Die Station hieß GALDAN I und war sehr alt. Eine ehemalige Kampfstation, aus Gründen der Sparsamkeit von A. L. mehrfach umgebaut und hier als unbemannte Basis geparkt. Später haben die Galdäer sie übernommen. Das Ding war stattlich, mit über fünfhundert Leuten an Bord. Ich habe keine Daten über eine Evakuierung, nur die Pläne der Station. Das da sind ihre Überreste.«

Kaddok schluckte.

»Wenn wir uns dort verstecken«, sagte er, »verstecken wir uns tatsächlich auf einem Friedhof.«

Markus und Bonnie wechselten einen verständnislosen Blick. Der Karnese hatte mit dieser Idee ernsthaft Probleme. Er betonte das Wort Friedhof, als wäre es ein Fremdwort. Allerdings, dachte Bonnie, habe ich nirgendwo den geringsten Hinweis auf die Totengebräuche der Schwerweltmenschen gefunden. Das ist merkwürdig, alle Kulturen haben da eigene Rituale entwickelt. Die Totenboote von Billabong, die elektrischen Verbrennungen auf Oniskus. Nicht zu vergessen die Gerüchte über postmortalen Kannibalismus auf Utragenorius.

»Selbst wenn die Station damals samt Besatzung zerstört wurde«, sagte Markus, »ist es doch verdammt lange her. Und die Trümmerwolke verliert fortwährend Materie an den Planeten. Ich schätze, dass mehr als die Hälfte der ursprünglichen Masse mittlerweile in der Atmosphäre verglüht ist.«

Er wollte den beiden nicht offenbaren, dass der Buchhalter längst eine bis auf die dritte Stelle hinter dem Komma exakte Zahl errechnet hatte. Es reichte, wenn er selbst sich vorkam wie eine Rechenmaschine, die nur zufällig auf zwei Beinen umherlief, statt in einer adretten metallenen Kiste zu stecken. Markus dachte wehmütig an die Zeiten in der Wohnung neben Eveline zurück. Da waren Zahlen ein Mittel gewesen, kein Lebenszweck.

Dieser Gedanke, dachte Markus, hat genau einskommaeine Sekunden lang gedauert.

»Ich kann nur hoffen«, sagte er laut, »dass für Galdäer eine Feuerbestattung akzeptabel ist. Die meisten Opfer dürften nämlich inzwischen auf diesem Wege auf ihre Heimatwelt zurückgekehrt sein.«

Kaddok wandte den Kopf und sah erst Markus und dann Bonnie mit einem merkwürdigen Blick an, der zumindest dem Musiker kalte Schauer über den Rücken jagte. Der Gedanke an Leichen, die in der Lufthülle verglühten, war dem Karnesen offenbar besonders widerlich. Dann wandte sich Kaddok wieder seinen Anzeigen zu und nahm eine genauere Untersuchung des Raumfahrzeuges vor, das die TÅSTRÖM so überraschend gerettet hatte.

Markus hatte sein Annäherungsmanöver nicht unterbrochen und stellte fest, dass er wenig Zeit hatte. In der nächsten Minute würde ein Schiff der Goldenen Bruderschaft eintreffen und neugierig sein, wenn auch nicht wütend. Wut leisteten sich die Goldenen nicht. Wut brachte nichts ein.

Ehe die TÅSTRÖM in die Trümmerwolke eintauchte, fuhr Markus das Schutzfeldsystem des Schiffs herunter. Ein Alarm schrillte kurz auf und erstarb, als Markus ihn abschaltete.

»Ist das nicht ein bisschen gefährlich?«, fragte Bonnie. Sie fühlte sich wehrlos und verletzlich, und was das Schlimmste war: Sie konnte selbst nicht das Geringste tun, um diesen Zustand zu beenden. Vielleicht war es ein Fehler gewesen, den Musiker an die Kontrollen zu lassen. Er war in letzter Zeit merkwürdig. Vermutlich hatten die Verbesserungen Maja Majas begonnen, sich mit ihrem Wirt zu verbinden. Dieser Prozess war nicht unproblematisch.

»Natürlich ist es gefährlich«, sagte Markus und deaktivierte ein System des Raumfahrzeugs nach dem anderen, löschte verräterische

Emissionen. »Es wäre tödlich, wenn unsere Schutzfelder irgendwelche Bruchstücke verdampfen. Die anderen da draußen würden das orten. Und das wäre gar nicht gut.«

»Verstehe«, sagte Bonnie. Das Licht im Innern der TÅSTRÖM verdunkelte sich. Markus ging systematisch vor. Jeder Apparat, der unnötig eingeschaltet blieb, erhöhte die Gefahr der Entdeckung. Einzig die Empfangsanlagen und passiven Sensoren blieben in Betrieb. Wenn schon, dachte Bonnie, dann wollen wir wenigstens sehenden Auges untergehen. Recht so.

Kaddok speicherte das Ergebnis seiner Nachforschungen, nickte dem Musiker zu und beobachtete, wie der Rechner sich verabschiedete. Es war leise geworden im Innern der TÅSTRÖM, und Markus fiel auf, wie viel Geräusch so ein Raumschiff verursachte, selbst wenn es nur eine Nuckelpinne war.

Er verschränkte die Arme vor der Brust und schaute zu Bonnie und Kaddok hinüber, die still dasaßen wie Verurteilte, die auf den Henker warten. Er grinste. »Es ist nicht so, dass wir nichts sagen dürfen«, meinte er leichthin. »Wir sitzen nicht in einem U-Boot«

»Danke, dass du mich daran erinnerst«, brummte Kaddok. »Das macht es leichter. Wir werden auf keinen Fall ertrinken. Wenn sie uns in Klump schießen, enden wir wenigstens schnell und sauber.«

»Wenn auch ein bisschen kalt«, sagte Bonnie.

»Ja, zu kalt«, bestätigte der Karnese, »sogar für mich.«

Markus hatte ein Auge auf seine Instrumente. »Jetzt sind sie in unserer Nähe«, stellte er fest. »Kein unsichtbares Schiff. Sie verwenden ein moduliertes Landau-Feld, um fremde Sensoren zu verwirren. Deswegen haben wir vorhin den Angreifer nicht gesehen.«

»Ich vermute, es handelt sich wieder um ein Schiff der Bruderschaft«, sagte Bonnie.

Markus nickte. »Baugleiches Modell. Die Doppelwespe. Sie beharken die ganze Gegend mit Ortungssignalen. Vor allem in der Richtung, wo die Überreste des zerstörten Schiffs treiben müssen.« Er stutzte und griff in die Tastatur seiner Konsole. Das musste er genauer betrachten. Gerade noch rechtzeitig dachte Markus daran, dass er das Ding jetzt nicht benutzen sollte. Stillhalten. »Merkwürdig. Wirklich sehr merkwürdig«, murmelte er.

»Lass uns an deiner Weisheit teilhaben«, meinte Bonnie, und das Implantat versuchte, die Ironie in ihrer Stimme mit einem metallischen Knirschen wiederzugeben. Die Soldatin blieb von der Anspannung nicht verschont.

»Dieses Raumfahrzeug, die Doppelwespe, hat eben auf den Planeten gefeuert«, berichtete Markus. »Ziemlich kräftiger Impuls. Sehr unfreundlich. Ein Kampflaser, einige hunderttausend Megawatt stark, zwei Sekunden lang.«

»Und?«, warf Kaddok ein, dessen Stimme tiefer als sonst klang.

»Tja. Ich weiß nicht recht. Die Sache hat keinen Krater in die Landschaft gestanzt. Galdäa ist vollkommen unbeschädigt.« Markus schüttelte ungläubig den Kopf. »Es sah so aus, als würde der Angriff innerhalb der Atmosphäre reflektiert. Zerstreut. So was gibt's doch gar nicht. Wenn ich das richtig gesehen habe, hat nichts die Oberfläche erreicht.«

»Unsere galdäischen Freunde sind lernfähig«, sagte Bonnie. »Und sie haben die Zeit seit dem Krieg offenbar gut genutzt.«

Die drei Besatzungsmitglieder der Tåström sahen einander stumm an. In der verrückten Gleichung dieser Affäre tauchte eine Unbekannte nach der anderen auf.

»Nach einer solchen Abwehrtechnik würde sich Atibon Legba alle Finger lecken«, sagte Markus. »Kaddok, hast du herausbekommen, wer uns vorhin herausgehauen hat?«

»Nicht eindeutig«, sagte Kaddok. »Es gab nichts in den Datenbanken, das genauso ausgesehen hat; es gab gewisse gemeinsame Erkennungszeichen. Teile der Konstruktion waren an das Design der Galdan I und ihrer Beiboote angelehnt; andere Merkmale weisen auf die in Eigenregie gebauten Kampfmaschinen der Galdäer hin, wie sie die Armorica in so großer Anzahl vernichtet hat.«

Bonnie starrte den Karnesen an. »Du meinst, die da unten haben wieder eine Raumflotte aufgebaut?«

»Ich wundere mich über gar nichts mehr«, meinte Kaddok.

Es polterte. Ein staubiger Riese kratzte an die Hülle der Tåström und wollte hinein. Bonnie zog den Kopf ein. Knirschend zog irgendetwas Spuren ins Metall.

»Das sind nur ein paar Trümmerteile«, sagte Markus. »Kaum schneller als wir. Dieselbe relative Geschwindigkeit. Die richten keinen großen Schaden an.«

Das war natürlich nicht ganz die Wahrheit, dachte Bonnie. Es gab da draußen eine Menge wichtiger Technik, die zu verlieren böse enden könnte. Antennen, Kameras, allerlei Sensoren, und die Emitter des Landau-Systems, die man für Raumsprünge benötigte. Mal abgesehen von Luken, die sich eingebeult vielleicht nie wieder öffnen lassen würden.

Und dann war da Kaddok. Der Karnese blickte stier geradeaus und strengte sich an, nicht bei jedem der hässlichen Geräusche zusammenzuzucken. Auf seiner Stirn standen Schweißperlen, und die Muskeln seines Halses waren angespannt, als müsse der Schwerweltmensch irgendein Gewicht stemmen. Markus war dem Blick der Soldatin gefolgt. Armer Kerl, dachte er, vielleicht sieht er jetzt die steifgefrorenen Leichen der Besatzung vor sich, wie sie mit ihren gekrümmten Armen über die Außenhaut der TÅSTRÖM schaben. Geplatzte Augen, der endlose Zeitlupentanz der starren Gestalten in der Kälte des Weltalls. Schmutziges Eis über Wunden, die seit Jahren unberührt klafften. Die Untoten des galdäischen Krieges, die Einlass begehren. Markus spürte, wie sich ihm bei der Vorstellung die Härchen auf den Armen aufrichteten. Plötzlich war es viel kälter.

Er schaute lieber wieder auf seine Anzeigen. Das Raumfahrzeug der Goldenen kreuzte dort, wo sein Gefährte vernichtet worden war. Vielleicht suchte man nach Überlebenden. Oder nach Spuren von dem, was den Untergang des Schiffs verursacht hatte.

Der Tod zog eine zweite polternde Spur über den metallenen Leib der TÅSTRÖM, und Markus musste daran denken, was passiert wäre, wenn das Schutzfeld solche Trümmer abgewehrt hätte. Ein Leuchtfeuer für den Feind.

Die Anzeigen begannen, sich zu verändern. In der Nähe eines Aufsprungpunktes sprudelte Energie hervor, Kraftfelder verzerrten sich, Lichteffekte funkelten. Offenbar kam jemand an; Markus konnte nur hoffen, dass es die vom Flottenkommando geschickten bewaffneten Einheiten waren. Jeder andere würde alsbald Schwierigkeiten bekommen.

»Da tut sich etwas«, sagte er.

Als Antwort kam ein besonders gemeiner Schlag gegen den Rumpf, das Bild einer der Außenkameras flackerte grell auf und verlosch. Wer weiß, was wir sonst noch verloren haben, dachte Markus. Der Erbsenzähler in ihm heulte und tobte, weil er nicht die geringste Ahnung hatte, welche Kamera es getroffen hatte und was genau entzwei gegangen war. Ohne umfassende Information fühlte sich dieses

Ding in seinem Schädel verloren und verlassen. Markus beschloss mit einiger Mühe, dem ungewohnten Gast keinerlei Aufmerksamkeit zu schenken.

Spannender war der Blick nach außen, zu der Doppelwespe und dem Aufsprungpunkt. Als dann endlich ein Umriss aus dem undefinierten Übergang der Landau-Felder auftauchte, stöhnte Markus entsetzt auf.

»Was ist es?«, fragte Bonnie; sie konnte von ihrem Platz aus die Bildwand nur schlecht erkennen.

»Ich fasse es nicht«, sagte Markus.

»Was?«, fragte Kaddok ebenfalls, allerdings ohne sich einen Millimeter zu rühren.

»Es ist ein mickriges kleines Schiff«, sagte Markus. »Ein einziges. Sein Name lautet PEREGRINUS XLIV. Und es sendet wie ein Leuchtfeuer. Sendet ohne Pause. Jede Menge Daten ...«

Wieder musste der Musiker sich gewaltsam davon abhalten, mit beiden Händen in die Tasten dieses Instruments zu greifen und genauer zu erfahren, was vor sich ging. Stillhalten war nach wie vor angezeigt. Selbst wenn dieser Depp von einem Piloten so tat, als wäre Galdäa ein Rummelplatz.

»Vielleicht sollten wir diesen Leuten mitteilen, was los ist«, sagte Kaddok. Dicke Schweißperlen rannen seinen muskulösen Hals hinab und färbten seinen Kragen dunkel.

»Gute Idee«, antwortete die Soldatin und starrte den Karnesen finster an. »Und wir offenbaren den Brüdern bei dieser Gelegenheit unsere Position. Eine wirklich gute Idee.«

»Ich lade die Nachricht der PEREGRINUS«, sagte Markus. »Damit verraten wir uns wohl nicht.«

»Ob das eine gute Idee ist«, flüsterte Bonnie Wayss mit zischelnder künstlicher Stimme.

War es offenbar nicht. Die hereinkommenden Daten und Signale weckten einige der in den Schlaf geschickten Apparaturen der TÅSTRÖM auf, und eine hastig blinkende Beleuchtung huschte durch den Innenraum, warf zufälliges, grausames Licht auf einen angstvoll erstarrten Karnesen.

Markus starrte auf die automatischen Geräte, die sich eingeschaltet hatten, um die Flut der Informationen zu verarbeiten, dann schluckte er hinunter, was er hatte sagen wollen. Stattdessen aktivierte er den Wiedergabemodus der großen Bildwand, sodass Bonnie und Kaddok sehen konnten, was da empfangen wurde.

Da war ein junger Mann. Blass und dünn. Irgendwie wirkte er nicht sehr gesund. Eher wie jemand nach einer langen, nicht ganz überstandenen Krankheit. Jemand, der Staub gegessen hatte. Er hatte rote Flecken auf den Wangen, die sein Gesicht ungesund aussehen ließen. Kurzgeschnittenes rotblondes Haar, helle graue Augen, der Versuch eines Schnurrbartes.

Er blickte angestrengt in die Kamera und sagte: »... wird diese Sendung als Endlosschleife wiederholt, für planetare Empfänger und für Netz-Relaisstationen.«

»Wer, bei den Päpsten, ist denn das?«, fragte Markus.

Bonnie streifte ihn mit einem abwesenden Blick. »Darf ich vorstellen«, sagte sie, »Michael Sanderstorm. Der Student. Der Junge, der dies alles ausgelöst hat, ohne jemals zu wissen, was er tat. Er da hat den Dominostein umgestoßen, den Galdäa so raffiniert aufgestellt hatte. Jetzt hat man ihn von A. L. aus dorthin geschickt, wo alles seinen Anfang nahm.«

Markus klappte den Mund auf und wieder zu. Für einen Moment war er sprachlos. Dafür löste sich Kaddok aus seiner angstgeschüttelten Erstarrung und stand auf, um den schmächtigen Jüngling besser in Augenschein nehmen zu können. Sein Urteil über das Äußere von Michael Sanderstorm bestand in einem kurzen Grunzer. Klar, dass so eine Figur einem Karnesen nicht sonderlich beeindruckend erscheinen konnte.

Und dennoch, dachte Markus, dieser Knabe hat die Goldenen aufgescheucht, das gesamte Netz zwischen den Welten durcheinander gebracht und einem Planeten das verschafft, was man bei flüchtiger Betrachtung Rache nennen könnte. Wehmütig erinnerte sich der Musiker an Taras Worte darüber, dass ein ungelöster Konflikt beendet werden müsse und man nur Sorge trage, dass es zu einem Ende komme, dass man Prozesse beschleunige und gewisse Dinge in Gang setze. Wir treten die Maschine in den Hintern, damit sie läuft, hatte die Konsulin gesagt.

Diese spezielle Maschine, diese Situation im Orbit des Planeten Galdäa lief in eine falsche Richtung. Die Leute in dem Raumfahrzeug der Goldenen hatten offensichtlich bemerkt, was vor sich ging. Die Doppelwespe beschleunigte rasant und verschwand aus der

Reichweite der Sensoren. Der Weg auf die andere Seite der Galdäa war für sie das einfachste Mittel, um von der Bildfläche zu verschwinden. Markus zweifelte keine Sekunde daran, dass sie zurückkehren würden.

»Gibt es Hinweise, dass weitere Schiffe durchkommen?«, fragte Bonnie; natürlich dachte sie an die dringend notwendige Verstärkung für die PEREGRINUS XLIV. Markus schüttelte den Kopf. Keine Unterstützung für das Schiff, das beharrlich Michael Sanderstorms Bild sendete und seine auf Endloswiedergabe geschaltete Ansprache.

Kaddok erweckte mit raschen Griffen seine Konsole zum Leben. Dann entfuhr dem Karnesen ein erstaunter Ausruf.

»Was ist?«, fragte Markus ungeduldig; er zermarterte sich das Hirn, was er tun sollte.

»Wir kriegen eine Menge Daten herein«, sagte Kaddok. »Dieses Schiff ist eine Informationsschleuder. Und es hat eine Menge Kapazität für seine Sendungen. Sowohl über Landau-Modulatoren als auch über Funk.«

»Mich würde interessieren, was das für Daten sind«, sagte Bonnie.

Markus achtete nicht darauf. Ihn fesselte ein völlig anderer Anblick. Die Ankunft der PEREGRINUS XLIV und ihre beharrlich wiederholten Signale lösten weitere Reaktionen aus – es tat sich Seltsames im Orbit des Planeten. Da aktivierten sich irgendwelche Flugkörper. Der Raum war nicht so verlassen, wie Markus gedacht hatte. Die Umlaufbahnen der vermissten Satelliten waren nicht leer. Winzige Emissionen verrieten die Aktivität von Landau-Modulatoren, Lagestabilisatoren vielleicht. Und auf Kaddoks Konsole war plötzlich die Hölle los. Dienstbare Geister gossen farbige Helligkeit in alle seine Anzeigen. Als wäre ein wildes Tier direkt vor ihm erwacht, rückte der Schwerweltmensch beiseite. Dass in diesem Augenblick ein weiteres Trümmerstück gegen den Rumpf hämmerte und ihn schwingen ließ wie einen überdimensionierten Gong, nahm keiner der drei richtig zur Kenntnis.

Markus nickte Bonnie zu; sie hatte bemerkt, was draußen vor sich ging. Auf dem strategischen Schaubild der TÅSTRÖM leuchtete ein Licht nach dem anderen auf. Jedes dieser Lichter bezeichnete den Standort von künstlichen Himmelskörpern. Eine Kette von ihnen umschlang den Planeten, und alle Lücken wurden rasch geschlossen.

»Die Relaissatelliten«, sagte Bonnie. »Sie sind tatsächlich dort. Die Dinger sind gar nicht zerstört worden. Nur abgeschaltet und eingemottet. Versteckt.«

»Nun ja«, Markus zuckte die Schultern, »eine Lüge mehr in dieser Geschichte. Ich frage mich, wie viel vom galdäischen Krieg sich außerdem als gelogen herausstellt.«

Die Soldatin starrte fassungslos zu Markus hinüber. »Du weißt nicht, was du sagst«, fauchte sie. »Wenn all unsere Nachrichten über die Vernichtung des Satellitensystems damals falsch waren, dann waren geniale Fälscher am Werk. Und was ist mit dem Rest des Krieges? Auf was, zum Teufel, haben wir damals gefeuert? Was haben wir getroffen? Haben wir etwas getroffen? Woher kamen unsere Erfolgsmeldungen? Für wen haben wir gekämpft? Und gegen wen, bei allen Päpsten?«

Der Musiker spürte, dass die ehemalige Auswahl-Kämpferin seit langer Zeit mit solchen Fragen beschäftigt war. Dieser Zweifel war alt, rostig, aber er tat gerade deswegen weh.

»Das Netz ist wieder da«, grummelte der Karnese erstaunt, blickte hoch und sah die Gesichter des Musikers und der Soldatin. Er schaltete schnell, das musste man ihm lassen. »Ich habe nicht gewusst, dass man das Netz an- und wieder ausknipsen kann«, meinte er.

»Simpel war das bestimmt nicht«, sagte Bonnie. »Das System ist von einem echten Könner programmiert worden. Kannst du feststellen, was all die Satelliten so treiben?«

Kaddok ließ seine Pranken über die Konsole gleiten, als streichele er ein gezähmtes Tier. Eine Flut von Information ergoss sich über seine Bildwände. Mehrere Stimmen zugleich begannen technische Daten zu brummeln, und Zahlenkolonnen marschierten neben kunterbunten Grafiken auf, die Markus und Bonnie nichts sagten.

»Das ist interessant«, erklärte Kaddok. In seiner Stimme lag Triumph. »Die Satelliten haben Galdäa ans Netz angeschlossen. Und umgekehrt. Eine normale Verbindung zum Rest des bewohnten Kosmos. Was hier geschieht, das Netz kann es sehen. Und alle, die zwischen der Rechnerkrätze darin feststecken. Nebenbei beliefern die Satelliten die Oberfläche mit einer Unzahl von komprimierter Information.« Er schüttelte den Kopf. »Die kann ich nicht lesen.

Keine Ahnung, was das für eine Verschlüsselung ist. Kommt mir vage bekannt vor.«

»Mir auch«, meinte Bonnie. »Die Kommunikation der galdäischen Schiffe untereinander sah damals ähnlich aus. Niemand an Bord der ARMORICA hat jemals eine dieser Nachrichten entziffern können. Sie haben es nicht zugegeben. Natürlich nicht.«

»Ich werde eine Nachricht an die PEREGRINUS schicken«, sagte Markus und sah zu Bonnie hinüber. »Wir sollten sie warnen«, setzte er hin, »für den Fall, dass die Goldenen zurückkommen. Und das tun sie bestimmt.« Dann schickte er das Signal los, das den Standort der TÅSTRÖM verraten würde, jedem, der in der Nähe war oder über Spione in dieser Gegend verfügte. Das andere Raumfahrzeug antwortete sofort. Michael Sanderstorm war es. Er selbst, keine Aufzeichnung.

»Ich grüße die Verbündeten«, sagte er und lächelte gequält. »Wo steckt ihr? Wir haben keine Ortung der TÅSTRÖM auf unseren Bildwänden.«

Bonnie griff zu Markus' Konsole hinüber und aktivierte die Wiedergabe. Die PEREGRINUS XLIV bekam nun ein Bild; und was für eins, dachte Bonnie. Das mächtige Häuflein. Ein halb übergeschnappter Musiker und ehemaliger Ycorgan-Junkie, dem eine tote Engambosch Implantate in Hirn und Knochen gesteckt hatte. Eine halb cyborgisierte Auswahl-Verräterin, deren Leben auf Galdäa ein paar ungewöhnliche Haken geschlagen hatte. Und ein Schwerweltmensch, dessen Probleme niemand geschenkt haben wollte. Eine prima Auslese aus allem, was die raumfahrende Menschheit an Bemerkenswertem hervorgebracht hatte. Wie zum Beweis zuckte der Karnese zusammen, als ein rotierendes Trümmerteil einen seltsamen, erratischen Rhythmus auf die Hülle des Schiffs schlug.

»Wir haben uns in den Trümmern der Raumstation versteckt«, sagte Markus und streifte die Soldatin mit einem kalten Blick, als wolle er sein Leben riskieren, ehe Bonnie Wayss jemals wieder die Kontrollen seiner Konsole berühren könnte. Er ist seltsam, dachte Bonnie, und zwar seitdem Maja Majas Implantate aktiviert worden sind. Entschieden seltsam.

»Gute Idee«, lobte Sanderstorm, »ein prima Versteck.«

Aus dem Hintergrund wurde ihm etwas zugerufen, und er schüttelte den Kopf. »Vor wem versteckt ihr euch? Vor den Galdäern? Warum, um aller Päpste willen?«

Markus berichtete in kurzen, knappen Sätzen von den Raumschiffen der Goldenen, von allen beiden: von der Doppelwespe, die die Tåström angegriffen hatte und durch jene galdäische Blitzattacke vernichtet worden war, und von der zweiten, die sich aus dem Staub gemacht hatte, als Michael Sanderstorm samt seinem unbewaffneten Fahrzeug eingetroffen war.

Michael Sanderstorms zaghaftes Lächeln erlosch wie eine Kerzenflamme. »Die Goldene Bruderschaft«, sagte er. »Sind sie auch hier schon.« Sein Gesicht verschwand in einem Hagel von Störungen, die schräg über das Bild huschten, und tauchte wieder auf. »In diesem Fall«, sagte er, »bereiten wir besser einen Notsprung vor. Wir sind nicht gerüstet für eine direkte Auseinandersetzung mit der Bruderschaft. Selbst wenn es ein einziges Schiff ist.«

»Du sagtest: Sind sie auch hier schon«, warf Kaddok ein. Das Getrommel von draußen hatte aufgehört, er hatte dennoch seine Stimme erhoben, so dass sie den Raum ausfüllte. »Wo sind sie denn sonst so?«

Michael schüttelte den Kopf. »Ich kann darauf keine umfassende Antwort geben. Nur eine Zusammenfassung.«

»Vierhundert Sekunden bis zum Notsprung«, rief irgendjemand auf der Peregrinus XLIV dazwischen.

»Jana hat auf der Universitätswelt nicht nur ein Raumschiff namens Pilgernder Joker entwendet und ist auf dem Weg nach Galdäa ...«

»Ein tüchtiges Kind«, bemerkte Bonnie.

»... sie hat dabei eine Menge von Informationen ins Netz eingespeist, die sie nur aus erster Hand haben kann. Wahrscheinlich vom Vater meiner Ehemaligen ... von Henning Lucas, der in seinem Haus in einem Zustand geistiger Zerrüttung aufgefunden wurde. Zuerst gab es eine schlechte Prognose für seine Wiederherstellung, aber ...«

»Und was genau hat unsere Jana aus dem Mann herausgeholt?«, fragte Markus. Es war ihm herzlich egal, was die Galdani mit irgendeinem Großkopferten des Flottenkommandos angestellt hatte und ob der sich jemals wieder erholen würde.

Michael Sanderstorm, so unfreundlich unterbrochen, schluckte hinunter, was er hatte sagen wollen, und nickte kurz. »Eine Menge Informationen«, sagte er dann. »Brisante Informationen. Zum Beispiel über ein großangelegtes Experiment der Goldenen Bruderschaft, genetische Veränderungen betreffend. Zweihundert Jahre Lug und Trug. Ein gigantischer und gesetzwidriger Zuchtversuch mit menschlichem Genmaterial. Also genau das, weswegen man die Humankonvention geschaffen hat. Die Erschaffung einer künstlichen Alienrasse.«

»Der Galdäer«, sagte Kaddok selbstgefällig. Er erweckte erfolgreich den Eindruck, immer gewusst zu haben, dass die Karnesen auf verzwickte Art und Weise mit den Einwohnern Galdäas verwandt waren.

»Seitdem bekannt ist, dass die Goldenen bis zum Hals in der Galdäa-Affäre stecken, versucht die Bruderschaft, Spuren zu verwischen und Beweise zu vernichten«, setzte Michael Sanderstorm fort. »Zumindest Teile der Bruderschaft tun das. Andere arbeiten mit uns zusammen. Ihr könnt euch nicht vorstellen, was auf Atibon Legba los ist. Mehrere Bombenanschläge auf das Flottenkommando und auf die Datenbanken der Erdregierung sind vereitelt worden, und zwei gelungene Attentate haben zu einem heillosen Chaos in einigen Sektoren geführt. Ein Raumschiff der Goldenen ist auf seiner Parkposition detoniert, niemand weiß warum. Die Schäden sollen erheblich sein. Vielleicht hat sich die Besatzung zerstritten, vielleicht hat man den gemeinschaftlichen Selbstmord beschlossen.« Er zuckte die Achseln. »Soll bei den Brüdern schon vorgekommen sein.«

Markus und Bonnie wechselten einen erstaunten Blick. Der Student sah zur Seite, versuchte offenbar, irgendwelche Anzeigen abzulesen, und dabei sprach er weiter.

»Mehrere Raumfahrzeuge und Niederlassungen der Bruderschaft haben ihren Abfall von Sanctuarium erklärt und sich für die Untersuchung der Vorgänge zur Verfügung gestellt. Die Informationen, die da zum Vorschein kommen, haben Sprengkraft. Das Flottenkommando schafft es nicht, alles geheim zu halten. In den verbliebenen Stützpunkten der Goldenen gibt es interne Auseinandersetzungen. Mehrere Botschaften auf verschiedenen Welten sind überstürzt geräumt worden. Die auf Serafim hat der Regierung für eine Unsumme Geldes die halbe planetare Raumflotte abgekauft und sich mit unbekanntem Ziel abgesetzt. Eine Meisterleistung der Organisation übrigens, die haben über zweitausend Leute in drei Stunden von der Bildfläche verschwinden lassen. Komplett. Niemand weiß, wo all die Goldenen geblieben sind. Die Niederlassung auf Oniskus hat sich zu einem eigenständigen und unabhängigen Staat erklärt und unter den Schutz des Matriarchen von Omaragan begeben. Die Karnesen haben sämtliche Goldenen zu Feinden der Schwerweltmenschen erklärt, unter Arrest gestellt und alle Gebäude und Güter der Bruderschaft beschlagnahmt. Weitaus radikaler war Utragenorius: Dort wurden sämtliche Raumfahrzeuge der Goldenen unter Feuer genommen. Die fliehenden Wespen gerieten in vorbereitete Hinterhalte im Grenzraum, und die meisten von ihnen hat man abgeschossen. So geht das weiter; ich könnte die Aufzählung lange Zeit fortsetzen.«

Michael Sanderstorm zuckte die Achseln und blickte zur Seite, von wo aus ihm jemand zurief, es wären nur dreihundert Sekunden und er solle sich beeilen. Tatsächlich sprach er hastiger.

»Die Galdäa ist plötzlich ein Nebenschauplatz der Geschichte. In dem Durcheinander ist es lediglich der Ort, an dem zufällig der erste Dominostein umgestoßen wurde, der Auslöser sozusagen. So sieht es jedenfalls A. L., deswegen kommt nur die PEREGRINUS hierher und kein Weltenkreuzer. Es ist im Moment kein anderes Schiff verfügbar. Vermutlich sind einige der Weltenkreuzer in die Hände der Goldenen gefallen. Man redet von schweren Gefechten zwischen der AJAX und der ARTSRUNI. Da fliegen die Fetzen, und niemand weiß, welcher Weltenkreuzer auf welcher Seite steht. Meine Güte, es gibt nicht einmal so was wie Konfliktparteien. Nur Fragen. Ein Tollhaus. Die Päpste tagen auf Vatikan in Permanenz und werden wohl in Kürze beschließen, in aller Form ein Konzil einzuberufen. Wie man hört, wollen sie darüber beratschlagen, ob die Goldenen auf die Liste der Erbfeinde aller Gottesgeschöpfe gehören, gleich neben oder hinter die Luciferanten. Kurz: Der bewohnte Kosmos ist augenblicklich ein rechtes Durcheinander.«

»Hier haben wir beobachtet, dass ein Raumschiff der Goldenen auf den Planeten feuerte. Mit allem, was sie hatten. Und das war eine Menge«, sagte Kaddok.

Michael Sanderstorms Gesicht verdunkelte sich.

»Sie haben Galdäa angegriffen?«, fragte er fassungslos.

»Das haben sie«, mischte sich Bonnie ein, »und die Teufelskerle da unten haben irgendeinen Schutz gegen solche Angriffe entwickelt. Die Energie wurde wirkungsvoll reflektiert. Es war immerhin ein schwerer Kampflaser, um es genau zu sagen, eine Waffe, die Berge einebnet, ganze Seen zum Kochen bringen kann. Verpufft, zerstreut, zurückgeworfen.« Ihrer Stimme war Empörung anzumerken; vielleicht war das Militär in Bonnies Hirn nicht einverstanden damit, dass eine gewaltige Waffe auf so beiläufige Art und Weise unschädlich gemacht werden konnte.

»Die Schwarze Pyramide«, flüsterte Sanderstorm, während ihm an Bord der PEREGRINUS XLIV wieder etwas zugerufen wurde.

»Letzteres haben wir nicht verstanden«, sagte Markus. Bislang war kein Schiff hinter dem Planeten aufgetaucht. Vielleicht war die Bruderschaft ja doch abgezogen. Geflüchtet wie die in Panik geratenen Brüder von Serafim. »Was für eine Schwarze Pyramide?«, wollte er wissen.

Michael Sanderstorm erkundigte sich nach den genauen Koordinaten der Attacke. Er wollte wissen, auf welchen Punkt des Planeten der Angriff gerichtet gewesen war.

Kaddok ließ seine Aufzeichnung des Vorgangs laufen und legte Trajektorien über die Bildwand, richtete die Landkarte Galdäas darunter aus. »Wenn sie durchgekommen wären damit«, sagte er dann, »hätten sie die Insel Konstral getroffen. Und zwar vernichtend.«

Der Student nickte.

»Das sieht ernst aus. Verdammt. Sie wollen den physischen Beweis zerstören. Den wirklich wichtigen Beweis. Die Schwarze Pyramide.«

»Welchen Beweis?«

»Die Auftraggeber«, sagte Sanderstorm. »Die Leute, für die sich die Bruderschaft in dieses Unternehmen eingelassen hat. Wir wissen nicht, wer genau das war. Diese Auftraggeber haben auf der Galdäa mit einer uns unbekannten Technologie zwei Bauwerke errichtet. Das eine ist der berühmte Turm, wolkenhoch und rätselhaft; das zweite Bauwerk wird in den Aufzeichnungen als Schwarze Pyramide genannt. Von dort aus haben sie überwacht, wie die Goldenen die Galdäa fälschten. Auf der Spitze dieses Bauwerks liegt die Insel Konstral. Vermutlich gibt es dort noch funktionierende Technik der ominösen Auftraggeber. Die ganze Pyramide ist voll davon. Und die soll nicht in die Hände von Fremden fallen. Nicht in unsere Hände also.«

Bonnie lachte auf. Die anderen sahen empört zu ihr hinüber. »Die Götter der Galdäer sind echt«, sagte die Soldatin, ihre Stimme quietschte metallisch vor Begeisterung und Erstaunen. »Die Goldenen sind die Schöpfer. Geplagte Schöpfer, gequält von höheren, noch mächtigeren Wesen. Überwacht von den bösen Augen der Schwarzen Pyramide. Das hat sich wirklich abgespielt. Die Sagen sind wahr. Ich fasse es nicht.«

Michael Sanderstorm wurde von einer groben Hand an der Schulter gerüttelt, blickte zur Seite. »Ja«, sagte er, »ich weiß. Zweihundert Sekunden. Ich weiß. Ich kann ebensogut so lange mit diesen Leuten sprechen. Sie haben mindestens genausoviel mit all dem zu tun wie ich.«

Er wandte sein Gesicht wieder der Kamera zu, der Bildwand, wo auf seiner Seite dieses Dreigestirn aus Musiker, Karnese und Auswahlkämpferin zu sehen war. Er konnte nichts sagen: Kaddok unterbrach ihn, obwohl wieder Überbleibsel auf die Hülle des Schiffs trafen und knirschend daran entlangstrichen.

»Sie kommen«, sagte der Schwerweltmensch jetzt. Seine Blicke fixierten die Anzeigen seiner Konsole.

»Wer kommt?«

»Diese Schiffe, vor denen uns Galdäa gewarnt hat. Sie haben sich gesammelt und kommen mit hoher Geschwindigkeit auf eure Position zu. Haben offenbar hinter dem Planeten riskante Manöver vollführt, um ein derartiges Tempo zu erreichen ...«

»Verdammt«, sagte Bonnie.

Markus warf ihr einen fragenden Blick zu. »Sie werden die PEREGRINUS angreifen«, sagte die Soldatin, und in ihrer Stimme klirrte Empörung. »Ein Schiff, das sich nicht verteidigen kann. Nur ihrer kleinen schmutzigen Geheimnisse wegen.«

»Klein?« Kaddok starrte sie verwirrt an. »Schmutzig mag angehen«, brummte er, »sehr schmutzig sogar. Aber klein? Diese Leute haben ohne Not mit der Menschheit herumexperimentiert, und einen völlig sinnlosen Krieg inszeniert, als ihnen die Sache aus dem Ruder lief.«

»Was soll's?«, fragte Markus sachlich; in seinem Kopf wog der emsige Zähler und Rechner Pro und Kontra ab. »Schließlich sind es keine Geheimnisse mehr. Das Netz weiß Bescheid, der bewohnte Kosmos ist in Aufruhr. Und hier schaut praktisch das Netz zu. Die können gar nicht angreifen.«

Michael Sanderstorm sah noch schmaler und kranker aus als zuvor. »Nach unseren Daten«, sagte er, »haben sie dennoch genau das vor. Diese vier Doppelwespen haben ein unerhörtes Tempo und voll aktivierte Waffensysteme. Sie steuern Kollisionskurs. Frontalangriff, würde ich sagen.«

Bonnie Wayss gab ein Geräusch von sich, das wie ein geplatzter Druckluftschlauch zischte. Erst beim zweiten Versuch konnte sie sich verständlich ausdrücken. »Nun haut endlich ab!«, fauchte sie.

In diesem Augenblick rief jemand an Bord der PEREGRINUS XLIV aus, dass es jetzt einhundert Sekunden bis zum Raumsprung seien, und die Emissionen, die Kaddoks Konsole anzeigte, bestätigten diese Berechnung. Einhundert Sekunden, um aus diesem Raum hinüberzuwechseln in einen, der keine heranjagenden Feinde enthalten würde. Die Sache hatte nur einen Haken: Die Raumfahrzeuge der Goldenen würden nicht so lange brauchen. Bei der gegenwärtigen Geschwindigkeit würden sie deutlich weniger als hundert Sekunden benötigen, um die PEREGRINUS XLIV unter Beschuss zu nehmen. Das Schiff würde vernichtet werden, ganz egal, wie weit es mit seinen Vorbereitungen zur Flucht gekommen war.

Markus Hataka spürte, wie in seinem Schädel Zahlen über Zahlen gewälzt wurden, eine mathematische Sturzflut aus Kalkulationen, denen er nicht folgen konnte. Der Erbsenzähler machte sich selbstständig, ein Gefühl wie die Drohung von Kopfschmerz. Unverständliche Operationen, die unaufhaltsam dahindonnerten. Markus Hataka lauschte dem arithmetischen Sturm in seinem eigenen Geist fasziniert, und das Ergebnis überraschte ihn selbst, als er es aussprach. »Brecht den Notstart ab«, sagte sein Mund, »und benutzt die warmgelaufenen Landau-Modulatoren, um ein zusätzliches Schutzfeld zu erzeugen. Stopft alles hinein, was ihr an Energie habt. Eure einzige Chance. Tut es. Jetzt. Sofort.«

Der Student gaffte ihn an, ohne zu reagieren; jemand anderes an Bord des bedrohten Schiffs hatte verstanden und handelte.

»Eine gute Idee«, sagte Bonnie Wayss. »Sie werden ihre Maschinen ruinieren und die Systeme überlasten, aber sie werden vielleicht überleben. Vielleicht.«

Die Ausstrahlungen der PEREGRINUS XLIV veränderten sich. Sie spuckte keine Energie mehr ins All, als wollte sie einen Raumsprung versuchen. Stattdessen verdichtete sich der Raum um sie herum, hüllte sie ein, gerann zu einer Hülse, in der sie steckten wie eine leckere Frucht.

Als die ersten Entladungen der angreifenden Goldenen trafen, floss das grausige Licht aus den Waffen um das Schiff herum und vorbei, ohne es zu beschädigen.

Das abgehärmte Gesicht Sanderstorms flackerte auf der Bildwand, und im Hintergrund wurde geflucht. Als die erste Doppelwespe an der PEREGRINUS XLIV vorbeihuschte, nahmen die anderen drei sie gemeinsam unter Beschuss.

»Das ist zuviel auf einmal«, murmelte Bonnie vor sich hin, »das halten sie nicht durch ...«

Sie hatte recht. Die Abwehr war zu schwach, und sie war nicht zu vergleichen mit dem, was die Galdäer verwendet hatten, um den Angriff auf die Schwarze Pyramide verpuffen zu lassen. Die Soldatin war sicher, dass es keine bekannte Technik gab, die das vermochte. Die Galdäer mussten in die Pyramide eingedrungen sein, sich die unbekannte Technik irgendwie zunutze gemacht haben. Das erklärte auch elegant, wie ein Schiff von der Oberfläche direkt in eine Umlaufbahn gebracht werden konnte. Oje, dachte Bonnie, ein Planet voller neugieriger Zauberlehrlinge. Lauter intelligente Galdäer, die mit unbekannten Technologien herumspielten, vor denen selbst die Goldene Bruderschaft Angst hatte. Leider verfügte Michael Sanderstorm auf seinem kleinen Schiff nicht über Vergleichbares. Bonnie starrte auf die Bildwand, die armselige PEREGRINUS XLIV und ihren hoffnungslosen Kampf.

Das konzentrierte Feuer dreier Doppelwespen hüllte das Raumfahrzeug ein, und das Abbild Sanderstorms wurde undeutlich, verschwand, tauchte wieder auf, verblasste. Ehe es verschwand, sah Markus Feuer aus der Wand hinter dem Studenten hervorbrechen. Funken sprühten quer durch den Raum, und aus den Lautsprechern drang für einige Zehntelsekunden das Geheul von Alarmsirenen. Danach das gedämpfte Geräusch einer Detonation. Schmierige bunte Schemen huschten durch die Szene. Dann war die Bildwand leer.

Der Karnese suchte mit den elektronischen Sinnen seiner Konsole und fand das Schiff, weit weg. Ein Schemen im All, an dem die Angreifer längst vorübergesaust waren. Sie würden zurückkommen, eine Umkreisung später. Die PEREGRINUS XLIV war auf diese Entfernung nicht gut zu erkennen, die Bildwand zeigte kaum Einzelheiten. Sie war da, sie taumelte ohne Steuerung in der Nähe ihrer letzten Position. Ein Halo aus Staub, Gas und Trümmern breitete sich um sie herum aus.

»Verdammt, verdammt, verdammt«, sagte Bonnie Wayss.

Kaddok dagegen war die Ruhe in Person. Er hatte längst ausgerechnet, welche Strecke man bis zu dem Wrack zurückzulegen hatte, in dem – vielleicht – Michael Sanderstorm noch am Leben war.

»Wenn wir sofort starten«, sagte er, »können wir in zweieinhalb Stunden dort sein. Bei einer Beschleunigung mit Karna-Schwerkraft. Eine reelle Chance, die Leute zu retten.«

»Es wäre Wahnsinn, unsere Deckung zu verlassen«, sagte Markus Hataka. Der Vermesser und Erbsenzähler in ihm hatte ausgerechnet, welche Beschädigungen die PEREGRINUS XLIV erlitten haben könnte. Im besten und im ungünstigsten Fall. Und mit derselben Genauigkeit führte Maja Majas zwiespältige Hinterlassenschaft ihm vor, was mit der TÅSTRÖM passieren würde, wenn sie in ein ähnliches Kreuzfeuer geriete: Totale Zerstörung innerhalb weniger Augenblicke.

»Die Goldenen könnten uns enttarnen«, sagte der Musiker, hilflos gemacht von den monströsen Rechnungen, die sein geschärfter Zahlenverstand ihm servierte.

»Oh, das haben wir bereits selbst besorgt«, gab Kaddok zurück. »Wir waren auf Sendung, als die Bruderschaft angriff. Schon vergessen? Die wissen genau, dass sich jemand in den Trümmern von GALDAN I versteckt hat.«

»Gutes Argument«, meinte Bonnie.

Der Musiker starrte die Soldatin an, musterte ihr herbes Gesicht. Sofort wusste er, wie viele graue stoppelkurze Haare es umgaben und um wie viel die Länge ihrer Haare differierte, seit sie ihren Schädel zum letzten Mal geschoren hatte. Er berechnete, ohne es zu wollen, die durchschnittliche Geschwindigkeit, in der Bonnies Haare wuchsen. Er sah zu dem Karnesen hinüber, dessen Muskeln sich unter der Kleidung wölbten, als wolle er sich jeden Augenblick auf den zaghaften Markus Hataka stürzen. Der berechnete ungewollt, aber exakt die Kurven, die vom starken Fleisch des Schwerweltmenschen beschrieben wurden, die Kraft darin und den Kalorienverbrauch ihrer Arbeit. Es knirschte wie kristallener Sand in Markus' Gedanken, als er dem Pfennigfuchser das Maul verbot und sich aus den endlosen Ketten seiner Berechnungen befreite. Endlich wieder selbst die Entscheidungen treffen. Hatakas Gedanken fühlten sich an wie ein Mund voller Staub. Die Zahlen einfach Zahlen sein lassen. Das Leben nicht länger in Koordinaten fassen.

Das Machtwort, einmal in Gedanken geschrien, ließ den gefühllosen Mathematiker nicht unberührt. Es gab neue Dinge auszurechnen. Beinahe sofort wusste Markus, auf welchem Kurs das Wrack am besten zu erreichen wäre, und seine Finger tanzten mit traumwandlerischer Sicherheit über seine Konsole. Jeder Druck auf eine Taste saß und löste die richtige Reaktion aus.

Die TÅSTRÖM stieß sich aus der Wolke düsterer Trümmer ab und nahm rasch Fahrt auf. Die Aggregate waren überfordert und jaulten in den höchsten Tönen. Bonnie und Markus wurden vom Andruck in die Sessel gepresst. Natürlich machte sich der Karnese überhaupt nichts aus dem zusätzlichen Gewicht, das an ihm zerrte. Er fühlte sich endlich einmal so schwer wie zu Hause.

Markus spürte, wie sich Kaddok entspannte. Man befand sich nicht mehr zwischen den Toten, hatte den grausigen kosmischen Friedhof endlich verlassen. Keine gestorbenen Dinge klopften mehr an oder kratzten nervenzerfetzend auf dem Metall des Schiffs herum. Während der Musiker an seinen Sitz genagelt war und zuschaute, wie die TÅSTRÖM die programmierte Beschleunigungssequenz absolvierte, arbeitete Kaddok an seiner Konsole, als wäre nichts geschehen. In Hatakas Hinterkopf errechnete jemand emsig die Kräfte, die an den Händen des Karnesen hingen, während er mit den Sensoren nach dem Wrack vor ihnen griff.

Viel zu früh, es war kaum ein Drittel der Strecke zurückgelegt, tauchten die ersten Signale auf. Ortungen, die es nicht geben durfte. Der Schwerweltmensch grunzte und zeigte auf die Bildwand mit den unglaublichen Messwerten. Leider gab es keine Möglichkeit, dass die Geräte sich irrten. Kaddok reduzierte die Beschleunigung. Die Pläne waren hinfällig geworden.

»Das kann nicht wahr sein«, sagte Markus.

Bonnie drückte sich präziser aus. »Jetzt stecken wir richtig in der Scheiße«, stellte sie fest.

Von der anderen Seite des Planeten waren weitere Raumschiffe der Goldenen Bruderschaft erschienen. Achtzehn Stück zählte Markus, und während er zählte, kam eines nach dem anderen hinzu. Neunzehn. Zwanzig. Eine Wespe nach der anderen.

»Sie müssen eben erst angekommen sein«, meinte Bonnie. »Sonst hätte Galdäa uns vor ihnen gewarnt.«

Dreiundzwanzig. Vierundzwanzig.

»Wir haben keinen Kontakt zur Galdäa«, konstatierte Markus Hataka sachlich, obwohl etwas in ihm solche Sätze nicht leiden mochte.

»Sie sind ausreichend langsam«, teilte Kaddok mit. »Ausreichend Zeit, alles in Klump zu schießen, was sich ihnen in den Weg stellt. Sie wollen diese Geschichte zu einem Ende bringen.«

»Das wollen sie«, bestätigte Bonnie. Sie hatte jeden einzelnen der neu hinzugekommenen Feinde untersucht; bisher hatte sie vier Exemplare einer Dreifachwespe entdeckt, und auch eine Quadrowespe war unter den anfliegenden Objekten. Solche Fahrzeuge waren nur wahrlich bedeutenden Mitgliedern der Bruderschaft vorbehalten. Man nahm dies sehr ernst.

Siebenundzwanzig. Dreißig. In Hatakas Kopf kreischte jemand, und plötzlich verloren all die Zahlen ihre Bedeutung.

»Möchte jemand eine Tasse Kaffee?«, fragte Markus. »Andere kulinarische Höhepunkte habe ich hier nicht zur Verfügung.«

»Na klar«, sagte Kaddok. »Ich möchte meinen türkisch, bitte. Mit sechs Stück Würfelzucker drin.«

Zweiunddreißig.

Bonnie sah von einem zum andern, musterte die Gesichter. Dann zuckte sie die Schultern. Da war nichts, was sie tun konnte. Doppel- oder Quadrowespe: Ebensogut könnte man ein letztes Mal eine Tasse des guten serafimischen Kaffees trinken. Es mussten ja nicht unbedingt sechs Stück Zucker für eine einzige Tasse sein.

27.

Jana Hakon • Coda

Das bonbonfarbene, geschwätzige Raumfahrzeug war ein wenig zerknirscht, weil vom Kurs abgekommen, seine Kommunikation allerdings blieb tadellos. Veruca Salt bezeichnete damit die ständigen Bemühungen der Pilgernder Joker, ihren Passagier bei Laune zu halten, vor allem jedoch die Fähigkeiten des Schiffs, auch in den seltsamsten Gegenden einen gewissen Kontakt zum Netz herzustellen. Die Leute auf den Dunkelwelten in ihrem unstillbaren Verlangen nach Verständigung hatten in dieser Beziehung Großartiges geleistet. Zwar kam lediglich ein einseitiger Kontakt zustande; die Pilgernder Joker konnte die überbordende Informationsflut des Netzes nur empfangen und nichts Eigenes in das Netz hinein senden. Das reichte fürs Erste vollkommen aus.

Jana gab zu bedenken, dass es dem Zweisamkeitsgenerator durchaus zuzutrauen war, solche Beschränkungen vorzutäuschen. Wie misstrauisch. Selbst wenn das so war – die hereinkommenden Nachrichten gaben Jana Hakon und Veruca Salt gleichermaßen Stoff genug zum Nachdenken. Die Informationen aus dem Haus von Henning Lucas, die sie selbst ins Netz gegeben hatte, hatten wie eine Bombe unter dem Allerheiligsten der raumfahrenden Menschheit gewirkt. Die Flut neuer, bestürzender Einzelheiten schwoll weiter und weiter an. Sogar die Rechnerkrätze zollte den Neuigkeiten Respekt und setzte ihr Zerstörungswerk in einem gemächlicheren Tempo fort. Die Art der von ihr verbreiteten Daten begann, sich zu verändern. An die Stelle der belanglosen Informationen über das Wetter an beiden Polen Galdäas waren bislang geheime Daten über die Aktivitäten der Bruderschaft getreten; noch brisanter wirkten die Angaben zu den Helfershelfern der Goldenen im Flottenkommando auf Atibon Legba. Betroffene und Beteiligte meldeten sich zu Wort. Das Netz, nach wie vor behindert, schwirrte nur so von Nachrichten und Neuigkeiten.

Ein gewisser Dan Brögger schwang sich zum Sprecher der Benachteiligten auf. Er forderte Wiedergutmachung für die Spätschäden der ehemaligen Galdäa-Kämpfer und gründete Spendenfonds für Hinterbliebene der abgeschossenen Piloten, die bisher lediglich auf Vermisstenlisten aufgetaucht waren. Zum ersten Mal gab das Flottenkommando offiziell zu, dass es im galdäischen Krieg schwere Verluste an Personal und Maschinen gegeben hatte. Brögger selbst wurde Stunden später auf einer Soldliste der Bruderschaft entdeckt und verschwand aus dem Netz.

Von Penta V aus meldete sich eine Galdani namens Tara S'Khanayilhkdha Vuvlel T'Arastoydt zu Wort und versorgte die ebenso aufgeregte wie wissbegierige raumfahrende Menschheit mit immer neuen Informationen. Auf wundersame Weise war im selben Moment eine komplette Etage in einem Bürohaus der Universitätswelt aus dem Nichts aufgetaucht, mitsamt einer Einrichtung, die sich galdäisches Konsulat nannte und dort seit Jahren residierte.

Eine oftmals wiederholte Aufzeichnung zeigte, wie ein blasser Michael Sanderstorm sein Diplom erhält, lauter unglaubliche Dinge über Galdäa sagt und am Ende einer im Grunde langweiligen Veranstaltung ausgerechnet Henning Lucas die Hand gibt. Der sieht aus, als hätte man ihn kürzlich verprügelt. Das Publikum ist sichtlich beeindruckt, von Widersprüchen in der überlieferten Geschichte der Galdäa, gefälschten Artefakten und genetischer Manipulation. Es hält den Atem an, als Sanderstorm die wahre Natur der Datenkrätze erläutert. Danach kündigt der Student an, mit der PEREGRINUS XLIV an den Ort des Geschehens zu reisen.

Auf den alten Tyrrell verübte man ein Attentat. Niemand hatte die geringste Ahnung, was jemand gegen den uralten Mann haben könnte. Als Tyrrell entschied, seine umfangreiche Sammlung von internen Daten des Flottenkommandos allgemein zugänglich zu machen, erkannte man rasch, dass es nicht der alte Knochen gewesen war, dem das Attentat gegolten hatte. Irgendjemand hatte versucht, die Informationen zu zerstören. Der Mann war lediglich im Weg gewesen.

Ein ehemaliger Militärpilot öffnete diverse private Protokolle, um allen im Netz zu beweisen, dass der galdäische Krieg eine saubere, vorschriftsmäßige Sache gewesen sei. Leider hatte der gute Mann seine Dateien schlampig gesichert; die Wahrheit lag hinter seinen frisierten Berichten zutage und verbreitete sich rasch. Bilder von brutal und grundlos zusammengeschossenen Raumschiffen lösten Empörung aus. Videosequenzen zeigten Kampfgeräte des Flottenkommandos, die komplette Städte in Schutt und Asche legten.

Ein schier unglaublicher Bericht über den doch nicht bei einer Explosion umgekommenen Musiker Markus Hataka wurde von einer ehrbaren älteren Dame abgeliefert, die sich mit Eveline anreden ließ und die Reporter mit ihrer charmanten Art zu Tränen rührte. Vielleicht lag es auch an der leckeren, rot und schwarz gefleckten Speise, mit der die rüstige Greisin die neugierigen Reporter traktierte. Der Musiker jedenfalls, so sprach Eveline zu den glücklich weinenden Medienmenschen, sei verletzt, aber lebend vom Ort des Unglücks getragen worden, und zwar von sehr netten Leuten. Und die Detonation in der Wohnung Hatakas sei ein Versuch finsterer Mächte gewesen, den erfolgreichen Künstler zum Schweigen zu bringen.

Veruca Salt fand die alte Dame allerliebst, und die PILGERNDER JOKER stimmte ihr begeistert zu.

Auf Atibon Legba gab ein Mann namens Alex Ginsburg Kommentare zu den Vorgängen ab und versicherte, wie tief er erschüttert sei, weil man die ARMORICA und ihre Leute damals so gemein missbraucht habe. Er benutzte die Gelegenheit, um auf die unklare Lage auf den meisten der Weltenkreuzer hinzuweisen, die zum Bestand des Flottenkommandos gehörten. Es könne nicht angehen, meinte Herr Ginsburg, dass man zusehe, wie sich zwei der besten Einheiten des Flottenkommandos gegenseitig zu zerstören versuchten.

Er spielte damit auf die AJAX und die ARTSRUNI an, die einander mit allem beharkten, was menschlicher Erfindungsgeist an Waffen in die Weltenkreuzer eingebaut hatte. Leider gab es keinerlei Kontakt, zu keinem der beiden Schiffe. Das Chaos um sie herum war zu groß, als dass irgendwelche Informationen durchdringen konnten. Deswegen wusste man weder, warum gekämpft wurde, noch welches Schiff auf welcher Seite stand.

Das wusste so mancher nicht, und viele wurden in die Auseinandersetzungen hineingezogen, ohne zu wissen, worum es überhaupt ging. Das Tohuwabohu erschütterte überall die festgefügten Strukturen der Macht. Ja'ana K'jonasoidt Hakon T'Arastoydt staunte, wie viel Energie in all diesen Diskussionen verschwendet wurde.

Der letzte, besonders lange Raumsprung brachte die PILGERNDER JOKER unmittelbar in die Nähe der Galdäa – eigentlich viel zu nahe. Veruca Salt hätte nie geglaubt, dass es möglich war, so dicht an derart großen Massen sicher zu navigieren. Sie konnte es sich nicht verkneifen, die PILGERNDER JOKER danach zu fragen. Das verschwommene Gesicht verzog sich ein wenig und schaute irgendwie betrübt drein.

»Du enttäuschst mich«, sagte das Raumschiff. »Trau mir zu, dass ich weiß, was ich tue.«

Das ist ja die Frage, dachte Veruca Salt. Und ich habe da so meine Zweifel.

»Die Navigation unter den Bedingungen eines gravitativ verzerrten Normalraums«, dozierte die PILGERNDER JOKER, »ist eine Frage von reichlichem Energieeinsatz. Eingehüllt in eine genügend hoch gespannte Hülse aus Landau-Feldern kann ich praktisch überall aufspringen. Diese Aktion eben hat soviel Energie gekostet wie Atibon Legba in dreieinhalb Monaten verbraucht.«

»Oh.« Das war alles, was Veruca Salt dazu sagen konnte.

»Ich verfüge über nahezu unbegrenzte Möglichkeiten, was die Ebene der reinen Energie betrifft«, fügte das utragenorianische Fahrzeug mit einem Anflug von Stolz hinzu. Der Galdani, die sonst alle Reaktionen ihres Körpers unter Kontrolle hatte, lief ein kalter Schauer den Rücken hinunter.

»Da ist ein Raumfahrzeug in Bedrängnis«, meldete das Schiff im gemütlichen Plauderton, »und um genau zu sein, da sind sogar zwei Raumfahrzeuge in Bedrängnis. Das eine ist stark beschädigt und relativ weit entfernt. Ich habe nicht die geringste Ahnung, ob in dem Ding jemand am Leben ist. Das zweite ist nahe und wird in den nächsten Minuten von einer Flotte offenbar feindlicher Flugkörper angegriffen. Seine Überlebenschancen sind für diesen Fall gleich Null. Wenn's beliebt: Ich habe Kurs auf dieses Schiff gesetzt und werde die Insassen an Bord nehmen. Wie ich annehme, liegt dir etwas an ihnen.«

Veruca Salt war sprachlos, und es war Jana Hakon, die fragte, wie die PILGERNDER JOKER darauf komme.

»Das war simpel«, meinte die Stimme belustigt, »sie funken deinen Namen. Und ihre Namen.«

»Wer ist es, sag schon!«

»Was sind wir wieder ungeduldig. Ich lege in wenigen Sekunden an dem zukünftigen Wrack an. Die Namen lauten Markus Hataka,

Kaddok, Bonnie Wayss, TÅSTRÖM. Letzteres ist der Name des zum Untergang verurteilten Raumfahrzeugs.«

Jetzt verschlug es Jana Hakon die Sprache, und sie erlebte die folgenden Sekunden in einem leichten Dämmerzustand, all das Geblinke von bunten Lichtern, das Schaben von Greifern auf der Außenhaut der PILGERNDER JOKER, die amüsierten Kommentare des Zweisamkeitsgenerators, das Aufspringen der Luken und die aufgeregten Stimmen, die plötzlich in den Steuerraum hineingerieten und von denen eine durch ihre schiere Lautstärke sämtliche verfügbare Luft verbrauchte. Alle Neuankömmlinge redeten auf sie ein, jeder hatte irgendein dringendes Anliegen, und alle drei wirkten ausgesprochen seltsam. Leute außer Fassung, unbeherrscht, aufgeregt. Leute, die sich im wahrsten Sinne des Wortes nicht unter Kontrolle hatten.

Jana Hakon gewann langsam die Fassung zurück und betrachtete die daherschnatternden Ankömmlinge mit den distanzierten, analytischen Augen von Ja'ana K'jonasoidt Hakon T'Arastoydt.

Ah, da bin ich ja wieder, dachte sie; fast hatte sie Angst davor, den Rest ihres Lebens in Jana Hakon und Veruca Salt gespalten verbringen zu müssen. So gerüstet, kamen die Gäste ihr gleich viel weniger merkwürdig vor – nur unvollständig, begrenzt auf eine einzige Inkarnation. Darüber hinaus waren sie nicht heil, nicht eins mit sich selbst, beschädigt durch die Erlebnisse. Ja'ana K'jonasoidt Hakon T'Arastoydt betrachtete die Leute, die ihre Freunde sein sollten, mit der distanzierten Kühle der Bestandsaufnahme. Da war die Soldatin, die ein Riesenloch in ihrem Leben mit professioneller Effektivität zu füllen suchte und doch bloß den Nachtmahr fütterte, der sie quälte, dem Tier Nahrung gab, das sie aufzufressen drohte. Immerhin kannte sie die Technik der Dunkelwelten und quittierte die Sprüche des Raumschiffs mit einem schiefen Lächeln. Da war der Karnese, dessen Weltbild aus Scherben bestand und der verzweifelt nach Kitt fahndete, nach Sinn und nach einer Perspektive jenseits von Kälte und Schwerkraft. Da war der Musiker, der seiner kleinen grausamen Fee nachjagte, während er von einer Sucht vorangepeitscht wurde, an der eine gewisse Jana Hakon schuld war.

Prima kleine Truppe, dachte Veruca Salt höhnisch. Da passen wir gut dazu, oder? Eine spaltirre Galdani mit eigenständigen Identitäten, die sich miteinander unterhalten, als wären sie verschiedene Personen.

Was für ein Durcheinander, dachte Jana Hakon und presste den Mund zusammen. Warum soll es mir anders gehen als dem bewohnten Universum – das ist schließlich ebenfalls ein einziges großes Durcheinander.

»Schön, dich heil und gesund wiederzusehen«, sagte Markus Hataka, und Veruca Salt winkte ihm zu, während Ja'ana tief in ihr drinnen sich amüsierte und kicherte: Heil und gesund? Hast du eine Ahnung. Gesund vielleicht. Heil?

Die Soldatin nickte der Galdani knapp zu, eine Art militärischer Grußerweisung. Achtung vor dem Feind, selbst wenn man inzwischen auf derselben Seite stehen mochte.

Kaddok war derjenige, dessen Reaktion ihr am meisten naheging. Zuletzt hatten sie einander auf DIE NEUE WOHLFAHRT gesehen, kurz bevor Veruca Salt an Bord der SEBAFELL in Mikkos Arme gestolpert war. Jetzt streckte der Karnese seine langen Arme aus, spannte seine Muskeln, als breite er Schwingen aus, und machte eine theatralische Geste. Er nahm eine gewisse Menge Luft in die Arme und drückte so – symbolisch – die Galdani an sich. Leider war keine Zeit, dieses unter merkwürdigen Umständen zustandegekommene Zusammentreffen gebührend zu feiern.

»In den nächsten Sekunden«, säuselte die PILGERNDER JOKER, »ist mit dem ersten Angriff der fremden Flugkörper zu rechnen. Da es sich nach meinen Daten um kampfbereite Einsatzraumschiffe der Goldenen Bruderschaft handelt, kann ich für die Sicherheit des angekoppelten Schiffs nicht garantieren. Die notwendigen Maßnahmen wurden bereits ergriffen.«

»Was soll denn das heißen?«, fragte Bonnie.

»Nun, die TÅSTRÖM wurde soeben abgekoppelt und entfernt sich mit Fluchtgeschwindigkeit.« Die Stimme des Raumschiffs war voller geschäftiger Zufriedenheit.

Stille.

Auf der Wand spannten flimmernde Linien ihre Muster, darunter die Trajektorie des mit voller Beschleunigung flüchtenden Raumschiffs, das niemanden mehr an Bord hatte.

»Ich habe nichts davon bemerkt«, sagte Kaddok und starrte auf die geschlossene Luke, durch die er eben gegangen war. Er konnte nicht glauben, dass auf der anderen Seite dieses kurzen Weges kein Raumschiff mehr wartete.

»Die Tåström soll unsere Gegner ablenken«, erklärte die Pilgernder Joker. »Dafür dürfte das Programm, das ich ihrem Rechner eingespeist habe, ausreichen.«

Tatsächlich scherten einige der giftig leuchtenden Punkte aus dem Pulk der Angreifer aus und machten sich daran, die Tåström abzufangen. Ein paar Schiffe weniger. Der verbleibende Rest war immer noch eine veritable Streitmacht. Markus Hataka brach sein Schweigen und heftete einen eigenartigen, durchdringenden Blick auf die Galdani.

»Was ist das für ein seltsames Raumschiff?«, fragte er.

»Utragenorius«, erklärten Veruca Salt und Bonnie Wayss wie aus einem Mund.

»Dort hat man mich gebaut und ins Leben gerufen«, sagte die Pilgernder Joker. »Ich gehöre zum Besten, was die Kollektive bisher zustandegebracht haben. Das behaupten sie zumindest selbst.« Das Raumschiff kicherte.

Bonnie warf Veruca Salt einen angsterfüllten Blick zu. Maschinen, die Heiterkeit verspürten. Die höchste Stufe utragenorianischer Technik, und Bonnie wusste offenbar, wie heikel diese Apparate reagieren konnten.

»In Wirklichkeit«, sagte die launige Stimme des Zweisamkeitsgenerators, »habe ich natürlich das meiste von meinen Vorgängern gelernt. Die hatten alle ihre Berichte auf der Werft hinterlassen, auch wenn die Dunkelwelten glaubten, die Misserfolge gelöscht zu haben.«

Kaddok verdrehte die Augen. Ein weiteres kaputtes Ego. Da blieb nur zu hoffen übrig, dass ein utragenorianisches Raumschiff-Bewusstsein nicht so empfindlich reagierte wie ein Karnese, der irgendwann Amok lief, E-Tag hin oder her.

»Können wir Michael Sanderstorm dort herausholen, ehe die Goldenen hier sind?«, wollte Bonnie Wayss wissen.

»Kaum«, antwortete das Raumschiff. »Ich könnte zwar das Wrack sehr schnell erreichen, aber ich wäre dabei schutzlos dem Feuer dieser Fahrzeuge ausgeliefert.«

»Ich habe gehört«, sagte Kaddok, »dass niemand ein ernsthaftes Gefecht mit einem dieser Goldenen-Schiffe überstanden hat. Die Brüder sind zu paranoid, um die geringste Schwachstelle bei ihren Doppelwespen zuzulassen.«

»Das ist nicht ganz richtig«, sagte die PILGERNDER JOKER. »Die Dunkelwelten haben eine lange Erfahrung darin, sich mit den Abgesandten des Bösen zu befassen, mögen es nun die Goldenen sein oder irgendjemand anderes. Sie sind nicht unbesiegbar.«

Die Abgesandten des Bösen? Markus und Bonnie sahen einander in die Augen, und beide konnten sich keinen Reim darauf machen. Veruca Salt hatte weniger Schwierigkeiten, den Zweisamkeitsgenerator zu verstehen. Für die Galdani meinte die PILGERNDER JOKER dieselbe Macht, die letzten Endes auch für die Manipulationen der Goldenen auf Galdäa verantwortlich war. Dieselben Kräfte, die die Schöpfer geplagt hatten.

»Der Angriff steht unmittelbar bevor«, teilte die PILGERNDER JOKER mit, und in demselben Augenblick, da alle Blicke sich auf das Schaubild richteten, flammten gezackte Linien auf. Sie verbanden die TÅSTRÖM mit jenen Angreifern, die sich von der Hauptgruppe getrennt hatten. Das fliehende und inzwischen ohne menschliche Besatzung operierende Schiff hatte der Attacke wenig entgegenzusetzen. Bonnie hatte recht gehabt, als sie das Schiff eine Nuckelpinne genannt hatte. Eine bunte, zerfasernde Blume erstrahlte an jener Stelle, die vor Sekunden die Position der TÅSTRÖM bezeichnet hatte. Sämtliche Übertragungen waren abrupt beendet. Das Schiff war verdampft worden. Über zehntausend Tonnen Stahl und Kunststoff, vollgestopft mit modernster Technik. Aufgelöst in eine heiße, selbstleuchtende Wolke im All. Bonnie schluckte. Sie konnte den Gedanken daran nicht verdrängen, dass es nur Minuten gewesen waren, die sie selbst davon getrennt hatten, das Schicksal der TÅSTRÖM zu teilen. Unter den glühenden Partikeln hätten die ihres eigenen Körpers sein können.

»Es gab seitens der Angreifer keinen Versuch, mit der TÅSTRÖM Kontakt aufzunehmen. Kein Interesse, mit ihr zu reden«, sagte die Stimme des Zweisamkeitsgenerators. Das Schiff klang beleidigt, verletzt. »Dieser Akt der Zerstörung war sinnlos und unnötig. Die TÅSTRÖM hätte auf jede Anfrage hin mitgeteilt, dass sie unbemannt war.«

Kaddok atmete schnaufend durch; er hatte die Luft angehalten, als der Angriff ablief. Es war eine Menge Luft, die in die Lunge eines Schwerweltmenschen passte. Zerstörung war Karnesen prinzipiell zuwider, weil sie auf einer überschweren Welt so überaus leicht zu bewerkstelligen war. Dies hier fand Kaddok besonders sinnlos. Er konnte die Maschine gut verstehen.

»Die TÅSTRÖM war kein kluger Apparat«, sagte die Stimme der PILGERNDER JOKER mit einem beinah weinerlichen Unterton, »sie war nur unwesentlich schlauer als die dummen Maschinen, die das Flottenkommando sonst so baut. Das ist doch kein Grund, sie auszulöschen, als bedeute sie rein gar nichts.«

Solidarität unter Apparaten, dachte Markus, ich muss was verpasst haben.

»Hat das Netz all das mitbekommen?«, fragte Bonnie.

Die PILGERNDER JOKER zögerte. »Ich denke ja«, sagte sie. »Es gibt gewisse Versuche, die Kommunikation zu stören. Man möchte unter sich sein. Klappt nur nicht. Ich sorge dafür.«

Als nächstes geriet die PILGERNDER JOKER selbst ins Schussfeld der herannahenden Flotte. Die alarmierend gezackten Linien auf dem Schaubild liefen in jenem Punkt zusammen, der die eigene Position angab. Dort verschmolzen sie zu einem zuckenden Inferno aus Energie. Bonnie hatte offenbar mit dem Gedanken zu tun, dass jedes Schiff des Flottenkommandos oder der Auswahl unter diesem Beschuss innerhalb von Sekunden das Schicksal der TÅSTRÖM geteilt hätte. Die Bildflächen zeigten ein waberndes Chaos. Markus errechnete in Windeseile die gigantischen Mengen von Energie, die von der PILGERNDER JOKER aufgewendet wurden, um den konzentrierten Angriff der Doppelwespen zu neutralisieren. Die Zahlen waren selbst für seinen arithmetisch gehärteten Verstand jenseits jeder Vorstellungskraft. Es kam nicht darauf an. Was scherten die PILGERNDER JOKER Gigawatt und Terawatt: Schließlich verfügte das schwatzhafte Schiff über eine Singularität als Quelle unerschöpflicher Energie, ebenso genial wie gefährlich.

Die Flotte der Angreifer flog an der PILGERNDER JOKER vorbei, und es war wie ein Spiel. Keine Einschläge, kein Qualm aus überlasteten Bauteilen, keine Alarmsirenen. Das utragenorianische Schiff überstand die Hölle unbeschadet. Und es war, als sei der Angriff auf das Schiff nur ein Intermezzo gewesen.

»Ich vermute«, sagte die PILGERNDER JOKER, »ich soll diese Attacke nicht erwidern.«

»Das ist richtig«, antwortete Veruca Salt.

Die folgenden Aktionen der Flotte waren genauso wütend, und sie richteten sich gegen den Planeten. Die Insel Konstral lag im vollen Licht der Sonne, und alle Wespen feuerten darauf. Mit allem, was sie hatten. Das war eine Menge. Für Sekunden verschleierte sich das Bild des Planeten. Die Ladungen der Angreifer wurden zurückgeworfen, trafen sich mit neuen Attacken, ein Chaos einander durchdringender Schockwellen verwirrte die oberen Schichten der galdäischen Atmosphäre. Einige der angreifenden Schiffe der Goldenen empfingen Überdosen der abprallenden Energie, waren zu nahe an der Zone der rätselhaften Reflexion, die in einem unheimlichen Licht flimmerte. Die eine oder andere Doppelwespe verging in rosigen Wolken. Ein merkwürdig schöner Anblick, dachte Veruca Salt. Sie konnte sich über das Fiasko der Bruderschaft nicht freuen. Jede dieser faszinierenden Blüten trug den Tod in sich. Den Tod von Angehörigen der Goldenen Bruderschaft, den Tod von Wissen und Erfahrung, den Tod von Träumen und Ängsten – und wer weiß, vielleicht auch den Tod von künstlichen Intelligenzen. Die PILGERNDER JOKER hatte vollkommen recht, was das betraf. Was für eine Verschwendung. Und was für ein Teufel mochte die Goldenen reiten, sich und ihre Schiffe einer solchen Gefahr auszusetzen – die Verdopplung aller Schiffsysteme nützte den Insassen einer Wespe gar nichts, wenn die komplette Maschine in einem Augenblick ausgelöscht wurde. Wie kamen die für ihre manische Sucht nach Sicherheit bekannten Brüder nur dazu, sich in dieser Weise auf ein Ziel zu stürzen?

Alles wurde aufgezeichnet und nahm augenblicklich seinen Weg ins Netz. Als das konzentrierte Feuer der Goldenen eingestellt wurde, klärte sich der Blick auf die Oberfläche in wenigen Augenblicken. Die Insel Konstral lag im hellen Sonnenschein, unbeteiligt und schön. Kein Rauch, keine Zerstörungen. Nichts von all den wütenden Attacken war angekommen.

Die Reste der Goldenen Flotte verstreuten sich, offenbar in der Absicht, einen zweiten, diesmal besser konzentrierten Angriff zu fliegen. Zusätzliche Zerstörung. Das war so sinnlos, vor allem angesichts der Präsenz des Netzes, von Milliarden von Zuschauern. Nichts konnte verheimlicht werden. Keine Chance, all das unter der Decke zu halten, genau an dem Ort, an dem das Flottenkommando und seine goldenen Helfershelfer den galdäischen Krieg all die Jahre verborgen hatten. Wozu also dieser verbissene, lautlose Krieg? Und für wen? Warum? Plötzlich wurde es Ja'ana K'jonasoidt Hakon T'Arastoydt klar, was hier geschah. Sie wohnte einer Verzweiflungstat bei. Aktivität, die mühsam verbarg, dass man keinen Ausweg mehr sah.

»Die Goldenen haben auf ganzer Linie versagt«, sagte Veruca Salt. »Sie haben das Experiment versaut. Haben es außer Kontrolle geraten lassen. Haben uns außer Kontrolle geraten lassen. Jetzt fürchten sie, abgestraft zu werden und schlagen ein bisschen um sich. Sie erwarten die Strafe. Von denselben launischen, jähzornigen, böswilligen Göttern, die die Schöpfer immer geplagt haben.« Das Gesicht der Galdani war erfüllt von Triumph.

Bonnie verstand erst nicht, warum. Dann erkannte auch sie die Anzeichen, die die Instrumente des Dunkelweltschiffs längst registriert und die Markus Hatakas Sinne bereits entdeckt hatten.

Da kam Großes. Es kam nicht aus einem Orbit, auch nicht aus dem hiesigen Sonnensystem. Es kam direkt aus einem Raumsprung, ein Gigant, der unter die Sterblichen hinabstieg. Die Gravitation selbst erzitterte unter den Verzerrungen, die von der zusätzlichen Masse ausgelöst wurden. Plötzlich war es da, wie eine Bienenwabe, aus deren Brutzellen Kometen schlüpfen würden. Das Erscheinen des Objekts ließ eine Schockwelle durch das System gehen. Die Götter hatten ihre Faust entsandt. Jeder Weltenkreuzer nahm sich lächerlich aus daneben. Kaum zu glauben, dass ein so großes Objekt künstlich sein konnte und sich selbst bewegen. Was auch immer die Galdäer verwendet hatten, um ein Raumschiff von der Oberfläche ihres Planeten direkt in die Umlaufbahn zu transferieren – es hatte mit dieser Technologie zu tun. Und das ließ nur einen Schluss zu: Die erfinderischen Damen dort unten experimentierten mit dem herum, was sie von der Schwarzen Pyramide gelernt hatten.

»Das ist doch mal was«, wisperte die Pilgernder Joker, und ihre Stimme bebte vor Ehrfurcht. Ungewöhnlich viele Lichter liefen unter den Hüllen ihrer opaken Wände hinauf und hinunter. Vielleicht das Aufblitzen der unergründlichen Gedanken, die dem Schiff durch das schossen, was es anstatt eines Gehirns benutzen mochte. Markus sah Veruca Salt an, und die reagierte mit einem leichten Achselzucken. So ist es nun mal, sagte das.

Das Ding hatte tatsächlich Ähnlichkeit mit einer Wabe. Es war eine titanische Scheibe aus goldfarben leuchtendem Metall, und aus den vielen gleichartigen Zellen seines unfassbaren Leibes strömten hellstrahlende Punkte.

Es war schön, dieses majestätische Feuerwerk vor einer verdunkelten Sonne. Markus begaffte es mit offenem Mund und vergaß doch tatsächlich den emsigen, zählenden, vermessenden Geist in seinem Hinterkopf. Der hätte ihm sagen können, aus wie vielen Öffnungen wie oft immer neue Exemplare der winzigen Kometen schossen. Und der Erbsenzähler hätte ihm auch mitgeteilt, dass jedes einzelne dieser feurigen Geschosse groß genug war, um eine Stadt verglühen zu lassen, viel größer als die TÅSTRÖM und erst recht größer als die PILGERNDER JOKER. Er achtete nicht auf das, was Maja Maja in seinem Schädel angerichtet hatte. Er starrte, wie die anderen auch, auf das grandiose Bild, das sich ihnen bot. Dieses Ding war bedeutend größer als Atibon Legba. Seine Seiten waren nicht glatt; sie wirkten wie von heißem Kerzenwachs überflossen. Ein Vulkan im Orbit. Die Tropfen an diesem gigantischen Kerzenstummel waren so groß wie die Berge auf manchen Planeten. Markus wagte sich nicht auszumalen, wie die Flamme einer solchen Kerze aussehen mochte; Konkurrenz für die Sonne. Der Gedanke, ein solches Artefakt könne der raumfahrenden Menschheit feindlich gegenüberstehen, jagte dem Musiker kalte Schauder den Rücken hinab. »Ich habe nicht die blasseste Ahnung, was das ist«, flüsterte die PILGERNDER JOKER. »Ich kriege ja nicht einmal vernünftige Messwerte von dem Ding herein. Vielleicht kann es denken, wie ich. Vielleicht ist es nur eine besonders groß geratene blöde Maschine. Und vielleicht denkt es in so erhabenen Kategorien, dass ich mit seinen Gedanken so viel und so wenig anfangen kann wie eine Küchenschabe mit Quellcode.«

Veruca Salt legte Markus die Hand auf den Arm; sie brauchte jetzt einen Anhaltspunkt, menschliches Fleisch zum Anfassen. Die Bestätigung dafür, dass sie nicht verrückt war, dass dies hier tatsächlich geschah.

Das Monstrum sonderte Welle auf Welle seiner Kometen ab, lauter funkelnde Amöben, die zielstrebig durchs Weltall glitten und dabei eine Spur kochenden Lichts hinter sich herzogen. Es sah aus wie ein gravitätischer Tanz, wie ein höfisches Zeremoniell. In Wirklichkeit tobten diese Bälle aus heißglühendem Plasma mit irrwitzigen Geschwindigkeiten durchs All. Sie waren so schnell, dass allein die dünnen Spuren der galdäischen Atmosphäre in dieser Höhe ausreichten, um den glühenden Kugeln Schweife zu verpassen. Richtige Kometen allerdings leuchten nur im Licht eines Sterns auf. Diese Dinger drohten, die Sonne zu überstrahlen. Hell leuchtende Tentakel, die sich durchs Weltall streckten und wanden, als suchten sie ein Ziel.

»Sehr merkwürdige Dinge gehen hier vor«, sagte die PILGERNDER JOKER. »Die Masse dieses Objektes verändert sich. Da erscheinen Dinge im leeren Raum. Eine Menge von Dingen. Ich kann sie gar nicht alle registrieren ... Was ich erfasse, ist äußerst befremdlich. Defekte Raumfahrzeuge, alt. Überreste von Lebensformen. Maschinen, Gestein. Verschiedene Gase. Artefakte. Ich höre auf, diese Dinge zu untersuchen ... Muss aufhören, um funktionsfähig zu bleiben. Zu viele Informationen. Tut mir leid.«

»Du hast Kopfschmerzen.« Veruca Salt lächelte. »Schön zu wissen, dass es nicht uns allein zuviel wird.«

»Da ist eine Botschaft«, sagte Kaddok. »Jemand versucht, mit uns zu sprechen.«

»Das ist richtig«, gab die PILGERNDER JOKER zu. »Ich habe noch nicht darauf geantwortet. Es handelt sich nicht um eine Nachricht des Riesendinges da. Der Ruf kommt von der Bruderschaft. Aus einer Quadrowespe, um genau zu sein. Vermutlich jemand besonders Hochrangiges.«

Veruca Salt antwortete dem Dunkelweltschiff, ehe Jana Hakon sich eine Meinung bilden konnte. »Was auch immer sie zu sagen haben«, meinte sie, »es kann nicht schaden, sich das anzuhören.«

Kaddok gab ein dumpfes Geräusch von sich und klappte zusammen, ließ seine massige Gestalt an der Wand hinunterrutschen und saß auf dem Boden. Der Schwerweltmensch hatte offenbar beschlossen, dem Stress der letzten Minuten nachzugeben. Den Anblick eines Mitglieds der Goldenen Bruderschaft wollte er nicht mehr aufrecht ertragen.

Tatsächlich erblickten Bonnie, Markus und Veruca Salt einen nackten Mann, dessen Leib von funkelnden Schmuckstücken übersät war. Die hauchdünne Schutzhülle, die seinen Körper umspannte, irisierte in angestrengten flüchtigen Farben, als stünde sie kurz vor der Überlastung. Das Dunkelweltschiff flüsterte davon, dass die Quadrowespe mit aller verfügbaren Energie beschleunigte. Ein Versuch, aus der Nähe der Galdäa zu entkommen. Vermutlich, dachte Jana Hakon, wollte die Quadrowespe weniger der Galdäa entkommen als der Nähe dieses über alle Maßen gigantischen Raumfahrzeugs.

»Die Experimente werden abgebrochen«, sagte der Goldene. »Beendet. Mehrere Experimente. Für das auf der Oberfläche waren wir zuständig, für das andere nicht.«

»Du meinst«, sagte Veruca Salt, »ihr wart für den Versuch verantwortlich, auf der Oberfläche eines Planeten wie Galdäa eine neue Sorte Mensch zu züchten. Solche wie mich.«

»Es ist ja nicht so, dass das Experiment misslungen wäre«, sagte der Goldene. »Im Gegenteil. Wir waren sogar zu erfolgreich. Was eine bessere, leichter handhabbare, fügsame und effiziente Unterart des Homo Sapiens werden sollte, geriet uns zu gut. Die genetischen Sequenzen aus der originären Tierwelt des Planeten fügten sich mit unvorhersehbarer Perfektion in die alten Muster ein. Viel zu effektiv. Viel zu anpassungsfähig. Und unsere Auftraggeber ließen nichts mehr von sich hören. Nie mehr. Bis heute.«

Veruca Salt hatte den Eindruck, da redete sich jemand eine Last von der Seele. Jemand, der genau wusste, dass seines Bleibens an diesem Ort nicht länger sei, dass seine Stunden und Minuten gezählt wären. So eine Art diktierter Abschiedsbrief.

»So so«, sagte Jana Hakon. »Wir sind euch also zu gut geraten. Die Schöpfer sind unzufrieden, ihre Kreaturen sind nahezu perfekt.«

»Ja. Und nein.« Der Goldene rutschte hin und her. Unter dem Andruck der Beschleunigung, den die Maschinerien seiner Quadrowespe nicht gänzlich neutralisieren konnten, liefen Wellen wabbelnden Fetts unter der Haut seines durchsichtigen Anzugs entlang. »Wir haben niemals erfahren, ob unsere Aufgabe erledigt wurde oder nicht. Es war ein auf hunderte Jahre angelegter Auftrag, und niemand hat uns jemals wieder danach gefragt. Bis heute.«

»Ach so?«, fragte Bonnie dazwischen. »Wer hat euch denn heute danach gefragt?«

Der Goldene zuckte hilflos die Schultern, eine Geste, die ihn beinah menschlich wirken ließ. »Ich habe keine Ahnung. Es mögen unsere alten Auftraggeber gewesen sein. Oder jemand anderes, der sich lediglich unter ihren alten Zeichen versteckt. Vielleicht haben sich unsere Auftraggeber in all den Jahren so weit verändert, dass wir nicht mehr imstande sind, sie wiederzuerkennen.«

Die Pilgernder Joker meldete sich und klang plötzlich aufgeregt. »Die Aussendungen dieses Giganten haben sich verändert«, sagte das Raumschiff. »Die bislang harmlosen plasmatischen Konstrukte sind nicht länger pures Plasma, sie zeigen plötzlich Intelligenz. Sehr seltsam. Eine heiße, energieintensive und kurzlebige Form von Intelligenz.«

Das Bild auf der großen Wand waberte und wurde glasklar. Offenbar wollte die PILGERNDER JOKER sichergehen, dass ihre Passagiere wirklich mitbekamen, was da draußen vor sich ging. Natürlich fiel allen zunächst auf, wie groß und wie unwirklich das Ding dort war, und auch die seltsamen Lichterscheinungen rings um es herum erwiesen sich als durchaus real. Keine Unschärfe konnte das Flackern erklären, dieses erratische Flimmern, als ob durch Risse in der Wirklichkeit Dinge ins All geblasen würden. Und tatsächlich meldeten die Systeme des utragenorianischen Raumschiffs das eine oder andere Objekt, das wie aus dem Nichts in eine Umlaufbahn um die Galdäa gebracht wurde. Weit entfernt das alles, und es gab keine Möglichkeit, sich näher damit zu befassen.

Nun war auch Gelegenheit, die aus dem Leib des Monstrums strömenden Greifarme zu betrachten. Sie hatten an Geschwindigkeit und Helligkeit gewonnen, an Schärfe sowieso. Aus tastenden Fühlern waren heiß und aggressiv strahlende Tentakel geworden. Und sie hatten offenbar ein gemeinsames Ziel gefunden. Sie kümmerten sich weder um die PILGERNDER JOKER noch um das dahintreibende Wrack der PEREGRINUS, auf dem vielleicht Michael Sanderstorm auf seine Rettung wartete. Auch die matt schimmernde Wolke aus Trümmern und Gas, die von der TÅSTRÖM übriggeblieben war, kümmerte diese tastenden Finger der Vernichtung nicht. Das Ziel der künstlichen Kometen waren die Wespen, und es hatte gute Gründe, dass alle Fahrzeuge der Bruderschaft eilig Fluchtkurse eingeschlagen hatten, nachdem das unglaubliche Artefakt aufgetaucht war.

»Ich fasse es nicht«, sagte die PILGERNDER JOKER, ihre Stimme zitterte vor Ehrfurcht. »Diese Bälle aus Plasma haben nicht nur eine Art von Bewusstsein, sie leben auch auf eine Weise, die ich nicht verstehe. Ein künstliches Leben auf der Basis überhitzter ionisierter Gase. Man muss ziemlich abgedreht sein, um sich Derartiges auszudenken.«

Der Zweisamkeitsgenerator kicherte. »Ich habe nicht den blassesten Schimmer, wie so was funktionieren soll. Maschinen aus kochenden Atomen. Gedanken oberhalb der Dreitausend-Grad-

Grenze. Vielleicht ist das ja auch der Grund dafür, dass ich nichts von dem begreife, was sie da tun.«

»Die Zeit wird knapp«, sagte der Goldene, »und vermutlich wird diese Transaktion nicht mit Gewinn abgeschlossen werden können.«

»Sondern mit Verlust«, knurrte Bonnie. »Das ist wohl das Schlimmste, was der Bruderschaft passieren kann.«

»Zutreffend«, bestätigte der nackte Mann.

Die Soldatin nickte statt einer Antwort.

»Wenn unsere Einschätzung der Lage zutrifft«, fuhr der Goldene fort, »wird es in kurzer Zeit keine überlebenden Mitglieder unserer Gemeinschaft im Orbit der Galdäa mehr geben. Wir versuchen, so bald wie möglich den Sprung zu machen. Selbst wenn es uns umbringt.«

Der Blick des Mannes irrte ab, und auch Bonnie registrierte, wie dort draußen ein besonders schneller Komet sich energisch von seinem Tentakel losriss und in Richtung einer Doppelwespe voranschnellte. Die Ausweichbewegungen des Schiffs nützten nichts; das glühende Ding glich mühelos aus. Ein Jäger, der mit der Beute nicht spielen wollte. Sekunden später prallte die Plasmawaffe mit der Doppelwespe zusammen. Es gab keine Trümmer und keine Explosion. Die Wucht des Zusammenstoßes verteilte die Materie des fliehenden Schiffs über etliche Kilometer leeren Raums, und die Energie des Angreifers ließ alle seine Atome hell aufleuchten. Auf der Bildwand wirkte das so, als habe jemand mit einem farbetriefenden Pinsel einen hässlichen verschmierten Strich produziert.

Ein Tentakel nach dem anderen sonderte einen überheißen, rasend schnellen Kopf ab. Es war eine Frage von Minuten, bis die Wespen aus dem Orbit der Galdäa ausgetilgt sein würden.

»Sie sehen es«, sagte der Goldene. Der Mann saß in einer Quadrowespe, dem einzigen Schiff, das vielleicht eine Chance hatte, der Vernichtung zu entgehen. Er wirkte vollkommen ruhig, auch als er mit ansehen musste, dass die Doppelwespen dezimiert wurden.

»Die Schwarze Pyramide wird zerstört werden«, sprach der Goldene weiter. »Es wäre zu gefährlich für unsere ehemaligen Auftraggeber, sie zurückzulassen. Sie war auch der Generator für das zweite Experiment. Wir wissen nicht viel darüber, es ging um gefalteten Raum und um denkende Wesen in extremen Situationen. Um denkendes Fleisch. Was am Leben ist, wird bei der Vernichtung der Schwarzen Pyramide freigelassen. Bitte kümmern Sie sich darum.«

»Das werden wir tun«, sagte Veruca Salt, »vorher haben wir ein paar Fragen an Sie.«

»Das ist völlig nutzlos«, unterbrach Bonnie, »er wird dir keine einzige Antwort geben.«

Jana Hakon brachte kein Wort heraus, so viele Fragen hatten sich angesammelt. Wie konnte dieser Mann so sicher sein, dass das kerzenstummelförmige Ungeheuer die PILGERNDER JOKER nicht ebenfalls ausradieren würde? Welchen Zweck hatte diese Vernichtung, wenn die ganze raumfahrende Menschheit durchs Netz zuschauen konnte? Was genau war in der Schwarzen Pyramide unter der Insel Konstral? Und, was vielleicht die wichtigste Frage war – wer hatte zu welchem Zweck die Galdäa gefälscht? Waren die Götter wahnsinnig? Oder verfolgten sie Ziele, die weder ein normales menschliches Hirn noch eine artifizielle Intelligenz wie die PILGERNDER JOKER begreifen konnte?

Es geschah zu viel auf einmal. Man konnte nicht alle Fragen stellen. Da tauchten immer mehr massive Objekte über Galdäa auf, woher auch immer, und die PILGERNDER JOKER kam nicht damit nach, sie nach ersten Sondierungen grob zu sortieren. Da gab es merkwürdig geformte Felsen, die von künstlichen Hohlräumen durchzogen waren. Da gab es irisierende Flecken von Helligkeit, die flüssig wirkten, und schwebendes Metall von veränderlicher Konsistenz. Niemand hatte Zeit, darauf zu achten. Der Brunnen der Götter spuckte Gegenstände aus. Zugleich fand die Vernichtung der Goldenen Bruderschaft statt, fassungslos beobachtet von aufgerissenen Augen. Jana Hakon, Markus Hataka und Kaddok konnten keinen Blick abwenden, und der PILGERNDER JOKER ging es vermutlich kaum anders.

Mit erschreckender Leichtigkeit löschten die hell leuchtenden Geschosse Doppelwespen aus. Eine überlegene Technik schlug eine nach dem anderen zu glühendem Staub, so wie eine Fliegenklatsche ein Insekt nach dem anderen zu Brei schlagen kann. Eine Doppelwespe versuchte zu flüchten und steigerte ihre Geschwindigkeit weit über das erträgliche Maß hinaus. Kaddok schüttelte den Kopf, als er die Daten auf der großen Bildwand entzifferte. Die Wespe, die eben zerstört worden war, hatte allein durch die Beschleunigung jedes lebende Wesen an Bord vorher umgebracht, im Grunde genommen ein Wunder, dass sie nicht längst auseinandergebrochen war unter dem Schub ihrer Triebwerke. Andere Piloten versuchten trotz der viel zu nahen Planetenmasse, einen Raumsprung einzuleiten, und wurden mitten in den Vorbereitungen, eingehüllt in die vibrierenden Felder ihrer Landau-Modulatoren, von den schnelleren Geschossen ereilt. Jede einzelne Doppelwespe ergab so ein anderes, farbenprächtiges Bild der Zerstörung. Einer der Flüchtenden leitete den Sprung ein, ehe er abgefangen werden konnte, und verging in zuckendem Licht, als die Gezeitenkräfte des nahen Planeten seinen Kokon zerfetzten. Die meisten Goldenen an Bord der Fahrzeuge hatten offenbar begriffen, dass es kein Entkommen gab.

Kaddok schloss die Augen, er wollte das nicht mit ansehen. Bonnie Wayss konnte ihren Blick nicht abwenden. Da gab es jene Doppelwespe, die die Flucht stoppte, die Maschinen abstellte und in aller Ruhe darauf wartete, vom nächsten Treffer verdampft zu werden. Eine andere wählte den kürzeren Weg und bestimmte den Zeitpunkt ihres Untergangs selbst. Giftig leuchtende Blumen thermonuklearer Energie falteten sich dort auf, wo Reaktoren durchgingen. Stechende Emissionen hochfrequenter Strahlung kennzeichneten die Wespe, die ihre eigenen Landau-Modulatoren dazu benutzte, das Fahrzeug zu einem punktförmigen Quanten-Ereignis zu zerquetschen.

Bonnie allerdings faszinierte besonders jener Pilot, der es wagte, die Angreifer zu bekämpfen. Der seine Doppelwespe wendete und mit aufgedrehten Waffen die heranrasenden Feuerbälle angriff. Natürlich verpufften die Laser ohne jeden Effekt, ihre Energien wurden verschluckt. Das Schiff, das sich auf diese Weise zu wehren suchte, war schnell verschwunden. Andere hatten begriffen, was die PILGERNDER JOKER gesagt hatte: Dass es sich bei den glühenden Kugeln um eine seltsame Art von künstlichem Leben handelte, eine Art von heißem Denken. Mit rasch oszillierenden Kraftfeldern konnte man Strukturen stören und durcheinander bringen, und genau das taten einige der Wespen mit Erfolg. Eins der Schiffe brachte seinen Gegner dazu, sich in eine Masse ungeordneter roher Energie zu verwandeln, die sich rasch ausdehnte. Die konzentrierte Kugel löste sich in verwehende Schwaden auf. Die nächste war nicht weit, und der Trick war nicht beliebig wiederholbar. Die Plasmawaffen waren lernfähig, nahmen ihr Opfer in die Zange und wichen aus, wenn sie in die Reichweite der Wespen gerieten. Früher oder später unterlief den Goldenen ein Fehler oder die überlasteten Systeme ihrer Maschinen ließen in ihrer Wirksamkeit nach. Der Widerstand war völlig sinnlos, und dennoch konnte Bonnie nicht anders, als diese Besatzungen zu bewundern. Systematisch radierten die Kugeln Wespen aus.

Die Quadrowespe war beinahe außerhalb des gefährlichen Bereiches, als sich acht Plasmawaffen zugleich auf das fliehende Fahrzeug stürzten. Bonnie hielt den Atem an. Acht Feuerkugeln strebten in exakter geometrischer Anordnung auf die Wespe zu. Die Angriffsformation des Oktogons. Es gab heute noch Leute, die der Zahl Acht Unglück und Tod zuordneten, vor allem auf Serafim. An Bord der Quadrowespe sahen die Goldenen die Sache ähnlich. Man warf einen Reserverumpf ab und beschleunigte als Tripelwespe weiter. Die intelligenten Verfolger fielen nicht auf diesen Trick herein und ließen den einsam dahinziehenden Flugkörper unbeachtet. Erst ein nacheilender Feuerball atomisierte ihn. Kurz nachdem die verbliebenen Wespen sich getrennt auf den Weg gemacht hatten, vereinigten sich die Feuerkugeln in einer Art heißer, zärtlicher Umarmung mit ihnen. So wurden sie alle miteinander nahezu im selben Augenblick zerstört.

Das Gesicht des Goldenen verschwand. Er hatte bis zum Schluss in die Kamera geblickt, als könne er nicht verstehen, dass man ihm so übel mitspielte, während man die PILGERNDER JOKER ungeschoren ließ. Bonnie stieß zischend die Luft aus, die sie angehalten hatte. Das Bild der achteckigen Angriffsformation stand ihr vor Augen. Die Schreckensgeschichten über das Oktogon waren ihr eingefallen, das vollkommen vernichtete verfluchte Oktogon. Es konnte nichts mehr geben davon. Und dennoch beunruhigte sie der Gedanke, die nachlässigen Götter dieser Welt könnten mit dem alten Todfeind zu tun haben.

»Wir beobachten weiter«, sagte Jana Hakon. Es gab kaum eine Alternative. Schließlich hielt die PILGERNDER JOKER auf jenen Punkt im Raum zu, an dem die Wespen die PEREGRINUS zusammengeschossen hatten. Es gab die vage Möglichkeit, Michael Sanderstorm und den Rest der Besatzung lebend aus dem Schrott herauszuholen. Jana beobachtete, was mit der Schwarzen Pyramide geschah. Die Plasmawaffen kümmerten sich beiläufig um die kläglichen Reste der Wespenflotte, während der Großteil von ihnen Kurs auf die Insel

Konstral nahm. Wer oder was an Bord des riesenhaften Objektes das Steuer führte, er verlor nicht viel Zeit.

Eine unbedeutende und völlig unscheinbare Stelle im Orbit des Planeten schüttete nach wie vor Dinge aus. Seltsame Dinge.

»Es gibt Raumfahrzeuge in all diesem Kram«, sagte die PILGERNDER JOKER. »Unbekannte Raumfahrzeuge. Uralt und absolut rätselhaft. Sehr ausgefallene Konstruktionen. Und sie sind alle tot. Ohne jede Energie. Wenn es in irgendeinem dieser Apparate Leben geben sollte, dann kann ich es nicht feststellen. Das ist frustrierend.«

Leider interessierten sich die Passagiere der PILGERNDER JOKER nicht für all diese Dinge. Sie sorgten sich um Galdäa.

»Können wir die Leute unten nicht warnen?«, fragte Kaddok. »Vielleicht kann dieser famose Abwehrschirm ja noch viel mehr.«

Jana Hakon schüttelte den Kopf. »Das glaube ich nicht«, meinte sie. »Die Informationen von hier werden dort auch empfangen. Das Netz sorgt dafür.«

Fragt sich nur, warf Veruca Salt ein, was das Konzil der Schwestern wohl mit derartigen Informationen anstellen würde. Und ob es das Konzil überhaupt noch gab, ob noch Sekundärprinzen herrschten, ob der beherrschte Rat noch seine seltsamen Beschlüsse fasste.

Nachdem die letzten Wespen in der Hitze der Feuerbälle vergangen waren, traten die ersten Plasmawaffen in die Atmosphäre Galdäas ein. In derselben Höhe, in der zuvor die Angriffe der Doppelwespen reflektiert worden waren, flammten für Sekunden irgendwelche Kraftfelder auf, hauchzarte Schleier. Die ersten Feuerbälle zerschellten daran, testeten die Haltbarkeit des Schutzes, den Galdäa errichtet hatte. Dann prallte ein Geschoss nach dem anderen immer auf denselben Punkt. Die Kraft der Barriere war auf diese Weise schnell verbraucht. Der Weg nach unten war frei. Eine Sphäre kochender Energie nach der anderen strebte auf die Insel Konstral zu, als wären sie alle miteinander auf einer unsichtbaren Schnur aufgefädelt.

Die Einschläge selbst waren aus dem Orbit nicht sichtbar, ihre Folgen sehr wohl. Ein dicker schmutziger Fleck entstand dort, wo Konstral gewesen war, blähte sich auf und schwoll immer mehr an, je mehr der glühenden Objekte darin verschwanden.

»Ich registriere seismische Verwerfungen«, meldete die Stimme der PILGERNDER JOKER. »Dort unten gibt es jetzt Erdbeben. Äh, Galdäabeben. Ziemlich heftig. Die Erschütterungen werden auf dem gesamten Planeten spürbar sein. Und zwar nicht nur als leises Zittern.«

Markus Hataka starrte auf das Abbild des geschundenen Planeten und verschwendete keinen Gedanken an die aus dem Nichts herabfallenden Objekte in seinen Umlaufbahnen. Er dachte an Janas Artgenossen – waren sie auf dieses Unheil vorbereitet? Hatten sie damit gerechnet? Er dachte an dieses Schiff, das aus dem Nichts gekommen war. Das ihn gerettet hatte. Und die anderen. Technologisch waren die Galdäer nicht von gestern. Dennoch machte er sich Sorgen.

Er sah zu Jana Hakon hinüber. Die Galdani erstaunte ihn. Sie sah mit einem äußerst befremdlichen Gesichtsausdruck dabei zu, wie man ihre Heimat bombardierte: Sie strahlte über das ganze Gesicht. Freute sie sich, wieder zu Hause – oder wenigstens in der Nähe – zu sein? Unter diesen Umständen?

Sie fing seinen Blick auf und schüttelte den Kopf. Es ist nichts, meinte sie damit, rein gar nichts. Es hat keine Bedeutung, dass Wellen von Erdbeben den ganzen Planeten erschüttern. Nicht weiter schlimm, wenn die Umgebung Konstrals umgegraben wird, wenn der Himmel eines Kontinents sich verfinstert.

»Nun ja«, sagte die PILGERNDER JOKER, »immerhin wird diese Welt auf eine gewaltsame Weise los, was man ihr aufgezwungen hat. Und zwar restlos, wenn ich die Daten dieser Einschläge richtig deute.«

Es war irritierend, wenn der Schiffsrechner besser über die Gefühle seiner Passagiere Bescheid wusste als die Passagiere selbst. Jana Hakon nickte, ohne den Blick abzuwenden. Aber es war kein simpler Rechner, es war ein utragenorianischer Zweisamkeitsgenerator, ein intelligentes, wenn auch künstliches Wesen.

Wo Konstral gewesen war, quoll eine schmutzige, finstere Blase in die klare Luft Galdäas. Was von der Insel nach diesem Beschuss übrig war, war sicherlich nicht besonders aufschlussreich. So ganz nebenbei wurden auf diese Weise auch die Spuren beseitigt, die das Flottenkommando hinterlassen hatte. Die Keimzelle der geplanten Menschenstadt Konstral, die Häuser, der Raumhafen, die große Station mit all ihren Apparaturen, alles weg. Der Ort, an dem Karolus gelebt und gearbeitet hatte. Markus dachte an ihn wie einen Fremden, und es tat weh. Vermutlich verglühte da unten auch der Ort, an dem Karolus gestorben war. Das würde nun niemand mehr herausfinden können.

»Das wird langsam dramatisch«, sagte mit dem Unterton der Nörgelei die PILGERNDER JOKER. Der Zweisamkeitsgenerator, dachte Jana, konnte manchmal furchtbar nerven. Und das in einem solchen Augenblick.

»Was wird dramatisch?«, wollte sie wissen, und ihre Stimme klang ganz bewusst verärgert. »Was hast du erwartet, wenn die Götter eine ihrer eigenen Kathedralen zerstören? Geigen und Harfen?«

»Das meine ich nicht«, säuselte die Stimme des Raumschiffs. »Ich sprach von den Objekten, die aus einem, nun ja, anderen begrenzten Raum in den Orbit des Planeten fallen.« Man konnte die Fragezeichen an Worten wie »begrenzt«, »anderen«, »Raum« und »fallen« förmlich mit Händen greifen, und genau diese Betonung war es, die Ja'ana K'jonasoidt Hakon T'Arastoydt alarmierte. Was genau meinte die PILGERNDER JOKER damit? Was ging dort vor? Was purzelte aus einem anderen Kontinuum in den Orbit der Galdäa? Veruca Salt wollte weiter hingerissen der Vernichtung unten auf dem Planeten zuschauen; Ja'ana ließ sie nicht. Sie setzte sich durch gegen die Fremde in ihrem Kopf.

»Was für Objekte?«, fragte sie langsam.

»Oh, jede Menge davon«, sagte die PILGERNDER JOKER. »In der Hauptsache sind es allerlei Trümmer, die allerdings samt und sämtlich Spuren künstlicher Genese aufweisen.«

Kaddok zuckte zusammen. »Künstliche Genese?«, fragte er.

»Nicht bearbeitet«, erklärte das geschwätzige Raumschiff, »sondern komplett hergestellt. Keinerlei Spuren eines normalen planetaren Ursprungs. Sogar die Felsen sind in irgendwelchen Reaktoren zusammengebacken worden. Was für eine Verschwendung.«

Bonnie räusperte sich; die Soldatin hatte kaum Blicke übrig für die Auslöschung der Insel Konstral, stattdessen war sie über alle Maßen fasziniert von dem riesenhaften fremden Objekt, das sich nach wie vor nicht um das Staubkorn scherte, das ein einzelnes utragenorianisches Raumfahrzeug darstellte. Sie ließ keinen Blick davon, auch als sie nun dazwischenfuhr.

»Verschwendung, gut und schön«, fragte sie, »aber wieso ist das Ganze dramatisch?«

»Ich bitte um Entschuldigung, falls ich stören sollte«, erwiderte die PILGERNDER JOKER. Sie klang nun ernsthaft verärgert. »Es sind nicht nur die schieren Massen, die aus jenem fremden Raum kommen, obwohl auch diese Zahlen allein bereits groß genug sind, dass sie die Gravitationsbalance in diesem System stören werden. Nein, unter all den Objekten befinden sich jetzt auch organische, belebte. Und mindestens zwei sind irdischer, also besser gesagt menschlicher Herkunft.«

»Oh«, meinte Kaddok, wenig beeindruckt.

»Von einem davon«, fuhr die Stimme des Zweisamkeitsgenerators fort, »kommen sogar Lebenszeichen. Kommunikation. Ich würde sagen, dass meine derzeitigen Passagiere interessiert sein könnten. Vielleicht irre ich mich.«

»Nein«, sagte Jana Hakon, »das tust du nicht.«

Die PILGERNDER JOKER klang erleichtert. »Dann ist es ja gut«, seufzte sie und legte ein Fenster in die große Bildwand. Inmitten des Panoramas aus geheimnisvollem goldfarbenem Objekt, Galdäas verqualmter Oberfläche und heißen Gasspuren der zu Tode gehetzten Wespen erstrahlte in doppelter Lebensgröße ein Gesicht, das allen merkwürdig vertraut vorkam. Und doch anders.

»Sanderstorm!«, rief jemand aus, und niemand wusste später, wer es gewesen war. »Wie zum Teufel kommen Sie auf dieses Schiff?«

Und eine andere Stimme unterbrach.

»Hör auf. Das ist nicht Michael Sanderstorm. Es ist sein Bruder – frage mich nicht, wo er herkommt. Oder wie er in diesen Schwarm aus Schrott geraten ist, der die Umlaufbahnen der Galdäa verstopft. Ich habe keine Ahnung.«

Das Gesicht in dem Fenster lächelte verunsichert.

»Ich rede nicht mit irgendwelchen Leuten von der AJAX, oder? Wie auch immer – ich könnte hier Hilfe gebrauchen. Die Energie geht mir aus. Geht uns aus, um genau zu sein. Wir sind zu zweit. Wäre schön, ein bisschen Unterstützung zu bekommen, ehe meine, nun ja, unsere Kiste hier den Geist aufgibt.«

»Eben in diesem Augenblick«, sagte die PILGERNDER JOKER, »wird der letzte Plasmakörper dort einschlagen, wo einmal die Insel Konstral war.«

»Nun gut«, meinte Kaddok, »dann werden wir ja erfahren, ob man uns Wichtigkeit beimisst.«

Bonnie warf ihm einen Blick zu, in dem ein unheimliches Feuer leuchtete. »Und selbst wenn«, sagte sie, »werden wir es nicht erfahren. Weil wir in demselben Augenblick bereits tot wären.«

Die Stimme der PILGERNDER JOKER lachte leise. »Eine zutreffende Analyse. Vielleicht ein bisschen pessimistisch.«

»Ich verstehe kein Wort«, sagte Tasso Sanderstorm. Sein Gesicht, vertraut und doch fremd, schwankte und zitterte, vermutlich ging seinem Sender der Strom aus. Wellen liefen störend über das Bild. »Ich verstehe wirklich kein Wort. Das ist auch nicht nötig. Helft uns. Mir ist egal, was da draußen vor sich geht. Ich lösche diesen Kanal, um Energie zu sparen. Ich lasse nur das Peilsignal offen. Wir warten.«

Tassos Gesicht verschwand. Im selben Moment brach eine letzte Welle von Substanz aus jenem Nichts hervor, das ihn ausgespien hatte. Plötzlich gab es da eine mächtige Masse, die sich träge um die Galdäa herum verteilte, während die ersten Brocken in die Atmosphäre eintauchten und farbige Linien aufflammen ließen, als sie verglühten.

Kurz danach, als all das getan war und aller Augen sich auf das goldene Ding gerichtet hatten, gab es eine Sekunde vollkommener Stille. Sogar das geschwätzige Raumschiff blieb ruhig. Es ließ überdies das Fenster offen, in dem ein Gesicht um Hilfe gebeten hatte und das jetzt graues Rauschen enthielt. Zahlreiche farbige Punkte weitab markierten die unglaublichen Mengen von Gegenständen, die aus dem Irgendwo heruntergeplumpst waren. Eine diffuse Masse matten Lichts stand für die Trümmerwolke der alten Raumstation. Weitab funkelte ein Licht, das die letzte bekannte Position der PEREGRINUS XLIV markierte. Wo vielleicht Michael Sanderstorm darauf wartete, dass man ihn rettete.

Doppelt so weit entfernt schimmerte eine andere Markierung, und die stand für seinen Bruder, der von wer weiß woher aufgetaucht war, kaum weniger in Not. Überstrahlt wurde alles von Gold. Eine funkelnde Fläche auf der Bildwand kennzeichnete die gewaltige Menge Raum, den das unbekannte und schweigende Riesenschiff einnahm. Die PILGERNDER JOKER konnte feststellen, wie die Abmessungen des Fremdlings waren, aber es gab nicht die geringste Möglichkeit, Näheres über sein Innenleben in Erfahrung zu bringen. Alle Raffinesse utragenorianischer Technologie war an dieser

Aufgabe verschwendet. Das Licht der Sonne und der Sterne wurde von diesem unirdischen Gold überstrahlt, als ob das Ding aus sich heraus leuchten würde wie eine unvernünftig große Lampe.

Dieser Moment absoluter Ruhe dauerte eine Sekunde lang. Dann überzog ein Flimmern die Konturen des Goldes, und das riesenhafte Gebilde verschwand, als hätte ein Gott gezwinkert und sich ein lästiges Staubkorn aus dem Auge gewischt. Eine Welle gestörter Schwerkraft bewegte sich durch das Sonnensystem wie ein Fieberschauer.

»Das war's dann«, kommentierte die PILGERNDER JOKER. Veruca Salt konnte nicht glauben, was sie gesehen hatte. Irgendwie hatte das Verschwinden des titanischen Artefakts lustlos gewirkt. Als hätte man sich einer längst überfälligen Pflicht entledigt. Seine vergessenen Hausaufgaben gemacht. Abgehakt. Jana Hakon wusste nicht, wie sie darauf kam; sie war sicher, dass für die Herren des goldfarbenen Ungetüms das Kapitel Galdäa erledigt war, abgeschlossen. Das Verschwinden war endgültig gewesen.

»Wie auch immer«, sagte Markus Hataka, und in einer unzugänglichen Region seines Verstandes spürte er Melodien, die zueinander fanden und sich umeinander rankten. Darum, sagte er sich, würde er sich später kümmern. Der emsige Buchhalter in seinen Gedanken zeichnete getreulich alles auf, vermaß die Akkorde und ordnete die Harmonien ein, als wären es aufgepiekste Schmetterlinge. Er würde nie wieder eine Idee vergessen. Markus war nicht sicher, ob er mit dieser Änderung in seinem Gehirn einverstanden war. Immerhin besser, als jede einzelne Bewegung seiner Finger vermessen zu bekommen.

»Wir haben zu tun«, sagte der Musiker, und er grinste, als er die Gesichter sah, die sich ihm erstaunt zuwandten. »Natürlich haben wir das«, sagte Markus Hataka. »Wir müssen zusehen, dass es etwas zu retten gibt, wenn wir ankommen. Wen auch immer.«

Anmerkungen

Die Kapitel um Michael Sanderstorm beruhen auf der Erzählung »Der galdäische Krieg«, erstmals erschienen in dem Band »Das kleinere Weltall« (1989). Der Text ist für diese Romanfassung stark bearbeitet und umgeschrieben worden. Das Kapitel um seinen Bruder Tasso Sanderstorm, dessen Urfassung »Der Brunnen« im selben Buch erstmals erschienen ist, erfuhr ebenfalls eine gründliche Kürzung und Überarbeitung.

Veruca Salt ist eine US-amerikanische Band, die ihren Namen der Originalversion von Roald Dahls Kinderbuch »Charlie und die Schokoladenfabrik« entnommen hat. In der deutschen Fassung – die ich nicht gelesen habe – heißt dieselbe Figur Veruschka Salz.

Die Textzitate im elften Kapitel stammen aus Songs der legendären Pixies, geschrieben von Frank Black, der sich damals Black Francis nannte. »Monkey Gone To Heaven« findet sich auf »Doolittle« (1989), »Planet Of Sound« auf »Trompe Le Monde« (1991).

Ich danke Erik Simon, der die beiden Keimzellen des Romans in dem Erzählungsband veröffentlichte und bereits damals darauf hinwies, welche Möglichkeiten in der Geschichte stecken. An einen Roman hat allerdings auch er damals nicht gedacht. Diese Idee habe ich 1996–99 umgesetzt; er hat anno 2000 das Manuskript gelesen und zahllose wertvolle Hinweise gegeben, deren Umsetzung einige Jahre in Anspruch nahm. Außerdem danke ich Heidrun Jänchen, die 2009/2010 während eines gründlichen Lektorats die Korrosionsstellen und Haarrisse des Textes bloßgelegt hat. Alle verbliebenen Fehler gehen auf den Autor.

Karsten Kruschel

14

Simon Clark
Vampyrrhic

Deutsche Erstausgabe
Klappenbroschur
448 Seiten

ISBN 978-3-938065-55-6

www.wurdackverlag.de

Leppington, England. Ein kleiner, beschaulicher Ort, in dem das Leben in geregelten Bahnen verläuft. Aber der Schein trügt. Denn tief unter den Häusern der Stadt lauert das teuflische Böse; vampirähnliche Kreaturen, deren Hunger sie zu neuem, unheiligem Leben erweckt. Seit Jahrhunderten haben die Blutsauger auf ihre Rückkehr gewartet, um auf göttlichen Befehl hin das Christentum gnadenlos vom Antlitz der Welt zu tilgen.
Und niemand soll sie dabei aufhalten!

Mit Vampyrrhic hat sich der britische Horror-Autor Simon Clark des klassischen Vampirthemas angenommen. Doch wer die Werke des Autors kennt, weiß, dass seine Romane stets auf erfrischende Art und Weise von der Norm abweichen. Clarks Vampire sind nicht die typischen Vertreter der Nosferatu – von ihrer Gier nach warmem Blut und ihrer Grausamkeit einmal abgesehen –, sondern eine Mischung aus bizarren Parasiten und höllischen Geschöpfen, deren Ursprung tief in der nordischen Mythologie verwurzelt ist. Clark blickt hinter die Fassaden einer scheinbar normal wirkenden Gesellschaft und zeigt dabei menschliche Monster, die den blutrünstigen Vampiren häufig in nichts nachstehen.

Petra Hartmann
Der Fels der schwarzen
Götter

ISBN 978-3-938065-64-8

Hochaufragende Felswände, darin eingemeißelt weit über tausend furchteinflößende Fratzen, die drohend nach Norden blicken: Einer Legende zufolge sind die schwarzen Klippen das letzte Bollwerk Movennas gegen die Eisdämonen aus dem Gletscherreich.
Doch dann begeht der junge Ask bei einer Mutprobe einen folgenschweren Fehler: Er schlägt einem der schwarzen Götter die Nase ab.
Der unscheinbare Dreiecksstein wird Auslöser eines der blutigsten Kriege, die das Land jemals erlebt hat. Und die Völker des Berglandes wissen bald nicht mehr, wen sie mehr fürchten sollen: die schwarzen Götter, die weißen Dämonen oder die sonnenverbrannten Reiter aus den fernen Steppen ...

Petra Hartmann, Jahrgang 1970, lebt in Sillium. Sie studierte Germanistik, Philosophie und Politik und promovierte mit einer Arbeit über Theodor Mundt (1808 – 1861). Die ausgebildete Redakteurin arbeitete sieben Jahre lang für eine Tageszeitung und ist jetzt freie Journalistin und Autorin.